KB187531

플루타르코스
영웅전

한 권으로 쉽게 읽는
플루타르코스 영웅전

초판 1쇄 발행 | 2021년 11월 10일

원작자 | 플루타르코스
편저자 | 존 S. 화이트
옮긴이 | 김대웅, 임경민
펴낸이 | 김형호
펴낸곳 | 아름다운날
편집주간 | 조종순
북디자인 | Design이즈

출판등록 | 1999년 11월 22일
주소 | (04031) 서울시 마포구 서교동 351-10 동보빌딩 202호
전화 | 02) 3142-8420
팩스 | 02) 3143-4154
이메일 | arumbook@hanmail.net

ISBN | 979-11-6709-007-2 03890

한 권으로 쉽게 읽는

플루타르코스 영웅전

플루타르코스 지음 | 존 S. 화이트 편저 | 김대웅, 임경민 옮김

아름다운날

차 례

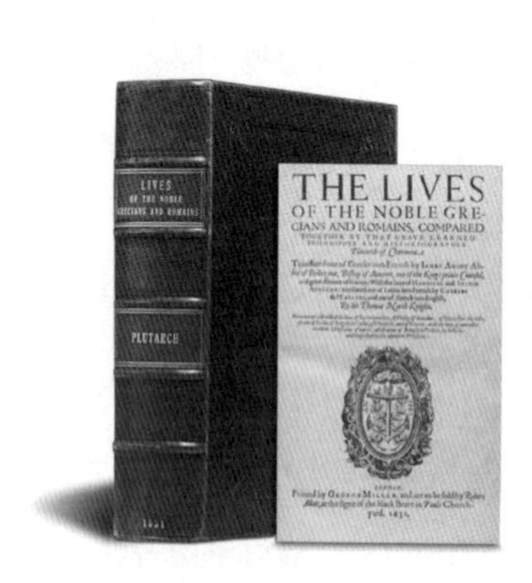

THE BOYS' AND GIRLS' PLUTARCH

옮긴이의 말

동서양의 수많은 사람들이 불후의 명작으로 꼽고 있는 '플루타르코스 영웅전'이 오늘 세상에 나왔다. 1484년 이탈리아의 인쇄업자인 니콜라 젠손에 의해 출판됐다. 지금까지도 이 책은 인류 역사상 최고의 전기(傳記) 문학으로 불리고 있다.

플루타르코스 영웅전은 그리스와 로마 영웅 46명을 다룬 작품. 특히 테세우스와 로물루스, 알렉산드로스와 카이사르, 데모스테네스와 키케로처럼 그리스와 로마의 정치가 중 서로 닮은 점이 있는 두 명의 영웅을 짝지어 서술했다. 그런 다음 두 인물의 성격과 도덕적 품성 등을 비교평가하는 독특한 방식을 취하고 있다. 이렇게 두 인물을 비교하면서 쓴 탓에 원제는 '대비열전(對比列傳)'이었다.

저자 플루타르코스는 로마시대에 그리스에서 태어난 철학자이자 신학자, 전기문학자였다. 특히 플라톤 철학을 신봉하고 워낙 박학다식해 당시 지식층에 그 이름을 크게 떨쳤다. 그가 쓴 책이 무려 250여 종에 달하는 것으로 추정되고 있다. 그는 당시 자신의 폭넓은 지식을 동원해 고금의 서적은 물론 민간에 전해 내려오는 이야기 등을 종합해 이 영웅전을 저술했다.

『플루타르코스 영웅전』은 영웅들의 이야기이다. 1세기 무렵 헬라스에 살았던 역사가 플루타르코스가 위대한 헬라스 사람 한 명과 위대한 로마 사람 한 명을 붙여 한 쌍으로 서술하는 형식으로 구성되어, 총 마흔여섯 명의 생애를 그리고 있다. (추가로 네 명의 생애가 독립적으로 전해진다. 따라서 플루타르코스에 등장하는 인물은 총 50명이다.)

플루타르코스의 『영웅전』은 고대 그리스-로마 세계의 인물들의 삶과 행적을 다룬 전기 가운데 최고(最高)·최대(最大)의 작품이다. 이 책은 '최후의 그리스인'이라고 불릴 만큼 고대 그리스-로마 세계에 정통했던 플루타르코스의 작품인 만큼, 고대 세계의 역사·문화·지리·인물 정보를 총집합해 놓은 듯한 인상마저 준다. 플루타르코스의 지식과 학문적 배경을 보면 『영웅전』이 담고 있는 철학과 역사 그리고 문화적 가치를 더욱 잘 이해할 수 있다.

『플루타르코스 영웅전』은 순 우리나라 산(産) 제목이며, 원 제목은 그리스어로 『비오이 파랄렐로이(Bioi Paralleloi)』, 즉 『비교열전』이다. —한성주의 『영웅격정사』에서 발췌

이 영웅전은 단순히 위대한 사람이 어떤 대단한 업적을 남겼는지에만 초점을 맞추고 있지는 않다. 『플루타르코스 영웅전』에 등장하는 인물들은 실패를 겪어본 이들이고, 배신을 당해본 이들이며, 슬픔을 아는 사람들이다. 따라서 독자들은 이들이 자신의 실패, 슬픔, 삶의 어려움 앞에서 어떠한 자세를 가졌는지에 좀 더 주목할 필요가 있다. 영웅들뿐만 아니라 대다수의 일반 사람들도 친절하지 않은 운명과 마주하려면 용기와 특별한 신념이 필요한 것은 마찬가지이기 때문이다.

『플루타르코스 영웅전』은 서양에서는 교양인이라면 누구나 읽어야 하는 필독서이자, 성경 다음으로 권위 있는 책으로 인정받았다. 동양에서 이 책에 비할 책은 사마천의 『사기(史記)』 정도라고 할 만하며, 미국의 사상가 랠프 왈도 에머슨은 "세계의 모든 도서관(서재)에 불이 날 경우 목숨 걸고 들어가서 꺼내고 싶은 책"으로 꼽을 만큼 높게 평가받은 책이다.

지리학자들은 흔히 자신들이 알지 못하는 세상을 지도의 가장 자리로 몰아놓고 그 앞에 선을 그은 다음 이 너머는 맹수들이 우글거리는 모래사막이거나 가까이 다가갈 수 없는 늪지대, 아니면 얼어붙은 땅 혹은 바다뿐이라고 각주를 달아놓는다. 그렇다면 나도 위인들의 삶을 서로 비교하는 이 거창한 작업을 진행하면서 먼저 개연성 있는 추론이 가능한 시대와 실제 역사가 뿌리를 두고 있는 시대를 거론한 다음 그보다 더 먼 시대에 대해서는 이렇게 이야기해도 될 듯싶다. "이 너머에는 불가사의와 허구 말고는 아무것도 없다. 그곳에는 오로지 시인들과 신화를 꾸며내는 사람들만이 살고 있을 뿐이다. 따라서 믿을 만한 것도, 확실한 것도 그곳에는 존재하지 않는다." 하지만 입법자 리쿠르고스[1] 왕에

1) 리쿠르고스(Lycurgus)는 그리스 신화에 등장하는 트라키아의 왕이다. 디오니소스를 박해하였다가 광기에 빠져(혹은 포도주에 취하여) 자기 아들을 포도나무로 알고 도끼로 찍어 죽이게 된다. 누마 Numa, 사비니족 출신의 로마 제2대 왕(재위: BC 715-673).

관한 이야기를 세상에 선보이고 나니, 로물루스의 시대가 바로 코앞의 과거인데 내친김에 그에 관해서도 다뤄보는 게 어떨까 하는 생각이 문득 들면서 아이스킬로스[2]의 시구가 뇌리를 스쳤다.

이 위대한 인물을 그 누구와 비교하랴?
아니, 누가 있어 그와 대적하랴?
그 누가 그의 곁에 나란히 설 수 있으리오?

내 생각에 아테네라는 아름답고도 유명한 도시를 세운 테세우스와 이름을 나란히 할 사람을 꼽으라면 저 유명한 천하무적의 도시 로마를 창건함으로써 명실상부 로마의 아버지로 불리는 인물 로물루스밖에 없을 것으로 보인다. 앞으로 전개될 신화와도 같은 이야기들이 이성을 통해 적절히 정제됨으로써 정확한 역사적 이야기로 재탄생할 수 있기를 바랄 뿐이다. 또한 이 이야기를 읽는 독자들이 열린 마음의 소유자들이어서 이 고대의 이야기들을 너그럽게 받아들여줄 수 있기를 바랄 뿐이다.

테세우스는 여러 면에서 로물루스와 닮아 있는 듯하다. 둘은 모두 신의 자손으로 알려져 있다.

두 사람 다 온 세상이 인정하는 전사이다. 두 사람 모두 활기 넘치는 정신에 강인한 육체를 겸비하고 있다. 세상에서 가장 유명한 두 도시 중 한 사람은 로마를 세우고 다른 한 사람은 아테네를 사람들의 도시로 만들었다. 두 사람 모두 가정적으로는 불행할 수밖에 없었고 자국 내에서

2) 아이스킬로스(Aeschylus)는 고대 그리스의 3대 비극 시인 중 한 사람으로 모두 90여 편의 비극을 썼다. 현재는 《오레스테이아》, 《페르시아인》 등 7개의 비극이 남아 있다.

는 질시의 대상이었다. 시적인 이야기들이기는 하지만 그것을 진리에 이르는 지침으로 삼아보면 둘은 인생 말년에 이르러 자국 국민들로부터 엄청난 분노를 불러일으켰던 것으로 알려져 있다.

테세우스는 아이게우스[3]와 아이트라Aethra 사이에서 태어났다. 그의 혈통은 아버지 쪽으로는 아티카의 첫 번째 거주민인 에레크테우스Erechtheus까지 거슬러 올라간다. 어머니 쪽으로는 펠레폰네소스Peloponnesus의 군주들 중에서 가장 강력한 왕이었던 펠롭스Pelops의 자손이다.

아이게우스는 트로이젠에 있는 아이트라의 집에서 아테네로 떠나면서 칼 한 자루와 신발 한 켤레를 안성맞춤으로 홈이 패여 있는 거대한 바위 아래에 숨겼다. 아이게우스는 이 사실을 아이트라에게만 알리고 아들이 자라서 바위를 들어 올려 그 물건을 꺼낼 수 있게 되면 아무도 모르게 그 물건들을 들려 자신의 영토로 아들을 보내라고 일러두었다. 그리고 아들에게 남의 눈에 띄지 않게 여행하도록 신신당부하라는 말도 덧붙였다. 이는 아이게우스가 팔란티다이Pallantidae를 무척이나 두려워했기 때문이었다. 팔란티다이는 아이게우스와 형제지간인 팔라스Pallas의 50형제들로 아이게우스에게 끊임없이 반기를 들었을 뿐 아니라 슬하에 아이가 없는 그를 업신여기기까지 했다.

혹자는 아이트라가 낳은 아들이 바위 아래 있던 징표에 따라 즉각 테세우스라는 이름을 얻었다고 말하고 또 어떤 이들은 그가 훗날 아테네에 왔을 때 아이게우스로부터 아들로 인정받은 뒤 그 이름을 얻었다고

3) 아이게우스(Aegeus)는 아테네의 왕이다. 두 번의 결혼에도 후사를 얻지 못하지만 트로이젠의 왕인 피테우스의 딸 아이트라와 동침하여 아테네의 영웅 테세우스를 낳는다.

주장한다. 테세우스를 양육한 사람은 외할아버지 피테우스Pittheus였다. 그는 외손자에게 가정교사이자 보호자 역할을 할 코니다스Connidas라는 사람을 붙여주었는데, 아테네 사람들은 오늘날까지도 테세우스에 바치는 제사 전날 코니다스를 기리기 위해 그에게 양을 바치는 풍습을 지켜오고 있다. 아테네 사람들은 테세우스의 초상화를 그리고 또 상까지 조각한 코니다스가 실라니온[4]이나 파라시오스[5]보다도 이런 대접을 받기에 더 합당한 사람이라고 생각한다. 당시 고대 그리스 젊은이들에게는 처음 아테네를 방문했을 경우 델포이에 가서 그들이 태어나 처음 깍은 머리카락을 신에게 바치는 풍습이 있었다. 테세우스도 델포이에 갔다. 그곳에는 그의 이름을 딴 것으로 알려진 테세아Thesea라는 장소가 지금까지도 존재한다. 그는 아반테스[6] 족이 처음 그랬다고 호메로스가 말한 것처럼 앞머리만을 삭발했다. 그리고 이런 식의 삭발은 그의 이름을 따 테세이스Theseis라 불렀다. 아반테스 족이 이런 머리 모양을 한 것은 어떤 이들이 상상하는 것처럼 아라비아 사람들을 모방해서도 미시아[7] 족을 본떠서도 아니다. 그들이 호전적인 부족인 데다 근접전에 익숙하고 그 어떤 부족보다도 백병전에 이골이 나 있었기 때문이었다. 이 부족과 관련해서 아르킬로코스[8]는 이런 시를 남기고 있다.

4) 실라니온(Silanion)은 고대 그리스의 조각가. BC 4세기 후반에 아테네에서 활동. 초기의 작품으로 〈플라톤상〉이 있다.

5) 파라시오스(Parrhasius)는 고대 그리스의 화가. 고대 그리스 미술의 전성기 때 회화 기법을 발전시키는 데 공헌했으며 대표작으로는 레우카디아의 〈헤르메스상〉 등이 있다.

6) 아반테스(Abantes)는 그리스 에보이아 섬에 살았다고 전해지는 종족.

7) 미시아(Mysia)는 '죄인'이란 뜻으로, 소아시아 북서 아나톨리아에 있던 고대지방.

8) 아르킬로코스(Archilochus)는 BC 8-7세기 경 그리스의 서정시인으로 풍자에 적합한 이암버스율(iambus律)의 완성자이다.

투석기가 빙빙 돌지도 화살이 어지럽게 날지도 않을지니
평원에서 전투가 벌어지면
검 하나에 목숨을 건 사내들이 몸 맞부딪혀 싸움을 벌일 뿐이네
유보이아 섬의 귀족들이 창술의 달인이듯이

따라서 적들에게 머리채를 붙잡히지 않으려면 앞머리를 삭발하지 않을 수 없었다. 그들은 알렉산드로스 대왕이 마케도니아인들의 모든 턱수염을 밀어버리라고 장수들에게 명령한 것도 같은 이유, 다시 말하면 적들이 가장 쉽사리 낚아챌 수 있는 것이 바로 턱수염이라는 이유에서였다고 밝히고 있다.

아이트라는 테세우스의 혈통을 한동안 숨겼고 피테우스는 세상 사람들에게 그가 포세이돈의 아들이라는 소문을 퍼뜨렸다. 트로이젠 사람들에게 포세이돈은 가장 고귀한 숭배의 대상이었기 때문이다. 트로이젠 사람들은 그들의 수호신인 포세이돈에게 모든 첫 결실을 갖다 바쳤고 그에 대한 경의의 표시로 주화에 삼지창을 새겨 넣기도 했다.

테세우스가 강인한 육체에 그에 버금가는 용기와 민첩성을 갖춘 영리한 청년으로 성장하자 아이트라는 바위가 있는 곳으로 아들을 데려가 그의 친부가 누구인지 알려주면서 아이게우스가 남긴 징표를 바위 아래서 꺼내 배를 타고 아테네로 가라고 일렀다. 테세우스는 바위를 붙잡더니 아무런 어려움 없이 들어올렸다. 하지만 바닷길로 여행하는 편이 훨씬 안전하고 어머니와 외할아버지가 그렇게 하라고 애원했음에도 불구하고 테세우스는 이를 거부했다. 그 당시 육로를 통해 아테네로 가는 것은 매우 위험한 일이었다. 가는 길은 강도들과 사람 목숨을 하찮게 여기는 무뢰배들로 득실댔기 때문이다. 그 시대에는 주먹이 세고 발놀림은

민첩하며 남보다 뛰어난 강인한 육체에 지칠 줄 모르는 정력을 가진 사내들이 많았다. 하지만 그들은 하늘이 내려준 그 같은 선물을 사람들을 위해 좋고 유익한 목적에 사용할 줄 모르고 오만방자함을 통해 오히려 기쁨과 자부심을 느끼며 자신의 우월한 힘을 이용해 비인간적이고도 잔인한 행위를 일삼고 제 손아귀에 떨어진 것은 무엇이든 완력을 동원해 자기 것으로 취하는 등 온갖 잔학 행위에 이골이 나 있었다. 이런 무뢰배들은 보통사람들이 타인에 대한 존중, 정의, 공평, 인간애 같은 것을 당연한 듯 떠받들지만 실은 누군가에게 상처를 입힐 용기가 그들에게 없거나 그들이 그것을 두려워해서라고 생각했다. 따라서 혼자 힘으로 누군가를 물리칠 수 있을 만큼 강한 자라면 그 따위 것들은 신경 쓸 필요가 없는 것이라고 여겼다.

헤라클레스는 여러 나라를 돌아다니면서 이들 무뢰배들을 짓밟아 소탕한 적이 있었다. 하지만 그들 중에는 헤라클레스의 눈에 띄지 않은 자들도 있었고, 한발 앞서 줄행랑을 치거나 몸을 숨긴 자들도 있었다. 또 그의 앞에 비굴하게 무릎을 꿇어 목숨을 건진 자들도 있었다. 그런데 바로 이런 헤라클레스가 불행에 빠져 이피토스[9]를 살해한 뒤 리디아[10]로 물러나 살인을 자책하며 그 벌로 그곳에서 오랫동안 옴팔레[11]의 종노릇을 하게 된 것이다. 그때 리디아는 실제로 큰 혼란 없이 한껏 평화를 누렸다. 하지만 그리스와 그 주변국들에서는 비슷한 악행들이 되살아나 횡행

9) 이피토스(Iphitus)는 오이칼리아의 왕 에우리토스의 큰 아들로 헤라클레스에 대한 믿음으로 인해 오히려 헤라클레스에게 살해당한다.

10) 리디아(Lydia)는 소아시아 서북부의 교통 요지에 위치한 고대 왕국으로 오늘날 터키의 이즈미르주와 마니사 주에 해당한다.

11) 옴팔레(Omphale)는 그리스 신화에서 헤라클레스를 노예로 부린 리디아의 여왕. 옴팔레는 헤라클레스에게 여인의 옷을 입히고 물레질을 하게 하였다.

바위를 들어올리는 청년 테세우스와 어머니 아이트라

하는데도 그것들을 막거나 벌을 줄 도리가 없었다. 따라서 아테네로부터 펠로폰네소스까지 육로로 여행하는 것은 위험하기 짝이 없는 일이었다.

그래서 피테우스는 테세우스에게 이들 강도들과 악당들의 면모를 하나하나 꼼꼼히 설명해주면서 그들이 어떤 힘을 갖고 있고 그들이 이방인들에게 어떠한 잔학행위를 하는지 알려주면서 바닷길로 여행할 것을 간곡히 설득했다. 하지만 테세우스는 이미 오래 전부터 남모르게 헤라클레스의 영예로운 행동에 깊이 감화 받아 그를 그 누구보다도 높이 평가하며 흠모하고 있었던 것으로 보인다. 그래서 그에 관한 이야기를 듣는 것만큼 그에게 흥미를 불러일으키는 일은 없었고, 특히 그를 직접 본 사람이나 그가 어떤 행동이나 말을 하는 현장에 있었던 사람들의 이야기는 그를 흥분시키기에 족했다. 따라서 그의 감정 상태는 훗날 테미스토클레스[12)]가 밀티아데스[13)]의 전승기념물에 잠을 이룰 수 없었다고 말할 당시 가졌던 감정 상태 그대로였을 것이다. 밤마다 헤라클레스의 모든 행동들이 꿈에 나타났고 꿈에서 깨어나면 끊임없는 경쟁심이 헤라클레스처럼 행동하도록 그를 부추길 만큼 영웅에 대한 존경심은 끝이 없었다. 게다가 둘은 친육촌 간이었다. 아이트라는 피테우스의 딸이고 알크메네(Alcmene, 암피트리온의 아내이자 헤라클레스의 어머니—역주)는 리시디케Lusidice의 딸이었다. 그리고 리시디케와 피테우스는 히포다메이아Hippodamia와 펠롭스 간에 태어난 자식들로 서로 남매간이었다. 따라서 테세우스는 헤라클레스가 온갖 곳에 등장해서 땅과 바다로부터 악당들을 물리친 마당에 자신은 자기 앞에 실제로 가로놓인 그와 비슷한 모험들을 피해가야 한다는 게 영 마뜩치 않았다. 그는 자신이 지니고 가는 징표, 즉 신발과 검이 증거하고 있듯이 자신의 탄생이 지닌 위대성을 고귀하고 훌륭한 행동들을 통해 친아버지에게 증명해보이고 싶었다.

그는 이런 정신과 생각들을 품고 트로이젠을 떠났다. 그 누구에게도 피해를 주지 않겠지만 대가를 치러야 할 사람들에게는 철저히 복수를 하고 그들을 격퇴해내겠다는 심산이었다. 그리고 맨 먼저 테세우스의 앞길을 막아선 사내는 페리페테스[14)]였다. 에피다우로스[15)] 근처에서 페리페

12) 테미스토클레스(Themistocles) 고대 그리스의 장군이자 정치가. 집정관이 되어 아테네를 그리스 제일의 해군국으로 만들고 '살라미스 해전'에서 페르시아 해군을 격파하는 공을 세웠다.

13) 밀티아데스(Miltiades)는 아테네의 장군으로 케루소네소스의 지배자를 지냈으며 마라톤 전투에서 페르시아 군을 대패시킨 것으로 유명하다.

14) 페리페테스(Periphetes)는 올림포스 12신 중 하나인 헤파이스토스의 아들로 아버지를 닮아 절름발이였으며 하체가 약한 대신 팔힘이 대단했다.

15) 에피다우로스(Epidaurus)는 그리스 펠로폰네소스반도 아르골리스 북동 해안의 고대도시.

테스를 만난 테세우스는 한바탕 싸움을 치른 끝에 그의 목숨을 거뒀다. 페리페테스는 몽둥이를 휘두르며 강도질을 일삼던 자로 그 때문에 '몽둥이로 무장한 자'라는 뜻에서 코리네테스Corynetes라는 이름을 얻은 자였다. 그 몽둥이가 맘에 들었던 테세우스는 그것을 자신의 무기로 삼았고 이후 싸움을 할 때마다 그 몽둥이를 요긴하게 써먹었다. 그것은 헤라클레스가 어깨 위에 사자 가죽을 걸치고 다니면서 자신이 얼마나 엄청난 맹수를 때려잡았는지 자랑했던 일을 떠올리게 한다. 테세우스도 자신이 전리품으로 획득한 몽둥이를 항상 몸에 지니고 다녔는데 그의 손에 들어온 그 무기는 이제 가히 천하무적이었다.

펠로폰네소스 지협을 향해 조금 더 나아간 곳에서 테세우스는 '소나무 가지를 구부리는 자'라는 별칭을 가진 시니스[16]를 만나 그가 이전에 수많은 사람들을 죽였던 것과 똑같은 방식으로 그를 죽였다. 물론 그는 소나무 가지를 구부려본 적도 그런 기술을 배운 적도 없었지만 타고난 힘이 그 어떤 기술보다 앞선다는 것을 몸소 보여주기 위해 같은 방식을 쓴 것이었다. 시니스는 슬하에 페리구네Perigune라는 뛰어난 미모에 키도 늘씬한 딸을 두고 있었다. 아버지가 살해당하는 것을 본 페리구네는 도망쳤다. 테세우스가 근처를 샅샅이 뒤지고 있는 가운데 페리구네는 덤불과 떨기나무 그리고 야생 아스파라거스가 우거진 수풀 속에 몸을 숨기고는 마치 천진난만한 어린애마냥 수풀이 자신의 처지를 이해해주기라도 할 것처럼 자기를 숨겨달라고 기도하고 애원했다. 그리고는 자신이 이곳을 벗어나기만 한다면 다시는 그 나무들을 베지도 불태우지도

16) 시니스(Sinnis)는 그리스 신화에서 지나는 길손을 붙잡아 잔뜩 구부린 두 개의 소나무 가지에 팔다리를 묶은 뒤 나무를 다시 펴지게 하여 찢어 죽이는 일을 일삼은 악당.

않겠노라고 맹세했다. 하지만 테세우스가 그녀 이름을 부르며, 그녀를 깍듯이 대하고 그녀에게 그 어떤 피해도 주지 않겠노라고 약속하자 페리구네는 테세우스 앞에 모습을 드러냈다. 이후 사람들은 양성(兩性)이었던, 그녀의 손자 이옥소스Ioxus의 이름을 따서 그 가문 사람들을 이옥시데스Ioxides라 불렀고 이들은 떨기나무나 아스파라거스를 불태우지 않고 무척 소중히 여겼다.

사람들이 파이아Phaea라 부르던 크롬미온의 암멧돼지(Crommyonian sow)는 잔인하고 만만찮은 야수로 결코 얕볼 수 없는 적이었다. 테세우스는 이 암멧돼지를 의도적으로 찾아나서 싸움을 걸어 죽였다. 자신의 위업이 불가피한 사태를 당해서만 이루어지고 있다는 평판을 얻기 싫어서였다. 그리고 진정 용감한 사람이라면 야비하고 악랄한 자들이 자신을 공격할 때 그들에게 벌을 주어야 하겠지만, 제압하기 힘든 못된 야수들까지도 일부러 찾아가 짓밟아놓아야 한다고 생각했다. 어떤 사람들은 파이아가 크롬미온에 살던 극도로 잔인한 여자 강도라며 그녀가 암멧돼지라는 별칭을 얻게 된 것은 그녀의 삶과 태도가 추악했기 때문이고, 결국 테세우스에 의해 목숨을 잃었다고 이야기 한다. 테세우스는 메가라(Megara, 그리스 남부 코린트 지협 남안에 있는 역사적 도시. 아티카와 코린토스 사이에 있는 메가리스 지방의 중심도시—역주) 경계에서 모든 행인들에게 악명 높은 강도로 알려져 있던 스키론Sciron 역시 바위 아래로 내던져 죽였다. 어떤 이들은 그가 방약무인하고 무자비해서 행인들을 만나면 자기 발을 쭉 뻗어 두 발을 씻으라고 명령한 다음 그들이 발을 씻겨주는 동안 그들을 바위 아래 바다로 걷어차 버렸다고 전한다.

엘레우시스(Eleusis, 그리스 아티카 지방 엘레우시스만 연안에 있는 도시로 아테네 북서쪽 약 20km 지점에 있다.—역주)에서는 씨름 시합을 해서 아르카디아 사람 케르키온(Cercyon, 엘레우시스의 왕으로 이름은 '멧돼지의 꼬리'라는 뜻이다. 길 가던 이를 붙잡아 패배한 사람이 죽기로 하는 레슬링 시합을 강제로 벌인 뒤 살해했다.-역주)의 목숨을 거뒀다. 그리고 조금 더 가 에리네오스(Erineus, 고대 그리스 중부에 있던 네 도시(테트라폴리스 혹은 도리스) 중 하나-역주)에서는 프로크루스테스(Procrustes, '늘이는 자' 또는 '두드려서 펴는 자'를 뜻함. 아테네 교외의 케피소스 강가에 살면서 행인을 집에 초대해 쇠침대에 눕히고는 침대 길이보다 짧으면 다리를 잡아 늘이고 길면 잘라 죽였다.-역주)로도 불리는 다마스테스Damastes를 죽였는데 테세우스는 다마스테스가 행인들에게 해왔던 대로 그의 침대보다 몸집이 커서 튀어나온 머리를 잘라 그 악당을 죽였다. 이는 악당들이 공격해오는 방식을 그대로 따라 해서 상대에게 앙갚음을 했던 헤라클레스의 복사판이다. 헤라클레스에 의해 제물로 바쳐진 부시리스Busiris, 씨름 시합을 통해 죽은 안타이오스(Antaeus, 발이 땅에 닿을 때마다 힘이 강해지는 그리스 신화의 거인으로 헤라클레스가 발이 땅에 닿지 않도록 그의 몸을 들어 싸워 죽였다.-역주), 일대일 결투를 하다 죽은 키크노스(Cycnus, 그리스 신화에 나오는 군신 아레스의 아들로 사람들을 죽여 아버지의 제단에 바치기를 즐긴 난폭하고 잔인한 인물-역주), 행인을 만나면 자기 머리로 들이받아 죽인 탓에 헤라클레스에 의해 두개골이 산산조각 나 죽은 테르메로스Termerus(이후 '테르메리아의 못된 장난Termerian mischief'이라는 속담이 생겼다고 말한다.) 등이 그런 예이다. 그래서 테세우스도 악당들이 사람들에게 가했던 것과 똑같은 폭력을 가함으로써 그들이 행한 부당한 행위에 대해 응분의 대가를 치르도록 했다.

여행을 계속하던 테세우스는 이윽고 케피소스 강River Cephisus에 도달했다. 그곳에서 그는 피탈로스(Phytalus, 고대 아티카 지방 출신의 영웅으로 데메테르 여신에게 호의를 베푼 대가로 무화과나무를 받았다고 한다.—역주)의 후손인 피탈리다이Phytalidae 족을 만나 환대를 받았다. 테세우스는 그들에게 정결의식을 치러달라고 부탁했다. 그들은 당시의 풍습에 맞춰 신에게 속죄의 제물을 바치면서 통상적인 의례에 따라 정결의식을 치러주고는 테세우스를 그들의 집으로 초대해 성대히 접대했다. 그가 이곳까지 오는 동안 접해보지 못했던 친절이었다.

테세우스는 지금은 헤카톰바이온(Hecatombaeon, 아티케력의 달로 지금의 7~8월 경에 해당하는 달—역주)이라 불리는 크로니우스Cronius 8일째 되던 날에 아테네에 도착했다. 아테네는 온갖 사회문제로 인해 여러 당파와 파벌로 나뉘어 극도의 혼란에 빠져 있었고, 아이게우스 역시 그의 전 식솔들과 함께 같은 문제로 골머리를 앓고 있었다. 메데이아(Medea, 그리스 신화에 나오는 마녀—역주)가 코린트(Corinth, 그리스 본토와 펠로폰네소스 반도를 잇는 코린트 지협(地峽)에 있었던 고대 폴리스—역주)로부터 도망쳐와 그와 함께 살고 있었기 때문이었다. 그녀는 첫눈에 그가 테세우스임을 알아챘다. 하지만 아이게우스는 미처 그를 알아보지 못했다. 그는 당시 그 도시에 만연해 있던 파벌 싸움으로 인해 매사를 두려워하며 질투와 의심으로 가득 찬 세월을 보내고 있었다. 따라서 메데이아가 아이게우스를 설득해서 테세우스를 연회에 초대해 독살하는 일은 전혀 어려운 일이 아니었다. 연회에 참석한 테세우스는 자신의 정체를 곧바로 밝히는 것은 적절치 않다고 생각하면서 아버지가 먼저 자기를 알아보도록 기회를 주고 싶었다. 그는 마치 식탁 위에 있는 고기를 썰기라도 하려는 듯 칼을 뽑았다. 그러자 아이게우스는 즉시 그 증표를 알아보고는 독을 탄 컵을 쏟아버렸다. 그는 아들에게 몇 가지 질문을 던진 뒤 테세우스를 품에 껴안았다. 아이게우스는 모든 시민들을 한 자리에 모이도록 한 뒤,

테세우스가 자신의 아들임을 공표했다. 시민들은 테세우스의 위대함과 용맹성을 익히 알고 있었기에 기꺼이 그를 받아들였다.

아이게우스에게 자식이 없었으므로 그가 죽고 나면 자신들이 왕국을 되찾을 수 있을 것이라 기대하면서 잠자코 있던 팔라스의 아들들은 테세우스가 나타나 왕위 계승자로 공표되자 크게 분노했다. 그들은 아이게우스가 판디온(Pandion, 판디온 2세. 고대 아테네에서 에리크토니오스 왕조에 속하는 두 번째 판디온 왕—역주)의 양자에 불과해서 에레크테우스(Erechtheus, 아테네의 전설적인 왕. 딸을 제물로 바쳐 이웃나라 엘레우시스와의 전쟁에서 승리했다.—역주) 가문과는 아무런 상관이 없음에도 불구하고 지금까지 그 왕국을 지배해왔다는 사실만으로도 참을 수 없는 일이었는데 어디선가 불쑥 등장한 이방인 따위가 아이게우스의 뒤를 이어 왕위를 계승하게 될 것이라는 소식에 분노가 폭발했던 것이다. 그리하여 팔라스의 아들들은 전쟁을 선포했다. 그들은 두 패로 나뉘어 한 쪽은 아버지 팔라스와 함께 스페투스Sphettus로부터 아테네를 향해 정면으로 공격해 들어오고 다른 한 쪽은 가르게투스Gargettus 마을에 매복해서 협공작전을 펼치고자 했다. 그런데 아그누스Agnus 마을에서 포고령을 알리는 임무를 띠고 있던 레오스Leos라는 관원이 팔라스 군의 모든 계획을 테세우스에게 밀고했다. 아이게우스는 매복해 있던 적군들을 기습해서 전멸시켰다. 이 소식에 접한 팔라스와 그의 패거리들은 뿔뿔이 흩어져 도망쳤다.

이런 일이 있은 이후로 팔레네Pallene 마을 사람들은 아그누스 마을 사람들과는 혼인을 하지 않을 뿐더러 그 어떤 동맹도 맺지 않는다고 한다. 그리고 이 마을에 포고사항을 들고 온 관원들도 다른 지방에서처럼 '아코우에테 레오이Acouete Leoi(모두들 들으시오)'라는 말을 쓰지 않게 되었다고 한다. 자신들을 배신한 레오스를 미워한 나머지 레오라는 소리조차 듣고 싶지 않았던 것이다.

누군가와 겨루기를 학수고대하며 공명심에 불타오르던 테세우스는 아테네를 떠나 그동안 테트라폴리스Tetrapolis 주민들을 적잖이 괴롭히던 마라톤(Marathon, 시키온의 왕 에포페우스가 안티오페를 아내로 맞아 낳은 아들 마라톤이 아버지의 학정을 피해 아티카로 이주해서 세운 도시—역주)의 황소와 겨루게 되었다. 테세우스는 그 황소를 사로잡아 자랑스럽게 도시 구석구석 끌고 다니다가 델포이의 아폴로신전에 제물로 바쳤다. 이 원정길에서 테세우스가 헤칼레(Hecale, 곤경에 처한 테세우스를 도와준 아티카의 노파—역주)의 환대를 받았다는 이야기는 전혀 사실무근의 일은 아닌 듯하다. 이 지방 사람들은 해마다 특정한 날이 되면 헤칼레를 기려 헤칼레시아Hecalesia라는 제사를 지내며 제우스 헤칼레이오스Jupiter Hecaleius 신전에 제물을 바치고는 했기 때문이다. 사람들은 헤칼레네를 이를 때 헤칼레라는 애칭을 주로 썼는데 이는 그녀가 테세우스를 접대할 당시 그가 새파란 젊은이였기 때문에 나이 든 사람들이 흔히 그러하듯 애칭으로 자신을 소개했기 때문이다. 필로코로스(Philochorus, 기원전 3세기 그리스 역사학자—역주)에 따르면 헤칼레는 테세우스가 싸우러 떠날 때, 만일 그가 무사히 돌아오면 감사의 제물을 바치겠노라고 제우스에게 맹세했지만 테세우스가 돌아오기 전에 헤칼레는 세상을 떠났고 테세우스는 헤칼레의 환대에 대한 보답으로 그녀를 기리는 제사를 지내도록 명령했다고 한다.

이 일이 있은 후 얼마 지나지 않아 크레타 섬으로부터 공물을 거둬갈 관원들이 세 번째로 아테네를 찾았다. 아테네 사람들이 공물을 바치게 된 사연은 다음과 같다. 안드로게오스(Androgeus, 그리스 신화에 나오는 크레타 왕 미노스의 아들로 아이게우스의 명령으로 마라톤의 황소를 퇴치하러 갔다가 뿔에 찔려 죽었다고 전해진다.—역주)가 아티카 지역에서 의문의 죽음을 당하자 크레타의 왕이었던 아버지 미노스는 끊임없이 전쟁을 일으켜 아테네 사람들을 못살게 굴었다. 게다가 신들까지 나서서 그들의 나라에 재앙을 내렸다. 기근과 역병이 아테네 사람들을 무겁게 짓눌렀고 강은 말라 바닥을 드러냈다. 그런데 신탁에 따르면 아테네 사람들이 미노스 왕을 달래 화평을 이루면 신들의 분노가 잦아들면서 그들이 비참한 처지에서 벗어나 안식을 누릴 수 있을 것이라고 했다. 아테네 사람들은 간절한 기원을 담아 전령들을 보낸 끝에 9년마다 청년 일곱에 처녀 일곱을 공물로 바치겠다는 약속과 함께 마침내 화평을 이룰 수 있었다. 이 같은 사실은 대부분의 역사가들이 입을 모아 인정하는 바이다. 그런데 여기에는 말 그대로 시적이라고밖에 할 수 없는 이야기가 뒤따른다. 크레타 섬에 도착한 그 젊은이들이 미노타우로스(Minotauros, 그리스 신화에 나오는 반인반우(半人半牛)의 괴물로 미노스의 아내 파시파에가 황소와 관계를 맺어 낳았다.—역주)의 밥이 되었다거나 라비린토스(Labyrinthos, 크레타 섬에 있는 건물. 미노타우로스를 감금하기 위해 만든 미궁으로 한 번 들어가면 출구를 찾을 수 없도록 설계되어 있다.—역주)라는 미궁을 헤매다가 비참한 최후를 맞이했다는 이야기가 그것이다. 에우리피데스에 따르면 미노타우로스는 이렇다.

두 해괴한 형상이 하나로 뒤섞여
서로 다른 본성이, 황소와 인간이 한 몸이네.

세 번째로 공물을 바칠 때가 닥치자 어린 아들을 둔 아버지들은 제비를 뽑아 누구의 아들을 공물로 보낼 것인지 결정해야 했다. 사람들 사이에서는 아이게우스에 대한 불만과 원성이 새롭게 일기 시작했다. 슬픔과 분노로 가득 찬 사람들은 아이게우스가 이 모든 고통을 초래한 장본인이면서도 정작 그만이 유일하게 그 징벌을 면하고 있다고 생각했다. 또 다른 나라에서 온 근본도 모르는 아들을 받아들여 그의 손에 자신의 왕국을 넘겨주려 하면서 정작 혈통이 명백한 자신들의 아이들에 대해서는, 그 아이들을 잃어야 하는 자신들의 슬픔과 곤궁한 삶에 대해서는 나 몰라라 하고 있다고 불평했다. 이런 상황을 민감하게 받아들인 테세우스는 시민들의 고통을 무시할 수 없을 뿐 아니라 거기서 한 걸음 더 나아가 그들과 고통을 함께 해야겠다고 생각하고 자신은 제비를 뽑지 않고 크레타 섬으로 가겠다고 자청해 나섰다. 모든 사람들이 테세우스의 그러한 행동에 담긴 고매한 열정과 선의에 감동했다. 아무리 달래고 빌어도 소용없음을 확인한 아이게우스는 어쩔 수 없이 나머지 여섯 청년을 제비로 뽑아 결정했다. 하지만 헬라니코스(Hellenicus, 그리스 역사가로 여러 도시의 창설사, 이민족의 풍속, 그리스 각 지방사 등을 집필하였다. 그 중에서도 아티카의 역사를 쓴 《아티카기(記) Atthis》는 최초의 통사(通史)이다.—역주)에 따르면 아테네 사람들이 제비를 뽑아 청년과 처녀를 보낸 것이 아니라 미노스가 아테네로 와서 공물로 데려갈 사람들을 직접 선발했다는 것인데 그가 첫 번째로 지목한 사람이 테세우스였다고 한다. 두 나라가 합의한 조건은 세 가지였다고 한다. 먼저 아테네 사람들은 배 한 척을 마련해서 공물로 선발된 사람들을 태워야 하고, 미노스와 함께 항해할 젊은이들은 아무런 무기도 지녀서는 안 되며, 만일 미노타우로스를 죽이면 더 이상 공물은 바치지 않아도 된다는 것이었다.

앞서 있었던 두 번의 경우를 볼 때 그들이 살아서 돌아오리라는 희망은 없었다. 마치 피할 수 없는 죽음을 향해 가듯 배에는 검은 돛이 펼쳐져 있었다. 하지만 테세우스는 자신 있는 태도로 아버지를 안심시키며 반드시 미노타우로스를 죽이고 돌아오겠다고 다짐했다. 아이게우스는 흰 돛 하나를 선장에게 주면서 돌아오는 길에 테세우스가 살아 있으면 흰 돛을 달고 그렇지 않으면 불행의 표시로 검은 돛을 내걸라고 일렀다. 하지만 시모니데스(Simonides, 고대 그리스의 서정시인. 페르시아 전쟁 때의 전사자의 묘비명으로 유명—역주)에 따르면 아이게우스가 선장에게 준 돛은 흰색이 아니었다고 한다.

떡갈나무 촉촉한 꽃잎에 물들인
진홍색.

제비뽑기가 끝나자 테세우스는 선발된 젊은이들을 프리타네움(Prytaneum, 아테네 등의 도시에서 장관 및 원로들의 집회 공간이나 국가 유공자를 위로하고 접대하던 귀빈관—역주) 밖에서 맞았다. 그러고는 델포이에 있는 신전으로 가 그들을 위해 아폴론 신에게 탄원의 표시로 제물을 올렸다. 봉헌된 올리브 나무에서 꺾은 나뭇가지 하나에 하얀 양털이 여기저기 매어 있는 제물이었다.

제사 의식이 끝낸 테세우스는 모우니키온(Mounychion, 아티케력의 달로 지금의 4~5월 경—역주) 달의 여섯 번째 날에 항해를 시작했다. 오늘날까지도 그날이 되면 아테네 사람들은 신에게 축원하기 위해 아폴론 신전으로 처녀를 보낸다. 일설에 따르면 테세우스는 델포이에서의 신탁을 통해 아프로디테(Aphrodite, 그리스 신화 올림포스 12신 중 하나로 미와 사랑의 여신. 로마 신화의 베누스(영어명 비너스)와 동일시된다.—역주)를 불러내

여행의 동반자이자 안내자로 삼으라는 명령을 받았다고 한다. 바닷가에서 그가 암염소를 아프로디테에게 제물로 바치고 있는데 갑자기 암염소가 수컷으로 변했다. 이 때문에 그 여신은 에피트라기아(Epitragia, '암염소로부터'라는 뜻—역주)라는 별칭을 갖게 되었다.

여러 시인과 고대 역사가들이 전하고 있듯이 크레타 섬에 도착한 테세우스에게 아리아드네(Ariadne, 크레타의 왕 미노스의 딸—역주)가 연모의 정을 품게 되었고, 그녀는 테세우스에게 실타래 하나를 건네면서 라비린토스의 얽기설기 뒤엉킨 미로를 빠져나올 방법을 귀띔해주었다. 그녀 덕분에 라비린토스를 빠져나온 테세우스는 미노타우로스의 숨통을 끊었다. 그러고는 아리아드네와 젊은 아테네인 포로들을 데리고 귀국길에 올랐다. 페레키데스(Pherecydes, 기원전 5세기의 그리스 신화학자—역주)는 테세우스가 크레타인들이 뒤쫓지 못하도록 그들의 배 밑바닥에 구멍을 뚫었다고 덧붙이고 있다. 한편 데몬(Demon, 테세우스의 전기를 썼다고 하나 지금은 전하지 않는다.—역주)은 미노스 왕의 상장군이었던 타우로스Taurus가 항구의 어귀에서 아테네를 향해 출항하던 테세우스를 만나 해상 전투를 벌이다 그에 의해 살해당했다고 기록하고 있다.

미노타우르스를 때려잡는 테세우스

하지만 필로코로스는 우리에게 또 다른 이야기를 전해주고 있다. 미노스 왕은 해마다 격투경기를 개최해왔는데 경기가 시작되기도 전에 이미 타우로스가 우승할 것으로 점쳐지고 있었다. 해마다 우승컵은 그의 차지였던 까닭이었다. 그런 그의 영예를 배 아파하는 사람들도 많았다. 타우로스의 성품과 행동거지는 그가 누리는 권력을 미움의 대상으로 변질시켰다. 게다가 파시파에(Pasiphae, 미노스의 아내—역주)와 너무 가깝게 지내는 것도 눈총의 대상이었다. 바로 그런 이유로 미노스 왕은 테세우스가 타우로스와의 결투를 원하자 기꺼이 이를 허락했다. 크레타에서는 여자들도 경기를 관람하도록 허용하는 것이 관례였다. 그 경기를 지켜보던 아리아드네는 테세우스의 남성미, 그리고 그가 상대하는 적수를 제압하면서 보여주는 활력과 품격 있는 자세에 홀딱 반해버렸다. 미노스 왕도 무엇보다 테세우스가 타우로스를 땅바닥에 내동댕이쳐 망신을 주자 크게 기뻐했다. 그래서 미노스는 자진해서 아테네의 젊은 포로들을 테세우스에게 넘겨주면서 앞으로는 공물을 바치지 않아도 된다고 약속했다는 것이다.

이 사건과 아리아드네에 관련해서는 여전히 많은 전설들이 존재하지만 한결같이 서로 들어맞지 않는다. 어떤 전설은 그녀가 테세우스에게 버림받아 스스로 목을 매 죽었다고 하고 또 어떤 전설은 아리아드네가 테세우스의 배를 타고 낙소스 섬으로 갔는데 그곳에서 디오니소스의 제사장인 오에나로스Oenarus와 결혼했다고 전한다. 테세우스가 다른 여자와 사랑에 빠져 그녀를 버리고 떠났기 때문이다.

아글라이아[17]의 사랑이 그의 가슴에 불타오르고 있었기에

17) 아글라이아(Aglaea, Aegle)는, 그리스 신화에 나오는 우미(優美, 빛나는 아름다움)의 신으로 세 자매가 항시 함께 등장하기 때문에 복수형 카리테스로 불린다.

크레타 섬으로부터 귀국하던 길에 테세우스는 델로스 섬에 들렀다. 그는 델로스 섬의 신에게 제사를 드리면서 아드리아네로부터 받은 아프로디테의 초상을 신전에 바쳤다. 그리고 테세우스는 아테네의 젊은이들과 함께 춤을 추었는데 그 춤은 지금까지도 델로스 섬 주민들 사이에 테세우스를 기리는 풍속으로 남아 있다고 전한다. 그 춤사위는 일정한 박자에 맞춰 방향을 바꿔가며 돌고 도는 것으로 구불구불 뒤엉킨 라비린토스 미궁을 상징하는 것이라 한다. 디카이아르코스(Dicaearchus, 그리스의 페리파토스파(派) 철학자. 아리스토텔레스의 제자로 문학사·음악사·정치학·지리학 등 특수영역을 연구하였다. 그리스 문명사(文明史)를 기술한 《그리스의 생활》이 대표 저서이다.—역주)에 따르면 델로스 섬 주민들은 이 춤을 '학춤Crane'이라고 부른다. 그는 케라토니아(Ceratonia, 지중해 지역 토종의 콩과 식물—역주) 제단 주변을 돌며 이 춤을 추었는데 이 제단은 케라토니아 줄기 꼭대기 왼쪽에서 채취한 뿔 모양의 콩깍지로 이루어져 있어 그런 이름을 얻었다고 한다. 또한 그는 델로스 섬에서 시합을 개최했는데 승자에게 종려나무 가지를 주는 풍습은 이로부터 시작된 것이라고도 전한다.

아티카의 해안에 다가가면서 그들은 무사히 항해를 마치게 된 데 너무도 고무된 나머지 테세우스는 물론 선장마저도 흰 돛을 올려 아이게우스에게 그들의 무사 귀환을 알리는 일을 까마득히 잊고 말았다. 흰 돛이 펼쳐져 있지 않은 것을 보고 절망한 아이게우스는 암벽 위에서 바다로 몸을 던져 자살하고 말았다. 하지만 팔레룸(Phalerum, 아테네 인근의 고대 항구도시로 지금의 팔리로Faliro—역주) 항에 도착한 테세우스는 먼저 아테네를 떠날 때 신에게 약속했던 대로 제사를 지내면서 자신의 무사 귀환을 알리기 위해 아테네로 전령을 보냈다. 도시로 들어선 전령은 수

많은 사람들이 왕을 잃은 슬픔에 잠겨 있음을 깨달았다. 그러나 한편으로는 그가 가져온 소식에 기뻐하면서 그런 좋은 소식을 가져다준 그에게 화관을 씌워주며 환영했다. 그는 받은 화관을 벗어 전령의 상징인 지팡이에 매달고 바닷가로 돌아왔다. 테세우스는 신에게 바치는 헌주(獻酒) 의식을 아직 끝내지 못한 상황이었다. 전령은 신성한 의식을 방해할까 두려워하며 제단으로부터 멀찌감치 떨어져 제사가 끝나기를 기다렸다. 제사가 끝나자 그는 제단 쪽으로 올라가 왕의 죽음을 알렸다. 그 소식을 들은 사람들은 애통해 하며 깊은 슬픔 속에서 허둥지둥 도시로 달려갔다. 그때 이후로 지금까지도 오스코포리아(Oschoporia, 고대 아테네에서 포도 수확을 마치고 벌이던 축제로 열매가 달린 포도나무 가지를 가지고 디오니소스 신전에서 파레론 신전으로 행렬을 지어 가던 축제—역주) 축제에서는 화관을 전령의 머리에 얹지 않고 전령의 지팡이에 매달고 있다. 그리고 헌주 의례에 참석한 모든 사람들은 입을 모아 '엘렐레우, 이오우, 이오우' 하고 울부짖는데 그 처음은 뭔가 조급한 듯 혹은 마치 개선가를 부르듯 왁자지껄한 소리로 들리지만 나중에는 마치 뭔가에 놀라 경황이 없는 사람들이 소리를 지르는 것처럼 들린다.

아버지의 장례를 치른 테세우스는 피아네프시온(Pyanepsion, 아티케력(attic calendar)의 달로 오늘날의 그레고리력으로는 10월~11월에 해당한다.—역주) 달 7일째 되는 날 자신이 맹세한 대로 아폴론 신에게 제를 지냈다. 그날은 그와 함께 크레타 섬으로부터 무사히 살아 돌아온 젊은이들이 아테네로 입성한 날이었다. 이 축제 때 콩을 삶는 풍습은 이때부터 시작된 것이라고 한다. 크레타 섬으로부터 탈출한 젊은이들이 남은 식량을 모두 모아 솥 하나에 넣고 끓인 다음 축제를 즐기며 함께 먹었기 때문이다. 또한 이후 사람들은 에이레시오네(Eiresione, '양털로부터'라는 뜻—역주)라 부르는 양털로 휘감은 올리브 가지를 들고 줄을 지어 행진했는데 (당시 사람들은 무언가를 축원할 때 이런 의식을 치렀다.) 올리브 가지 위에는 온갖 종류의 과일들로 치장했다. 이는 기근과 흉년이 끝났음을 뜻하는 것이었다. 그들은 행진을 하며 이렇게 노래 불렀다.

에이레시오네가 무화과 열매를 주시네, 에이레시오네가 빵을 주시네
우리에게 꿀을 주시고 몸에 바를 기름을 주소서
또한 독한 포도주를 넘치도록 주소서
모두가 느긋해진 마음으로 잠자리에 들 수 있도록.

테세우스와 아테네의 젊은이들이 타고 온 배는 서른 명의 장정이 노를 젓게 되어 있는 배였다. 아테네 사람들은 오래 되어 썩은 부분을 더 튼튼한 새 목재로 갈아 끼우며 이 배를 데메트리오스 팔레레우스 Demetrius Phalereus 시대까지도 잘 보존했다. 그런데 이 배를 두고 어떤 이들은 원래 모습 그대로라고 하고 어떤 이들은 그렇지 않다고 주장했기 때문에 철학자들은 어떤 사물에 대해 이런 식으로 나름 타당한 의문이 제기될 때마다 이 배를 하나의 좋은 사례로 들고는 했다.

아버지 아이게우스가 사망한 뒤 테세우스는 마음속에 원대하고도 놀라운 계획을 세웠다. 아티카의 모든 주민들을 한 데 모이게 해서 하나의 도시, 하나의 시민으로 만들겠다는 생각이었다. 이전에는 주민들이 사방에 흩어져 살았기 때문에 어떤 사안에 대해 공동의 이익을 위해 모이기가 쉽지 않았던 것이다. 모이기는커녕 의견 차이를 보이며 심지어는 서로 싸우는 일도 비일비재했다. 테세우스는 마을마다 부족마다 일일이 돌아다니며 주민들을 설득했다. 힘없는 보통사람들은 이 반가운 제

안을 기꺼이 받아들였다. 테세우스는 마을의 유력인사들에게 군주가 없는 일종의 연합국가, 민주주의 혹은 인민의 정부를 약속했다. 그런 나라에서 테세우스는 오로지 전시사령관이자 법의 수호자 역할을 맡을 뿐이며 그 밖의 모든 것들은 그들 모두에게 골고루 분배되리라는 것이었다. 이러한 약속을 통해서 그들 중 일부는 테세우스의 제안에 넘어왔다. 나머지 사람들도 이미 커질 대로 커진 그의 권력을 두려워하고 그의 용기와 결단력을 알고 있었기 때문에 그의 무력에 억지로 무릎을 꿇느니 차라리 그의 제안을 받아들이는 쪽을 택했다. 이후 그는 멀리 떨어져 있는 모든 시 청사와 의사당, 치안판사 재판소를 없애고 오늘날의 어퍼 타운upper town 자리에 단일 공동청사(프리타네이온Prytaneum, 고대 그리스 도시국가의 시 청사. '프리타니스(정부고관)의 건물'이라는 뜻—역주)와 의사당을 지었다. 테세우스는 전 영토를 아테네라는 이름 아래 두고 통일된 아테네인 모두가 참여하는 축제일을 지정해 이를 파나테나이아Panathenaea라 불렀다. 아울러 테세우스는 체류외인(metoicoi)들을 위한 메토에시아Metoecia라는 축제일도 제정했는데 이 축제는 오늘날에도 헤카톰바이온 달 16일에 열린다. 테세우스는 약속한 대로 제왕으로서의 권력을 내려놓고 일종의 연합체제로 나아갔다. 하지만 이런 중차대한 일을 진행하는데 신들의 말씀을 듣지 않을 수 없었다. 테세우스는 새로운 정부와 도시의 운명과 관련해서 델포이의 신탁을 묻기 위해 사람을 보냈다. 그리고 이러한 답을 받았다.

피테우스의 딸의 아들이여
나의 아버지께서 그대의 도시에
많은 나라의 처지와 운명을 맡기셨나니

근심하지도, 두려워하지도 말지어다.
부레를 가진 그 분,
그를 에워싼 파도를 너끈히 헤쳐 나갈 터이니.

먼 훗날 한 주술사도 이 비슷한 말로 그 신탁을 아테네 사람들에게 전했다고 한다.

부레는 물에 젖을지언정 가라앉지는 않으리라.

테세우스는 도시를 한층 더 확대하려는 계획 아래 모든 이방인들의 아테네 유입을 환영하며 그들에게도 아테네 시민들과 동등한 권리를 누릴 수 있도록 했다. 흔한 말로 '모든 이들이여, 이곳으로 오라'는 말은 테세우스가 어떤 의미에서는 모든 민족을 위한 연합도시국가를 세웠을 당시 천명했던 말이었다고 한다. 그러나 그는 여러 잡다한 민족들이 아테네로 몰려 들어옴으로써 그 나라가 혼란에 빠지고 질서나 위계도 없는 상태로 방치되도록 허용하지는 않았다. 연합도시국가를 처음으로 귀족, 농민, 직공이라는 세 개의 뚜렷한 신분으로 나눈 인물이 바로 테세우스였다. 그런 다음 귀족에게 종교 업무, 치안판사 선발, 법률 교육과 입법, 모든 의례와 관련된 업무의 해석과 지도 등의 책무를 맡겼다. 하지만 도시 전체에는, 이를테면 하나의 엄밀한 평등이 자리잡고 있었다. 귀족은 명예에서, 농민은 이익에서, 그리고 직공은 수적 측면에서 각각 유리한 위치에 있었다. 아리스토텔레스에 따르면 테세우스는 대중적 정부를 지향하는 가운데 스스로 제왕적 권력을 내려놓은 첫 인물이었다. 호메로스도 배의 목록을 나열하는 가운데 아테네 사람들만을 '인민'이라고 지칭함으로써 같은 생각을 내비쳤다.

또한 테세우스는 황소의 이미지를 새긴 주화도 발행했다. 이는 타우로스 자신이 패퇴시킨 마라톤의 황소(Marathonian bull, 크레타의 황소를 지칭하는 것으로 테세우스에 의해 살해되었다.—역주)나 타우로스 상기시키는 것일 수도 있지만 사람들에게 농업의 중요성을 일깨우고자 했던 것일 수도 있다. 또한 그리스인들이 어떤 물건의 가치를 환산할 때 흔히 '열 마리 황소', '백 마리 황소' 등의 표현을 쓰는 것도 바로 여기에서 유래한 것이다. 이후 테세우스는 메가라(Megara, 그리스 남부 코린트 지협(地峽) 남안(南岸)에 있는 역사적 도시로 학문, 예술의 중심지였다.—역주)를 아티카에 합병하고 그곳 코린트 지협에 저 유명한 기둥을 세웠다. 그 기둥은 두 나라의 국경이 만나는 곳을 표시하기 위해 세워졌는데 거기에는 두 줄의 명문銘文이 새겨져 있다. 기둥의 동쪽 면에는 '저기는 펠로폰네소스, 여기는 이오니아' 서쪽 면에는 '여기는 펠로폰네소스, 저기는 이오니아'라고 새겨져 있다.

헤라클레스에 대한 경쟁심이 발동한 테세우스는 운동경기도 개최했다. 그리스인들이 그 영웅이 약속한 대로 제우스를 기리는 올림피아 경기를 열듯이 아테네 시민들은 테세우스의 주도로 포세이돈을 기리는 이스트미아 경기Isthmian Games를 개최하고자 했던 것이다. 동시에 그는 코린트 사람들과 협약을 맺고 아테네로부터 이스트미아 경기대회를 관람하러 오는 사람들에게 나머지 관중들에 앞서서 특별 좌석을 마련해주도록 했다. 할리카르나소스(Halicarnassus, 소아시아 남서안 카리아의 고대 도시로 오늘날의 지명은 보드룸이다. 그곳의 거대한 묘묘(墓廟) 마우솔레이온Mausoleion은 세계 7대 불가사의로 꼽힌다.—역주)의 헬라니코스와 안드로Andro도 밝히고 있듯이 그 관람석의 넓이는 그들을 태우고 온 배의 돛을 최대한 펼쳤을 때 덮을 수 있는 넓이로 정해졌다.

테세우스의 에우크세이노스(Euxine Sea, 오늘날의 흑해—역주)항해와 관련해서 필로코로스와 일부 사람들은 테세우스가 헤라클레스와 함께 항해를 떠났다고 전한다. 그는 헤라클레스를 도와 아마존(Amazon, 흑해 연안을 근거지로 활동한 고대 그리스의 전설 상 여전사로 활을 쉽게 당기기 위해 왼쪽 가슴을 잘랐다고 한다.—역주) 군대와 전투를 치르고 그 용맹성에 대한 보상으로 안티오페(Antiope, 헤라클레스가 9번째 업을 수행하던 과정에서 테세우스에 의해 납치되는, 아마조네스의 여왕 히폴리테의 자매—역주)를 얻었다고 전해진다. 하지만 페레키데스(Pherecides, 기원전 5세기의 그리스 신화학자—역주)와 헬라니코스, 헤로도토스(Herodotus, '역사의 아버지'라 불리는 그리스 역사가로 페르시아 전쟁을 다룬 역사서 〈역사〉를 썼다.—역주)를 위시한 더 많은 역사가들은 테세우스가 자신의 휘하에 있는 해군을 몸소 이끌고 흑해 원정길에 올라 그 아마조네스의 전사를 사로잡았다고 말하는데 이 이야기가 더 그럴 듯해 보인다. 테세우스와 함께 출정에 오른 사람들 중 어떤 다른 사람이 아마조네스 전사를 생포했다고 생각하기는 힘들기 때문이다. 비온(Bion, 기원전 2세기 말의 고대 그리스 목가시인으로 〈아도니스 애도가〉가 유명하다.—역주)에 따르면 테세우스는 속임수를 써서 그녀를 데리고 달아났다는 것인데 아마조네스의 여인들은 천성적으로 남자를 좋아해서 그가 해안에 첫발을 디뎠을 때 그를 피하기는커녕 배로 선물을 보내올 정도였다고 한다. 하지만 테세우스는 여인들을 데리고 온 안티오페를 배에 올라오도록 초대해서는 그녀를 배에 태운 채 즉시 출항해버렸다.

비티니아(Bithynia, 소아시아 북부 흑해에 접한 지역을 부르던 고대의 지명—역주) 지방 니카이아(Nicaea, 아나톨리아 북부에 위치했던 고대 그리스 시대의 도시로, 제1차와 제2차 니카이아 공의회가 열린 장소로 유명하다.—역주) 관련 역사서를 집필한 메네크라테스Menecrates는 안티오페를 배에 태운 테세우스가 한동안 흑해 연안을 유람했다고 전한다. 그 배에는 테세우스의 원정에 동행한 아테네의 젊은이 세 사람이 동승하고 있었는데 이들은 서로 형제간으로 에우네오스Euneos, 토아스Toas, 솔론Soloon이었다. 그런데 이들 중 막내가 안티오페를 깊이 사랑하게 되었다. 솔론은 아무도 모르게 자신의 감정을 키워가면서 오직 한 사람, 자기와 가장 가까운 친구에게만 그 비밀을 털어놓았다. 그리고 그 친구를 시켜 안티오페에게 자신의 열렬한 감정을 전했다. 그녀는 매우 단호한 태도로 솔론의 감정을 거부했지만 한편으로는 이 문제를 매우 품위 있고 분별 있게 대해서 테세우스에게는 자신에게 일어난 일에 대해 입도 뻥긋하지 않았다. 사태가 절망적으로 돌아가자 솔론은 바닷가 근처 강으로 몸을 던져 스스로 목숨을 끊고 말았다.

솔론의 죽음과 그를 죽음에 이르게 한 사랑 이야기를 알게 된 테세우스는 매우 슬퍼하며 고통스러워했다. 이때 그가 예전에 델포이에서 받았던 신탁이 그의 뇌리를 스쳤다. 아폴론 신전의 여사제 피티오스Pythius는 테세우스가 낯선 땅 어느 곳에서든 깊은 슬픔에 빠지거나 크나큰 고통에 사로잡혔을 때는 바로 그곳에 도시를 세우고 부하 중에서 사람을 뽑아 그곳을 통치하도록 하라고 했다. 테세우스는 신탁을 이행하기 위해 그곳에 도시를 세우고 아폴론의 이름을 따 피토폴리스Pythopolis라 명명했다. 그 도시 옆을 흐르는 강도 불행한 젊은이를 기리기 위해 솔론이라 이름 붙였다. 그리고 남은 솔론의 두 형에게 그 도시의 행정과 법을 다스리도록 맡기고 그들과 함께 아테네의 귀족인 헤르무스Hermus를 두고 와 두 사람을 돕도록 했다. 그 도시에는 헤르무스의 집이라 불리는 곳이 있는데 억양 상의 실수로 헤르메스의 집으로 잘못 불려졌다. 말하자면 한 영웅에게 바쳐져야 할 영예가 신에게 바쳐진 셈이 된 것이다.

이는 곧 아마조네스가 아티카를 침공하는 하나의 계기가 되었다. 그 침공을 그저 만만한 여인들의 그저 그런 모험심 정도로 치부할 수는 없을 듯하다. 그들이 아티카 근처의 나라들을 먼저 정복하고 그 도시로 거침없이 진격해 들어간 것이 아니라면, 바로 그 도시에 진을 친 채 프닉스(Pnyx, 아테네 중심에 있는 언덕―역주)와 무세움Museum이라 불리던 언덕을 지척에 둔 곳에서 전투를 벌일 수는 없었을 것이기 때문이다. 헬라니코스가 전하고 있듯이 그들이 육로로 그토록 기나긴 장정을 거쳐 얼어붙은 키메리안 보스포루스(Cimmerian Bosphorus, 크리미아의 그리스 식민지 주변지역을 일컬음―역주)를 지나왔다는 것은 믿기 어려운 사실이다. 그들이 아티카를 눈앞에 둔 곳까지 진격해서 진을 쳤던 것은 분명하다. 지금까지도 남아 있는 지명이라든가 전투에서 숨진 자들을 위한 무덤이나 기념비들이 그러한 사실을 충분히 뒷받침해주고 있다. 양측 군대는 서로 바라다 보이는 곳에서 오랫동안 대치하면서 선제공격의 기회를 엿보고 있었다. 마침내 테세우스가 두려움의 신에 제를 지내고 자신이 받았던 신탁의 명령에 따라 전투를 개시했다. 이 전투에서 수많은 아마조네스의 여전사들이 살해당했다. 그리하여 넉 달 뒤 히폴리타(Hippolyta, 이 역사가는 테세우가 결혼한 아마조네스의 여전사를 안티오페가 아닌 히폴리타로 불렀다.―역주)의 중재로 양측에 평화가 찾아왔다. 하지만 일부 역사가들은 그녀가 테세우스 편에서 싸우다 몰파디아(Molpadia, 아마조네스의 여전사로 테세우스의 군대와 싸우던 중 실수로 안티오페를 죽였다.―역주)가 쏜 화살에 맞아 죽었다고 전한다. 올림피아의 땅의 신을 모시는 신전 곁에 서 있는 기둥이 바로 그녀를 기리기 위한 것이라고도 한다. 하지만 그저

켄타우로스를 때려잡는 테세우스

럼 오래된 시대의 일이라면 역사 기록에 혼동이 있는 것도 무리는 아니라 생각된다. 아마조네스에 관해 언급할 만한 이야기는 이 정도이다.

테세우스와 페이리토오스(Peirithous, 테살리아 지방 라피타이 족의 왕으로 영웅 테세우스의 둘도 없는 친구다. 그의 결혼식에서 벌어진 켄타우로스 족과 라피타이 족의 싸움은 유명하다.—역주) 사이의 유명한 우정은 다음과 같이 시작되었다고 전해진다. 테세우스의 힘과 용기에 대한 명성이 그리스 전체로 퍼져나가면서 페이리토오스는 그가 진정 그런 존재인지 몸소 시험해보고 싶었다. 그래서 테세우스 소유의 황소 떼를 붙잡아 마라톤 지방 밖으로 멀찌감치 몰고나갔다. 이 소식을 접한 테세우스는 무장을 하고 페이리토오스를 뒤쫓았다. 페이리토오스는 도망치지 않고 몸을 돌려 테세우스를 맞대했다. 하지만 두 사람은 서로를 보는 순간 상대의 기품과 아름다움에 넋을 잃고 서로의 용기에 대한 존경심에 사로잡힌 나머지 싸우겠다는 애초의 생각을 까마득히 잊고 말았다. 먼저 페이리토오스가 테세우스에게 손을 내밀면서 이번 일과 관련해서는 전적으로 테세우스의 판단에 따르겠다고 말하면서 그가 내리는 어떠한 벌도 기꺼이 달게 받겠다고 약속했다. 하지만 테세우스는 페이리토오스의 잘못을 모두 용서했을 뿐 아니라 오히려 자기의 전우이자 형제가 되어달라고 간청을 했다. 그리하여 두 사람은 서약으로 우정을 맺었다. 이후 데이다미아 Deidamia와 결혼을 하게 된 페이리토오스는 테세우스를 결혼식에 초대하면서 자신의 나라에 와 구경도 하고 라피타이(Lapithae, 테살리아 지방의 펠레온 산 부근에 살았다고 전해지는 전설적인 부족—역주) 족 사람들과 친분도 다지라고 부탁했다. 페이리토오스는 켄타우로스(Centaurs, 상체는 인간이고 가슴 아래부터 뒷부분은 말인 반인반마의 종족으로 테살리아의 펠리온 산에서 날고기를 먹으며 살고, 성질이 난폭하고 호색적인 종족—역주) 족도 결혼식에 함께 초대했는데 그들이 술자리가 무르익으면서 점점 무례하고 거칠게 행동하기 시작했다. 라피타이 족 사람들은 그 즉시 켄타우로스 족 사람들에게 보복을 가해 그 자리에서 많은 사람을 살해했다. 싸움에서 이긴 라피타이 족 사람들은 켄타우로스 족 전체를 나라 밖으로 내쫓아버렸다. 싸움이 벌어지는 동안 테세우스는 내내 라피타이 족 편에 서서 함께 싸웠다.

헬라니코스에 따르면 테세우스가 헬레네(Helene, 스파르타 왕 메넬라오스의 아내였지만 트로이 왕자 파리스의 유혹에 넘어가 함께 트로이로 도주하는 바람에 그리스와 트로이 사이에 전쟁이 벌어지게 만든 절세 미녀—역주)를 납치한 것은 그의 나이 50세의 일이었다. 당시 헬레네는 결혼하기에는 너무 어린 소녀였다. 몇몇 역사가들은 그에게 씌워진 이렇듯 크나큰 범죄 혐의를 벗겨주기 위해 헬레네를 유괴한 것은 테세우스가 아니라 이다스(Idas, 린케우스의 쌍둥이 형. 메세네 왕 아파레우스와 아레네 사이에서 태어났다. 힘이 장사였으며 오만한 성격을 지녔다고 한다.—역주)와 린케우스(Lynceus, 이다스의 쌍둥이 동생. 메세네 왕 아파레우스와 아레네 사이에서 태어났다. 천리안을 지녀 땅속의 광맥을 꿰뚫어 볼 수 있을 정도였다고 한다.—역주)의 소행이라고 주장한다. 이 쌍둥이 형제가 헬레네를 유괴해서 테세우스에게 책임지고 맡아달라고 맡겼다는 것이다. 따라서 카스토르(Castor, '디오스쿠로이(제우스의 아들들)'라고 불렸던 쌍둥이 형제 중 한 명으로 디오스쿠로이는 아르고호 원정, 칼리돈의 멧돼지 사냥, 헤라클레스의 12과업 등 그리스 신화의 유명한 모험에 단골로 이름을 올리는 형제다.—역주)와 폴룩스(Pollux, 제우스의 아들이며 권투선수로 먼저 죽은 동생 카스트로와의 우애가 돈독해 이를 가상히 여긴 제우스가 두 사람이 같은 별자리에서 영원토록 가까이 지내도록 함으로써 쌍둥이별자리가 탄생했다.—역주)가 그녀를 돌려달라고 요구했음에도 불구하고 이를 거절했다고 한다. 또 헬레네의 아버지 틴다레오스(Tyndareus, 스파르타의 왕으로 쌍둥이 형제 카스토르와 폴룩스 그리고 두 딸 헬레네와 클리타임네스트라를 낳았다.—역주)가 딸을 돌봐달라며 테세우스에게 보냈다는 설도 있다. 히포코온(Hippocoon, 스파르타 왕 오이발로스와 물의 님프 바티아 사이에서 태어난 아들로 틴타레오스와는 배다른 형제이다.—역주)의 아들인 에나로포로스(Enarophorus, 히포코온의 열두 아들 가운데 하나로 헬레네의 가장 열렬한 구혼자로 알려져 있다.—역주)

가 아직 나이가 어린 헬레네를 강제로 데려갈까 두려워했기 때문이라는 것이다. 하지만 가장 그럴 듯하고 나름의 증거도 갖고 있는 설명은 다음과 같다. 테세우스와 페이리토오스가 함께 스파르타로 갔다가 디아나 오르티아(Diana Orthia, 아르테미스, 셀레나와 동일시 되는 달의 여신으로 스파르타에서는 그 여신을 오르티아라 불렀다. 로마신화에서는 디아나로 불린다.—역주) 신전에서 춤을 추고 있는 소녀를 납치해서 도망쳤다. 이내 무장한 사내들이 두 사람을 뒤쫓아 왔지만 테게아(Tegea, 그리스 펠로폰네소스 반도의 중앙부 아르카디아 지방에 있는 고대도시 유적. 현재의 트리폴리스 남쪽 약 5km 지점에 위치함—역주) 너머까지는 추격할 수 없었다. 위험에서 벗어난 테세우스와 페이리토오스는 펠레폰네소스 지방을 유유히 빠져나간 뒤 한 가지 약속을 했다. 제비를 뽑아 이긴 사람이 헬레네를 아내로 맞기로 하고 진 친구를 위해서는 다른 신붓감을 구하는 데 도움을 주기로 한 것이다. 제비뽑기에서 행운을 차지한 쪽은 테세우스였다. 하지만 그는 아직 결혼하기에는 어린 헬레네를 아피드나이(Aphidnae, 지금의 아피드네스 Afidnes—역주)로 데려가 친구 아피드노스Aphidnus에게 맡긴 뒤 어머니 아이트라를 보내 그녀를 돌보도록 조치하면서 친구에게 두 사람이 어디에 있는지 아무도 모르게 해달라고 부탁했다. 그러고는 이번에는 페이리토오스의 신붓감을 구하기 위해 에피로스(Epirus, 그리스 서부, 북쪽은 알바니아에 접경하며, 서쪽은 이오니아 해에 면한 지방—역주)로 가는 여행에 동행했다. 몰로시아(Molossia, 몰로소스Molossos가 아버지의 왕국 에피로스를 이어받은 뒤 자기 이름을 따 개명한 왕국—역주) 왕국의 딸을 납치하기 위해서였다. 아이도네오스Aidoneus 혹은 플루토Pluto라는 이름을 가진 이 왕에게는 프로세르피나Proserpina라는 부인과 코라Cora라 불리는 딸이 있었다. 왕은 궁전에 케르베로스Cerberus라 불리는 커다란 개 한 마리를 키우고 있었는데 코라를 아내로 맞고 싶은 사람은 반드시 이 개와 싸워 이겨야 했다. 하지만 페이리토오스와 테세우스의 목적이 코라에게 구혼하는 게 아니라 그녀를 강제로 납치하려는 데 있다는 사실을 깨달은 아이도네오스는 두 사람을 체포했다. 그는 페이리토오스를 개에게 던져 갈기갈기 찢어 죽이고 테세우스는 감옥에 가두고 감시토록 했다.

이즈음 메네스테우스(Menestheus, 트로이 전쟁 당시 아테네를 다스렸던 전설적인 왕—역주)라는 인물이 있었다. 그는 페테오스Peteus의 아들이자 오르네우스Orneus의 손자이며 또한 에레크테우스Erechtheus의 증손자로 대중들의 환심을 사 인기를 얻고자 했던 최초의 인물로 기록되어 있다. 그는 오래 전부터 암암리에 테세우스에 대한 원한을 키우고 있던 그 도시의 명망가들을 부추겨 테세우스에 대한 분노에 불을 지폈다. 그들은 테세우스가 자신들로부터 몇몇 소왕국과 귀족의 권리를 강탈한 뒤 그들 모두를 한 도시에 가두고는 마치 자기 신하나 노예처럼 부리고 있다고 생각하고 있었다. 또한 메네스테우스는 평민들을 선동하면서, 사실상 자신들의 참된 조국과 종교관습을 박탈당했음에도 불구하고 그저 꿈에 불과한 자유라는 것에 현혹되어 자신들만의 선량하고 자비로운 왕을 모시는 대신에 타지에서 굴러들어와 마치 자신이 주인인 양 행세하는 이방인에게 스스로를 내주고 말았다고 부추겼다. 이렇듯 메네스테우스가 시민들의 마음을 파고드는 데 정신이 팔려 있는 사이에 카스토르와 폴룩스가 아테네에 대해 전쟁을 일으켰다. 이 전쟁은 메네스테우스의 선동에 큰 힘을 실어주었다. 어떤 이들은 적들의 침공 뒤에는 메네스테우스와 두 사람 간에 내통이 있었다고 말한다. 카스토르와 폴룩스의 군대는 처음 아테네로 진격하는 과정에서는 그 어떤 적대행위도 하지 않았으며, 다만 그들의 누이 헬레네를 내놓으라고 평화적으로 요구했을 뿐이었다. 하지만 헬레네가 그 도시에 없으며 어떤 처지에 있는지도 모른다는 아테네 사람들의 답변을 들은 적군은 마침내 그 도시를 공격할 채비를 갖추기 시작했다. 그런데 그 때 아카데모스(Academus, '아카데미'의 어원이 된 아테네의 영웅—역주)가 어떤 경로를 통해서인가 헬레네가 아피드나이에 은밀히 숨겨져 있다는 사실을 알아내 그들에게 알려주었다. 그런 공을 높이 산 카스토르와 폴룩스는 아카데모스를 평생 공경했으며 라케다이몬(Lacedaemon, 스파르타의 옛 이름으로 제우스의 아들 라케다이몬의 이름에서 유래했다.—역주) 사람들은 이후로도 여러 차례 아티카를 향해 원정에 올랐지만 주변 나라들은 초토화시키면서도 아카데모스를 기려 아카데미만큼은 훼손하지 않았다.

몰로시아를 지나치던 헤라클레스는 도중에 아이도네오스 왕의 환대를 받았다. 대화중에 아이도네오스는 테세우스와 페이리토오스가 모종의 계획을 갖고 자기 나라에 들렀다가 고초를 겪었던 이야기를 꺼냈다. 헤라클레스는 페이리토오스가 그렇듯 불명예스런 죽음을 맞고 테세우스 또한 그런 비참한 지경에 빠져 있다는 사실에 애통해했다. 그는 이미 이 세상 사람이 아닌 페이리토오스에 대해서는 슬퍼해보아야 아무런 소용이 없다고 생각했지만 테세우스만큼은 자신을 보아서라도 방면해줄 것을 간청해 왕의 선처를 얻어냈다. 풀려난 테세우스는 아테네로 돌아왔다. 아테네에는 그의 동지들이 아직 완전히 궤멸당하지 않은 채 남아 있었다. 필로코로스에 따르면 테세우스는 아테네가 그를 위해 따로 떼어두었던 토지 중 네 곳을 제외한 모든 성지를 헤라클레스에게 헌정하고 성지의 이름도 테세아Thesea에서 헤라클레아Herculea로 바꾸었다고 한다. 테세우스는 연합국가 내에서 최고의 지위를 즉각 되찾고 그 나라를 예전처럼 통치하고자 했지만 이내 분열과 저항에 부딪혔다. 오랫동안 테세우스를 미워해왔던 사람들은 이제 그를 대놓고 무시하기까지 했다. 평민들도 정신이 전반적으로 타락해서 명령에 순순히 복종하지 않고 애써 달래야 자신의 의무를 이행하는 형편이었다. 그들을 힘으로 제압하려는 생각을 해보기도 했지만 선동적인 정치가들과 파벌의 힘에 짓눌렸다. 결국 아테네에서 자신의 뜻을 성공적으로 펼칠 수 없으리라고 체념한 테세우스는 자식들을 은밀히 에우보이아로 보내 칼코돈(Chalcodon, 에우보이아 아반트족의 왕으로 테베와 전쟁을 벌이다 암피트리온에게 살해당했다.―역주)의 아들 엘레페노르Elephenor의 보살핌 아래 두었다. 그리고 그 자신은 가르게토스Gargettus 마을에서 아테네 사람들에게 준엄한 저주를 내렸다. 아직도 그곳에는 저주의 장소라는 뜻의 아라테리온Araterion이라 불리는 곳이 존재한다. 테세우스는 아버지로부터 물려받은 땅이 있는 스키로스(Scyros, 에게 해 중북부, 에보이아 섬 동쪽에 위치한 스포라데스 제도의 주도―역주) 섬으로 항해해 들어갔다. 그곳 주민들이라면 자신을 친구로 맞이해줄 것이라 생각했다. 당시 스키로스의 왕은 리코메데스Lycomedes였다. 테세우스는 리코메데스에게 대화를 청하고 그에게 자신의 소유로 되어 있는 땅을 되돌려 받고 싶다는 바람을 전했다. 그곳에 정착해서 살 심산이었다. 일부에서는 그가 아테네에 반기를 들기 위해 리코메데스에게 도움을 청했다는 주장을 펴기도 한다. 하지만 리코메데스는 테세우스라는 위인의 영예에 질투를 느끼거나 그게 아니면 메네스테우스를 흐뭇하게 해주고 싶었던 게 아닌가 싶다. 리코메데스는 그 땅을 보여주겠다며 테세우스를 그 섬에서 가장 높은 벼랑으로 데리고 가 절벽 아래로 밀어뜨려 죽였다. 하지만 일부 설에 의하면 테세우스가 저녁 식사를 마친 후 평소 습관대로 그곳을 산책하다가 발을 헛디뎌 벼랑 아래로 떨어졌다고도 전해진다. 그럼에도 그의 죽음은 그 당시에는 그 어떤 주목도 관심도 받지 못했다. 메네스테우스는 소리 소문 없이 아테네 왕국을 차지할 수 있었다. 테세우스의 아들들은 은밀히 양육되어 트로이 전쟁 당시 엘레페노르를 수행했다. 그리고 메네스테우스가 그 원정에서 죽자 아테네로 돌아와 권력을 되찾았다. 훗날 아테네 사람들이 테세우스를 반신반인의 존재로 추앙하게 된 데는 여러 이유가 있지만 그중 하나를 소개하자면 다음과 같다. 아테네인들이 마라톤에서 메디(Medes, 메데스, 메드로도 불리며 카스피 해 남부 지방 주민으로 본래 이란 인종이었으나 기원전 550년경 페르시아에 흡수되었다.—역주) 족과 전투를 벌이던 중 많은 병사들이 야만인을 향해 선두에 서서 돌진하는 무장한 테세우스의 환영을 보았다고 믿었다. 메디 족과의 전쟁이 끝난 뒤 아테네의 집정관 파이도Phaedo와 아테네 사람들은 델포이에서 신탁을 청했다. 그 결과 테세우스의 유골을 한데 모아 정결한 장소로 이장한 뒤 그곳을 도시의 성지로 보전하라는 신탁이 내려졌다. 하지만 유골을 복원하는 일은 여간 어려운 일이 아니었다. 아니 유골들이 묻힌 곳을 찾는 것 자체가 지난한 일이었다. 그 섬에 살고 있는 야만족들이 무척 거칠고 야박했기 때문이었다. 그럼에도 불구하고 키몬(Cimon, 페르시아 전역에서 수많은 공을 세운 아테네의 장군—역주) 장군은 자신의 전기에 기록된 바와 같이 그 섬을 점령한 뒤 테세우스가 매장된 곳을 찾아내고자 하는 야심을 갖고 있었다. 그런데 우연히도 독수리 한 마리가 봉긋 올라온 땅을 부리로 쪼며 발톱으로 파헤치는 광경을 목격했다. 순간 키몬에게는 그것이 마치 그곳을 파헤쳐 테세우스의 유골을 찾으라는 신의 계시처럼 느껴졌다. 키몬은 그곳에서 보통사람보다 체격이 커 보이는 한 남자의 관을 발견했다. 그 곁에서는 놋쇠로 만든 창날과 검 한 자루도 놓여 있었다. 키몬은 발굴한 것을 모두 갤리선(Galley, 고대 그리스나 로마 시대 때 주로 노예들에게 노를 젓게 한 배—역주)에 싣고 아테네로 돌아왔다. 아테네 사람들은 크게 기뻐했다. 아테네는 제물을 들고 테세우스의 유골을 보러 나온 시민들로 장사진을 이루었다. 마치 테세우스가 아테네로 살아 돌아온 듯했다. 테세우스의 유골은 시내 중심부 지금의 김나지움(Gymnasium, 고대 그리스의 연무장演武場—역주) 근처에 안장되었다. 그의 무덤은 권력자들의 박해를 피해 도망쳐온 모든 보통사람들과 노예들의 성소이자 피난처가 되었다. 사람들은 살아생전 고통에 찌든 사람들의 조력자이자 보호자로서 자신에게로 도망쳐온 그들의 하소연을 단 한 번도 내친 적이 없었던 테세우스를 기억하고 있었던 것이다. 아테네 사람들이 테세우스를 기리며 드리는 가장 성대하고도 엄숙한 제사는 피아네프시온 달 제 8일에 열린다. 이날은 그가 아테네의 젊은이들을 데리고 크레타 섬에서 귀환한 날이다. 이 날 말고도 그들은 매월 8일이면 테세우스에게 제를 올리는데 지리학자 디오도로스(Diodorus, BC 1세기 말 시칠리아 아기리움 출생의 역사가로 《도서관 Bibliotheke》이라는 제하의 세계사를 저술했다.—역주)에 따르면 테세우스가 헤카톰바이온 달 8일에 트로이젠에서 귀국했기 때문이라고 한다. 또 일설에 따르면 그가 넵튠의 아들로 알려져 있었고 넵튠의 제사가 매달 8일에 열리므로 8이라는 숫자가 그와 관련이 있다고 생각했기 때문이라고도 한다. 8이라는 숫자는 첫 짝수인 2의 세제곱이 되는 수이고 첫 두제곱 수인 4의 배가 되는 수이다. 따라서 이후 대지를 다지고 떠받치는 자라는 의미에서 아스팔리오스Asphalius와 가이이오코스Gaeiochus라는 이름을 갖게 된 이 신의 영원히 불변하는 힘을 상징하는 숫자로 받아들여졌던 듯하다.

로마라는 도시, 모든 세상 사람들의 입에 회자되는 위대한 영광의 이름 '로마'가 유래했다는 로물루스Romulus. 하지만 역사학자들 사이에서는 주장이 엇갈린다.

그러나 가장 신빙성 있고 대체로 가장 많은 사람들이 인정하는 이야기는 이렇다. 아이네아스(Aeneas, 트로이가 패망한 뒤 늙은 아버지를 업은 채 아들을 데리고 불타는 트로이 성을 탈출하여 로마의 모태가 되는 새 나라를 세운 인물—역주)의 직계 후손들에게 이양되어 왔던 알바롱가 왕국(Alba, Alba Longa, 아이네아스의 아들 아스카니우스가 세웠다고 전하는 고대 이탈리아의 도시. 로마 남동 30 km의 알바 호반에 있으며 지금의 카스텔 간돌포에 해당한다.—역주)의 통치권이 마침내 두 형제 누미토르(Numitor, 아이네아스의 아들 아스카니우스가 건설한 이탈리아의 고대도시 알바롱가의 왕으로 13대 왕 프로카스의 맏아들—역주)와 아물리우스(Amulius, 알바롱가 왕국의 14대 왕—역주) 앞에 놓이게 되었다. 아물리우스는 모든 것을 둘로 공평히 나

트로이 성을 탈출하는 아이네아스

누자고 제안하고 트로이로부터 가져온 왕국의 가치에 맞먹는 황금과 보물을 쌓아놓고 왕국과 보물 중 어느 쪽을 선택할지 물었다. 누미토르는 왕국을 선택했다. 하지만 재물 쪽을 선택함으로써 누미토르보다 훨씬 더 많은 일을 획책할 수 있었던 아물리우스는 아주 손쉽게 형의 왕국을 손아귀에 넣었다. 그는 누미토르의 딸이 아들을 낳음으로써 장차 자신의 왕위를 넘볼까 두려워한 나머지 그녀를 베스타 여신(Vesta, 불과 부엌의 여신으로 그리스 신화의 헤스티아Hestia에 해당—역주)의 신녀(Vestal, 영원한 정결을 맹세하고 여신의 제단의 성화를 지켰던 6명의 처녀중의 한 사람—역주)로 만들어 평생 처녀의 몸으로 살 수밖에 없도록 만들었다.

이 처녀의 이름을 두고 어떤 이는 일리아Ilia, 또 어떤 이는 레아Rhea라 하고 또 실비아Silvia라 주장하는 이도 있다. 하지만 얼마 안 가 그녀는 신녀들의 내규를 어기고 인간의 몸집보다 크고 잘생긴 쌍둥이를 출산했다. 더욱 더 불안해진 아물리우스는 하인을 시켜 두 아이를 내다버리라고 명령했다. 일부에서는 이 하인이 파우스툴루스Faustulus라 주장하기도 하지만 어떤 이들은 파우스툴루스는 두 아이를 양육한 사람이라고 주장한다. 어쨌든 그는 두 갓난아이를 조그만 바구니에 담아 강물에 던질 생각으로 강가로 향했다. 하지만 강물이 너무 불어나 세차게 흐르는 것을 본 그는 가까이 가는 게 두려워 강둑 가까이에 아이들을 내려놓고 그곳을 떠났다. 강물은 점점 더 불어나 마침내 흘러 넘쳤고 아이들이 담긴 바구니를 싣고 두둥실 흘러갔다. 바구니는 어느 부드러운 강기슭에 닿았다. 그곳을 사람들은 예전에는 제르마누스Germanus라 불렀고 지금은 체르마누스Cermanus라 부른다. 그 지명은 아마도 형제를 의미하는 '제르마니(Germani, 제르마노Germano의 복수형—역주)'에서 온 듯하다.

아기들이 이곳에 누워 있는 동안 늑대 암컷 한 마리가 아기들에게 젖을 먹이고 딱따구리 한 마리도 먹을 것을 구해다 주며 그들을 돌보았다고 역사는 전한다. 이 동물들은 군신軍神 마르스(Mars, 그리스 신화의 아레스Ares—역주)가 현신한 것으로 여겨져 성스러운 존재로 추앙받고 있다. 라틴 사람들은 아직도 딱따구리를 각별히 숭배하고 공경해야 할 대상으로 여기고 있다. 이런 일련의 상황은 아이들의 어머니가 한 말, 요컨대 아이들의 아버지가 바로 군신 마르스라고 말한 사실에 믿음을 더해준다.

한편 아물리우스의 돼지치기였던 파우스툴루스는 아무도 모르게 아이들을 키웠다. 혹은 좀 더 가능성이 높은 이야기를 선호하는 쪽은 누미토르가 그 사실을 알고 은밀히 아이들의 양육을 도왔다고 말한다. 그 근거로 두 아이가 가비(Gabii, 로마 동쪽에 있었던 고대 라틴 도시. BC 5세기 이후 로마와 동맹을 맺으며 번성함—역주)에 있는 학교를 다녔고 글도 제대로 익혔으며 자신들의 신분에 걸맞은 재능까지 갖췄다는 사실을 든다. 두 아이는 로물루스와 레무스(젖꼭지란 뜻의 '루마Ruma'에서 비롯되었다.)로 불렸다. 발견될 당시 그들이 늑대의 젖을 빨고 있었기 때문이다. 아주 어렸을 때부터 두 아이는 몸집도 크고 용모도 아름다워서 이미 될성부른 떡잎임을 그 자체로 보여주고 있었다. 그들을 성장해가면서 용기 있고 남자다운 풍모를 보이면서 매사에 모험을 즐기고 두둑한 배짱도 보여주었다. 하지만 로물루스 쪽이 좀 더 자기만의 계획을 갖고 행동하는, 뭔가 정치가로서의 총명함이랄까 하는 면모를 보여주고 있었다. 그는 이웃들을 대하는 데서도, 가축을 먹이거나 사냥을 하면서도 누군가에게 복종하기보다는 오히려 그들을 지배할 운명을 타고났다는 느낌을 풍겼다. 그런 만큼 형제는 친구들과 후배들의 사랑을 받았다. 하지만 왕의 신하들과 집행관, 감독관들에 대해서는 자신들보다 특별히 나을 것도 없는 존재로 여겨 무시하고 얕잡아보았을 뿐 아니라 그들의 명령이나 위협 따위는 귓등으로 흘려들었다. 형제는 건전한 취미를 즐기고 교양도 쌓았다. 그들은 나태나 게으름은 결코 정직한 행위도 교양 있는 행위도 아니며 오히려 사냥이나 달리기 연습을 하고 강도를 물리치고 도둑을 잡고 억울하고 억눌린 사람들을 구제하는 일이야말로 그런 일이라고 생각했다. 이런 행실로 인해 형제는 유명인물이 되었다.

그즈음 누미토르와 아물리우스의 목동들 사이에 싸움이 일어났다. 그런데 누미토르 쪽 목동들이 아물리우스 쪽 소를 몰고 달아나자 분을 참지 못한 아물리우스의 목동들이 그들을 습격해 멀리 내쫓고는 그들이 약탈해간 소 대부분을 회수했다. 이런 일련의 사태에 누미토르는 격분했다. 하지만 아물리우스 측 목동들은 그에 아랑곳 않고 폭동이라도 일으킬 태세로 가난한 사람들과 도망 노예들을 규합해 자기편으로 끌어들였다. 그런데 신성한 의식과 점치는 일을 좋아했던 노물루스가 제사에 참석하고 있던 어느 날 누미토르의 목동들이 길 가던 레무스를 만났다. 그들은 얼마간의 실랑이 끝에 레무스를 붙잡아 누미토르에게 데려가 처벌해달라고 고소했다. 동생 아물리우스의 심기를 건드릴까 두려웠던 누미토르는 레무스를 직접 벌하지 않고 아물리우스에게 데리고 가 정당한 판결을 내려달라고 부탁했다. 두 사람이 형제간인 데다 아물리우스의 종복들이 잘못을 저질러서 결국 모욕을 당한 쪽은 자신이라고 생각했기 때문이다. 그런데 당시 알바롱가 왕국 주민들 역시 그 사태에 대해 누미토르와 마찬가지로 분한 감정을 갖고 있었고 누미토르가 여태 치욕스러운 대접을 받아왔다고 생각하고 있었다. 이런 분위기를 알고 있었던 아물리우스는 알아서 처리하라고 레무스를 다시금 누미토르 손에 넘길 수밖에 없었다. 누미토르는 레무스를 데리고 집으로 돌아왔다. 그런데 누미토르는 젊은이의 비길 데 없이 건장한 몸집과 힘에 감탄을 금할 수 없었다. 레무스의 얼굴에는 자신이 처한 곤경에도 아랑곳 않는 꿋꿋한 용기와 기상이 엿보였다. 게다가 누미토르는 지금 자기 눈앞에 있는 젊은이의 모습에서 자신이 여태까지 살아온 진취적인 삶과 흡사한 무언가를 느꼈다. 누미토르가 보기에 무엇보다도 레무스란 젊은이는 단순히 머릿속 생각에 머물지 않고 자기만의 신성한 영향력을 발휘해서 어떤 일을 앞장서 도모함으로써 중요한 성과를 이루어낼 만한 능력을 갖고 있었다. 누미토르는 자신의 그런 생각을 무심히 마음에 둔 채 부드럽고 온화한 표정과 말씨로 상대에게 자신감과 희망을 불어넣으면서 그가 누구인지 태생은 어떠한지 물었다.

그러자 레무스는 용기를 얻어 이렇게 대답했다. “숨김없이 대답하겠습니다. 저를 벌하기 전에 먼저 제 말을 들어주고 제 사연을 따져 묻는 걸 보면 당신은 아물리우스 왕보다 더 군주다운 성품을 갖고 계신 듯 보이기 때문입니다. 아물리우스 왕은 이유를 듣기도 전에 벌부터 내리니까요. 제게는 쌍둥이 형이 있습니다. 예전만 해도 저희는 아물리우스 왕의 하인인 파우스툴루스와 라렌티아를 아버지, 어머니로 생각했습니다. 하지만 이렇듯 모략에 의해 죄인으로 몰려 목숨이 위태로운 지경에 이르다 보니 저희들과 관련해서 여러 이야기들이 들립니다. 제가 처한 위험으로 인해 이제 그 이야기들의 진실 여부가 시험대에 오르게 되었습니다. 저희 형제의 출생은 비밀에 싸여 있다고 합니다. 젖을 먹고 자랐을 갓난아기 시절 이야기는 훨씬 더 기묘합니다. 버려진 저희를 새와 짐승들이 길렀다고 하니까요. 자그마한 바구니에 담겨 강가에 버려진 저희를 늑대가 와서 젖을 먹이고 딱따구리가 음식 조각을 물어다 먹였다고 합니다. 그 바구니가 지금도 남아 있는데 그 둘레에는 놋쇠 띠가 둘려 있고 거기에는 거의 닳아 희미해진 글씨가 새겨져 있습니다. 저희 부모가 누구인지 밝혀줄 징표가 될지도 모를 그 놋쇠 띠도 저희가 죽고 나면 아무런 쓸모도 없게 되겠지요.” 레무스의 말을 들은 누미토르는 젊은이의 용모를 통해 그의 나이를 어림짐작해보며 가슴속에 거부할 수 없는 희망이 꿈틀대는 것을 느꼈다. 그는 어찌 해서든 여전히 구금 상태에 있는 딸을 은밀히 만나 이 문제에 대해 이야기를 나눠봐야겠다고 생각했다.

레무스가 붙잡혀갔다는 소식을 들은 파우스툴루스는 로물루스를 불러 레무스를 구출할 방도를 궁리해보라고 부탁하면서 지금까지 철저히 비밀에 부쳐왔던 형제의 출생에 얽힌 비밀을 솔직히 털어놓았다. 그 이야기를 경청한 사람이라면 누구나 뭔가 중대한 결심을 내리지 않을 수 없을 터였다. 그리고 자기 자신은 행여 너무 늦지나 않았을까 하는 두려움에 몸소 바구니를 들고 그 즉시 누미토르에게 달려갔다. 하지만 성문을 지키던 아물리우스 왕의 보초들이 거동을 수상히 여겨 그를 붙들고는 이것저것 꼬치꼬치 캐묻기 시작했다. 당황한 그는 외투 속에 숨기고 있던 바구니를 보여주지 않을 수 없었다. 그런데 우연히도 보초들 중에는 형제가 살아 있을지 모른다고 의심하며 그들을 찾아내고자 혈안이 돼 있던 관헌 한 사람이 있었다. 바구니의 모양새와 놋쇠 띠를 본 그 보초는 그것이 자신이 찾던 아이들과 관련이 있음을 직감하고 지체 없이 왕에게 이 사실을 보고하고 심문을 위해 파우스툴루스를 궁 안으로 끌고 갔다. 곤경에 빠진 파우스툴루스는 두려움에 떨면서도 증거를 모두 내보이지도 모든 비밀을 다 털어놓지도 않았다. 파우스툴루스는 아이들이 살아 있다고 자백하면서도 알바로부터 아주 멀리 떨어진 곳에서 평범한 양치기로 살아가고 있다고 둘러댔다. 그리고 자신은 지금 일리아에게 바구니를 가지고 가던 중이라고 말했다. 그녀가 아이들에 대한 희망을 확인하고 싶어 자주 그 바구니를 가져다 달라고 해서 어루만져보기를 간절히 원하기 때문이라고 했다. 아물리우스는 마음이 혼란스럽거나 어떤 두려움이나 열정에 사로잡힌 사람들이 흔히 하는 대로 행동했다.

그는 서둘러 누미토르에게 전령을 보내 아이들이 살아 있다는 소식을 들은 적이 있는지 알아보도록 했다. 그 사람은 정직하고 누미토르와도 가까운 사이였던 것으로 보인다. 전령은 레무스를 자기 품에 받아들이고 싶어 하는 누미토르의 간절한 소망을 깨닫고는 자신의 진심을 털어놓으며 가능한 한 서둘러 행동에 들어가라고 조언했다. 그러면서 자신도 두 사람의 거사에 합세해서 돕겠다고 말했다. 사실 그들이 원하던 바이기도 했지만 설사 그렇지 않다 해도 이미 사태는 거스를 수 없는 지경으로 치닫고 있었다. 로물루스는 이미 매우 가까운 곳까지 접근해 오고 있는 상황이었고 아물리우스를 두려워하면서도 증오해온 수많은 시민들이 밖으로 쏟아져 나와 로물루스에 합류하고 있었다. 게다가 그는 자기를 따르는 군대를 이끌고 온 상황이었다. 로물루스는 군을 100명 씩 나누어 편성하고 그 우두머리에게는 풀과 잔가지 묶음을 장대 끝에 묶어 들도록 했다. 라틴어로 그 묶음을 '마니풀리(Manipuli, 마니풀루스의 복수형—역주)'라 부르고 이후 그들의 군대에서 중대장은 '마니풀라레스manipulares'로 불린다. 레무스는 성 안에서 시민들을 규합해 반란을 일으키고 로물루스는 성 밖에서 공격해오는 상황에서 폭군 아물리우스는 어찌할 바 모르고 자기 목숨을 지킬 마땅한 방책도 찾지 못한 채 당혹감에 우왕좌왕하다가 붙잡혀 죽음을 맞는다. 이 이야기는 많은 부분 파비우스Fabius와 페파레토스Peparethos 섬 출신의 디오클레스Diocles가 남긴 것들인데 이들은 로마 건국 당시의 초기 역사가로 추정된다. 그런데 어떤 이들은 지나치게 극적이고 허구적으로 보인다며 이 이야기에 의심의 눈초리를 보낸다. 하지만 운명이라는 시인이 세상에 모습을 드러내는 방식을 기억한다면, 그리고 참으로 엄청나고도 비상한 상황과 더불어 그 출발점에서 어떤 신의 섭리가 작용하지 않았다면 로마의 권세가 그토록 높은 정점에 이르지 못했을 것이라는 점을 고려하면 이 이야기들을 전혀 믿지 못할 것으로 치부해버리기도 힘들지 않을까 생각된다.

이제 아물리우스는 죽고 사태는 조용히 진정되었다. 형제는 이제 알바롱가 왕국을 통치하지 않는 한 더 이상 그곳에 살 이유도 없었고 그렇다고 할아버지가 살아 있는 한 그곳의 왕위를 손에 쥘 생각도 없었다. 따라서 통치권을 할아버지 누미토르에게 넘겨주고 어머니에게는 합당한 명예를 회복시켜준 다음 자신들은 나름의 길을 모색하기로 했다. 형제는 자신들이 어린 시절을 보낸 바로 그곳에 도시를 세우기로 했다. 이는 그들이 알바롱가 왕국을 떠나는 가장 명예로운 명분인 듯하다. 하지만 따지고 보면 형제 주위로 노예들과 도망자들을 결집시키기 위해서는 새로운 본거지가 필요했던 것도 사실이다. 그런 후속 대책이 없다면 그들은 뿔뿔이 흩어져 결국 그 세를 상실하게 될 터였다. 게다가 알바롱가 왕국 주민들은 도망자들을 시민의 일부로 받아들일 가치가 없다고 생각했다. 그들의 이런 생각이 가장 명백히 드러난 것은 여자 문제였다. 하지만 도망자들이 일으킨 성적인 문제는 그들이 정상적인 방식으로는 아내를 구할 수 없었던 데서 기인한 문제였다. 따라서 이는 그들이 충동적이라기보다는 어떤 불가피한 문제였다고 보는 게 맞다. 그래서 나중에 이들은 자신들이 강제로 납치한 여자들에게 보기 드문 예를 갖춰 대했다고 한다.

도시를 창건한 지 얼마 되지 않아 형제는 모든 도망자들을 위한 피난 성소聖所를 개장했다. 그들은 그곳을 아실레우스 신의 신전으로 불렀는데 그곳에서 그들은 그 어떤 도망자도 돌려보내지 않고 모두 수용했다. 노예를 주인에게 돌려보내는 일도, 채무자를 채권자에게 돌려보내는 일도, 심지어는 살인자를 재판관의 손에 넘기는 일도 하지 않았다. 이를테면 그곳은 면책 특권이 부여된 장소였던 것이다. 그들이 이렇듯 면책의 성소를 운영할 수 있었던 것은 거룩한 신탁의 명령 덕분이었다. 그리하여 도시를 구성하던 가구가 처음 천 가구에 불과했던 이 도시는 얼마 안 가 사람들로 북적대는 도시로 성장했다. 이에 관해서는 나중에 더 살펴보기로 하자.

도시 건설에 온 마음을 빼앗기고 있던 형제간에 그 장소와 관련해서 이견이 생겼다. 로물루스는 로마 쿼드라타Roma Quadrata 즉 로마 광장

Square Rome이라 불리는 곳을 도시 건설의 최적지로 꼽은 반면에 레무스는 천연의 요새인 아웬티누스 언덕Aventine Mount 위에 자리한 평지를 꼽았다. 그곳은 처음에는 레무스의 이름을 따 레모니움Remonium으로 불리다가 지금은 리그나리움Rignarium으로 불린다. 결국 두 사람은 얼마간의 거리를 두고 서서 새들의 비행을 보고 점을 쳐 두 장소 중 한 곳을 정하기로 했다. 전해 내려오는 이야기에 따르면 레무스는 여섯 마리의 콘도르를 본 반면에 로물루스는 그 두 배인 열두 마리의 콘도르를 보았다고 한다. 하지만 일설에 따르면 레무스는 여섯 마리를 실제로 본 반면에 로물루스는 자신이 본 콘도르 수를 속였다는 것인데 레무스가 로물루스에게 갔을 때에야 비로소 열두 마리의 콘도르를 볼 수 있었다고 한다. 물론 헤로도루스 폰티쿠스Herodorus Ponticus에 따르면 헤라클레스도 콘도르를 볼 때마다 그를 길조로 여겨 크게 기뻐했다고 하지만 로마인들이 새들을 보고 점을 칠 때 특히 콘도르를 중히 여기게 된 것은 이로부터 비롯된 것이다. 콘도르는 새들 중에서도 가장 인간에게 해를 끼치지 않는 존재로 옥수수도 과일도 가축도 탐하지 않으며 오로지 짐승의 썩은 고기만을 먹는다. 콘도르는 살아 있는 것은 절대로 해하거나 사냥하지 않으며 상대가 새라면 동족으로 여겨 시체조차도 건들지 않는다. 반면에 독수리, 부엉이, 매와 같은 조류는 동족을 해치고 죽인다. 그래서 아이스킬로스는 이렇게 읊고 있다.

> 같은 종족을 먹이로 삼는 새가 어찌 정결할 수 있으리?

게다가 다른 새들은 이를테면 우리 눈 밖으로 벗어나지 않고 언제나 우리 시야 안에 있다. 하지만 콘도르를 보는 일은 쉽지 않다. 콘도르의 새끼를 보았다는 사람을 만나기란 여간 어려운 일이 아니다. 콘도르의 이러한 희귀성과 진귀함은 어떤 사람들에게는 다소 이상한 생각을 불러온다. 요컨대 콘도르가 어떤 다른 세계에서 우리에게 날아온 존재라는 것이다. 그것은 마치 점술가들이 자연의 산물이 아닌 모든 일의 기원을 신의 뜻으로 돌리는 것과 다를 바 없다.

레무스는 로물루스의 속임수를 알고 몹시 기분이 상했다. 그래서 로물루스가 도시의 성벽을 쌓기로 계획한 곳에서 배수로를 조성하며 흙을 쌓아올리고 있을 때 마치 로물루스를 조롱이라도 하듯 쌓아올린 흙을 무너뜨리는 등 작업을 방해했다. 결국 로물루스를 경멸하며 배수로를 이리저리 뛰어넘고 있던 레무스를 로물루스가 가격했다고 하는데 어떤 이들은 레무스를 친 사람이 로물루스의 동료 중 한 사람인 켈레르(Celer, 로물루스의 부하로 성벽 건설의 책임자로 알려져 있다.—역주)였다고도 전한다. 어찌 됐든 레무스는 땅바닥에 쓰러졌고 이렇듯 실랑이가 오가던 와중에 파우스툴루스와 그와 형제간인 플리스티누스Plistinus 또한 목숨을 잃었다. 그런데 플리스티누스는 로물루스를 양육하는 데도 힘을 보탰던 것으로 알려져 있다. 일이 이렇게 되자 켈레르는 그 즉시 투스카니아(Tuscany, 투스카나Tuscana로도 불리는 이탈리아 중부의 라치오 지방, 로마 북서쪽 약 80km에 위치한 도시—역주)로 달아나버렸다. 이때부터 로마인들은 발이 잽싼 사람을 첼레레Celere라 부르고 있다. 또 로마인들은 불과 며칠간의 준비를 거쳐 아버지의 장례식에서 사람들에게 검투사들의 공연을 마련해 보여준 퀸투스 메텔루스Quintus Metellus란 사람에게도 그의 잽싼 공연 준비를 칭찬하는 의미에서 켈레르라는 별칭을 붙여주기도 했다.

레무스와 두 양아버지를 레모니아 산에 묻은 뒤 로물루스는 도시 건설에 착수했다. 그리고 투스카니아로부터 사람들을 불러 그들에게서 종교의식처럼 모든 준수되어야 할 의례에 적용할 신성한 관례와 성문화된 규율들을 가르침 받았다. 가장 먼저 그들은 오늘날 코미티움(Comitium, 로마 공화정시대의 합법적 민회인 코미티아comitia가 열린 정치적 집회 장소—역주)이라 불리는 곳을 빙 둘러 둥근 도랑을 파고는, 관습적으로 유용하다고 여겨져 온 것이든 아니면 인간 생활에 본래부터 필수적인 것이든 모든 것의 첫 결실을 엄숙히 던져 넣은 뒤 마지막으로 모든 사람들이 자신의 고향땅에서 가져온 한줌의 흙을 흩뿌리듯 던져 넣었다. 로마인들은 이 도랑을 문두스Mundus라 부르는데, 문두스는 하늘을 일컫는 말이다. 그들은 그곳을 중심으로 하나의 큰 원을 그려 도시의 외곽선을 표시했다. 그런 다음 도시의 창건자는 암수 한 쌍의 소에 멍에를 씌워 청동날이 달린 쟁기를 매단 다음 그 경계선을 따라 깊이 땅을 갈아 도랑을 팠다. 사람들은 그의 뒤를 따라가며 쟁기가 퍼올린 흙이 모두 도시 경계선 안쪽을 향하도록 했다. 단 한 덩어리의 흙도 바깥쪽으로 떨어져서는 안 되었다. 바로 이 선이 성벽이 세워질 자리를 표시했던 것인데 그 명칭은 역설적이게도 포모이리움Pomoerium이었다. 이는 '포스트 무룸post murum', 즉 성벽의 뒤 혹은 옆이란 뜻이었다. 성문이 자리할 곳에서는 쟁기날을 들어 올려 일정한 거리를 띄워 공간을 남겼다. 성벽 전체가 신성한 공간이었지만 성문이 있는 곳만은 예외였기 때문이다. 만약 성문까지도 신성한 곳이 되면 종교를 모독하지 않고서는 생활필수품들을 가지고 자유로이 드나들 수 없었던 것이다. 사람살이에 필요한 물품들 중에는 그 자체로 정결하지 못한 물건들도 있기 때문이다.

그들이 도시를 건설하기 시작한 날과 관련해서는 일반적으로 4월 21일이라는 데 의견이 일치하고 있다. 로마인들은 이 날을 건국일로 부르며 매년 경건하게 보내고 있다. 처음에는 이 날만큼은 살아 있는 생물을 제물로 바치는 일도 금기시되었다고 한다. 도시의 탄생일을 기리는 축제를 짐승의 피로 더럽히지 않고 정결하게 지키는 것이 옳다고 생각했기 때문이다. 하지만 도시가 건설되기 전에도 이미 목동들이 주관하는 팔릴리아Palilia라는 이름의 축제가 열리고 있었다. 오늘날 로마 달력과 그리스 달력은 거의 혹은 전혀 일치하지 않는다. 하지만 사람들은 로물루스가 도시를 건설하기 시작한 날이 그 달 30일임에 틀림없다고 말한다. 그날, 제6차 올림피아드(Olympiad, 올림픽 력曆. 올림피아 제전과 다음 올림피아 제전 사이 4년간을 1기로 하는 고대 그리스의 역수단위(曆數單位)—역주)의 세 번째 해에 테오스(Teos, 이오니아의 고대 도시—역주)의 시인 안티마코스Antimachus가 직접 보았다고 하는 일식이 있었다는 것이다.

로마 역사에 정통한 철학자 바로(Varro, 로마의 학자. 아스카론의 안티오코스Antiochos of Askalonita에게 배웠으며 키케로의 친구—역주)의 시대에 그의 절친한 친구로 뛰어난 철학자이자 수학자였던 타루티우스Tarrutius라는 인물이 있었다. 그는 호기심으로 설계도면과 도표를 작성하고 그리는 방법을 연구했으며 미술에도 일가견이 있는 인물로 알려져 있었다. 그에게 바로는 로물루스의 탄생과 관련해서 그가 태어난 날짜와 시간까지 맞추어 보라고 부탁했다. 그는 기하학적 문제를 역으로 푸는 방식과 매우 흡사하게 자신에게 주어진 정보, 즉 로물루스의 일생동안 일어난 여러 사건들을 근거로 그의 생일을 유추해내고자 했다. 그는 어떤 사람의 태어난 일시를 통해 그의 운명을 예견하는 것과 그의 생애에 대한 정보를 통해 그가 태어난 날을 맞추는 일은 동일한 학문 영역에 속한다고 말했다. 타루티우스가 이 일을 맡은 것이다. 그는 우선 로물루스의 활동과 그와 관련된 사건 사고들을 조사하고 그가 전성기 시절을 어떻게 지내고 죽음은 어떤 식으로 맞이했는지도 고찰한 다음 그 모든 내용들을 서로 비교했다. 그런 다음 그는 로물루스가 토트Thoth 달 21일 해뜰 무렵 태어났으며 로마의 첫 주춧돌은 파르무티Pharmuthi 달 9일 2시에서 3시 사이에 놓였다고 매우 자신 있게 공언했다. 사람들의 운명뿐만 아니라 도시들의 운명도 그 도시가 처음 창건될 당시의 별의 위치를 통해 예견된다고 하는데, 다시 말하면 한 도시의 흥망성쇠는 창건의 순간 이미 결정되어 있다고 이야기한다. 물론 도시와 인간의 운명을 별자리와 관계 짓는 이런 식의 허무맹랑한 이야기를 듣고 어떤 사람들은 어처구니없는 이야기로 치부해버릴 수도 있겠지만 사람에 따라서는 신기하고 호기심을 자극한다는 측면에서 재미있다는 반응을 보일 수도 있을 것이다.

도시를 건설한 로물루스는 나이가 찬 모든 장정들을 무장시켜 군대를 조직했다. 각 부대는 3천 명의 보병과 300명의 기병으로 구성되었다. 이들 부대는 레기온(legion, 전략군단이란 뜻—역주)이라 불렀는데 이들이 최고의 기량을 가진 사람들만을 선별해서 조직한 최정예 전투요원이었기 때문이다. 로물루스는 나머지 대다수의 사람들을 평민이라 칭했으며 사회 저명인사 100명으로 자문단을 구성하여 이들을 파트리키(Patrici, 로마 공화정 초기의 귀족 계급으로 평민과 함께 로마 시민을 구성함—역주)로 책봉하고 이 모임을 연장자들의 모임이라는 의미에서 원로원이라 칭했다.

파비우스에 따르면 도시 건설이 완료된 지 넉 달 만에 로물루스는 여자들을 납치해오는 무모한 시도를 했다고 한다. 주민 상당수가 이주민들로 이루어져 있고 그들 대부분이 아내를 갖고 있지 못했으며 신분도 비천하거나 확실치 않은 사람들이었기 때문에 경멸의 대상으로 전락해서 오랫동안 함께 할 수 없는 존재로 전락해가는 듯했다. 따라서 로물루스는 납치한 여인들을 잘 구슬리는 한편으로 이런 식의 무모한 모험을 통

당시의 키르쿠스 막시무스

해 오히려 사비니Sabini와 동맹관계를 구축하고 교역을 트는 계기로 삼으려 했다. 로물루스가 행한 납치극의 전말은 이렇다. 먼저 그는 땅 속에 묻혀 있던 어떤 신의 제단을 발견했다고 공표했다. 아마도 말의 신 넵투누스Neptunus의 제단으로 여겨지는데 그 제단은 보통 때는 키르쿠스 막시무스(Circus Maximus, 아벤티노 언덕과 팔라티노 언덕 사이에 있었던 로마 최대의 전차경기장이자 대규모 집단 오락시설—역주)에 숨겨져 있다가 경마대회가 열릴 때만 일반에 공개되기 때문이다.

제단을 발견한 로물루스는 날을 정해 성대한 제사를 치르겠다고 공표하고는 이 날은 모든 사람들이 참여해서 대중적인 경기와 볼거리를 즐길 수 있다고 했다. 사람들이 도시로 구름처럼 몰려들었다. 로물루스는 자주색 옷을 입고 귀족들 한가운데 맨 앞 좌석에 앉았다. 거사는 로물루스가 자리에서 일어나 외투를 여몄다가 활짝 펼쳐 던지는 것을 신호로 시작되었다. 로물루스의 부하들은 모두 무장한 채 그의 일거수일투족을 주시하며 신호가 떨어지기만을 기다리고 있었다. 마침내 신호가 떨어지자 그들은 칼을 뽑아들고 엄청난 함성을 지르며 달려들어 사비니의 여인들을 낚아챘다. 사비니의 사내들은 이들의 행동을 막기는커녕 도망치기에 바빴다. 일설에 의하면 납치된 여인은 서른 명에 불과했다고 하는데 이로부터 쿠리아(Curia, 고대 로마 시민의 구분 단위로 이웃한 몇 가족으로 구성되었는데 파트리키와 플레브스를 포함한다. 전설에 의하면 로물루스 때 3부족 30쿠리아가 제정되었다고 함—역주)가 유래되었다고 한다. 하지만 발레리우스 안티아스(Valerius Antias, 기원전 1세기 고대 로마의 연대기 편찬자—역주)는 이 숫자가 527명이라 하고 주바Juva는 683명이었다고 주장한다.

오늘날 결혼을 하는 신부가 신랑 집 문턱을 스스로 걸어 들어가지 않고 신랑에 안겨서 들어가는 풍습은 이로부터 비롯되었다. 사비니의 처녀들이 자기 뜻에 따라 신랑 집에 들어간 게 아니라 강제로 붙잡혀 들어간 것을 기억하기 위해서라고 한다. 또한 어떤 이는 신부의 머리타래를 창끝으로 나누는 풍습 역시 그들의 결혼이 애초에 전쟁과 적대행위로부터 시작되었음을 나타내는 징표라고 말한다.

사비니 인은 그 수도 많고 호전적인 사람들이었다. 하지만 성벽도 쌓지 않고 무방비 상태로 작은 촌락을 이루며 살았다. 그것이 담대하고 두려움을 모르는 라케다이몬(Lacedaemon, 스파르타의 창건자로 스파르타의 옛 이름도 라케다이몬이었음—역주)의 식민도시 주민에 걸맞다고 생각했다. 그럼에도 불구하고 자신들의 호의적 행위가 볼모 사태로 되돌아온 상황을 맞아 딸들의 안위를 생각하지 않을 수 없었다. 그들은 로물루스에게 사신을 보내 공정하고 합당한 조치를 요구했다. 납치해간 여인들을 돌려보내고 그러한 폭력 행위를 사과할 것이며, 이후에는 대화와 합법적인 수단을 통해 양국 간에 우호적인 관계를 유지해나가자고 제안했다. 로물루스는 여인들을 돌려보내지 않는 한편으로 사비니 인들에게 양자 간 동맹관계를 제안했다. 이에 대해 사비니 인들 사이에 찬반 양론이 오랫동안 들끓었다. 하지만 기백이 넘치는 뛰어난 전사로서 그동안 로물루스의 거침없는 행동에 시기심을 느끼고 있던 케니넨시아 Ceninensia 족의 왕 아크론Acron은 이번 여성 납치 사태만 보더라도 그가 점점 더 모든 민족에게 위협적인 존재로 부상하고 있다고 생각했다. 그래서 만일 그를 응징하지 않고 그대로 두면 사실상 걷잡을 수 없는 존재가 될 것이라 우려한 아크론은 먼저 강력한 군대를 일으켜 로물루스를 향해 진격해 들어갔다. 로물루스도 이미 아크론의 공격에 대비하고 있었다. 하지만 양쪽 군대가 서로의 시야에 들어와 대치하는 상황에 이르자 두 사람은 일대일로 대결하기로 합의했다. 양쪽 군대는 이 대결에 개입하지 않고 무기를 내려놓고 대기했다. 로물루스는 만일 자신이 적장을 물리치면 그의 갑옷을 유피테르Jupiter 신에게 바치겠노라고 맹세했다. 두 사람의 결투는 로물루스의 승리로 끝났다. 로물루스는 이어진 전투에서도 아크론의 군대를 궤멸시킨 뒤 아크론의 도시를 점령했다. 하지만 그는 그 도시 주민들에게는 아무런 해도 끼치지 않았으며 단지 살던 곳을 허물고 자기를 따라 로마로 이주하라고 명령했을 뿐이다. 그는 그들에게 시민으로서의 모든 특권도 약속했다.

사실 로마가 그만큼 세력을 키우며 번성할 수 있었던 데는 이렇듯 피정복민들을 흡수 동화하는 정책이 기여한 바 크다. 로물루스는 유피테르 신이 더욱 만족해 할 만한 방식으로 자신의 맹세를 이행하고 싶었다.

나아가 시민들에게도 멋진 볼거리를 선사하고 싶었다. 그는 막사에서 보아두었던 커다란 떡갈나무를 트로피 모양으로 깎은 다음 그 위에 아크론의 갑옷 전체를 적당한 모양으로 꾸며 매달았다. 로물루스 자신은 옷을 몸에 두른 뒤 머리에는 월계관을 쓰고 머리칼을 기품 있게 흘러내리도록 했다. 그런 다음 오른쪽 어깨 위에 떡갈나무 트로피를 똑바로 걸쳐 받치고 승리의 찬가를 부르며 행진했다. 그 뒤를 로물루스의 모든 병사들이 뒤따랐다. 로마의 시민들은 기쁨과 경이로움에 환호하며 그를 맞았다. 이날의 행진은 훗날 모든 승리의 행진에 하나의 기원이자 전범이 되었다. 그래서 로마에서 볼 수 있듯이 승리에 들뜬 로물루스의 조각상들은 하나같이 두 발을 땅에 딛고 행진하는 모습이다.

케니넨시아 족이 정복당한 뒤에도 다른 사비니 인들은 여전히 전쟁 준비에 시간을 끌고 있었다. 그러던 중 피데나이Fidenae, 크루스투메리움Crustumerium, 안템나Antemna의 부족들이 손을 잡고 로마를 공격했지만 비슷한 방식으로 전쟁에서 패배해서 로물루스에게 도시를 점령당했다. 로물루스는 그들에게서 빼앗은 토지와 영토를 분할하고 그들을 로마로 이주시켜 복속시켰다. 로물루스는 획득한 모든 땅들을 로마 시민들에게 분배해주었는데 딸을 납치당했던 부모들만은 예외여서 그들에게는 자신들의 토지를 소유할 수 있도록 해주었다. 격분한 나머지 사비니 인들은 타티우스Tatius 장군을 앞세우고 로마로 곧장 진격해 들어왔다. 하지만 로마는 난공불락이었다. 지금은 카피톨(Capitol, 로마의 카피톨리네 언덕에 있던 유피테르의 신전–역주)이 된 곳에 강력한 요새가 버티고 있었기 때문이었다. 그곳에는 타르페이우스Tarpeius 장군이 이끄는 강력한 수비대가 주둔하고 있었다. 하지만 장군의 딸 타르페이아Tarpeia가 적 병사들이 가지고 있던 금팔찌가 탐이 난 나머지 요새를 사비니 군에게 넘기는 대신 그 대가로 그들이 왼팔에 차고 있던 팔찌를 달라고 요구했다. 타티우스와 협상을 한 타르페이아는 밤중에 성문 하나를 열어 사비니 인들을 안으로 들였다.

안티고노스Antigonus가 배신자는 사랑하되 배신했던 전력이 있는 자는 증오한다 했지만 그것은 그 혼자만의 생각이 아니었다. 트라키아 Thracia 인 리미탈세스Rhymitalces에게 반역행위는 좋아하지만 반역자는 미워한다고 했던 카이사르Caesar 역시 마찬가지다. 독을 가진 짐승의 바로 그 독이 필요한 때가 있듯이 사악한 자의 도움이 필요한 경우에 처해본 사람이라면 대체로 이런 감정을 느낄 것이다. 쓸모가 있을 때는 배신자를 고맙게 생각하지만 그에게서 더 이상 바랄 일이 없게 되면 그의 비열함을 혐오하게 되는 것이다. 타티우스도 타르페이아에게 똑같이 대했다. 타티우스는 사비니 인들에게 타르페이아와의 약속대로 왼팔에 끼고 있던 팔찌들을 아낌없이 내어주라고 명령했다. 그러고는 그 자신이 솔선수범해서 팔찌를 빼 둥근 방패와 함께 그녀에게 던졌다. 그러자 부하들도 그를 따라 팔찌와 방패를 던졌다. 타르페이아는 비 오듯 쏟아지는 팔찌와 방패에 파묻혀 그 무게에 짓눌려 죽고 말았다. 타르페이우스 자신도 역시 로물루스에 의해 추문당한 후 반역죄로 처단되었다. 로마인들이 범죄자들을 아래로 내던져 죽이던 카피톨의 한 장소를 사람들은 지금도 타르페이아 바위라 부르고 있다.

사비니 군이 언덕을 차지하자 격분한 로물루스는 언덕에서 내려와 싸우자고 제안했다. 타티우스는 자신만만하게 로물루스의 도전을 받아들였다. 수많은 단시간의 교전이 있었다. 하지만 기억할 만한 교전은 마지막에 있었다. 그 마지막 전투에서 로물루스는 돌에 맞아 상처를 입고 땅에 떨어져 불구가 될 뻔했다. 로마 병사들은 싸움을 포기하고 평지로부

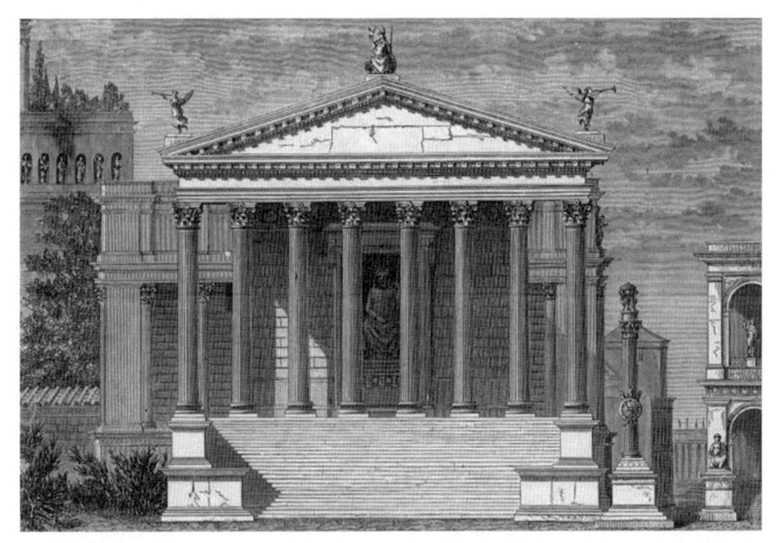

유피테르 스타토르 신전

터 물러나 팔라티움 언덕 쪽으로 도망쳤다. 이때 상처로부터 어느 정도 회복한 로물루스는 몸을 돌려 전투를 재개하고자 했다. 그는 투석기의 방향을 전환시키면서 큰 소리로 적군에 맞서 싸울 것을 독려했다. 하지만 이미 수적 열세에서 압도당한 로마군은 몸을 돌려 적군에 맞서 싸울 엄두를 감히 내지 못했다. 그는 하늘을 향해 두 팔을 벌려 유피테르 신에게, 도망치는 병사들의 발걸음을 멈추게 하고 극단의 위험에 처한 로마의 대의를 저버리지 말고 지켜달라고 기도했다. 기도가 끝나자마자 로마 병사들의 가슴속에는 자신에 대한 수치심과 왕에 대한 존경심이 차올랐다. 두려움이 자신감으로 바뀌는 순간이었다.

도망치던 병사들이 처음 멈춰선 곳은 오늘날 유피테르 스타토르

Jupiter Stator 신전이 자리하고 있는 곳이었다. 유피테르 스타토르는 '유피테르가 멈춰 서게 한 곳' 정도로 번역될 수 있을 것이다. 그곳에서 다시 전열을 가다듬은 그들은 오늘날 레지아Regia라 불리는 베스타(Vesta, 불의 여신으로 그리스 신화의 화로의 여신 헤스티아에 해당함. 가정생활을 수호함과 동시에 로마를 수호하는 여신이다.—역주) 신전(로마의 로마 포룸에 소재하는 건축물—역주)까지 사비니 군을 격퇴했다. 그런데 그곳에서 두 번째 전투를 준비하던 양쪽 병사들은 도저히 말로 설명하기 힘든 이상한 광경을 목격하고는 더 이상 전투를 계속할 수 없었다. 납치당했던 사비니의 딸들이 여기저기서 마치 정신이 나간 사람들처럼 처참한 눈물과 한탄의 소리를 쏟아내며 널브러진 시체들을 헤치고 양쪽 병사들 사이로 뛰어들었던 것이다. 팔에 아이를 안고 있는 여인, 산발을 한 여인들이 각자 남편과 아버지를 찾아 달려들었다. 여인들은 한 목소리로 사비니 병사들과 로마 병사들을 향해 간절하고도 애절하게 호소했다. 마음이 뭉클해진 양쪽 병사들은 여인들이 들어설 수 있도록 뒤로 물러섰다. 여인들의 이런 모습을 본 양쪽 병사들의 가슴은 온통 슬픔과 애처로운 심정으로 가득 찼다. 간언과 질책으로 시작해서 애원과 간청으로 끝나는 여인들의 호소는 계속됐다.

"우리가 당신들에게 도대체 무슨 잘못을 해서 지금까지 이런 고통 속에 살아야 하나요? 우리는 부당하게 강제로 납치되어 이제는 그들의 소유가 되고 말았어요. 그런 우리를 아버지, 형제, 동포들은 너무도 오랫동안 외면해 왔지요. 그런데 한때 죽도록 증오했던 그 사람들과 떼려야 뗄 수 없는 인연으로 묶여 있는 지금 우리는 한때 우리에게 폭력을 행사했던 바로 사람들이 위험에 빠지는 것을 두려워하고 그들의 죽음에 울부짖지 않을 수 없는 처지예요. 우리가 처녀였을 때는 그 폭행범들로부터 우리의 명예를 지켜주기 위해 아무것도 하지 않았던 당신들이 이제 와서 한 사람의 아내이자 어머니가 된 우리들을 남편과 자식들으로부터 떼어내려 온 것인가요? 당신들은 우리를 구해주러 왔다고 하지만 지금의 우리로서는 그것이 우리를 배신하고 저버렸던 예전의 당신들의 행위보다도 더 끔찍스런 일이에요. 그들의 겁탈과 당신들의 동정심 중에서 어느 쪽이 더 나쁘다고 해야 할까요? 만일 다른 어떤 이유로 전쟁하는 것이라면 우리를 위해서라도 이제 당신의 사위와 손자가 된 사람들에게서는 손을 떼는 게 옳아요. 만약 오로지 우리 때문에 전쟁을 하는 것이라면 우리를 데려가세요. 하지만 우리와 함께 당신의 사위와 손자들도 데려가세요. 우리를 부모와 일가친척의 품으로 돌려보내는 것은 좋지만 아이와 남편을 우리로부터 빼앗진 말아주세요. 애원하건대 우리를 또다시 납치당하는 신세로 만들지 마세요."

길고도 간절한 호소와 기도가 이어지자 결국 양측은 휴전을 약속하고 장군들은 협상에 들어갔다. 그러는 동안 여인들은 남편과 아이들을 아버지와 형제들에게 데려가 소개하고, 원하는 이들에게는 고기와 마실 것을 가져다주었다. 또한 부상자들을 집으로 데려가 치료해주었다. 여인들은 자신들이 집안일 거의 대부분을 주관하고 있으며 남편들은 자신들에 대해 존경심을 갖고 한없이 너그럽고 친절하게 대해주고 있음을 보여주었다. 결국 양측 간에 다음과 같은 합의가 이루어졌다. 여자들이 지금 살고 있는 곳에서 그대로 머물고 싶어 한다면 그렇게 하도록 한다. 단 실을 잣는 일을 제외한 모든 힘들고 단조로운 일에서 면제된다. 로마인과 사비니인들은 그 도시에 함께 살 수 있으며 그 도시의 이름은 로물루스의 이름을 따 '로마'로 한다. 대신 로마의 주민들은 타티우스의 고향의 이름을 따 '쿠리테'라 부르기로 한다. 두 사람은 그 도시를 공동 통치한다. 이 협상이 이루어진 곳은 오늘날에도 코미티움Comitium 이라 불리는데 이는 '만나다'라는 뜻의 'coire('성교를 하다'라는 뜻도 있으며 comitia는 고대 로마의 민회이다.-역주)'에서 따온 것이다.

그리하여 도시의 인구가 두 배가 되면서 사비니인 출신으로 100명의 원로를 추가로 선출하고 레기온도 보병 6천 명에 기병 600명으로 늘려 편성했다. 또한 로마 시민을 세 부족으로 구분했는데 첫 번째 부족은 로물루스의 이름을 따 람넨세스(Ramnenses, 람네스 부족-역주)로, 두 번째는 타티우스의 이름을 따 타티엔세스(Tatienses, 티티엔세스 부족-역주)로, 세 번째 부족은 도망자들이 피난처로 삼은 신전인 아실룸Asylum이 세워져 있던 숲 루쿠스(lucus, 라틴어로 신성한 숲을 뜻함-역주)의 이름을 따 루케레스Luceres로 불렸다. 이들이 그곳 피난처에서 로마 시민으로 받아들여졌기 때문이다. 그리고 부족의 수가 딱 셋이었던 까닭에 부족을 뜻하는 트리부(tribu, 영어로는 트라이브tribe-역주)라는 단어가 생겨난 듯하다. 또한 이들은 여성들을 위한 많은 조치들을 취하기도 했다. 예를 들면 남자들은 어디서든 여자를 만나면 길을 비켜주어야 한다든가 여자들 앞에서는 반드시 고운 말만을 써야 한다는 등의 조치가 그것이다. 그리고 아이들에게는 목에 물방울처럼 생긴 불라(Bulla, 고대 로마에서 어린아이의 연령과 부적을 새겨 목에 달아주는 둥근 모양의 금속 장식-역주)라는 장식물을 걸도록 하고 자주색 테를 두른 프라이텍스타Praetexta라는 겉옷을 입도록 했다.

로물루스와 타티우스 측 원로원이 처음부터 함께 한 것은 아니었다. 처음에는 각자가 자기 쪽 100명의 원로들과만 만나오다가 나중에야 모두가 함께 모여 회의를 열었다. 타티우스는 오늘날 모네타(Moneta, 로마 신화에 나오는 경고의 여신으로 통상 유피테르의 아내 유노Juno 여신의 별칭으로 사용됨–역주) 신전이 자리하고 있는 곳에 살았다. 로물루스는 팔라티노 언덕에서 키르쿠스 막시무스에 이르는 내리막길 가까이 흔히 '어여쁜 기슭'이라 불리는 계단 바로 옆에 살았다. 거기에는 성스러운 산딸나무 한 그루가 있었다고 전해진다. 어느 날 로물루스가 자신의 힘을 시험해보려고 아벤티노 언덕에서 산딸나무로 만든 창을 던졌는데 창이 바로 그곳에 꽂혔다는 것이다. 그런데 그 창이 너무도 깊이 박혀버린 까닭에 아무도 그것을 뽑을 수 없었다고 한다. 그리고 그곳 비옥한 땅에서 창자루가 가지를 뻗어 우람한 한 그루 산딸나무가 되었다는 전설이다. 이 나무는 후세에 신성한 나무로 손꼽히면서 숭배의 대상이 되었고 사람들은 주변에 담을 쌓아 이 나무를 보호했다. 만약 그 나무가 무성하게 푸른 잎을 자랑하지 못하고 시름시름 앓고 있는 것처럼 보이기라도 하면 이를 발견한 사람은 그 즉시 주변의 모든 사람들에게 큰소리로 이 사실을 알렸다. 그러면 마치 어느 집에 불이라도 난 듯 한 목소리로 물을 떠오라고 외치며 사방에서 물통 하나 가득 물을 채워 나무를 향해 달려왔다. 하지만 가이우스 카이사르(Gaius Caesar, AD 37-41년에 재위한 로마의 황제로 처음에는 온건한 통치를 하다가 병이 든 후에는 포악한 정치를 했다.–역주)의 명령에 따라 나무 주변의 계단을 보수하던 중 인부 하나가 너무 나무 가까이로 땅을 파는 바람에 뿌리가 다쳐 시들어 죽고 말았다고 전해진다.

사비니 사람들은 로마력을 채택했다. 로마력과 관련해서 주목할 만한 사항들은 필자가 쓴 〈누마(Numa, 사비니족 출신의 로마 제2대 왕(재위 : BC 715-673)–역주) 왕의 생애Life of Numa〉에 모두 언급되어 있다. 반면에 로물루스는 사비니 인들의 긴 방패를 받아들여서 자신의 방호구뿐 아니라 모든 로마 병사들의 방호구도 바꾸었다. 로마 병사들은 이전에는 아르고스Argos 식의 작고 둥근 방패로 자기 몸을 보호했었다. 두 부족은 예전

코끼리를 타고 알프스산을 넘는 한니발

에 그들이 각기 지켜오던 관습을 그대로 지키면서 축제와 제사에 공동으로 참여했으며 나아가 새로운 축제일을 제정하기도 했다. 로물루스만의 고유한 특징을 잘 보여주는 점은 또 있다. 그는 실제 존속살인에 대해서는 따로 처벌을 규정하지 않은 대신 모든 살인을 존속살인이라 불렀다. 살인이 가증스러운 범죄인 것은 사실이지만 존속살인은 도저히 있을 수 없는 범죄라고 생각했기 때문이다. 거의 600년 가까운 기간 동안 로마에서 이와 비슷한 범죄가 단 한 건도 없었던 것을 보면 로물루스의 이러한 판단은 옳았던 듯하다. 최초의 존속살인은 한니발(Hannibal, BC 247-183, 카르타고의 정치가·장군. 제2차 포에니 전쟁(한니발 전쟁)을 일으켜 육로로 피레네산맥과 알프스를 넘어 로마군을 격파했다.—역주) 전쟁이 끝난 뒤 루키우스 호스티우스Lucius Hostius에 의해 저질러진 것으로 기록되어 있다. 이와 관련한 이야기들은 이 정도로 충분할 듯하다.

타티우스가 왕이 된 지 5년째 되던 해에 그의 친구와 친척 중 일부가 라우렌툼(Laurentum, 이탈리아 아브루초 주 페스카라 현에 있는 마을 로레토 아프루티노Loreto Aprutino를 이르며 월계수laurus가 많이 자란 데서 붙여진 별칭이다.—역주)에서 로마로 오던 사절단을 만나 노상에서 금품을 강탈하려다 저항하자 그들을 살해하는 사건이 벌어졌다. 이런 극악무도한 범죄를 놓고 로물루스는 즉각 극형에 처해야 한다고 생각했지만 타티우스는 미적거리며 처벌을 미루었다. 이 사건으로 두 사람 사이가 공공연히 벌어지기 시작했다. 타티우스 때문에 공정한 법 집행이 이루어지지 못했다고 생각한 피살자들의 인척들은 라비니움(Lavinium, 고대 이탈리아의 라티움 왕국에 있던 도시. 로마 남쪽 약 30km에 위치하며 현재의 프라티카디마레Pratica di Mare에 해당한다.—역주)에서 로물루스와 제사를 지내고 있던 타티우스를 습격해 살해했다. 반면에 로물루스에 대해서는 진정한 군주라고 높이 치켜세우며 로마까지 호위해주었다. 로물루스는 타티우스의 시신을 거두어 성대하게 장례를 치른 뒤 아벤티노 언덕에 묻었다.

로마의 대의는 나날이 그 힘을 얻어갔다. 이웃의 힘없는 나라들은 잔뜩 움츠린 채로 자기 나라를 침공하지 않는 데 감사했다. 하지만 강한 나라들은 두려움과 시기심이 교차하는 가운데 로물루스가 제멋대로 날뛰게 해서는 안 되겠다는 판단 아래 자라나는 로마의 위세를 꺾어놓아야겠다고 생각했다. 가장 먼저 행동에 들어간 쪽은 투스카니아의 부족인 베이엔테스(Veientes, 에트루리아의 도시 중 하나였던 베이오Veio의 주민—역주)였다. 그들이 사는 도시는 부유하고 넓었다. 베이엔테스 사람들은 피데나이(Fidenae, 로마 북쪽 8km 지점에 위치한 라티움Latium의 고대 도시—

역주)가 자기들의 영토라고 트집을 잡았다. 하지만 이에 대한 로물루스의 대답은 냉소적이었다. 베이엔테스는 군을 둘로 나누어 하나는 피데나이의 주둔군을 공격하고 다른 한 쪽은 로물루스를 향해 정면으로 진격해 들어갔다. 그런데 피데나이를 공격한 군대는 2천 명의 로마 병사를 살해하며 승리를 거두었으나 다른 한 쪽은 로물루스에 패해 8천 명의 병사를 잃었다. 이후 양쪽 군대는 피데나이에서 다시 한 번 맞붙는데 후세의 사가들은 이 날의 승리가 거의 로물루스 스스로 이루어낸 전과라는 데 의견을 같이 한다. 그는 이 전투에서 뛰어난 전략과 용기를 보여주었을 뿐 아니라 인간이라고는 믿기 힘든 힘과 기민함 또한 증명해 보여주었다. 하지만 이 날 죽은 베이엔테스 병사 1만4천 명 중에서 절반 이상을 로물루스가 직접 쓰러뜨렸다는 것은 너무 허황되어 꾸며낸 이야기로 들린다. 이는 아리스토메네스(Aristomenes, 메세니아 전쟁에서 스파르타와 싸운 메세니아의 왕—역주)가 혼자서 100명의 라케다이몬 병사를 죽이고 나서 죽은 이들의 영혼을 기리기 위해 세 번 제사를 지냈다는 메세니아(Messenia, 펠로폰네소스 반도 서남부의 고대 그리스의 왕국으로 미케네 문화의 중심지였다.—역주) 사람들의 말을 훨씬 뛰어넘는 허황된 이야기다. 적군을 궤멸시킨 로물루스는 패잔병들을 뒤쫓는 대신 그들의 도시로 직접 진격해 들어갔다. 엄청난 타격을 입은 시민들은 감히 대적할 엄두조차 내지 못하고 로물루스 앞에 무릎을 꿇고는 100년 간 동맹과 친선을 유지하겠다는 협약을 체결했다. 또한 그들은 강가의 염전지대로 7개 구역이란 뜻의 셉템파지움Septempagium이라 불리는 넓은 땅덩어리를 로물루스에게 넘겨주고 귀족으로 구성된 볼모 50명도 내주었다. 로물루스는 10월 보름날 수많은 포로들을 이끌고 개선했다. 포로 중에는 베이엔테스의 나이 지긋한 장군 한 사람도 끼어 있었다. 그는 전쟁에서 나이에 걸맞은 신중한 처신을 하지 못했던 듯했다. 이에 따라 오늘날까지도 로마인들은 전승기념제를 지낼 때 광장을 지나 의사당까지 노인 한 사람을 끌고 다니는데 이 늙은이에게 자주색 옷을 입히고 어린아이처럼 불라를 목에 걸도록 한 뒤 포고 관헌이 '사르디아 인을 팝니다'라고 외친다. 투스카니아 사람들은 원래 사르디니아에서 옮겨와 살게 된 사람들이고 베이엔테스는 투스카니아의 한 도시이기 때문이다.

이것이 로물루스가 치른 마지막 전쟁이었다. 이후 로물루스는 기적과도 같은 엄청난 행운으로 권세와 명성을 얻었던 사람들이 거의 예외 없이 걸었던 길을 걸었다. 그 역시 자신이 이룬 위대한 업적에 취한 나머지 자만에 빠져 예전의 대중적인 행보를 저버리고 군왕 특유의 오만함으로 민중들을 괴롭히는 끔찍스런 왕으로 전락했다. 특히 민중들에게는 그가 다스린 나라는 지옥과도 같은 것이었다. 그는 진홍색 옷에 자주색 테를 두른 예복을 걸치고서, 그를 알현하고자 온 사람들을 돌로 만든 침상에서 맞았다. 또한 왕명을 신속히 대행한다는 이유에서 자신의 곁에 항상 켈레레스(Celeres, 로마의 친위기병—역주)라 불리는 젊은이들을 두었다. 로물루스가 갑자기 사라진 것은 로마인들이 퀸틸리스(Quintilis, 로마력의 다섯 번째 달로 오늘날의 7월—역주)라 부르는 달, 즉 7월 7일이었다. 그의 죽음과 관련해서는 확실하게 알려진 바가 없다. 원로원 의원들은 로물루스를 찾거나 그 일로 부산을 떨지 않아도 된다면서도 한편으로는 로물루스를 신의 경지에 이른 인간으로 존경하고 숭배하라고 했다. 로물루스는 사람들에게 이미 훌륭한 군주가 아니라 상서로운 신이라고도 했다. 이 말을 믿은 대다수 사람들은 그로 인해 뭔가 좋은 일이 생길지도 모른다는 희망에 부풀어 크게 기뻐하며 흩어졌다. 하지만 더러는 강한 거부감과 함께 이 사태에 의문을 제기하며 귀족들을 비난했다. 그들이 왕을 시해해놓고는 터무니없는 이야기로 사람들을 현혹시키려 하고 있다는 것이었다.

로물루스의 죽음과 관련해서 설왕설래는 계속되었다. 그때 로물루스와 같은 알바롱가 출신으로 절친한 친구인 율리우스 프로쿨루스(Julius Proculus, 로마의 귀족으로 로물루스의 신격화에 앞장 선 인물—역주)라는 사람이 포럼에 등장했다. 그는 사람들 사이에 신망 높은 인물로 통했다. 그는 모든 이들 앞에 신을 두고 맹세하면서 이렇게 말했다. 길을 가고 있는 그에게 로물루스가 나타났는데 살아생전의 그보다도 풍채도 크고 용모도 준수해 보였다고 했다. 로물루스는 불타오르는 듯 빛나는 갑옷을 입고 있었다. 유령을 본 듯 혼비백산한 그는 로물루스에게 물었다. "오 왕이시여! 어찌하여 무슨 의도로 그렇듯 홀연히 떠나 우리를 온갖 부당하고도 사악한 억측에 빠지도록 하셨나요? 그리하여 온 도시를 끝없는 슬픔에 빠지도록 하셨나이까?" 그러자 로물루스는 이렇게 대답했다고 한다. "프로쿨루스여! 신이 우리를 인간 세상에 내려 보내시고 우리가 그렇듯 오랫동안 그곳에 머물며 세상에서 가장 위대한 권세와 영광의 도시를 세우지 않았더냐? 그것이 신의 뜻이라면 하늘나라로 다시 돌아가는 것 또한 신의 뜻이니라. 친구여, 잘 지내시오. 그리고 로마인들에게 절제와 불굴의 용기로 인간 권세의 극치를 이루어달고 전해주시오. 나는 퀴리누스(Quirinus, 유피테르, 마르스와 함께 로마 신화의 3대 주신主神. 전쟁의 신으로 로물루스와 동일시됨—역주)라는 상서로운 신이 되어 그대들과 함께 할 것이오." 로마 사람들은 프로쿨루스가 평소 정직한 사람으로 신에게 맹세까지 한 마당이었기에 그의 말을 믿을 만한 것으로 받아들였다. 사람들은 모든 시기심과 비난을 내려놓고 퀴리누스에게 기도하며 그를 신으로 맞이했다.

이 이야기는 프로콘네소스(Proconnesus, 소아시아의 섬 지방으로 지금의 마르마라Marmara 섬—역주) 출신의 아리스테아스(Aristeas, 기원전 7세기 무렵 그리스의 전설적인 시인으로 중앙아시아 스키티아Scythia 북부에 사는 여러 전설적인 부족들에 관한 《아리마스페아Arimaspea》라는 서사시를 남김—역주)와 아스티팔라이아(Astypalaea, 에게해 남동부 도데카니소스 제도 Dodecanese Islands에 속한 섬—역주) 출신의 클레오메데스(Cleomedes, 그리스 신화에서 올림피아드 권투 경기에 참가한 용사—역주)에 관한 그리스의 전설과 흡사하다. 아리스테아스는 한 모직물 가공 작업장에서 죽었는데 친구들이 그를 찾으러 왔을 때 그의 시신이 사라지고 없었다고 한다. 그 직후 해외여행에서 돌아온 사람들이 말하기를 도중에 아리스테아스를 만났는데 크로토네(Crotone, 기원전 710년 경 그리스인들이 건설한 이탈리아 남부 도시—역주)로 가고 있더라는 것이었다. 클레오메데스는 비상한 힘과 거인 같은 몸집을 하고 있었는데 성질이 난폭한 광인이어서 안하무인의 기행으로 유명했다. 결국 한 학교에서 지붕을 지탱하고 있던 기둥을 주먹으로 쳐 두 동강내면서 건물이 무너지는 사고를 저질렀다. 이 사고로 아이들이 무너진 지붕에 깔려 죽고 말았다. 사람들에 쫓겨 달아나던 클레오메데스는 커다란 상자 속으로 몸을 숨긴 뒤 뚜껑을 닫고 안에서 잔뜩 그러잡고 있었다. 뒤쫓던 사람들이 모두 달려들어 뚜껑을 열어보려 했지만 꿈쩍도 하지 않았다. 나중에 사람들이 상자를 부수고 보니 안에는 산 사람도 죽은 사람도 없었다.

우리의 전설적인 작가들은 이렇듯 있을 법하지 않은 수많은 이야기들을 꾸며내 들려준다. 그들은 언젠가는 죽을 수밖에 없는 인간을 신격화한다. 인간적 미덕의 신성한 성격을 전적으로 부인하는 것은 불경하고 천박한 일이지만 그만큼 하늘의 일을 땅의 일과 뒤섞는 것 또한 터무니

없는 일이다. 핀다로스(Pindaros, 기원전 5세기 경 그리스의 서정시인—역주)에 대한 믿음을 바탕으로 다음 시를 읊어보자.

> 모든 인간의 육신은 죽음의 섭리에 무릎을 꿇지만
> 영혼은 영겁의 세월에도 살아남아 있네.

오직 영혼만이 신으로 말미암은 것이기 때문이다. 요컨대 신에게서 와서 신에게로 돌아간다.

로물루스가 세상을 뜬 것은 그의 나이 54세, 재위 38년째의 일이었다.

테세우스와 로물루스의 비교

테세우스와 로물루스는 둘 다 타고난 통치자였다. 하지만 그 어느 쪽도 진정한 의미에서 왕으로 살아가지는 못했다. 한쪽은 대중성에 치우쳤고 다른 한쪽은 폭군으로 전락했다. 두 사람의 열정은 각기 다른 곳을 향했지만 모두 같은 잘못을 저지른 것이다. 통치자의 첫 번째 목표는 정권을 유지하는 것이다. 그리고 이는 합당한 일을 준수함으로써 달성되기도 하지만 부적절한 일을 피함으로써도 달성된다. 지나치게 태만한 쪽도, 지나치게 엄격한 쪽도 더 이상 왕이나 통치자라 할 수 없다. 그런 경우 민중의 인기에 영합하는 통치자가 되거나 아니면 폭군이 되기 십상이어서 결국은 백성들의 경멸 혹은 혐오의 대상으로 전락한다. 테세우스의 경우 지나치게 관대하고 온화했던 게 잘못이라면 로물루스의 경우는 지나치게 우월감이 강하고 엄격했던 게 잘못이라 할 수 있다.

하지만 로물루스의 경우 무엇보다도 보잘 것 없는 미천한 신분에서 출발했다는 점이 그를 감싸 안아야 할 가장 큰 이유로 작용한다. 로물루스 형제는 모두 노예이자 돼지치기의 아들로 천시당했지만 그들 자신도 아직 자유인이 아닌 상태에서 모든 라틴 족을 해방시켰고 이후 나라의 적들을 무찌른 자로, 친구와 일가친척들의 수호자로 또한 민족의 왕이자 도시의 창건자로서 가장 영예로운 칭호를 얻기에 이른다.

반면에 테세우스는 고대의 왕들과 영웅들의 이름이 아로새겨진 많은 도시들을 무너뜨려 그로부터 하나의 집을 엮어 일으켜 세운 이를테면 창건자라기보다는 파괴자에 가깝다 할 수 있다. 물론 로물루스도 나중에는 비슷한 길을 걸었다. 적들에게 자신들의 삶의 터전을 스스로 훼손하고 허물도록 한 뒤 로마로 이주해 정복자들과 함께 살도록 강제했다. 하지만 처음에는 기존의 도시를 파괴하거나 확장하는 방식을 통해서가 아니라 전혀 새로운 도시를 창건함으로써 영토를 얻고 나라와 왕국을 일으키고 아내와 아이들과 일가를 이루었다. 그 과정에서 로물루스는 그 누구도 죽이거나 해치지 않았다. 오히려 집과 가정을 원하고 기꺼이 한 사회의 일원이 되어 시민으로 살아가기를 원하는 사람들에게 은혜를 베풀었다. 그는 강도나 무뢰배도 죽이지 않았다. 오로지 다른 나라를 정복하고 도시들을 무너뜨리고 왕과 적장들을 상대로 승리를 거두었을 뿐이다. 레무스에 관한 한 그가 누구의 손에 쓰러졌는지는 여전히 오리무중이다. 대체로 다른 사람에게 죄를 돌리고 있으며 지목된 이도 여럿이기 때문이다. 그는 분명 어머니를 죽음으로부터 구출하고, 비참하고 불명예스러운 예속의 신분에 있던 할아버지를 전통의 아이네아스가 왕위에 올려주었다. 그는 할아버지를 위해 자발적으로 많은 선행을 했으며 무심코 그에게 해를 가한 적조차 없었다.

하지만 돛을 바꾸어 달라는 아버지의 지시를 소홀히 여겨 무시한 테세우스의 행동은 아무리 관대히 봐주려고 해도, 그 어떤 변명으로도 존속살인이라는 비난을 면하기 어려워 보인다. 그래서 어느 아테네 작가는 테세우스의 행동에 변명의 여지가 거의 없다고 생각하고 이야기를 꾸며내기도 했다. 아이게우스가 배가 해안으로 다가오는 것을 보고 아들의 소식을 한시라도 먼저 듣기 위해 아크로폴리스로 서둘러 달려가다가 발을 헛디뎌 벼랑 아래로 떨어져 죽었다는 것이다. 이는 한 나라의 왕인 아이게우스에게 시종이 없었다는 이야기이고 해안으로 달려가는 그의 곁을 아무도 수행하지 않았다는 이야기이기 때문에 설득력이 떨어진다.

스파르타의 입법가 리쿠르고스(Lycurgus, BC 900-800)의 계보와 관련해서 가장 믿을 만한 추정은 다음과 같다.

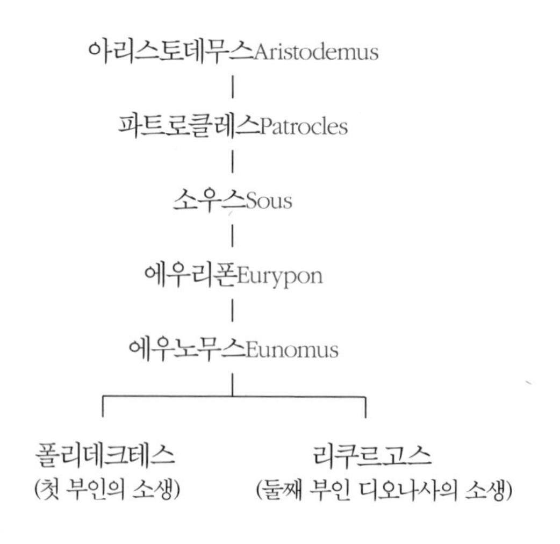

리쿠르고스의 조상 중에서 가장 유명한 인물은 소우스임에 분명하다. 그의 통치 기간에 스파르타인들은 헬로트(Helots, 스파르타의 국유 노예로 스파르타인들이 이주해 그곳의 원주민들을 노예로 삼았다.-역주)라는 노예제도를 시행했고, 아르카디아의 금싸라기 땅을 정복해 영토를 확장했다. 소우스 왕과 관련해서는 다음과 같은 이야기가 전해진다. 스파르타 군이 클레이토르(Clitor, 그리스 신화에 등장하는 초기 아르카디아의 왕으로 클레이토르 시의 명조이다.-역주) 군에 포위된 곳은 돌투성이의 메마른 땅이어서 마실 물을 구할 수 없었다. 결국 소우스 왕은 클레이토르 군과 다음과 같은 조건을 제시하며 협정을 체결할 수밖에 없었다. 자신을 포함한 모든 병사들이 가장 가까운 샘에서 물을 마실 수 있도록 해준다면 그간에 정복한 땅을 모두 돌려주겠다는 약속이었다. 서약을 통해 이를 추인한 뒤 소우스 왕은 병사들을 불러 모아, 물을 마시지 않고 참는 사람에게 자신의 왕국을 보상으로 넘겨주겠다고 제안했다. 하지만 갈증을 견딜 사람은 아무도 없었다. 결국 모든 병사들이 양껏 물을 들이켰고 이제 남은 사람은 소우스 왕밖에 없었다. 샘으로 다가간 소우스 왕은 한 방울의 물도 마시지 않고 오로지 얼굴에 물을 적시기만 한 뒤 적군들의 면전에서 태연히 되돌아왔다. 그러고는 정복한 땅을 돌려주지 않았다. 그가 내건 조건이 그 자신을 포함한 모든 병사들이 물을 마셔야 한다는 것이었기 때문이다.

이로 인해 소우스 왕은 마땅히 찬양받았지만 가문은 그의 성을 따르지 않고 아들 에우리폰의 성을 따라 에우리폰티다이Eurypontidai로 불렸다. 이는 에우리폰이 많은 사람들의 호감과 인기를 얻기 위해 서슬 퍼런 전제적 왕권을 완화했기 때문이다. 에우리폰의 이러한 통치 방식에 익숙해진 백성들은 이후 점점 더 대담한 요구를 하기 시작했다. 그를 뒤

이은 왕들은 이러한 요구를 힘으로 짓누르려 하다 백성들의 원성을 사기도 했고 또 어떤 왕들은 에우리폰처럼 인기를 좇거나 아니면 무력하게 백성들에게 두 손을 들어야 했다. 결국 무질서와 혼란이 오랫동안 스파르타에 만연했다. 그리고 이러한 혼란은 급기야 리쿠르고스 아버지의 죽음으로 이어졌다. 폭동을 진압하려 애쓰던 와중에 백정의 칼에 목숨을 잃고 만 것이었다. 그를 뒤이어 왕위에 오른 것은 맏아들 폴리데크테스Polydectes였다.

그러나 그 역시도 얼마 안 가 세상을 떴기 때문에 백성들은 왕위 계승권이 리쿠르고스에게 돌아갈 것으로 생각했다. 실제로 그는 얼마 동안 스파르타를 통치하기도 했다. 하지만 어느 날 왕비인 형수의 아들이 왕위를 계승하는 게 옳다면서 자신은 오로지 후견인으로서 왕권을 행사하는 게 타당하다고 천명했다. 스파르타 사람들은 이런 방식의 통치를 프로디쿠스Prodicus라 부른다. 그런데 얼마 후 왕비가 한 가지 제안을 했다. 리쿠르고스가 왕위에 오른 뒤 자신과 결혼한다면 어떤 식으로든 아이를 없애버리겠다는 것이었다. 리쿠르고스는 여인의 사악함에 치를 떨면서도 형수의 제안을 단칼에 내치는 대신 짐짓 그 제안을 수용하는 척하면서 전령을 보내 감사와 기쁨을 표했다. 그러면서

리쿠르고스

심부름꾼에게는 자신이 어디서 무엇을 하고 있든 상관 말고 형수의 사내아이를 자신에게 데려오라고 일렀다. 리쿠르고스가 고관대작들과 저녁 식사를 하고 있던 자리에 전령이 왕비의 아들을 데려왔다. 리쿠르고스는 그 아이를 팔에 안아 들고는 그 자리에 있던 사람들에게 말했다. "스파르타인들이여, 우리들에게 여기 왕이 탄생하셨소." 이 말은 결국 그 아이를 왕으로 추대한다는 뜻이었다. 리쿠르고스는 이 아이에게 카릴라우스Charilaus라는 이름을 붙여주었는데 이는 '만백성의 기쁨'이라는 뜻이었다. 그리고 실제로 모든 백성들은 리쿠르고스의 고결하고 올바른 성품에 감탄하고 기뻐했다. 그러니까 리쿠르고스가 스파르타를 통치한 것은 여덟 달에 불과했지만 그는 그런 짧은 통치 기간과는 상관없이 시민들로부터 존경받았던 것이다. 사람들이 그에게 복종한 것은 왕의 뒤에서 섭정을 하며 왕권을 손에 쥐고 있었기 때문이라기보다는 그의 훌륭한 덕성을 흠모했기 때문이었다. 물론 아직 젊은 나이임에도 불구하고 날로 영향력을 확대해가고 있던 그를 시기하며 그에게 어깃장을 놓으려는 사람들이 없었던 것은 아니었다. 그들은 주로 왕비의 친척과 주변 인물들이었다. 왕비는 리쿠르고스에게 모욕을 당한 것처럼 굴었다. 그리고 왕비의 오빠 레오니다스Leonidas는 어느 날 리쿠르고스와 심하게 말다툼을 하다가 그의 면전에 대고 머지않아 리쿠르고스가 왕이 되는 날이 올 것임을 장담한다고 말하기까지 했다. 이는 만일 아이에게 변이 생겼을 경우 자연사임에도 불구하고 리쿠르고스가 조카를 죽이기라도 한 것처럼 그에게 혐의를 씌우고 그 죄를 묻겠다는 것을 암시하고 있었다. 왕비와 왕비의 패거리들은 이 같은 암시의 말들을 의도적으로 널리 퍼뜨리기도 했다.

리쿠르고스는 이 골치 아픈 소문에 고통스러워했다. 더군다나 이런 소문이 어떤 결과를 낳을지 예측하기도 힘들었다. 그는 이들의 시기심을 피해 스스로 나라를 떠나 세상 이곳저곳을 떠돌며 지내는 것이 상책이라고 생각했다. 그렇듯 떠돌이 생활을 하며 조카가 결혼할 나이가 되고 왕위를 계승할 왕자를 낳을 때를 기다리기로 했다. 이렇게 결심한 리쿠르고스는 배를 타고 스파르타를 떠났다. 그가 처음 도착한 곳은 크레타 섬이었다. 그곳에서 리쿠르고스는 여러 형태의 정부를 연구하며 크레타의 유력 인사들과 교유도 했다. 그는 그들의 시행하고 있는 법령 중 일부를 매우 높이 평가해서 조국에 돌아가면 활용해봐야겠다고 생각했다. 하지만 대부분의 법령은 쓸모없는 것으로 여겨 폐기했다. 그곳 크레타의 국사와 관련해서 학식과 지혜가 높기로 유명한 이는 단연 탈레스(Thales, 그리스 철학자로 7현인 중 한 사람. 최초의 유물론 학파인 밀레토스학파의 시조—역주)였다. 리쿠르고스는 탈레스를 진정한 친구로 생각해서 그에게 함께 라케다이몬으로 건너가자고 끈덕지게 설득했다. 탈레스는 라케다이몬에서 겉모습도 그랬지만 그 스스로도 공언하고 다녔듯이 일개 서정 시인에 지나지 않는 듯 보였다. 하지만 그는 그곳에서 사실상 세상에서 가장 능력 있는 입법자로 손꼽힐 만한 역할을 했다. 그가 쓴 시는 그 자체로 복종과 화합을 훈계하는 노래였고 시에 담긴 운율과 가락은 그 자체로 질서와 평온을 느끼게 해주는 것이어서 사람들의 마음에 깊은 영향을 미쳤다. 그리하여 그의 시는 어느새 듣는 이들의 마음을 순화시키고 교화해서 그들의 가슴에 자리 잡고 있던 사사로운 반목의 감정과 적대감을 잦아들게 했다. 사람들은 한 마음으로 미덕을 찬양함으로써 다시금 하나가 되었다. 따라서 리쿠르고스가 도입한 규율의 길에 기초를 닦은 사람이 탈레스였다고 말해도 지나친 일은 아닐 것이다.

리쿠르고스는 크레타 섬을 떠나 아시아로 향했다. 사람들이 말하듯이 그는 냉철하고 절제적인 크레타인들과 화려하고 섬세한 이오니아인들 간에 생활양식 및 습관에서 차이가 나는 이유를 살펴보려는 계획을 갖고 있었다. 이는 건강한 사람과 병든 사람의 몸을 비교하고자 하는 의사의 심정 그것이었다. 이곳에서 리쿠르고스는 호메로스(Homeros, 고대 그리스의 시인으로 장편서사시 〈일리아스〉와 〈오디세이아〉의 저자—역주)의 시를 처음 접했다. 아마도 크레오필루스(Creophylus, 고대 그리스 서사시인—역주)의 후손들이 보존하고 있던 것이 아니었나 싶다. 리쿠르고스는 호메로스의 시에서 일부 치밀하지 못한 표현과 나쁜 본보기가 될 만한 행동들이 눈에 띄지만 그의 시가 주는 국가에 대한 진지한 교훈과 도덕적 원칙들이 그런 단점을 충분히 상쇄할 수 있다고 보고 애써 시를 베껴 쓰고 일목요연하게 정리했다. 고국으로 돌아가면 좋은 쓰임새가 있을 것이라 생각했기 때문이다. 호메로스의 시들은 이미 그리스 사람들 사이에서 미미하지만 나름의 명성을 얻고 있었지만 이런 저런 개인들이 우연히 손에 넣어 단편적으로 소장하고 있을 뿐이었다. 그러니까 호메로스의 시를 제대로 알린 것은 리쿠르고스가 처음이었다.

이집트인들에 따르면 이집트를 여행하던 리쿠르고스가 그곳 사람들이 군인과 일반 백성을 따로 분리해서 대하는 방식에 흥미를 느껴 이를 스파르타에 도입했다고 한다. 군인들이 천하고 기계적인 직업에 종사하는 사람들과 접촉하는 것을 막음으로써 국가가 높은 품격과 매력을 갖출 수 있게 되었다고 판단한 것이다. 몇몇 그리스 역사가들도 이와 같은 기록을 남기고 있다. 하지만 내가 살펴본 바로는 리쿠르고스가 스페인, 아프리카, 인도를 여행했다거나 그곳에서 고행의 수도사들과 대화를 나누었다는 등의 이야기를 믿는 사람은 오로지 히파르코스Hipparchus의 아들인 스파르타 사람 아리스토크라테스Aristocrates 한 사람 뿐이다.

스파르타 사람들은 리쿠르고스를 무척 그리워하며 여러 차례 그에게 사람을 보내 이렇게 전했다. "지금까지 우리가 모셔온 왕들은 왕이라는 지위와 칭호를 가지고 있기는 하지만 정신적 자질 면에서는 신하들과 전혀 다를 바가 없다." 그러면서 오직 리쿠르고스에게서만 진정한 통치자로서의 자질이 엿보이며 백성들의 복종을 이끌어내는 비상한 재능을 찾아볼 수 있다고 덧붙였다. 심지어 왕들조차도 그가 돌아오기를 바라고 있다는 것이었는데 그가 스파르타에 존재하는 것만으로도 백성들의 오만방자함을 막아줄 수 있을 것이라고 생각했기 때문이었다.

이와 같은 상황에서 고국으로 돌아온 리쿠르고스는 지체 없이 스파르타의 전면적인 개혁에 착수하면서 공화국의 면모를 일신하겠다고 결심했다. 몇몇 법령을 정비하고 부분적인 개혁을 이루는 것만으로는 어림없다고 생각한 것이다. 그는 복합적인 질병으로 신음하는 환자 앞에 선 의사의 심정으로 스파르타를 바라보았다. 현명한 의사라면 먼저 약의 힘을 빌려 환자의 병을 뿌리 뽑은 다음 체질을 완전히 변화시켜 그를 전혀 새로운 식이요법으로 다스려야 마땅했다. 이렇듯 자기 나름의 계획을 세운 리쿠르고스는 델포이로 가 아폴론 신의 뜻을 물었다. 그곳에서 그는 제사를 드리고 저 유명한 신탁을 받아들고 돌아왔다. 신탁에 따르면 그는 신이 총애하는 존재로 인간보다는 신에 가까운 존재라는 것이었다. 그리고 리쿠르고스의 기도가 받아들여져 그가 제정하는 법은 최고의 법이 될 것이고 그것을 준수하는 공화국은 세상에 널리 이름을 떨칠 것이라는 약속이었다.

이러한 신탁에 힘을 얻은 리쿠르고스는 스파르타의 지도자들을 자기 편으로 끌어들여 자신에게 주어진 막중한 업무에 도움을 주도록 회유했다. 리쿠르고스는 먼저 가장 가까운 친구들에게 자신의 이러한 계획을 알리고 점차 다른 사람들까지 포섭해서 그 계획을 실행에 옮기도록 독려했다. 행동을 개시할 만한 분위기가 무르익자 리쿠르고스는 스파르타의 유력 인사 30명에게 먼동이 틀 무렵 무장을 하고 시장으로 가 대기하라는 명령을 하달했다. 반대파들에게 위협을 가하기 위해서였다. 헤르미푸스(Hermippus, 펠로폰네소스 전쟁 기간에 유행했던 옛 희극의 작가로 애꾸눈이었다.—역주)는 이들 중 가장 특출한 사람 스무 명의 이름을 기록하고 있는데 그 중에서도 리쿠르고스가 가장 신뢰했을 뿐 아니라 법을 입안하고 시행하는 데 가장 많은 도움을 준 사람은 아르트미아다스Arthmiadas였다. 사태는 점차 소동으로 커져갔다. 일련의 사태를 자신에 대한 반란 음모로 이해한 카릴라우스(Charilaus, 기원전 8세기 초 스파르타의 왕—역주) 왕은 황동으로 만든 집Brazen House으로 불리는 아테나 여신의 신전으로 피신했다. 하지만 자신이 오해했음을 깨달은 왕은 자신을 해할 의도가 없다는 맹세를 듣고서 피난처에서 돌아와 개혁의 대열에 합류했다. 카릴라우스 왕은 품성이 온화하고 유순한 사람이었다. 그와 형제간이었던 아르켈라우스Archelaus는 카릴라우스의 선한 품성을 극찬하는 말을 듣고 이렇게 말했다. "선하다는 말 말고 그를 다른 무슨 말로 빗댈 수 있으리오? 그는 심지어 악한 자들에게도 선하오."

리쿠르고스가 이룬 많은 변화와 개혁 가운데 가장 먼저 실시했을 뿐 아니라 첫손에 꼽히는 일은 원로원을 설립한 것이었다. 원로원은 중요한 국사에서 왕과 동등한 권한을 가지며 플라톤의 표현대로 왕권의 무자비한 속성을 완화하거나 제한하는 기구로 공화국에 안정과 안전을 가져다 주었다. 나라가 아직 확고한 기반을 다지지 못해 왕이 강력한 권한을 가질 때는 절대왕정으로 기울고 백성에 더 많은 권한이 주어졌을 때는 오로지 민주정으로만 치우치는 경우가 있었지만 이제 원로원이 구성되면서 나라는 마치 배 안의 바닥짐처럼 마침내 무게중심을 갖게 되었고 매사에 적절한 평형을 유지할 수 있게 되었다. 28명의 원로들은 민주주의에 지장을 줄 정도로 항상 왕에 충성을 다했지만 한편으로는 절대왕정에 저항하는 백성들을 지지했다. 아리스토텔레스에 따르면 원로의 수가 28명으로 확정된 것은 애초의 30명 중 2명이 용기를 잃고 참여하지 않았기 때문이라고 한다. 하지만 스파이루스(Sphaerus, 기원전 3세기의 스토아 철학자―역주)는 리쿠르코스의 개혁 노선에 가담한 인사가 처음부터 28명뿐이었다고 확언한다. 아마도 그 숫자가 가지는 어떤 신비감 때문인지 모르겠다. 28이라는 수는 7과 4를 곱한 수로 6 이후에 처음으로 만나는 완전수이다. 즉 자신을 제외한 약수의 총합이 자신과 같은 자연수가 되는 것이다. 하지만 내 생각으로는 리쿠르고스가 두 왕을 합하면 30명이 되는 것을 감안해서 원로의 수를 28명으로 했다고 믿고 있다. 원로원 구성에 너무도 열성적이었던 리쿠르고스는 델포이로부터 그에 관한 신탁을 얻기 위해 온갖 수고를 아끼지 않았다. 그리하여 신성한 법령이라는 뜻을 갖고 있는 레트라(Rhetra, 스파르타의 법규나 법령을 이르는 용어―역주)는 다음과 같이 기록한다. "유피테르 헬라니우스Jupiter Hellanius와 미네르바 헬라니아Minerva Hellania에게 신전을 지어 바친 다음, 백성을 필레스Phyles와 오베스Obes로 나누고 나면 지도자를 포함한 서른 명의 원로로 이루어진 의회를 구성하도록 하라. 그리고 때때로 바비카Babyca와 크나키온Cnacion 사이에 백성들을 불러 모아 그곳에서 발의하고 표결하라. 최종 선택권과 결정권은 평민에게 있다." 여기에서 '필레스'와 '오베스'는 백성을 분할한 것이고 '지도자들'이란 두 명의 왕을 의미한다. 아리스토텔레스는 크나키온은 강을 말하고 바비카는 다리를 의미한다고 말하는데 그들은 이 바비카와 크나키온 사이에서 회합을 가졌다. 한 군데 모여 회의를 할 만한 의사당이나 건물이 없었기 때문이었다. 리쿠르고스는 이러저러한 장식들이 회의에 도움을 주기는커녕 오히려 방해만 할 뿐이라고 생각했다. 다른 그리스 국가들의 의사당에서 흔히 볼 수 있는 그런 조각상이나 회화작품, 복잡 미묘한 무늬로 장식된 천장 등은 원로들의 시선을 빼앗아 주의를 산만하게 할 뿐이라는 것이었다. 그래서 스파르타 사람들은 야외에서 회합을 가졌는데 회의가 진행되는 동안 그 누구도 자기 의견을 밝힐 수 없도록 되어 있었고 오로지 왕과 원로원이 상정한 안건에 대해 찬반의 의사만을 표시할 수 있었다.

30명의 원로들을 구성한 리쿠르고스에게 주어진 다음 임무는 토지를 재분배하는 일이었다. 이는 지금까지 리쿠르고스가 했던 그 어떤 개혁보다도 위험 부담이 큰 일이었다. 당시 스파르타에는 극단적인 불평등이 만연해 있었다. 그 나라는 궁핍한 대다수 백성들로 인해 과중한 부담을 떠안고 있었으며 나라의 모든 부는 극소수의 사람들에게 집중되어 있었다. 따라서 리쿠르고스는 스파르타에서 오만과 시기와 사치와 범죄를 추방하고, 한쪽에서는 곤궁에 시달리는 반면 다른 한쪽에서는 넘쳐나는 부를 어찌할 바 모르는 그 도시의 고질적인 병폐를 척결하기 위해 모든 국민이 일단 자신의 재산을 모두 포기한 다음 이를 다시 재분배받는데 동의하도록 했다. 리쿠르고스는 모든 이들이 평등한 토대 위에서 서로 어우러져 살아야 하고, 자신이 갖고 있는 훌륭한 자질을 통해서만 명성을 얻을 수 있어야 하며, 악행에 대한 비난과 선행에 대한 신망이 아니고는 사람과 사람 사이에 그 어떤 차별도 있어서는 안 된다고 생각했다.

이러한 제안에 대해 국민들이 동의하자 리쿠르고스는 즉시 이를 실행에 옮겼다. 그는 라코니아(Laconia, 스파르타에 속한 그리스 남부의 고대 왕국—역주)의 전 지역을 3만 개의 구역으로 공평히 나누었고 스파르타의 도시 지역은 9천 개 구역으로 나누었다. 그리고 이 땅은 스파르타 도시민들에게 분배하고 나머지 토지는 시골 백성들에게 나누어주었다. 한 가족에게 분배된 토지는 한 해를 통틀어 가장 몫으로 70부셸(Bushel, 곡물이나 과일의 중량 단위로 8갤런에 해당하는 양—역주), 아내 몫으로 12부셸의 곡물을 생산하고 기름과 포도주를 적당량 생산할 수 있는 넓이였다. 리쿠르고스는 이 정도면 백성들이 건강과 활력을 유지하는 데 충분하고 그 이상의 잉여물은 없는 편이 낫다고 생각했다. 토지 재분배를 마무리한 직후 리쿠르고스는 여행을 떠났다 돌아오는 길에 시골을 지났다. 마침 추수철이어서 백성들이 햇곡식을 거둬들이고 있었는데 모든 구획의 토지에 비슷한 부피의 곡식단들이 쌓여 있는 광경을 보고 흐뭇한 미소를 지으며 주위에 있던 사람들에게 이렇게 말했다고 한다. “라코니아 전체가 여러 형제들이 똑같이 나누어 가진 한 가문의 땅처럼 보이는구려.”

리쿠르고스는 이에 만족하지 않고 토지가 아닌 나머지 동산動産에 대해서도 균등한 분배를 하기로 작정했다. 백성들 사이에 받아들이기 힘든 그 어떤 차이나 불평등을 남겨놓고 싶지 않았던 것이다. 하지만 이 문제를 공공연히 추진할 경우 상당한 위험이 따를 수 있다고 생각한 리쿠르고스는 부자들의 탐욕을 꺾기 위해 다음과 같은 책략을 썼다. 나라 안의 모든 금화와 은화를 회수하고 오로지 철로 만든 주화만 통용되도록 했다. 그리고 무게와 부피가 많이 나가는 철로 만든 주화에 매우 적은 가치를 부여해 100달러, 200달러만 보관하려 해도 꽤 큰 창고가 필요했다. 그리고 그 정도 돈을 운반하려면 적어도 황소 두 마리가 끄는 수레가 필요했다. 이 주화가 보급되자 그 즉시 수많은 범죄들이 라케다이몬으로부터 자취를 감췄다. 그 같은 동전 한 닢을 더 챙기려고 그 누가 도둑질을 할 것인가? 숨기기도 쉽지 않고 갖고 있다고 자랑스럽지도 않고 사실상 아무런 쓸모도 없는 것을 그 누가 편취하고 빼앗고 뇌물로 받겠는가? 결국 사람들은 동전을 빨갛게 달군 뒤 식초에 담가 망가뜨림으로써 영영 사용할 수 없게 만들었다.

다음으로 리쿠르고스는 불필요하고 사치스런 모든 예술을 불법화했다. 하지만 그러한 선언을 굳이 할 필요도 없었는지 모른다. 그러한 예술은 금은과 함께 저절로 사라져버렸을 것이기 때문이다. 새로이 통용되는 동전으로는 그런 진귀한 예술작품의 값을 지불할 길이 마땅치 않았다. 철로 된 동전은 몸에 지니고 다니기가 여간 어렵지 않았고 혹 누군가가 그것을 해외로 애써 들고 나간다 해도 다른 그리스 국가에서는 통용되기는커녕 오히려 비웃음만 살 터였기 때문에 해외의 물건이나 작은 사치품들을 구입할 방도가 없었다. 상인들은 라코니아의 항구로 배를 아예 보내지 않았고 웅변술사, 떠돌이 점쟁이, 금은세공사, 조각가, 보석상인도 돈이 없는 그 나라에 발을 들이지 않았다. 그리하여 사치는 그것의 온상이 되던 것들이 점차 사라지자 설 땅을 잃고 마침내 사라지고 말았다. 이제 스파르타에서는 부자라고 해서 가난한 자에 비해 딱히 좋을 것도 없었다. 부자들의 부와 윤택함이 밖으로 드러날 길이 없으니 그저 집안에 갇혀 있을 수밖에 없었다. 상황이 이렇다 보니 스파르타 사람들은 일상에 꼭 필요한 용품들을 만드는 데 뛰어난 기술자들이 될 수밖에 없었다. 예를 들어 스파르타에서 만들어진 침대, 의자, 탁자, 주요 가재도구들은 대단히 뛰어난 품질을 자랑했다. 크리티아스(Critias, 고대 아테네의 정치가이자 철학자로 소크라테스의 제자이자 플라톤의 친척이었다.—역주)에 따르면 특히 스파르타의 컵은 대단한 인기를 끌어서 병사들이 즐겨 지니고 다니던 물건이었다고 한다. 불가피하게 물을 마셔야 할 상황에서 깨끗한 물을 구할 수 없을 때 컵의 색깔이 혼탁한 물을 눈에 보이지 않도록 해주었기 때문이다. 또한 이 컵은 이물질이 컵 가장자리로 달라붙도록 고안되어 있어서 더러운 물을 그나마 정화해서 마실 수 있었다. 백성들은 이 또한 그들의 입법자 덕분이라고 생각할 수밖에 없었다. 기술자들이 쓸모없는 물건들을 만들어야 하는 수고로부터 해방됨으로써 생활필수품들에 아름다움을 불어넣는 기술을 한껏 발휘할 수 있었기 때문이다.

이 위대한 입법자의 대가다운 면모를 보여주는 세 번째 개혁은 사치와 부에 대한 욕망에 다시 한 번 결정타를 날렸다. 리쿠르고스는 모든 사람들이 공동으로 식사를 하며 같은 빵 같은 고기의 지정된 음식을 먹도록 규정했다. 이는 백성들이 각자의 집에서 음식장사와 요리사에 스스로를 내맡긴 채 화려한 식탁 앞 값비싼 침상에 드러누워 마치 게걸스러운 짐승처럼 꼼짝하지 않고 살을 찌움으로써 그 육체뿐 아니라 정신마저도 피폐하게 해서는 안 된다는 생각이 반영된 것이었다. 식탐과 과식으로 나약해진 몸과 정신은 과도한 수면과 뜨거운 목욕, 나태를 요구하는데 한마디로 그런 이들은 마치 지병을 앓고 있는 환자처럼 끝없는 보살핌과 도움의 손길을 필요로 하게 된다는 것이었다. 이러한 결과를 가져오는 것만으로도 충분히 대단한 일임에 틀림없다. 하지만 리쿠르고스의 이러한 개혁이 더 큰 의미를 갖는 것은 부 자체를 하찮은 것으로 여기게 된 데 있었다. 테오프라스투스(Theophrastus, 그리스의 철학자이자 과학자로 플라톤과 아리스토텔레스를 스승으로 두었다. 식물학의 창시자로 알려져 있다. 저서로는 《식물지(植物誌)에 대하여》 등이 있다.—역주)의 말대로 그의 개혁은 탐욕의 대상인 소유물뿐 아니라 부라는 것의 본질 자체를 하찮게 여기도록 만들었다. 부자들로서는 가난한 이들과 같은 식탁에 앉아 식사를 해야만 했으므로 자신의 풍부한 재물을 쓸 수도 즐길 수도 없었고 더 나아가 그것을 바라보거나 과시하면서 자신의 허영심을 만족시킬 수도 없었다. 그리하여 '부와 풍요의 신인 플루토스Plutus가 눈이 멀었다'는 일반의 속담은 세계의 어느 다른 곳이 아닌 바로 스파르타에서 문자 그대로 입증되었다. 스파르타에서 플루토스는 그저 눈만 먼 것이 아니라 마치 그림처럼 생명도 움직임도 없는 존재가 되고 말았다. 먼저 집에서 식사를 한 뒤 공동의 식탁에 앉는 일도 불가능했다. 다중과 함께 먹고 마시지 않는 사람들을 감시하는 눈초리가 한둘이 아니었기 때문이다. 그리고 그런 사람들에게는 식성이 까다롭다느니 계집 같다느니 하며 욕을 해댔기 때문이다.

특히 이 마지막 법령은 돈푼깨나 있는 사람들을 분노케 했다. 그들은 리쿠르고스에 반대하는 패거리를 모아서 온갖 악담을 퍼부어대기도 하고 심지어 돌을 던지기도 했다. 리쿠르고스는 이윽고 장터에서 달아나야 하는 처지에 놓이게 되었다. 목숨이 위태로워진 리쿠르고스는 황급히 성소로 향했다. 그런데 뒤쫓던 사람들을 요행히 모두 따돌렸지만 알칸데르Alcander라는 젊은이 한 사람은 예외였다. 알칸데르는 재주가 적지 않은 젊은이였지만 성급하고 난폭했다. 리쿠르고스의 코앞까지 쫓아온 알칸데르는 리쿠르고스가 주변에 누가 있는지 보려고 몸을 돌리는 순간 그의 얼굴을 향해 지팡이를 찔렀고 지팡이 끝은 리쿠르고스의 한쪽 눈을 멀게 만들었다. 하지만 이런 일에 겁을 먹고 물러설 리쿠르고스가 아니었다. 잠시 멈춰선 그는 볼썽사나운 얼굴과 상처로 얼룩진 눈을 시민들에게 보여줬다. 그 광경에 경악과 수치심을 느낀 시민들은 알칸데르를 붙잡아 벌을 주라며 리쿠르고스 손에 넘기고는 젊은이의 그릇된 행동을 심하게 꾸짖으며 리쿠르고스를 집까지 바래다주었다. 리쿠르고스는 자신을 돌봐준 사람들에게 감사를 표하고 모두 돌려보낸 뒤 알칸데르만은 집으로 데리고 들어갔다. 리쿠르고스는 그에게 그 어떤 가혹한 행동도 한 마디 꾸짖는 말도 하지 않았다. 다만 자리를 지키던 하인들을 물리친 다음 알칸데르에게 식탁에서 시중을 들라고 분부했다. 성품이 순박했던 젊은이는 아무런 불평도 하지 않고 그가 하라는 대로 했다. 결국 리쿠르고스와 함께 살게 된 알칸데르는 그를 가까이에서 지켜보면서 리쿠르고스가 온화하고 차분한 성품을 갖고 있으며 매사에 극도로 절제하는 생활을 하며 지칠 줄 모르는 근면성까지 갖추고 있는 인물임을 알게 되었다. 한때 적이었던 알칸데르는 이제 리쿠르고스를 가장 열광적으로 추앙하는 사람으로 변했다. 그는 주변 친구들과 친척들에게 리쿠르고스가 알려진 것처럼 성미가 까다롭고 야비한 사람이기는커녕 세상에 둘도 없이 온화하고 점잖은 사람이라고 말하고 다녔다. 결국 리쿠르고스는 거칠고 격정적인 한 젊은이를 스파르타에서 가장 분별 있는 시민으로 탈바꿈시키는 것으로 그에 대한 벌을 대신했던 것이다.

스파르타의 공동 식사 이야기로 되돌아가 보자. 열다섯 남짓 되는 사람들이 한 무리를 이루어 식사를 하게 되는데 그들 각자가 한 달에 곡식 1부셸과 포도주 8갤런, 치즈 5파운드, 무화과 2파운드 반 그리고 고기와 생선을 살 약간의 돈을 냈다. 이 밖에도 그들 중 누군가가 제를 지내게 되면 항상 공동 식당에 음식을 기부했다. 비슷하게 누군가가 사냥을 다녀왔다면 자신이 잡은 사슴고기 중 일부를 공동 식사 자리에 내놓았다. 제사를 지내거나 사냥을 한 사람만큼은 공동 식사 자리에 빠지고 집에서 식사를 할 수 있었다. 공동으로 식사를 하는 관례는 이후로도 오랫동안 엄격히 지켜졌다. 심지어 아기스Agis 왕이 아테네 원정에서 이기고 돌아왔을 때 집에서 왕비와 오붓하게 식사를 하고 싶어 자신의 공동 식사분을 보내달라고 청했다가 폴레마르크스(Polemarchs, 스파르타의 왕 아래 군 지휘관–역주)에게 거절당했을 정도였다. 화가 잔뜩 난 왕이 이튿날 전승을 기념하는 제의(祭儀)를 생략해버리자 그들은 왕에게 벌금을 부과했다.

스파르타 사람들은 마치 예절학교에 보내듯 아이들을 이 공동 식사 자리에 보내곤 했다. 이곳에서 아이들은 노련한 정치가들을 통해 국사(國事)를 깨우쳤으며 사교적인 말로 대화하는 법을 배우고 상스럽지 않은 말로 농담을 주고받는 법을 배우고 기분 상하지 않고 그러한 농담을 받아들이는 법을 배웠다. 이렇듯 양질의 교육을 받은 덕분에 라케다이몬 사람들은 이러한 대화술에 특히 뛰어났다. 만약 상대방이 그런 대화에 조금이라도 불편한 기색을 보이면 더 이상 그에게 그런 농담을 건네지 않았다. 또한 가장 나이가 많이 든 사람이 모임에 참석하러 들어오는 사람에게 문 쪽을 가리키며 일일이 이렇게 말하는 풍습도 있었다. "이 문을 통해서는 그 어떤 말이든 새어나가지 못하네." 또 이 식사 소모임에 끼고 싶은 사람은 다음과 같은 절차를 통해 받아들여졌다. 식사 모임에 참석한 사람 각자가 손에 부드러운 빵조각을 쥐고 있다가 시종이 머리에 바닥이 깊은 대접을 이고 좌중 사이를 돌면 그 속으로 빵조각을 던져 넣었다. 그 사람과 함께 식사를 하고 싶은 사람은 빵조각을 그 모양 그대로 집어넣는데 만일 함께 식사하고 싶지 않다면 손가락으로 빵조각을 눌러 납작하게 해서 대접에 던져 넣었다. 말하자면 납작해진 빵조각은 반대표를 의미했다. 그리고 대접 안에 납작해진 빵조각이 단 하나라도 있으면 그 사람은 입회가 허락되지 않았다. 모임의 구성원 각자가 언제나 서로 뜻이 맞아야 한다는 바람이 컸기 때문이다. 그 대접을 일컬어 '카디쿠스caddichus'라 부르는데 거절당한 후보자는 거기에서 파생된 이름을 가지게 되었다. 스파르타 사람들 사이에서 가장 유명한 음식은 '검은 국'이라는 묽은 수프였는데 오로지 이 국만 먹겠다고 할 만큼 노인들에게 인기가 그만이어서 오히려 고기는 젊은이들 차지가 되었다.

이 국에 대한 명성이 자자하자 폰투스의 어떤 왕이 라케다이몬의 요리사를 불러다가 국을 끓이라고 했다고 한다. 그런데 국을 한입 뜨던 왕은 그 맛이 형편없음을 깨달았다. 이를 지켜보던 요리사가 왕에게 말했다. "왕이시여, 이 국을 제대로 즐기시려면 먼저 에우로타스(Eurotas, 그리스 남부 펠로폰네소스 반도에 있는 길이는 82km의 강-역주) 강물에 몸을 씻으셔야 합니다."

포도주까지 적당히 곁들여 식사를 마친 다음 사람들은 길을 밝혀줄 횃불도 없이 집으로 돌아갔다. 어떤 경우든 밤에 불빛에 의지해 걷는 일은 금지되어 있었다. 어둠 속을 당당히 걷는 데 익숙해져야 한다는 생각에서였다. 스파르타 사람들의 공동 식사는 대체로 이런 식으로 이루어졌다.

리쿠르고스는 자신이 제정한 어느 법령도 성문화하지 않았다. 성문화를 금지하는 '레트라'까지 별도로 있었다. 리쿠르고스는 가장 중요한 사항, 이를테면 공공복리에 직접적으로 관련된 사항 등은 좋은 훈육을 통해 젊은이들의 가슴 속에 깊이 새겨져 오래 남아 있도록 해야 한다고 생각했다. 그러기 위해서 어떤 강요보다는 최상의 입법자라 할 교육을 통해 일종의 행동강령처럼 그들 내부에 자리잡아야 더욱 강력한 것이 된다고 생각했다.

앞에서도 밝혔듯이 레트라 중에는 스파르타의 법령이 성문화되어서는 안 된다는 내용의 레트라도 있었다. 또 개중에는 사치와 낭비를 각별히 경계하는 레트라도 있었다. 그 레트라에는 집의 천정을 작업할 때는 도끼만을 사용하고 문을 만들 때는 톱만을 사용하라고 규정되어 있었다. 에파미논다스(Epaminondas, 기원전 5~4세기 고대 그리스 테베의 정치가이자 군인-역주)가 자신의 식탁과 관련해서 남긴 금언, "반역과 이런 식사는 어울리지 않는다"는 말은 수세기 전 이미 리쿠르고스에 의해 예견되었던 것인지도 모른다. 역시나 사치와 이런 종류의 집은 전혀 어울리지 않을 것이기 때문이다. 그런 소박하고도 평범한 방을 은제 다리가 달린 침대와 자줏빛 침대보 그리고 금 접시 은 접시로 치장하는 사람은 아무래도 정상적인 감각을 갖춘 사람이라 보기 힘들 것이다. 그러니까 리쿠르고스는 사람들이 자기 집에 맞는 침대를 고르고 그 침대에 맞는 침대보를 선택하고 이들에 맞게 나머지 가구와 세간도 들여놓을 것이라고 당연히 생각했을 법하다. 평생 다른 식으로 지어진 집이라고는 본 적이 거의 없었던 레오티키데스Leothchides 1세가 코린트에 가 화려하고 거창한 방에서 접대를 받게 되었다고 한다. 그는 멋지게 조각된 목재에 나무판으로 장식된 천장을 보고 너무 놀라 집 주인에게 그 나라에서는 나무들이 저런 모양으로 자라느냐고 물었다고 한다.

세 번째 레트라는 동일한 적과 오랜 기간에 걸쳐 자주 전쟁을 하지 말도록 규정하고 있다. 적군이 스스로를 방어하는 데 익숙해지면서 아군이 전쟁을 통해 오히려 적군을 훈련하고 가르치는 셈이 될 것이기 때문

스파르타 함대 사령관이자 정치가인 안탈키다스

이었다. 훗날 아게실라우스(Agesilaus, 기원전 5~4세기 스파르타 쇠퇴기의 왕—역주) 왕이 오랫동안 비난을 받았던 것도 바로 이런 점 때문이었다. 보이오티아(Boeotia, 아테네 북서쪽에 있던 고대 그리스의 도시 국가—역주)에 대한 잦은 급습으로 인해 테베 사람들이 라케다이몬의 적수가 되었다는 비판이었다. 그리하여 어느 날 부상을 입은 아게실라우스 왕을 본 안탈키다스(Antalcidas, 스파르타 출신의 고대 그리스 제독이자 정치가, 외교관으로 페르시아와 맺은 '안탈키다스 화약和約'으로 유명하다.—역주)는 이렇게 말했다. "테베 사람들의 의사와는 상관없이 그들을 훌륭한 전사로 만드시느라 갖은 애를 다 쓰시더니 이제 그 대가를 톡톡히 받으셨군요." 이러한 법령들을 스파르타 사람들은 신탁과 계시의 의미를 담아 레트라라 불렀다.

앞서 말했듯이 리쿠르고스는 젊은이들을 대상으로 좋은 교육을 실시하는 일이야말로 입법자의 가장 중요하고도 숭고한 작업이라고 생각했다. 따라서 그는 젊은이들을 위한 교육에 가능한 모든 관심을 쏟았다. 그는 처녀들에게 씨름, 달리기, 고리던지기, 화살던지기 등으로 몸을 단련함으로써 강건한 육체를 유지하도록 명령했다.

스파르타의 아버지들에게는 자녀를 자기 의지에 따라 키울 권한이 없었다. 그는 레스케(Lesche, 고대 그리스의 아케이드 따위의 대중이 모이는 장소—역주)라 불리는 곳에 있는 일종의 '심판관'들에게 아이를 데려가야 했다. 심판관이란 아이가 속한 부족의 연장자들이었다. 심판관들은 아이를 면밀히 살펴본 뒤 아이의 몸이 튼튼하고 균형 잡혀 있다면 기르도록 명령하면서 아이의 양육을 위해 9천 구획의 토지 중 한 구획을 할당해주었다. 하지만 아이가 연약하고 몸매가 기형일 경우에는 타이게토스(Taygetus, 그리스 남부 펠로폰네소스 반도에 위치한 산맥으로, 그 이름은 그리스 신화에 나오는 님페 플레이아데스 자매 중 한 명으로 제우스에게 겁탈당해 스파르타의 시조 라케다이몬을 낳은 타이게테Taygete에서 따온 것이다.—역주) 산 아래 아포테타이Apothetae라는 협곡으로 보내라고 명령했다. 출생 당시부터 이미 건강하지도 활기차지도 않은 듯 보이는 아이를 양육하는 것은 아이 자신을 위해서도, 공공의 이익을 위해서도 바람직하지 않다고 생각한 것이다. 같은 이유에서 산모들은 갓 태어난 아이를 다른 나라에서 흔히 그러하듯 물로 목욕시키지 않고 포도주로 씻겼다. 아기의 체질과 안색을 살피기 위해서였다. 간질병이 있거나 몸이 허약한 아기를 포도주에 씻기면 경기를 일으키고, 기력이 쇠하는데 건강하고 활기찬 체질의 아기는 반대로 포도주를 통해 더 견실해지고 강철 같은 체질을 얻는다고 믿었기 때문이다. 유모들에게도 아이를 돌보는 많은 비법이 있었다. 그들은 아기들을 포대기로 감싸 묶지 않았다. 그로써 아기들은 팔 다리를 자유롭게 놀리며 거침없이 성장할 수 있었다. 또 유모들은 아이들을 식성이 까다롭거나 변덕스럽지 않은 아이로 키웠을 뿐 아니라 어둠을 두려워하지 않고 혼자 있을 때도 무서워하지 않도록 가르쳤다. 또 쉽사리 짜증을 내거나 징징대지 않는 호방한 아이로 키웠다. 다른 나라 사람들까지 너도나도 스파르타의 유모들을 고용해서 아이들을 맡긴 것도 바로 이런 이유에서였다.

하지만 리쿠르고스는 또 다른 생각을 하고 있었다. 그는 스파르타의 어린이들을 시장에서 사들인 가정교사에게 맡기는 것도, 교사들이 자기 노동력을 파는 것도 마뜩치 않았다. 실제로 아버지들 스스로가 자기 입맛에 따라 아이들을 양육하는 것 자체가 불법이기도 했다. 그래서 리쿠르고스는, 일곱 살이 되는 해에 아이들을 특정 집단 및 계층에 소속시켜 그곳에서 동일한 규율 아래 함께 운동하고 놀도록 했다. 개중에 발군의 행동과 용기를 보이는 아이는 그 집단의 우두머리로 뽑혔다. 나머지 아이들은 항상 그를 주시하며 그의 명령에 복종하고 그가 내리는 어떠한 처벌도 묵묵히 감수한다. 이런 아이들 교육의 모든 과정은 기껍고도 완벽한 복종을 훈련하는 하나의 지속적인 과정이었다. 어른들 역시 아이들의 행동을 면밀히 관찰하면서 종종 아이들 간에 다툼과 분쟁을 일부러 부추겼다. 이를 통해 그들은 아이들 간의 성격 차이를 발견하고, 보다 위태로운 충돌이 발생했을 때 어떤 아이가 용감하고 어떤 아이가 비겁한지를 가려낼 수 있었다. 읽기와 쓰기는 각자에게 꼭 필요한 만큼만 가르쳤다. 어른들의 주요 관심사는 무엇보다 아이들을 훌륭한 백성으로 키우는 일이었고, 전쟁에서 고통을 감내한 끝에 기어코 승리를 쟁취하는 법을 가르치는 일이었다. 아이들이 나이가 들수록 훈련도 그에 비례해서 강화되었다. 머리도 짧게 자르고 맨발로 걷는 데 익숙해지고 놀 때도 거리낌 없이 벌거숭이가 되었다.

열두 살이 지나면 아이들은 더 이상 어떤 속옷도 입을 수 없었다. 그리고 일년을 외투 한 벌로 지내야 했다. 아이들의 몸은 딱딱하고 건조했지만 목욕을 하거나 몸에 무언가 바르는 일도 거의 없었다. 일 년에 며칠 되지 않는 특별한 날에만 그런 호사를 누릴 수 있었다. 잠은 골풀로 만든 침대에서 몇 명씩 무리를 지어 잤다. 이 골풀은 에우로타스 강가에서 자란 것인데 그들이 칼 하나 없이 맨손으로 직접 꺾어 온 것이었다. 겨울이 오면 골풀에 엉겅퀴 솜털을 섞었는데 사람들은 이 솜털이 온기를 품고 있다고 생각했다.

이밖에도 스파르타에서 가장 훌륭하고 정직한 한 사람을 뽑아 아이들의 감독관으로 임명했다. 감독관은 아이들을 몇 개 조로 재배치하고 각 조를 통솔할 조장으로는 '이렌Iren'이라 불리는 사람들 중에서 가장 절도 있고 담대한 청년을 내세웠다. 이렌이란 보통 청소년기를 벗어난 지 2년이 된 스물 살 청년을 일컫는다. 그리고 소년 계급에서 가장 나이가 많은 아이들을 일컬어 '멜이렌Mell-Iren'이라 했는데 이는 '곧 이렌이 될 사람'이라는 뜻이다. 이렌은 싸움을 할 때나 지휘관이 귀가했을 때 우두머리 노릇을 하고 자기 집안일을 돕도록 부하들을 동원하기도 했다. 이렌은 가장 나이 많은 대원에게는 땔감을 해오도록 시키기도 하고 힘이 부치는 아이들에게는 채소나 약초를 구해오라고 시켰다. 그러면 아이들이 선택할 수 있는 길은 빈손으로 돌아가거나 훔쳐오는 방법밖에 없었다. 아이들은 남의 밭에 몰래 기어들어가거나 식당으로 숨어들 수밖에 없었다. 도둑질을 하다가 붙잡히기라도 하면 서투르게 도둑질을 했다는 이유로 가차 없이 매를 맞았다. 또한 그들은 모든 촉각을 곤두세워 기회를 엿보다가 사람들이 잠을 자거나 잠시 긴장을 늦춘 틈을 타 손에 닿는 대로 고기를 훔치기도 했다. 만약 붙잡히면 체벌을 당할 뿐 아니라 매우 빈약한 평소의 식사량 밖에 배당받지 못해 굶주리기도 했다. 그래서 이렌이 시킨 일을 악착같이 해내려 할 수밖에 없었는데 그 과정에서 그들은 자기 앞에 닥친 어려움을 스스로 극복해내기 시작하고 어쩔 수 없이 자신의 활동력과 재주를 단련해나갔다.

도둑질에 임하는 라케다이몬 아이들의 각오는 자못 비장했다. 한 소년은 여우 새끼를 훔쳐 외투 안쪽에 숨겼는데 여우가 이빨과 발톱으로 그의 창자를 찢어발기고 있었지만 소년은 여우 새끼를 내비치지 않으려고 그 고통을 참다가 죽고 말았다. 오늘날에도 라케다이몬에서 행해지고 있는 일들을 보면 이 이야기도 충분히 믿을 만하다. 아르테미스 오르티아의 제단 아래에서 매를 맞으면서도 그 고통을 견뎌내다가 끝내 죽음을 맞았던 젊은이 몇 명을 내 눈으로 직접 목도했기 때문이다.

이렌은 저녁 식사 후 아이들과 함께 잠시 시간을 보내곤 했다. 아이들을 지목해 노래를 시키기도 하고 또 어떤 아이들에게는 까다로운 질문을 일부러 던지기도 했다. 예를 들어 '이 도시에서 가장 훌륭한 사람은 누구인가?' '이러저러한 사람이 이러저러한 행동을 하는 것을 어떻게 생각하는가?' 하는 따위의 질문이었다. 그래서 아이들은 일찍이 사람과 사물에 대해 올바른 판단을 내리고 자기 지역 사람들의 능력과 결점을 익히 알게 되었다. 만약 누가 훌륭한 인물이고 누가 나쁜 평판을 듣고 있는 인물인가와 같은 질문에 즉시 대답하지 못한다면 그 아이는 우둔하고 무심한 아이로 간주되고 덕성과 명예의 의미를 제대로 모르는 아이로 낙인찍혔다. 게다가 아이들은 자신의 대답에 대해 합당한 근거를 그것도 몇 마디 말로 이해하기 쉽고 조리 있게 대답해야 했다. 만일 기대에 못 미치는 대답을 할 경우 이렌은 아이의 엄지손가락을 깨무는 벌을 주었다.

또한 그들은 아이들에게 자연스럽고도 품위 있는 농담을 섞어 대화하는 법을 가르치기도 했다. 그리고 짧은 말 속에 많은 생각을 담도록 가르쳤다. 앞서 살펴보았듯이 철로 화폐를 주조해서 돈에 포함된 가치를 형편없이 평가절하했던 리쿠르고스가 대화에서는 짧은 말 속에 유용하고도 미묘한 의미를 가능한 한 많이 담도록 했던 것이다. 스파르타의 아이들은 오랜 침묵이 몸에 배어 있어서 그만큼 합당하고 금언적인 대답을 할 줄 알았다. 실제로 횡설수설 장황하게 말하는 사람이 분별 있는 용어를 사용해서 대화하는 일은 드물다. 어떤 아테네인들이 스파르타의 단검을 가리키며 마술사가 무대 위에서 쉽게 삼켜버리게 생겼다고 비웃자 아기스 왕은 이렇게 대답했다. "찌르기엔 충분하오." 내 생각에는 스파르타의 검이 짧고 날카로운 만큼 그들의 말솜씨 또한 그렇다. 스파르타인들은 대화 중 요점을 찔러 듣는 이들의 관심을 사로잡는 데 그 누구보다도 탁월하다. 리쿠르고스에 관한 다음의 일화가 믿을 만한 것이라면 그 자신도 간결한 몇 마디 말에 함축적 의미를 담아 전달하는 데 능했던 듯하다. 어떤 사람이 그 어떤 수단을 동원해서라도 라케다이몬에 민주주의를 확립해야 한다고 주장하자 리쿠르고스는 이렇게 대답했다고 한다. "그러시구려, 친구여. 당신 집안부터 말이요." 또 어떤 사람이 왜 신에게 바치는 제물이 그처럼 인색하고 보잘 것 없는지 묻자 그는 "언제라도 제물을 바칠 수 있어야 하니까요"라고 대답했다. 또 리쿠르고스가 인정하는 군사훈련 혹은 격투기는 어떤 것이냐는 물음에는 "두 손을 뻗지 않는 모든 경기(피정복자들이 살려달라고 애걸복걸하는 모습을 닮아서라고 한다.—역주)"라고 답했다.

스파르타 사람들이 수다스러운 것을 얼마나 싫어했는지를 잘 보여주는 경구들이 있다. 어떤 사람이 중대한 문제를 두고 레오니다스 왕에게 끈덕지게 대화하려 하자 때와 장소가 적절치 않다고 생각한 그는 이렇게 말했다. "선생, 충분히 심도 있게, 다음 기회에." 리쿠르고스의 조카 카릴라오스 왕이 숙부에게 어찌해서 법을 조금밖에 두지 않는지 그 이유를 묻자 "말이 적은 사람에게는 많은 법이 필요없다네"라고 대답했다. 누군가 공동 식사 자리에 초대받은 현자 헤카타이오스Hecataeus가 식사 시간 내내 한 마디도 하지 않았다며 비난하자 아르키다미다스는 헤카타이오스를 이렇게 옹호했다. "말하는 법을 아는 자는 말할 때도 아는 법이오."

날카로우면서도 전혀 천박하지 않은 응수의 사례를 좀 더 들어보자. 데마라토스는 한 끈덕진 친구가 라케다이몬에서 가장 훌륭한 인물이 누구냐고 지겹도록 물어오자 참다 참다 "가장 너 같지 않은 사람"이라고 대답했다. 또 아기스 왕이 동석한 자리에서 누군가 올림피아 경기를 공정하고도 명예롭게 치른 엘레아(Elea, 이탈리아 남부 캄파니아 주 남부에 있는 도시유적으로 기원전 530년 페니키아인이 건설해서 그리스인이 이어받았는데, 엘레아학파로 대표되는 고대 문화가 번성했다.—역주) 사람들을 극찬하자 아기스 왕은 이렇게 말했다. "5년에 단 하루 공정한 것이라면 그리 칭찬받을 일도 아니죠?"

스파르타인들의 농담 속에서도 그들의 성격을 엿볼 수 있다. 그들은 농담이라 할지라도 닥치는 대로 던지지 않았고 그들의 재치에는 무언가 곱씹어볼 만한 가치가 담겨 있었다. 예를 들어 나이팅게일의 울음소리를 기막히게 흉내 내는 사람이 있으니 들으러 가자고 하자 한 스파르타 사람은 이렇게 말했다. "이보쇼. 나는 진짜 나이팅게일 새소리를 들었소." 또 한 스파르타 사람이 어느 묘비에 다음과 같은 글귀가 새겨져 있는 것을 보았다.

"폭정의 불길을 끄려다
셀리누스에서 전사했노라."

이 사람의 반응이 걸작이다. "죽어도 싸구먼. 폭정의 불길이라면 끌게 아니라 홀라당 타도록 내버려두었어야지." 또 죽기로 싸우는 싸움닭을 주겠다는 말에 한 청년은 이렇게 대꾸했다. "죽기로 싸우는 닭보다는 살아서 상대를 죽이는 닭이었으면 좋을 텐데." 한마디로 스파르타인들의 응수는 간결한 말 속에 깊은 의미를 함축하고 있는 금언과도 같은 것이었다. 그래서 누군가는 스파르타인들의 특기는 체육과 운동이라기보다는 진정 그들의 지능에 있다고 말하기도 했다.

게다가 스파르타인들은 품위 있게 대화하는 습관을 기르는 일 말고도 음악과 시를 교육하는 일에도 세심하게 열정을 쏟았다. 그들의 그 노래는 행동을 향한 열정으로 사람들의 정신을 불태우고 사로잡는 생명력과 영혼을 지니고 있었다. 형식은 평범하고 꾸밈이 없었고 주제는 늘 진지하고 도덕적이었다. 노래와 시는 대체로 나라를 지키다 목숨을 바친 용사들에 대한 찬미와 비겁한 이들에 대한 조롱으로 가득 차 있었다. 용사들은 행복하고 찬미해야 할 인생을 살다 간 존재로, 비겁자들은 가장 비참하고 비굴한 존재로 묘사되고 있었다. 노래와 시에는 자신들이 나아갈 길에 대한 호언과 자신들이 이루어낸 일에 대한 자랑이 담겨 있었다. 노래는 연령에 따라 다양하게 변했는데 예를 들어 엄숙한 축제에 등장하는 합창단은 모두 세 파트로 나뉘어 있었다. 첫째는 노인들로 이루어진 합창단이었으며 둘째는 젊은이들, 마지막으로 어린이들로 구성된 합창단이 있었다. 먼저 노인들이 합창이 울려 퍼진다.

"우리도 한때는 젊은이였네, 용감하고 힘 센 젊은이였네."

하면 젊은이들이 이렇게 화답한다.

"우리가 지금 그렇지요. 와서 힘써보세요."

그러면 아이들이 마지막으로 등장해서 노래한다.

"하지만 나날이 자라 가장 힘 센 용사가 될 사람은 우리예요."

전쟁에 나가기 전 라케다이몬 사람들은 젊은이들을 위해 엄한 기율을 조금 완화했다. 머리를 기르거나 장식하게도 해주고 값비싼 무기를 지니거나 멋진 옷을 입게도 했다. 라케다이몬 사람들은 마치 경기장을 향해 울음을 내지르며 앞 다투어 달려 나가는 위풍당당한 말들을 바라보듯 그들을 보며 무척 흐뭇해했다. 따라서 장성한 스파르타의 젊은이들은 머리 손질에 많은 정성을 쏟았다. 특히 전쟁에 대비해서 가르마를 타고 머리 가장자리에 술 같은 장식을 달기도 했다. 이는 기록으로 남아 있는 입법자의 격언에 따른 것이었는데 격언에 따르면 숱이 풍성한 머리는 아름다운 얼굴을 더욱 돋보이게 하고 추한 얼굴을 더욱 두렵게 한다는 것이었다.

앞서도 언급했듯이 원로원은 리쿠르고스의 계획을 추진하기 위한 핵심 측근과 조력자들로 구성되어 있었다. 만일 결원이 생기면 60세가 지난 사람들 중에서 가장 명망 있는 적격자로 채우도록 했다. 원로원 선거 방식은 다음과 같았다. 시민들을 한자리에 소집하고 일부 선택된 자들은 선거가 이루어지는 장소 근처의 어느 방에 감금된다. 그들은 밖을 내다볼 수 없고 밖에서는 그들을 들여다볼 수 없도록 고안된 방이다. 다만 밖에서 열리는 집회의 함성은 들을 수 있다. 당시 대부분의 사안이 그렇듯 이 선거 역시 모인 사람들의 함성으로 결정되었기 때문이다. 이런 준비가 끝나면 원로 후보자들은 제비뽑기로 결정된 순서에 따라 한 사람씩 집회장으로 들어서 말없이 군중들 사이를 지나갔다. 그들이 한꺼번에 집회장으로 들어서는 법은 없다. 이때 방에 갇혀 있는 사람들은 미리 배부된 기록지에 함성이 울릴 때마다 그 함성의 크기를 저마다 기록한다. 물론 각 함성이 어느 누구를 향한 것인지는 알지 못한다. 다만 첫 번째 사람, 두 번째 사람, 세 번째 사람, 이런 식으로만 알고 있을 뿐이다. 그리하여 가장 큰 환호를 받은 것으로 기록된 사람을 적법하게 선출된 원로로 선포한다.

마침내 리쿠르고스는 자신이 추진한 주요 제도들이 백성들의 정신에 제대로 뿌리를 내리고 새로운 관습에 사람들이 충분히 익숙해짐으로써 이제 자신의 나라가 성숙 단계에 들어서서 마침내 스스로의 힘으로 발전해나갈 수 있을 것이라고 생각했다. 세계의 창조주가 우주의 탄생과 첫 운행을 보고 기뻐했다고 플라톤이 어디선가 말했듯이 리쿠르고스 역시 자신이 창조한 정치 체제가 제대로 작동하는 것을 보고 그 위대함과 아름다움에 기쁨과 만족감을 느꼈다. 따라서 그는 그 체제가 불멸의 체제가 되어 가능한 한 후세에 변함없이 전해지기를 바랐다. 그리하여 모든 백성을 불러 특별회의를 열었다. 거기에서 리쿠르고스는 이제 모든 것이 나라의 행복과 덕성에 이로운 방향으로 합리적으로 잘 정착되었다는 자신의 생각을 백성들에게 밝혔다. 하지만 그에게는 신탁을 묻기 전에는 공표하기 적절치 않은 가장 중요한 문제 하나가 여전히 남아 있었다. 그가 신탁을 물으러 다녀오는 사이에 백성들이 법을 한 치의 변경도 없이 잘 지키기를 바랐고 그러면 이후 그는 신이 지시한 대로 따를 생각이었다. 백성들은 한 목소리로 그의 말에 동의하면서 서둘러 길을 떠나라고 재촉했다. 여행길에 오르기 전 리쿠르고스는 자신이 돌아오기 전까지 이미 확립된 국가 조직 형태를 그대로 지키고 유지할 것을 두 왕과 원로원 그리고 모든 평민들에게 선서하도록 했다. 그런 연후에 리쿠르고스는 델포이로 떠났다. 신전에 도착한 그는 아폴론에게 제를 올리고 자신이 제정한 법령이 백성의 행복과 덕성을 위해 좋고 충분한 것인지 신에게 물었다. 신탁은 리쿠르고스의 법령들이 훌륭하며 그것을 준수하는 백성은 최고의 명성을 구가할 것이라고 대답했다. 리쿠르고스는 신탁을 받아 적어 스파르타로 보냈다. 그리고는 아폴론에게 두 번째 제를 올린 뒤 친구들과 아들에게 작별을 고했다. 그는 스파르타 사람들을 자신들이 한 맹세에 영원히 묶어두기 위해 지금 그곳에서 스스로 생을 마감하기로 결심했다. 아직은 삶의 무게를 견딜 만한 나이였지만 이 자리에서 삶을 마감한다고 회환이 남을 그런 나이도 아니었다. 더욱이 자기 주변의 모든 것들이 충분히 순조로운 상황이었다. 그리하여 리쿠르고스는 이런 식으로 생을 마감하는 것이 정치가의 한 사람으로서 당연한 의무라고 생각하며 스스로 모든 곡기를 끊음으로써 죽음을 맞이했다. 정치가는 죽음을 통해서도 어떤 미덕의 본보기가 되어야 하고 그로부터 유용한 목적을 이루어내야 한다고 생각했던 것이다. 리쿠르고스의 기대는 헛되지 않았다. 라케다이몬은 이후 500년 동안 리쿠르고스의 법을 엄격히 준수하며 그리스의 모든 도시들 중에서 최고의 위상을 자랑했다. 아르키다무스의 아들인 아기스 왕에 이르기까지 모두 14명의 왕이 재위하는 동안 그 누구도 리쿠르고스의 법령에 손을 대지 않았다.

왕들이 너무도 잘 통치한 결과로 스파르타가 그토록 오랫동안 훌륭한 도시의 면모를 유지할 수 있었다는 누군가의 말에 테오폼포스 Teopompus 왕은 이렇게 답한다. "아니오, 백성들이 복종하는 법을 너무도 잘 알고 있기 때문이라오." 통치자에게 통솔할 능력이 없다면 백성들은 복종하지 않는 법이다. 따라서 복종은 통치자가 가르친 교훈이다. 진정한 지도자는 스스로 추종자들의 복종을 이끌어낸다. 말을 온순하고 순종적으로 길들이는 것이야말로 승마 기술의 백미인 것처럼 사람들을 기꺼이 복종하도록 감화시키는 것이야말로 정치의 백미라 할 수 있다.

리쿠르고스의 유해가 고국 스파르타로 돌아왔을 때 그의 묘지에 번개가 쳤다는 이야기가 있다. 이는 리쿠르고스와 에우리피데스(Euripides, 고대 그리스 3대 비극시인 가운데 한 사람으로 《키클로프스》를 비롯한 19편의 작품이 전해진다.—역주)를 제외하고는 그 어떤 위인들에게서도 일어나지 않은 사건이다. 하지만 히파르코스(Hipparchus, 기원전 2세기 고대 그리스 천문학자로 항성표를 처음 작성하고 삼각법을 확립했다.—역주)의 아들 아리스토크라테스는 리쿠르고스가 크레타 섬에서 죽음을 맞이했다고 전한다. 그의 말에 따르면 크레타 섬에 사는 리쿠르고스의 친구들이 그의 부탁에 따라 화장을 해서 재를 바다에 뿌렸다는 것이다. 만약 자신의 유해가 라케다이몬으로 이송되면 백성들이 이제 그와의 맹세를 더 이상 지키지 않아도 된다고 생각하고 정부를 혁파하려 들 것을 염려했기 때문이라고 한다.

헤르미푸스(Hermippus, 고대 그리스 희극 시인—역주)의 기록에 따르면, 솔론(Solon, BC 630-560)의 아버지는 남에게 은전과 호의를 베풀다 가산을 탕진하고 말았다고 한다. 그 당시 솔론에게는 어려운 처지에 빠진 그를 기꺼이 도와줄 친구들이 여럿 있었다. 하지만 남들에게 받기보다는 주는 데 익숙했던 가문의 자손으로서 남에게 신세를 지는 일이 영 수치스러웠던 솔론은 젊은 나이에 장사의 길로 들어섰다. 하지만 어떤 이들은 솔론이 돈을 벌기보다는 학식과 경험을 쌓기 위해 여행을 떠났다고 말한다. 그가 학문을 사랑했다는 것은 분명한 사실이다. 솔론이 나이가 들어 자주 이런 말을 했기 때문이다.

"하루하루 늙어갈수록 배움은 새롭네."

하지만 그가 스스로 부자가 아니라 가난한 사람이라고 생각했다는 것은 다음 시 구절을 통해 분명히 드러난다.

> 악한 자들 중에도 부자는 있고 선한 이들 중에도 가난한 자는 있네,
> 그렇다고 부자들의 창고에 쌓인 재물 앞에 우리 착한 마음을 팔겠는가?
> 마음은 그 누구도 빼앗아 갈 수 없지만,
> 재물은 하루가 멀다 하고 주인이 바뀌네.

아나카르시스(Anacharsis, 스키타이의 전설적인 철학자로 견유학파의 선구자로 알려져 있으나 남아 있는 저서는 없다. 로마의 작가 루키아노스가 솔론 시대의 운동경기에 대한 담화집 제목을 〈아나카르시스〉로 해서 더 유명해졌다.—역주)와 솔론과 탈레스는 서로 스스럼없는 사이였던 것으로 알려져 있다. 한 작가가 그들 간의 담화를 일부 인용했는데 거기에는 아나카르시스가 아테네로 찾아와 솔론의 집을 방문하는 상황이 나온다. 아나카르시스는 솔론에게 자신이 비록 이방인이지만 솔론의 손님이 되어 우정을 나누고 싶다고 말했다. 그러자 솔론은 "친구라면 고향에서 사귀시는 편이 낫지 않을까요?" 하고 말했다. 이 말에 아나카르시스는 이렇게 응수했다고 한다. "그렇다면 지금 당신이 고향에 계시니 저를 친구로 사귀시지요." 아나카르시스의 즉흥적인 응수에 다소 놀란 솔론은 그를 친절히 맞아들여 얼마간 함께 지냈다.

이때는 솔론이 이미 공직에 있으면서 법률 편찬에 관여하고 있던 때였다. 아나카르시스는 솔론이 무슨 일을 하고 있는지 알고 나서 시민들의 부정과 탐욕을 성문법으로 억제할 수 있다고 생각하는 솔론을 비웃었다.

아나카르시스는 성문법이 마치 거미줄과도 같아서 사실상 약자와 가난한 자를 붙잡을 수는 있을지 몰라도 부와 권세를 갖고 있는 사람들이

솔론과 아나카르시스

손 한번 휘젓는 순간 쉽사리 무력화될 것이라고 생각했기 때문이다. 이에 대해 솔론은 약속을 깨뜨려서 어느 쪽도 얻는 바가 없다면 사람들이 약속을 지킬 것이라고 말하면서 자신은 시민들에게 딱 들어맞는 법을 만들 것이기 때문에 모든 사람들이 법을 위반하는 것보다는 준수하는 쪽이 낫다고 이해하게 될 것이라고 말했다. 하지만 현실은 솔론의 바람보다는 오히려 아나카르시스의 추측이 옳았음을 입증했다. 언젠가 그리스 민회에 참석한 아나카르시스는 그곳에서는 발언은 현명한 사람이 하고 결정은 어리석은 자들이 내린다며 놀라움을 표시하기도 했다.

아테네 사람들은 살라미스 섬을 두고 메가라 사람들과 벌여왔던 지루하고도 힘든 전쟁에 지친 나머지 법 하나를 제정했다. 글로든 말로든 아테네가 살라미스 섬을 되찾아야 한다는 주장을 펼치는 사람은 사형에 처한다는 법이었다. 솔론은 수치심에 떨었다. 수많은 젊은이들이 누군가 나서기를 바라면서도 법이 무서워 감히 앞장서지 못하고 있음을 깨달은 솔론은 정신 착란이 온 것처럼 행세하기 시작했다. 가족들도 나서서 도시 전체로 그가 미쳤다고 소문을 퍼뜨렸다. 그러고는 비밀리에 애가哀歌를 지어 머릿속에 갈무리해두고는 모자를 눌러쓰고 시장으로 달려나갔다. 그러자 사람들이 그 주변으로 몰려들었다. 솔론은 전령들이 올라서는 발판 위로 뛰어 올라 마치 즉흥적으로 읊조리는 것처럼 시를 낭송하기 시작했다.

"나는 아름다운 살라미스에서 온 전령이라오,
거기서 내가 가져온 소식을 시로써 전하려 하오."

〈살라미스〉라는 제목의 이 시는 모두 100행으로 이루어진 매우 품격 있는 시다. 솔론이 시를 읊자 친구들이 그를 칭송했으며 특히 페이시스트라토스(Peisistratos, 고대 그리스 아테네의 정치가로 쿠데타로 참주가 된 뒤, 농업 중심의 안정적인 정책을 펴 아테네의 위상을 높였다.—역주)는 솔론의 뜻에 따르자며 시민들을 부추겼다. 결국 아테네인들은 그 법을 폐기하고 솔론의 지휘 아래 다시금 전쟁을 개시했다. 이와 관련해서 일반에 널리 알려진 이야기는 다음과 같다.

페이시스트라토스와 함께 배를 타고 콜리아스Colias로 간 솔론은 그곳에서 여인들이 관습에 따라 데메테르(Demeter, 그리스 신화에 나오는 올림포스 12신 중 하나인 대지의 여신으로 로마 신화의 케레스Ceres에 해당함—역주) 신에게 제를 지내는 것을 보았다. 솔론은 믿을 만한 친구 한 사람을 탈주병으로 위장시켜 살라미스로 보냈다. 그 사람은 살라미스에서 만일 아테네 명문가의 여인들을 사로잡고 싶다면 자기와 함께 지금 즉시 콜리아스로 가자고 사람들을 꼬드겼다. 메가라인들은 그와 함께 지체 없이 병사들을 배에 태워 보냈다. 배가 섬을 떠나는 것을 본 솔론은 여인들에게 피신하라 명하고 대신 병사들 중에서 아직 수염이 나지 않은 어린 병사들을 골라 여인들의 옷과 신발과 머릿수건을 착용하게 한 다음 단검을 몸에 숨기도록 했다. 그러고는 적들이 배에서 내린 다음 그 배가 아군의 수중에 들어올 때까지 바닷가에서 춤추며 놀게 했다. 이런 계략을 꿈에도 몰랐던 메가라 병사들은 눈앞에 펼쳐진 광경에 넋을 잃은 나머지 배가 해안에 닿자마자 배에서 뛰어내려 누가 먼저라 할 것도 없이 앞 다투어 위장한 여인들을 덮쳤다. 결국 이들은 단 한 사람도 살아 돌아가지 못했고 아테네 군은 살라미스 섬으로 배를 띄워 그곳을 점령했다.

이 일로 인해 솔론의 명성과 권위는 더욱 높아졌다. 하지만 솔론이 그리스 전체에 일약 유명 인사로 떠오른 것은 델포이의 신탁을 옹호하는 발언 때문이었다. 솔론은 신을 모독하고 있는 키르하(Cirrha, 델포이 신전이 있는 포키스의 고대 도시–역주) 사람들의 행위를 묵인하지 말고 신의 명예를 지켜내자고 호소했다. 그의 설득으로 암피크티오니아(Amphictyonia, 고대 그리스에서 신전 관리와 제례 유지를 위해 그 신역(神域) 주변에 있는 폴리스가 결성한 동맹으로 그중 가장 중요한 동맹이 델포이 아폴론 신전의 인보동맹隣保同盟이다.–역주)의 도시국가들이 전쟁에 참여했다.

당시 아테네에서는 킬론(Cylon, 스파르타 출신의 그리스 7현인 중 한 사람으로 수많은 엘레지와 경구를 남겼다.–역주)의 추종자들이 도시를 오랫동안 어지럽히고 있었다. 이는 아르콘(Archon, 고대 그리스 도시 국가의 행정을 맡아보았던 최고 책임자–역주) 메가클레스Megacles가 아테네의 신전으로 피신한 킬론을 비롯한 음모 가담자들에게 신전에서 내려와 공정한 재판을 받으라고 설득한 이후로 계속되어 온 사태였다. 음모 가담자들은 메가클레스의 설득을 믿고 여신상에 실을 묶은 뒤 한 쪽 끝을 붙잡은 채 재판정으로 내려오고 있었다. 그런데 그들이 복수의 여신을 모시는 신전에 다다르자 마치 여신이 그들을 보호해줄 수 없다는 듯 실이 저절로 끊겨버렸다. 결국 그들은 메가클레스와 다른 재판관들의 손에 붙잡혀 신전 밖에 있던 자들은 돌 세례를 받아 죽고 성소로 도망친 자들은 제단 앞에서 잔인하게 살해되었다. 오로지 재판관의 아내들에게 읍소한 자들만이 겨우 목숨을 건질 수 있었다.

이렇게 킬론 일파의 난동은 막을 내렸고 불순한 자들은 추방되었다. 이제 아테네인들은 나라의 체제와 관련된 오랜 논쟁에 다시 빠져들었다. 아테네의 수많은 구역에 기반을 둔 패거리들이 너도나도 파벌을 형성하고 있던 상황이었다. 언덕 구역은 민주정을 선호했고 평원 구역은 과두정을 원했다. 반면에 해안 구역 사람들은 혼합된 형태의 체제를 지지함으로써 결과적으로 어느 한 쪽도 우위를 점할 수 없는 상황이었다. 게다가 빈부 격차는 극에 달해 있어 도시는 그야말로 일촉즉발의 위기에 처해 있었다. 이러한 혼란에서 벗어나 도시가 안정되려면 오로지 전제적인 권력이 등장하는 길 밖에 없을 듯 보였다.

이런 상황에서 아테네의 지각 있는 사람들은 도시의 혼란에 연루되지 않은 유일한 사람으로 솔론을 염두에 두었다. 그는 부자들의 착취와도 연관이 없었고 가난한 자들의 궁핍과도 상관이 없었다. 그래서 이들은 솔론에게 도시를 구하고 만연한 불화를 종식시켜달라고 부탁했다. 한편의 오만과 다른 한편의 탐욕을 우려해 처음에는 꺼려했던 솔론도 마지못해 국정에 관여하지 않을 수 없었다. 솔론은 필롬브로토스

Philombrotus의 뒤를 이어 아르콘으로 선출되어 중재자이자 입법자로서의 권한을 위임받았다. 부자들은 그가 부유하다는 이유로, 가난한 자들은 그가 정직하다는 이유로 솔론을 받아들였다. 부자들은 솔론이 모든 사람들에게 자신의 노력에 따른 합당한 몫을 인정해줄 것으로 생각했고 가난한 자들은 그가 모든 사람들을 절대적으로 평등하게 대할 것으로 생각했다. 양쪽 모두 솔론에게 큰 기대를 걸었다. 그래서 양측의 유력자들은 솔론에게 하루라도 빨리 정부를 장악하도록 주문했다. 일단 자리가 잡히면 자신의 뜻에 따라 자유롭게 국정을 운영하라고 재촉했다. 평민들 대다수는 법과 이성으로는 변화를 가져오기 어려울 것으로 생각해서 현명하고 공정한 한 사람이 국정을 장악할 수 있도록 밀어주고자 했다. 어떤 이는 솔론이 아폴론으로부터 다음과 같은 신탁을 받았다고 말한다.

> 한가운데 자리 잡고 배의 키를 잡아라,
> 아테네의 많은 이들이 그대 편이니라.

이로 미루어 볼 때 솔론은 자신의 법을 펴기 전에 이미 높은 평판을 얻고 있었음에 분명하다. 솔론이 권력을 거부한 데 대해서는 일부 비웃는 사람들도 있었는데 그에 관해서는 솔론 스스로 이렇게 기록하고 있다.

> 솔론은 확실히 몽상가요 생각이 단순한 사람이다. 신이 그에게 행운을 주려 할 때 자기 스스로 싫다며 사양했다. 물고기로 가득 찬 그물을 보고 너무 무겁다고 생각해 끌어올리기를 거부했다. 열의도 없고 요령도 없기 때문이다. 만일 내게 단 하루만이라도 부자가 되

고 왕이 될 기회가 주어진다면 살갗이 벗겨지고 멸문을 당해도 감수하겠다.

많은 이들이 또 신분이 낮은 이들이 그에 대해 이런 식으로 쑥덕공론하고 있었다. 하지만 그가 권력을 거부하기는 했어도 힘 앞에 누추하거나 굴종적인 모습을 보인 것은 아니었다. 그렇다고 자신을 뽑은 사람들의 비위를 맞추는 법 따위를 제정하지도 않았다. 그가 처음으로 도입한 제도는 채무자들에게 남아 있던 빚을 탕감해주고 앞으로는 그 누구도 자기 몸을 담보로 빚을 낼 수 없도록 한 조치였다. 안드로티온Androtion 처럼 어떤 이들은 빚이 완전히 탕감되지 않고 그저 이자가 사람들이 충분히 만족할 만한 수준까지 내려갈 것이라고 단언했다. 그래서 사람들은 이 혜택을 '짐을 덜어준다'는 뜻에서 '세이사트테아Seisacthea'라 불렀다. 솔론은 1파운드에 73드라크마였던 화폐가치를 1파운드에 100드라크마로 바꿈으로써 지불하는 돈의 액수는 같지만 그 가치는 줄어들도록 했다. 그 덕에 많은 빚에 허덕이던 사람들이 큰 혜택을 보았지만 그렇다고 채권자들에게 손해가 돌아간 것은 아니었다.

솔론이 이를 계획하고 있는 사이에 그에게 일생일대의 참담한 일이 벌어졌다. 빚을 탕감해주는 정책을 펼칠 결심을 한 솔론은 어떤 형식으로 어떻게 시작하는 것이 적절할지 고심하고 있었다. 그래서 코논Conon, 클리니아스Clinias, 히포니코스Hipponicus 같은 가장 믿고 지내는 몇몇 친구들에게 자신의 생각을 털어놓았다. 토지에 대해서는 손을 대지 않고 다만 백성들을 빚으로부터 해방시키고 싶다고 했다. 이 말을 들은 친구들은 서둘러 주변에서 상당액의 돈을 빌려 넓은 땅덩어리를 구입했다. 법이 제정되자 친구들은 토지는 그대로 소유한 채 채권자들에게 갚아야 할 돈은 갚지 않았다. 이 일로 인해 솔론은 백성들의 신임을 크게 잃고 미움을 샀다. 짐짓 자신의 이익과는 상관없는 듯 처신하고 있지만 사실은 친구들과 공모한 게 아니냐는 의심 때문이었다. 하지만 솔론은 법에 따라 자신이 주변에 꾸어주었던 돈 5탤런트를 받지 않음으로써 이러한 의심을 불식시켰다. 로도스Rhodes 섬 출신 폴리젤로스Polyzelus 같은 사람은 그 액수가 15탤런트였다고 주장하기도 한다.

하지만 이내 솔론이 취한 조치가 백성들을 위한 것이었음을 깨달은 사람들은 오해를 풀고 모든 백성들이 참여하는 제를 올렸다. 그들은 솔론에게 새로운 법령을 제정하는 권한을 부여하고 행정, 민회, 사법, 의회를 모두 관할하는 전권을 주었다. 솔론은 회의의 횟수와 시기를 지정하고 이들 기관들이 유지되는 데 필요한 재산을 결정하고 자기 뜻에 따라 현 제도를 마음대로 해체하거나 유지시킬 수 있었다.

솔론은 가장 먼저 살인에 관한 조항을 제외한 드라콘(Draco, 기원전 7세기말 아테네의 입법가—역주)의 모든 법령을 폐지했다. 드라콘의 법들이 지나치게 엄격하고 처벌도 지나치게 가혹했기 때문이다. 드라콘 법은 거의 모든 범죄에 대해 사형을 언도했다. 그래서 무위도식한 자도 사형에 처해졌고, 양배추나 사과를 훔친 자도 신성모독이나 살인을 저지른 흉악범과 마찬가지의 처벌을 받았다. 따라서 훗날 데마데스Demades가 드라콘의 법은 잉크가 아닌 피로 쓰인 법이라고 말한 것은 정곡을 찌른 것이다. 왜 모든 범죄를 사형으로 처벌하느냐는 질문에 드라콘 자신은 이렇게 대답했다. "사소한 범죄에도 사형은 합당하다. 다만 더 큰 범죄에 가할 더 큰 처벌 방식을 찾을 수 없을 뿐이다."

다음으로 솔론은 부자들에게 고위행정직을 맡기던 관행은 유지한 채 일반 백성들도 일부 나랏일에 참여할 수 있도록 시민들의 재산을 평가했다. 그에 따라 건과乾果와 액상 형태로 가공된 것을 합쳐 과일 500부셸에 해당하는 수입을 올리는 자를 1급으로, 말 한 필을 소유하고 있거나 과일 300부셸에 해당하는 소득이 있는 자는 2급, 그리고 200부셸에 해당하는 수입을 올리는 자를 3급으로 하고 나머지 사람들을 '테테스Thetes'로 분류했다. 테테스는 어떠한 관직에도 등용될 수 없었지만 민회에 참석하고 배심원으로 활동하는 권한은 주어졌다. 그런데 이 권한은 처음에는 하찮은 것으로 여겨졌지만 훗날 엄청난 특권으로 작용했다. 거의 대부분의 분쟁이 배심원의 판결에 의해 좌지우지되었기 때문이다. 더욱이 솔론은 법정의 권위를 높이기 위해 법조문을 일부러 애매모호하게 해두었던 것으로 알려져 있다. 그 경우 법조문만으로는 분쟁이 조정될 수 없었던 까닭에 모든 소송을 배심원들 앞에 가져가 판결을 기다려야 했으므로 그들이야말로 관례상 법의 주인이었다. 이러한 평등화에 대해 솔론 자신은 이렇게 말하고 있다.

나는 백성들에게 그에 걸맞은 모든 권한을 주었으니
이미 가진 것을 빼앗지 않고 새로운 권한을 아낌없이 주었도다.
많은 부와 높은 지위를 누리는 자들에게도
마찬가지로 체면을 지킬 수 있게 조치했느니라.
내 권한으로 양쪽 모두의 앞을 방패로 막았으니
이제 서로의 권리를 침해하는 일은 없을 것이니라.

솔론은 한 해 동안 아르콘을 지낸 사람들로 아레오파고스(Areopagus, 아레오파고스 언덕에 있던 고대 아테네의 최고 재판소—역주)를 구성하고 솔론 자신도 당연히 그 일원이 되었다. 한편 솔론은 빚으로부터 해방된 백성들이 경거망동하고 뻔뻔스러워지는 것을 보면서, 네 부족으로부터 각 각 100명씩을 선출해서 모두 400명으로 이루어진 또 다른 협의체를 구성했는데 이 기구가 모든 안건들을 백성들에게 공표되기 전에 사전 심사함으로써 이곳을 거치지 않고는 민회 전체 회의에 그 어떤 안건도 상정될 수 없도록 했다. 그리고 상원인 아레오파고스는 법을 감독하고 관리하는 역할을 맡았다. 솔론은 양원이 두 개의 닻 역할을 하면 나라가 쉽사리 혼란에 빠져들지 않고 백성들도 보다 쉽게 다스릴 수 있을 것으로 생각했다. 솔론이 아레오파고스를 설치했다는 것이 일반적인 견해다.

솔론이 제정한 법 중에서 의외의 법률 하나가 유독 눈에 띈다. 반란이 일어났을 때 중립을 지킨 자에게서는 시민권을 박탈한다는 법이 그것이다. 솔론은 공공선에 무감각하고 무심한 백성을 원하지 않았던 듯하다. 행여 자신에게 피해나 오지 않을까 해서 위험으로부터 멀찌감치 떨어져 어느 쪽이 우세한지 지켜보는 것보다는 지체 없이 대의명분이 있는 옳은 편에 가담해서 그들을 돕고 그들과 위험을 함께 무릅쓰기를 바랐던 것이다.

솔론의 법 중에서 추천할 만한 것을 또 하나 들자면 죽은 자에 대해 악담을 금한 법이다.

이 나라에는 강이나 호수 혹은 커다란 연못도 거의 없어 많은 주민들이 우물을 직접 파서 생활용수로 쓰고 있었다. 그래서 물과 관련된 법도 존재했다. 1히피콘(hippicon, 즉 4펄롱furlong, 201m에 해당하는 길이—역주) 이내에 공동 우물이 있으면 그로부터 물을 끌어다 쓰고 그보다 더 먼 곳에 우물이 있을 경우 스스로 우물을 파 생활하도록 했다. 만약 10패텀(fathom, 물의 깊이를 재는 단위로 6피트 혹은 1.8m에 해당함—역주) 이상 땅을 파내려가도 물을 발견할 수 없을 때는 이웃으로부터 하루에 4갤런

반의 물을 가져다 쓸 권리를 갖는다. 솔론은 부족함을 채워주는 것은 현명한 일이지만 나태를 조장해서는 안 된다고 생각했다. 그는 나무를 심는 데도 세심한 규정을 두었다. 새로 나무를 심고자 하는 자는 남의 땅에서 5피트 이상 떨어진 곳에 나무를 심어야 했다. 하지만 그 나무가 무화과나무이거나 올리브나무일 경우에는 9피트 이상 떨어져야 했다. 이런 나무는 뿌리가 넓게 뻗어나고 다른 나무에 가야할 영양분을 빼앗을 뿐 아니라 어떤 경우에는 악취를 품어내 해를 끼치기도 하기 때문이다. 구덩이나 배수로를 파고자 하는 사람은 이웃의 땅으로부터 그 깊이만큼 떨어진 곳에 파야 했다. 또한 벌통을 놓으려는 자는 다른 사람의 벌통으로부터 300피트 이상 떨어져 설치해야 한다고 규정하고 있다.

솔론은 오직 기름만을 수출품으로 허락했다. 다른 산물을 수출한 자는 아르콘으로부터 엄중한 저주를 받거나 100드라크마(drachma, 1드라크마는 약 20센트에 해당함—역주)의 돈을 벌금으로 내야 했다. 이 법은 솔론의 법령집 가운데 첫 번째 서판에 기록되어 있어서 무화과를 수출하는 행위가 한때 불법이었다는 것을 명명백백한 사실로 증언하고 있다. 솔론은 짐승으로부터 입은 상처나 피해와 관련해서도 법으로써 규정하고 있다. 가령 사람을 문 개의 주인은 그 개의 목에 4피트 반 길이의 통나무 칼을 씌우도록 했는데 이는 사람들의 안전 보장에 유용한 장치였다.

솔론의 모든 법령은 100년에 걸쳐 제정되어 목판이나 '악소네스Axones'라는 돌림판에 기록되어 네모진 틀 안에서 회전하도록 되어 있었다. 그리고 일부 유물들이 오늘날까지 아테네의 프리타네움(Prytaneum, 고대 그리스 도시국가의 공관—역주)에 보관되어 있다. 아리스토텔레스에 따르면 이것을 '키르베스Cyrbes'라 불렀다는 것인데, 크라티노스(Cratinus, 아테네 희극시의 창시자로 에우폴리스, 아리스토파네스와 함께

3대 희극시인으로 꼽힌다.—역주)의 시에는 이런 구절이 있다.

솔론으로 할까요,
드라콘으로 할까요,
콩을 볶을 불쏘시개는 누구의 키르베스로 할지
마음대로 골라보세요.

하지만 어떤 이는 제사나 종교의식과 관련된 법을 담고 있는 것들만 '키르베스'로 불러야 하고 나머지는 그냥 '악소네스'로 보는 게 온당하다고 말한다. 의회는 법령을 비준하면서 공동으로 맹세를 했고, 사법적 결정들을 기록하고 수호하는 임무를 띤 테스모테타이Thesmothetae는 각자 광장에 있는 한 바위 앞에서 맹세를 하며 법을 한 치라도 거역할 경우 델포이 신전에 자기 몸뚱이 크기의 황금상을 헌납하기로 했다.

이들 법령을 제정하고 나자 사람들은 매일같이 솔론을 찾아와 그 법들을 칭찬하거나 헐뜯기도 하고 어떤 이는 가능하다면 이런 부분은 빼고 이런 부분은 끼워 넣자고 참견하기도 했다. 또 법을 비판하면서 이러저러한 조항은 무슨 의미를 지니고 있는지 설명해달라고 요구하는 자들도 허다했다. 솔론 스스로도 말했듯이 "큰일을 다룰 때 모든 이를 만족시키기란 어려운 일이다" 솔론은 이런 골치 아픈 상황에서 벗어나기 위해 여행을 하겠다는 핑계로 상선 한 척을 구입한 뒤 10년 동안 나라를 떠날 수 있도록 허락을 받았다. 솔론은 그 10년 동안 사람들이 자신의 법에 익숙해질 것이라는 희망을 갖고 여행길에 올랐다.

솔론의 첫 여행지는 이집트였다. 그 스스로 밝혔듯이 '나일 강 어귀 근처 멋진 카노포스Canopus 해변에서' 지냈다. 그는 사제들 중에서도 학식이 높기로 손꼽혔던 헬리오폴리스(Heliopolis, 고대 그리스 시대 페니키아의 도시로 지금의 레바논 바알베크—역주) 출신의 프세노피스Psenophis, 사이스(Sais, 이집트 북부, Nile 강 델타 지대에 있었던 고대 도시—역주) 태생의 손키스Sonchis와 교류하며 학식을 쌓았다. 플라톤에 따르면 솔론은 이들로부터 아틀란티스에 얽힌 이야기를 듣고 이를 시로 엮어 그리스 사람들에게 소개하고자 했다는 것이다. 이후 배를 타고 키프로스로 건너간 솔론은 그곳에서 필로키프로스 왕의 융숭한 대접을 받았다. 그는 테세우스의 아들 데모폰Demophon이 세운 소도시를 통치하고 있었다. 그 도시는 클라리우스Clarius 강 인근에 위치해서 요새 중의 요새였지만 그만큼 접근하기는 쉽지 않았다. 솔론은 도시 아래에 꽤 넓은 평원이 자리잡고 있었기 때문에 그 평원으로 수도를 옮겨 좀 더 쾌적하고 넓은 도시를 세우라고 왕을 설득했다. 솔론은 몸소 그곳에 머물면서 주민들을 이주시키는 한편으로 도시의 방어체계를 구축하고 그곳을 생활에 편리한 도시로 만드는 데 힘을 보탰다. 그러자 많은 사람들이 필로키프로스 왕 주변으로 몰려들었고 다른 왕들은 솔론의 계획을 흉내 내기에 바빴다. 필로키프로스 왕은 솔론을 기려 그 도시를 '솔리Soli'라 이름 붙였다.

솔론이 크로이소스Croesus와 담론을 나눴다는 이야기는 연대기를 근거로 들어 인정할 수 없다고 하는 사람들도 있다. 하지만 그토록 명백히 입증된 유명한 이야기를, 게다가 솔론의 성격에 잘 들어맞을 뿐 아니라 그의 지혜와 위대한 정신에도 썩 어울리는 이야기를 단지 연대기와 들어맞지 않는다는 이유로 부인할 수는 없다. 따지고 보면 수많은 사람들이 일목요연하게 정리해보고자 해도 오늘날까지 서로 다른 의견들만 오갈 뿐 전혀 합의에 이르지 못하는 것이 연대기가 아니겠는가.

솔론과 크로이소스의 만남은 이렇게 이루어졌다. 솔론이 크로이소스

솔론에게 보물을 자랑하는 크로이소스

의 초대에 응해 그를 방문했다. 그곳에서 솔론은 바다를 처음 구경하게 될 산골 사람 꼴이었다. 만나는 강마다 이곳이 바다인가 생각하는 산골 사람처럼 솔론은 왕궁 안을 지나면서 화려하게 차려입은 무수히 많은 귀족들을 만났는데 그들이 하나같이 많은 호위병과 시종들을 거느리고 으스대며 걷는 바람에 그때마다 저 사람이 크로이소스가 아닐까 생각했던 것이다. 마침내 솔론이 크로이소스 왕 앞에 섰다. 왕은 온갖 보석과 자줏빛 옷, 황금 등으로 만든 장신구들로 장관을 연출해서 실로 진기함과 화려함의 극치를 이루고 있었다. 솔론은 크로이소스 앞에 서서도 전혀 놀라지 않은 듯 보였고 그가 기대했던 찬사도 보내지 않았다. 찬사를 보내기는커녕 그가 그러한 천박하고도 속된 과시행위를 경멸하고 있음을 분별 있는 사람이라면 금방 알아차릴 수 있을 만큼 노골적으로 드러내보였다. 솔론은 전혀 원하지 않은 일이었지만 그는 신하들에게 보물로 가득 찬 방들을 모두 열게 하고 솔론에게 온갖 호화로운 가구들과 사치품들을 보여주었다. 솔론은 크로이소스의 인간 됨됨이를 한눈에 속속들이 알아볼 수 있었다.

구경을 마친 솔론에게 크로이소스는 자신보다 행복한 사람을 만나본 적이 있는지 물었다. 솔론은 자기 나라 시민인 텔루스Tellus라는 사람을 알고 있다고 대답했다. 솔론은 텔루스가 정직한 사람으로 슬하에 착한 아이들도 두고, 그럭저럭 먹고 살 만한 재산도 갖고 있었는데 나라를 위해 싸우다 장렬히 전사했다고 말했다. 크로이소스는 행복의 척도를 넘치는 금은보화에 두지 않는 솔론이 근본 없는 바보라고 생각했다. 게다가 솔론은 엄청난 권세와 제국을 앞에 두고 한낱 사사로운 한 인간의 삶과 죽음을 더 귀하게 여기고 있지 않은가. 하지만 그는 솔론에게 다시금 텔루스를 제외하고 자기보다 더 행복한 사람을 알고 있느냐고 물었다. 솔론은 물론이라며 클레오비스Cleobis와 비톤Biton이라는 형제를 알고 있다고 말했다.

솔론의 이야기는 이렇다. 두 사람은 형제간의 우애가 깊고 어머니에 대한 효심도 지극했다. 수레를 끄는 황소가 게으름을 피우자 형제는 자신들의 몸에 몸소 멍에를 메고 어머니를 헤라 신전으로 모셔갔다. 모든 이웃들이 어머니를 행복한 사람이라 여겨 부러워하자 어머니는 크게 기뻐했다. 제를 지내고 잔치를 연 다음 잠시 휴식을 취하던 형제는 영영 다시 일어나지 못했다. 그들은 고통 없이 평온한 죽음을 영예롭게 맞이했던 것이다. 솔론의 이야기를 들은 크로이소스는 불끈 화를 내며 말했다. "무슨 얘기요! 그럼 우리는 행복한 사람 축에도 못 든다는 말이요?" 왕에게 아첨하고 싶지도, 더 이상 그의 화를 돋우고 싶지도 않았던 솔론은 이렇게 대답했다. "오, 왕이시여! 그리스 사람들은 신들로부터 그리 많은 은총을 받지 못했습니다. 그래서 우리의 지혜라는 것 역시 밝고 소박할 뿐 고결하지도 웅대하지도 못합니다. 우리 같은 처지에서는 불가피하게 수많은 불운이 따르고 그걸 아는 우리는 눈앞의 기쁨에 오만해 하지 않고 시간이 흐르면 변할지도 모르는 누군가의 행복을 부러워하지도 않습니다. 우리 앞에 닥칠 불확실한 미래에는 수많은 변수가 도사리고 있습니다. 누군가의 행복에 신성神性이 끝까지 머문다면 그 사람이야말로 진정 행복한 사람입니다. 여전히 우연의 한가운데서 삶을 살아가는 사람을 행복하다고 축복하는 것은 부질없는 짓입니다. 그것은 아직 경기 중인 씨름 선수에게 월계관을 씌워 주며 승리를 선언하는 것과 같은 일입니다." 솔론의 이런 간곡한 말은 크로이소스 왕의 골머리만 아프게 했을 뿐 아무런 교훈도 되지 못하고 묵살되었다.

마침 그때 우화 작가 이솝이 크로이소스 왕의 초대로 사르디스에 머물고 있었다. 크로이소스 왕은 이솝을 매우 높이 사고 있었다. 이솝은 솔론이 지나치게 푸대접 받는 것을 보고 이렇게 조언했다. "솔론, 왕들과 대화를 할 때는 짧게 하거나 아니면 그들의 기분을 보아가며 하세요." 이에 솔론은 "그렇지 않아요. 짧게 하거나 사리에 맞는 말을 해야겠죠"라고 말했다. 당시만 해도 크로이소스 왕은 솔론을 경멸하고 있었다. 그런데 그런 크로이소스 왕이 키로스(Cyrus, 키로스 2세 혹은 키로스 대제. 기원전 6세기 아케메네스 왕조의 시조로 페르시아의 건설했다.—역주) 왕에게 패해 자기 도시를 잃고 생포되어 화형에 처해지게 되었다. 키로스 왕과 모든 페르시아 사람들이 지켜보는 가운데 말뚝에 묶여 있던 크로이소스 왕은 "오, 솔론!" 하며 세 번이나 목청껏 솔론의 이름을 불렀다. 의아히 여긴 키로스 왕은 솔론이라는 자가 어떤 사람이기에 아니면 어떤 신이기에 이런 극한 상황에서 오로지 그만을 찾고 있는지 물어보라 했다. 크로이소스 왕은 솔론과 관련해서 모든 이야기를 털어놓았다. "솔론은 그리스의 현자賢者입니다. 내가 사람을 보내 솔론을 초대했지요. 그에게서 무얼 배우고 싶다거나 해서가 아니었죠. 오로지 내가 얼마나 행복한 사람인지 직접 보여주고 싶다는 생각뿐이었습니다. 지금 와 생각해보니 행복을 누리는 것도 좋지만 그것을 잃는 것이 더 큰 고통인 듯하군요. 행복을 누릴 때는 오로지 누군가 나를 행복한 사람으로 부러워하는 것을 즐기며 좋아했는데 이제 그 행복을 잃고 보니 그것이 참으로 견딜 수 없는 뼈저린 고통입니다. 그 당시 솔론이 했던 말을 지금에 와서 되새겨보니 그는 내게 항상 인생의 마지막을 염두에 두고 불확실한 것에 목매달고 오만에 빠지지 말라고 경고했던 것입니다." 크로이소스 왕보다는 현명했던 키로스 왕은 이 말을 듣고 솔론의 경고가 바로 눈앞에 펼쳐지고 있음을 깨달았다. 키로스 왕은 크로이소스 왕을 풀어주는 데 그치지 않고 평생을 예우했다. 솔론은 한마디 말로 크로이소스 왕의 목숨을 구하는 동시에 키로스 왕을 감화시켰던 것이다.

솔론이 고국을 떠나 있는 동안 아테네에서는 시민들이 파벌 싸움에 휘말렸다. 리쿠르고스가 이끄는 평원파, 알크마이온의 아들 메가클레스가 이끄는 해안파, 그리고 최하층민인 테테스로 구성되어 부자들의 가장 큰 적이었던 페이시스트라토스의 언덕파가 치열하게 다투고 있었다. 아테네는 여전히 솔론이 제정한 새 법령을 따르고 있었지만 모두들 정부에 모종의 변화가 있어야 한다고 생각했다. 그들은 각자 자기들에 유리한 쪽으로 변화가 있기를 희망하면서 반대파들을 거꾸러뜨리고자 했다. 사태가 이런 와중에 솔론이 귀국했다. 모두에게 존경받고 추앙받는 솔론이었지만 연로한 나이 탓에 예전처럼 활동적일 수도 없었고 대중들 앞에서 연설을 하기도 힘들었다. 그럼에도 솔론은 각 파벌의 지도자들을 개인적으로 만나 타협을 이끌어내고자 애썼다. 그중에서 페이시스트라토스가 가장 다루기 쉬운 인물로 보였다. 그는 매우 사근사근한 성격으로 화술에도 뛰어났으며 가난한 자들 편에 서 있으면서도 온건한 편이었다. 또한 그는 자신에게 부족한 면이 있으면 재빨리 남을 모방하는 데도 뛰어난 수완을 보였다. 따라서 그는 신중하고 분별 있을 뿐 아니라 평등을 지향하는 인물이란 평을 듣고 있어 다른 지도자들보다 신임이 두터웠다. 기존의 질서를 깨고자 하는 사람들에게는 오히려 적으로 통할 만한 사람이었다. 사람들은 그의 본색을 제대로 꿰뚫지 못하고 있었던 것이다. 하지만 솔론은 그의 성격을 재빨리 파악하고 누구보다 먼저 그의 계략을 간파했다. 하지만 솔론은 그를 미워하기보다는 그의 의지를 꺾어 야망을 버리도록 설득했다. 솔론은 다른 지도자들뿐 아니라 그에게도 만일 아테네에서 발군의 인물이 되고자 하는 열정을 마음으로부터 지운다면 최고의 덕을 갖춘 최고의 시민이 될 것이라고 누차 이야기했다. 그즈음 테스피스(Thespis, 기원전 6세기에 활동한 그리스의 비극 시인으로 배우와 연출가 무대 장치가로도 활약했다.—역주)의 비극이 막을 올렸다. 누군가와 겨루는 시합 형태의 구경거리가 아니었는데도 새로운 눈요깃거리에 많은 이들이 공연장을 찾았다. 솔론은 본래 무언가 새로운 것을 보고 배우는 것을 즐겨왔지만 노년 들어 이제 한가로이 음악과 포도주를 즐기면서 소일하고 있었다. 예전에는 극작가가 직접 배우로도 출연하는 것이 관례였기 때문에 솔론은 테스피스가 연기하는 것을 보러 공연장을 찾았다. 연극이 끝나고 솔론은 테스피스를 만나 그렇게 많은 사람 앞에서 그토록 많은 거짓을 말하는 것이 부끄럽지 않느냐고 물었다. 그러자 테스피스는 연극에서 거짓을 말하고 행동하는 것은 해로운 일이 아니라고 대답했다. 솔론은 지팡이로 땅바닥을 격하게 두드리며 말했다. "만일 우리가 그러한 연극을 찬양하고 권한다면 언젠가 사람들은 정사에서도 거짓을 일삼을 것입니다."

어느 날 페이시스트라토스는 자해를 한 뒤 마차에 실려 광장으로 나와 정적들이 자신의 정치적 행동에 대한 보복으로 자신을 해하려 했다며 사람들을 선동했다. 수많은 사람들이 분노의 목소리를 높이자 솔론은 페이시스트라토스에게 다가가 말했다. "히포크라테스Hippocrates의 아들이여, 그대는 지금 호메로스의 『오디세이아』에 나오는 오디세우스를 못되게 흉내 내고 있구려. 오디세우스는 적을 속이기 위해 자해를 했다지만 그대는 자기 시민들을 속이려고 그러고 있지 않소." 하지만 사람들은 이에 아랑곳 않고 페이시스트라토스를 보호해야 한다며 집회를 열었다. 그 자리에서 아리스톤Ariston은 페이시스트라토스의 신변 보호를 위해서는 50명으로 구성된 호위대가 필요하다고 제안했다. 마침내 법이 통과되었지만 페이시스트라토스는 호위병의 수와 관련해서 사람들과 생각이 달랐다. 그는 제멋대로 훨씬 많은 수의 호위병을 뽑아 아크로폴리스를 장악할 때까지 유지했지만 이에 주목하는 사람은 없었다. 사태가 이렇게 돌아가자 도시에는 한바탕 소동이 일었다. 메가클레스는 그 즉시 가족을 모두 데리고 줄행랑을 쳤다. 솔론은 늙은 몸에 지지하는 사람 하나 없었지만 광장으로 나가 시민들을 향해 연설을 했다. 솔론은 연설을 통해 그들의 일부 시민들의 경거망동과 천박한 사고방식을 비난하면서 그들이 향유하고 있는 자유를 맥없이 상실하지 않도록 분발하라고 촉구했다. 이와 함께 솔론은 인상적인 발언을 한다. 예전에 전제정치의 싹을 자르는 것은 쉬운 일이었지만 이미 전제정치가 싹을 틔워 힘을 얻어가는 지금 그것을 파괴하는 일은 예전보다 훨씬 위대하고 영광스러운 행동이 되었다고 표명한 것이다. 하지만 사람들은 그의 편에 서는 것을 두려워했다. 솔론은 집으로 돌아가 집안에서 무기를 들고 나와 문 앞 현관에 놓았으며 이렇게 말했다. "나는 내 나라와 법을 유지하기 위해 내 할 바를 다해왔다." 그러고는 더 이상 국정에 매달리지 않았다.

하지만 국정을 장악한 페이시스트라토스는 솔론의 환심을 사려고 무진 애를 쓰면서 그를 각별히 예우하고 그에게 많은 것을 베풀었다. 페이시스트라토스는 솔론의 법 대부분을 유지하면서 스스로 그 법을 준수하고 주변에도 그 법에 복종하도록 했다. 그에 따라 솔론 역시 그에게 국정에 관한 조언을 해주기도 하고 그의 여러 행위들을 인정하기도 했다. 페이시스트라토스가 직접 새로운 법을 제정하기도 했다. 그 중 하나가 전쟁 중 불구가 된 사람들을 나라가 부양하는 제도인데, 이는 이전에 솔론이 전쟁에서 불구가 된 테르시포스Thersippus라는 사람을 구제하기 위해 선포한 조치를 모방한 것이다.

솔론은 페이시스트라토스가 집권한 이후에도 오랫동안 생존해 있었다. 하지만 그의 유해가 살라미스 섬 인근 바다에 뿌려졌다는 이야기는 쉽사리 믿기 어렵기도 하지만 단순히 꾸며낸 이야기로 치부하기도 어렵다. 아무튼 뛰어난 철학자 아리스토텔레스의 기록에는 이 이야기가 수록되어 있다.

테미스토클레스(Themistokles, BC 514-449)의 태생은 다소 미천해서 그의 명성에 오히려 누가 되는 것이었다. 그의 아버지 네오클레스Neocles는 아테네의 유명 인사가 아니라 프레아리Phrearrhi 시골 출신이었다. 어머니 역시 다음 기록에서 보듯이 미천한 집안 출신이었다.

"내 조상은 고귀한 그리스인이 아니었노라.
가엾은 나 아브로토논Abrotonon은 트라키아에서 태어났으니
그리스 여인들이여, 나를 마음껏 비웃어도 좋지만
그래도 난 테미스토클레스의 어미이니라."

테미스토클레스는 어린 시절부터 성미가 급하고 충동적인 반면에 그만큼 매사에 이해가 빠르고 행동이 먼저였으며 중요한 일에는 강한 집착을 보였다. 휴일이나 공부를 쉬는 동안에도 다른 아이들과는 달리 놀

이에는 관심이 없었고, 빈둥거리며 시간을 보내는 대신 자신을 웅변가나 연설가로 가정하고 늘 무언가를 적거나 짜내고 있었다. 그런데 그 내용이 대체로 자신을 비난하는 친구들을 반박하는 내용이었다. 그래서 선생님은 그를 두고 자주 이런 말을 했다. "너는 작은 인물이 되지는 않겠구나. 좋은 사람이든 나쁜 사람이든 아무튼 큰 인물이 되겠어." 테미스토클레스는 누군가 그의 생활태도나 행동을 고쳐주기 위해서 혹은 그에게 즐겁고 품격 있는 소양을 길러주기 위해 충고를 하면 이를 마지못해 받아들이거나 무심히 흘려들었다. 반면에 지혜를 함양한다거나 처세술을 길러주는 분야에 대해서는 무엇이 되었든 끈질기게 관심을 보였다. 스스로 그런 분야에 천부적인 능력을 갖추고 있다고 믿고 있었기 때문이다.

그가 젊은 시절에 쓴 글들을 보면 그는 여전히 불규칙하고 불안정해서 타고난 성격 그대로 살아가고 있었다. 인간의 본성이란 이성에 의한 통제나 적절한 교육이 이루어지지 않을 경우 한 쪽 극단에서 급작스럽고 제어하기 힘든 충동으로 치닫기 쉽고 빈번히 다른 길로 빠져 일을 완전히 그르치기 쉬운 법이다. 훗날 테미스토클레스는 이를 인정해서 아무리 거친 망아지라도 적절히 길들이고 훈련시키면 훌륭한 말이 될 수 있다고 말한 바 있다.

하지만 테미스토클레스가 공사公事에 지대한 관심을 갖고 있었으며 남들보다 두드러진 인물이 되고자 하는 야망에 부풀어 있었던 것만큼은 분명한 사실이다. 어쨌든 테미스토클레스는 명예욕에 사로잡혀 무언가 위업을 이루고자 하는 열망에 불타오르던 인물이었다. 테미스토클레스가 아직 젊었을 때 페르시아를 상대로 한 마라톤 전투에서 보여준 밀티아데스 장군의 노련한 통솔력이 사람들 입에 자주 오르내리자 그에게는 말수가 줄어들고 생각에 잠기는 일이 잦아졌다. 밤잠을 이루지 못하고 평소처럼 친구들과 어울리지도 않았다. 이상히 여긴 사람들이 이유를 묻자 테미스토클레스는 이렇게 대답했다. "밀티아데스의 승전보에 잠을 이룰 수 없다네." 모든 사람들이 마라톤 전투에서 그리스가 승리하자 이제 전쟁이 끝난 것으로 믿었지만 테미스토클레스는 그 전투가 더 큰 싸움의 시작이라고 생각하고 다가올 또 다른 전쟁을 예견하며 자신부터 정신무장을 단단히 하면서 아테네 역시 적절히 대비시켰다.

테미스토클레스는 무엇보다 먼저, 라우리움(Laurium, 그리스 중부 아티카 지방의 남동부, 고대 지중해 지역에서 손꼽혔던 은광 지역—역주)의 은광에서 나오는 수입을 나눠 갖는 데 익숙했던 아테네인들에게 분배를 중지하고 그 돈으로 아이기나(Aegina, 아테네 남서쪽 살로니카 만 중앙에 있는 그리스의 섬으로 유명한 아피아이 신전이 있다.—역주)에 맞설 전함을 건조하자고 감히 제안했던 유일한 사람이었다. 아이기나는 그리스에서 가장 융성한 도시국가로 많은 배를 앞세워 해상의 패권을 쥐고 있었다. 테미스토클레스는 이렇듯 시민들의 관심을 점차 바다로 끌어들였다. 이는 그들이 육지에서는 이웃 나라의 상대가 되지 못하지만 바다라면 페르시아를 격파하고 그리스 전체를 호령할 수 있을 것이라는 테미스토클레스의 믿음 때문이었다. 이렇듯 그는 플라톤이 말했듯이 땅에 붙박인 보병들을 파도에 흔들리는 수군으로 탈바꿈시켰다. 이는 결국 그에 대한 비난의 빌미를 제공했다. 그가 아테네인들로부터 창과 방패를 빼앗고는 자리에 앉아 노나 젓는 이들로 전락시켰다는 비난이었다. 평민들 사이에서 테미스토클레스의 평판은 매우 좋았다. 그는 시민들 개개인의 이름을 알아 그들의 이름을 부르며 인사를 했으며 개인 간에 분쟁이 생겼을 때는 언제나 공정한 중재자로 나섰다. 그가 군 사령관으로 있을 당시 한번은 케오스Ceos 섬 출신의 시인 시모니데스(Simonides, 고대 그리스의 서정시인으로 헬레니즘 시대 알렉산드리아 학자들이 선정한 아홉 서정시인 중 한 명—역주)가 부당한 청탁을 하자 이렇게 말했다. "시모니데스, 그대가 운율을 제대로 지키지 않는다면 좋은 시인이 아니듯이 그대에 대한 호의에서 내가 그릇된 법을 만든다면 나 또한 좋은 관리가 아니지 않겠는가."

영향력이 점차 확대되고 백성들의 사랑을 받으면서 테미스토클레스는 마침내 아리스테이데스(Aristides, 기원전 6~5세기에 활동한 아테네의 정치가이자 장군—역주)를 누르고 패각투표를 통해 그를 추방하는 데 성공했다. 점차 그리스에 적대적으로 변해가고 있던 페르시아의 왕이 사신과 통역관을 보내 굴복을 인정한다는 징표로 흙과 물을 보낼 것을 요구하자 테미스토클레스는 백성들의 동의를 얻어 통역관을 체포해 사형에 처했다. 그의 죄목은 야만인의 명령과 칙령을 그리스어로 옮겨 공표했다는 것이었다. 아테네 군을 통솔할 권한을 위임받은 테미스토클레스는 즉각 시민들에 대한 설득 작업에 들어갔다. 그는 시민들이 갤리선에 승선해서 그리스로부터 가능한 한 멀리 떨어진 바다에서 페르시아 군과 대적해야 한다고 주장했다.

에우리비아데스

아테네 원정군이 아르테미시온(Artemisium, 에우보이아 섬 북쪽에 있는 곶—역주) 해협에 도착했을 때 그리스 군은 에우리비아데스Eurybiades 제독이 이끄는 스파르타 군에게 지휘권을 넘기고자 했다. 하지만 자기 해군이 거느리고 있는 배의 수가 다른 모든 나라의 배를 합한 것보다 많았던 아테네 군은 그 누구의 지휘도 받을 수 없다는 입장이었다. 사태가 위태롭게 돌아가고 있음을 감지한 테미스토클레스는 자신의 지휘권을 에우리비아데스 제독에게 넘긴 뒤 아테네 병사들에게 에우리비아데스의 통솔권을 받아들이라고 설득했다. 이번 전쟁에서 병사들이 용맹을 떨친다면 전쟁이 끝난 뒤에는 그리스의 전군이 기꺼이 아테네 군의 명령에 따르도록 하겠다고 약속한 것이다.

에우보이아 해협에서 벌어진 그리스 군과 페르시아 군 사이의 전투는 전쟁의 최종적인 승패를 가를 결정적인 전투는 아니었다. 하지만 이 전투에서 그리스 군이 얻은 경험은 매우 중요한 의미를 갖고 있었다. 실전을 통해 현실의 위험을 경험한 그들은 함선의 수도 풍부한 무기나 장비도 요란스런 함성도 야만적인 군가도, 전투의 요령을 알고 적군과 온몸을 부딪쳐 싸울 각오가 되어 있는 병사들에게는 전혀 두렵지 않다는 사실을 깨닫게 된 것이다. 핀다로스도 그 점을 알고 있었던 듯 보인다. 그래서 아르테미시온 해협에서의 전투를 이렇듯 제대로 평가하고 있다.

"그곳 아테네의 아들들이
바야흐로 자유의 기치를 올릴 기념비를 세웠노라."

승리를 향한 첫걸음은 용기를 얻는 것이기 때문이리라. 아르테미시온은 에우보이아 섬 히스티아이아Histiaea 시 너머에 있는 북쪽으로 열린 해변이다. 그곳에는 아르테미스에 바쳐진 자그마한 신전이 있다. '여명黎明'이라는 별칭을 갖고 있는 이 신전 주위에는 나무들이 서 있고 다시 그 나무를 둘러싸고 하얀 대리석 기둥들이 서 있다. 그리고 이 기둥을 손으로 문지르면 사프란 향이 나고 사프란 색을 내비친다.

그런데 테르모필라이에서 레오니다스 왕이 전사하고 크세르크세스(Xerxes, 페르시아 다리우스 1세의 아들로 기원전 480년 그리스를 침공하려다 살라미스 전투해서 패배했다.—역주) 군이 그리스로 통하는 모든 길목을 장악했다는 소식이 아르테미시온으로 날아들자 그리스 군은 후방으로 퇴각할 수밖에 없었다. 크세르크세스 군은 이미 도리스(Doris, 고대 그리스 중부의 지역 이름으로 3면이 험준한 산으로 둘러싸이고 케피소스 강이 흐르는 동쪽으로만 열려 있는 산악지역—역주) 지역을 통과해서 포키스(Phocis, 그리스 중부, 코린트 만(灣) 북쪽의 옛 지방으로 델포이 아폴론 신전이 있던 곳—역주)에 침입한 뒤 그곳의 도시들을 불태우고 파괴하고 있었다. 하지만 그리스 군은 그곳으로 원군을 파견하지 않았다. 그리고 아테네 군은 자신들이 그리스 군을 위해 아르테미시온으로 해군을 파견했던 전례를 들어 그리스 연합군 측에 페르시아 군이 아테네로 진입하기 전에 보이오티아에서 차단해줄 것을 요청했다. 하지만 그들의 요청은 묵살되었다. 그들의 관심은 온통 펠로폰네소스에 집중되어 있었다. 그리스 군은 모든 병력을 그곳 지협으로 집결시킨 뒤 지협을 가로지르는 방벽을 쌓기로 했다. 그리스 군에 대한 배신감에 아테네인들의 분노는 하늘을 찔렀다. 게다가 곤경에 처한 자신들의 처지에 낙담하며 괴로워했다. 그렇듯 강한 군대에 맞서 홀로 싸운다는 것은 헛된 일이었다. 이제 그들에게 남아 있는 유일한 방책은 아테네를 버리고 함대에 매달리는 것이었다. 하지만 아테네인들에게 이런 상황은 전혀 달갑지 않은 것이었다. 그런 상황이라면 설사 전쟁에서 승리한다 한들 아무런 의미도 없을 것이라고 생각했다. 자신들의 신을 모시는 신전을 저버리고 조상들의 무덤과 유산들을 적들의 무자비한 손에 내팽개친다면 그 이후로 어떻게 그들에게서 구원을 바랄 수 있겠는가.

상실감에 빠진 테미스토클레스는 어떤 합리적인 논리로도 백성들을 납득시키기 힘들다는 사실을 깨닫고 연극에서 흔히 나오는 그런 초자연적인 힘을 불러 미신과 신탁에 의지해보기로 했다. 때마침 아테네 신전에 살고 있던 뱀이 종적을 감추었다. 사제들은 이런 사실을 백성들에게 알리고 테미스토클레스가 귀띔해준 대로 여신이 도시를 떠나 그들이 보는 앞에서 바다로 도피했다고 공표했다. 또한 테미스토클레스는 기회가 있을 때마다 신탁을 들어 백성들을 설득했다. 신탁은 '나무로 된 성벽에 의지하라'는 내용이었는데 여기에서 나무로 된 성벽은 곧 배를 의미하는 것이라고 말했다. 또한 신탁은 살라미스 섬이 비참하고 불행한 곳이 아니라 신성의 다른 이름으로 언젠가는 그리스인에게 엄청난 행운을 가져다 줄 것이라고 했다. 어느 정도 시간이 흐르자 테미스토클레스의 생각이 백성들 사이에 널리 받아들여졌다. 그는 포고령을 내려 아테네 시의 안위는 '아테네의 여왕'인 아테나에게 맡기고 무기를 들 나이가 된 남자들은 아이들과 여성, 노예들을 안전한 곳으로 피신시킨 뒤 모두 승선할 것을 명령했다. 이 포고령을 전해들은 대부분의 아테네 사람들은 부모와 아내, 자식들을 트로이젠으로 보냈다. 그들은 그곳에서 트로이젠 사람들의 따뜻한 환대를 받았다. 나아가 트로이젠 사람들은 그들을 나랏돈으로 부양하는 법까지 통과시켰다.

이런 위기의 와중에서 테미스토클레스가 취한 여러 훌륭한 조치들 가운데, 전쟁 전 그의 파벌이 도편 추방해서 해외에 머물고 있던 아리스테이데스를 다시 고국으로 불러들인 조치도 결코 하찮은 일로 치부되어서는 안 된다. 테미스토클레스는 이제 사람들이 아리스테이데스가 아테네에 없음을 아쉬워한다는 사실을 눈치챘다. 게다가 거기에는 아리스테이데스가 자신에게 복수하겠다는 일념으로 페르시아와 손을 잡고 그리스의 정세를 엉망으로 어지럽힐지도 모른다는 두려움 역시 작용했다. 이에 테미스토클레스는 추방된 후 일정 기간이 지난 사람은 다시 고국으로 돌아와 나머지 동포들과 함께 그리스의 대의명분을 위해 몸과 마음을 다해 일할 수 있도록 기회를 주는 법령을 제안했다.

에우리비아데스는 스파르타의 명성에 힘입어 그리스 연합 함대의 제독에 올랐다. 그는 막상 위기의 순간이 오면 지레 겁부터 먹는 그런 인물이었다. 에우리비아데스는 닻을 올려 코린트 지협으로 항해하고자 했다. 그곳 인근에는 그리스 보병대가 진을 치고 있었다. 테미스토클레스의 생각은 달랐다. 에우리비아데스가 테미스토클레스의 내심을 살펴보려고 이렇게 말했다. "올림피아 경기에서 남보다 먼저 출발한 사람은 채찍을 맞는다지요?" 그러자 테미스토클레스는 저 유명한 말을 남긴다. "그건 그렇죠. 그런데 뒤처져 오는 자는 월계관을 쓰지 못한답니다." 어떤 이는 테미스토클레스가 이 말을 하고 있는 동안 올빼미 한 마리가 함대 오른 쪽으로 날아와 돛대 끝에 앉았다고 말하기도 한다. 이 길조를 본 그리스 병사들은 테미스토클레스의 말에 따르기로 하고 즉각 전투채비에 들어갔다. 하지만 아테네 연안의 팔레룸(Phalerum, 아테네 인근의 고대 항구도시로 지금의 팔리로Faliro—역주) 항에 도착한 적 함대는 해안 전체를 뒤덮을 정도로 엄청난 위용을 자랑했다. 게다가 왕이 몸소 보병대와 함께 해변으로 내려와 전 병력을 집결시키자 그리스 병사들은 이내 테미스토클레스의 말 따위는 까마득히 잊고 말았다. 펠로폰네소스 측 병사들은 다시금 코린트 지협을 향해 눈길을 던졌다. 이곳으로부터 퇴각해서 고향으로 돌아가는 데 반대하는 사람이 있으면 가만두지 않을 기세였다. 그들은 이미 밤을 틈타 퇴각하기로 결심하고 조타수에게 항로에 대한 지시를 내린 상태였다.

그리스 군이 좁은 해협과 직선 항로가 갖는 이점을 버리고 고국으로 퇴각해야만 하는 참담한 상황 속에서 테미스토클레스는 고심 끝에 기막힌 책략 하나를 생각해냈다. 페르시아 전쟁 포로 시킨노스Sicinnus를 활용해보자는 것이었다. 시킨노스는 페르시아 출신이면서도 테미스토클레스를 무척이나 좋아해서 그의 아이들을 돌보는 일까지 자처할 정도였다. 이를 이용해 테미스토클레스는 시킨노스를 몰래 크세르크세스에게 보내 자신의 뜻을 전했다. "아테네의 해군 제독 테미스토클레스가 평소 장군을 흠모해서 누구보다 먼저 비밀리에 다음과 같은 사실을 전하고자 한답니다. 그리스 군이 퇴각을 결정했으니 그들의 도주로를 막고 혼란을 틈타 그리스 지상군으로부터 멀리 떨어진 곳에서 그들을 기습해 그리스 해군을 무력화하시기 바랍니다." 이런 전갈을 전해들은 크세르크세스는 크게 기뻐하며 이를 자신이 잘 되기를 바라는 사람의 선의로 판단하고 즉시 각 전함의 지휘관들에게 명령을 내렸다. 즉시 200척의 갤리선을 출항시켜 주변의 모든 섬을 포위하고 모든 해협과 항로를 봉쇄해서 단 한 사람의 그리스 병사도 빠져나갈 수 없도록 하라는 것이었다. 나머지 함대는 나중에 느긋하게 그 뒤를 따를 것이라는 점도 밝혀두었다. 크세르크세스 군의 이러한 낌새를 가장 먼저 알아챈 사람은 리시마코스Lysimachus의 아들 아리스테이데스였다. 그는 테미스토클레스의 의중을 떠보기 위해 그를 찾았다. 아리스테이데스의 이런 행동은 당연히 어떤 우정에서 비롯된 것은 아니었다. 앞서 이미 밝혔듯이 테미스토클레스가 예전에 자신을 추방시킨 장본인이었기 때문이다. 하지만 그는 적군이 아군을 포위하고 있다는 사실을 테미스토클레스에게 알렸다. 테미스토클레스는 아리스테이데스가 도량이 넓은 인물임을 익히 알고 있었지만 이런 상황에서 자신을 찾은 데 놀랐다. 테미스토클레스는 시킨노스와 함께 꾸민 일의 전말을 아리스테이데스에게 털어놓으며 그의 말이라면 그리스 군이 선뜻 믿어줄 것이기 때문에 그런 믿음을 이용해서 아군으로 하여금 좁은 해협에서 적군과 맞서 싸우도록 설득해달라고 부탁했다. 아리스테이데스는 테미스토클레스의 책략이 기막히게 좋다며 무릎을 쳤다. 그는 다른 지휘관들과 갤리선 선장에게 가서 테미스토클레스의 생각에 합세하도록 독려했다. 하지만 그들은 아리스테이데스의 말을 여전히 미심쩍어했다. 그런데 그때 페르시아 군으로부터 이탈한 파나이티오스Panaetius가 티노스 섬의 배 한 척을 몰고 와 모든 해협과 항로가 봉쇄되었음을 확인시켜 주었다. 그리스 군으로서는 다른 선택의 여지가 없기도 했지만 끓어오르는 분노는 그들에게 일대 결전을 불사하겠다는 의지를 불어넣어 주었다.

날이 밝자 크세르크세스는 높은 곳으로 올라가 자신의 함대를 바라보았다. 아케스토도로스Acestodorus에 따르면 크세르크세스는 메가라와의 접경지대에 있는 뿔 모양의 언덕에서 황금의자에 앉아 전황을 기록할 기록관들과 함께 사태를 지켜보았다고 한다.

시인 아이스킬로스가 자신의 비극 〈페르시아 사람들Persians〉에서 밝히고 있는 적군 함대의 수는 마치 자신이 실제로 세어보기라도 한 듯 자세하다.

"내 알기로,
크세르크세스가 거느리고 있던 배는 모두 해서 1천 척,
속도가 월등한 배가 2백 하고도 일곱 척,
모두의 의견이 또한 그러하다."

아테네 군의 함선은 1백 80척이었다. 각 함선에 승선한 갑판병은 18명으로 그중 넷은 궁수였고 나머지는 무장한 병사였다.

남다른 명민함을 갖춘 테미스토클레스는 가장 유리한 장소를 점했을 뿐 아니라 전투 시각도 최적의 시점을 선택했다. 그는 공해상으로부터 신선한 미풍이 규칙적으로 불어와 해협 쪽으로 강력한 놀을 밀어붙이는 시점을 골라 페르시아 군 쪽으로 뱃머리를 돌려 전투를 개시했다. 그런 상황은 낮고 자그마한 그리스 함선에게는 전혀 불리하지 않았다. 하지만 선미가 우뚝 서고 갑판 또한 아주 높은 데다 움직임도 굼뜨고 다루기도 힘든 페르시아 함선에게는 이런 상황이 치명적이었다. 그리스 군의 재빠른 기습공격에 배의 측면을 내보일 수밖에 없었기 때문이다. 그리스 군은 테미스토클레스의 일거수일투족에 주목했다. 그는 그리스 군에게 최고의 본보기였다. 특히 눈길을 끈 것은 크세르크세스 군의 장군으로 왕의 형제들 중에서 단연 뛰어나고 존경받을 만한 용사였던 아리아메네스Ariamenes가 테미스토클레스가 지휘하고 있는 배를 집중 공격하고 있는 상황이었다. 아리아메네스는 마치 성벽에 서 있는 듯 거대한 갤리선으로부터 테미스토클레스를 향해 창과 화살을 쏟아 붓고 있었다. 이때 데켈레이아(Deceleia, 그리스 파르니스 산 기슭에 있던 고대 아테네 시의 행정구로 아티카 평야 전체가 바라다 보여 전략적 요충지로 꼽혔다.—역주) 출신의 아미니아스Aminias와 페디아 출신의 소시클레스Sosicles가 한 배에 승선해서 아리아메네스가 타고 있는 배의 이물에 정면 충돌시켰다. 청동으로 된 이물과 이물이 부딪쳐 얽히면서 두 배 모두 옴짝달싹 못하게 되었다. 그때 아리아메네스가 두 사람이 타고 있는 배로 건너오려 하자 두 사람은 창으로 그를 찔러 바다로 떨어뜨렸다. 그의 시신은 다른 부서진 배들의 잔해 사이를 떠다니다가 아르테미시아에 눈에 띄었고 그는 시신을 크세르크세스에게 가져갔다.

적선 한 척을 나포한 첫 인물은 갤리선의 함장이었던 아테네 사람 리코메데스Lycomedes였다. 그는 나포한 배의 깃발을 꺾어 월계관을 쓴 아폴론에게 바쳤다. 페르시아 군은 좁은 해협에서 싸우는 바람에 함대의 일부만을 출동시킬 수밖에 없었다. 결국 적군의 배들이 서로 뒤엉키고 부딪치면서 그리스 군은 적 함대와 접전을 펼칠 수 있었다. 전투는 저녁까지 계속되었고 마침내 그리스 군은 페르시아 함대를 물리치고 시모니데스 말대로 고귀하고 인구에 회자하는 승리를 거둘 수 있었다. 그리스도 야만족들도 해전사상 이보다 더 영광스런 승리를 거둔 적이 없었다. 이는 병사들이 하나가 되어 용기와 열정을 바쳐 싸운 결과이지만 무엇보다 테미스토클레스의 지략이 거둔 결실이었다.

해전에서 참패한 뒤 자신의 불운에 격분한 크세르크세스는 바다에 흙과 돌덩이를 날라다 쌓아 해협을 막아서 둑길을 만든 다음 살라미스 섬으로 지상군을 투입하기로 작정했다.

테미스토클레스는 아리스테이데스의 의향을 떠볼 생각으로 한 가지 제안을 했다. 함대를 이끌고 헬레스폰트(Hellespont, 흑해 마르마라 해에 있는 다르다넬스Dardanelles 해협의 고대 그리스 명칭—역주) 해협으로 가서 그곳에 놓인 부교를 쳐부수어 아시아인들을 유럽에 가두어놓는 것이 어떻겠느냐는 제안이었다. 하지만 아리스테이데스는 이 제안이 마음에 들지 않았다. "지금까지 우리는 전쟁까지도 사치나 오락쯤으로 여기는 적과 싸워왔소. 그런데 만일 우리가 그런 대군의 우두머리를 그리스에 가두면 궁지에 몰린 그가 더 이상 황금 양산 아래 느긋하게 앉아 전투를 감상하고만 있지는 않을 것이오. 뭔가 특단의 조치를 취하겠지요. 그건 우리에게 전혀 이롭지 않은 일이오, 테미스토클레스. 이미 놓인 다리를

살라미스 해전의 승리

부술 게 아니라 가능하다면 차라리 그 옆에 다리 하나를 더 놓아주어 그에게 퇴로를 열어주는 게 좋을 거요." 이에 테미스토클레스는 이렇게 대답했다. "그리 하는 게 좋다면 그를 이곳에서 하루라도 빨리 내쫓기 위해 즉각 모든 지혜를 모아 매진해야겠소." 테미스토클레스는 이러한 책략을 실행하기 위해 포로들 중에서 아르나케스Arnaces라는 사람을 찾아 크세르크세스 왕에게 보냈다. 해전의 승리에 기세가 오른 그리스 군이 헬레스폰트로 가서 그곳에 놓인 부교를 파괴할 작정이라며 테미스토클레스가 왕의 안위를 걱정해서 그 사실을 몰래 알리니 서둘러 아시아 쪽 바다로 물러나 페르시아로 돌아가라고 전했다. 그동안 자신은 그리스 연합함대가 그를 뒤쫓지 못하도록 어떻게든 막아보겠다고 했다. 크세르크세스는 이 전갈을 듣자마자 매우 놀라 황급히 그리스로부터 군을 철수시켰다. 테미스토클레스와 아리스테이데스의 이러한 책략이 현명했다는 것은 훗날 플라타이아이(Plataea, 그리스 보이오티아의 고대 도시—역주) 전투만 보아도 알 수 있다. 크세르크세스 군의 마르도니오스(Mardonius, 페르시아의 장군으로 플라타이아이 전투에서 스파르타의 장군 파우사니아스와 싸우다가 전사함—역주) 장군은 극소수의 병력만으로도 그리스 군을 사지로 몬 적이 있었기 때문이다.

헤로도토스에 따르면 그리스의 모든 도시 중에서 아이기나가 최고의 공훈을 세웠고 장군들 중에서는 테미스토클레스가 단연 돋보였다고 한다. 그런데 테미스토클레스을 시기하고 못마땅해 하는 사람들도 있었다. 그래서 병력이 펠로폰네소스 입구에 도착했을 때 각 도시의 장군들은 제단 앞에서 투표를 실시했다. 누가 이 전쟁에서 가장 큰 공훈을 세웠는지 알아보자는 것이었다. 모든 이들이 첫째로 자기 자신을 꼽았고 두 번째 인물로는 모두가 테미스토클레스를 꼽았다. 라케다이몬인들은 테미스토클레스를 스파르타로 데리고 가서 에우리비아데스에게는 용맹을 기리는 상을 주고, 테미스토클레스에게는 지략을 기리는 상을 수여하면서 머리에 올리브 관을 씌워주고 도시에서 가장 좋은 전차를 선물했다. 그리고 떠나는 그를 위해 300명의 장정을 국경까지 딸려 보냈다. 다음 올림피아 대회에서 테미스토클레스가 경기장에 등장하자 모든 관중들은 정작 선수들에게는 눈길도 주지 않고 온종일 오로지 테미스토클레스에게서 눈을 떼지 않았다. 테미스토클레스를 모르는 사람에게는 그가 누구인지 알려도 주고 그에게 환호와 갈채를 보내기에 바빴다. 그 스스로도 이런 상황이 매우 흡족했던지 친구에게, 그리스를 위해 바친 모든 수고를 그날 하루 동안 모두 보상받았다고 털어놓았다.

테미스토클레스에 여러 일화들을 보면 알 수 있듯이 천성적으로 그는 명예욕이 대단한 사람이었다. 아테네 사람들이 그를 해군 제독으로 추대하자 그는 공적, 사적인 일을 막론하고 그 처리를 출항 당일까지 미루었다. 엄청난 양의 업무를 한꺼번에 해치우고 자기 주변에 온갖 다양한 사람들이 북적대도록 함으로써 자신을 대단하고 권세 꽤나 누리는 사람인 양 보여주고 싶었던 것이다. 그는 바다에 던져져 떠다니는 시체들이 금팔찌와 금목걸이를 두르고 있는 것을 보고 자기를 뒤따라오던 친구에게 말했다. "저 물건들을 취하게나. 그대는 테미스토클레스가 아니니까." 또 멋진 젊은이 안티파테스Antiphates에게는 이런 말도 했다. "젊은이, 시간이 우리 두 사람에게 교훈 하나를 가르쳐주었군 그래." 그의 말에 따르면 아테네 사람들은 그를 존경하지도 칭송하지도 않으며 그저 버즘나무 쯤으로 여긴다는 것이었다. 궂은 날에는 자기 밑으로 들어와 몸을 피하다가도 날이 개자마자 잎을 따고 가지를 꺾는 데만 열심이라는 이야기였다. 언젠가 세리포스(Seriphus, 그리스 에게 해에 있는 섬—역주) 사람이 이렇게 말했다. "이러한 명예는 당신 혼자 힘으로 얻어진 것이 아니라 당신이 속한 도시의 위대성 덕입니다." 그러자 테미스토클레스는 이렇게 대꾸했다. "당신 말이 옳소. 내가 세리포스 사람이었다면 이렇듯 유명해지지 못했을 것이오. 하지만 당신이 아테네 사람이었다 해도 결코 이런 명성을 얻지는 못했을 것이오." 테미스토클레스는 자기 아들과 관련해서도 이런 말을 남겼다. 아들이 어머니를 손아귀에 쥐고 흔들고 덩달아서 아버지까지 아들의 말이라면 꼼짝을 못하는 상황을 빗대어 아들이 그리스에서 가장 세도가 당당하다고 말하면서 "아테네 사람들이 나머지 그리스인들을 휘어잡고 내가 아테네 사람들을 지배하고 그런 나는 네 어머니에게 휘둘리고 그런 어머니를 네가 쥐락펴락 하지 않느냐"고 껄껄댔다. 또 딸에게 구혼을 해온 두 청년 중에서 그는 돈 많은 사람보다는 쓸모 있는 사람을 원했다. 사람 없는 돈보다는 돈 없는 사람이 낫다는 이유에서였다.

아테네 사람들이 테미스토클레스를 중상모략하고 비난하는 사람들의 말에 귀를 기울이기 시작하자 그는 자신이 아테네에 기여한 바를 역겹도록 자주 들먹이지 않을 수 없었다. 그는 아르테미스에게 최고의 조언자라는 뜻의 '아리스토불레Aristobule'라는 별칭과 함께 신전을 하나 지어 바쳐 사람들을 더 어이없게 했다. 이런 행위를 통해 그가 아테네뿐 아니라 그리스 전체에서 가장 훌륭한 조언자임을 넌지시 암시하고 있었기 때문이다. 한참 후 아테네 사람들은 패각투표를 통해 그를 강제 추방시킴으로써 그의 명성과 권위를 깎아내렸다. 이는 아테네 사람들이 한 사람에게 지나치게 권력이 집중될 경우 항용 쓰던 방식이었다. 그 사람이 아무리 위대하다 해도 지나친 권력 집중은 민주 정치에 필수적인 평등성을 해친다고 보았기 때문이다. 도편 추방은 범죄자를 벌주기 위한 제도이기보다는 시기심을 완화하고 진정시키는 데 그 목적이 있었다. 사람들은 남보다 두드러지는 인물을 깎아내림으로써 기쁨을 느끼고 그에게 불명예를 들씌움으로써 가슴속 원한을 일부나마 배출시킬 수 있었다.

아테네로부터 추방된 테미스토클레스가 아르고스(Argos, 그리스 남동부에 위치했던 고대 도시—역주)에 머물 당시 파우사니아스(Pausanias, 스파르타 아기스 왕가 출신의 장군. 그리스 연합군 총사령관으로 프라타이아이 전투에서 페르시아 군을 대파하고 비잔틴을 탈환한 인물. 페르시아 왕과 내통하고자 하다 적발된 뒤 신전에 감금되어 굶어 죽었다.—역주)의 매국행위가 적발되는 사건이 발생했다. 파우사니아스가 죽고 나서 테미스토클레스가 관련된 것으로 의심되는 편지와 기록들이 발견되자 아테네에 있는 그의 정적들이 그를 고발했다. 정적들의 악의적인 중상에 대한 답으로 테미스토클레스는 자신이 성격상 남을 섬기는 일을 하지 못하고 오로지 누군가를 통치하고자 하는 열망에 불타오르는 사람이라며 그런 사람이 그 자신과 나라를 야만적인 적국의 노예로 팔아먹는 행위를 할 수 있겠느냐고 설득하는 글을 시민들에게 보냈다.

그럼에도 불구하고 그를 고발한 자들에게 설득당한 시민들은 관리를 보내 그를 붙잡아 그리스 법정에 세우라고 다그쳤다. 하지만 이런 움직임을 제때 낌새를 챈 테미스토클레스는 코르키라Corcyra 섬으로 피신했다. 그곳은 한때 그에게 은혜를 입은 지역이었다. 코르키라 사람들과 코린트 사람들 사이에 분쟁이 일어났을 당시 중재자로 임명되어 코린트 사람들이 코르키라 주민들에게 20탤런트를 지불하도록 명하고 레우카스(Leucas, 이오니아 해 그리스 서부 해안에 있는 섬으로 오늘날의 레프카다.—역주)마을과 섬을 두 도시가 공동 관리하도록 결정한 바 있었다. 테미스토클레스는 코르키라 섬을 떠나 다시 에피로스(Epirus, 그리스 서부에 있는 지방으로 북쪽은 알바니아와 만나고 서쪽은 이오니아 해에 면한 지역—역주)로 피신했다. 하지만 아테네 사람들과 라케다이몬 사람들이 끈질기게 그를 추적해오자 마침내 그는 필사적이라고밖에 볼 수 없는 길을 택했다. 그가 피신한 곳은 다름 아닌 몰로시아Molossia의 왕 아드메토스Admetus의 품이었다. 그는 테미스토클레스가 권력의 정점에 있을 당시 아테네인들에게 뭔가 요청을 했다가 그에게 무시와 모욕을 당한 적이 있는 인물이었다. 따라서 그로서는 테미스토클레스를 붙잡기만 하면 단단히 복수를 해주겠다고 벼를 만했다. 자신에게 닥친 이런 불행 앞에 그는 이웃과 동료 시민의 증오보다는 왕의 해묵은 불쾌감이 차라리 자신에게 자비를 베풀 것이라고 생각하고 아드메토스에게 애원했다. 그런데 그가 애원하는 방식이 다른 나라의 관습에서는 좀처럼 볼 수 없는 독특한 것이었다. 테미스토클레스는 왕의 어린 아들을 품에 안고는 난롯가에 몸을 낮췄던 것이다. 이런 행동은 몰로시아 사람들 사이에서는 가장 신성하고도 유일한 탄원 방식으로 이런 행동을 한 사람의 청은 내칠 수 없는 것으로 되어 있었다.

투키디데스(Thucydides, 기원전 5세기 그리스 역사가로 〈펠로폰네소스 전쟁사〉로 유명하다.—역주)에 따르면 그가 내륙을 가로질러 에게 해로 가 테르마이Thermae 만에 있는 피드나Pydna에서 배를 탔다고 한다. 배 안에서 다행히 자신의 정체를 들키지는 않았지만 당시 아테네 군에 포위되어 있던 에게 해 남부의 낙소스 섬 근처로 배가 바람에 밀려갈까 두려워하던 끝에 선장과 조타수에게 자신의 정체를 스스로 밝혔다. 그는 그들을 달래기도 하고 협박하기도 해서 앞바다로 나가 항로를 아시아 쪽으로 바꾸도록 했다.

테미스토클레스가 키메Cyme에 도착했을 때 해안 전체에 수많은 사람들이 그를 붙잡기 위해 숨어 기다리고 있었다. 페르시아 왕은 그를 붙잡는 사람에게 200탤런트를 주겠다고 현상금까지 걸어놓은 상황이었다. 그는 다시 아이올리아(Aeolia, 소아시아의 서부, 북서부의 해안 지역과 레스보스 섬을 위시한 몇 개의 섬으로 이루어진 지역으로 그리스 도시국가 아이올리스가 있었다.—역주)의 소도시 에게Aegae로 피신했다. 그곳에서는 내륙 아시아 유력인사들에게 널리 알려진 아이올리아 최고의 갑부이자 테미스토클레스의 후원자 니코게네스Nicogenes 말고는 그를 아는 이가 아무도 없었다. 그곳에서 잠자리에 든 테미스토클레스는 그의 배 위에서 똬리를 틀고 있다가 슬슬 목 쪽으로 기어오는 뱀 한 마리를 보는 꿈을 꾸었다. 그런데 뱀의 살갗이 테미스토클레스의 얼굴에 닿자마자 뱀은 한 마리 독수리로 변했다. 독수리는 그의 몸 위에서 날개를 활짝 펴더니 그를 나꿔채 멀리 날아갔다. 그때 저 멀리서 전령의 황금지팡이가 보이자 그 위에 그를 살포시 내려놓았다. 그때서야 테미스토클레스는 끝없는 공포와 불안으로부터 벗어날 수 있었다.

길을 떠나는 테미스토클레스를 위해 니코게네스는 이런 계략을 짰다. 야만족들, 그중에서도 특히 페르시아 남자들은 자신들의 아내에 대해 질투가 심하고 가혹할 뿐 아니라 의심도 많았다. 그들은 집밖에서는 아무도 그들을 본 적이 없을 정도 아내를 엄격히 단속했다. 아내들은 집안에 갇혀 생활했으며 혹시 여행을 떠나야 할 때는 사방에 커튼을 친 가마를 수레에 얹어 이동했다. 니코게네스는 테미스토클레스를 바로 그런 수레에 은밀히 태워 보냈다. 길 위에서 만나거나 말을 거는 사람이 있으면 젊은 그리스 처자를 이오니아로부터 한 궁정 귀족에게로 데려간다고 말하도록 일렀다.

아르타바노스

테미스토클레스는 페르시아의 최고 대신 아르타바노스Artabanus를 통해 왕을 알현할 수 있었다. 왕 앞에 선 테미스토클레스는 그에게 정중히 복종의 예를 표한 뒤 왕이 통역관에게 그가 누구인지 물어보라고 명하기까지 우두커니 서 있었다. 통역관의 물음에 그가 대답했다. "왕이시여, 저는 아테네에서 온 테미스토클레스로 그리스에서 추방된 몸이옵니다. 제가 페르시아 사람들에게 수많은 해를 끼친 것은 사실이오나 그들에게 행한 이로운 일이 훨씬 더 많습니다. 그리스 군의 추격을 따돌리게 한 사람이 바로 저이옵니다. 그리고 어느덧 제

나라가 전쟁에서 벗어나자 왕께도 이렇듯 호의를 표할 기회를 얻었습니다. 지금 제가 처한 불행으로 인해 여러모로 경황이 없사오나 왕께서 호의를 보여주시든 노여움을 표하시든 모든 건 제가 감수해야 할 몫입니다. 부디 저를 너그럽게 용서하시고 노여움을 푸시옵소서. 제 나라 백성들의 저에 대한 적개심을 제가 페르시아를 위해 기여한 바에 대한 증거로 삼으시고 부디 이 자리를 당신의 노여움을 풀 기회로 삼지 마시고 세상에 당신의 덕을 알릴 기회로 삼으시옵소서. 만일 저를 구원하신다면 당신에게 탄원하는 자를 구하시는 것이고 만일 저를 구원하지 않으신다면 그것은 그리스의 적을 죽이시는 것이 될 것이옵니다."

날이 밝자 왕은 궁정의 최고 대신을 불러 테미스토클레스를 자기 앞에 대령하라고 명령했다. 테미스토클레스의 예감은 썩 좋지 않았다. 그가 왕 앞에 나아가 다시금 머리를 조아리자 왕은 그에게 아침 인사와 함께 다정하게 말을 붙이더니 이제 자신이 테미스토클레스에게 200탤런트를 빚지게 되었다고 말했다. 이런 상황이라면 그가 테미스토클레스에게 걸었던 현상금은 그의 차지가 되는 게 온당하다는 것이었다. 여기에 더 많은 돈을 약속하며 그의 기운을 북돋아 주었다. 그러면서 왕은 그리스의 사정에 관해 무엇이든 터놓고 이야기해보라고 말했다. 테미스토클레스는 사람의 말이란 화려한 페르시아의 융단과도 같아서 활짝 펼치면 그 아름다운 형상과 무늬가 드러나지만 걷어 말아두면 그 아름다움이 사라져버린다며 자신에게 시간이 필요하다고 말했다. 왕은 테미스토클레스의 비유에 흡족해하며 원하는 만큼 시간을 가지라고 했다. 그가 원한 시간은 1년이었다. 그 기간 동안 페르시아어를 충분히 익힌 테미스토클레스는 이제 통역관의 도움 없이도 왕과 대화를 나눌 수 있게 되었다. 왕은 시시때때로 테미스토클레스를 불러 왕궁의 안과 밖을 가리지 않고 함께 시간을 보냈다. 그와 함께 사냥을 하기도 하고 심지어는 왕대비와도 만나게 해서 그녀와 자주 대화를 나눌 수 있도록 해줄 만큼 테미스토클레스를 격의 없는 친구로 대했다. 또한 왕의 명령에 따라 마기(Magi, 메디아 왕국에서 종교의례를 담당하는 씨족의 호칭이며 흔히 신비한 종교지식의 소유자로 여겨지고 있다.—역주)의 지식을 습득하기도 했다.

또한 사람들은 테미스토클레스가 페르시아에서 한창 잘 나가며 많은 사람들에게 선망의 대상이 되자 호화로운 식탁에서 식사를 즐기며 아이들에게 이런 말을 했다고도 전한다. "얘들아, 우리가 한때 몰락하지 않았던들 이런 호사를 누릴 수 있겠느냐?" 대부분의 역사가들은 빵과 고기를 먹고 포도주를 마시라며 왕이 그에게 하사한 도시가 마그네시아Magnesia, 미우스Myus, 람프사코스Lampsacus 해서 도합 셋이었다고 말한다. 또 어떤 이는 거기에 둘을 더 추가해 옷을 해 입는 데 필요한 도시로 팔라이스케프시스Palaescepsis, 그리고 집에 들여놓을 침구와 가구를 위해서는 페르코테Percote를 각각 하사했다고 주장하기도 한다.

테미스토클레스는 마그네시아에 있는 집에서 조용히 살았다. 그곳에서 오랫동안 전혀 신변의 위협을 느끼지 않은 채 많은 이들의 선망을 받으며 세월을 보냈다. 그는 부도 한껏 누리고 페르시아 제국의 최고위층 인사들에 못지않은 영예도 누렸다. 그 당시 왕은 그리스에 대해서는 관심을 두지 않고 오로지 내륙 아시아에만 정신을 쏟고 있었다.

하지만 아테네의 지원 아래 이집트가 반란을 일으키고 그리스 갤리선 함대는, 스스로 바다의 제왕을 자처하던 키몬의 진두지휘 아래 키프로스와 킬리키아(Cilicia, 소아시아의 남동 해안, 키프로스 북쪽의 해안지역을 일컫는 고대의 지명—역주) 주변까지 치고 올라왔다. 이에 페르시아 왕은 그쪽에 신경을 쓰지 않을 수 없었다. 왕은 그리스를 저지하는 데 골몰하며 자신에 적대하는 세력의 성장을 저지하는 데 신경을 곤두세웠다. 그는 군대를 일으켜 지휘관들을 파견하는 한편으로 마그네시아에 있던 테미스토클레스에게 전령을 보내 예전에 그가 했던 약속을 이행하라며 그리스에 대항하기 위해 즉각 행동에 돌입할 것을 요구했다. 하지만 그런 상황에서도 테미스토클레스에게는 아테네에 대해 그 어떤 증오심도 적개심도 들지 않았다. 테미스토클레스는 과거에 자신이 쌓아올렸던 위대한 행적들, 수많은 승리와 전적의 영광을 훼손시키고 싶지 않았다. 자신의 과거 삶의 행적에 걸맞게 이쯤에서 삶을 마감하는 것이 옳다고 생각했다. 그의 죽음과 관련해서는 테미스토클레스가 신에게 제를 올리고 친구들을 초대해 대접하고는 그들과 악수를 한 뒤 황소의 피를 마셨다는 게 일반적으로 받아들여지고 있는 설이다. 하지만 다른 이야기도 있다. 즉효가 있는 독약을 마시고 죽음에 이르렀다는 설이 그것이다. 아무튼 그는 마그네시아에서 예순다섯의 나이에 생을 마감했다. 그는 삶의 대부분을 정치가이자 군인으로 통치자이자 지휘관으로 살다 갔다. 왕은 테미스토클레스가 죽음에 이르면서 지킨 명분과 태도에 감명 받아 그를 더욱 존경하게 되었으며 이후 유가족과 친구들에게도 변함없는 호의를 베풀었다.

테미스토클레스의 화려한 묘는 마그네시아의 광장 한복판에 위치해 있다. 마그네시아에 살고 있던 그의 일가친척들은 다양한 영예와 특권을 누렸으며 이는 오늘날까지도 이어지고 있다. 내가 철학자 암모니오스(Ammonius, 신플라톤학파의 원조를 알려져 있는 고대 그리스의 철학자—역주)를 사사할 즈음 깊은 우정을 나누었던 사람이 있었는데 아테네 출신에 테미스토클레스라는 이름의 그 친구 역시 똑같은 특권을 누리고 있었다.

푸리우스 카밀루스(Marcus Furius Camillus, BC 446-365, '로마의 두 번째 창건자'로 불린 인물)와 관련해서 가장 주목할 만한 점은 그가 독재관(獨裁官, dictator)에만 5차례에 걸쳐 오르는 등 고위 관직을 두루 거치고 네 차례 전쟁에서 승리를 거두며 제2의 로마 창건자라 불릴 정도로 성공했지만 유독 집정관(執政官, consul) 자리에는 단 한 차례도 오르지 못했다는 사실이다. 이는 당시 로마의 정치적 상황과 풍조에 그 원인이 있다. 평민들은 원로원과의 알력으로 인해 집정관을 선출하는 대신 이른바 군사 호민관(護民官, tribune)이라는 관리를 뽑아 집정관이 갖고 있던 모든 권한을 부여했다. 하지만 이들은 집정관에 비해 수가 많았던 까닭에 권한이 훨씬 분산되어 거부감을 덜 준다는 것이 평민들의 생각이었다.

당시 푸리우스 집안은 로마 사회에서 크게 두드러지는 가문은 아니었다. 그러니까 카밀루스는 자수성가해서 스스로 명예를 쌓아 올린, 집안의 첫 사례라 할 만하다. 그는 포스투미우스 투베르투스Postumius Tubertus 독재관을 보좌하여 아이퀴 족(Aequ, 오랫동안 로마에 적대적이었으며, 특히 BC 5세기에는 알반 구릉까지 진출하여 로마에 위협을 가했다.)과 볼스키족을 상대로 큰 싸움을 치르는 과정에서 명성의 기틀을 마련했다. 그는 아군 대열의 맨 앞에서 적을 향해 달려나가 화살이 허벅지를 꿰뚫는 부상 속에서도 싸움을 멈추지 않았다. 마침내 카밀루스는 큰 용맹을 떨치던 적장을 물리치고 적군을 패퇴시켰다. 이러한 공적으로 카밀루스는 많은 보상을 받았는데 그 중 하나가 감찰관이라는 직책이었다. 당시 감찰관은 큰 권한이 주어지는 매우 영예로운 직책이었다. 그가 감찰관으로 활동하는 동안 이룬 여러 업적 중에서 특히 한 가지가 눈에 띈다. 당시 로마에서는 숱한 전쟁으로 인해 과부들이 양산되고 있었다. 카밀루스는 총각들을 설득하기도 하고 벌금을 부과하겠다고 위협하기도 해서 이들 과부들과 결혼하도록 함으로써 세간의 칭송을 받았다. 또한 잦은 전쟁으로 막대한 전비가 소요됨에 따라 이전에는 면세 대상이었던 고아들에게까지 불가피하게 세금을 물리도록 했다.

하지만 그들에게 가장 큰 골칫거리는 베이이(Veii, 로마시 근교에 있던 에트루리아인들의 도시-역주)에 대한 포위 작전이었다. 사람들은 베이이 주민들을 베이엔타니Veientani라 불렀는데 이 도시는 투스카니아 제1의 도시로 군사 물자나 병사들의 수에서 결코 로마에 뒤지지 않았다. 그곳 시민들은 풍족하고 호화로운 생활을 하면서 자신들이 무척 세련되고 교양이 넘치는 사람들이라는 자부심이 대단했다. 따라서 매사에 로마인들과 영예와 패권을 다퉜다. 하지만 몇 차례 큰 전투에서 패배하면서 세력이 약화된 베이이는 이제 이전의 야망을 포기하고 도시를 높고 튼튼한 성벽으로 둘러싼 채 공격과 수비를 위한 만반의 준비태세를 갖추고 있었다.

온갖 무기는 물론이고 군량도 넉넉히 쌓아둔 상태였다. 이런 까닭에 그들은 로마의 포위 공격을 거뜬히 견뎌내고 있었다. 장기간의 포위 상태가 계속되면서 베이이 주민들도 진력나기는 했지만 공격하는 측인 로마인들이 받는 고통도 결코 만만치 않았다. 로마군은 여름에만 잠시 원정을 나가고 겨울은 고국에서 지내는 데 익숙해 있었는데 이제 처음으로 여름과 겨울을 가리지 않고 전쟁을 치르기 위해 적국에 진지를 구축하는 등 고된 토목공사에 동원되고 있었다. 이런 상태가 만 7년 동안 계속되면서 전쟁을 쓸데없이 질질 끌고 있지 않느냐는 비난이 일면서 그 태만함을 물어 지휘관들을 교체하는 사태가 벌어졌고 그 와중에 카밀루스도 새롭게 군 지휘관으로 발탁되었다. 당시 카밀루스는 호민관에 재선된 상태였다. 하지만 그는 포위작전에는 관여하지 않았다. 제비뽑기로 그에게 할당된 임무가 팔리스키(Falisci, 에트루리아 남부 지방—역주)와 카페나(Capena, 오늘날 로마 북쪽 3km 지점에 있는 코무네—역주)를 상대로 전쟁을 벌이는 일이었기 때문이다. 이 두 도시는 다방면에서 로마를 집적거리면서 로마에 많은 손해를 입히고 있었을 뿐 아니라 로마가 베이이에 매달려 있는 내내 자주 말썽을 일으키고 있었다. 카밀루스는 이 두 도시를 간단히 제압해서 엄청난 손실을 입힌 뒤 그들의 성벽 안으로 몰아넣어버렸다.

전쟁이 한창일 때 알바노 호수(Albano lake, 로마 남동쪽 알바노 산맥에 있는 칼데라호—역주)에서 자연현상이라고 하기에는 그 원인을 설명하기 어려운 이상한 현상이 벌어졌다. 그것은 전례 없는 참으로 경이로운 현상으로 로마군을 바짝 긴장하게 만들었다. 계절은 바야흐로 가을로 접어들고 있었다. 여름의 끝자락에 이르면 그곳은 비도 내리지 않고 남풍으로 골치를 앓을 일도 없었다. 도처에 호수와 시내와 샘들이 널려 있는 이탈리아에서는 이 시기가 되면 이들 호수와 시내와 샘들이 바짝 마르거나 거의 바닥을 드러내곤 했다. 통상 여름이 되면 그렇듯 모든 강들 역시 수위가 한결 낮아져 수량이 바짝 줄어들었다. 그런데 사방이 울창한 산으로 둘러싸여 그곳으로 유입되는 물줄기가 전혀 없는 알바노 호수에 갑자기 물이 차오르면서 수위가 급격히 상승하더니 급기야 산 발치까지 차오르고 마침내는 일부 봉우리의 꼭대기까지 다다르게 되었다. 그리고 그런 과정에서도 수면은 잔잔하기만 했다. 어떤 신령한 힘이 작용하고 있는 것이 아니라면 달리 설명할 길이 없는 기현상이었다. 가장 먼저 이상하다고 느낀 쪽은 목동들이었다. 하지만 거대한 댐처럼 물이 아래로 떨어져 내리는 것을 막고 있던 호수의 변두리가 무너져 급류가 그 아래 비옥한 들판을 덮치면서 바다로 흘러 들어가는 것을 보고는 로마인들뿐 아니라 모든 이탈리아 사람들까지 뭔가 엄청난 사태가 닥칠 징조하고 생각하며 공포에 떨게 되었다. 그런데 이런 흉흉한 소문이 가장 위력을 발휘한 곳은 바로 베이이를 포위하고 있던 로마군 진지였다. 마침내 그러한 기현상은 베이이 사람들에게까지 알려지게 되었다.

포위 상태가 오래 되면 서로 대치하고 있는 양측이 만나 대화를 나눌 기회가 잦아지듯 이 경우도 그랬다. 그런 가운데 한 로마 병사가 베이이 주민 한 사람과 신뢰를 쌓고 친해질 기회를 갖게 되었다. 그는 고대의 예언에 정통해 있을 뿐 아니라 점을 치는 데도 남다른 재능을 갖고 있었다. 그가 호수에서 벌어진 이야기에 큰 기쁨을 표하며 포위군을 비웃는 것을 본 로마 병사는 알바노 호수 일 말고도 로마 사람들에게는 요즘 들어 그보다 더 이상한 일들이 많이 벌어지고 있다고 말했다. 그러면서 병사는 이로 인한 로마인들의 흉흉해진 민심에 개인적으로 관심이 있으면 자신이 좀 더 자세한 이야기를 들려줄 용의가 있다고 베이이 주민을 꼬드겼다. 베이이 사람은 뭔가 엄청난 비밀들을 듣게 될지도 모른다는 기대 속에 그의 이런 제안을 흔쾌히 받아들였다. 로마 병사는 이야기를 들려주면서 그 베이이 사람을 차츰차츰 자기 진영 쪽으로 유도했다. 어느새 성문으로부터 꽤 멀리 떨어진 곳까지 꾀어내는 데 성공한 로마 병사는 순식간에 그 베이이 사람의 허리를 낚아채듯 온 힘을 다해 끌어안고는 진영의 다른 병사들을 불러 그를 장군 앞에 데려갔다. 꼼짝 못하는 신세가 된 베이이 사람은 이것이 자신의 피할 수 없는 운명임을 직감하고 베이이가 받은 은밀한 신탁을 장군에게 털어놓았다. 그것은 알바노 호수의 둑이 터져 새로이 형성된 물길을 막아 돌려 호수물이 바닷물과 섞이지 않도록 하지 않는 한 베이이 시는 함락되지 않을 것이라는 신탁이었다. 이 이야기를 들은 원로원은 자못 만족해하며 델포이로 사람을 보내 신의 조언을 구하기로 결정했다. 사절단이 듣고 온 신탁은 가능한 한 알바노 호수의 물을 예전의 경계 안에 가두어 바다로 흘러들지 못하도록 하라는 것이었다. 하지만 만일 그 일이 불가능하다면 배수로나 도랑을 파 호수물이 아래쪽 평야지대로 흘러들게 해서 땅 밑으로 스며들어 사라지도록 하라는 것이었다. 신탁을 전해들은 사제들은 신에게 제를 지내고 백성들은 알바노 호수의 물길을 돌렸다.

전쟁은 10년째로 접어들고 있었다. 원로원은 전쟁에 파견되었던 모든 장군들을 불러들이고 대신 카밀루스를 독재관에 임명했다. 카밀루스는 코르넬리우스 스키피오Cornelius Scipio를 기병대장으로 임명하고 신에게 맹세한 뒤 팔리스키의 영토로 진군해 들어가 접전 끝에 그들을 물리치고 그들과 한통속이었던 카페나 군대 또한 굴복시켰다. 이후 카밀루스는 포위된 베이이로 군대를 돌렸다. 카밀루스는 정공법으로 성을 함락시키는 일은 어려울 뿐 아니라 위험하기까지 하다는 판단 아래 땅굴을 파 공략하기로 마음먹었다. 베이이 시 주변의 땅은 땅굴을 파기에 적합해서 적들에게 들키지 않을 만큼 깊이 파내려가기에 용이했다. 카밀루스는 땅굴을 파 들어가는 일이 계획대로 진행되자 땅 위에서 적들을 노골적으로 공격해 들어갔다. 적들을 성벽 쪽으로 유인하기 위한 작전이었다. 적들이 성 밖에 정신이 팔려 있는 동안 지하에서 땅굴을 파고 들어간 병사들은 성 안으로 무사히 잠입했다. 그들이 땅굴 밖으로 나온 곳은 베이이에서 가장 거대하고 영예로운 전당인 유노 신전 근처였다. 마침 그곳에서는 투스카니아의 왕자가 제를 올리고 있었던 것으로 전해진다. 그때 제물로 바쳐진 짐승의 내장을 들여다보던 사제가 큰 소리로 외쳤다. "신께서는 이 제사를 끝까지 마무리하는 자에게 승리를 주리라 하신다."

땅굴 속에 대기하고 있던 로마 병사들이 이 말을 들은 즉시 신전 바닥을 뚫고 나와 함성을 지르며 무기를 휘두르자 혼비백산한 적들은 줄행랑을 쳤다. 로마 병사들은 짐승의 내장을 나꿔채 카밀루스에게 가져갔다. 하지만 이 이야기는 꾸며낸 이야기일 수도 있다. 아무튼 그 도시는 순식간에 함락되었다. 로마 병사들은 어마어마한 재물들을 약탈하느라 혈안이 되어 있었다. 높은 성루에서 돌아가는 상황을 지켜보던 카밀루스는 눈물을 흘렸다. 그러다 휘하의 지휘관들이 전승을 축하하자 하늘을 향해 두 손을 높이 치켜들고는 이렇게 기도했다. "오 최고의 신 유피테르여. 또한 선과 악을 판단하시는 모든 신들이시여. 저희가 이 무도하고 사악한 적들의 도시에 보복을 가한 것은 오로지 대의와 필연에 따른 것입니다. 하지만 이렇듯 승리의 행운을 얻은 저희에게 무언가 미리 예비하신 재앙을 내려 이 사태에 균형추를 놓으시려거든, 청원하옵건대 로마와 로마의 군대에 내리지 마옵시고 제 머리 위에 되도록 가볍게 내려주시옵소서." 기도를 마친 카밀루스가 로마의 관습에 따라 오른쪽으로 막 돌아서려던 찰나 발을 헛디뎌 바닥에 쓰러지고 말았다. 주변에 있던

사두마차를 타고 로마로 들어오는 개선장군 카밀루스

사람들이 모두 놀라 그 주변으로 몰려들었다. 하지만 이내 몸을 추스른 카밀루스는 자신이 기도했던 대로 엄청난 행운에 대한 대가로 작은 불운이 자신에게 내려진 것일 뿐이라고 말했다.

하지만 카밀루스는, 로마에 버금가는 도시를 10년의 포위 공격 끝에 함락시킨 데 고무되었던 탓인지 아니면 주변의 칭송이 너무도 자자한 데 기고만장했던 탓인지 모르지만 어쨌든 한 나라의 평범한 고위 관리에는 어울리지 않게 매우 웅장하고 성대한 개선식으로 자신의 업적을 자축했다. 그는 네 마리의 백마가 끄는 전차를 타고 로마 시내를 행진했는데 이는 전무후무한 일로 로마인들은 네 마리의 백마가 끄는 전차를 매우 신성한 것으로 여겨 신들의 왕이자 아버지만이 누릴 수 있는 영광이라고 생각하고 있었다. 이 사건으로 인해 카밀루스는 그런 과시와 겉치레에 익숙하지 않았던 로마 시민들의 마음에서 멀어지고 말았다.

시민들이 카밀루스에 대해 갖고 있던 반감의 두 번째 이유는 그가 도시를 둘로 나누는 법에 반대하고 있었다는 점이었다. 당시 호민관들은 평민과 원로원을 둘로 나누어 한 쪽은 로마에 머물고 제비뽑기를 통해 선정된 다른 한 쪽은 새로이 점령한 도시로 이주시키는 법을 제안해놓은 상태였다. 호민관 측은 이 법이 통과되면 삶의 공간이 훨씬 더 여유로워지고, 크고 훌륭한 도시를 두 개나 갖게 됨으로써 영토를 좀 더 잘 지켜내고 로마를 번성시키는 데 일조할 수 있을 것이라고 생각했다. 따라서 수적으로도 많고 궁핍했던 평민들은 이 법안을 두 손 들어 환영하면서 틈만 나면 광장으로 모여들어 법안을 한시바삐 표결에 부치라며 목청을 높였다. 하지만 원로원과 귀족들은 호민관들의 제안이 로마를 둘로 나누기보다는 오히려 파멸로 이끌 것이라고 생각해 법안을 극렬히 반대했다. 그래서 이들은 카밀루스에게 몰려가 도움을 청했다. 카밀루스는 그 법안을 즉각 표결에 부칠 경우 초래될 결과를 두려워한 나머지 평민들의 관심을 여러 다른 일로 분산시킴으로써 가까스로 표결을 피했다. 이로써 그에 대한 반감은 더욱 드세졌다.

이후 호민관들은 도시를 구분하는 법안을 다시 제출했다. 그런데 때마침 팔리스키 인과의 전쟁이 터지자 귀족들은 자기들 입맛대로 관리들을 선택해 요직에 앉힐 수 있었다. 이때 카밀루스는 다른 다섯 사람과 함께 군사 호민관으로 임명되었다. 전시라는 특수 상황은 경험뿐만 아니라 권위와 명망도 함께 갖춘 인물을 요구하고 있었기 때문이다. 백성들이 그 임명에 동의하자 카밀루스는 군대를 이끌고 팔리스키 인들의 영토로 진군해 들어가 팔레리이를 포위했다. 팔레리이는 견고한 성벽으로 둘러싸인 도시로 군사 물자도 충분히 구비되어 있었다. 물론 카밀로스는 팔레리이를 취하는 일이 썩 중요하지도 않고 그곳을 함락시키는 데 적지 않은 시일이 소요될 것도 알고 있었지만 기꺼이 시민들을 동원해서 나라 밖 원정길에 올랐다. 그곳에서라면 시민들이 호민관들의 선동에 호응해서 한가로이 분란을 일으킬 여유가 없을 터였기 때문이다. 이는 로마인들이 마치 뛰어난 의사처럼 자국 내 소란을 잠재우기 위해 항용 동원하던 수법이었다. 팔리스키인들은 사방이 요새화되어 있던 자신들의 도시가 난공불락이라고 믿고 있었던 까닭에 로마의 포위 공격을 크게 신경 쓰지 않았다. 그래서 성벽을 지키는 병사들을 제외하고는 모두가 평상시처럼 평상복을 입고 거리를 활보했다. 아이들도 평상시처럼 등교했으며 선생은 아이들을 성벽 주변으로 데리고 나와 놀거나 운동을 시키기도 했다. 팔리스키인들은 그리스인들과 마찬가지로 교사 한 명이 여러 학생들을 도맡아 가르치도록 했는데 이는 아이들이 어려서부터 서로 더불어 살아갈 수 있도록 하기 위해서였다.

그런데 이 교사는 자기 도시를 배신하여 아이들을 데리고 로마에 투항하려는 꿍꿍이를 키우고 있었다. 그래서 매일같이 아이들을 데리고 성 밖까지 놀러나갔다가 아이들을 집으로 돌려보냈다. 처음에는 성벽으로부터 얼마 떨어지지 않은 곳에서 머물렀지만 날이 갈수록 점차 그 거리가 멀어졌다. 그러는 동안 아이들도 위험에 무뎌지면서 점차 대담해지고 두려움도 느끼지 않게 되었다. 어느 날 그 교사는 마침내 아이들 모두를 데리고 로마군 전초기지로 향했다. 교사는 아이들을 로마군에 넘기면서 카밀루스를 만나고 싶다고 말했다. 좌중의 한가운데 서서 카밀루스를 대면한 그 교사는 자신이 아이들의 선생이지만 선생으로서의 의무에 앞서 카밀루스의 은혜를 먼저 얻고 싶다고 밝혔다. 그는 자신을 따르는 아이들을 카밀루스에게 넘겨줌으로써 도시 전체를 넘겨주고자 그곳에 왔다고 말했다. 교사의 말을 끝까지 들은 카밀루스는 그 선생의 배신행위에 큰 충격을 받았다. 카밀루스는 주변 사람들을 돌아보며 이렇게 말했다. "전쟁이란 실로 수많은 불의와 폭력을 수반할 수밖에 없는 것인가! 하지만 아무리 전쟁 중이라 해도 지켜야 할 법도가 있다. 승리를 위해서라면 비열하고 불경한 행위를 서슴없이 저질러도 된다는 생각은 잘못된 것이다. 위대한 장군이라면 타인의 사악한 행위가 아니라 그 스스로의 덕성에 힘입어 승리를 거둬야 한다." 이 말과 함께 카밀루스는 지휘관들에게 명령해 교사의 옷을 찢고 손을 뒤로 묶도록 했다. 그리고는 아이들에게 회초리와 채찍을 들려줘 반역자를 매질하며 성안으로 몰고 들어가도록 했다. 한편 팔리스키인들은 뒤늦게 선생의 반역행위를 알게 되었다. 온 도시가 이 재앙과도 같은 사태에 비탄과 통곡으로 가득 찼다. 사라진 아이들의 부모들은 미친 듯이 성벽과 성문을 향해 달려갔다. 그런데 먼발치서 손이 묶인 채 발가벗겨진 선생을 매질하며 아이들이 다가오고 있었다. 아이들은 카밀루스를 자신들의 보호자이자 신이요 아버지라고 외치고 있었다. 부모들뿐 아니라 온 시민이 카밀루스의 공정한 행동에 경탄했다. 팔리스키인들은 곧바로 회의를 연 끝에 카밀루스에게 사절단을 보내 모든 것을 그의 처분에 맡기겠다는 의사를 전했다. 카밀루스는 이 사절단을 로마로 보내 원로원에 자신들의 뜻을 직접 전하도록 했다. 그들은 대체로 이런 취지의 말을 했다. 요컨대 승리보다는 정의를 선택한 로마인은 자신들이 자유보다는 복종을 선택해야 한다는 점을 일깨워주었으며 자신들이 무력에서는 로마에 결코 뒤지지 않는다고 생각하지만 덕성에서만큼은 로마가 자신들보다 우위에 있다는 것이었다. 원로원은 이 사태와 관련한 모든 일을 카밀루스에게 전적으로 위임해서 그의 판단과 명령에 따르도록 했다. 카밀루스는 팔레리이 사람들로부터 일정 금액의 전쟁배상금을 징수하고 그들과 평화조약을 맺은 뒤 로마로 돌아왔다.

하지만 전쟁을 팔레리이를 약탈할 기회로 생각했던 병사들은 막상 빈손으로 로마에 돌아오자 시민들 사이에 카밀루스를 비방하는 말을 퍼뜨렸다. 그들은 카밀루스가 평민들을 혐오해서 전쟁에서 얻은 이득을 가난한 자들에게 나눠주기 아까워한다고 비난했다. 이는 카밀루스에 대한 시민들의 분노에 불을 지폈다. 상황이 이렇게 전개되자 카밀루스는 친구들과 동료 지휘관들을 불러 모았다. 모여 보니 그 수가 적지 않았다. 카밀루스는 자신에게 쏟아지고 있는 부당한 비난과 치욕스런 고발에 굴복하면 결국 적들의 조롱과 경멸의 대상이 될 뿐이라며 그들에게 도움을 청했다. 친구들은 이 문제에 관해 머리를 맞대고 의논한 끝에 고발 사건에 대한 판결과 관련해서는 도움을 줄 방법이 없다면서 하지만 벌금형을 받을 경우 그 액수가 얼마가 되었든 도움을 주겠노라고 말했다. 이런 엄청난 수모를 견딜 수 없었던 카밀루스는 분노에 떨며 로마를 떠나 망명길에 오르기로 결심했다. 아내와 아이에게 작별을 고한 카밀루스는 묵묵히 성문으로 향했다. 그곳에서 발길을 멈추고 주변을 둘러보던 카밀루스는 유피테르 신전을 향해 두 팔을 뻗어 신에게 기도했다. 만일 자신에게 죄가 없음에도 사람들의 악의와 곡해로 인해 스스로 로마를 떠나야 하는 것이라면 로마인들이 하루빨리 자신들의 죄를 뉘우치고 카밀루스의 도움을 갈구하면서 그의 귀국을 학수고대하는 일이 벌어지도록 해달라는 것이었다.

로마인들은 이 기도에 신이 즉각 응답해서 카밀루스가 자신에게 가해진 부당한 처사에 설욕할 기회를 얻었다고 믿는다. 그것은 온 세상을 떠들썩하게 할 만큼 매우 강력한 것이었다. 로마에 엄청난 천벌이 내려진 것이다. 상실과 위기와 치욕의 시대가 곧바로 뒤따랐다. 물론 그것이 우연에 의한 것인지 아니면 은공을 오히려 원수로 대한 사람들을 그냥 내버려둘 수 없다는 신의 뜻에 의한 것인지는 알 수 없다.

로마인들에게 재앙이 닥칠 것을 예고하는 듯한 첫 징조는 감찰관 율리우스의 죽음이었다. 로마인들이 감찰관이라는 지위를 종교적으로 매우 존중해서 신성시했기 때문이다. 두 번째 징조는 카밀루스가 망명길에 오르기 직전 마르쿠스 카이디키우스Marcus Caedicius라는 사람이 군사 호민관들에게 뭔가 주목할 만한 보고를 한 것이다. 그는 원로도 사회적 명사도 아니었지만 선하고 존경할 만한 인물로 여겨지고 있었다. 전날 밤 그가 '새 길'이라는 거리를 걸어가고 있는데 누군가 큰소리로 자기를 불렀다는 것이었다. 그래서 주변을 둘러보니 아무도 없었지만 사람 목소리보다 훨씬 우렁찬 목소리가 이렇게 말했다고 했다. "마르쿠스 카이디키우스여, 아침 일찍 군사 호민관들에게 전하라. 이제 곧 갈리아인이 들이닥칠 것이다." 하지만 호민관들은 그의 말을 농담으로 여기며 비웃었다. 그리고 얼마 지나지 않아 카밀루스는 로마를 떠났다.

갈리아인은 켈트 족에 속하는 종족인데 인구가 불어나면서 그들 모두를 부양할 수 없게 되자 부득이 새로운 삶의 터전을 찾아 고향을 떠날 수밖에 없었던 것으로 전해진다. 그들의 이주 행렬에는 수천의 젊은 전사들과 함께 그보다 더 많은 수의 아녀자들이 포함되어 있었다. 그 행렬의 일부는 리파이안 산맥(Riphaean mountains, 옛 기록에 따르면 우랄산맥을 지칭하는 것으로 보인다.—역주)을 넘어 북해에 이르러 유럽의 최동단에 자리를 잡았고 또 다른 무리는 피레네 산맥과 알프스 산맥 사이에 정착해 그곳에서 세노네스Senones 족, 켈토리Celtorii 족과 이웃하며 꽤 오랫동안 살아왔다. 그러던 어느 날 이탈리아로부터 들어온 포도주를 처음 맛본 뒤로 지금까지 느껴보지 못한 희열을 주는 그 음료에 흠뻑 빠져버렸다. 그들은 당장 무기를 움켜쥐고 가족들까지 거느린 채, 그렇듯 뛰어난 맛을 지닌 과일이 생산되는 고장을 찾아 알프스 산맥으로 곧장 진군했다. 이제 그들에게 나머지 땅은 모두 척박하고 무용지물인 땅이었다. 갈리아인에게 처음 포도주를 소개해 그들이 이탈리아를 침공하도록 빌미를 제공했던 이는 투스카니아 귀족 출신의 아룬스Aruns였다고 한다.

갈리아인들은 1차 침공 당시 알프스 산맥으로부터 이탈리아 반도의 양쪽 바다에 걸친 지역을 모조리 접수해버렸다. 이곳은 예로부터 투스카니아 사람들이 살고 있던 땅이었는데 이는 그곳의 지명을 통해서도 증명된다. 아드리아 해의 북쪽은 투스카니아의 도시인 아드리아에서 유래한 것이고, 그 바다의 남쪽은 단순히 투스카니아 해로 불리기 때문이다. 이곳의 모든 지역에는 과일나무들이 풍성하고 목초지도 잘 발달되어 있을 뿐 아니라 하천도 풍부한 수량을 자랑한다. 이 지역에는 크고 아름다운 18개의 도시가 있었는데 이들 모두 산업이 발달하고 부를 누릴 수 있는 모든 조건들을 잘 갖추고 있었다. 그곳 사람들의 삶은 풍요롭고 기쁨에 넘쳐났다. 그런데 갈리아인이 투스카니아인들을 내쫓고 바로 그런 곳을 차지해버린 것이다.

당시 갈리아인은 투스카니아의 도시 클루시움(Clusium, 이탈리아 중부 토스카나 주의 소도시 큐지Chiusi의 옛 이름—역주)을 포위하고 있었다. 클루시움 주민들은 로마에 구원을 요청하며 사절단과 서한을 보내 야만인들을 달래주기를 바랐다. 하지만 갈리아의 왕 브렌누스Brennus[18]를 만나본 로마의 사신은 그가 쉽게 물러날 사람이 아닌 것을 확인하고 클루시움으로 들어가 자신들과 함께 야만인들을 기습공격하자고 주민들을 부추겼다. 야만인들의 무력을 시험해보고자 하는 의도였거나 아니면 자신들의 힘을 과시하고자 하는 의도였다. 클루시움 측의 기습공격과 함께 성벽을 사이에 두고 치열한 전투가 벌어졌다. 그 와중에 로마에서 사절로 온 파비아Fabii 족 사람 퀸투스 암부스투스Quintus Ambustus는 멋진 말을 타고 박차를 가해, 대열에서 한참 떨어져 있는 한 덩치 큰 갈리아 기병을 향해 전속력으로 달려갔다. 그런데 싸움이 치열했던 데다 번쩍거리는 갑옷에 눈이 부셔 처음에는 아무도 퀸투스 암부스투스를 알아보지 못했다. 하지만 그가 갈리아 기병을 제압하고 전리품을 챙기려는 순간 브렌누스는 그가 누구인지 알아볼 수 있었다. 브렌누스는 신들을 향해 외쳤다. "신들이시여, 보소서. 이 세상에는 이른바 관습법이란 게 있습니다. 그 법은 온 인류가 성스럽게 준수하는 법입니다. 그런데 사절단이라며 저를 찾아왔던 저 자는 그 법을 유린하면서 지금 저와 적이 되어 싸우고 있습니다." 마침내 브렌누스는 군사를 돌려 클루시움을 떠나 곧장 로마로 향했다.

야만인들이 전속력으로 로마를 향해 진군해오자 군사 호민관들은 그들과의 교전을 각오하며 로마 시민들을 들판으로 집결시켰다. 보병 수만 4만에 이르렀으니 수적으로는 갈리아인에 결코 밀리지 않았다. 하지만 그들 대부분은 전투 경험이 거의 없는 자들로 심지어 이전에 무기를

18) 당초 그는 로마를 침공하기보다는 그 북쪽의 에트루리아 도시 클루시움을 공격했는데 로마의 사신이 중재하러 왔을 때 "강한 자가 약한 자를 지배하고 그 재산을 차지하는 것은 만국의 공법"이라는 논리를 써가며 더군다나 많은 인근 나라를 같은 이유로 병합해 온 로마가 간섭한 일이 아니라고 로마의 중재사절들을 물리쳤다. 그런데 브렌누스가 칼과 창을 로마로 돌리게 된 계기는 우연한 것으로, 바로 중재로 왔던 이 로마사절이 그 후에 벌어진 클루시움과 갈리아족과의 전투에 가담했던 것이 브렌누스에게 들통이 났기 때문이었다. 시력과 기억력 마저 비상했던 이 왕은 단숨에 로마사절을 전장에서 알아보고 하늘을 우러러 "세상 어떤 민족에 중재자로 와서 한 편에 붙어 싸우는 법"이 어딨느냐며 이를 로마를 약탈할 명분으로 삼았다. 끝내 그는 유피테르 신전이 있는 카피톨리누스 언덕을 제외한 로마를 약탈했지만 카밀루스에게 패해 돌아갔다.

들어본 적조차 없는 사람도 많았다. 게다가 그들은 종교적 관례조차 깡그리 무시해서 나라의 위기 시나 출정에 앞서 으레 올리는 제사도 지내지 않고 예언자들에게 자문을 구하지도 않았다. 또한 지휘관들이 많다 보니 지휘계통이 산만하고 혼란스러웠다. 예전에 이보다 소규모의 전투에서는 흔히 독재관이라는 직위를 두어 명령계통을 단일화했었다. 위기의 순간에는 전권을 쥔 한 사람의 지휘관 아래 병사들이 일사분란하게 움직이는 것이 얼마나 중요한지 잘 알고 있었기 때문이다. 게다가 무엇보다도 카밀루스가 당한 치욕적인 처우에 대한 기억이 그들의 발목을 잡았다. 이제 장군들은 병사들을 어르고 달래지 않고 오로지 명령만 내리는 것이 얼마나 위험한 일인지 잘 알고 있었다. 이러한 상황 속에서 로마군은 도시를 출발해서 로마로부터 10km 남짓 떨어진 알리아Allia 강가에 진을 쳤다. 그곳은 티베르 강과 합류하는 지점으로부터 그리 멀지 않은 곳이었다. 그곳에서 로마군은 뜻밖에 갈리아 군과 마주쳤다. 훈련도 받지 않고 명령계통도 엉망이었던 로마군은 전투다운 전투 한번 제대로 못하고 참패하고 말았다. 로마군의 왼쪽 날개는 즉각 강 쪽으로 내몰려 전멸했다. 하지만 오른쪽 날개는 정면 격돌을 피하고 산 위로 도망쳐 상대적으로 피해가 적었으므로 대부분 로마로 무사히 퇴각할 수 있었다. 퇴각한 병사들의 수만큼 많은 병사들이 여전히 갈리아 군의 손아귀 안에 있었는데 이들은 살육에 지친 적군이 방심한 틈을 타 한밤중에 베이이 시로 달아났다. 그들이 로마로 도망치지 않은 것은 로마가 함락되어 그곳 사람들이 모두 죽었다고 생각했기 때문이다.

이 전투가 벌어진 것은 하지 무렵, 달이 꽉 찬 보름날이었다. 그날은 저 옛날 파비아 족에 대재앙이 닥쳤던 바로 그날로, 이 날 파이아 씨족 사람 300명이 동시에 투스카니아인에 의해 도륙당한 바 있었다.

그런데 만약 전투가 끝나고 갈리아인들이 패주하는 로마 병사들을 즉각 추격했더라면 로마는 도리 없이 완전히 파괴되었을 것이고, 그곳에 남아 있던 시민들 역시 모두 살해당했을 게 분명하다. 패주병들이 들고 온 소식은 로마에 남아 있던 사람들을 공포의 도가니로 몰아넣었고 그 공포 분위기는 시 전체로 퍼져 로마가 일대 혼란에 휩싸였기 때문이다. 하지만 갈리아인들은 자신들의 승리가 그처럼 큰 파급력을 갖는 승리였음을 미처 깨닫지 못했다. 그저 눈앞의 기쁨에 취해 흥청망청 먹고 마시며 전리품을 나눠 갖는 데 혈안이 되어 있을 뿐이었다. 그 덕에 로마를 떠나고자 했던 사람들은 도피할 시간을 벌었고 도시에 남은 사람들은 적군의 공격에 대비할 시간을 벌었다.

알리아 강에서 전투가 벌어진 지 3일째 되던 날 브렌누스는 군사를 몰고 로마에 모습을 드러냈다. 그런데 성문은 활짝 열려 있었고 성벽 위에는 보초병조차 눈에 띄지 않았다. 처음에 브렌누스는 무언가 책략이 있는 것은 아닐까 의심했다. 로마인들이 그토록 극심한 절망 상태에 빠져 있을 것이라고는 상상도 못했던 것이다. 하지만 실상을 파악한 브렌누스는 콜리네Colline 성문을 통과해 로마를 점령했다. 로마를 창건한 지 360년 남짓 지난 시점의 일이었다.

로마를 점령한 브렌누스는 유피테르(그리스어로 제우스, 영어로 주피터) 신전 주변에 강력한 수비대를 배치하고 몸소 광장으로 향했다. 그곳에서 브렌누스는 많은 사람들이 침묵 속에 질서정연하게 앉아 있는 광경을 목도했다. 그들은 브렌누스가 다가감에도 미동도 하지 않고 얼굴색 하나 변하지 않았다. 두려움을 느끼지도 어떤 관심을 보이지도 않은 채 오로지 지팡이에 몸을 의지하고 서로를 바라보며 묵묵히 앉아 있을 뿐이었다. 이 광경이 브렌누스에게는 큰 충격으로 다가왔다. 다른 갈리아 병사들도 이

유피테르 신전으로 들어간 브렌누스 왕

이상한 광경에 놀라 한참을 멍하니 서 있었다. 어떤 비범함이 느껴지는 그들에게 감히 다가가지도 손을 대지도 못했다. 그러던 중 한 갈리아 병사가 대담하게도 마르쿠스 파피리우스Marcus Papirius에게 다가가 그의 턱을 어루만지며 긴 수염을 쓰다듬었다. 그러자 파피리우스는 지팡이로 그 병사의 머리를 가차 없이 내리쳤다. 야만족 병사는 칼을 빼들어 파피리우스를 그 자리에서 살해했다. 이것은 대학살극의 서막이었다. 이 광경을 본 나머지 병사들도 기다렸다는 듯 그 자리에 있던 로마인들을 눈에 보이는 대로 살해했던 것이다. 이후 몇날 며칠 동안 약탈은 계속되었다.

로마가 함락될 당시 카밀루스는 아르데아Ardea에 머물고 있었다. 로마를 떠나온 이후로 모든 일에서 손을 떼고 오로지 자기만의 삶을 살고 있던 카밀루스는 이를 계기로 은둔 생활을 접고 일어섰다. 그는 적으로부터 몸을 피신할 생각은 하지 않고 오로지 적들에게 앙갚음할 기회를 엿보고 있었다. 아르데아에 전쟁을 치를 장정들은 충분했다. 하지만 경험이 부족하고 소심한 관리들에게서 이 위기를 돌파할 묘책이 나오리라 기대하는 것은 무리였다. 카밀루스는 젊은이들을 붙잡고 설득하기 시작했다. 적들이 용맹해서 로마가 지금 불행을 겪고 있는 것이 아니다. 적들에게는 승리자가 될 자격이 없고 다만 행운이 따랐을 뿐이다. 오늘날의 치욕은 로마의 무분별한 작전이 가져다준 결과이다. 카밀루스는 자신의 설득이 젊은이들에게 통하고 있음을 깨닫고 아르데아의 정치지도자들과 의회를 찾아가 그들 또한 설득했다. 그는 무기를 들 수 있는 자들을 모두 끌어 모아, 가까이에서 진을 치고 있는 적들에게 들키지 않도록 성 안으로 집결시켰다. 적들은 주변 마을을 온통 헤집고 돌아다니며 약탈을 해서 노획물들을 잔뜩 싣고 돌아와 평야지대에 방심한 채 널브러져 진을 치고 있었다. 밤이 되어 그들이 술을 마시며 흥청망청하다 곯아떨어지자 사위는 정적에 빠져들었다. 정찰병을 통해 적군의 동향을 파악한 카밀루스는 아르데아 군을 이끌고 나섰다. 한밤중에 양 군 사이에 가로놓인 들판을 소리 없이 이동해 적군의 진지로 다가간 아르데아 군은 나팔 소리를 신호로 일제히 함성을 지르며 사방으로 갈리아 군을 공격해 들어갔다. 술에 곯아 떨어져 곤한 잠을 자던 적군은 아르데아 군의 공격에 제대로 대처하지 못했다. 공포로 인해 술에서 깬 몇몇 병사들이 뒤척거리며 일어나 잠시 저항하려 했지만 결국 무기를 손에 든 채 죽음을 맞이했다. 적군 대부분은 포도주와 잠에 취한 채 무기를 잡아볼 겨를도 없이 살해당했다. 그리고 어둠을 틈타 간신히 진지를 빠져나온 적군 병사들 중 대부분은 뿔뿔이 흩어져 들판을 헤매다가 다음날 아침 그들을 추격한 기마병들에 의해 소탕되었다.

이같은 승전보는 이내 이웃 도시로 퍼져나갔고 이에 고무된 많은 젊은이들이 사방에서 몰려들어 카밀루스의 군에 합세했다. 하지만 알리아 전투에서 패해 베이이로 도피했던 병사들만큼 이 소식을 반긴 이들은 없었다. 그들은 한탄하며 이렇게 말했다. "오 하늘이시여, 로마에게서 한 장군을 빼앗아다가 아르데아를 영예롭게 하는 일이 신의 섭리셨군요! 그 위인을 낳고 기른 도시는 이제 사라져버렸답니다. 우리는 지도자 한 사람 없이 낯선 성벽 안에 틀어박힌 채 눈앞에서 이탈리아가 폐허로 변하는 광경을 우두커니 앉아 지켜보고 있습니다. 자 이제 아르데아로 사람을 보내 우리 장군을 되돌려달라고 합시다. 그게 아니라면 우리가 무기를 들고 직접 장군을 찾아 아르데아로 갑시다." 이 의견에 모두 동의한 병사들은 사람을 보내 카밀루스에게 자신들을 이끌 장군이 되어달라고 청했다. 하지만 카밀루스는 유피테르 신전에 있는 사람들이 자신을 합법적으로 임명할 때까지는 그렇게 할 수 없노라고 대답했다. 답신을 들은 병사들은 카밀루스의 겸손한 성품에 감탄했다. 하지만 카밀루스의 생각을 유피테르 신전까지 전달하는 일이 만만치 않았다. 아니 완전히 적의 수중에 들어간 로마의 신전까지 전령을 잠입시키는 것이 사실상 불가능한 일로 보였다. 그런데 폰티우스 코미니우스Pontius Cominius라는 젊은이가 이 일을 자원하고 나섰다. 평민 출신이었지만 무훈을 세우려는 야심에 불탔던 이 젊은이는 기꺼이 이 위험한 일에 뛰어들었다. 하지만 그는 유피테르 신전에 전할 편지를 몸에 지니지 않고 로마로 떠났다. 만일 붙잡힐 경우 카밀루스의 계획이 적들에게 발각될 수도 있었기 때문이다. 코르크판을 감춘 뒤 그 위에 누추한 옷을 걸친 젊은이는 대담하게도 낮 시간을 이용해 로마에 이르는 길 대부분을 주파했다. 밤이 되어 로마에 도착한 그는 갈리아인들이 보초를 서고 있었기 때문에 다리를 건널 수 없었다. 그는 옷을 벗어 머리에 동여맸다. 간단한 옷차림이었기에 거추장스러울 것도 없었다. 그는 코르크판에 몸을 실어 강을 건넌 뒤 횃불과 떠들썩한 소리로 미루어 적들이 깨어 있을 것으로 짐작되는 구역을 피해 그중 가장 조용한 카르멘탈Carmental 성문에 도착했다. 그곳은 유피테르 신전에 이르는 언덕 중에서 가장 가파른 데다 바위들이 험준하고 날카롭기로 이름난 지점이었다. 이 길을 통해 천신만고 끝에 언덕을 오른 젊은이는 벼랑의 움푹 꺼진 지점에 다다랐다. 그곳에서 그는 로마 수비대를 만날 수 있었다. 폰티우스는 그들에게 경례를 한 다음 자신의 이름을 밝혔다. 그러자 수비대원들은 그를 장군들에게 안내했다. 즉각 원로원이 소집되었고 폰티우스는 카밀루스의 승전 소식을 그들에게 차근차근 전했다. 원로원으로서는 금시초문의 일이었다. 폰티우스는 도시 밖에 있는 주민들 모두가 오로지 카밀루스 한 사람만을 바라보고 있다며 조속히 그를 사령관으로 임명해줄 것을 촉구했다. 폰티우스가 전하는 말을 들은 원로원은 이 문제를 놓고 상의한 끝에 카밀루스를 독재관에 임명한다고 공표했다. 폰티우스는 적들에게 들키지 않고 왔던 길을 무사히 되돌아가 로마 밖에 있는 주민들에게 원로원의 결정을 전했다. 모두들 이 소식을 크게 반겼다. 카밀루스가 베이이에 도착했을 때 그곳에는 이미 2만 명의 병사들이 무장을 한 채 그를 기다리고 있었다. 카밀루스는 이들과, 자신을 따라온 병사들을 한곳에 집결시켜 갈리아 군을 공격할 채비를 갖췄다.

한편 로마에서는 갈리아 병사 몇이서, 폰티우스가 밤중에 유피테르 신전으로 오르던 곳 근처를 우연히 지나다가 그곳에서 사람의 손자국, 발자국이 어지럽게 흩어져 있는 곳을 발견했다. 바위 틈에 자라던 풀들이 뭉개져 있고 흙에 미끄러진 자국이 선명했다. 병사들은 즉시 왕에게 그 사실을 보고했다. 몸소 그곳을 찾은 브렌누스는 흔적들을 살펴본 뒤 그 당장은 아무 말도 하지 않았다. 하지만 저녁이 되자 몸이 날렵하고 절벽 타기에 익숙한 병사들을 뽑아 지시했다. "벼랑을 오르는 길을 몰랐었는데 적들이 스스로 그 길을 알려주었다. 한 사람이 그곳을 오를 수 있었다면 여럿이어도 줄지어 차례로 오른다면 능히 오를 수 있을 것이다. 아니 여럿이서 오른다면 서로에게 힘이 되어 오히려 수월할 것이다. 모두 자신의 능력을 한껏 발휘하라. 마땅한 보상과 영예가 기다리고 있을 것이다."

왕의 말이 떨어지자 갈리아 병사들은 앞 다투어 진격의 대열에 합류했다. 밤이 이슥해지자 많은 병사들이 무리를 지어 소리 없이 바위를 타기 시작했다. 벼랑은 깎아지른 듯 가파르고 험했지만 막상 오르기 시작하니 예상만큼 크게 어려운 길은 아니었다. 선봉에 병사들은 이미 벼랑 끝에 올라 전투 채비를 갖추고 깊이 잠들어 있는 보초병들을 막 공격하려던 찰나였다. 사람도 개도 그들이 접근하고 있다는 사실을 전혀 알아채지 못하고 있었다. 하지만 유노 신전 근처에는 신성한 거위들이 살고 있었다. 평소에는 사람들이 모이를 충분히 주었지만 지금은 곡식을 비롯한 모든 물자들이 귀한 형편이었기 때문에 그만큼 거위들도 굶주릴 수밖에 없었다. 거위는 본래 무척 예민해서 조그만 소리에도 매우 민감하게 반응하는 동물인데 지금은 굶주림으로 인해 훨씬 경계심이 높아져 쉽사리 잠들지 못하고 뒤척거리고 있었다. 거위들이 갈리아 병사들이 접근해오는 것을 즉각 알아채고 꽥꽥 소리를 내며 언덕을 오르내리기 시작했다. 이 바람에 진지에 있던 로마 병사들이 모두 잠에서 깨어났다. 발각된 갈리아 병사들은 더 이상 몸을 숨길 필요가 없었다. 그들은 큰 함성과 함께 로마 수비대를 향해 돌격해 들어갔다. 로마병사들도 손에 잡히는 대로 무기를 집어 들고 적의 기습에 맞섰다. 가장 먼저 갈리아 병사들에 맞선 사람은 집정관 만리우스Manlius였다. 그는 강인한 신체에 기백이 대단한 인물이어서 한 번에 두 명의 병사를 상대했다. 한 병사가 만리우스를 타격하기 위해 칼을 치켜들자 그의 오른팔을 잘라버렸고 방패로는 또 다른 병사의 안면을 정통으로 가격해 절벽 아래로 떨어뜨렸다. 그런 다음 성벽으로 올라가 그를 도우러 온 다른 병사들과 함께 우뚝 서서 나머지 갈리아 병사들도 벼랑 아래로 밀어뜨렸다. 사실 벼랑 위까지 올라온 적병들은 처음에는 그 수가 그리 많지 않았을 뿐 아니라 대단한 활약을 펼치지도 못했다. 이렇게 위기에서 벗어난 로마군은 날이 밝자 아군 수비대장을 이적행위를 했다는 이유로 붙잡아 벼랑 아래 적병들의 머리 위로 내던져버렸다. 투표를 통해 승리에 공을 세운 만리우스에게 포상했다. 그런데 이 상은 만리우스에게 실질적인 이익을 주었다기보다는 어떤 명예로서의 의미를 띠고 있었다. 각자가 하루분 식량을 포기해서 모은 것을 만리우스에게 전달했기 때문이다. 하루분 식량이라고 해보아야 고작 빵 반 파운드에 포도주 8분의 1 파인트(pint, 영국에서 1파인트는 0.568리터이고 다른 나라에서는 0.473리터—역주)에 불과했던 것이다.

이후 갈리아 군의 상황은 날이 갈수록 불리하게 전개되었다. 군량이 부족했지만 카밀루스 군이 무서워 예전처럼 마음 놓고 약탈하기도 어려운 형편이었다. 시체를 매장하지 않고 쌓아두면서 병사들 사이에 전염병 또한 돌고 있었다. 그렇다고 포위당한 로마군의 사정이라고 해서 좋은 편은 아니었다. 아군 역시 기근에 시달리고 있었으며 카밀루스로부터 아무런 소식이 없는 것도 그들을 의기소침하게 했다. 그렇다고 도시를 갈리아 군이 삼엄하게 경계하고 있는 상황에서 그에게 사람을 보내는 일 역시 쉬운 일은 아니었다. 양쪽 모두 진퇴양난에 처해 있었다. 그러던 차에 전쟁을 끝내고자 하는 움직임이 시작되었다. 처음에는 그동안 접촉이 잦았던 양측 전초기지 간에 논의가 오가던 것이 급기야 양측 수뇌부 간 회담으로 이어졌다. 호민관 술피키우스Sulpicius가 로마군 측 대표로 브렌누스와 협상을 진행한 결과 로마가 황금 1천 파운드를 내놓으면 갈리아 군은 그 즉시 로마 시와 영토로부터 철수하기로 하고 양측이 서약했다. 로마군 측이 황금을 가져오자 갈리아인들은 처음에는 몰래 저울눈을 속이더니 나중에는 아주 노골적으로 저울의 균형을 흐트러뜨렸다. 이에 로마군 측이 격분하며 이의를 제기하자 브렌누스는 로마인들을 비웃으며 모욕적인 태도로 칼을 뽑고 허리띠를 풀더니 저울접시를 향해 던졌다. 이에 술피키우스가 그 행동이 무슨 뜻이냐고 묻자 브렌누스는 훗날 사람들의 입에 자주 오르내리게 된 말을 내뱉었다. "무슨 뜻이겠소? 정복당한 자의 비애 아니겠소!"

급기야 로마인들 사이에서도 이견이 나오고 갈리아 측과의 이견도 좁혀지지 않는 상황에서 카밀루스가 군대를 이끌고 성문 앞에 도착했다. 성 안의 상황을 보고받은 카밀루스는 군의 본진에게 자신의 뒤를 대오를 갖춰 천천히 따라오라고 명령하고 자신은 정예병사들과 함께 서둘러 협상중인 로마인들을 찾아 갔다. 그들은 카밀루스에게 길을 터주며 자신들의 하나뿐인 독재관을 정숙을 유지한 가운데 예우를 갖춰 맞이했다. 카밀루스는 황금을 저울에서 집어들어 부하들에게 건네고는 갈리아인들에게는 저울추와 접시를 갖고 떠나라면서 로마에서는 전쟁배상금을 황금이 아닌 쇠붙이로 갚는 게 관례라고 천명했다. 그러자 브렌누스는 그런 식으로 합의를 파기하는 것은 부당한 일이라며 격노했다. 카밀루스는 합의가 합법적으로 이루어진 것이 아니기 때문에 거기에는 어떤 효력도 의무도 발생하지 않는다고 대답했다. 요컨대 독재관으로 임명된 자신 말고는 그 누구도 법을 대리할 수 없으므로 그 협정은 협상 테이블에 앉을 권한이 전혀 없는 사람들과 이루어진 것이라는 말이었다. 그러면서 갈리아인들에게 이제 로마에 원하는 것이 있으면 말하라고 덧붙였다. 용서를 구하는 자에게 사면을 내리고 죄를 뉘우치지 않는 자에게 벌을 내릴 모든 권한이 오로지 자신에게 있다는 말도 잊지 않았다. 브렌누스의 분노는 극으로 치달았다. 이내 싸움이 벌어졌다. 양측이 칼을 빼들고 서로를 향해 달려들었다. 하지만 장소가 좁은 골목들이 엉켜있는 시가지여서 군사 작전을 펴거나 할 여건이 되지 못했다. 이내 냉정을 되찾은 브렌누스는 병사들을 이끌고 자기 진영으로 되돌아갔다. 입은 피해도 썩 많지 않았다. 그리고 야음을 틈타 전군을 이끌고 로마에서 철수한 브렌누스는 8마일 가량 물러나 가비(Gabii, 로마 동쪽 호숫가에 자리했던 고대 라틴 도시–역주)에 이르는 길목에 진을 쳤다. 날이 밝자마자 카밀루스는 단단히 무장을 하고 설욕에 들어갔다. 로마 병사들의 사기는 하늘을 찌를 듯했다. 갈리아 진영까지 진군한 카밀루스는 그곳에서 한바탕 치열한 전투를 치렀다. 꽤 오랫동안 지속된 전투 끝에 카밀루스는 브렌누스의 군대를 제압하고 진영을 접수했다. 가차 없는 살육이 전개되었다. 로마 병사들은 일부 도주하는 갈리아 병사들을 쫓아가 목을 베었다. 갈리아 병사들 대부분은 사방으로 흩어져 헤매다가 이웃 마을 병사들의 기습공격에 모조리 소탕되었다.

그렇듯 로마는 괴이하게 점령되었다가 훨씬 더 괴이하게 수복되었다. 로마가 갈리아인들의 수중에 들어간 지 실로 7개월만의 일이었다. 갈리아인들은 7월 보름 직후에 로마를 점령했다가 이듬해 2월 보름 경에 쫓겨났다. 카밀루스는 잃었던 나라를 구한, 로마를 제자리로 돌려놓은 개선장군으로 당당히 로마에 입성했다. 그로서는 그럴 자격이 충분했다. 나라 밖으로 피난했던 자들도 처자식들과 함께 그를 따라 돌아왔다. 유피테르 신전에 갇혀 아사 일보직전까지 갔던 사람들도 개선하는 그를 맞기 위해 밖으로 나왔다. 그들은 꿈인지 생시인지 모르겠다며 서로를 부둥켜안고 기쁨에 겨운 눈물을 흘렸다.

완전히 폐허로 변한 도시에서 신전을 재건할 장소를 다시 찾아낸다는 것은 여간 어려운 일이 아니었지만 카밀루스의 열성과 사제들의 끊임없는 노력 끝에 마침내 그 일을 완수할 수 있었다. 하지만 철저히 파괴된 도시를 재건하는 일 앞에서는 모두들 암담해 하며 손을 놓고 있었다. 더구나 도시 재건을 위한 물자를 조달하는 일도 큰 문제였다. 이런 상황에서 폭동을 염려한 원로원은 물론 그 속마음은 달랐지만 카밀루스에게 그 해가 가기 전까지는 독재관 자리에 눌러앉아 있어달라고 요청했다. 하지만 6개월 이상 독재관 자리에 있었던 사람은 지금까지 없었다.

카밀루스는 도시를 재건하는 문제를 다중의 토론에 부치는 것이 좋겠다고 생각하고 그 자신도 조국을 위해 이 문제에 대한 자신의 의견을 열성적으로 역설했다. 그리고 다른 사람들에게도 발언의 기회를 충분히 주기로 했다. 마침내 카밀루스는 지위 상 첫 번째 투표 권한을 갖고 있던 루키우스 루크레티우스Lucius Lucretius를 호명해 그의 의견을 말하라고 명했다. 나머지 사람들도 질서 있게 자기 순서를 기다리고 있었다. 잠시 정적이 흐르다 루크레티우스가 막 입을 떼려는 순간 회의장 밖에서 그날의 주간 당직을 맡은 경비대원들과 함께 우연히 그곳을 지나가던 한 백인대장이 기수에게 그곳에 멈춰 기를 세우는 게 좋겠다며 큰소리로 외치는 소리가 들려왔다. 걱정스런 마음으로 불확실한 로마의 미래를 결정하고자 했던 바로 그 절체절명의 순간에 들려온 이 목소리는 자신들의 나아갈 방향을 알려주는 일종의 계시처럼 받아들여졌다. 루크레티우스는 마치 기도라도 하듯 신의 뜻에 따라 투표하겠노라고 말했다. 나머지 사람들도 루크레티우스의 말에 따라 같은 뜻을 밝혔다. 놀랍게도 일반 시민들의 정서 역시 급변했다. 이제 모든 사람들이 이웃을 응원하고 독려하며 솔선수범해서 로마의 재건에 나섰다. 하지만 재건의 과정에서 어떤 계획선이나 구획들이 사전에 정해지지 않았던 까닭에 모든 이들이 자기 주변에서 제일 먼저 눈에 띄거나 가장 마음이 가는 부지에 집을 지었다. 결국 중구난방으로 서둘러 도시를 재건했던 까닭에 로마는 좁고 제멋대로인 골목에 집들이 다닥다닥 붙어 있는 모습을 띠게 되었다. 전해지는 바에 따르면 로마는 그 해가 다 가기 전에 성벽과 개인 주택이 다시 들어섬으로써 새로운 모습을 갖추게 되었다고 한다.

그런데 숨 돌릴 틈도 없이 다시금 전쟁이 터졌다. 아이퀴 족과 투스카니아인들이 로마의 연맹 도시인 수트리움Sutrium을 포위했다. 카밀루스는 세 번째로 독재관에 임명되어 징집 연령에 덜 차거나 그 연령을 넘긴 사람들까지 무장을 시켜 적군 몰래 마이키우스Maecius 산을 크게 우회해서 적의 배후에 진을 친 다음 수많은 횃불을 올려 수트리움 군에게 우군의 도착을 알렸다. 이에 고무된 수트리움 군은 나아가 싸울 채비를 갖췄다. 하지만 라틴인과 볼스키족은 양쪽으로 적들에 노출된 상황에 겁을 먹고 자신들의 보루 안으로 후퇴한 뒤 나무로 사방에 튼튼한 방책을 치고 본국에서 원군이 오기를 기다리는 한편으로 동맹군인 투스카니아 군의 도움을 기대하고도 있었다. 적군의 의도를 간파한 카밀루스는 지금은 아군이 포위를 하고 있지만 머지않아 오히려 자신들이 포위당하는 신세가 될 수도 있다는 우려와 함께 지체 없이 공격을 감행하기로 했다. 카밀루스는 적군의 방책이 목재로만 구축되어 있고 해가 떠오를 때면 산에서 거센 바람이 지속적으로 불어온다는 사실을 염두에 두고 있었다. 그는 불에 잘 타는 물질들을 잔뜩 준비한 뒤 동이 터올 무렵 군을 이끌고 적군을 향했다. 카밀루스는 반대편에 있는 군사들에게 큰 함성과 함께 화살로 적을 공격하라고 명령하고 자신은 화공을 펼칠 군사들과 함께 적군을 향해 불어올 바람을 등지는 위치에 진을 치고 때를 기다렸다. 해가 떠오르고 전투가 시작될 즈음 예상대로 거센 바람이 산에서 불어 내려왔다. 카밀루스는 공격 개시 신호를 보냈다. 그는 어마어마한 양의 인화성 물질들을 적군의 나무 방책 옆에 쌓아올려 거기에 불을 붙였다. 나무로 촘촘히 쳐진 적군의 방책으로 인해 불길은 걷잡을 수 없이 퍼져나가 삽시간에 적 진영 전체로 확산되었다. 라틴인들에게는 불길을 피할 준비도 끌 준비도 전혀 되어 있지 않았다. 진지가 불바다로 변하면서 옥죄어 오자 적군은 꼼짝없이 불길 속에 갇히는 신세가 되고 말았다. 결국 적병들은 불길 밖으로 뛰쳐나올 수밖에 없었고 그곳에서는 카밀루스 군이 그들을 기다리고 있었다. 이들 중 살아남은 사람은 거의 없었고 불길 속에 남아 있던 적병들은 모두 화마의 제물이 되고 말았다. 로마군은 불길 밖에서 이를 지켜보고 있다가 이내 불을 끄고 전리품을 챙겼다.

완승을 거둔 카밀루스는 포로들을 감시하고 전리품을 확보하도록 아들 루키우스를 진지에 남겨둔 채 자신은 적국으로 쳐들어가 아퀴이 족의 도시를 점령하고 볼스키족의 무릎을 꿇린 뒤 즉시 군대를 수트리움으로 돌렸다. 그는 미처 수트리움의 함락 소식을 듣지 못했던 것이다. 그래서 그곳 주민들이 여전히 투스카니아 군에 포위되어 위기에 처해 있을 것으로 생각하고 서둘러 그들을 도우러 간 것이었다. 하지만 그곳 주민들은 이미 자신들의 도시를 적의 수중에 넘겨준 상태로 몸에 옷 하나 겨우 걸친 빈털터리가 되어 자신들의 신세를 한탄하고 있었다. 카밀루스의 마음속에 연민의 정이 솟구쳤다. 수트리움 사람들이 병사들의 주변을 맴돌며 그들에게 매달리자 병사들은 눈물을 흘리며 그들을 위로했다. 이를 본 카밀루스는 더 미룰 것도 없이 그 날로 수트리움으로 진격해 보복하기로 결심했다. 카밀루스는 적군이 그 풍요로운 도시를 점령한 다음 그곳에 더 이상 수트리움 병사가 한 명도 남아 있지 않을 뿐 아니라 외부로부터의 공격도 더 이상 없을 것이라고 생각한 나머지 기쁨에 들떠 방심하고 있을 것이라고 생각했다. 그의 예상은 적중했다. 그는 적군에게 발각되지 않은 채 수트리움의 영토를 통과해서 성문 바로 앞에 이르러 쉽사리 성벽을 장악했다. 적군은 보초 한 명 세우지 않은 채 모두들 주변 민가로 흩어져 마시고 즐기느라 여념이 없었다. 투스카니아 군은 적의 군사들이 다시금 그 도시를 탈환했다는 사실을 깨달았을 때 모두 너무 배가 부르고 취해서 도망갈 생각조차 하지 않은 채 그대로 집안에서 치욕적인 죽음을 맞았고 일부는 카밀루스 군에 항복했다. 그렇듯 수트리움이라는 도시는 하루 동안 두 번 점령을 당했는데, 주인이었던 사람들이 도시를 잃었고 또 잃었던 사람들이 카밀루스에 힘입어 도시를 수복했던 것이다. 전승을 거둔 카밀루스는 로마로 당당히 개선했다. 이번 승리는 이전에 있었던 두 차례의 전승에 버금가는 영예와 명성을 카밀루스에게 가져다주었다. 이전부터 카밀루스가 거둔 승리가 그의 뛰어난 전략 덕분이기보다는 그저 운이 좋아서라며 악의적인 시선으로 바라보던 시민들도 이번만큼은 카밀루스의 모든 영예가 능력과 기백에서 비롯되었음을 인정하지 않을 수 없었다.

카밀루스의 영광을 백안시하고 시기했던 사람들 중에서 가장 두드러진 인물은 마르쿠스 만리우스였다. 그는 갈리아 군이 야밤에 유피테르 신전Capitol을 공격했을 당시 맨 앞에서 적을 물리쳤던 장본인인데 그는 이 공로로 카피톨리누스Capitolinus라는 별칭을 얻기까지 했다. 로마 도시연합 내에서 1인자 자리를 노리고 있던 그였지만 당당하게 카밀루스의 명성을 능가할 길이 없었던 만리우스는 절대권력을 손에 넣고자 하는 사람들이 흔히 동원하는 방법을 동원했다. 다시 말해 대중의 환심을 사는 쪽을 택한 것이다. 그는 특히 빚을 지고 있는 사람들을 자기편으로 끌어들이기 위해 채권자들에 맞서 그들의 입장을 대변해주기도 하고 이를 위해 때로는 완력을 동원하기도 했다. 또한 채무자들에게 불리한 법령을 저지하기도 했다. 그 결과 얼마 안 가 만리우스의 주변에는 가난한 사람들이 몰려들었고 포룸에서 그들이 저지르는 소란행위에 많은 시민들이 불안에 떨게 되었다. 이러한 무질서를 잠재우기 위해 퀸티우스 카피톨리누스가 독재관으로 임명되어 만리우스를 감옥에 가뒀다. 그러자 그를 따르던 사람들은 즉각 상복으로 갈아입고 시위에 나섰다. 이런 복장을 하는 것은 나라에 큰 재난이 발생했을 때나 있을 수 있는 일이었다. 도시의 혼란을 우려한 원로원은 그를 석방하라고 명령했다. 하지만 감옥에서 풀려난 그는 행실에 변화를 보이기는커녕 오히려 더 안하무인의 태도를 보였다. 급기야 온 도시는 파벌싸움과 폭동을 선동하는 목소리로 가득 찼다. 이에 카밀루스가 다시금 군사 호민관으로 임명되었다. 카밀루스는 날을 정해 만리우스가 법정에 나와 자신을 변호하도록 했다. 하지만 재판이 열리는 장소로부터 바라다 보이는 전망이 고소인들에게 불리했다. 재판이 열리는 지점이 만리우스가 밤중에 갈리아 군과 싸웠던 바로 유피테르 신전 앞 벼랑에서 빤히 내려다보이는 곳이었기 때문이다. 만리우스는 팔을 뻗어 신전을 가리키며 그날 밤 자신이 세운 공적을 기억해달라고 울먹이며 호소했다. 그의 이런 호소는 청중들의 동정을 일으키기에 충분했다. 그에게 무죄를 선고할 마음이 없었던 재판관들도 당황해서 여러 차례 심리를 중단했다. 이미 그의 죄는 충분히 입증되었지만 그가 과거에 이룬 공적이 청중들의 눈앞에 어른거리고 있는 상황에서는 그대로 법을 집행할 수도 없는 노릇이었다. 고민 끝에 카밀루스는 법정을 성문 밖 페텔리네Peteline 숲으로 옮겼다. 이곳에서는 유피테르 신전이 바라다보이지 않았다. 이제 고소인들은 마음 놓고 자신들의 의견을 개진할 수 있었고 재판관들도 그의 위법행위를 적법한 절차에 따라 하나하나 따져볼 수 있었다. 만리우스는 유죄판결을 받고 유피테르 신전으로 끌려가 벼랑 아래로 밀어뜨려졌다. 그 벼랑은 그의 가장 위대한 공적의 목격자이자 가장 불행한 최후를 기리는 기념비가 되었다. 그래도 분이 풀리지 않은 로마인들은 그의 집을 완전히 허물어뜨리고 그 자리에 모네타라 불리는 여신의 신전을 세웠다. 그리고 앞으로는 그 어떤 귀족도 카피톨리노 언덕에 집을 짓고 살 수 없도록 했다.

카밀루스는 다시 군사 호민관에 임명되었다. 그로서는 벌써 여섯 번째였다. 그는 이를 완곡히 거절했다. 이미 나이가 들었기 때문이기도 했지만 크나큰 영예에 흔히 뒤따르는 운명의 역전, 그리고 악의와 노여움이 두렵기도 했을 것이다. 하지만 그가 내세운 가장 큰 이유는 몸이 쇠약해졌다는 점이었다. 실제로 그는 그즈음 마침 병석에 누워 있었다. 하지만 시민들에게는 그 어떤 변명도 통하지 않았다. 사람들은 그에게 기병대나 보병대를 직접 이끌어달라는 것이 아니라 군사문제에 자문역과 지휘역을 맡아달라는 것이라고 호소했다. 결국 카밀루스는 군사 호민관 직을 수락할 수밖에 없었다. 적군을 앞에 두고 직접 군을 지휘하는 일은 동료 호민관 중 한 사람이 맡았다. 그즈음 프라이네스테(Praeneste, 팔레스트리나Palestrina의 옛 이름—역주) 족과 볼스키족이 대군을 이끌고 와서 로마의 동맹도시들을 초토화하고 있었다. 카밀루스는 군대를 이끌고 나가 적군 가까이에 진을 쳤다. 그는 시간을 끌 심산이었다. 불가피하게 싸워야 하는 상황이 올 수도 있으므로 그동안 기력을 회복해야 했기 때문이다. 하지만 동료 장군 루키우스 푸리우스Lucius Furius는 공을 세우고 싶어 안달이 나 있었다. 그래서 욕심을 억누르지 못하고 어서 전투를 시작하고 싶어 안절부절못하며 자기와 같은 생각을 가진 부하 장병들을 선동했다. 카밀루스는 시기심 때문에 젊은이가 큰 공을 세울 기회를 빼앗으려는 사람으로 비쳐질까 두려워 마지못해 출격을 허락했다. 그리고 자신은 병을 이유로 들어 소수의 병력과 함께 진영에 머물렀다. 무모한 전투를 개시한 루키우스는 결국 패퇴했다. 로마군이 전장에서 후퇴해 도주하고 있다는 소식을 들은 카밀루스는 결국 참지 못하고 침상에서 벌떡 일어나 남아 있던 병력을 이끌고 출격했다. 진영의 입구에서 도주해온 아군 병사들을 만난 카밀루스는 그들을 헤치고 내처 달려나가 추격해오는 적병들에 맞섰다. 진영 안에서 그와 마주쳤던 병사들은 즉시 몸을 돌려 그를 따랐고 진영 밖에서 도주해오던 병사들은 그의 주변으로 모여 다시 전투태세를 갖추고는 장군을 저버릴 수 없다며 서로를 독려했다. 결국 적의 추격은 저지되었다. 이튿날 카밀루스는 군대를 이끌고 나가 전투를 치른 끝에 주력군으로 적들을 물리치고 패퇴하는 적군을 바짝 뒤쫓아 간 뒤 내처 적의 진영까지 쳐들어가 그곳을 점령했다. 적군 가운데 살아남은 자가 거의 없었다. 이후 사트리쿰 시가 투스카니아 군에 함락되어 그곳에 살던 로마인들이 적군의 칼부림에 살해되었다는 소식을 들은 카밀루스는 로마군의 주력부대와 중무장군을 로마로 돌려보내고 가장 날래고 패기 있는 병사들만을 이끌고 가 사트리쿰 시를 점령하고 있던 투스카니아 군을 급습했다. 카밀루스에 의해 이내 제압당한 적병들의 일부는 살해당하고 나머지는 도주했다. 엄청난 전리품을 싣고 로마로 돌아온 카밀루스는 결국 로마 시민들의 선택이 탁월했음을 몸으로 증명한 셈이 되었다. 늙고 쇠약해졌음에도 천부적인 용기와 통솔력을 갖춘 장군을 끝까지 믿고 그가 병을 이유로 고사했음에도, 사령관이 되고자 야망에 불타는 여러 젊은 장군들 대신에 그를 선택한 로마 시민이 옳았던 것이다.

투스쿨룸Tusculum 시민들이 반란을 일으켰다는 소식이 전해졌을 때도 로마 시민들은 카밀루스에게 다섯 군사 호민관 중 한 사람을 데리고 가 반란을 진압해달라고 요청했다. 모두가 카밀루스에게 선택받기를 열망했지만 모두의 예상과는 다르게 그는 다른 군사 호민관들을 제쳐두고 루키우스 푸리우스를 택했다. 그는 얼마 전 카밀루스의 판단을 거스르고 무모하게 출격해서 전투에서 패배할 뻔했던 바로 그 인물이었다. 카밀루스는 그의 실수를 덮어주고 과거의 치욕으로부터 벗어날 기회를 주고 싶었던 것인지도 모른다. 카밀루스가 반란을 진압하러 출동했다는 소식을 들은 투스쿨룸 시민들은 간교하게도 반란 행위를 완전히 접은 듯 행동했다. 들판에서는 평상시처럼 쟁기질 하는 사람들과 목부들이 바삐 움직이고 성문은 활짝 열려 있었으며 아이들은 학교에 등교를 해 공부를 하고 있었다. 상인들은 가게 일을 보느라 바삐 움직이고 있었고 여유가 있는 시민들은 평상복을 입고 공공장소를 거닐고 있었다. 관리들은 로마군이 머물 숙소를 마련하느라 동분서주했다. 마치 어떤 위기에 대한 두려움도, 거리낄 것도 없는 듯 보였다. 물론 그렇듯 위장한다고 해서 그들의 반역행위에 대한 카밀루스의 확신이 사라질 수는 없었지만 그는 그런 위장술을 투스쿨룸 시민들이 회개한 증거로 보면서 오히려 연민의 정을 느꼈다. 카밀루스는 그들에게 로마 원로원으로 가서 원로들에게 용서를 구하라고 명령하는 한편으로 몸소 중재자로 나섰다. 이로써 투스쿨룸 시는 죄를 면했을 뿐 아니라 로마 시민권까지 더불어 얻게 되었다. 이는 카밀루스가 군사 호민관 제6차 임기 중에 남긴 가장 기억할 만한 업적이었다.

이 일이 있고 나서 리키니우스 스톨로(Licinius Stolo, 기원전 4세기 로마의 정치가이자 호민관—역주)가 큰 분란을 일으켜 평민들과 원로원 간의 불화를 조장했다. 두 명의 집정관을 모두 귀족 출신에서 뽑을 게 아니라 그 중 한 사람은 평민 출신으로 해야 한다는 주장이었다. 평민 호민관 선출은 문제없이 진행되었지만 집정관 선출은 평민들의 방해로 지연되고 있었다. 도시의 최고위급 관리 자리가 공석임으로 해서 혼란이 빚어지고 있었다. 원로원은 평민들의 극심한 반대를 무릅쓰고 카밀루스를 다시금 독재관으로 임명했다. 그로서는 네 번째 독재관 자리였지만 그것은 그의 의지와는 상관없는 자리였다. 카밀루스는 평민들과 마찰을 빚고 싶지 않았다. 그들은 과거 자신과 함께 전쟁에 복무한 사람들이었다. 따라서 이런 말을 할 자격이 충분했다. "당신은 귀족들과의 정치활동보다는 우리와 함께 나선 전장에서 훨씬 더 위대한 업적을 쌓았습니다. 저들이 당신에게 그런 직책을 맡기는 것은 오로지 시기심에서 비롯된 것입니다. 만일 당신이 성공적으로 일을 마무리한다면 그건 곧 평민들을 짓밟는 행위가 될 것이요 실패한다면 그것은 곧 당신 자신을 망가뜨리는 행위가 될 것이기 때문입니다." 하지만 지금 당장은 혼란을 잠재울 좋은 해결책이 필요했다. 카밀루스는 평민 호민관들이 법안을 제출하려는 날을 미리 알아내고는 그 날을 기해 시민 총동원령을 내려 모든 시민들을 캄푸스Campus에 소집함으로써 포룸에 참여할 수 없도록 했다. 이 동원령에 불응하는 자에게는 무거운 벌금을 부과하겠다는 위협의 말도 덧붙였다. 한편 호민관들은 만일 카밀루스가 법으로 평민들에게 투표권을 부여하는 일을 방해한다면 그에게 은화 5만 드라크마의 벌금형을 내리겠다고 엄중히 선언했다. 어쨌든 카밀루스로서는 자신의 나이와 그간의 뛰어난 공적에 어울리지 않는 추방이나 비난을 또 다시 감수할 마음이 없었다. 아니면 날이 갈수록 강력해지고 난폭해지는 대중들의 흐름을 저지할 능력이 자신에게는 없다고 생각했는지도 모른다. 결국 그는 일단 집안에서 칩거에 들어갔다. 그리고 얼마 후 며칠 동안 앓는 척을 하다가 결국 독재관 직을 내려놓았다. 원로원은 다시 독재관을 임명했다. 그는 분란의 장본인인 스톨로를 기병대장에 앉힌 뒤 귀족들로서는 통탄할 만한 법을 제정해서 비준했다. 그 법에 따르면 누구를 막론하고 5백 에이커 이상의 토지를 소유할 수 없었기 때문이다. 결국 이 싸움에서 승리를 거둔 스톨로는 유력 인사로 부상했다. 하지만 얼마 안 있어 스톨로는 법이 정한 상한선 이상의 토지를 소유한 게 들통나 결국 자기가 만든 법에 따라 처벌을 받는 신세가 되었다.

집정관 선출과 관련한 논란은 계속되고 있었다. 따지고 보면 그것이야말로 애초에 분란을 야기한 주된 문제이자 원인이었으며 원로원과 평민 사이가 틀어지면서 나타나게 된 여러 문제들은 대부분 이로부터 비롯된 것이었다. 그 즈음 갈리아 족이 다시금 대군을 이끌고 아드리아 해로부터 로마로 진군해오고 있다는 소식이 전해졌다. 그리고 곧바로 실제 전투가 벌어졌다는 소식이 뒤를 이었다. 그들이 진군한 지역은 모두 초토화되었고 로마로 피난을 올 수 없었던 그 지역 주민들은 산악지대로 뿔뿔이 흩어졌다. 이 전쟁이 가져다 준 공포는 로마 내의 분란을 잠재웠다. 귀족과 평민, 원로원과 일반 백성 할 것 없이 만장일치로 카밀루스를 독재관에 임명했다. 그가 독재관에 오른 것은 이번으로 다섯 번째였다. 카밀루스는 이미 노쇠해서 거의 팔십에 가까운 나이였지만 나라의 명운이 달린 일이라 생각하고 예전처럼 병을 핑계대지도 능력이 없다며 뒷걸음치지도 않았다. 카밀루스는 즉시 독재관 직을 받아들이고 병사들을 소집했다. 카밀루스는 갈리아의 대군이 주로 믿고 있는 무기가 칼이라는 사실을 잘 알고 있었다. 그들은 불시에 그 칼을 무지막지하게 휘둘러 적병들의 머리와 어깨를 동강내버리는 기술이 탁월했다. 카밀루스는 온통 철로 덮인 투구를 만들어 대부분의 병사들에게 씌웠다. 그 투구는 표면이 미끄럽고 반들거려서 적들이 검으로 내리치면 검이 미끄러지거나 동강나게 되어 있었다. 병사들의 방패에도 놋쇠로 테를 두르게 했다. 나무로만 된 방패로는 적의 타격을 충분히 막아낼 수 없었기 때문이다. 또한 그는 병사들에게 백병전에서는 긴 창을 사용해서 적병의 칼을 막아내도록 훈련시켰다.

갈리아 군이 진영에 구축에 필요한 무거운 물자들과 엄청난 약탈품들을 싣고 아니오Anio 강 근처까지 접근해오자 카밀루스는 군을 출격시켜 한 완만한 언덕에 진을 쳤다. 이 언덕에는 굴곡이 많아서 아군의 주력을 숨기기에 안성맞춤이었다. 그리고 카밀루스는 소규모 병사들을 일부러 눈에 띄도록 배치했는데 언뜻 보면 적군이 무서워 산으로 피신한 병사들처럼 보였다. 카밀루스는 적군의 이런 생각이 확신으로 바뀌도록 하기 위해 아군 참호가 짓밟히고 약탈당해도 주력군은 꼼짝 말도록 지시했다. 그래서 주력군은 든든히 구축된 참호 속에서 조용히 사태를 지켜보았다. 마침내 방심한 적군의 일부는 식량을 약탈하기 위해 주변 마을로 흩어졌고 진영 안에 있던 적병들은 낮밤을 가리지 않고 하는 일 없이 오로지 먹고 마시며 흥청댔다. 밤이 되자 카밀루스는 날랜 경기병들을 소집해 선발부대로 파견했다. 적이 전투대형을 갖추지 못하도록 지연시키고 진영을 나서는 적병을 혼란에 빠뜨리는 게 그들의 목적이었다. 날이 밝자 마자 로마군의 주력을 이끌고 언덕을 내려간 카밀루스는 저지대에 전투대형을 갖췄다. 그들은 갈리아 군이 생각했던 것처럼 두려움에 떨고 있는 소규모 군단이 아니라 용기백배한 대군이었다. 맨 먼저 갈리아 군의 기를 꺾은 것은 예상과는 달리 로마군이 공격을 명예로 아는 군대였다는 점이었다. 게다가 로마의 날랜 경기병들이 급습하는 바람에 평소처럼 질서정연하게 대오를 갖춰 정렬할 시간이 없어서 적군은 일대 혼란에 빠졌다. 결국 갈리아 군은 아무런 명령 계통도 없이 닥치는 대로 싸울 수밖에 없었다. 마침내 카밀루스의 중무장한 부대가 들이닥치자 갈리아 군은 칼을 빼들고 백병전을 벌이려 달려들었다. 하지만 로마 병사들은 적군의 창을 막으면서 강철로 된 투구로 칼날을 미끄러뜨려 적의 칼부림을 막아냈다. 적군의 칼은 엉터리로 담금질되어 물렀으므로 투구에 닿는 순간 구부러지고 심지어 접혀버리기도 했다. 또한 적군의 방패는 로마군의 긴 창에 속수무책으로 뚫려 시간이 갈수록 창의 무게까지 더해지면서 더 이상 놀릴 수 없는 상태가 되었다. 이렇듯 자기들의 무기가 모두 무용지물이 되자 적군은 자기들 방패에 꽂힌 로마 병사들의 창을 뽑아 싸우려 들었다. 하지만 적병들이 무방비상태임을 알아챈 로마 병사들은 이번에는 손에 익은 자신들의 칼을 뽑아들고 달려들었다. 앞줄에 섰던 갈리아 병사들이 순식간에 무참히 살해되자 나머지 병사들은 온 들판으로 흩어져 줄행랑치기에 바빴다. 언덕과 지대가 높은 곳은 사전에 카밀루스가 확보한 상태였고 적군들 스스로도 자신들의 진지를 로마군이 어렵지 않게 점령할 것이라는 점을 잘 알고 있었기 때문이다. 승리에 대한 자신감이 지나쳐서 자기 진영을 무방비상태로 방치한 결과였다. 이 전투는 로마가 점령당한 지 13년이 지난 시점에 벌어진 것으로 알려져 있다. 그 후로 로마인들은 용기백배해서 갈리아인에 대해 갖고 있던 막연한 두려움도 떨쳐낼 수 있었다. 사실 그때까지 로마인들은 갈리아인들이 과거에 패퇴한 것이 그들 진영에 역병이 퍼지고 불운이 겹쳐서였지 결코 로마군이 용맹스러워서 그랬던 것은 아니라고 생각해왔던 것이다. 이러한 두려움이 얼마나 컸으면 로마인들은 다른 전쟁에서는 소집이 면제되던 사제들까지 갈리아 군의 침공 시에는 반드시 전장에 나서야 한다는 법을 제정해놓았을 정도였다.

이것이 카밀루스의 마지막 군사행동이었다. 이후에 벨리트라니 시와 전쟁이 벌어졌을 때는 그들이 싸워보지도 않고 백기 투항했던 까닭에 그로서도 딱히 군사행동을 취할 필요가 없었기 때문이다. 하지만 로마 내부적으로 평민들과의 전쟁은 여전히 현재진행형이었다. 그것은 가장 중대하고도 까다로운 전쟁이었다. 전쟁에서 승리를 거두고 귀환한 평민들은 기존의 법을 뒤집어엎고 두 명의 집정관 중 한 명을 평민 출신으로 해야 한다고 줄기차게 주장했다. 원로원은 평민들의 이러한 주장을 완강히 거부하면서 카밀루스가 독재관 자리를 내려놓는 것을 허락하려 하지 않았다. 그의 명성과 권위를 앞세우면 귀족계층이 특권을 유지하는 데 좀 더 유리할 것이라고 생각했던 것이다. 카밀루스가 바삐 공무를 처리하고 있던 어느 날 호민관들이 보낸 관리 한 사람이 카밀루스에게 자리에서 일어나 자신을 따라오라고 명령했다. 그 관리는 여차하면 카밀루스를 붙잡아 끌고 갈 태세로 그의 몸에 손을 대기까지 했다. 이미 포룸은 일찍이 들어본 적 없는 고함소리와 소란으로 들썩이고 있었다. 카밀루스의 측근들이 그 관리를 밀쳐냈지만 아래에 모여 있던 대중들은 카밀루스를 자기들에게 끌고 내려오라며 관리를 향해 고함을 질러대고 있었다. 이러한 사태에 혼란을 느끼면서도 카밀루스는 권위를 잃지 않았다. 그는 원로들을 데리고 원로원 건물로 갔다. 의사당으로 들어서기 전 카밀루스는 이 분란을 행복한 결말로 이끌어주기를 신들에게 빌었다. 그러고는 이 소동이 원만히 수습되면 콘코르디아(Concordia, 로마 신화에 나오는 화합과 조화의 여신으로 그리스 신화의 하르모니아 여신에 해당한다.—역주) 여신에게 신전을 지어 바치겠노라고 엄숙히 맹세했다. 원로원 내에서도 서로 다른 의견들이 격렬히 부딪혔다. 그 과정에서 가장 온건하고 평민들이 쉽게 수용할 만한 견해가 우세했고 마침내 두 명의 집정관 중 한 명은 평민 출신으로 한다는 합의가 이루어졌다. 독재관이 원로원의 이러한 결정을 선포하자 시민들은 크게 기뻐하며 기다렸다는 듯 원로원과 화해했다. 시민들은 기쁨의 환호성을 지르며 카밀루스를 집까지 배웅했다. 이튿날 시민들은 한자리에 모여 카밀루스의 맹세대로 콘코르디아 신전을 포룸과 마주보는 곳에 지을 것을 투표를 통해 결정했다. 또한 그들은 라틴 축제에 하루를 더해 모두 나흘 간 축제를 열고 그 축제에 즈음하여 모든 로마 시민들이 신에게 감사하는 의미로 머리에 화관을 쓰기로 했다.

카밀루스가 주관한 집정관 선거에서 귀족 출신 집정관으로는 마르쿠스 아이밀리우스Marcus Aemilius가, 평민 출신의 초대 집정관으로는 루키우스 섹스티우스Lucius Sextius가 각각 선출되었다. 카밀루스의 공식 업무로는 이것이 마지막이었다. 이듬해 로마에 역병이 돌아 셀 수 없이 많은 평민들의 목숨을 앗아갔고 이에는 관리들도 예외가 아니었다. 카밀루스도 그 가운데 한 사람이었다. 세상을 뜰 당시 그의 나이와 그가 이룬 위대한 공적들을 생각하면 그에게 죽음이 너무 일찍 찾아왔다고 할 수는 없을 것이다. 하지만 로마인들은 그 역병으로 죽은 모든 사람들을 합친 것보다 더 큰 슬픔으로 그의 죽음을 맞이했다.

우리는 덕성이 담긴 행위에 감동받고 그것을 열심히 본받으려 한다. 하지만 그것이 덕성으로 이루어진 행위가 아닌 경우에는 그 결과가 아무리 감탄을 자아내고 좋아보여도 이를 따라하고자 하는 강렬한 욕망이 곧바로 생기지 않는다. 아니, 많은 경우 정반대로 작업의 결과를 즐기면서도 정작 그것을 만든 장인이나 예술가들을 무시하거나 경시한다. 예를 들어 향수나 자주빛 염료는 충분히 매력적이지만 염색공이나 향수제조자는 천시당하는 것이 일반적이다. 사람들이 안티스테네스(Antisthenes, 소크라테스를 사사한 그리스의 철학자로 키니코스 학파Cynic school의 창시자—역주)에게 이스메니아스Ismenia라는 자가 피리의 명인이라고 하자 다음과 같이 답한 것은 참으로 예리한 통찰이다. "그럴 수

19) '민주주의의 아버지'로 불리는 페리클레스(Perikles, BC 495-429)는 전체로서 인민을 설득한 지도자, 대중의 의사로부터 출발하지만 대중의 편견을 넘어서는 능력을 가진 지도자로 평가된다. 특히 펠로폰네소스전쟁 희생자들의 장례식 연설이 유명하다.

도 있겠지요. 하지만 그는 형편없는 사람일 게 분명하오. 그렇지 않다면 그가 어떻게 피리의 명인이 될 수 있었겠소." 필리포스 왕의 다음과 같은 말도 같은 의미일 것이다. 어느 즐거운 연회석상에서 아들 알렉산드로스가 아주 매력적이고도 능숙하게 음악을 연주하자 그는 이렇게 말했다. "아들아, 그렇게 연주를 잘 한 게 부끄럽지도 않니?" 왕이나 왕자라면 다른 이들이 부르는 노래를 들으며 여가를 즐기는 것으로 충분하며, 사람들이 자기들 솜씨를 뽐내는 자리에 기꺼이 참석하는 것만으로도 음악의 여신에게 깍듯한 예를 갖추었다고 본 것이다.

누군가 천박한 직업에 매달려 아무런 쓸모도 없는 것에 수고를 바쳤다면 그는 진정 중요한 것이 무엇인지를 깨닫지 못한 무딘 자에 불과하다. 아무리 너그럽고 순진한 청년이라 해도 피사에 가서 유피테르 상을 보며 피디아스(Phidias, 기원전 5세기에 활약한 고대 그리스 조각의 거장—역주)처럼 되고 싶다거나 아니면 아르고스에 있는 유노 조각상을 보고는 폴리클레이토스(Polycleitos, 기원전 5세기에 활약한 아르고스 출신의 고대 그리스 조각가로 주조 조각에 뛰어났다.—역주)처럼 되기를 열망하지는 않을 것이다. 또 시를 통해 기쁨을 느낀다고 해서 아나크레온(Anacreon, 고대 그리스 서정시인으로 술과 사랑을 노래했다.—역주)이나 필레타스(Philetas, 고대 그리스 시인으로 에피그람, 엘레게이아에 능했다.—역주), 혹은 아르킬로코스(Archilochos, BC 8~7세기경 그리스의 서정시인으로 풍자에 능했으며 풍자에 적합한 이암버스iambus율의 완성자—역주)가 되고 싶어 하지는 않을 것이다. 하지만 누군가 미덕을 행했다는 이야기를 있는 그대로 들으면 젊은이들은 그러한 행동에 찬사를 보내며 그 행위자를 본받고자 한다. 세상에 우리가 소유하고 즐기는 물질적 재산과 우리가 간절히 행하고 싶어 하는 덕성의 재산이 있다면 물질적 재산은 타인으로부터 받음으로써 만족을 느끼지만 덕성의 재산은 타인에게 자신의 경험을 베풂으로써 만족을 느낀다.

따라서 위인들의 삶을 기록으로 남기는 일에 시간과 수고를 들여도 아깝지 않다고 생각한다. 여기에서는 이러한 주제를 바탕으로 페리클레스와, 한니발과 전쟁을 치른 파비우스 막시무스(Fabius Maximus, 기원전 3세기에 활약한 고대 로마의 정치가이자 장군으로 제2차 포에니전쟁 당시 독재관과 집정관을 지냈다.—역주)의 삶을 두 사람의 덕성과 선의, 특히 온화하고 강직한 기질과 행실이라는 측면에서 조명해보고자 한다. 두 사람은 시민들과 동료들의 숱한 어깃장에도 꿋꿋하게 국익을 위해 복무했다. 우리가 이러한 목적에 제대로 부응하는지의 여부는 오로지 독자들이 판단할 일이다.

페리클레스는 아카만티스Acamantis 부족 출신으로 아테네 북동쪽에 자리한 콜라르고스Cholargos에서 태어났다. 부친과 모친의 집안 모두 아테네 최고의 명문가였다. 아버지 크산티포스Xanthippos는 미칼레Mycale 전투에서 페르시아 군을 패퇴시킨 인물로 클리스테네스Clisthenes의 손녀 아가리스테Agariste를 아내로 맞았다. 클리스테네스는 피시스트라투스Pisistratus의 아들들을 아테네에서 몰아내고 그들의 폭압정치를 당당히 종식시킨 뒤 새로운 법을 제정해 놀랍도록 유연한 정부의 모델을 정착시킴으로써 백성들을 조화롭고 편안하게 살 수 있도록 한 인물이다.

페리클레스는 완벽하게 균형잡힌 신체의 소유자였는데 다만 얼굴이 유난히도 길었다. 그런 이유로 그를 묘사하고 있는 거의 대부분의 초상과 조상은 머리에 투구를 쓰고 있는 모습이다. 이는 그의 초상과 조상을 그리고 조각한 장인들이 페리클레스의 이런 신체상의 약점을 그대로 드러내놓고 싶지 않았던 데서 비롯된 듯싶다. 아테네의 시인들은 그를 해

펠로폰네소스전쟁 희생자들의 장례식에서 연설하는 페리클레스

총(海葱, squill, sea onion, 원산지가 지중해 지방인 나리과의 다년생 식물로 뿌리는 말려서 약용으로 쓴다.—역주)이란 의미의 '스키노스schinos'에서 따와 '스키노케팔로스Schinocephalos' 즉 '해총 머리'라 불렀다.

페리클레스는 그리스 엘레아학파의 철학자 제논Zenon의 가르침을 받았는데 제논은 파르메니데스(Parmenides, BC 450년 경에 활약한 이탈리아 태생의 그리스 철학자로 엘레아학파의 시조이다.—역주)와 동일한 방식으로 자연철학을 탐구한 인물이다. 또한 제논은 토론 과정에서 상대방을 반박하고 그들의 말문을 막는 자기만의 기술을 연마했던 인물이기도 했다. 플리우스Phlius 사람 티몬(Timon, 기원전 4~3세기에 활약한 그리스의 회의주의 철학자로 풍자시 〈실로이〉의 저자이기도 하다.—역주)은 제논을 이렇게 묘사한다.

> 무적의 제논은 양날의 혀를 가져서
> 누가 무슨 이야기를 하든 그 앞에선 거짓으로 변한다.

하지만 페리클레스의 진면목을 꿰뚫어본 사람은 소아시아 클라조메나이Clazomenae 출신의 아낙사고라스(Anaxagoras, 기원전 5세기에 활동한 그리스의 자연철학자로 누스Nous를 처음 사물의 원리로 파악한 인물—역주)였다. 그는 페리클레스에게 특히 대중의 인기만을 노리는 모든 술책을 뛰어넘는 무게감 있고 심오한 감각을 선사하고 그가 숭고한 목표와 고매한 인품을 갖추도록 했다. 당시 사람들은 아낙사고라스를 정신 혹은 지성이라는 의미의 '누스Nous'로 불렀다. 그가 자연과학 분야에서 보여준 비범한 재능을 우러러 그런 별칭을 붙였을 수도 있지만 세계의 일차적 운동법칙을 운이나 우연 혹은 필연이나 충동으로 보지 않고, 모든 우주만물을 구분하고 결합하는 하나의 원리인 순수이성에서 그 법칙을 찾은 첫 번째 철학자였기 때문인지도 모른다.

아낙사고라스의 가르침에 힘입어 페리클레스는 존경과 찬탄을 한 몸에 받는 인물이 되었다. 그는 아낙사고라스의 고매한 사상, 흔히 사람들이 창공에 빛난다고 말하는 그런 사상을 흡수해서 자연스럽게 숭고한 목표와 함께 위엄 있는 언어를 구사함으로써 저속하고 부정직한 익살의 차원을 훨씬 뛰어넘는 대중연설의 대가가 되었다. 게다가 얼굴에는 항상 평정심이 깃들어 있었고 행동거지는 언제나 평온하고 정숙했다. 따라서 연설하는 도중에 어떤 소동이 발생하든 침착성을 잃지 않고 목소리에 변화가 없었다. 페리클레스의 이러한 자세는 다른 여러 가지 장점들과 맞물리며 청중들을 사로잡았다. 한번은 급박한 사건이 일어났다는 보고를 받고 광장에 나갔는데 그곳에서 어떤 자가 방자하게도 그의 면전에 대고 온갖 욕설과 악담을 온종일 퍼붓었는데 그런 일을 겪고서도 그는 묵묵히 자기 업무를 보았다. 그리고 저녁이 되어 아무 일도 없었다는 듯 집으로 돌아오는데 그 사람은 페리클레스를 바싹 뒤쫓아 오며 계속해서 온갖 욕설과 상스러운 말들을 퍼부었다. 페리클레스가 집에 당도했을 때는 이미 어두워진 뒤였다. 페리클레스는 하인에게 횃불을 밝혀 그 사람을 집까지 안전하게 바래다주라고 시켰다.

페리클레스가 아낙사고라스로부터 배운 것은 이뿐만이 아니었다. 그는 예를 들어 하늘에서 어떤 경이로운 현상이 일어났을 때 사람들이 그 원인을 몰라서 미신에 기대어 초자연적인 무언가에 열중하며 흥분하는 행위를 어리석게 보았다. 그는 그러한 미신에 흔들리지 않고 오히려 자연적 원인을 아는 것만이 이런 미망에서 헤어나올 수 있는 길이라고 생각했다. 페리클레스는 이런 터무니없고 소심한 미신의 자리에 건전한 희망과 경건한 지성이 대신 둥지를 틀 수 있도록 해야 한다고 생각했다.

이와 관련해서는 잘 알려진 이야기가 하나 있다. 어느 날 시골 농장에서 페리클레스에게 뿔이 하나 달린 숫양의 머리를 보내온 적이 있었다. 점술가 람폰Lampon은 숫양의 이마에서 뿔이 점점 단단하고 딱딱하게 자라나는 것을 보고 이런 예언을 했다. 지금 아테네에는 두 개의 강력한 분파가 서로 이해관계를 다투고 있는데 그중 하나는 투키디데스(Thucydides, 기원전 5세기 후반에 활동한 고대 그리스 역사가. 〈펠로폰네소스 전쟁사〉를 집필했으며 사실에 기초한 역사 기술의 선구자이다.—역주) 파이고 다른 하나는 페리클레스 파이다. 그런데 이 운명의 징표 혹은 조짐

이 자기 땅에서 나타나는 쪽이 장차 정부의 주도권을 쥐게 될 것이라는 예언이었다. 하지만 아낙사고라스는 그 자리에서 양의 두개골을 반으로 쪼개 주변에 있던 사람들에게 보여주었다. 양의 뇌는 제 위치에 있지 않고 마치 달걀처럼 길쭉하게 한쪽으로 몰려 있었다. 그리고 바로 그곳으로부터 양의 뿔이 자라나 있었다. 뒤이어 아낙사고라스의 설명까지 들은 사람들은 그의 현명함에 무릎을 쳤다. 얼마 후 람폰도 그 못지않은 찬사를 받았다. 투키디데스가 실각하고 국가와 정부의 전권을 페리클레스가 장악했기 때문이다.

페리클레스는 젊은 시절부터 백성 앞에 나서기를 상당히 꺼려했다. 사람들이 그의 생김새가 참주 페이시스트라토스Pisistratus와 너무도 흡사하다고 생각했기 때문이다. 나이가 아주 많이 든 노인들은 호감이 가는 그의 목소리와 유창하고도 빠른 그의 언변을 입에 올리면서 그 점까지도 페이시스트라토스를 쏙 빼닮았다고 놀라워했다. 하지만 아리스티데스(Aristides, 마라톤 전투에서 페르시아 군을 격퇴한 아테네의 정치가이자 장군–역주)가 죽고 테모스티클레스(Themosticles, 기원전 6~5세기에 활동한 그리스 장군이자 정치가로 집정관에 올라 아테네를 고대 그리스 제1의 해군국으로 만들었다.–역주)는 추방된 데다 키몬(Cimon, 아테네의 장군으로 페르시아에 대한 그리스의 해방전쟁과 델로스 동맹 결성에 큰 역할을 했다.–역주)은 나라밖 원정으로 대부분의 시간을 그리스 밖에서 보내게 되자 페리클레스는 더 이상 정치에서 한발 뺀 자세로 있을 수 없었다. 본격적으로 정치 일선에 나선 페리클레스는 소수의 부자들 편이 아닌 다수의 가난한 자들 편에 섰다. 본래 민주주의와는 거리가 멀었던 그의 타고난 성향과는 정반대의 길이었다. 권력을 제멋대로 휘두를지도 모른다는 의심을 살까 두려워했던 것이 가장 큰 이유로 작용했던 듯하다. 또한 키몬이 귀족 편에 서서 유력 인사들의 지지를 받고 있는 상황에서 자신의 안전을 도모하는 동시에 키몬에 맞설 세력도 확보한다는 차원에서 민중들의 편에 합세하기로 한 것이다.

그는 즉시 삶의 방식을 완전히 바꾸고 시간도 예전과는 전혀 다르게 관리했다. 시내에서 그의 모습을 볼 수 있는 거리는 시장과 의회로 가는 길이 유일했다. 친구들의 저녁식사 초대로 거절하고 친구들과의 사적인 만남이나 교류도 모두 피했다. 그가 일반 백성들과 함께 했던 결코 짧지 않은 기간 동안 그는 단 한 번도 친구들과 저녁식사를 함께 하지 않은 것으로 알려져 있다. 단 한 번 예외가 있다면 가까운 친척이었던 에우리프톨레모스Euryptolemus의 결혼식에 참석한 경우였는데 그 때도 신에게 제주를 올리는 의식이 끝나자마자 즉시 식탁에서 일어나 자리를 떴다. 사적인 친분 때문에 참석하는 자리는 애써 지켜온 품위를 한순간에 무너뜨린다. 친밀한 사람들끼리 모인 자리에서는 계속해서 위엄 있는 표정을 짓고 있기도 어렵다. 사람의 진정한 미덕은 솔직히 자신을 드러낼 때 제대로 인정받을 수 있다. 평범한 일상생활까지도 가까운 친구들에게 찬사의 대상이 된다면 그는 진정 훌륭한 사람이다. 하지만 외부의 관찰자에 머물고 있는 사람들에게는 그런 평범함이 결코 찬사의 대상이 되지 못한다. 하지만 페리클레스는 자신의 평범한 모습을 드러내고 싶어 하지 않았고 백성들이 자신에 대해 싫증내는 것도 바라지 않았다. 그래서 백성들이 갈증을 느끼도록 이따금씩 모습을 드러낼 뿐이었다. 모든 업무에 의견을 내지도 않았을 뿐 아니라 의회에 매번 출석하지도 않았다. 크리톨라오스Critolaus가 말했듯이 그는 살라미스의 갤리선처럼 오로지 중요한 때에만 모습을 드러내기 위해 자신을 아꼈다. 그리 중요하지 않은 문제에는 친구들을 보내고 연설의 경우에도 다른 사람이 대독하도록 했다. 이런 일을 도맡아 했던 친구 중에 에피알테스Ephialtes가 있었다. 그는 아레오파고스(Areopagus, 아레스의 언덕이란 뜻으로 관직에서 물러난 귀족들의 모임인 아레오파고스 회가 열리던 곳으로 이 회의는 귀족 정치 하에서 국가의 법률을 감독하고 국가 중대사를 결정했다.―역주) 회의 권력을 빼앗아 플라톤의 표현대로 일반 백성들의 잔에 강력한 자유를 넘치도록 따라준 인물이다. 하지만 자유란 길들지 않은 야생마처럼 시간이 갈수록 거칠어지고 제멋대로 굴게 된다. 이를 두고 한 희극 시인은 다음과 같이 노래했다.

"굴레를 벗어난 자유가
에우보이아를 우걱우걱 씹어먹더니
섬들 사이를 겅중겅중 날뛰고 있네."

페리클레스는 이를테면 아낙사고라스가 자기에게 준 악기의 음조에서, 자신의 생활방식에 어울리는 어법, 자기 견해에 권위를 불어넣는 어법을 발견했다. 그는 아낙사고라스의 가르침을 활용하고 자연과학이라는 염료로 자신의 수사법에 깊이를 더했다.

멜레시아스Melesias의 아들 투키디데스는 페리클레스의 달변과 관련해서 재미있는 말을 남겼다. 투키디데스는 귀족 출신으로 아테네의 유력인사였으며 페리클레스의 가장 큰 정적이었다. 어느 날 라케다이몬의 왕 아르키다무스Archidamus가 그에게 질문 하나를 던졌다. 그와 페리클레스가 씨름을 하면 누가 이기겠느냐는 것이었다. 이에 투키디데스는 이렇게 답했다. "내가 그를 씨름판에 메다꽂아 정정당당히 한판승을 거두었다 해도 그는 그런 적이 없다며 오히려 자기가 나를 이겼다고 할 것입니다. 그리고 옆에서 승부를 지켜보았을 구경꾼들조차 이내 그의 말을 믿게 될 것입니다."

페리클레스의 통치 방식은 이름만 민주정이었을 뿐 사실상 한 사람에게 모든 권한이 집중된 귀족정이었다는 평가를 받아왔다. 하지만 많은 사람들은 달리 평가한다. 페리클레스의 지원에 힘입어 평민들은 식민지 영토를 할당받거나 극장 출입을 허용받고 또 공무 수행에 따른 보상도 적절히 받을 수 있게 되었다. 이는 페리클레스에 이르러서야 최초로 가능해진 일들이었다. 이런 잘못된 관례를 페리클레스는 법적으로 뒷받침해줌으로써 그때까지 자신의 노동을 기반으로 건전하고 검약적인 생활을 해오던 평민들이 과도한 소비와 음주와 방종에 빠지게 되었다는 것이다.

페리클레스의 변신은 앞서도 이야기했듯이 키몬의 강대한 권력에 맞서는 대항마로서 자신의 위치를 설정했을 때 민심을 어루만지는 일이 무엇보다 중요했기 때문이다. 그는 경쟁자 키몬에 비해 가난한 자들을 거두어 보살필 재산이 그리 많지 않았다. 따라서 저녁 식량이 없는 시민들을 매일매일 저녁식사에 초대하거나 연로한 이들에게 옷을 나누어줄 수도 없었고 농장의 울타리를 허물어 누구든지 자유롭게 과일들을 따먹을 수 있게 해줄 수도 없었다. 이렇듯 대중의 인기를 얻을 방책이 마땅치 않았던 페리클레스는 그들에게 공적 자금을 분배하는 쪽을 택했다. 이를 통해 페리클레스는 단기간에 백성들의 환심을 샀다. 그 돈으로 페리클레스는 공연을 열고 배심원들의 봉급을 주고 기타 여러 형태의 보수와 선물 공세를 퍼부음으로써 아레오파고스 회에 맞섰다. 그리고 아레오파고스에 맞서 자신의 당파를 성공적으로 이끈 페리클레스는 그 회의가 지금까지 주재해오던 심리와 안건 대부분을 무효화함으로써 아레오파고스를 사실상 마비상태에 빠뜨렸다. 또한 키몬은 라케다이몬에 우호

도자기 조각에 이름이 새겨진 사람은 10년 동안 아테네에서 추방당했다.

적이고 평민들에 적대적이라는 이유로 도편 추방당했다. 키몬은 출신으로 보나 재산으로 보나 아테네에서 둘째가라면 서러워할 인물이었고 야만족들을 상대로 수차례 영예로운 승리를 거두어 그 전리품과 약탈품으로 도시를 넘쳐나게 했지만 페리클레스의 파상공세에는 무릎을 꿇을 수밖에 없었다. 그만큼 일반 백성들 사이에서 페리클레스의 권위는 대단했다.

도편 추방당한 사람은 법으로 10년 동안 나라 밖으로 나가 있어야 했다. 하지만 그 사이에 라케다이몬 사람들이 대군을 이끌고 타나그라(Tanagra, 고대 그리스 보이오티아의 도시, 테라코타terra-cotta 인형이 출토된 것으로 유명하며 스파르타 군이 아테네 군을 격파했던 옛 싸움터(기원전 457년)이기도 하다.—역주)를 침입했다. 아테네 시민들은 아직 추방 기간이 남아 있던 키몬을 불러 그를 앞세워 군을 출정시켰다. 몸소 무기를 들고 구국의 대열에 합류한 키몬은 고향 사람들과 함께 이 전쟁에 투신함으로써 라케다이몬에 우호적이라는 그간의 혐의를 이번 기회에 말끔히 씻어버리고 싶었다. 하지만 페리클레스의 측근들은 공모해서 그를 다시 국외로 추방했다. 이 때문에 페리클레스는 다른 어떤 전쟁에서보다도 더 분투할 수밖에 없었고 위험을 무릅쓴 채 그 누구보다 두드러진 활약을 펼쳤던 듯하다. 키몬과 함께 라케다이몬과 내통한 혐의를 뒤집어 쓴 그의 측근들도 이 전투에서 나란히 목숨을 잃었다. 국경에서의 전투는 아테네 군의 패배로 끝났다. 봄이 오면 다시 위태로운 전투를 치를 것이라 예상하고 있던 아테네 사람들은 이제 키몬의 빈자리를 너무도 아쉬워하며 그를 추방한 일을 후회했다. 이러한 민심을 재빨리 간파한 페리클레스는 지체 없이 백성들의 바라는 바를 행동에 옮겨 키몬을 본국으로 소환했다. 키몬의 귀국과 함께 라케다이몬과 아테네 간에는 평화협정이 체결되었다. 라케다이몬 사람들은 페리클레스와 기타 대중 지도자들에 대해서는 적대감을 가지고 있었지만 키몬에게는 호감을 갖고 있었기 때문이다.

키몬은 해군 사령관으로 키프로스 섬으로 원정을 떠났다가 그곳에서 사망했다. 귀족들은 키몬 사망 전에 이미 페리클레스가 아테네 최고의 권력으로 부상했음을 깨닫고 있었지만 그럼에도 그의 권력의 칼날을 돌리고 무디게 할 누군가가 나타나 그를 견제해 최소한 독재만은 막아주기를 바랐다. 귀족들이 눈을 돌린 사람은 알로페케 출신의 투키디데스였다. 그는 사려 깊은 인물로 키몬의 가까운 친척이었다. 그러자 페리클레스는 그 어느 때보다도 일반 백성들을 느슨하게 풀어주고 그들의 입맛에 맞는 정책들을 펼치기 시작했다. 시가지에서 끊임없이 백성을 기쁘게 할 공연이나 축제, 연회, 가두행진을 대대적으로 열어 마치 어린아이 다루듯 그런 흥미로운 볼거리로 백성들을 구슬렸던 것이다. 게다가 페리클레스는 해마다 60척의 갤리선을 운항해 거기에 승선한 많은 승객들은 여덟 달 동안 급료를 받으며 항해술을 배우고 훈련할 수 있었다.

한걸음 더 나아가 페리클레스는 케르소네소스(Chersonesos, 흑해 북부의 크리미아 반도 세바스토폴리에 있던 그리스 식민도시—역주)에 1천 명의 시민을 이주시켰다. 이주민들은 제비뽑기로 땅을 나누어가졌다. 그리고 낙소스 섬에 500명, 안드로스에 250명을 이주시켰고 트라키아에는 1천 명의 시민을 이주시켜 그곳 비살타이Bisaltae 족과 함께 살도록 했다. 또 이탈리아 시바리스Sybaris 시에 다시 사람들이 이주해 살기 시작할 때 그곳으로도 사람들을 보냈다. 시바리스는 새로이 이민을 받아들이면서 도시 이름도 투리이Thurii로 개칭했다. 페리클레스가 이러한 이민정책을 실시한 것은 할 일 없이 빈둥거리며 도시의 정책에 딴지를 거는 불평불만분자들을 몰아냄과 동시에 가난한 시민들의 생계를 도와 회생시키는 데 목적이 있었다. 또한 동맹국들의 심장부에 식민을 함으로써 변화를 도모하지 못하도록 감시하고 그들을 위협하고자 하는 목적도 있었다.

페리클레스는 아테네에 많은 공공건물과 신전을 지었다. 이러한 건물들은 아테네 시에 재미와 아름다움을 선사해서 도시를 방문한 사람들을 찬탄과 놀라움에 빠뜨린다. 또한 이 건조물들은 아테나가 자랑하는 권세와 옛 영광이 그저 할 일 없는 사람들이 꾸며낸 이야기가 아님을 입증해주는 유일한 증거라 할 만하다.

이 건축물에 동원된 건축 자재는 석재, 놋쇠, 상아, 황금, 흑단 목재, 사이프러스 목재 등 다양하다. 여기에 동원된 장인들도 대장장이, 목수, 주형공, 주물공, 놋갓장이, 석공, 염색공, 금세공인, 상아세공인, 화가, 자수놓는 사람, 선반공 등으로 실로 다양했다. 뿐만 아니라 건자재를 시내로 운반하는 데도 갖가지 종류의 인력이 필요했다. 예컨대 해상 운송의 경우 무역상, 선원, 선장이 있어야 했고 육상 운송인 경우 목축업자, 마부, 밧줄을 만드는 사람, 아마포 직조공, 구두장이, 가죽직공, 길을 닦는 사람, 광부 등이 있어야 했다. 마치 군대의 지휘관이 자기 휘하에 자기만의 조직을 갖듯이 모든 작업에는 거기에 고용된 장인들과 노동자들의 조직이 마치 군대의 대오처럼 촘촘히 연결되어 있었으므로 말하자면 이들

공공건물을 짓는 작업에 동원된 장비와 조직에는 연령과 조건에 상관없이 골고루 도시의 부가 분배되었다.

건축 사업이 진행되면서 서서히 그 웅장한 규모와 정교한 형태가 드러나기 시작했다. 이는 작업공들이 재료와 설계의 한계를 뛰어넘어 자신들의 기량을 한껏 발휘하고자 애썼기 때문이었다. 하지만 가장 놀라운 점은 작업 속도였다. 단 하나를 완성하는 데도 수 세대에 걸친 작업이 필요할 듯한 건조물들이 한 사람의 정치적 절정기에 동시에 준공되었던 것이다. 하지만 제욱시스(Zeuxis, 기원 전 430-400년 경에 활약한 그리스의 화가—역주)는 화가 아가타르코스Agatharchus가 작업을 큰 어려움 없이 얼마나 신속히 해냈는지 자랑하자 이렇게 답했고 한다. "나는 오래 걸려 오래 갈 작품을 만든다네." 사실 어떤 일을 쉽고도 빠르게 해치운다는 것이 그 작품에 정밀한 아름다움과 견고성까지 담아내는 것은 아니다. 어떤 작품을 창조하기 위해 사전에 투입된 시간의 양은 결국 창조된 작품에 결정적으로 중요한 보존력을 통해 보상받는다. 바로 그런 관점에서 페리클레스의 작업은 특히나 찬사의 대상이다. 단기간에 건축되었음에도 우리 곁에 지금까지도 그 모습 그대로 서 있기 때문이다. 건조물들은 아름답고 우아해서 완성 당시에 이미 고풍스런 아름다움을 자랑하고 있었는데 지금에 와서는 오히려 막 완성된 건조물인 양 생생하고 신선하다. 그의 작품들은 마치 세월의 손길이 비껴간 듯 막 피어난 꽃송이의 싱그러움이 느껴진다. 그것은 마치 건조될 당시 영원한 정신과 불멸의 생명력을 함께 불어넣은 듯한 모습이다.

이 모든 작업을 총 관리 감독한 이는 페이디아스였으며 물론 거기에는 다양한 부문에서 위대한 장인들과 기능공들이 참여했다. 파르테논 신전을 지은 이는 칼리크라테스(Callicrates, 기원전 5세기 그리스의 건축가

이자 조각가로 아테네시 성벽 축조 공사를 주도하고 페르시아 전쟁 후 아테네 재건에 힘썼다.—역주)와 익티노스(Ictinus, 기원전 5세기 후반에 활약한 그리스 건축가—역주)였다. 많은 비밀스런 의식이 거행되었던 엘레우시스 교회 건축은 코로이보스Coroebus에 의해 시작되었다. 그는 이 건축물의 기둥을 세우고 그 위에 아키트레이브(architrave, 고전 건축에서 기둥머리가 받치고 있는 세 부분 중 맨 아래 구조물. 그 위에는 프리즈frieze, 맨 위에는 코니스cornice가 놓인다.—역주)를 연결했는데 그가 죽은 뒤 작업을 이어받은 크시페테Xypete 사람 메타게네스Metagenes가 프리즈를 놓고 주열의 상단선을 완성했다. 콜라르고스Cholargus 사람 크세노클레스Xenocles는 디오스쿠리Dioscuri 신전(제우스와 레다 사이에서 태어난 쌍둥이 아들 카스토르와 폴룩스를 모시는 신전—역주)의 지붕을 올리고 그 꼭대기에 아치형 채광창을 만들었다. 페리클레스가 백성들에게 직접 나서 제안한 긴 장벽은 칼리크라테스가 공사를 맡았는데 소크라테스는 페리클레스가 제안하는 것을 직접 들었노라고 말했다.

음악당 오데이온Odeion은 내부를 좌석으로 가득 채우고 기둥들을 줄지어 세웠으며 외부는 지붕 꼭대기 한 지점으로부터 경사져 내려오는 지붕으로 이루어져 있다. 이 건물은 페르시아 왕의 정자亭子를 본 떠 건설한 것으로 알려져 있다. 이것 역시 페리클레스의 지시에 따른 것이었는데 크라티노스(Cratinus, 에우폴리스, 아리스토파네스와 함께 그리스 3대 희극시인으로 불린다.—역주)는 그의 희극 〈트라키아의 여인들〉에서 이를 다음과 같이 풍자했다.

보아하니,
유피테르 신인 듯 긴 머리통을 한 페리클레스,

패각투표가 시작되자 자기 머리를 옆으로 내려놓고는
새로 지은 오데이온을 슬그머니 목 위에 얹어놓네.

항상 남들과는 다른 일을 도모하려는 욕심이 컸던 페리클레스는 해마다 파나테나이아에서 음악적 재능을 겨루는 대회를 열도록 규정한 법령을 처음 통과시켰다. 그러고는 그 자신이 심사위원으로 선출되어 경연자들이 노래 부르고 플룻과 하프를 연주하는 순서와 방법을 정했다. 그때 이후로 사람들은 이 음악당에 앉아 경연자들이 재능을 겨루는 현장을 보고 들었다.

건축가 므네시클레스(Mnesicles, 기원전 5세기 그리스 건축가—역주)가 주도한 아크로폴리스의 입구는 5년 만에 공사가 끝났다. 공사가 진행되던 중 한 사건이 벌어졌는데 그 사건으로 여신이 이 작업을 싫어하기는커녕 그 건조물이 완성될 수 있도록 끊임없이 도와주고 힘을 보탰다는 사실이 밝혀졌다. 인부들 중에서 가장 부지런하고 손재주가 있던 사람 하나가 발을 헛디디는 바람에 매우 높은 곳에서 추락해서 의사들도 회생 가능성이 없다고 할 정도로 중상을 입었다. 한밤중 이 소식에 크게 낙담해 있던 페리클레스의 꿈에 아테나 여신이 나타나 치료법을 알려주었다. 페리클레스는 이 치료법으로 그 인부를 어려움 없이 치료해 이내 완치시켰다. 이를 계기로 페리클레스는 청동으로 아테나 여신상을 제작해 '건강'이라는 별칭을 붙인 뒤 제단 근처 성채에 세웠다고 하는데 지금은 그 모습을 찾아볼 수 없다. 하지만 황금으로 제작한 여신상은 페이디아스의 작품이다. 그는 자기 이름을 황금상 받침대에 새겨 자신이 그 상의 제작자임을 밝히고 있다. 어떤 의미에서 보면 모든 작업이 사실상 그의 책임 하에 이루어지고 있었다. 이미 앞에서도 밝혔듯이 그는 페리클레스와의 친분 때문에 모든 장인들과 기능공들을 통솔하는 역할을 하고 있었다.

어느 날 투키디데스 일파의 연설가들이 일제히 페리클레스를 비난하고 나섰다. 이런 비난행위는 그들에게 이미 습관처럼 되어 있었다. 페리클레스가 공적 자금을 남용해서 나라의 재원을 고갈시키고 있다는 비난이었다. 그는 공개회의에서 몸을 일으켜 청중들을 향해 자신이 국고를 많이 축내고 있다고 생각하느냐고 물으며 "너무 많이, 아주 많이 말이요."라고 강조했다. 그러면서 이렇게 말했다. "만약 그렇다면 그 비용을 여러분 부담으로 돌리지 않고 내 부담으로 하겠소. 대신 지금까지 세운 모든 공공건물의 명문에 내 이름을 새겨 넣겠소." 페리클레스의 말을 들은 청중들은 그의 기백 있는 배짱에 탄복해서인지 아니면 새로 지은 건조물들의 영광을 페리클레스 혼자 독차지하게 할 수는 없다고 생각해서인지 몰라도 국고에서 필요한 만큼 얼마든지 꺼내 써도 상관없다며 모든 일이 완료될 때까지 돈을 아끼지 말라고 외쳤다.

한참 뒤 페리클레스는 투키디데스와 마지막 대결을 펼쳤다. 이번 대결의 결과에 따라 둘 중 어느 한 쪽은 국외로 도편 추방되어야 할 판이었다. 이런 위기상황을 무사히 돌파한 페리클레스는 결국 그의 정적을 추방하고 그에 맞서기 위해 조직된 도당마저 와해시켜 버렸다. 이제 모든 분파적 대립이 사라지고 도시는 평정을 되찾아 하나로 통합되었다. 그는 아테네 전반, 그리고 아테네 사람들과 관련된 모든 사안들을 자신의 손아귀에 틀어쥐게 되었다. 그들에게 바쳐진 모든 공물들, 군대와 갤리선, 모든 도서와 바다 그리고 다른 그리스 도시와 야만족들에까지 미치고 있는 아테네의 광범위한 세력권, 그들이 여러 예속국에 충성과 동맹을 기반으로 세운 방대한 제국이 페리클레스의 손에 들어온 것이다.

이제 페리클레스는 예전의 그가 아니었다. 그는 더 이상 순종적이거나 온화하지 않았으며 예전처럼 서민들의 친구가 아니었다. 배의 키잡이가 바람의 방향에 따라 조타장치를 돌리듯이 민중들의 기쁨에 기꺼이 복종하고 다수의 욕망에 따르는 그런 사람이 더 이상 아니었다. 그는 일반 백성들의 의지에 따르는, 느슨하고 태만하며 때로는 제멋대로였던 터전, 이를테면 부드럽고 향기로운 꽃향기 같은 통치방식을 버리고 엄격한 귀족주의와 군주정치로 돌아섰다. 하지만 그는 이러한 통치 방식을 국익을 최우선으로 해서 공명정대하게 적용함으로써 민중들의 뜻에 크게 거스르지 않고 설득과 제안을 통해 그들의 동의를 얻어낼 수 있었다.

페리클레스가 이런 막강한 영향력을 갖게 된 것은 그가 구사했던 언어의 힘이 아니었다. 역사가 투키디데스가 말했듯이 그가 살아온 삶에 대한 평판과 그의 인품에서 느껴지는 신뢰감 덕분이었다. 그는 그 어떤 부정부패에도 명백히 자유로웠고 어떠한 경우에도 돈에 초연했다. 그럼에도 불구하고 그는 그 자체로서 이미 위대했던 도시 아테네를 상상을 뛰어넘을 만큼 위대하고 부유한 도시로 변모시켰으며, 자손들에게 권력을 물려준 수많은 군주와 절대 권력자들보다 더 큰 권력과 이권을 갖고 있었지만 아버지가 물려준 유산에서 단 1드라크마도 재산을 늘리지 않았다.

텔레클리데스(Teleclides, 기원전 5세기에 활동한 아테네의 희극시인–역주)는 아테네 사람들이 페리클레스에게 넘겨준 것도 있다고 말한다.

숱한 도시들이 바치는 공물과 도시 그 자체가 그의 것,
그들과 손잡고 그들을 저버리는 일은 오로지 그의 뜻에 달렸지,
그가 원하면 성벽을 쌓고 그가 원하면 성벽을 허물고
조약과 동맹, 권력, 제국, 전쟁과 평화, 영원한 부와 성공.

이 모든 것은 뜻밖의 행운이 가져다준 결과가 아니다. 그렇다고 좋은 시절을 맞은 꽃처럼 잠시 동안 활짝 핀 어떤 정책이 가져다준 은혜의 결과라 할 수도 없다. 그는 55년이라는 기간 동안 숱한 정치인들 사이에서 으뜸의 위치를 유지했으며 매년 사령관으로 재선되며 나랏일에 진력을 다하는 가운데 자신의 진실성에 한 치의 오점도 남기지 않았다. 그렇다고 그가 자신의 금전적 이익을 돌보는 데 전혀 무관심하거나 게을렀던 것만은 아니었다. 그는 아버지에게서 자기 몫으로 정당하게 물려받은 재산이 소홀히 관리되어 낭비되거나 줄어들기를 원치 않았다. 하지만 나랏일에 눈코 뜰 새 없는 상황에서 자기 재산 관리에 시간이나 정력을 쏟고 싶지도 않았다. 그래서 그는 자신만의 방식으로 가장 손쉽고 정확하게 개인 재산을 관리할 길을 찾아냈다. 한 해의 소출을 일괄적으로 판매하고 거기에서 얻은 소득으로 시장에서 가족들에게 필요한 모든 생필품들을 구입하는 방식이었다. 그런데 자식들은 나이가 들면서 이러한 방식을 썩 마음에 들어 하지 않았다. 넓은 토지를 가진 대가족의 경우에서 흔히 볼 수 있는 무언가 남아도는 여유라는 것이 없었던 것이다. 나가고 들어오는 것, 모든 지출과 수입이 말하자면 숫자와 저울질을 통해 꼼꼼히 결정되었기 때문이다. 이 모든 것을 집안에서 주관하는 대리인으로는 에반겔로스Evangelus라는 하인 한 사람뿐이었다. 그는 애초에 그런 소질을 타고 났던 것인지 아니면 페리클레스에게서 훈련받은 것인지는 몰라도 가정 경제를 꾸려나가는 데 그 누구보다도 탁월한 재능을 보였다.

아테네의 세력이 성장하면서 라케다이몬 사람들은 불안을 느끼기 시작했다. 반면에 페리클레스는 한 걸음 더 나아가 시민 정신을 고양시키고 그들에게 큰 꿈과 자부심을 심어주기 위해 모든 지역의 그리스인들을 소집하고, 유럽과 아시아를 막론하고 도시가 크든 작든 아테네에서 열리는 총회에 그들의 대표를 파견하는 법안을 발의했다. 이 총회를 통해, 야만족들이 불태워 없앤 그리스의 신전들을 재건하는 문제와 향후 바다에서 평화롭고도 안전하게 항해하고 교역할 기반을 마련하는 문제를 머리를 맞대고 논의하자는 것이었다.

하지만 페리클레스의 뜻은 무산되었다. 그의 바람대로 도시들의 대표가 한자리에 모여 총회를 열지도 못했다. 라케다이몬 사람들이 물밑 작업을 벌여 그 계획을 방해함으로써 페리클레스의 시도는 이미 펠로폰네소스에서부터 가로막히고 만 것으로 전해진다. 하지만 이는 페리클레스의 정신과 사상의 위대성을 보여주는 좋은 사례라 할 만하다.

페리클레스는 군사행동에 있어서는 매우 신중한 행보를 보였던 것으로 널리 알려져 있다. 결과가 매우 불확실하거나 지나치게 위험이 따르는 전쟁은 가급적 피했다. 그는 무모한 모험으로 요행히 대승을 거둔 장군들에게 찬사가 쏟아져도 그들의 영예를 시샘하지도 모방하지도 않았다. 다만 페리클레스는 늘 시민들에게 자신이 권좌에 있는 한 시민들의 목숨은 털끝 하나도 다치지 않을 것이라고 말했을 뿐이다. 언젠가 톨마이오스의 아들 톨미데스가 과거의 전승에 자신감이 충천한 데다 그로부터 얻은 영예에 몸이 달아오른 나머지 좋은 기회가 아님에도 보이오티아를 침공할 준비를 하고 있었다. 그는 자기 휘하에 있는 병사들 말고도 용맹스럽고 모험적인 젊은이 1천명을 설득해 의용군으로 이미 등록해놓은 상태였다. 페리클레스는 톨미데스의 출정을 애써 만류하면서 민회에 나가 연설했다. 아직까지도 사람들 입에 널리 오르내리는 유명한 말도 이때 남긴 것이다. "이 페리클레스의 충고를 받아들이고 싶지 않다면 가장 현명한 조언자인 시간의 충고를 기다려보는 것은 어떨까요?" 하지만 그때만 해도 그의 이런 말은 그다지 효과가 없었다. 그 후 며칠 지나지 않아 아테네 군의 패배 소식과 함께 톨레미스가 코로네이아Coronea 인근 전투에서 사망했고 많은 용감한 시민들이 그와 함께 전사했다는 비보가 전해졌다. 페리클레스의 말이 진가를 발휘하는 순간이었다. 사람들은 그제야 페리클레스의 현명함과 국민에 대한 사랑을 깨달았고 뒤미처 그에게는 수없는 찬사가 쏟아졌다.

하지만 페리클레스의 원정 중에서 가장 큰 만족과 기쁨을 준 것은 케르소네소스 원정이었다. 이 전투에서의 승리로 무엇보다 그 지역에 살고 있던 그리스인들의 안전이 보장되었기 때문이다. 게다가 그는 아테네 시민 1천 명을 새로이 뽑아 이 지역으로 이주시킴으로써 그곳 도시들에 새로운 활력을 불어넣어 주었을 뿐 아니라 반도를 대륙으로 연결하는 지협을 장악해서 그곳을 가로질러 방호벽과 보루를 쌓음으로써 케르소네소스 근방에 흩어져 살던 트라키아인들의 침입을 저지할 수 있었다. 또한 야만적인 이웃을 둔 까닭에 끊임없는 침입과 국경선을 사이에 두고 혹은 국경선 안까지 침입해서 벌어지는 약탈적인 행위에 오랫동안 신음하고 있던 그 나라에서 전쟁을 몰아냈다.

또한 장비를 잘 갖춘 대선단을 이끌고 흑해로 진입함으로써 그리스의 여러 도시들과 그들이 바라던 바대로 새로운 협정을 맺음으로써 우호적인 관계를 수립할 수 있었다. 또한 이는 야만적인 국가들과 군주들, 그리고 그들 주변의 족장들에게 아테네의 위대한 힘을 과시하고 그들이 마음만 먹으면 어디든 항해해 갈 수 있고 전 해상을 페리클레스의 지배 아래 둘 수 있다는 사실을 완벽히 확인해주었다. 페리클레스는 시노페(Sinope, 흑해 연안의 옛 교역 항구—역주)에 라마코스 휘하의 군함 열세 척과 병사들을 남겼다. 폭군 티메실레오스Timesileus에 저항하는 세력을 지원하기 위해서였다. 그리고 티메실레오스와 그의 측근들을 축출한 뒤에는 칙령을 내려 600명의 아테네인 지원자를 시노페로 이주시켜 티메실레오스 파가 소유하고 있던 집과 토지를 나누어 갖고 그곳에서 시노페 사람들과 함께 살도록 했다.

하지만 다른 사안에서 페리클레스는 시민들의 경박한 충동을 받아들이지 않았고, 자신들이 갖고 있는 힘과 성공적인 전과에 취한 나머지 다시 이집트에 개입해서 페르시아 왕의 해양 지배권에 상처를 내자고 했을 때 시민들의 몽상과도 같은 생각을 따르는 대신에 자기 나름의 해결책을 모색했다. 또한 많은 시민들이 그때까지도 시칠리아에 대해 터무니없고도 불길한 열정을 품고 있었는데 알키비아데스(Alcibiades, 기원전 5세기 아테네의 정치가이자 군인으로 사리에 치우쳐 펠로폰네소스 전쟁에서 아테네를 패배로 이끄는 원인을 제공했다.—역주) 파의 웅변가들이 이런 열망에 부채질을 했다. 심지어 투스카니아와 카르타고를 공략하는 꿈을 꾸던 자들도 있었는데 당시 아테네의 거대한 세력권으로 보나 번창일로에 있던 국력으로 보나 전혀 헛된 꿈은 아니었다.

하지만 페리클레스는 해외 정복에 대한 이러한 열망을 억제하고 끊임없이 일을 벌이고자 하는 시민들의 욕망을 가차 없이 거부했다. 대신 그는 아테네가 이미 보유하고 있던 영토를 보전하고 공고히 하는 데 대부분의 힘을 쏟았다. 페리클레스는 라케다이몬의 세력 확장을 저지할 수 있다면 그것으로 충분하다고 생각했다. 그는 라케다이몬에 대해 늘 반감을 품고 있었다. 다른 경우에서도 그렇지만 그러한 반감은 특히 신전을 둘러싼 라케다이몬과의 신성전쟁에서 잘 드러났다. 이 전쟁에서 라케다이몬은 델포이로 진군해서 당시 포키스 인들이 차지하고 있던 아폴론 신전을 되찾아 델포이 사람들에게 넘겨주었다. 이에 페리클레스는 라케다이몬 군이 철수하자마자 군대를 몰고 가 아폴론 신전을 포키스 인들

손에 되돌려주었다. 그런데 라케다이몬 군은 델포이 사람들이 그들에게 준 특권, 즉 다른 민족에 앞서 신탁을 구할 특권에 관한 기록을 신전 앞 청동 늑대상의 이마에 새겨두었다. 그러자 페리클레스도 포키스 인들로부터 같은 특권을 받아 같은 늑대상의 오른쪽 옆구리에 새겨 넣었다.

언젠가 페리클레스가 제출한 군비명세서에 '적절한 사용처'라는 지불 항목으로 10탤런트의 지출이 명시되어 있었다. 이를 본 시민들은 질문 한 마디 없이 사용처를 캐볼 생각도 않고 명세서를 승인했다. 철학자 테오프라스토스(Theophratus, 기원전 4~3세기에 활동한 고대 그리스의 대학자. 아리스토텔레스의 제자로 아테네에서 페리파토스학파(소요학파)를 열었다.—역주)를 위시한 여러 역사가들이 말하는 진실은 이렇다. 페리클레스가 매년 은밀히 10탤런트를 스파르타로 보냈는데 이 돈은 전쟁을 막기 위해 스파르타 관리들을 매수하는 용도로 쓰였다고 한다. 하지만 이는 평화를 샀다기보다는 시간을 샀다고 보는 게 옳다. 말하자면 시간을 벌어 여유롭게 전쟁을 준비함으로써 훗날 제대로 된 전쟁을 치르고자 했던 것이다.

이후 아테네와 라케다이몬 간에는 30년 간 휴전이 이루어졌다. 이때 페리클레스는 칙령을 발표하고 사모스(Samos, 에게 해 동부 그리스 령의 섬—역주) 섬으로 원정군을 보내라는 명령을 내렸다. 사모스인들이 밀레토스(Miletos, 소아시아의 서안 이오니아에 위치한 고대 그리스 도시—역주) 사람들과의 전쟁을 중단하라는 명령에 따르지 않았기 때문이었다. 두 나라는 프리에네(Priene, 소아시아 서안, 이오니아 지방의 그리스 식민도시로 이오니아 12도시 중 하나—역주)의 소유권을 놓고 전쟁 중이었다. 그런데 전황이 유리하다고 판단한 사모스인들은 무기를 내려놓지 않은 채, 아테네의 중재를 받으라는 명령을 거부했다. 이에 페리클레스는 함대를 파견해 사모스의 과두 정부를 무너뜨리고 그 도시의 유력 인사 50명과 아이들 50명을 인질로 잡아 렘노스Lemnos 섬으로 보내 유폐시켰다. 일설에 따르면 인질들이 석방을 조건으로 일인당 1탤런트씩을 모아 바치겠다는 제안을 페리클레스에게 했다고 한다. 또 사모스에 민주정부가 들어서는데 거부감을 갖고 있던 자들도 선물을 보내겠다는 의사를 표했다. 게다가 페르시아 왕의 막료로 사모스인들에게 호의를 갖고 있던 피수트네스Pissuthnes는 사모스를 용서해달라며 황금 1만 냥을 보내기도 했다. 하지만 페리클레스는 이 모두를 거절했다. 그는 사모스인들에게 적절하다고 생각되는 절차를 거쳐 그 섬에 민주정부를 세운 뒤 아테네로 항해해 돌아왔다.

하지만 사모스인들은 즉각 반란을 일으켰다. 피수트네스가 인질들을 몰래 탈출시키고 사모스인들에게 전쟁에 필요한 자금을 지원해주었던 것이다. 이에 페리클레스는 다시금 함대를 이끌고 사모스 원정에 나섰다. 그런데 사모스인들은 눈치를 보며 위기를 모면할 기회만 엿보기보다는 해상권을 놓고 아테네와 당당히 맞붙겠다는 각오로 나섰다. 페리클레스는 트라기아Tragia라 불리는 섬 주변 해상에서 사모스 군과 일대 접전을 벌인 끝에 44척의 군함으로 군인 수송선 20척을 포함한 적함 70척을 궤멸시키는 결정적 승리를 거두었다.

페리클레스는 이 승리와 함께 내처 사모스 항을 수중에 넣은 뒤 사모스 군을 완전히 에워싸 봉쇄했다. 하지만 사모스 군은 여전히 갖가지 방법을 동원해서 위험을 무릅쓰며 성 밖으로 나와 아테네 군을 괴롭혔다. 하지만 아테네로부터 더 많은 수의 지원함대가 도착하자 사모스 군은 이제 사방에서 꼼짝달싹 못하는 신세가 되었다. 페리클레스는 60척의 갤리선을 이끌고 넓은 바다로 나섰다. 사모스 군을 구하러 오는 페니키아Phoenicia의 소함대와 만나 사모아 섬으로부터 가능한 한 멀리 떨어진 곳에서 싸우기 위해서였다는 것이 많은 이들의 설명이다. 스테심브로토스(Stesimbrotus, 기원전 5세기에 활동한 고대 그리스의 역사가이자 음유시인 —역주)는 페리클레스가 키프로스로 건너갈 생각이었다고 하는데 이는 썩 믿을 만해보이지 않는다. 하지만 그의 의도가 어찌됐든 이는 오산이었다. 그가 먼 바다로 나가자 이타게네스Ithagenes의 아들로 당시 사모스의 장군이었던 철학자 멜리소스Melissus는 남아 있는 적함의 수가 많지 않고 적장들의 전투 경험도 많지 않을 것을 간파하고 시민들을 설득해 아테네 군을 공격했다. 이 전투에서 승리한 사모스 군은 일부 아테네 병사를 사로잡고 적함 수척을 격침시키며 해상권을 장악했다. 전쟁에 필수적이었지만 전에는 확보하지 못했던 군수 물자들을 아테네 군으로부터 약탈해항구로 옮겼다. 아리스토텔레스는 페리클레스도 이 전투가 있기 직전 자신이 직접 참전한 해전에서 멜리소스(Melissus, 기원전 5세기 사모스 섬 출신의 고대 그리스 엘레아학파 철학자. 해군 지휘관으로도 활약해서 아테네에 대한 반란 당시 사모스 함대를 지휘했다.—역주)에 패한 바 있다고 말했다.

사모스인들은 이전에 자신이 당한 모욕에 앙갚음이라도 하겠다는 듯 아테네 군 포로들의 이마에 올빼미 모양의 낙인을 찍었다. 아테네 군이 이전 전투에서 사로잡은 사모아 병사들에게 '사마이나Samaena'라는 글씨를 낙인으로 찍었기 때문이다. 사마이나는 배의 일종인데 뱃머리가 들창코처럼 보이도록 낮고 평평하게 제작되어 있다. 반면에 배의 밑부분은 넓게 펼쳐진 모양으로 크게 제작되어 있다. 이는 많은 화물을 싣고 안정적으로 항해하기 위해서였다. 사마이나라는 이름을 갖게 된 것은 그런 종류의 배가 폭군 폴리크라테스(Polycrates, 기원전 6세기 사모스 섬을 지배한 참주. 해군력을 강화해서 해적질을 통해 부를 축적했다.—역주)의 명령에 따라 제작되어 사모스 섬에서 첫선을 보였기 때문이다. 아리스토파네스는 사모스 병사들의 이마에 찍힌 낙인을 끌어다가 이렇게 비유한다.

"오, 사모스인들은 글자가 찍힌 족속이니라."

페리클레스는 아테네 군이 패배했다는 비보에 접하자마자 아군을 구하기 위해 함대를 되돌려 사모아 섬을 향해 전속력으로 항해했다. 페리클레스와 맞서기 위해 당당히 나섰던 멜리소스가 패하자 적군은 달아나기 바빴다. 페리클레스는 즉각 장벽을 쳐 적을 그 안에 가두었다. 비용과 시간이 들더라도 아군의 피해를 최소화하면서 그들에게 항복을 받아내 도시를 점령할 심산이었다. 하지만 공격이 지연되면서 슬슬 짜증이 나기 시작한 아테네 병사들은 싸우고 싶어 안달이 났다. 이런 병사들을 붙잡아두기란 여간 어려운 일이 아니었다. 하는 수 없이 페리클레스는 전 병력을 여덟 부대로 나누어 제비뽑기를 통해 하얀 콩을 뽑은 부대는, 나머지 일곱 부대가 전투를 치르는 동안 휴식을 취하며 놀고먹기로 했다. 언제든 사람들이 편한 마음으로 즐길 수 있는 날이 오면 그 날을 '하얀 날'이라 부르는 것도 바로 이 하얀 콩을 빗댄 것이라고 한다.

역사가 에포로스(Ephorus, 기원전 5~4세기에 활동한 고대 그리스 역사가로 전 그리스 보편사인 〈역사〉를 저술함—역주)는 한 걸음 더 나아가 페리클레스가 이 포위공격에서 기발한 발명품인 공성기攻城機를 처음 사용했다고 말한다. 이 신무기를 발명한 기술자 아르테몬Artemon은 전장에 직접 나가 공성기를 잘 활용할 수 있도록 돕기도 했다는 것인데 그는 절름발이라 자신을 필요로 하는 곳에 출동할 때는 가마를 이용했다고 한다.

그래서 얻은 별명이 페리포레토스Periphoretus였다. 하지만 헤라클리데스 폰티코스(Heracleides Ponticus, 고대 그리스의 천문학자로 플라톤의 제자이며 '티코브라헤의 천문설'을 제안했다.—역주)는 아나크레온의 시를 근거로 이 이야기가 사실이 아니라고 주장한다. 그의 시가 사모스 전쟁이 있기 몇 세대 전에 이미 아르테몬 페리포레토스를 언급하고 있기 때문이다. 그에 따르면 아르테몬은 편한 것만을 찾고 위험에 대단히 민감해서 대부분의 시간을 집 안에 틀어박혀 지내면서 행여나 천장에서 무언가 떨어질까 두려워 하인 둘을 시켜 머리 위로 청동 방패를 들고 있으라고 할 정도였다. 피치 못할 사정으로 외출해야 할 때는 조그만 들것을 타고 다녔는데 그것도 거의 땅에 닿을 정도로 낮게 들도록 했다. 그런 이유로 페리포레토스라는 별명을 얻었다는 것이다.

사모스 군은 포위된 지 9개월이 지나서 결국 항복하고 도시를 내주었다. 페리클레스는 성벽을 허물고 군함을 몰수했으며 그들에게 막대한 전쟁 배상금을 물렸다. 배상금의 일부는 즉시 갚고 나머지는 상환 날짜를 잡아 훗날 갚도록 하면서 이를 보증받기 위해 볼모를 잡았다. 페리클레스는 사모스를 함락시킨 뒤 아테네로 돌아와 전사자들을 위한 장례를 영예롭게 치러주었다. 그는 관례에 따라 무덤 앞에서 전사자들의 공적을 치하하는 추도연설을 했는데 청중들은 그의 연설에 큰 찬사를 보냈다. 연설이 끝나고 페리클레스가 연단에서 내려오자 키몬의 연로한 누이 엘피니케Elpinice를 제외한 모든 여성들이 몰려와 손을 잡으며 칭찬을 늘어놓았다. 여성들은 운동경기에서 승리를 거둔 선수 대하듯 페리클레스의 머리에 화관과 리본을 씌워주었다.

사모스 전쟁이 끝난 후 바야흐로 펠로폰네소스 전쟁이 눈앞에 다가온 상황이었다. 그는 코린토스의 공격을 받은 코르키라 섬에 원군을 보낼 수 있도록 시민들을 설득했다. 이미 펠로폰네소스인들이 아테네를 상대로 사실상의 적대행위를 자행하고 있는 상황에서 강력한 해군을 거느린 코르키라 섬을 아테나 편으로 끌어들이기 위해서였다. 라케다이몬의 왕 아르키다모스Archidamus는 대부분의 불만과 분쟁을 공정한 방식으로 해결하려 노력하면서 동맹국들의 화를 누그러뜨리고자 했다. 따라서 메가라 주민들과 화해하도록 아테네 사람들을 설득할 수만 있다면 아테네는 그 밖의 다른 분쟁 사유로는 전쟁에 휘말릴 일이 거의 없어 보였다.

분쟁의 진정한 원인을 찾기는 쉽지 않다. 대부분의 증언이 확인해주는 최악의 동기는 다음과 같다. 앞서 말한 대로 아테나 여신상을 만드는 일을 책임졌던 페이디아스는 페리클레스와 친분을 쌓고 그의 총애를 받으면서 많은 적을 만들었다. 그들은 페이디아스를 시기하고 비방했다. 그들은 시민들이 페이디아스에 대해 어떤 판단을 내릴지 시험해보기로 했다. 그리고 이는 페리클레스 자신을 그들 앞에 세울 기회이기도 했다. 이들은 페이디아스와 함께 일하던 메논Menon을 꼬드겨 장터에 세운 뒤 그로 하여금 페이디아스의 비위 사실을 고발하면서 위험에 빠진 자신을 보호해달라고 청중들에게 호소하라고 했다. 사람들은 메논에게 알고 있는 사실을 낱낱이 고하라고 했다. 그런데 페이디아스를 고발해 민회에서 심문을 진행했지만 아무런 비위사실도 드러나지 않았다. 페이디아스는 애초부터 페리클레스의 충고에 따라 여신상에 황금을 입힐 때 언제든지 그것을 다시 떼어내 그 정확한 무게를 달아볼 수 있도록 작업했다. 그런데 이런 일이 벌어지자 페리클레스는 페이디아스를 고발한 자들에게 실제로 황금을 떼어내 무게를 달아보라고 명령했다. 하지만 이들의 시기심을 불러일으킨 요인은 정작 페이디아스의 작품 그 자체에 있었다.

특히 여신의 방패 위에 아마존 여전사들의 전투를 묘사한 부분이 문제였는데 페이디아스는 양손으로 커다란 바위를 떠받치고 있는 대머리 노인네를 자신과 닮게 묘사한 데다 거기에 페리클레스가 한 여전사와 싸우고 있는 멋진 장면까지 집어넣었던 것이다. 창을 잡은 손을 얼굴 앞으로 내뻗게 해 페리클레스와 닮았다는 사실을 교묘히 감추려 했지만 양옆 어느 쪽에서 보아도 페리클레스가 분명했다.

페이디아스는 감옥에 갇혀 옥중 병사했다. 어떤 이들은 페리클레스의 정적들이 독살했다고도 주장한다. 페이디아스의 죽음을 페리클레스 탓으로 돌리거나 아니면 적어도 혐의 정도는 씌울 수 있을 것으로 생각했기 때문이라는 것이다. 제보자 메논은 글리콘Glycon의 제안에 따라 세금을 면제받았다. 또 시민들은 누구도 그에게 위해를 가할 수 없도록 철저히 경호하라고 장군들에게 명했다. 자신과 시민의 관계가 완전히 엇나가고 말았다는 사실을 페이디아스 사건을 계기로 깨닫게 된 페리클레스는 탄핵을 두려워한 나머지 지금까지 미적대며 미루고 있던 전쟁의 도화선에 불을 붙여 폭발시켰다. 그는 이로써 갖가지 불만과 비난을 잠재우고 시기심을 누그러뜨릴 수 있을 것이라고 생각했다. 통상 도시가 중대한 사건과 위험한 상황에 처하면 시민들은 페리클레스가 갖고 있는 권위와 영향력을 믿고 그에게 전권을 내맡겨왔다.

사람들은 페리클레스가 아테네 시민들에게 라케다이몬의 제안들을 받아들이지 말라고 한 이유를 여기에서 찾는다. 하지만 그것이 진실인지는 알 수 없는 노릇이다.

결국 라케다이몬과 동맹국들은 아르키다모스 왕의 진두지휘 아래 대군을 이끌고 아테네 영토로 침공해 들어와 지나는 마을마다 초토화시키며 아카르나이Acharnae까지 진군해와 그곳에 진을 쳤다. 아르키다모스 왕은 아테네인들이 이런 상황을 견디지 못하고 자신들의 나라와 명예를 지키기 위해 뛰쳐나와 싸울 것이라고 생각했다. 하지만 페리클레스는 펠로폰네소스와 보이오티아의 6만 대군에 맞서서 도시 그 자체의 운명이 달린 전투를 개시하는 것은 아무래도 위험천만한 일이라고 생각했다. 1차 침공 치고는 병사의 수가 너무 많았던 것이다. 결국 페리클레스는, 이런 상황을 애통해하며 불만에 가득 차 당장 달려나가 싸우자는 병사들을 애써 달래며 이렇게 듣기 좋은 말을 했다. "나무는 베어 넘어뜨려도 이내 다시 자라나지만 사람은 한번 잃으면 쉽사리 회복할 수 없느니라." 페리클레스는 민회 자체를 소집하지 않았다. 민회가 자신의 생각과는 반대로 당장 행동에 나서라고 밀어붙이지나 않을까 하는 염려 때문이었다. 수많은 정적들이 그를 위협하며 저주를 퍼부었다. 사람들은 그를 풍자하는 노래들을 만들어 도 마을 구석구석에 퍼뜨렸다. 겁쟁이 장군이라느니 혹은 소심하게도 적들의 수중에 모든 것을 넘겨주었다느니 하며 그를 모욕하는 노래들이었다.

클레온(Cleon, 고대 그리스 아테네의 정치가이자 민중지도자로 페리클레스의 정적이었다.—역주)도 이미 페리클레스를 공격하는 편에 서 있었다. 그는 페리클레스에 대한 반감을 발판으로 삼아 민중에 대한 자신의 지도력을 확장시켰다. 헤르미포스(Hermippus, 기원전 5세기에 활동한 아테네의 희극 작가로 특히 펠로폰네소스 전쟁 당시 인기를 구가했다.—역주)의 다음 시에 이런 상황이 잘 드러나 있다.

사티로스 정령들의 왕이시여, 칼은 어디에 두고
어찌 늘 입만 놀리시나요?
그들이 매우 용감하다는 건 알겠는데

뒤에 탈레스가 도사리고 있군요.
(탈레스는 분명 악명 높은 겁쟁이였다.)

여태 이만 갈고 있군요,
날카로운 단검이
나날이 날을 갈고 있는 줄도 모르고 말이죠,
클레온에게 뜨거운 맛 좀 보겠군요.

(Satyros, 그리스 신화에 나오는 반인반수의 모습을 한 숲의 정령으로 남성이며 여성 정령인 님페의 꽁무니를 쫓아다니며 주색을 밝힌다.—역주)
(Thales, 기원전 7세기에 활동한 철학자로 서양철학의 아버지로 불린다. 만물의 근원을 물로 보았으며 '그리스 7현인' 중 하나이다.—역주)

하지만 그 어떤 공격에도 페리클레스는 꿈쩍도 하지 않았다. 정적들이 가하는 모욕과 그들이 그에게 갖고 있는 악의를 묵묵히 견뎌냈다. 페리클레스는 펠로폰네소스로 100척으로 이루어진 함대를 출정시킬 때도 함대와 함께 하지 않고 뒤에 머물렀다. 그는 펠로폰네소스 군이 진영을 거두고 철수할 때를 기다리며 고국에서 아테네 시민에 대한 통제권을 유지했다. 한편으로 그는 전쟁에 지치고 고통스러워하는 일반 백성들을 위로하기 위해 국고를 열어 보조금을 지급하고 속국 영토를 분할해 나누어주었다. 아이기나(Aegina, 오늘날의 그리스 아이이나Aiyina 섬—역주)섬 주민들을 몰아내고 제비뽑기를 통해 그 땅을 아테네 시민들에게 나누어 주었던 것이다. 자신들과 마찬가지로 적들도 겪고 있는 고통과 처참한 상황 역시 아테네 시민들에게 위안이 되었다. 펠로폰네소스로 진격한 아테네 함대는 그 나라의 광범위한 지역을 초토화하고 촌락과 소도시를 약탈했다. 페리클레스도 육로를 통해 메가라로 들어가 그곳을 폐허로 만들었다. 펠로폰네소스 군은 육지에서 아테네인들에게 많은 피해를 입혔지만 그만큼 그들도 해상에서 많은 피해를 입었다. 결국 신의 섭리가 인간의 의지를 거스르지 않았다면 펠로폰네소스 군은 페리클레스가 애초에 예상했던 대로 전쟁을 오래 끌지 못하고 철수했을 것이다.

그런데 역병이 덮쳐 한창 나이의 꽃 같은 젊은이들의 목숨과 기백을 먹어치워 버리고 말았다. 그러자 육체와 정신 모두 피폐해진 시민들은 페리클레스를 향해 미친 듯이 분노를 폭발시켰다. 그들은 마치 정신착란을 일으킨 환자가 의사나 아버지를 공격하려 하듯이 페리클레스를 공격했다.

아테네 시민들이 자신을 못마땅해 하고 불만으로 가득 차 있다는 사실을 간파한 페리클레스는 시민들을 달래고 다시금 그들의 힘을 북돋기 위해 온갖 방법을 다 동원해 보았다. 하지만 그는 시민들의 분노를 잠재우지도 그들을 어떤 식으로든 설득해내지도 못했다. 결국 그에 대한 신임 투표가 거침없이 이루어지고 권력을 다시 손에 쥔 시민들은 페리클레스를 장군직에서 파면하고 벌금형에 처했다.

이후 얼마 안 가 시민들은 페리클레스에 대한 공격을 멈추었다. 이를테면 한 개의 침만 갖고 태어나는 벌처럼 시민들은 페리클레스에게 침을 쏘아 자신들의 분노를 분출한 뒤 페리클레스에게 입힌 상처와 함께 그 분노도 잃어버리고 만 듯했다. 하지만 페리클레스의 개인적 상황은 여전히 만만치 않았다. 많은 친구와 지인들이 역병으로 죽고 가족들은 이미 오래 전부터 페리클레스와의 불화로 엉망진창이 되어 있었다. 장남 크산티포스Xanthippus는 본래 방탕한 자였는데 여기에 젊고 낭비벽이 심한 아내까지 맞아들였다. 그는 얼마 안 되는 용돈을 그나마 찔끔찔끔 주는 아버지의 인색함에 질색을 했다. 그래서 어느 날엔가는 한 친구에게 사람을 보내 마치 아버지가 시킨 양 페리클레스의 이름으로 얼마간의 돈을 빌렸다. 나중에 그 사람이 돈을 갚으라고 하자 페리클레스는 돈을 갚기는커녕 그를 고소해버렸다. 당시 아직 젊은 청년이었던 크산티포스는 자신이 너무 부당한 대우를 받고 있다고 생각해서 공공연히 아버지를 욕하고 다녔다. 아버지가 집안에서 나누는 대화와 집에 온 궤변론자들이나 학자들과 나누는 담화를 폭로해 아버지를 세간의 웃음거리로 만들었다. 예를 들어 하루는 뛰어난 기량을 가진 한 5종 경기 선수가 자기 의지와는 상관없이 무심코 창을 던졌는데 그만 그 창에 파르살로스(Pharsalos, 그리스 중부의 도시로 기원전 48년 카이사르가 폼페이우스에 대승한 파르살로스 전투가 있었던 곳이며 아킬레스가 살던 곳—역주) 출신의 에피티모스Epitimus가 찔려 죽었다. 그러자 아버지 페리클레스는 하루 온종일 이 문제를 놓고 프로타고라스와 진지하게 토론을 했다는 것인데, 이 불운한 사건의 원인이 엄밀히 따져 누구에게 있는지, 창에 있는지 창을 던진 선수에게 있는지 아니면 이 운동을 주관한 경기 책임자에게 있는지를 놓고 옥신각신하고 있더라는 것이었다. 이런 부자간의 갈등과 불화는 크산티포스가 죽을 때까지 풀리지 않고 계속되었다. 크산티포스는 아테네에 역병이 돌 때 그 병을 얻어 죽었다. 그때 페리클레스는 누이마저 잃었다. 게다가 그의 친척과 친구들 대부분도 이때 사망했으며 국정을 운영하는 데 가장 능력 있고 헌신적이었던 사람들 역시 이 역병으로 잃었다. 하지만 페리클레스는 이런 큰 불행 앞에서도 전혀 움츠러들지 않았다. 고매한 정신과 당당한 기상을 꿋꿋이 지키며 울지도 슬퍼하지도 않았다. 심지어 그는 친구들과 친척들의 장례식에는 참석조차 하지 않았다. 하지만 그나마 유일하게 살아남아 있던 막내아들이 죽었을 때는 달랐다. 그에게 아들의 죽음은 큰 충격이었다. 하지만 그는 가능한 한 자기 본연의 모습을 지키며 당당함을 유지하고자 안간힘을 썼다. 그러나 장례 의식 절차에 따라 시신의 머리 위에 화관을 씌우던 페리클레스는 눈앞의 광경에 격한 슬픔이 차오르며 그만 무너져버렸다. 그는 눈물을 펑펑 쏟으며 절규했다. 그가 그런 모습을 보인 것은 난생 처음 있는 일이었다.

아테네는 페리클레스를 대신해서 전쟁을 치르고 국정을 이끌 인물을 찾아보았다. 숱한 장군들과 연설가들이 있었지만 그러한 중책에 걸맞은 무게감과 권위를 갖춘 신뢰할 만한 인물을 찾을 수 없었다. 시민들은 페리클레스가 없음을 아쉬워하며 다시 그를 연단으로 불러내고 장군직에도 복귀시키고자 했다. 하지만 페리클레스는 집에 틀어박혀 여전히 슬픔과 낙담의 세월을 보내고 있었다. 그를 설득해낸 사람은 알키비아데스와 친구들이었다. 페리클레스는 다시 밖으로 나와 시민들 앞에 섰다. 시민들은 그런 그에게 감사를 표하며 지난날의 홀대를 사과했다. 페리클레스는 국정에 복귀했다.

이즈음 역병이 페리클레스를 덮친 듯하다. 그 병을 앓은 다른 사람들처럼 급성으로 격심한 발작적 증세를 보이지는 않았지만, 다양한 변화와 증상을 보이면서 오랜 기간에 걸쳐 서서히 페리클레스의 몸을 갉아먹고 고매한 정신적 능력들을 좀먹어 들어갔다.

마침내 페리클레스의 죽음이 임박하자 아테네의 주요 인사들과 아직 살아남아 있던 친구들이 그의 병상 곁에 모여앉아 그가 살아오며 보여준 위대한 미덕과 권세에 대해 이야기를 주고받았다. 그런 가운데 그들은 페리클레스에 얽힌 유명한 일화들을 추억하며 전쟁에서 그가 거둔 승리를 손꼽아보기도 했다. 전쟁 총사령관으로서, 적국에 대한 정복자로서 그가 아테네의 영예를 위해 거둔 승리는 적어도 아홉 차례에 달했다. 그들은 자기들끼리 이렇듯 이야기를 주고받으면서 페리클레스가 이미 의식이 없어 그들 말을 이해하거나 신경 쓰지 않을 것으로 생각했다. 하지만 그는 그들이 나누는 이야기를 모두 귀담아 듣고 있었다. 이윽고 페리클레스가 그들의 이야기에 끼어들며 말했다. "다른 요인도 있겠지만 대개는 운이 좋아서 거둔 일들이지요. 예전에 다른 장군들도 흔히 이룬 업적들이에요. 어찌 그런 일로만 나를 칭찬하는 게요. 내가 살면서 이룬 가장 위대하고 뛰어난 업적은 정작 따로 있는데 어찌 그 이야기는 하지 않는 거요." 그러면서 그는 이렇게 덧붙였다. "아테네 사람 그 누구도 나 때문에 상복을 입어본 적이 없지 않소."

페리클레스는 삶의 우여곡절 속에서 그를 향한 숱한 적대적 시선에 시달리면서도 그가 변함없이 보여준 그 공정하고 온화한 성격만으로도 우리의 찬사를 받을 자격이 충분하다. 하지만 정작 그가 가장 명예롭게 생각한 것은 그렇듯 엄청난 권력을 행사할 수 있는 자리에 있으면서도 단 한 번도 개인적인 시기심이나 충동에 휘둘리지 않았다는 점과 적대 관계에 있는 사람이라 해도 언제나 화해의 가능성만큼은 열어두었다는 점이었다. 그리고 이는 페리클레스의 진취적 기상과 정서 덕이었다. 이 한 가지 점만으로도 그는 어찌 보면 유치하고 오만해 보이기도 하는 자신의 별칭 '올림포스 사람(Olympian, 천상계의 사람이라는 뜻—역주)'에 어울리는 인물이라 할 만하다. 우리에게 신이란 본시 모든 좋은 일에 관여하고 악한 일은 결코 하지 않는 존재이며 세상 만물을 다스리는 존재이다. 우리의 이런 신에 대한 개념에 비추어 볼 때 페리클레스가 막강한 권력을 휘두를 수 있는 높은 권좌에 있으면서도 공평무사한 성격에 삶 자체가 순수하고 흠결 하나 없었다면 그는 신적인 존재로 불려 손색이 없지 않겠는가.

페리클레스가 세상을 뜬 뒤 아테네는 이내 그가 없다는 상실감을 뼈저리게 느끼지 않을 수 없었다. 그가 살아 있는 동안 자신들을 하찮은 존재로 만드는 그의 막강한 권력에 분노했던 사람들은 페리클레스가 무대를 떠나자 다른 웅변가와 민중지도자를 찾아보았지만 이내 그런 기질을 타고난 인물이 없다는 사실을 선뜻 인정할 수밖에 없었다. 높은 자리에 있을 때 더 겸손해지고 더 사리분별이 뚜렷해지며 온유함 속에서 더 근엄하고 엄숙해지는 사람을 쉽사리 찾을 수 있었겠는가.

소시우스Sosius여, 올림피아 전차 경주에서 승리한 알키비아데스를 기려 쓴 시에서 시인은 '유명한 도시'에서 태어나는 것이야말로 인간 행복의 제1 요건이라고 말했다. 이 시를 쓴 사람이 많은 이들의 생각처럼 에우리피데스였는지 아니면 다른 시인이었는지 분명하지 않지만 그의 이 말에는 논란의 여지가 많으면서도 한편으로는 수긍이 가는 대목도 있다.

가령 누군가 역사서를 집필하고자 한다면 여러 조사와 자료들을 바탕

20) 말더듬이였지만 그리스 최대의 웅변가가 된 데모스테네스(Demosthenes, BC 384-322)는 아버지 유산을 가로챈 후견인들을 고소하기 위해 배운 수사(修辭)를 직업으로 삼아 변론가가 되었다. 그리스에 대해 간섭과 압박을 가하기 시작한 마케도니아의 필립포스 2세의 침략에 대항하는 격렬한 탄핵 연설을 한 후, 그리스의 자유를 위해 그리스 제국의 방위 동맹을 역설했던 그는 아테네의 테바이(Thebai)의 동맹을 성립케 하고, BC 338년 연합군을 인솔하여 마케도니아 군을 카에로네아(Chaeronea)에서 맞아 싸웠으나 패배했다. 하지만 그의 국가에 대한 큰 공로로 황금관의 수여가 제안되었는데, 이에 대하여 정적(政敵) 아이스키네스가 반대하여 재판이 벌어지자, BC 330년 그는 《관(冠)에 대하여》라는 연설을 하여 그를 정치적으로 몰락케 했다.

으로 해야 하는데 그 자료라는 것이 아무데서나 입수할 수 있는 게 아니고 또 항상 모국어로 기술되어 있는 것도 아니다. 외국어로 집필된 자료도 부지기수이고 그것들을 각기 다른 사람들이 소장하고 있기도 하다. 그런 경우 교양을 소중히 여기고 자료 정리도 잘 되어 있는 인구 많은 도시에서 사는 것이 무엇보다 최우선적으로 고려되어야 할 사항이다. 그런 도시라면 웬만한 책들은 모두 구해볼 수 있을 것이고 질문에 답해줄 사람도 있을 것이며, 작가의 펜을 비껴간, 그러나 사람들의 기억 속에는 충실히 보존되어 있는 세부적인 정보들도 입수할 수 있을 것이다.

하지만 나는 지금 소도시에서 살고 있고 이 도시가 더 작아질까 걱정이 되어 나라도 계속 이곳에 살아야겠다고 생각했다. 사실 로마와 이탈리아의 다른 지방에서 살 때는 로마어를 익힐 여유가 없었다. 공무에 바빴던 탓도 있지만 내게 철학을 배우겠다고 찾아오는 이들이 많았던 탓도 있다. 아무튼 그러느라 라틴어 저서에 탐닉할 기회를 놓치고 이렇게 세월만 흘러 황혼기에 접어들었다. 하지만 로마어의 기품 있고 간결한 발음을 감상하고 다양한 수사와 언어들의 조합, 그리고 말의 아름다움을 더욱 돋보이게 하는 언어적 기교를 이해하는 일은 분명 보람과 함께 즐거움도 선사할 것이다. 물론 로마어 실습과 연구에는 각고의 노력이 필요하다. 따라서 그런 일은 시간적 여유도 있고 아직 살날이 많이 남아 있는 사람들의 몫인지도 모른다.

데모스테네스와 키케로의 삶을 살펴봄에 있어서 그들의 선천적 기질과 인물 됨됨이를 비교하는 일은 전적으로 두 사람의 행동과 정치적 삶에 바탕해서 이루어질 될 것이다. 두 사람의 연설문을 서로 비교해서 비평함으로써 두 사람 중 어느 쪽 연설이 더 매력적이고 더 강렬했는지 보여주기 일 따위는 하지 않을 것이다. 거기에서 아무리 발버둥을 쳐 보았자 이온(Ion, 크수토스와 에렉테우스의 딸 크레우사 사이에 태어난 아들로 이오니아의 명조이다.—역주)이 말했듯이 "우리는 마른 땅위에 놓인 물고기 신세에 지나지 않을 것"이기 때문이다.

신성한 힘은 처음부터 데모스테네스와 키케로를 동일한 계획 아래 설계했던 듯하다. 그래서인지 두 사람은 선천적 기질에서 비슷한 면이 많다. 둘은 남보다 탁월하기를 누구보다 원했고 시민 생활에서 누리는 자유를 사랑했지만 위기가 닥쳤을 때나 전시에는 용기가 부족했다. 그것 말고도 그들에게는 우연히 겹치는 부분이 많았다. 보잘 것 없는 무명 인사에서 그토록 위대하고 강력한 인물이 된 연설가는 쉽사리 찾지 못할 것이다. 두 사람은 모두 왕이나 참주들과 갈등을 겪었고 딸을 잃었으며 조국에서 추방되었다가 또한 영예롭게 귀국했다. 이후 다시 도피생활을 하다가 종국에는 동포들의 자유를 위해 싸우다 세상을 떠났다는 점에서도 둘은 유사하다. 때때로 예술가들 사이에서 있는 일이지만 이 두 사람의 본성과 숙명 가운데 어느 쪽이 크게 작용해서 이런 일이 벌어졌는지 시험해보았다고 가정해보면 본성이 두 사람의 기질과 습성을 비슷하게 만들었는지 아니면 어떤 숙명 같은 것이 둘의 삶을 하나로 빚어냈는지 가늠하기 힘들 것이다. 아무튼 수백 년 앞서 태어난 데모스테네스 먼저 고찰해보기로 하자.

테오폼푸스(Theopómpus, 그리스의 키오스 태생의 역사가—역주)가 전하는 바에 따르면, 데모스테네스의 아버지 데모스테네스는 상류층 시민으로 별명이 '도공刀工, sword maker'이었다고 한다. 그가 대규모 작업장을 차려놓고 칼 만드는 데 숙련된 노예들을 여럿 거느리고 있었기 때문이다. 데모스테네스는 일곱 살 어린 나이에 아버지로부터 상당한 유산을 물려받았다. 그가 가진 토지의 가치를 환산하면 거의 15탤런트에 달

데모스테네스

했다. 하지만 그의 후견인들이 못된 짓을 저질렀다. 데모스테네스의 재산 중 일부를 횡령하고 나머지는 방치해버린 것이다. 심지어 그들은 데모스테네스를 가르치던 선생들의 봉급까지도 착복했다. 데모스테네스가 좋은 가문 출신으로 당연히 받았을 법한 교양교육을 받지 못한 것도 이 때문이었다. 허약한 체질도 한몫 했다. 어머니는 아들이 공부에 심혈을 기울이면 건강에 좋지 않을 것이라 생각했고, 따라서 선생들도 그에게 공부하라고 다그치지 않았다. 그는 태어날 때부터 병약했다. 친구들은 그런 그를 보고 '바탈루스Batalus'라며 놀려댔다. 바탈루스는 병약하고 무기력한 플루트 연주자였는데 안티파네스(Antiphanes, 고대 그리스의 시인으로 그리스 중기의 대표적인 희극작가이기도 하다.—역주)가 그를 조롱하는 희곡을 써서 유명해졌다.

데모스테네스가 웅변에 푹 빠지게 된 계기는 다음과 같다. 어느 날 웅변가 칼리스트라토스Callistratus가 오로포스Oropos를 위해 공개법정에서 변호를 할 예정이었다. 그런데 그 소송의 쟁점이 화제에 올라 사람들은 법정이 하루빨리 열리기를 학수고대했다. 물론 거기에는 웅변가의 명성도 한몫 했다. 칼리스트라토스는 당시 엄청난 명성을 누리고 있었다. 데모스테네스는 가정교사들과 학교 선생들이 이 재판을 보러가기로 했다는 이야기를 듣고 자기를 가르치던 가정교사에게 자기도 법정에 데려가 달라고 끈덕지게 졸랐다. 마침 법정 입구 경비원과 아는 사이였던 선생은 그를 구슬려 사람들 눈에 띄지 않는 자리 하나를 마련했다. 재판이 열린 날 칼리스트라토스는 법정을 압도했고 사람들은 그의 웅변에 아낌없는 찬사를 보냈다. 데모스테네스는 칼리스트라토스가 퇴정하는 중에도 엄청난 인파에 둘러싸여 환호를 받는 것을 바라보며 자신도 그런 명성을 얻고 싶다는 생각을 하기 시작했다. 하지만 무엇보다도 무언가를 압도하고 설득해내는 웅변의 힘이 그를 흥분시켰다. 그날 이후로 데모스테네스는 다른 공부를 모조리 작파하고 오로지 웅변가가 되겠다는 일념 아래 열심히 웅변을 배우고 훈련했다. 그는 웅변술을 가르쳐줄 스승으로 이사이오스(Isaeus, 기원전 5~4세기에 활동한 고대 그리스 변론가로 이소크라테스의 제자이며 법정연설문을 대신 써주는 로고그라포스를 직업으로 삼았다.—역주)를 선택했다. 그 당시 이소크라테스가 웅변 강좌를 열고 있었음에도 이사이오스를 선택한 것은 고아였던 데모스테네스가 이소크라테스가 정한 수강료 10므나를 낼 형편이 아니었기 때문이라는 이야기도 있고, 실무에 활용하기에는 이사이오스의 연설이 더 효과적이라고 생각했기 때문이라는 주장도 있다.

데모스테네스는 성년이 되자마자 그의 후견인들을 고소하고 그들을 공격할 연설문 작성에 들어갔다. 그 사이 후견인들은 온갖 속임수를 다 동원하면서 재판이 새로이 열려야 한다고 항변했다. 데모스테네스는 투키디데스 말대로 이런 위기 상황에서 오히려 웅변에 관해 많은 것을 깨칠 수 있었다. 그리고 각고의 노력 끝에 소송에서 이길 수는 있었다. 데모스테네스는 비록 아버지의 유산은 한푼도 되돌려 받지 못했지만 연설에 어느 정도 자신감을 갖게 되고 나름 충분한 경험을 쌓는 성과를 거두었다. 누군가를 변호하는 행위로부터 얻게 되는 명예와 권력을 맛본 데모스테네스는 한 걸음 더 나아가 과감히 공적인 업무에 투신했다. 그의 이런 모습을 보면 오르코메노스(Orchomenos, 신석기시대부터 발달한 보이오티아 지방 코파이스 호수 북서안에 있던 고대 그리스 도시—역주) 출신의 라오메돈Laomedon이 떠오른다. 비장脾腸에 병을 얻은 라오메돈은 의사의 권유로 장거리 달리기를 시작했는데 열심히 하다 보니 튼튼한 몸을 갖게 되었다. 그래서 큰 대회에 꾸준히 나가 손꼽히는 장거리 달리기 선수가 되었다. 데모스테네스도 처음에는 자기 재산을 되돌려 받기 위해 조금은 무모하게 연설을 시작했지만 이를 통해 연설 능력을 키웠고, 마치 라오메돈이 큰 경기에 참가했듯이 오랫동안 공적인 업무에 몸담다 보니 어느새 연단에서 으뜸가는 웅변가가 되어 있었다. 하지만 초창기에 청중을 대상으로 연설을 할 당시만 해도 그는 숱한 좌절을 맛보았다. 사람들은 그의 낯설고 투박한 어투를 비웃었다. 한 문장이 너무 길어 듣기에 거추장스러웠고, 귀에 거슬려 도저히 듣기 어려울 정도로 문장에 격식을 갖췄다. 게다가 목소리에는 힘이 없었으며 무언가에 당황한 듯 얼버무리는 말투였다. 호흡도 짧아 문장이 자주 끊기다 보니 말의 의미가 모호하게 전달되는 약점도 있었다. 결국 데모스테네스는 크게 낙담한 나머지 다중이 모이는 자리에서 연설하는 일을 기피하게 되었다. 그래서 페이라이에우스(Peiraievs, 그리스 동남부의 항구도시로 아테네의 외항—역주) 주변을 하릴없이 배회하고 있을 때 트리아시아Thriasia 출신의 노인 에우노모스Eunomus가 데모스테네스를 발견하고는 호되게 나무랐다. 데모스테네스의 말투가 페리클레스와 너무도 흡사한데도 비겁하고 성정이 약해서 제풀에 포기하고 있는 것은 아닌가. 청중의 고함소리에 용기를 가지고 꿋꿋이 버티지 못하고 언제든 행동에 나설 수 있도록 몸을 키우지도 않으면서 그저 무관심과 나태에 젖어 스스로 망가지고 있는 것 아니냐는 꾸지람이었다.

언젠가는 이런 일도 있었다. 데모스테네스가 청중의 야유를 받고 무거운 마음으로 고개를 푹 숙인 채 집으로 돌아가고 있었는데 평소 잘 알고 지내던 배우 사티로스Satyrus가 그를 뒤쫓아와 대화를 청하자 데모스테네스는 그에게 자기 신세를 한탄했다. 연설가로서 그 누구 못지않게 노력하고 주어진 일에는 몸이 부서져라 혼신을 다하는데 아직도 사람들은 자기를 알아주지 않는다는 것이었다. 그러는 사이에 연단은 모주망태, 뱃사람, 까막눈이 차지가 되어 자기네들 유세장이 되고 말았다고 했다. 이 말을 들은 사티로스는 이렇게 대답했다. "맞는 말이네, 데모스테네스. 하지만 이 모든 문제를 내 단번에 치료해줄 테니 에우리피데스나 소포클레스의 시 중에서 한 구절만 읊어보게나." 데모스테네스가 시키는 대로 하자 사티로스는 그를 되받아 같은 구절을 읊었다. 하지만 사티로스는 자기만의 방식으로 얼굴 표정과 몸짓까지 적절히 섞어가며 시 구절에 전혀 새로운 형식을 불어넣었다. 데모스테네스가 듣기에 전혀 다른 구절 같았다. 그는 언어에 어떤 행동이 덧붙여졌을 때 얼마나 우아해지고 화려해지는지 비로소 알 수 있었다. 또한 발음과 전달방식은 소홀히 하면서 그저 마구잡이로 연습에만 매달리는 것이 얼마나 쓸 데 없는 일인지 깨닫게 되었다. 이후 데모스테네스는 지하에 연습실을 마련했는데 이 연습실은 지금까지도 남아 있다. 데모스테네스는 하루도 빠짐없이 이 연습실을 찾아 연설 동작을 만들고 목소리를 가다듬었다. 어떤 때는 연습실에 들어가 두세 달을 꼼짝없이 틀어박혀 지내기도 했다. 밖에 나가겠다는 생각 자체를 그 스스로 그리 많이 하지 않았지만 행여 그런 마음이 들 때는 부끄러워서라도 그런 생각을 거두도록 머리를 절반만 삭발하기도 했다.

이것이 전부가 아니었다. 자신이 바깥에서 사람들과 나눈 대화, 대중 연설, 업무 역시 자신의 연습과 접목시키고, 앞으로 자신이 행하게 될 연설의 근거와 주장을 그로부터 추출해냈다. 데모스테네스는 친구들과 헤어지자마자 즉시 연습실로 내려가 방금 있었던 일들을 꼼꼼히 되새겨보고 그에 대한 옹호 논리나 반대 논리를 되짚어 보았다. 뿐만 아니라 누군가의 연설을 하나하나 따져 자기 식으로 되짚어 정리하고 다른 사람이 자기에게 한 말이나 자기가 다른 사람에게 한 말도 몇 가지 방식으로 고치고 변용해보았다. 따라서 사람들은 그가 연설 속에서 보여주는 힘과 능력이 어떤 천부적인 재능에서 온 것이라기보다는 오로지 각고의 노력 끝에 얻어진 것이라고 생각했다. 데모스테네스는 즉흥연설을 거의 하지 않았다. 그가 회합에 참석하면 사람들이 자주 그를 호명했지만 사전에 그 주제에 대해 고민해본 적이 없거나 준비한 바가 없으면 자리에서 일어서지 않았다. 많은 대중 연설가들이 그를 비웃었다. 한번은 피테아스 Pytheas가 데모스테네스를 비꼬며 그의 연설에서는 등잔불 냄새가 난다고 말했다. 그러자 데모스테네스는 날카롭게 받아쳤다. "피테아스, 그대 말을 들어 보니 그대의 등잔과 내 등잔이 서로 다른 것을 비춘다는 말이 사실이구려." 하지만 데모스테네스는 이런 사실을 굳이 부정하지 않고 아주 솔직히 인정했다. 연설문을 모두 사전에 쓰는 것도 아니고 그렇다고 전부 즉흥적으로 연설하는 것도 아니라고 말하곤 했다. 그는 연설문을 미리 준비하는 것이 진정으로 대중의 공감을 끌어내는 길이며 그런 준비야말로 청중에 대한 존중의 한 표현이라고 단언하곤 했다.

혹자는 이렇게 물을지도 모르겠다. 그렇다면 데모스테네스를 놀라우리만치 대담한 연설가라고 한 아이스키네스(Aeschines, 기원전 4세기에 활동한 아테네의 웅변가로 데모스테네스의 좋은 적수였다.—역주)의 말은 무슨

아이스키네스

의미인가? 미리나(Myrina, 소아시아의 에게 해 동쪽 해안지방, 페르가몬 남서쪽 에 있던 고대 도시—역주) 출신의 라마코스Lamachus가 필립포스 왕과 알렉산드로스 왕을 찬양하는 글 속에서 테베와 올린토스(Olynthus, 그리스 북부의 고대 도시로 칼키디케Chalcidice 반도의 중심 도시—역주)를 맹비난하고 그 내용을 올림피아 경기에서 공개적으로 인용했을 때 데모스테네스가 자리에서 벌떡 일어나 그리스가 테베와 칼키디케 사람들로부터 받은 혜택과 이익을 역사적으로 조목조목 따져 말하면서 한편으로는 마케도니아에 아부했던 자들이 그리스에 끼친 해악들을 일일이 밝혀 모든 청중들의 마음을 돌려놓은 적이 있었다. 그때 그 궤변론자는 청중들의 격렬한 항의에 놀라 경기장 밖으로 몰래 줄행랑을 쳤다. 아이스키네스는 과거의 이런 일을 염두에 두고 그런 말을 하지 않았을까? 데모스테네스는 페리클레스가 사전 준비에 철저하고 일관된 자세를 보여주었을 뿐 아니라 즉흥적으로 혹은 아무 때나 연설하는 것을 삼갔던 것이 그를 위대한 인물로 만든 주요 요인이었다고 생각했던 듯하다. 그래서 이를 본받고 따르려 애썼지만 눈앞에 다가온 영예로운 기회를 완전히 무시하지도, 그렇다고 기회가 올 때마다 늘 자신의 능력을 나서서 보여주지도 않았다. 사실 데모스테네스의 연설은 그의 연설문보다 그 대담성이나 신뢰성 면에서 훨씬 앞섰다. 에라토스테네스

(Eratosthenes, 알렉산드리아에서 활동한 그리스의 수학자, 천문학자, 지리학자—역주)는 데모스테네스가 연설을 하던 중 종종 무아지경에 빠지곤 했다고 말하고 데메트리오스Demetrius는 그가 마치 무언가 영감을 얻은 사람처럼 자신에 빗대어 "대지와 샘과 강과 개울을 동원해" 청중들에게 시적으로 간청했다고 말한다. 한 희극인은 데모스테네스를 '로포페르페레트라스rhopoperperethras'라 불렀는데 이 단어는 작은 물건이란 뜻의 '로포스rhopos'와 큰 소리로 떠드는 사람이란 뜻의 '페르페로스perperos'를 합성한 것으로 이를테면 그에게 데모스테네스는 작은 일을 놓고 큰소리로 열변을 토하는 사람이었다. 또 대구법을 활용해서 그를 조롱하기도 한다.

그가 빼앗은 것을 되돌려 받으라,
데모스테네스가 꿈에도 바라던 일 아니던가.

물론 안티파네스의 시에 나오는 이 구절이 데모스테네스가 할로네소스Halonesus에 관해 연설하면서, 필립포스 왕에게서 빼앗지 말고 되돌려 받으라고 아테네 시민들에게 충고했던 말을 빗대 그냥 우스갯소리를 한 것일 수도 있다.

아무튼 사람들은 천부적인 재능만 가지고도 그 누구도 능가할 수 없는 연설가의 반열에 오른 사람으로 데마데스(Demades, 기원전 4세기, 고대 그리스 아테네의 웅변가이자 외교관으로 친마케도니아 정책을 펼쳐 두 나라 간에 평화조약을 체결하는 데 기여한 인물—역주)를 꼽는 데 주저하지 않는다. 그는 즉흥적으로 연설을 해도 데모스테네스의 사전 준비된 연설을 능가했다고 한다. 키오스Chios 사람 아리스톤Ariston은 테오프라스토스Theophrastus가 연설가들에 대해 평가했던 내용을 기록으로 남겼는데 데모스테네스를 어떻게 평가하느냐는 질문에는 "아테네 시에 걸맞은 연설가"라고 대답했지만 데마데스에 대해서는 "아테네 시를 넘어서는 연설가"라고 답했다는 이야기를 담고 있다. 이 철학자는 당시 아테네 정치가 중 하나였던 스펫토스 출신의 폴리에우크토스Polyeuctus가 데모스테네스를 최고의 연설가로 손꼽으면서도 절제된 언어에 가장 많은 의미를 담는다는 측면에서 포키온(Phocion, 기원전 4세기에 활약한 아테네의 정치가이자 장군—역주)을 가장 유능한 연설가로 꼽았다고 전한다. 실제로 데모스테네스 자신도 포키온이 자신을 반박하기 위해 자리에서 일어설 때마다 옆에 있는 친구에게 이렇게 말했다고 한다. "저 사람, 또 내 연설에 칼을 들이대러 나오시는군." 하지만 포키온에 대한 데모스테네스의 이러한 감정이 그의 연설이 갖는 위력에 대한 것인지 아니면 그의 삶과 성품에 대한 것인지는 분명치 않다. 아니면 진정으로 신뢰하는 한 사람의 말 한마디 고갯짓 한 번에 다른 사람의 천 마디 미사여구보다 더 큰 무게감이 실릴 수 있다는 뜻인지도 모른다. 팔레룸 출신의 데메트리오스가 만년의 데모스테네스에게서 직접 들은 이야기라며 전하는 바에 따르면, 그는 태어날 때부터 갖고 있던 신체적 질환과 약점을 극복하기 위해 이런 방법을 썼다고 한다. 발음이 정확치 않고 더듬거리는 버릇을 고치기 위해 그는 입에 조약돌을 물고 말하는 연습을 했다고 한다. 또 가느다란 목소리는 달리기를 하거나 가파른 비탈을 올라가면서 숨이 턱까지 차올랐을 때 연설을 하고 시를 읊음으로써 극복했다. 그리고 집에 있는 큰 거울 앞에 서서 웅변 연습을 했다고도 전한다. 언젠가는 자신이 구타를 당했다며 변호를 맡아달라고 찾아온 사람에게 이렇게 말했다. "내가 보기에는 아무 일도 당하지 않은 게 분명한데요?" 그러자 그 사람은 목소리를 높이면 고함을 쳤다. "데모스테네스! 뭐라고요? 내가 아무 일도 당하지 않았다고요?" 이에 데모스테네스가 대답했다. "아! 이제야 억울하게 폭행을 당한 사람 목소리가 들리는군요." 이처럼 데모스테네스는 화자의 어투와 몸짓이 신뢰를 이끌어내는 데 무척 중요하다고 생각했다. 또 이런 일도 있었다. '철면피'라는 별명을 가진 도둑이 늦게까지 자지 않고 등잔불 아래서 연설문을 쓰는 데모스테네스에게 욕지거리를 하며 다닌다고 하자 이렇게 말했다. "그럴 만도 할 거야. 차라리 불을 다 꺼드릴 걸 그랬네. 아테네 시민 여러분, 이제부터는 도둑이 들었다고 놀라지 마세요. 그 철면피가 우리들 흙담을 넘기가 오죽 쉽겠습니까!"

그가 처음 공적 활동을 개시한 시점은 대략 포키스 전쟁 즈음이었다. 하지만 그리스 도시연합을 위해 그가 선택한 목표는 필피포스 왕에 대한 그리스의 수호였고, 따라서 매우 숭고하고 정당한 것이었다. 이 과정에서 데모스테네스는 매우 훌륭한 업적을 세워 이내 유명해졌다. 그의 연설과 그 말에 담긴 기백은 어디서나 관심을 끌었다. 급기야 그는 그리스 전역에서 칭송의 대상이 되었을 뿐 아니라 페르시아의 왕도 그에게 유혹의 손길을 뻗었으며 필립포스 왕조차도 그를 당대 최고의 연설가로 꼽을 정도였다. 심지어 정적들까지도 이 저명인사와 어떤 식으로든 관련이 있다는 사실을 털어놓고 싶어 안달일 지경이었다. 그래서 아이스키네스와 히페레이데스(Hypereides, 고대 그리스의 웅변가. 아테네 10대 웅변가 중 한 사람으로 상대방을 화나게 하지 않으면서 비난하는 화술로 유명했다.–역주)조차도 그를 고발하고 비난하면서도 그 부분만큼은 인정할 정도였다.

데모스테네스는 말과 행동에서 매사에 은근슬쩍 피하거나 어물거리는 법이 없었다. 철학자 파나이티오스Panaetius에 따르면 데모스테네스의 연설은 마치 하나의 결론, 즉 오로지 정직하고 덕이 있는 것만이 선택받는다는 결론을 입증하기 위해 쓰인 듯했다. 그 예로 그는 데모스테네스의 〈관(冠)에 대하여〉, 〈아리스토크라테를 반박하다〉, 〈면제 옹호론〉, 〈필립포스를 탄핵한다Philippics〉 등의 연설을 들고 있는데 이 모든 연설에서 데모스테네스는 즐겁고 쉽고 이로운 듯 보이는 것을 좇지 말고 일신의 안위와 보전을 고려하기 전에 무엇보다 정당하고 영예로운 것을 먼저 생각해야 한다고 줄기차게 역설했다.

데모스테네스는 포키온을 제외하면 당대의 그 어떤 연설가보다 훌륭한 삶을 살았다. 그 누구도 대중 앞에서 데모스테네스만큼 대담하게 연설하지 못했다. 그는 다중의 잘못을 거침없이 공격하고 그들의 불합리한 요구에 대해서는 언제나 반대편에 섰다. 이는 그의 숱한 연설들이 증언하는 바이다. 테오폼포스가 전하는 이야기도 있다. 언젠가 아테네 사람들이 그를 호명하며 누군가를 고발하라고 하자 그는 이를 거부했다. 그러자 청중들 사이에 소란이 일었고 그가 자리에서 일어나 말했다. "오, 아테네 시민들이여, 그대들이 원하든 원치 않든 나는 언제나 그대들의 조언자입니다. 하지만 아첨꾼이나 무고자가 되어라 한다면 그런 짓은 절대 할 수 없습니다." 게다가 데모스테네스는 안티폰Antiphon 사건에서는 철저히 귀족주의적인 면모를 보인다. 데모스테네스는 안티폰이 민회에서 무죄를 선고받자 백성들의 반대에도 아랑곳 않고 그를 기어코 아레오파고스 법정에 세워 필립포스와 내통해 무기고를 불태우겠다고 약속한 혐의로 유죄를 받아내 처형했다. 데모스테네스는 이런저런 가벼운 범죄를 저지른 여사제 테오리스Theoris를 고발했는데 무엇보다 노예들에게 주인을 속이도록 사주했다는 게 주요 혐의였다. 테오리스는 결국 사형을 언도받고 처형당했다.

데모스테네스가 그리스 내에서 보여준 방향성은 평화가 지속되던 기간에도 명확히 드러난다. 그는 마케도니아 사람이 저지른 일이라면 무조건 비판하고 트집을 잡았다. 그리고 언제나 아테네 사람들을 선동해 그들의 분노에 불을 지폈다. 필립포스 왕의 궁정 안에서조차 가장 많이 입에 오르내리는 사람은 데모스테네스였다. 그래서 그가 마케도니아로 파견되는 열 명의 사절 가운데 한 사람으로 그곳에 갔을 때 필립포스 왕은 그의 연설에 대해서만큼은 매우 신중하고 정확히 답변했다. 하지만 연설이 아닌 경우 필립포스 왕은 다른 사절만큼 그를 예우를 갖춰 대하지 않았는데 특히 아이스키네스나 필로크라테스 일파에 대해서는 친절과 예의를 갖추었지만 그에게는 그런 모습을 보이지 않았다. 그러자 함께 갔던 사절들은 필립포스 왕이 연설에 매우 뛰어날 뿐 아니라 잘 생겼고 무엇보다도 술자리에서 사교적이라며 칭찬을 아끼지 않자 데모스테네스도 가만히 있지 않았다. 우선 첫 번째 칭찬은 말만 번지르르한 연설가가 되기에 딱 좋은 자질이고, 둘째는 아낙네에게나 던질 칭찬이며, 마지막 것은 술고래에게나 어울릴 자산이니 그 어느 것도 왕에게 적절한 칭찬은 아니라고 꼬집었다.

오래지 않아 데모스테네스는 사절 자격으로 그리스 전역을 돌아다니며 필립포스 왕에 맞서 분연히 일어설 것을 설득했다. 그 결과 거의 모든 도시들과 반필립포스 동맹을 맺을 수 있었다. 아테네 시민들로 구성된 병력을 제외하고도 1만5천 명의 보병과 2천의 기병이 편성되었다. 게다가 이들 외국인 병사들에게 줄 봉급에 충당될 자금 모금에도 모두들 흔쾌히 참여했다. 테오프라스토스에 따르면, 당시 그리스 연합군은 전쟁에 필요한 분담금을 확정지어달라고 요구했다고 한다. 그러자 크로빌로스Crobylus는 이렇게 말했다. "전쟁이 하루에 먹는 배급량은 정해져 있지 않다." 바야흐로 그리스 전체가 무기를 들고 일어섰다. 전쟁 결과에 대한 기대도 컸다. 에우보이아, 아카이아, 코린토스, 메가라, 레우카스, 코르키라 사람들 그리고 모든 도시들이 하나의 동맹이라는 기치 아래 뭉쳤다. 하지만 데모스테네스에게는 가장 어려운 일이 남아 있었다. 테베를 연합군에 끌어들이는 일이었다. 테베는 아테네에 인접해 있고 강력한 군대를 보유하고 있었으며 그들은 그리스 도시국가 중에서 가장 뛰어난 병사들로 알려져 있었다. 하지만 그들은 필립포스 왕으로부터 떼어놓는 것은 결코 녹록한 일이 아니었다. 필립포스 왕이 아주 최근에 있었던 포키스 전쟁 당시 테베에 많은 원조를 했던 데다 테베와 아테네는 서로 국경을 접하고 있어 두 도시 간 분쟁과 불화를 일으킬 문제가 끊임없이 생겨나고 그것은 국지적인 충돌로 이어지기 일쑤였다.

더구나 필립포스 왕이 암피사(Amphissa, 그리스 중부 포키스 주에 있는 소도시. 델포이 북서쪽 15km 지점에 있다.—역주)에서 만족할 만한 전과를 거둔 데 힘입어 엘라테이아(Elateia, 포키스에 속한 고대 그리스의 고대 도시—역주)를 급습하고 포키스를 손에 넣자 아테네인들은 기겁했다. 너무도 당황한 나머지 아무도 자리에서 일어나 입을 뗄 엄두조차 내지 못했다. 회의장은 침묵과 당혹감에 휩싸였다. 마침내 데모스테네스가 좌중에서 유일하게 발언에 나서 테베와의 동맹을 주장하는 한편으로 시민들을 독려하면서 평소에도 그랬던 것처럼 그들에게 희망을 불어넣어주려 애썼다. 데모스테네스는 사절단의 일원으로 테베로 향했다. 마르시아스Marsyas에 따르면, 필립포스 왕도 데모스테네스에 맞서 특사를 테베로 보냈다고 한다. 테베 사람들도 자체적으로 회의를 열어 이 문제를 논의했고 이미 무엇이 그들에게 이익인지 이미 알고 있었다. 하지만 그들의 눈앞에는 여전히 전쟁의 참화가 아른거리고 있었다. 포키스 전쟁에서 입은 상실감은 여전히 현재진행형이었던 것이다. 그런데 바로 이때 위력을 발휘한 것이 데모스테네스의 연설이었다. 그는 테베 사람들에게 용기를 불어넣고 그들의 투쟁심에 불을 지폈다. 그리하여 테베 사람들은 앞뒤 헤아릴 것도 없이 모든 두려움과 과거에 입은 은혜도 모두 내던진 채 무언가 신령한 힘에 홀린 듯 데모스테네스의 연설이 펼쳐 보여준 영예로운 길을 택했다. 한 사람의 연설가가 이룬 업적은 참으로 눈부신 것이었다. 필립포스 왕은 즉각 사절단을 보내 평화협정을 맺고자 했다. 기세가 오른 그리스 도시 연합은 무장을 한 채 참전의 기회만을 기다리고 있었다. 아테네 총사령관뿐 아니라 보이오티아 총사령관도 데모스테네스의 입만을 주시하며 명령을 기다렸다. 그는 아테네의 모든 회의뿐 아니라 테베의 회의까지도 주관하게 되었다. 두 도시에서 모두 시민들의 사랑을 듬뿍 받았고 최고의 권력을 행사했다. 이 과정에는 그 어떤 불공정한 수단도 개입되지 않았다. 오로지 정당한 명분만이 있었을 뿐이었다. 이 모든 것은 오로지 데모스테네스로부터 말미암은 것이었다.

하지만 이런 급격한 사태의 변화 속에는 그 당시 그리스의 자유에 종지부를 찍을, 그리고 그들의 모든 행동을 저지하고 방해하는 신이 내린 어떤 숙명 같은 것이 도사리고 있었던 듯하다. 수많은 징조들이 장차 벌어질 일들을 예견하고 있었다. 델포이 아폴론 신전의 여사제가 언급한 불길한 예언과 시빌레(Sibylle, 아폴론으로부터 예언력을 받은 그리스 신화의 무녀—역주)의 시에서 인용된 다음의 오래된 신탁도 그 가운데 하나다.

테르모돈 강에서 필경 전투가 일어나겠구나,
멀리서 별 탈 없이 지켜보고 싶구나,
독수리처럼 저 멀리 창공 위에서.
패자에겐 눈물이, 승자에겐 죽음이 있으리니.

누군가는 테르모돈 강을 내가 태어난 카이로네이아(Chaeronea, 그리스 동부, 보이오티아의 고대 도시로 마케도니아의 필립포스 왕이 아테네군과 테베군 및 그 동맹군을 격파한 옛 싸움터—역주)에 있는 작은 개울로 케피소스(Cephisus, 보이오티아 지방에 흐르던 강으로 그리스 신화에 나오는 강의 신을 지칭하기도 한다.—역주) 강으로 흘러들어간다고 주장한다. 하지만 오늘날 그곳에는 그런 명칭으로 불리는 개울이 존재하지 않는다. 다만 헤라클레스 신전 옆을 흐르는 하이몬Haemon이라는 작은 개천이 있는데 그 옛날 그리스 군이 진을 쳤던 그곳을 당시에는 테르모돈이라 불렀던 게 아닌가 추측할 뿐이다.

하지만 데모스테네스는 그리스 군을 철저히 믿고 있었다고 한다. 더구나 그리스 대군의 용사들은 사기가 충천해서 언제든 적과 맞붙어 싸울 준비가 되어 있어 그 또한 데모스테네스를 들뜨게 했다. 그러니 신탁의 경고나 예언 따위가 귀에 들어올 리 만무했다. 그는 무녀를 의심하며 그녀가 필립포스 왕에게 매수되어 그에게 유리한 예언을 했을 것이라고 공언했다. 데모스테네스는 테베 군에게는 에파미논다스의 정신을 아테네 군에게는 페리클레스의 정신을 주입시키며 이들 두 사람은 항상 자기 나름의 기준을 갖고 이성의 명령에 따라 행동했으며 이런 예언이나 신탁을 비겁한 자들의 변명에 불과한 것으로 여겼다고 했다. 여기까지는 흠잡을 데가 없었다. 데모스테네스는 분명 용사다운 모습을 보여주고 있었다. 하지만 막상 전투가 벌어지자 그는 자신의 명연설에 상응할 만한 명예로운 모습을 전혀 보여주지 못했다. 그는 치욕스럽게도 자기 위치를 망각하고 무기를 버리고 도망쳤다. 피테아스Pytheas에 따르면, 그는 자신의 방패에 새겨진 "행운이 함께 하기를"이라는 황금으로 새겨진 글귀를 무색케 하는 행동을 하면서도 부끄러움을 몰랐다.

그러는 동안 필립포스 왕은 첫 승리에 크게 기뻐하며 거만을 떨었다. 그는 술에 잔뜩 취한 채 밖으로 나와 적군의 시체를 둘러보며 데모스테네스의 발의로 통과되었던 법령의 첫 머리에 운과 박자를 넣어 흥얼거렸다.

데모스테네스의 아들, 데모스테네스가 제안하나이다.

하지만 필립포스 왕은 제정신이 들자 직전에 있었던 사태의 심각성을 떠올렸다. 그는 불과 몇 시간의 논의 끝에 자신의 삶과 제국을 위험에 빠뜨렸던 한 연설가의 놀라운 힘과 능력에 몸서리치지 않을 수 없었다. 데모스테네스의 명성은 페르시아 궁정에까지 퍼졌다. 페르시아의 왕은 부관들에게 편지를 보내 데모스테네스에게 금일봉을 전달하고 그를 예의 주시하라고 명령했다. 그가 필립포스 왕으로 하여금 군을 일으키도록 한 그리스 내 유일한 사람이며 그리스가 혼란에 빠진 와중에도 자기 주변국들에게 거병하도록 부추길 수 있었던 또한 유일의 인물이었기 때문이다.

그러나 데모스테네스의 정적들은 그리스에 닥친 불행을 그를 고소하고 고발할 기회로 삼았다. 그럼에도 불구하고 사람들은 이러한 고소·고발 사건에 대해 데모스테네스의 무죄를 선고했을 뿐만 아니라 이전과 다름없이 그를 존경하며 따랐다. 카이로네이아 전투에서 숨진 병사들의 시신이 고국에 당도해 엄숙히 장례식이 치러질 때 추도사를 읽을 사람으로 그들은 데모스테네스를 꼽았고, 결국 그가 추도사를 읽었다. 하지만 이후 데모스테네스는 법령을 통과시킬 때 자신의 이름을 쓰지 않았다. 자기 이름은 상서롭지 못하고 불행을 가져다준다고 여겼기 때문에 친구들의 이름을 차례로 사용하게 했다. 그러던 중 카이로네이아 전투에서 승리한 뒤 얼마 안 있어 필립포스 왕이 사망하자 데모스테네스는 다시금 용기를 얻었다. 신탁의 마지막 구절이 예언한 바가 현실이 된 듯하다.

> 패자에겐 눈물이, 승자에겐 죽음이 있으리니.

필립포스 왕의 사망 소식을 비밀리에 전달받은 데모스테네스는 이 기회에 아테네인들에게 미래에 대한 희망과 용기를 불어넣고 싶었다. 그는 환한 얼굴로 집회에 나가 아테네 사람들에게 엄청난 행운의 전조가 될 것 같은 꿈을 꾸었다고 거짓말을 했다. 그리고 오래지 않아 전령이 도착해 필립포스 왕의 사망 소식을 전했다.

사람들은 지체 없이 신에게 제물을 바치고 파우사니아스(Pausanias of Orestis, BC 336년 필립포스 왕의 근위대장이었으나 그를 암살했다.—역주)에게 금관을 선물하기로 의결했다. 데모스테네스는 딸이 죽은 지 일주일밖에 지나지 않았지만 화려한 옷을 입고 머리에는 화관을 쓴 채 사람들 앞에 모습을 드러냈다. 아이스키네스는 이를 두고 데모스테네스가 혈족 간의 애정조차 없는 사람이라고 그를 비난했다. 하지만 데모스테네스는 슬픔에 빠져 울고불고 하는 것만이 떠나보낸 자식에 대한 애틋한 사랑의 징표냐고 했다. 아이스키네스가 진정으로 생각했다면 그것은 그가 생각이 깊지 못한 사람이라는 사실을 스스로 드러낸 꼴인지 모른다. 나는 눈물과 애통함과 슬픔을 집안 여인들의 몫으로 남기고, 국익을 위해 나서는 것이 자신에게 부여된 본연의 임무라고 생각한 데모스테네스가 옳았다고 본다.

다시 하던 이야기로 돌아가자. 그리스의 여러 도시들은 데모스테네스의 노력에 힘입어 다시금 동맹을 맺기로 했다. 테베 군은 데모스테네스가 무기를 조달해주자 마케도니아의 수비대를 기습공격해 많은 인명을

딸의 결혼식장에서 필리포스 2세를 살해하는 파우사니아스

척살했다. 아테네 군도 그들과 합세할 준비를 마쳤다. 의회를 장악하고 있던 데모스테네스는 아시아에 있는 페르시아 왕 휘하의 장군들에게 편지를 보내 마케도니아에 반기를 들어 전쟁을 일으킬 것을 주문했다. 그는 마케도니아의 왕 알렉산드로스를 애송이에 얼간이라고 불렀다. 하지만 알렉산드로스가 국내 문제들을 정리한 뒤 몸소 군대를 이끌고 보이오티아로 쳐들어오자 아테네인들의 용기는 바닥으로 떨어졌다. 데모스테네스의 입도 얼어붙었다. 그리하여 아테네로부터 버림받은 테베 군은 홀로 마케도니아 군과 싸우다가 결국 도시를 잃었다. 이후 아테네 시민들은 낙담과 당혹감에 사로잡혀 알렉산드로스 왕에게 사절단을 보내

기로 결정했다. 데모스테네스도 그 일원이었다. 그런데 알렉산드로스의 분노가 두려워 마음을 추스르지 못했던 데모스테네스는 결국 키타이론(Cithaeron, 그리스 중부 보이오티아 지방에 있는 산으로 그 명칭은 그리스 신화에 나오는 산의 신에서 따왔다.—역주) 산에서 몸을 돌려 아테네로 돌아와 사절 직위를 내려놓았다. 그러는 동안 알렉산드로스 왕은 아테네로 사람을 보내 여덟 명의 연설가를 자기에게 보내라고 요구했다. 그 명단에는 데모스테네스를 위시해서 폴리에우크토스, 에피알테스, 리쿠르고스, 모이로클레스(Moerocles, 살라미스 출신의 아테네 웅변가—역주), 데몬, 칼리스테네스(Callisthenes, 아리스토텔레스의 조카이자 제자로 마케도니아에서 활약한 역사가. 알렉산드로스 대왕의 아시아 원정 때 그를 수행했다.—역주), 카리데모스Charidemus의 이름이 있었다. 데모스테네스가 자신들을 지켜주던 개들을 늑대에게 넘긴 양의 우화를 들려준 것은 다름 아닌 이때였다. 그와 함께 시민들의 안전을 위해 헌신했던 인사들을 양떼를 지켜주던 개에 비유했던 것이다. 그리고 알렉산드로스 왕은 "마케도니아의 우두머리 늑대"였다. 그는 내처 이렇게 덧붙였다. "곡물상이 접시에 밀 낟알 견본을 담아 가지고 돌아다니면서 그걸 이용해서 창고에 쌓여 있는 곡물을 모조리 팔아 해치운다고 해서 그대들도 몇 사람 되지 않는다고 우리를 그런 식으로 넘겨버린다면 결국은 그대들도 모르는 사이에 여러분 모두를 함께 넘겨버리는 꼴이 될 것입니다." 아테네 시민들은 어찌할 줄 모르며 생각에 생각을 거듭할 뿐이었다. 그때 데마데스가 나섰다. 그는 여덟 명의 연설가들과 상의한 끝에 5탤런트를 자기에게 주면 자신이 알렉산드로스 왕을 찾아가 선처를 호소해보겠노라고 했다. 데마데스가 알렉산드로스 왕과의 우정과 그의 호의를 믿었던 것인지 아니면 알렉산드로스 왕을 이미 사냥감을 포식한 사자로 생각해서 쉽사리 설득해낼 수 있을 것이라고 생각했는지는 알 수 없지만 어쨌든 그는 알렉산드로스를 찾아갔고 그를 설득해서 아테네에 대한 요구를 철회하도록 했을 뿐 아니라 아테네와의 화해까지 이끌어냈다.

알렉산드로스 왕이 군대를 철수하자 데마데스와 그의 측근들은 단연 돋보이는 존재가 되었다. 반면에 데모스테네스의 존재는 완전히 잊혀졌다. 스파르타 사람 아기스Agis가 반란을 일으켰을 때 잠시 그를 지원하고자 하는 운동을 벌이기도 했지만 아테네 시민들의 참여를 끌어내지 못해 다시 움츠러들 수밖에 없었다. 결국 아기스는 살해당하고 라케다이몬 사람들은 참패했다. 그즈음 왕관과 관련된 크테시폰Ctesiphond 사건에 대해 재판이 열렸다. 이 소송은 카이로네이아 전투 직후 카이론다스Chaerondas가 집정관일 당시 처음 제기되었지만 이후 10년이 지나도록 진행되지 않다가 아리스토폰Aristophon이 집정관에 오른 뒤 재판이 열렸다. 이 재판에 관계한 연설가들의 명성도 명성이려니와 재판관들의 의연한 용기도 화제에 올라 이 재판은 시민들의 지대한 관심사로 떠올랐다. 당시 데모스테네스를 고발한 자들은 권력의 정점에 있었고 여러모로 마케도니아인들의 지지를 받고 있었음에도 불구하고 재판관들은 데모스테네스에게 불리한 판결을 내리지 않고 그의 명예를 지켜줘 무죄 판결을 내렸다. 그래서 아이스키네스 측은 재판관들의 표 중 5분의 1밖에 얻지 못했다. 결국 아이스키네스는 재판이 끝나자 도시를 떠나 로도스 섬과 이오니아 해 연안 도시 주변에서 수사학을 가르치며 여생을 보냈다.

하르팔로스(Harpalus, 알렉산드로스 왕과 어릴 적부터 친구였던 사람으로 공금유용이 탄로날까 두려워 그리스로 도주했다.—역주)가 아시아로 원정 간 알렉산드로스 왕의 진지에서 도망쳐 아테네로 온 것은 이 재판이 있고 얼마 안 지나서의 일이었다. 그는 사치와 향락에 빠져 많은 죄를 저지른 자신을 탓하며 도주 행각을 벌였다. 하지만 한편으로는 알렉산드로스 왕이 점점 더 흉포해져서 가장 친한 자신에게까지 끔찍한 짓을 저지르자 이를 두려워 한 측면도 있었다. 그가 아테네에 와 자신의 사정을 사람들에게 말하고 자신의 재산과 타고 온 배를 넘긴 다음 그들의 처분에 따르겠다고 하자 그의 재산에 눈이 먼 아테네의 연설가들은 그를 돕기로 하고 그의 탄원을 받아들이자고 아테네 시민들을 설득했다. 데모스테네스는 처음에는 그를 나라 밖으로 추방하자고 충고했다. 부당한 자를 보호하려고 도시를 쓸 데 없이 전쟁에 휘말리도록 할 수는 없다는 것이었다. 하지만 며칠 후 하르팔로스의 재산을 조사하던 중 데모스테네스가 페르시아 산 술잔을 탐내면서 그 만듦새와 거기에 새겨진 장식을 호기심어린 표정으로 유심히 관찰하는 낌새를 챈 하르팔로스는 데모스테네스에게 그 술잔을 들어 금의 무게가 얼마나 할지 알아맞혀 보라고 권했다. 데모스테네스는 술잔을 들어보고는 그 무게가 상당히 나가는 데 놀랐다. 그는 하르팔로스에게 무게가 얼마나 되는지 물었다. 그는 미소를 지으며 대답했다. “당신에게는 20탤런트가 따라갑죠.” 이내 어둠이 내리고 하르팔로스는 그 술잔과 함께 20탤런트를 데모스테네스에게 보냈다. 하르팔로스는 얼굴 표정과 시선, 눈동자의 움직임만 보고도 사람의 탐욕을 탐지해내는 데 탁월한 재능을 가진 사람이었던 듯하다. 데모스테네스는 결국 그의 유혹에 넘어가고 말았다. 이는 자신의 성채에 적의 주둔군이 들어오도록 문을 활짝 열어준 꼴이어서 데모스테네스는 결국 하르팔로스의 이익을 대변하지 하지 않을 수 없었다. 이튿날 데모스테네스는 목에 양모 수건과 붕대를 감고 집회장에 나타났다. 청중들이 그에게 일어나 연설을 하라고 요구하자 목이 아파 소리를 낼 수 없다는 표시를 했다. 눈치 빠른 사람들은 그런 그를 비웃으며 간밤에 연사가 그냥 편도 선염이 아니라 은으로 된 편도선염에 걸린 게 분명하다고 수군댔다. 얼마 안 가 사람들은 그가 뇌물을 받은 사실을 알게 되었다. 청중들의 분노는 시간이 갈수록 고조되었다. 모두들 입이 열 개라도 할 말이 없을 사람에게는 말할 기회조차 주어서는 안 된다고 생각했다. 청중들의 욕설 섞인 함성이 그를 더욱 궁지로 몰아댔다. 그때 한 사람이 일어나더니 이렇게 외쳤다. "아테네 시민 여러분, 술잔을 든 사람은 한 마디 하는 법입니다. 무슨 말을 할지 들어봅시다." 한참 뒤 아테네 시민들은 하르팔로스를 도시 밖으로 내쫓았다. 그리고 연설가들이 받은 뇌물에 대한 책임을 자신들이 지게 될까봐 집집마다 샅샅이 뒤지며 철저히 조사했다.

데모스테네스는 조사를 거부하면서 조사 권한을 아레오파고스 법정에 주어 이 법정이 유죄로 판단하는 사람들을 처벌하도록 하는 법령을 제안했다. 하지만 이 법정이 제일 먼저 의심한 사람은 공교롭게도 데모스테네스 자신이었다. 법정에 선 그는 결국 50탤런트의 벌금형을 받았지만 벌금을 내지 못해 투옥되었다. 몸이 허약해진 데다 더 이상 감옥 생활을 지탱하기 힘들어지자 데모스테네스는 감시가 소홀한 틈을 타 탈옥을 감행했다. 일부 시민들의 방조도 탈옥에 도움이 되었다. 그는 망명생활을 꿋꿋이 견뎌내지 못했다. 대부분의 시간을 아이기나와 트로이젠에서 생활하면서 아테네 쪽을 바라보며 눈물을 흘리는 경우가 잦았다. 그는 자신을 찾아와 대화를 나눈 젊은이들에게 정치에는 아예 발을 들여놓지도 말라고 충고했다. 만일 그에게 처음부터 두 가지 길이 제시되었다면, 이를테면 한쪽은 연단과 의회로 이어지는 길이고 다른 한쪽은 곧바로 파멸에 이르는 길이라면 그리고 자기가 공직에 있는 사람들에게는 공포, 시기심, 중상모략과 이전투구 같은 해악이 뒤따른다는 사실을 미리 알았더라면 자신은 주저 없이 곧바로 죽음에 이른 길을 택했을 것이라고도 말했다.

그런데 데모스테네스가 망명생활을 하던 동안 알렉산드로스 왕이 세상을 떠났다. 그때 레오스테네스(Leosthenes, 라미아 전쟁 당시 그리스 연합군을 이끈 아테네의 장군—역주)는 라미아에서 안티파트로스(Antipatrus, 기원전 4세기 알렉산드로스 대왕 휘하 마케도니아의 정치가이자 장군으로 알렉산드로스 왕이 아시아 원정을 떠나 있을 당시 본국의 섭정을 지낸 인물—역주) 장군을 포위한 채 성벽을 쌓고 있었다. 이를 본 그리스인들은 용기를 얻어 다시금 무기를 들었다. 이에 연설가 피테아스와 '게'라는 별명으로 불리던 카밀레돈(Callimedon, 기원전 4세기에 활약한 아테네의 연설가이자 정치가로 친마케도니아 파의 일원이었다.—역주)은 아테네를 빠져나와 안티파트로스 편에 섰다. 두 사람은 안티파트로스의 측근들, 사절들과 함께 그리스 전역을 돌아다니며 그들이 아테네 편을 들지 못하도록 설득했다. 그런데 다른 한편에서는 데모스테네스가 아테네로부터 파견된 사절들과 함께 손을 잡고 그리스의 모든 도시들이 일제히 마케도니아 군을 공격함으로써 그들을 그리스 땅에서 몰아내도록 설득하는 데 온 힘을 기울였다. 이 소식을 들은 아테네 시민들은 크게 기뻐하며 데모스테네스를 다시 아테네로 불러들일 것을 의결했다. 이러한 제안을 한 사람은 데모스테네스와 사촌지간인 파이아니아 출신의 데몬이었다. 시민들은 아이기나에 있던 데모스테네스에게 배 한 척을 보내 그를 페이라이에우스 항으로 데려왔다. 모든 시민들은 그의 귀국을 열렬히 환영했다. 집정관과 사제도 그를 환영하는 자리에 몸소 모습을 드러냈다. 마그네시아 사람 데메트리오스Demetrius가 전하는 바에 따르면, 데모스테네스는 하늘을 향해 두 손을 높이 쳐들고 알키비아데스보다 훨씬 더 영예롭게 귀국할 수 있게 된 자신의 행복한 처지를 축복했다고 한다. 그의 귀국이 고국의 동포들에게 어떤 강압이나 통제를 가함으로써 이루어진 것이 아니라 오로지 그들의 자발적인 의사와 자유로운 감정에 따라 이루어졌기 때문이다. 이제 남아 있는 것은 벌금 문제였다. 법에 따르면 벌금 문제는 시민들이 면제해줄 수 없는 사안이었다. 하지만 시민들은 법을 빠져나갈 방법을 찾아냈다. 아테네에서는 유피테르에게 제물을 바칠 때 제단을 마련하고 장식하는 이에게 일정한 양의 은을 주는 풍습이 있었다. 제삿날이 돌아오자 시민들은 이 일을 데모스테네스에게 맡겼다. 그리고 그 대가로 벌금에 해당하는 금액인 50탤런트를 그에게 주었다.

하지만 귀국 후 행복한 나날은 그리 오래 가지 않았다. 그리스가 시도했던 일들이 이내 모두 좌절되었고 뒤이어 피아네프시온 달에는 데모스테네스가 세상을 떴기 때문이다.

안티파트로스가 아테네를 향하고 있다는 소식을 들은 데모스테네스와 동료들은 도시를 몰래 빠져나가 도망쳤다. 그러자 시민들은 데마데스의 제안에 따라 이들 도망자들에게 사형을 선고했다. 그들은 그리스 여러 도시로 뿔뿔이 흩어졌다. 안티파트로스는 그들을 체포하기 위해 병사들을 사방으로 파견했다. 한때 배우로 활동했던 아르키아스는 연설가 히페레이데스와 아리스토니코스Aristonicus, 히메라이오스Himeraeus를 아이기나에 있는 아이아코스 신전에서 붙잡아 안티파트로스에게 보냈다. 이들은 곧 사형에 처해졌는데 히페레이데스는 혀가 잘려 죽었다고 전해진다.

또한 아르키아스는 데모스테네스가 칼라우리아Calauria 섬에 있는 포세이돈 사원의 성소에 피신해 있다는 정보를 입수하자 트라키아 창병들과 함께 날쌘 배를 타고 바다를 건너 섬에 도착했다. 그는 데모스테네스에게 안티파트로스라면 결코 데모스테네스에게 모진 취급을 하지 않을 것이라며 자신과 함께 안티파트로스에게로 가자고 설득했다. 하지만 데모스테네스는 간밤에 이상한 꿈을 꾸었다. 비극 무대에 오른 자신이 아르키아스와 연기 경쟁을 펼치고 있었는데 자신도 혼신의 연기를 펼쳐 관객들의 열띤 호응을 받았음에도 무대장치와 소품들이 제대로 갖춰지지 못해 아르키아스에게 지고 마는 꿈이었다. 데모스테네스는 아르키아스가 온갖 달콤한 말을 다 동원해 그를 설득하고 있었지만 꿈쩍 않고 앉은 채 그를 올려다보며 말했다. "예전에 연극을 보면서도 자네 연기에 감화받은 바 없네만 지금도 나는 자네의 약속을 신뢰하지 않네." 그러자 아르키아스는 점점 화가 치밀어 올라 마침내 데모스테네스를 협박하기 시작했다. 그러자 데모스테네스가 말했다. "이제야말로 진짜 마케도니아식 신탁이 나오는구먼. 그래 아까까지만 해도 자네는 연기를 하고 있었지. 잠시만 기다려주게. 가족들에게 한두 마디 글이라도 남겨야 하지 않겠나?" 데모스테네스는 이렇게 말하면서 신전 안으로 들어가 편지를 쓸 것처럼 두루마리 하나를 가져왔다. 그러고는 펜을 입에 가져다 물고 한참을 있었다. 그가 생각에 잠겨 있거나 글을 쓸 때 늘 하던 버릇이었다. 그러다 갑자기 그가 머리를 떨구더니 얼굴을 가렸다. 문 앞에 서 있던 병사들은 그가 죽음이 두려워 그러는 줄 알고 그를 사내답지 못한 겁쟁이라고 비웃었다. 아르키아스는 데모스테네스에게 다가가 일어나라고 다그치면서 아까 했던 말을 되풀이했다. 안티파트로스와 반드시 화해시켜주겠노라고 다시금 약속했다. 하지만 데모스테네스는 독 기운이 온몸에 퍼져 이제 자신의 목숨이 경각에 달렸음을 느꼈다. 데모스테네스는 얼굴을 가렸던 손을 치우고 아르키아스를 노려보며 말했다. "기뻐하게나, 이제 자네는 비극에서 크레온(Creon, 오이디푸스의 외삼촌이자 처남으로 테베의 왕. 테베를 공격한 오이디푸스의 아들 폴리네이케스의 시신을 매장하지 못하게 함으로써 결과적으로 안티고네를 죽음으로 몬다.—역주) 역을 맡게 되었네. 내 시체를 매장하지 말고 들판에 내던져버리게나. 포세이돈이시여, 저는 아직 이렇게 목숨이 붙어 있는 동안 이 신전을 나갈까 합니다. 하지만 안티파트로스와 저 마케도니아 놈들은 당신의 사원을 더럽히고야 말 놈들입니다." 말을 끝낸 데모스테네스는 신전 밖을 향해 걸어가기 시작했다. 하지만 이미 몸은 떨려오고 다리가 말을 듣지 않아 부축을 받을 수밖에 없었다. 그리고 제단 옆을 지나던 그는 풀썩 쓰러져 마지막 신음 소리와 함께 숨을 거두었다.

아리스톤에 따르면, 데모스테네스는 앞에서 보았듯이 펜을 입에 물어 독약을 먹었다. 하지만 에라토스테네스Eratosthenes는 데모스테네스가 속이 빈 팔찌에 독을 숨기고 다녔다고 말한다. 그의 죽음과 관련해서는 많은 사람들이 서로 다른 주장을 펼치고 있다. 하지만 그들의 이야기를 모두 살펴볼 필요는 없을 것이다. 다만 데모스테네스의 친척이었던 데모카레스Demochares가 했던 말은 그냥 지나칠 수 없을 듯하다. 그는 데모스테네스가 독약을 먹고 죽은 것이 결코 아니라고 말한다. 신들의 섭리와 보살핌으로 마케도니아인들의 잔악한 손길에서 벗어나 그렇듯 갑작스럽게 편안한 죽음을 맞이한 것이라는 견해다. 데모스테네스는 피아네프시온 달 16일에 죽었는데 그날은 테스모포리아(Thesmophoria, 고대 그리스에서 보리 파종기에 대지와 곡물의 여신 데메테르를 위해 연 제전으로 여성들의 제전이다.—역주)축제 중에서 가장 슬프고도 엄숙한 날이다. 그날이 되면 그리스 아낙네들은 금식을 하며 여신의 신전을 지킨다.

데모스테네스가 죽고 얼마 지나지 않아 아테네 시민들은 그에게 마땅한 영예를 내려주었다. 그의 청동상을 세우고 가족 중 최연장자는 프리타네이온에서 부양하도록 했다. 그리고 그의 동상 받침대에는 다음과 같은 유명한 글귀가 새겨졌다.

> 그대가 그리스를 위해 지혜로웠던 만큼 용기마저 있었다면
> 마케도니아인들이 어찌 그리스를 정복할 수 있었으리.

우리가 아테네로 가기 직전에 다음과 같은 사건이 발생했다고 한다. 한 병사가 자기가 저지른 죄를 해명하라는 상관의 명령에 그 앞에 불려가게 되었다. 그는 그곳으로 가기 전 데모스테네스 동상에 들러 그의 손에 자그마한 황금덩어리를 찔러 넣었다. 동상의 손가락들은 서로 맞물려 꺾여 있었고 동상 옆에는 키 작은 버즘나무 한 그루가 많은 잎을 달고 자라고 있었다. 그때 우연히도 바람이 불어와서 그랬는지 아니면 병사가 일부러 그렇게 했는지는 몰라도 황금 위로 나뭇잎이 떨어져 한참 동안 그 황금을 가려주었다. 돌아오는 길에 병사는 황금이 제자리에 멀쩡히 있는 것을 보았다. 이 사건은 금세 소문을 타고 널리 퍼졌다. 도시의 재치 있는 시민들은 이 사건이 데모스테네스의 청렴결백을 입증해주는 증거라며 너도나도 풍자시를 지어 자랑하기에 바빴다.

데마데스에 대해 이야기 하자면 그 역시 자신에게 떨어진 영예를 그리 오래 누리지 못했다. 데모스테네스의 죽음에 대한 신의 앙갚음이 마케도니아까지 따라와서 자신이 비열하게 아첨해오던 사람들에게 마땅한 죽음을 당했다.

키케로(Marcus Tullius Cicero, BC 106-43)의 어머니 헬비아Helvia가 좋은 가문에서 태어났다는 것은 일반적으로 알려진 사실이다. 하지만 키케로의 아버지의 출생과 관련해서는 알려진 바가 전혀 없다. 그래서 이런저런 극단적인 이야기들이 떠돌고 있을 뿐이다. 어떤 이는 그가 모직물을 가공하는 직공의 아들로 태어나 그 기술을 익혔다고 하고 또 어떤 이는 그의 가문이 툴루스 아티우스Tullus Attius까지 거슬러 올라간다고도 한다. 툴루스 아티우스는 볼스키족의 유명한 왕으로 로마를 상대로 꽤 치열한 전쟁을 벌인 인물이다. 어쨌든 이 가문에서 처음으로 키케로라는 이름을 달게 된 사람은 꽤 기억할 만한 가치가 있는 인물이었던 듯하다. 자칫 치욕스럽게 느껴질 수도 있는 이 이름을 자손 대대로 거부하지 않았을 뿐 아니라 오히려 자랑스러워하기까지 했기 때문이다. 라틴어로 '키케르Cicer'는 야생완두콩을 의미했는데, 그의 코끝이 야생완

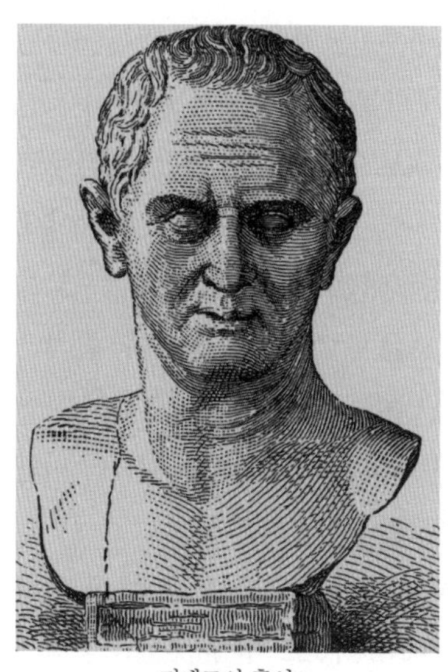
키케로의 흉상

두콩처럼 움푹 파여 주름져 있었기 때문에 붙여진 이름이다.

그래서 키케로가 처음 공직에 출마하며 정치에 발을 들여놓을 당시 주변 친구들은 그 이름을 빼든지 바꾸라고 충고했지만 그는 전혀 개의치 않는다는 듯, 열심히 노력해서 키케로라는 이름을 스카우리Scauri나 카툴리Catuli 같은 이름보다도 더 영광스런 이름으로 만들 생각이라고 대답했다고 한다. 키케로가 시칠리아에서 재무관으로 일할 당시 신에게 은쟁반을 만들어 바치는 의식을 치를 때 은쟁반에 그의 앞 두 이름 마르쿠스Marcus와 툴리우스Tullius를 새긴 뒤 세 번째 이름은 글씨 대신 야생완두콩 모양을 새겨넣어달라고 장인에게 농담 삼아 말했다고 한다.

키케로가 태어난 날은 1월 3일이다. 그 날은 오늘날 로마의 관리들이 황제를 위해 기도하고 제물을 바치는 날과 같은 날이다. 키케로는 학업을 시작할 나이가 되자 단연 뛰어난 재능을 발휘하며 또래 학생들 사이에서 이름을 날렸다. 학부모들이 자주 학교를 찾아와 키케로가 어떤 아이인지, 알려진 대로 영민하고 학습에 대한 적응력이 그토록 뛰어난지 직접 확인할 정도였다. 일부 경우 없는 학부모들은 아이들이 함께 걸을 때도 키케로를 대장처럼 떠받들며 한가운데 두고 걷는 광경을 보면서 화를 내기도 했다. 플라톤이 학구적이고 철학적인 기질을 논할 때 모든 영역의 학문에 열성적이고 그 어떤 지식이나 가르침도 기꺼이 받아들이는 자세를 첫째로 꼽았지만 키케로는 여러 학문 분야 중에서 특히 시에 열성을 보였다. 키케로가 소년 시절에 쓴 4보격의 시 「폰티우스 글라우코스」Pontius Glaucus는 지금까지도 남아 있다. 이후 키케로가 이 분야에 몰두하면서 그의 시적 소양은 좀 더 정교해졌다. 이로써 키케로는 로마 최고의 연설가뿐 아니라 최고의 시인으로도 각광받게 되었다. 하지만 그 이후로 새로운 양식의 연설 기법이 많이 등장했음에도 불구하고 연설가로서의 명성은 계속 유지되었던 반면에 그의 시는 이후 뛰어난 시인들이 숱하게 선을 보이면서 관심 밖으로 밀리며 잊혀졌다.

청소년기 학업을 마친 키케로는 곧 〈아카데메이아〉Academia[21] 학파 필론Philon의 청강생이 되었다. 필론은 클리토마코스Clitomachus의 제자들 가운데 단연 으뜸이었던 인물로 로마인들은 그의 유창한 연설에 환호했고 그의 품성을 사랑했다. 또한 키케로는 무키우스 가문(Mucii, 무키우스 스카이볼라Mucius Scaevola를 시조로 하는 가문으로 무키우스는 로마 건국 신화에 나오는 인물로 에트루리아인들의 침략을 물리친 용감한 청년이다.—역주)과도 가깝게 지내고자 했는데, 이 가문은 로마에서 유력 정치가와 원로원 의원을 많이 배출하고 있었다. 이들은 키케로에게 법에 관한 여러 지식들을 가르쳐주었다. 키케로는 마르시Marsi 족과의 전쟁 당시 잠시 동안이지만 술라(Sulla, 기원전 2~1세기 고대 로마제국의 장군이자 정치가. 귀족당의 일원으로 호민관 민회와 대립하였으며 종신 독재관을 지낸 인물—역주) 휘하에서 전투에 참여하기도 했다. 하지만 공화국이 수많은

21) BC 387년 플라톤이 아테네에 세운 학교로 BC 529년까지 존속하며 플라톤학파의 교육장으로 활용되었다.

당파로 분열되었다가 나중에는 절대군주제 쪽으로 기우는 모습을 본 키케로는 모든 것을 접고 칩거하며 관조적인 삶을 즐겼다. 이후 그는 술라가 정권을 장악할 때까지 그리스 학자들과 어울리며 학문에 정진했다.

그즈음 술라의 해방노예 크리소고노스Chrysogonus가 법에 따라 사형에 처해진 것으로 알려진 사람의 사유지와 관련해서 소송을 걸어 그 토지를 2천 드라크마에 사들였다. 그러자 사형당한 자의 아들이자 상속인이었던 로스키우스Roscius는 이의를 제기하며 그 땅의 값이 250탤런트의 가치가 있음을 증거를 들어 주장했다. 자신의 조치에 시비를 거는 데 화가 치민 술라는 로스키우스에게 아버지를 살해한 혐의를 씌웠고 그 과정에서 크피소고노스는 증거를 조작했다. 하지만 술라의 행패를 두려워한 사람들은 그 누구도 로스키우스를 변호하려고 나서지 않았다. 의지할 데가 없었던 로스키우스는 키케로를 찾아가 도움을 요청했다. 키케로의 친구들은 공직에 진출하는 데 이만큼 정당하고 영예로운 기회가 없다며 그를 부추겼다. 이에 키케로는 이 사건의 변호를 맡아 결국 승리했다. 이 일로 그는 큰 명성을 얻었다.

하지만 술라는 역시 두려운 존재였다. 그는 술라를 피해 그리스로 여행을 떠나면서 건강이 좋지 않다는 소문을 널리 퍼뜨렸다. 실제로 그는 몸이 많이 야위고 허약해진 상태였다. 위가 약해서 늦은 저녁이 되어서야 가벼운 음식을 그것도 소량 섭취하는 게 고작이었다. 그의 목소리는 크고 우렁찼지만 매우 귀에 거슬리는 데다 절제되어 있지도 않았다. 그래서 연설 도중 청중들의 열기가 고조되면 자신도 덩달아 흥분해서 건강을 해치지 않을까 걱정이 될 정도로 소리를 고래고래 질러대고는 했다.

아테네로 건너간 키케로는 그곳에서 아스칼론(Ascalon, 팔레스타인 남서부, 가자 북동쪽 19㎞ 지점의 지중해에 면한 고대의 항구 도시—역주) 출신

안티오코스Antiochus의 강의를 들으며 그의 유창한 화술과 유려한 말씨를 통해 많은 것을 배웠다. 하지만 그의 혁신적인 이론까지 받아들인 것은 아니었다. 그는 로마에서 변론가와 정치가로서의 꿈을 이룰 수 없다면 그 분야에서의 삶을 접고 조용히 철학의 세계에 빠져 지내기로 마음을 굳혔다.

하지만 얼마 후 키케로는 술라가 세상을 떴다는 소식을 접했다. 아테네에 머무는 동안 꾸준히 운동을 해서 체력을 회복한 그는 다시금 활력을 되찾았고 그의 목소리도 듣기 좋게, 또 우렁차게 변했다. 로마의 친구들은 키케로에게 여러 차례 편지를 보내 로마로 돌아와 공직에 복귀하라고 지성으로 설득했다. 키케로는 연설 연습에 매진하는 한편으로 당대의 유명 수사학자들을 찾아다니며 연설가로서 갖춰야 할 수사적 기법들을 몸에 익히고 정치적 능력을 길렀다. 그가 아테네에서 아시아와 로도스 섬으로 항해해 간 것도 그런 노력의 일환이었다. 그는 아시아로 가 아드라뭇데노(Adramyttium, '죽음의 공회'라는 뜻으로 소아시아의 북서쪽 끝에 있던 무시아의 옛 항구 도시—역주) 출신의 크세노클레스, 마그네시아 사람 디오니시오스Dionysius, 카리아(Caria, 소아시아 남서해안의 이오니아, 프리기아, 리키아 지방에 둘러싸인 지역의 고대 명칭—역주) 사람 메니포스와 대화를 나누며 가르침을 받았고 로도스 섬에서는 몰론Molon의 아들 아폴로니오스Apollonius에게서 웅변술을 배우고 포시도니우스Posidonius에게서는 철학을 배웠다. 로도스에서 아폴로니오스를 만났을 때 라틴어를 몰랐던 아폴로니오스는 키케로에게 그리스어로 연설을 해보라고 요청했다. 키케로는 아폴로니오스가 자신의 연설에서 결점을 제대로 찾아 지적해주려는 속셈이려니 생각하고 기꺼이 연설을 했다. 연설이 끝나자 주변에 있던 사람들은 모두들 놀라며 서로 그를 칭찬하기에 바빴다. 하지만 아폴로니오스만은 그의 연설을 듣는 동안에도 전혀 감동받는 기색을 보이지 않았을 뿐 아니라 연설이 끝난 뒤에도 한동안 아무런 반응도 하지 않은 채 골똘히 생각에 잠겨 있었다. 키케로가 그의 이런 모습에 당황해하자 아폴로니오스는 이렇게 말했다. "키케로! 그대는 찬사를 받아 마땅하오. 그저 놀라울 뿐이오. 그리고 그리스가 안쓰럽고 딱할 뿐이오. 그리스가 지금까지 유일한 영예로 알아온 인문학과 웅변마저도 이제 그대로 인해 로마에 빼앗기게 생겼으니 말이오."

기대에 부푼 키케로는 다시금 정치 일선에 뛰어들 생각에 들떠 있었다. 그런데 신탁이 그의 발걸음을 머뭇거리게 했다. 델포이의 신에게 어떻게 하면 가장 큰 영광을 얻을 수 있는지 묻자 무녀는 "시민의 의견을 좇지 말고 오로지 너의 타고난 재능만을 삶의 지침으로 삼으라"고 대답했다. 이에 키케로는 로마로 돌아가 처음에는 여러모로 몸을 사리며 공적인 일에 선뜻 나서지 못했다. 따라서 그 당시에는 평판이라 할 것도 없이, 그저 로마의 미천하고 무지한 사람들이 딱히 부를 호칭이 없을 때 흔연히 붙여주는 '그리스 사람', '학자 선생'으로 불렸을 뿐이다. 하지만 키케로의 가슴에는 이름을 떨치고 싶은 욕망이 꿈틀거리고 있었고, 아버지와 친척들은 변론계에 본격적으로 진출하라고 끈질기게 권유해왔다. 그리고 일단 그 분야에 첫발을 떼는 순간 그의 행보에는 거침이 없었다. 그는 법정에서 모든 변론인을 훨씬 능가하는 활약을 펼치면서 단번에 변론계의 찬란한 총아로 떠올랐다. 데모스테네스도 그랬지만 키케로 역시 처음에는 전달력에 큰 결함을 갖고 있었다고 한다. 그래서 희극배우 로스키우스와 비극배우 아이소포스Aesopos로부터 가르침을 받는 데 많은 공을 들였다. 아이소포스와 관련해서는 일화가 전해진다. 티에스테스(Thyestes, 미케네의 왕. 형 아트레우스와 왕권을 다투다 실패하고 형수 아이로페를 유혹하다 추방당한다.-역주)에 대한 복수심에 불타는 아트레우스(Atreus, 미케네의 왕으로 펠롭스의 아들. 동생 티에스테스와 왕권을 다툰다.-역주) 역을 맡은 아이소포스는 연기에 너무 몰입한 나머지 무대를 가로질러 달려가던 시종 역의 배우를 지팡이로 난폭하게 때려 그 자리에서 숨지게 했다. 이 사건은 이후 키케로의 연설이 설득력을 얻는 데 적지 않은 기여를 했다. 그는 목소리만 큰 연설가들을 비웃곤 했는데 그런 이들은 마치 걷지 못해 말을 타고 다니는 절름발이처럼 제대로 연설할 줄 몰라 소리만 고래고래 지르는 것이라고 했다. 사람들은 마치 기다렸다는 듯 불쑥불쑥 튀어나오는 키케로의 재치와 풍자가 변론인으로서는 안성맞춤이라고 생각했다.

로마에 대기근이 들었을 때 키케로는 시칠리아의 재무관으로 임명되었다. 키케로는 현지 주민들의 곡물을 강제로 걷어 로마로 송출했던 까닭에 처음에는 원성을 샀다. 그러다 나중에 그가 세심하고 공정하고 관대하게 일을 처리하는 것을 보고는 여태까지 겪어왔던 그 어떤 총독보다도 그를 존경하게 되었다. 또 이런 일도 있었다. 명망 있는 귀족 가문의 로마 젊은이들 몇이 군 복무 중 훈련을 소홀히 하고 비행을 저질러 법무관 앞에 불려나가게 되었다. 키케로는 그들의 변호를 맡아 훌륭하게 일을 처리해서 젊은이들을 무죄 석방시켰다. 이런 일들로 해서 높은 평판을 얻고 로마로 돌아오던 키케로는 그 스스로도 밝히고 있듯이 낯부끄러운 일을 겪는다. 캄파니아Campania에서 키케로는 친구로 지내던 그 지역 유력 인사를 만났다. 키케로는 로마 전역이 그의 활약에 온통 들썩이고 있기라도 하듯, 로마 사람들이 자신에 대해 어떤 평을 하더냐고 물었다. 그러자 친구는 오히려 키케로에게 되물었다. "키케로, 그동안 거기에 가 있었던 거야?" 키케로는 자신이 이룬 업적이 마치 대양에 배가 침몰하듯 거대한 로마 시 어딘가로 침몰해 버렸다는 사실을 깨닫고 그 굴욕적인 상황에 낙담했다. 결국 그가 그동안 보여준 활약은 아무런 눈에 띄는 결과도 평판도 얻어내지 못했던 것이다.

키케로는 이전보다 훨씬 결연한 각오로 공직 생활에 뛰어들었다. 키케로는 생명이 없는 연장과 도구를 사용하는 장인들도 그것들 하나하나의 이름과 있어야 할 곳과 사용방법을 알고 있는데 하물며 사람을 공공정책 실행의 도구로 삼고 있는 정치가들이 사람에 대한 지식을 등한시하고 소홀히 하는 것은 불합리한 일이라고 말했다. 그래서 그는 명사들과 알고 지내는 데 그치지 않고 로마의 유력 인사들에 대해서는 그가 어디에 사는지, 어디에 토지를 소유하고 있는지, 가까이 사귀는 친구는 누구이며 이웃으로는 누구를 두고 있는지에 이르기까지 속속들이 알기 위해 많은 공을 들였다. 그리하여 이탈리아의 어느 길을 걷든 키케로는 지인의 이름을 거명하며 그곳이 아무개의 땅이고 집이라고 머뭇거림 없이 말할 수 있게 되었다. 자기 생활비 정도 충당할 만한 얼마 되지 않는 수입에도 불구하고 의뢰인들로부터 수임료도 선물도 받지 않는 키케로를 사람들은 의아한 시선을 바라보았다. 특히 시칠리아 주민들의 베레스(Verres, 기원전 2~1세기의 인물로, 시칠리아 법무관을 지내면서 농민과 사원에 대한 수탈로 악명 높았던 인물—역주) 고발 사건에서 아무런 대가 없이 속주민들을 변호하면서 그런 궁금증은 더 커졌다. 베레스라는 사람은 시칠리아의 법무관을 지냈던 인물로 재임기간 동안 수많은 악행을 저질러 시칠리아 주민들로부터 고발당한 상황이었다. 그런데 이 사건에서 키케로는 적극적인 변론을 통해서가 아니라 말하자면 입을 다물고 있음으로써 피고의 유죄를 이끌어냈다. 법무관들은 베레스 편에 서서 여러 차례 재판을 연기했다. 그리고 마침내 재판 기한 마지막 날이 되었다. 변호인들의 변론을 듣기에는 시간이 턱없이 모자라 사건이 그렇듯 유야무야 종결될 상황이었다. 그때 키케로가 앞으로 나와, 이 고발사건은 변론의 필요성이 없는 사건이라고 말하며 몇몇 증인을 세워 심문한 뒤 재판관들에게 선고를 내릴 것을 요청했다. 당시 키케로가 한 말 중에 재치 번뜩이는 말들이 여럿 기록으로 남아 있다. 유태인의 풍습에 빠져 있던 것으로 알려진 카이킬리우스Caecilius라는 해방노예가 시칠리아 주민들을 제쳐두고 베레스에 대한 고발자를 자처하고 나서자 키케로가 물었다. "유태인이 돼지에게 무슨 볼 일이 있는가?" '베레스'가 로마어로 '숫돼지'라는 뜻이기 때문이다. 또 베레스가 키케로를 사는 꼬락서니가 사내답지 못하다고 비웃자 키케로는 이렇게 대꾸했다. "그런 말은 집에 가서 당신 자식들에게나 해보시지요." 베레스가 망나니 아들을 두고 있는 것을 비꼰 말이었다. 연설가 호르텐시우스(Hortensius, 기원전 114년~기원전 50년, 로마 공화국 시대의 정치가이자 연설가로 키케로는 훗날 그의 이름을 딴 대화록을 집필했다.—역주)는 직접 베레스를 변호하러 나설 배짱은 없었지만 벌금을 부과할 때 재판정에 나와 도움을 주기로 하고 그 대가로 상아로 만든 스핑크스 조각상을 받았다. 이에 키케로가 변론 도중에 그에 대해 에둘러 비판하자 호르텐시우스는 그런 어려운 수수께끼를 풀 능력이 자기에게는 없다고 말했다. 그러자 키케로는 이렇게 말했다. "무슨 말씀이세요. 집에 있는 스핑크스는 안녕하시죠?"

베레스는 결국 유죄판결을 75만 데나리우스(denarius, 고대 로마 시대의 은화—역주)의 벌금을 부과받았다. 그런데 그 과정에서 키케로는 벌금액수를 경감해주는 대신 뇌물을 받았다는 혐의를 받았다. 하지만 시칠리아 주민들은 키케로에 대해 여전히 감사의 마음을 품고 있었고 그가 조영관(造營官, aedile, 공공건물 도로 시장 등을 관리하던 고대 로마의 공무원

—역주)이 되었을 때 섬으로부터 온갖 선물을 갖다 바쳤다. 그는 사익을 챙기기는커녕 이 선물들을 아낌없이 풀어 식료품 가격을 안정시키는 데 활용했다.

키케로는 아르피(Arpi, 이탈리아 아풀리아 지방의 고대 도시—역주)에 무척 쾌적한 별장을 갖고 있었고 네아폴리스(Neapolis, 오늘날의 나폴리. '신도시'라는 뜻—역주)와 폼페이Pompeii에는 농장도 하나씩 갖고 있었다. 하지만 이 모두 값비싼 부동산은 아니었다. 키케로에게는 아내 테렌티아 Trentia가 시집올 때 가져온 지참금 10만 데나리우스와 자신이 물려받은 유산 9만 데나리우스의 재산이 있었다. 따라서 그는 꽤 풍족하지만 검소한 생활을 하면서 학식 있는 그리스, 로마 사람들과 어울려 지냈다. 그가 해지기 전에 저녁 식탁에 앉는 일은 극히 드물었다. 업무가 바빠서 그랬다기보다는 위가 약했기 때문에 건강을 위해서 그랬다. 그밖에도 그는 무척 세심하게 몸 관리를 했는데, 예를 들면 산책이나 마사지 횟수를 미리 정해놓고 그것을 성실히 이행하는 식이었다. 이런 습관을 통해 가까스로 몸을 추스른 키케로는 마침내 건강한 몸을 만들어 쏟아지는 업무들을 무난히 처리해낼 수 있었다. 그는 아버지에게서 물려받은 집을 동생에게 주고 자신은 팔라티노 언덕 근처에 집을 지어 살았다. 자기에게 변론을 부탁하러 올 사람들에게 먼 길을 오는 수고를 조금이라도 덜어주기 위해서였다. 실제로 집 앞은 그를 찾는 손님들로 항상 북적댔다. 그 당시 로마에서 가장 명망이 높았던 두 사람, 크라수스(Crassus, 기원전 115년~53년, 고대 로마 공화정 말기의 장군이자 정치가로 카이사르, 폼페이우스와 함께 제1차 3두 정치를 한 인물—역주)와 폼페이우스(Pompeius, 고대 로마 공화정 말기의 장군이자 정치가로 군사적 재능이 뛰어나 숱한 전쟁에서 큰 전과를 거두었지만 카이사르와의 대립해서 몰락의 길을 걸었다.—역주)의 집도

문전성시를 이루었는데 크라수스는 재산이 많아서였고 폼페이우스는 군에 대한 영향력이 컸기 때문이었다. 그런데 키케로에게 잘 보이려고 그를 찾는 이들이 그 두 사람을 능가했을 정도였다. 심지어 폼페이우스조차도 키케로에게 도움을 청하려고 자주 그의 집을 찾았다. 그리고 실제로 폼페이우스가 로마에서 권세와 명성을 누릴 수 있었던 데는 키케로의 역할이 컸다.

키케로는 수많은 쟁쟁한 경쟁자들을 물리치고 법무관에 선출되어 공정하고 청렴결백하게 사건들을 처리했다. 어느날 키케로는 도시의 유력 인사였던 리키니우스 마케르Licinius Macer와 관련된 사건을 맡게 되었다. 더구나 리키니우스는 크라수스의 지원까지 받고 있는 몸이었다. 그는 자신의 영향력과 뒤를 봐주는 친구들을 믿고 재판관들이 선고를 내리기 위해 회의를 하는 동안 집으로 가 마치 이미 무죄를 선고받은 양 서둘러 이발을 하고 새 옷으로 갈아입은 후 다시 포룸으로 향했다. 그런데 크라수스가 대문에서 그를 막아섰다. 크라수스는 리키니우스가 만장일치로 유죄선고를 받았다고 알렸다. 낙담한 그는 다시 집으로 들어가 침대 위에 몸을 던지더니 그 자리에서 숨을 거두고 말았다. 이 평결은 키케로가 자기가 맡은 사건에 얼마나 공정하고 세심하게 접근하는지를 보여주는 사례로 키케로의 명성을 더욱 드높여 주었다.

키케로가 집정관 자리에 오르는 데는 평민들뿐 아니라 귀족들도 힘을 보탰다. 도시를 위해서는 그가 여러모로 적임자라고 생각했던 것이다. 하지만 두 파가 키케로를 집정관 자리에 올린 데는 다음과 같은 여러 이유가 있었다. 술라가 단행했던 정치개혁이 처음에는 별반 쓸모없는 것처럼 보였지만 시간이 흘러 익숙해지자 시민들은 이를 만족스럽게 받아들였다. 하지만 로마에는 당시의 정세를 모조리 뒤바꾸고 뒤집어엎으려는 움직임이 있었다. 그러한 움직임은 좋은 동기에서 이루어진 것이 아니라 사익을 추구하고자 하는 동기에서 나온 것이었다. 당시 폼페이우스는 폰토스와 아르메니아의 왕들과 전쟁을 치르고 있었던 까닭에 로마 본국에는 이러한 혁명 기도를 진압할 만한 세력이 없었다. 혁명의 수뇌는 루키우스 카틸리나(Lucius Sergius Catiline, BC 108년-62)[22]였는데, 그는 뻔뻔스러운 데다 무모하고 끈질긴 성격의 소유자였다. 그는 큰 죄를 여러 차례 지었는데 심지어는 친동생을 살해한 혐의까지도 받고 있는 자였다. 그는 친동생 살해죄로 벌을 받을까 두려워한 나머지 술라를 설득해서 동생이 아직 살아 있는 것처럼 사형집행 대기자 명단에 동생의 이름을 올리는 파렴치한 짓을 저지르기도 했다. 난봉꾼들은 카틸리나를 두목으로 삼고 사람을 제물로 바친 다음 그 인육을 먹는 의식을 치름으로써 그 어떤 서약보다도 우선하는 서로에 대한 믿음을 확인했다. 그로 인해 로마의 수많은 젊은이들이 타락의 길로 빠져들었다. 카틸리나는 젊은이들을 주색잡기에 빠져들도록 했으며 여기에 드는 비용을 아낌없이 퍼부었다. 게다가 카틸리나는 알프스 산맥에 거주하고 있는 갈리아 사람 대부분과 에트루리아 사람들을 부추겨 반란을 일으키게 했다. 하지만 로마 자체야말로 부의 불평등한 분배로 인해 언제든 반란이 일어날 수도 있는 일촉즉발의 상황에 처해 있었다. 그리고 호방한 기질의 로마 최고위층 인사들은 공연과 연회를 즐기고 공직에 출마하고 호화로운 건물을 짓느라 재산을 탕진했다. 이제 도시의 부는 비천하고 지체가 낮은 사람들의 손으로 흘러들어갔다. 결국 아주 사소한 자극만으로도 모든 게 폭발해버

22) 로마 공화정 말기의 정치가로 원로원에 맞서 로마 공화정을 전복하려 시도한 카틸리나의 모반으로 유명하다.

릴 수 있었다. 누구든 배짱만 있으면 쉽사리 이 병든 공화국을 뒤집어엎을 수 있었다.

하지만 카틸리나는 자신의 계획을 실행에 옮기기 위해서는 먼저 강력한 지위를 확보해야 한다고 생각하고 집정관에 출마했다. 그는 집정관 자리에 오를 꿈에 부풀어 있었다. 그리고 함께 집정관으로 일할 사람으로 카이우스 안토니우스가 선출되기를 바랐다. 안토니우스는 좋은 일이든 나쁜 일이든 혼자서 일을 이끌어나갈 인물은 못되었지만 다른 권력자를 보좌하기에는 안성맞춤인 인물이었기 때문이다. 하지만 그의 속셈을 눈치 챈 선량하고 정직한 시민들이 로마에는 더 많았다. 그들은 키케로를 집정관에 추천했다. 그라면 기꺼이 집정관으로 받아들일 수 있다고 생각했다. 결국 키케로와 안토니우스가 집정관에 선출되면서 카틸리나의 꿈은 좌절되고 말았다. 후보들 가운데 아버지가 원로원 의원이 아니라 기사계급 출신인 인물은 키케로가 유일했다.

카틸리나의 계획이 아직은 공공연히 표면화되지는 않았지만 키케로는 집정관에 오르자마자 상당한 난관들에 봉착했다. 술라의 법에 의해 공직에 진출할 자격을 박탈당한 사람들은 힘으로나 그 수에 있어서나 결코 무시할 수 없는 세력을 형성하고 있었다. 바로 그들이 공직에 출마해서 시민들의 지지를 호소하며 다녔다. 또 한편에서는 호민관들도 술라의 법을 무력화시킬 법을 발의했다. 이 법은 10인의 위원회를 구성해 그들에게 무제한의 권한을 부여하는 것을 골자로 하고 있었다. 이들 위원들은 최고위의 통치자로서 이탈리아와 시리아 그리고 폼페이우스가 새로이 정복한 땅의 공공 토지를 처분할 권한을 가지며 그들 재량에 따라 누구든 법정에 세우고 추방할 권한을 갖는 것으로 되어 있었다. 또한 이들은 식민지를 개척할 권한과 국고를 전용할 권한, 그리고 군대를 필요한 만큼 소집해서 양성할 권한을 가졌다. 귀족들 가운데서도 이 법안에 찬성하는 자들이 있었는데 특히 키케로의 동료 집정관 카이우스 안토니우스도 10인 위원회의 일원이 되기를 기대하며 이 법안에 찬성했다. 하지만 귀족들이 가장 우려한 것은 안토니우스가 카틸리나의 음모에 은밀히 가담하고 있으며 막대한 빚 때문에 그 음모를 방조하고 있을지도 모른다는 점이었다.

우선 키케로는 이런 위험에 대처하기 위해 안토니우스에게 마케도니아 지방을 할양하는 칙령을 마련했다. 이때 키케로 자신에게도 갈리아 지방을 할양하는 조치가 있었지만 그는 이를 거절했다. 키케로가 이렇듯 호의를 보이자 안토니우스는 완전히 그에게 넘어왔다. 안토니우스는 마치 고용된 배우처럼 키케로가 국익을 위한 일이라고 하면 무엇이든 그의 편이 되어주었다. 동료 집정관을 이렇듯 길들여 자신에게 순종하도록 한 키케로는 10인 위원회를 추진하던 자들에 좀 더 용기를 갖고 맞설 수 있었다. 그리하여 키케로가 원로원에서 10인 위원회 법안에 반대하는 연설을 하며 그들의 잘못을 지적하자 법안을 발의한 자들은 입이 얼어붙어 아무런 답변도 하지 못했다.

키케로는 웅변이 옳은 일에 크나큰 매력을 더해주는 역할을 하며 정의라는 것도 어떻게 제시되느냐에 따라 천하무적이 될 수 있다는 사실을 로마인들에게 깨닫게 해준 가장 탁월한 인물이라 할 수 있다. 키케로가 집정관 자리에 있는 동안, 그의 연설이 얼마나 호소력 있는 것이었는지 보여주는 사건이 극장에서 벌어졌다. 당시까지만 해도 로마의 기사들은 극장에서 평민들과 뒤섞여 공연을 관람했는데 마르쿠스 오토Marcus Otho가 법무관일 당시 기사들을 평민과 구분해서 그들에게 따로 좌석을 마련해주었다. 평민들은 이러한 조치를 자신들에 대한 모욕으로 받아들였다. 그래서 오토가 극장에 모습을 드러내자 평민들은 '쉬잇, 쉬잇' 소리를 내며 그에게 야유를 보냈다. 반면에 기사들은 갈채와 함께 그를 맞았다. 평민들의 야유는 시간이 갈수록 점점 높아갔다. 기사들의 손뼉 소리도 그치지 않고 계속되었다. 결국 둘 간에 욕설이 오가면서 극장 안에서는 한바탕 큰 소동이 벌어졌다. 이 소식을 접한 키케로는 직접 극장으로 달려가 평민들을 벨로나 신전으로 모이게 하고는 그들을 향해 참으로 인상적인 연설을 하며 평민들을 꾸짖기도 하고 타이르기도 했다. 결국 극장으로 다시 돌아간 평민들은 마치 둘 중에 어느 쪽이 더 오토에게 큰 존경을 표하는지 경쟁이라도 하듯 우레와 같은 박수로 오토를 맞이했다.

처음에는 기가 죽고 주눅이 들었던 카틸리나 일당들은 이내 전열을 가다듬어 한자리에 모였다. 그들은 폼페이우스가 귀국하기 전에 거사에 착수하자며 서로를 독려했다. 카틸리나를 이렇듯 과감히 행동에 나서도록 한 주요 자극제라면 예전에 술라와 함께 했던 노병들을 빠뜨릴 수 없다. 그들은 군이 해산되자 이탈리아 각지로 흩어져 있었는데 그 수가 만만치 않았다. 그들 중 가장 흉포한 무리들은 에트루리아의 여러 도시에 흩어져 있으면서 그간 이탈리아가 쌓아놓은 국부를 약탈할 꿈에 부풀어 있었다. 이 무리의 두목은 만리우스였는데 그는 술라 휘하에서 전쟁을 치르며 뛰어난 활약을 선보였던 자였다. 그런 그가 카틸리나와 손잡고 집정관 선거에서 카틸리나가 승리하는 데 힘을 보태기 위해 무리를 이끌고 로마로 들어왔다. 카틸리나가 다시 집정관 선거에 출마했던 것인데 그는 선거 기간 중 혼란을 틈타 키케로를 살해할 작정이었다. 때마침 지진이 일어나고 벼락이 치는가 하면 여러 이상한 현상들이 벌어져 마치 하늘도 다가올 불길한 사건을 예고하는 듯했다. 음모를 밝힐 만한 충분한 증언도 있었지만 귀족 출신에 막강한 권세를 자랑하던 카틸리나를 유죄로 몰기에는 역부족이었다. 이에 키케로는 일단 선거일을 미루고 카틸리나를 원로원으로 소환해 그에 대한 갖가지 소문들에 대해 해명하라고 했다. 원로원 내에도 변화를 원하는 자들이 많다고 확신한 카틸리나는 그 자리에 참석해 있던 공모자들에게 자신의 굳건한 결심을 내비치고 싶었다. 그래서 이렇듯 대담한 발언을 했다. "뭐가 해롭단 말입니까? 여기 두 몸뚱이가 있다고 칩시다. 하나는 머리는 있는데 야윈 데다 비실비실하고 다른 하나는 머리는 없지만 건장하고 강한 몸뚱이라면 어떻게 하겠습니까? 내가 그 머리 없는 건장한 몸뚱이에 머리를 갖다 붙이겠다는데 말이요!" 두 몸뚱이라는 이 수수께끼 같은 표현은 사실상 원로원과 평민을 가리키고 있었다. 카틸리나의 이런 발언은 키케로의 불안에 부채질을 했다. 키케로는 갑옷을 입고 투표가 열릴 군신 마르스의 들판으로 향했다. 그곳으로 가는 동안 귀족 시민들과 수많은 젊은이들이 그를 마치 한 몸처럼 수행했다. 들판에 도착한 키케로는 입고 있던 튜닉(Tunic, 고대 그리스나 로마인들이 입던, 소매가 없고 무릎까지 내려오는 헐렁한 웃옷—역주)을 일부러 어깨 아래로 늘어뜨려 그 안에 갑옷을 입고 있음을 보여주었다. 키케로가 위험에 빠져 있음을 감지한 청중들이 그를 보호하기 위해 주변을 둘러쌌다. 오랜 시간 투표가 진행되고 결국 카틸리나는 다시금 낙선했다. 이 선거에서 집정관에 선출된 사람은 실라누스Silanus와 무레나Murena였다.

그후 얼마 지나지 않아 카틸리나 측 병사들이 에트루리아에 집결해서 대오를 갖췄다. 거사 날짜가 임박한 것이다. 그런데 한밤중에 마르쿠스 크라수스, 마르쿠스 마르켈루스, 스키피오 메텔루스 등 로마의 유력인사들이 키케로의 집을 찾았다. 그들은 대문을 요란하게 두드려 문지기를 부르더니 키케로를 당장 깨워 자기들이 왔음을 전하라고 지시했다. 그들이 키케로를 찾은 사연은 이랬다. 저녁 식사 후 문지기가 이름을 알 수 없는 자가 크라수스에게 전하라며 두고 간 여러 통의 편지를 건넸는데 수취인이 적혀 있지 않은 한 통을 제외하고 나머지는 수취인이 다른 사람이었다. 크라수스는 이 수취인이 적히지 않은 편지가 자기에게 온 것으로 보고 그 내용을 읽었다. 카틸리나가 곧 엄청난 살육을 저지를 것이니 속히 도시를 떠나라는 전갈이었다. 그는 수취인이 적힌 다른 편지들은 읽지 않고 손에 쥔 채 곧바로 키케로에게 달려왔다. 자신에게 닥칠 위험도 위험이었지만 이번 기회에 자신이 카틸리나와 친하다는 이유로 쓰게 된 혐의들을 벗고 싶기도 했다. 키케로는 심사숙고 끝에 날이 밝자마자 원로원을 소집했다. 키케로는 아직 개봉하지 않은 편지들을 각각 수취인으로 적혀 있는 사람들에게 건네주며 이를 그 자리에서 공개하라고 지시했다. 편지들은 하나같이 진행 중인 음모에 대해 이야기 하고 있었다. 그러자 당시 법무관이었던 퀸투스 아리우스Quintus Arrius는 에트루리아에 얼마나 많은 병사들이 집결해 부대를 이루고 있는지 설명했다. 아울러 그는 그곳에서 만리우스가 로마로부터 연락이 오기를 기다리면서 대군을 이끌고 각 도시들을 돌아다니고 있다고 보고했다. 원로원은 집정관에게 모든 권한을 위임하는 칙령을 내렸다. 이제 나라를 위기에서 구할 모든 책임이 두 집정관의 어깨에 놓이게 되었다. 원로원의 이런 조치는 흔한 일이 아니었다. 그만큼 당시의 상황이 일촉즉발의 위기였음을 반증하는 것이었다.

전권을 위임받은 키케로는 모든 대외 업무를 퀸투스 메텔루스에게 맡기고 자신은 로마의 내정을 관리하는 데 매진했다. 그가 가는 곳마다 엄청난 수의 수행원들이 그를 보호했다. 포룸으로 행차할 때는 광장이 그의 수행원들로 바글바글할 정도였다. 거사가 계속 미뤄지는 데 조바심이 난 카틸리나는 서둘러 일을 결행하기로 하고 만리우스에게로 가 합세하기로 마음먹었다. 그러면서 그는 마르키우스Marcius와 케테구스Cethegus를 따로 불러 아침 일찍 키케로의 집으로 가 마치 인사하러 온 양 그를 불러내 척살하라고 명령했다. 그런데 풀비아Fulvia라는 한 귀부인이 이를 미리 알아채고 밤중에 키케로에게로 가 이런 사실을 알리며 케테구스와 마르키우스를 조심하라고 일렀다. 두 사람은 날이 밝기를 기다려 키케로의 집으로 갔지만 대문에서 저지당했다. 그러자 두 사람은 대문 앞에서 고래고래 고함을 지르며 소동을 피워 더욱 의심을 키웠다. 키케로는 이에 개의치 않고 집을 나와 유피테르 스타토르 신전으로 원로원을 소집했다. 이 신전은 팔라티누스 언덕을 오르다보면 만나는 '신성한 길' 끝 지점에 서 있었다. 카틸리나도 자신을 변호하겠다는 듯 자기 패거리들과 함께 그곳으로 왔다. 원로원 의원들은 어느 누구랄 것도 없이 그의 옆자리를 피해 다른 자리로 가 앉았다. 마침내 카틸리나가 연설을 시작하자 의원들은 소리를 질러 그의 연설을 방해했다. 한참 뒤 키케로가 일어나 카틸리나에게 로마를 떠날 것을 명령했다. 한 사람은 말로써 공화국을 통치하고 다른 한 사람은 무기로 공화국을 지배하고 있기 때문에 두 사람 간에는 뭔가 장벽이 필요하다는 이야기였다. 이에 카틸리나는 300명의 무장 병사들과 함께 로마를 떠났다. 그는 마치 고관대작의 행차라도 되는 양 파스케스(fasces, 속간束桿, 라틴어로 '묶음'이란 뜻으로 권력을 상징한다. 자작나무 막대기를 붉은 가죽 띠로 묶고 사이에 날선 청동도끼를 끼워 넣은 것으로 행진 시 로마 공화정을 상징했다.—역주)와 도끼를 앞세우고 군기를 휘날리며 만리우스에게로 갔다. 그곳에서 2만에 가까운 병사들을 규합해 인근 도시들을 행군하며 반란을 일으키도록 설득하고 협박했다. 이제 전쟁은 피할 수 없는 현실이 되었다. 로마는 반란군 진압을 위해 안토니우스를 파견했다.

로마에는 카틸리나가 매수한 잔당들이 있었는데 코르넬리우스 렌툴루스Cornelius Lentulus가 그들을 규합해 반란을 부추겼다. '수라Sura'라는 별명을 갖고 있던 렌툴루스는 귀족 가문 출신이었지만 방탕한 생활에 빠져 있었다. 그는 예전에 그런 행실이 문제가 되어 원로원에서 축출된 전력이 있는 자였는데 당시 법무관으로 두 번째 임기를 맞고 있었다. 이는 다시 원로원 의원 자격을 회복하려는 자들이 으레 거치게 되는 자리였다. 그가 '수라'라는 별명을 얻게 된 데에는 다음과 같은 사연이 있었다. 술라 통치기에 재무관이었던 그는 낭비벽이 심해서 공금에 손을 대 막대한 금액을 횡령했다. 이에 화가 난 술라는 그를 원로원으로 소환해 그 일에 관해 해명하도록 조치했다. 원로원에 불려간 그의 얼굴에는 무슨 일 때문에 그러느냐는 듯 경멸의 미소마저 흘렀다. 그는 아무런 해명할 일이 없다고 말하면서 마치 공놀이를 하다 잘못을 저지른 아이처럼 종아리를 걷어 올리며 때릴 테면 때려보라고 말했다고 한다. 이 일이 있고부터 그에게는 '수라'라는 별명이 붙었는데 '수라'는 로마어로 '종아리'를 뜻했다. 한번은 무슨 일인가로 고발당해 법정에 서게 되었는데 재판관들을 매수해 딱 두 표 차이로 무죄 석방된 적이 있었다. 그런데 그 작자가 하는 말이, 한 사람만 매수해도 충분했을 텐데 쓸데없이 돈을 낭비했다는 것이었다. 천성이 그런 사람을 이제 카틸리나가 접근해 꼬드겼던 것이다. 못된 예언가들과 점쟁이들도 거짓 예언과 신탁으로 그에게 헛된 희망을 불어넣었다. 그들은 〈시빌라(Sibylla, 고대 그리스 로마 신화에서 신이 가사 상태로 아폴론의 신탁을 전했다고 하는 무녀의 호칭. 원래는 고유명사였으나 후에 무녀를 일반적으로 칭하는 말이 되었다.—역주)의 예언집〉에 로마의 군주가 될 운명을 갖고 태어난 코르넬리우스라는 이름을 가진 세 사람이 나온다고 말했다. 그리고 그 세 사람 중 킨나(Cinna, 술라 파에 대항한 로마 공화정 말기의 군인이자 정치가로 네 번 연속 집정관 직을 맡았다.—역주)와 술라는 이미 그 예언을 증명했고, 이제 신성한 운명이 세 번째 코르넬리우스를 위해 왕국을 선물로 준비하고 있으니 카틸리나처럼 우물쭈물하다 기회를 놓치지 말고 수단과 방법을 가리지 말고 그것을 붙잡으라고 부추겼다.

렌툴루스의 계획은 결코 사소한 것이 아니었다. 그는 원로원 의원 전원을 살해하고 다른 로마 시민들 역시 가능한 한 많이 학살할 생각이었다. 도시에 불을 질러 폼페이우스의 자식들을 제외한 그 누구도 살려두지 않을 작정이었다. 폼페이우스의 자식들은 붙잡아두고 있다가 나중에 그와 협상을 할 때 볼모로 삼을 생각이었다. 폼페이우스가 대원정을 끝내고 귀국길에 올랐다는 믿을 만한 소식이 있었기 때문이다. 렌툴루스는 사투르날리아(Saturnalia, 농신제農神祭. 지금의 크리스마스 무렵에 열리던 고대 로마의 축제—역주) 축제가 열리는 기간 중 하루를 거사일로 잡았다. 칼과 아마포, 유황 등은 케테구스의 집에 숨겨두었다. 도시를 수많은 구역으로 나눈 다음 100명의 인원을 선발해 각각의 구역을 하나씩 할당했다. 각 구역에서 동시에 불을 붙여 온 도시를 순식간에 불바다로 만들겠다는 생각이었다. 일부 사람들에게는 수로를 틀어막고, 불을 끄기 위해 물을 나르는 사람들을 죽이는 일이 맡겨졌다. 이러한 계획이 진행되고 있는 동안 로마에는 알로브로게스(Allobroges, 갈리아의 로다누스Rhodanus강과 이아스라Iasra 강 사이에 살던 부족—역주) 족을 대표해서 온 두 사절이 머물고 있었다. 알로브로게스 족은 당시 로마 치하에서 매우 고통스런 시절을 보내고 있었다. 렌툴루스 일당은 이들 사절을 이용하면 갈리아 지방에서 반란을 일으킬 수 있을 것이라 판단하고 두 사절을 반란 음모에 가담시켰다. 일당은 알로브로게스의 관리들에게 보내는 편지와 함께 카틸리나에게 보내는 편지도 사절들에게 전했다. 알로브로게스 관리에게 보내는 편지에는 그들에게 자유를 약속하는 내용이 적혀 있었고 카틸리나에게 보내는 편지에는 모든 노예를 해방시켜 그들과 함께 로마로 진군하도록 촉구하는 내용이 담겨 있었다. 렌툴루스 일당은 두 사절이 카틸리나에게 가는 길에 편지를 잘 간수하도록 크로토네(Crotone, 고대 그리스 시대에 이탈리아 남부 칼라브리아에 있던 항구도시—역주) 출신의 티투스Titus라는 사람을 딸려 보냈다.

술 없이는 대화도 이루어지지 않는 이런 무분별한 무리들의 계획을 키케로는 샅샅이 파악하고 있었다. 그는 로마 밖으로 밀정들을 보내 음모에 가담한 자들의 일거수일투족을 뒤쫓아 파악하고 반란 가담자를 위장해 잠입한 많은 사람들과 서신도 교환하고 있었다. 이 과정에서 그가 보여준 모습은 냉철하고 놀라울 정도로 기민했다. 또한 그는 앞으로 발생할 수 있는 일들을 하나하나 따져보기도 했다. 따라서 그가 렌툴루스 일당과 알로브로게스 족 사절 간에 무슨 이야기들이 오갔는지 모를 리 없었다. 사실 두 사절은 이미 키케로와 비밀리에 내통하고 있었기 때문에 키케로는 밤중에 사람들을 잠복시켜 두었다가 크로토네 사람을 붙잡아 편지들을 빼앗았다.

날이 밝자 키케로는 원로원을 콘코르디아 여신을 모시는 신전으로 소집했다. 그는 그곳에서 편지들을 읽고 정보원들을 심문했다. 이 자리에서 유니우스 실라누스Junius Silanus는 케테구스가 집정관급 셋과 법무관급 넷을 살해할 것이라고 말하는 것을 여러 사람이 들었다고 증언했다. 집정관 급의 유력인사였던 피소Piso 또한 비슷한 증언을 했다. 법무관 중 한 사람인 카이우스는 케테구스의 집을 수색해서 수많은 창과 갑옷, 그리고 그보다 더 많은 수의 장검과 단검을 발견했다. 이들 무기에서는 모두 최근에 날카롭게 벼린 흔적이 엿보였다. 한참 뒤 원로원은 모든 사실을 숨김없이 진술한 크로토네 사람에게 보상금을 주기로 의결했다. 또한 렌툴루스는 유죄판결을 받고 법무관직을 사임해야 했다. 그는 원로원에서 자주색 테를 두른 관복을 벗고 자신의 바뀐 처지에 걸맞은 옷으로 갈아입었다. 그는 현장에 있던 나머지 공모자들과 함께 법무관들에 의해 기소되어 가택연금에 처해졌다.

저녁이 되었지만 평민들은 떼를 지어 신전 밖에서 서성거리고 있었다. 키케로는 그들 앞에 나아가 사건의 자초지종을 설명했다. 그는 시민들의 호위를 받으며 가까운 이웃이었던 한 친구의 집으로 갔다. 키케로의 집에는 그 시간 아낙네들이 보나 데아(Bona Dea, '좋은 여신'이라는 뜻으로 다산과 순결을 관장하는 여신. 주로 결혼한 여성들의 숭배 대상이었다.—역주) 여신을 모시는 축제의 일환으로 비밀 의식을 올리고 있었기 때문이다. 이 의식은 매년 집정관의 사저에서 아내나 부인에 의해 행해지는데 이 자리에는 베스타 여신의 순결한 여사제들이 함께 한다. 키케로는 은밀히 친구의 집으로 들어갔다. 이제 그곳에 남은 사람은 몇 명에 불과했다. 키케로는 이번 사건 관련자들을 어떻게 처리할 것인지 심사숙고에 들어갔다. 그렇듯 극악무도한 범죄에 대해서는 마땅히 가장 가혹한 형벌을 내려야 했지만 키케로는 선뜻 그런 결정을 내리지 못하고 있었다. 그의 천성이 온화하기도 했지만, 그가 권력을 함부로 휘두른다는 비난을 들을 수도 있고 아울러 로마에서 가장 귀한 가문 출신으로 권세 있는 친구들도 여럿 둔 자들을 너무 가혹하게 다룬다는 비난을 받을 수도 있었기 때문이다. 하지만 그 자들을 너무 관대하게 다루면 훗날 그들로부터 끔찍스런 보복을 당할 수도 있었다. 그들은 사형을 면해준다고 해서 고마워할 사람들이 결코 아니었다. 오히려 그들이 이전에 저질렀던 온갖 악행들에 더해서 뻔뻔스럽게 이곳저곳을 들쑤시며 새로이 격렬한 분노를 폭발해낼 가능성이 컸다. 반면에 이미 시민들이 그를 썩 용기 있는 사람으로 인정하지는 않는 상황에서 그들에 대한 관대한 처분은 그에게 비겁자라거나 남자답지 못하다는 등의 비난을 들씌울 게 분명했다.

키케로의 고민이 깊어지는 가운데 그의 집에서 제를 지내던 여인네들에게 어떤 징조가 나타났다. 완전히 꺼져 재만 남은 듯 보였던 제단 위 화로 속에서 갑자기 크고 환한 불길이 치솟아 올랐다. 그 자리에 있던 모든 이들이 기겁했지만 성스러운 여사제들만은 침착하게 키케로의 아내 테렌티아를 부르더니 서둘러 남편을 찾아가라고 했다. 여사제들이 키케로에게 전하라는 말은 이랬다. "여신이 이렇듯 커다란 빛을 비추시니 그에게 안전과 보다 큰 영광을 주겠다는 뜻이니라. 따라서 나라를 위해 결심한 바를 그대로 실행에 옮겨라." 테렌티아는 보통 여인네들과는 다르게 다정다감하지도 소심하지 않았으며 명예욕도 적잖이 있는 여자였다. 키케로 자신이 밝혔듯이 그녀는 키케로에게 집안일을 이야기하기보다는 오히려 공적인 일에 관심을 쏟았던 여자였다. 테렌티아는 남편에게 여사제들의 말을 전하면서 반란음모자들에 정면으로 맞서라고 오히려 부추겼다. 동생 퀸투스와, 키케로의 철학적 동지로 국가의 중대사가 있을 때마다 도움을 받았던 푸블리우스 니기디우스Publius Nigidius도 같은 이야기를 했다.

이튿날 반란공모자들에 대한 처벌을 놓고 원로원에서 토론이 벌어졌다. 처음 발언에 나선 인물은 실라누스Silanus였다. 그는 반란음모자들을 모두 감옥에 보내 극형에 처해야 한다고 주장했다. 이후 발언에 나선

이탈리아 화가 체사레 마카리(Cesare Maccari)가 19세기에 그린 '카틸리나 탄핵'이라는 그림이 유명하다. 좌측에는 밝은 조명을 받으며 열변을 토하는 키케로와 그 주변에 모인 원로원 의원들을 배치하고, 오른쪽에는 어두운 그림자 아래서 주변에서 고립되어 혼자 고뇌에 빠져 있는 카틸리나의 모습을 그려놓았다.

사람들도 모두 실라누스의 말에 동의했다. 마침내 카이우스 카이사르 차례가 왔다. 그는 훗날 독재관에 오르지만 당시만 해도 이제 막 정계에 첫발을 내디딘 젊은이였다. 하지만 그때 이미 그의 포부와 정책은 로마를 군주국가로 변화시키는 쪽으로 설정되어 있었다.

자리에서 일어선 카이사르는 반역자들을 사형에 처해서는 안 된다고 주장했다. 대신 그는 그들의 재산을 몰수하고 키케로가 지정하는 도시로 유배를 보내 카틸리나가 붙잡힐 때까지 가택연금 상태에 두자고 했다. 카이사르의 의견이 가장 적절해 보였다. 그런데다 로마 최고의 연설가 입에서 나온 견해였다. 따라서 키케로 자신도 카이사르의 이런 제안을 비중 있게 받아들이지 않을 수 없었다. 이제 키케로의 차례였다. 그는 양쪽을 고루 배려하며 실라누스의 의견과 카이사르의 의견 모두 부분적으로 옳다고 말했다. 키케로의 모든 친구들은 죄인들이 사형을 당하지 않으면 키케로가 비난받을 여지도 그만큼 적을 것이기 때문에 카이사르의 의견이 키케로에게 유리하다는 판단 아래 그의 의견에 손을 들어주었다. 실라누스도 마음을 바꾸어 자기 의견을 철회하면서 자신도 사형에 처하자는 의미가 아니라 로마 원로원 의원에게는 금고가 극형이기 때문에 그런 단어를 썼을 뿐이라고 말했다. 카이사르의 제안에 처음으로 반기를 든 사람은 카툴루스 루타티우스Catulus Lutatius였다. 그리고 그 뒤를 카토Cato가 이었다. 그는 자신의 연설을 통해 카이사르 자신이 받고 있는 강력한 혐의를 거론하며 그를 맹렬히 공격했다. 그러자 장내는 분노의 목소리로 가득 찼다. 결단을 내려야 한다는 목소리도 점차 높아갔다. 마침내 원로원은 반란을 도모한 자들에 대한 사형을 의결했다. 그러자 이번에는 카이사르가 죄인들의 재산 몰수를 반대하고 나섰다. 카이사르는 자신이 제시한 형벌 중에서 가장 온건한 형벌은 거부하면서 가장 가혹한 형벌만 받아들이는 것은 온당하지 않다고 주장했다. 많은 원로원 의원들이 원래의 판결을 고집하자 카이사르는 호민관들에게 이 문제를 호소했는데 그들 역시 아무런 조치를 취하지 않았다. 그러자 키케로가 스스로 나서서 카이사르 의견을 받아들여 재산 몰수 부분을 면제해주었다.

이후 키케로는 원로원 의원들과 함께 반란 음모자들을 찾아갔다. 그들은 한 곳에 갇혀 있지 않고 몇 명의 법무관에 의해 흩어져 구금되어 있었다. 먼저 팔라티누스 언덕에서 렌툴루스를 끌고 나와 '신성한 길'을 지나 광장 한복판으로 데리고 갔다. 로마의 명사들이 키케로를 둘러싸 호위하고 있었다. 시민들은 눈앞에 벌어지고 있는 일에 놀라면서도 묵묵히 행렬을 지나갔다. 특히 젊은이들은 고대 귀족세력들이 치르는 신성한 비밀 의식에 처음 참여하는 듯한 공포와 전율 속에서 이 광경을 지켜보았다. 마침내 행렬은 광장을 지나 감옥에 도착했다. 키케로는 렌툴루스를 간수에게 넘기면서 그를 처형하라고 명령했다. 다음 차례는 케테구스였다. 그리고 나머지 죄수들도 차례로 끌고 와 처형했다. 광장에는 여전히 많은 가담자들이 무리를 지어 서서 사태를 지켜보고 있었다. 그들은 무슨 일이 벌어졌는지 아직 제대로 파악하고 있지 못한 듯했다. 조직의 우두머리들이 여전히 살아 있으며 따라서 구조해낼 가능성이 있다고 생각하고 광장에서 밤이 되기를 기다리고 있었다. 그들의 이런 모습을 보고 키케로는 큰소리로 외쳤다. "그들은 방금까지 이승에 있었다." 로마 사람들은 사람이 죽었음을 알릴 때 가급적 불길한 말을 삼갔기 때문이다.

저녁이 다 되어서야 키케로는 광장에서 집으로 돌아왔다. 그를 따르던 시민들의 태도는 아까와는 전혀 달랐다. 말없이 질서 있게 따르던 모습은 간 데 없고 그가 지나는 곳마다 환호와 갈채로 그를 맞았다. 시민들은 그를 나라의 구원자요 설립자라고 치켜세웠다. 집집마다 대문 앞에 걸어둔 등불과 횃불에서 흘러나오는 빛이 거리를 밝게 비추고 있었다. 아낙네들은 지붕에 올라가 키케로가 가는 길을 환히 밝혀주며 그에 대해 경의를 표했다. 그를 뒤따르는 상류층 시민들의 화려한 행렬도 볼거리였다. 그들 중에는 육지와 바다의 전쟁에서 수훈을 세우고 로마제국에 새로운 땅을 선사한 뒤 당당히 로마로 개선했던 사람도 많았다. 그들은 키케로를 따라 거리를 걸으면서, 그 시대의 몇몇 관료들과 장군들이 로마 시민들에게 부와 새로운 영토와 힘을 가져다 준 것은 분명하지만 로마를 엄중한 위기에서 구해냄으로써 그들 모두가 안전과 평안을 누리게 된 것은 전적으로 키케로 덕이라는 사실을 깨달았다. 반란 음모를 봉쇄하고 가담자들을 벌한 것은 그리 놀라운 일이 아닐지 모르지만 그 전례를 찾아보기 힘든 대규모 반란 사태를 큰 소동이나 분란 없이 사전에 진압한 것은 보기 드문 업적이라 할 만했기 때문이다. 카틸리나에게 가담한 세력들은 아직 그 규모가 만만치 않았지만 렌툴루스와 케테구스가 처형당했다는 소식을 듣자마자 카틸리나를 저버리고 흩어졌다. 그리고 카틸리나 자신은 잔당들을 이끌고 안토니우스와 전투를 치르다 병사들과 함께 비참한 최후를 맞았다.

하지만 이 일을 두고 키케로에 대해 험담을 하고 헐뜯는 자들도 있었다. 그들을 이끄는 자들은 이듬해 법무관에 취임할 케사르와 호민관 메텔루스Metellus, 베스티아Bestia였다. 이들은 키케로의 집정관 임기 만료를 며칠 앞두고 새 관직에 오르더니 키케로가 대중 앞에서 연설하지 못하도록 가로막았다. 그들은 연단 앞으로 의자들을 던지며 그의 연설을 방해했다. 그러면서 집정관 퇴임 서약을 하고 내려가겠다면 그것은 허용하겠다고 말했다. 결국 키케로는 그 조건을 받아들여 퇴임 서약을 위해 연단에 올랐다. 키케로는 청중이 조용해지기를 기다렸다가 퇴임 서약을 낭독했다. 그런데 그 서약은 통상적인 서약이 아니라 새롭고도 특별한 형식의 서약이었다. 자신이 집정관 임기 동안 나라를 구하고 제국을 지켜냈다는 내용의 연설이었다. 그리고 그 서약이 진실이라는 것을 그 자리에 있던 모든 시민들이 확인해주었다. 키케로의 이같은 연설에 화가 머리끝까지 치밀어 오른 카이사르와 호민관들은 그를 더욱 더 괴롭힐 새로운 계획을 짰다. 그들은 키케로의 강권정치를 끝장내야 한다는 미명 아래 폼페이우스를 군대와 함께 귀국시키기 위한 법령을 발의했다. 하지만 그 당시 카토라는 인물이 호민관으로 봉직하고 있었다는 사실은 그를 위해서나 공화국을 위해서나 참으로 다행스런 일이었다. 카토의 권한은 다른 호민관들과 동등했지만 평판은 훨씬 좋았다. 그런 그가 카이사르 일파의 제안에 반기를 든 것이다. 카토는 그들의 기도를 어렵지 않게 무력화시켰다. 그리고 시민들 앞에서 키케로가 집정관 임기 동안 이루어낸 업적을 극찬했다. 나아가 키케로에게 지금까지 그 전례가 없는 크나큰 영예를 안겨주었다. 그에게 '국부國父'라는 호칭을 달아주었던 것이다. 카토가 대중 앞에서 키케로에게 이 호칭을 부여하는 순간 키케로는 '국부'라 불리는 로마 최초의 인물이 되었다.

따라서 그 당시 로마에서 키케로의 권세는 하늘을 찌를 듯했다. 하지만 그만큼 그를 시기하고 공격하는 사람도 많았다. 이는 그가 나쁜 짓을 저질러서가 아니라 자화자찬에 능하고 매사에 자신을 과장해왔기 때문이었다. 키케로는 원로원에서든, 민회에서든 아니면 재판정에서든 때와 장소를 가리지 않고 카틸리나와 렌툴루스 사건에서 자신이 이룬 업적을 자랑해댔다. 실제로 그는 자신이 쓴 책과 글을 자화자찬으로 가득 채웠다. 그 자체로는 참으로 듣기 좋고 매력적인 연설이 역겹고 짜증스러워질 정도로 그의 자화자찬은 지나친 감이 없지 않았다. 듣기 불쾌한 익살은 마치 고질병처럼 그에게 찰싹 달라붙어 떨어질 줄 몰랐다. 이렇듯 키케로는 자신의 명예를 즐기면서도 다른 사람들을 시기하는 법이 없었다. 오히려 그의 글에서 흔히 볼 수 있듯이 옛 사람, 당대인을 가리지 않고 사람들을 칭찬하는 데 매우 후했다. 그는 아리스토텔레스를 '황금이 넘쳐흐르는 강'이라 했고 플라톤의 〈대화〉에 대해서는 유피테르 신이 인간의 말을 할 수 있다면 그 책에 나오는 것처럼 언어를 구사했을 것이라고 극찬했다. 그는 테오프라스투스(Theophrastus, 기원전 4~3세기에 활동한 고대 그리스 철학자로 플라톤의 제자였으며 〈성격론〉의 저자이다.—역주)를 자신이 각별히 아끼는 보물이라 말하곤 했으며 데모스테네스의 연설문

중 어떤 것을 가장 좋아하느냐는 질문에는 "가장 긴 것"이라 대답했다. 키케로와 동시대를 살면서 연설과 철학에서 두각을 나타낸 명사들 가운데, 말이나 글을 통해 키케로의 칭찬을 받고도 더 빛을 보지 못한 사람은 아무도 없었다.

칭찬 받는 것을 너무도 좋아했던 키케로는 자기 연설을 더욱 돋보이도록 하기 위해 종종 예의와 품위를 소홀히 했다. 키케로의 변론으로 유죄 선고를 면한 마나티우스Manatius가 즉시 그의 친구 사비누스를 고발하자 키케로는 격앙된 목소리로 말했다. "무나티우스, 자네가 잘나서 무죄 판결을 받은 줄 아나? 재판관의 눈을 가려 자네의 죄를 보지 못하게 만든 내 덕분 아닌가?" 연단에서 많은 박수를 받으며 마르쿠스 크라수스에 대해 찬사를 늘어놓던 키케로가 불과 며칠 지나지 않아 이번에는 그를 공공연히 비난하자 크라수스가 키케로를 큰소리로 불러 말했다. "이틀 전에 바로 이 자리에서 당신 입으로 나를 칭찬하지 않았습니까?" 그러자 키케로가 대답했다. "그랬죠, 부적절한 주제로 연설을 할 때는 어떻게 해야 하는지 연습 한 번 해봤죠." 또 이런 경우도 있었다. 크라수스가 자기 가족들 중에 예순을 넘겨 산 사람이 아무도 없다고 말했다가 나중에 그 말을 뒤집으면서 말했다. "내가 그런 말을 하다니 어찌된 영문인지 모르겠소." 그러자 키케로가 이렇게 대꾸했다. "아마도 시민들의 인기를 얻으려고 그랬던 게 아닐까요? 그런 말을 들으면 시민들이 얼마나 기뻐할지 잘 알고 있었을 테죠." 종창으로 목이 부어오른 바티니우스Vatinius가 법정에서 변론을 하고 있을 때 키케로는 그를 '부풀리는 일을 능사로 삼는 연설가'라고 비아냥댔다. 그런 그가 죽었다는 소식을 들었다가 곧바로 멀쩡히 살아 있다는 소식을 다시 듣게 되자 키케로는 이렇게 내뱉었다. "제 목숨을 두고도 거짓을 말하다니, 벼락 맞아 죽을 놈!"

카이사르가 캄파니아의 토지를 병사들에게 분배하는 법안을 들고 나오자 원로원 내부에서는 반대의 목소리가 높았다. 그 가운데 원로원에서 가장 나이가 많았던 루키우스 겔리우스Lucius Gellius가 자신이 살아 있는 동안에는 그 법안을 통과시킬 수 없다고 못 박았다. 그러자 키케로가 말했다. "까짓것, 법안 통과를 연기시킵시다. 어차피 오래 기다릴 일은 없을 테니까." 또 조상이 아프리카인이라는 소문이 돌고 있던 옥타비우스라는 사람이 있었는데 한번은 그가 키케로의 변론을 듣고는 무슨 말인지 통 알아들을 수 없다고 말하자 키케로는 이렇게 대꾸했다. "어라, 귓구멍은 분명 뚫려 있는데?" 또 이런 일도 있었다. 키케로가 변론인으로서 궁지에 빠진 사람을 구한 경우보다 증인으로 사람을 궁지에 몬 경우가 더 많았다고 말하는 메텔루스 네포스Metellus Nepos에게 이렇게 답했다. "인정하겠소. 내가 웅변을 했다기보다 진실을 이야기했다는 말이죠?" 아버지에게 독이 든 과자를 먹였다는 혐의를 받고 있던 한 젊은이가 키케로에게 실컷 욕설을 퍼부어주겠다며 협박을 하자 키케로는 이렇게 말했다. "아무러면 자네가 주는 과자보다야 낫겠지." 푸블리우스 섹스티우스Publius Sextius는 키케로를 포함해서 여러 명의 변론인에게 자기 사건 변호를 의뢰해놓고 무슨 이유에선지 자기 말만 앞세우고 변호인들에게는 한 마디 말도 허용하지 않으려 했다. 재판관들 사이에 투표용지가 돌면서 그가 막 무죄 선고를 받으려던 찰나 키케로가 그를 불렀다. "서두르시오, 세상 사람들에게 주목받는 것도 오늘로서 끝 아니겠소?" 또 어느 소송 사건에서 키케로는 푸블리우스 코타Publius Cotta라는 사람을 증인으로 소환했다. 그는 법률가를 자처하고 다녔지만 실상은 무식하고 배운 게 없는 자였다. 그는 재판정에 나와 이렇게 말했다. "나는 이 문제에 관해서 전혀 아는 바가 없습니다." 그러자 키케로가 말했다.

"혹시 우리가 법률에 대해 물어보고 있는 것으로 잘못 알고 있는 것은 아닌가요?" 또 마르쿠스 아피우스Marcus Appius가 한 사건 변론을 맡았는데 재판정에서 행한 연설의 서두에서 자기 친구가 성실하고 감동적이고 충실한 변론을 부탁했다고 말하는 것을 듣고 키케로는 이렇게 물었다. "그런데 어찌 그 친구의 부탁을 전혀 들어줄 생각이 없는 사람처럼 보입니까?"

한 중요한 재판에서 키케로와 격렬히 맞붙었던 클로디우스Clodius는 호민관에 당선되자마자 키케로를 공격하고 나섰다. 모든 사람들을 키케로의 적으로 만들 심산이었다. 그는 평민들 마음에 들 만한 법을 제정해 그들을 자기편으로 끌어들였고 집정관들에게는 속주를 할양해주도록 의결했다. 그 덕에 피소는 마케도니아를 가비니우스는 시리아를 할양받을 수 있었다. 당시 최고의 권세를 누리고 있던 세 인물 중 크라수스는 키케로의 공공연한 적이었고 폼페이우스는 철저히 양다리를 걸치고 있었으며 카이사르는 군대를 이끌고 갈리아 원정에 오를 채비를 하고 있었다. 카이사르와 비록 친구 사이는 아니었지만 키케로는 그에게 갈리아 원정군의 부관으로 임명해줄 것을 부탁했다. 카이사르는 그의 청을 들어주었다. 그러자 클로디우스는 키케로가 호민관인 자신의 영향권에서 벗어나려 한다는 것을 눈치 채고는 키케로에게 화해하고 싶다는 뜻을 내비쳤다. 아울러 키케로에 대해서는 항상 호의적인 말만 하고 다닐 뿐 아니라 그에게 말을 걸 때도 상냥한 표현을 썼다. 클로디우스는 마치 키케로에게 아무런 원한이나 악의가 없고 설혹 불만이 있어도 얼마든지 온건하고 우호적인 방식으로 표현할 수 있다는 듯 굴었다. 클로디우스의 책략은 맞아 떨어졌다. 키케로는 클로디우스에 대한 두려움을 벗어던지고 카이사르의 부관직도 사임했다. 이에 화가 난 카이사르는 클로디우스와 손을 잡고 키케로를 적대시하며 폼페이우스와 키케로 사이도 완전히 갈라놓았다. 아울러 카이사르는 렌툴루스와 케테구스를 공범들과 함께 정식 재판도 거치지 않고 사형에 처한 것은 공정하지도 합법적이지도 않다는 생각을 시민들에게 공개적으로 밝혔다. 이는 사실상 키케로에 대해 책임을 물은 것이었다. 키케로는 이러한 고발에 대해 해명하라는 소환명령을 받았다. 피고발인으로서 위기의식을 느낀 키케로는 옷부터 바꿔 입었다. 그는 탄원하는 사람에 어울리는 복장을 하고 머리 손질도 하지 않은 채 시민들의 자비를 구하러 도시를 헤매고 다녔다. 하지만 클로디우스는 키케로가 가는 곳마다 험상궂은 불량배들을 이끌고 다니면서 옷을 바꿔 입은 키케로를 비웃으며 그에게 망신을 주었다. 그리고 때로는 그에게 오물과 돌멩이를 던지면서 그가 시민들에게 탄원하지 못하도록 방해하기도 했다.

하지만 누구보다도 먼저 거의 모든 기사계급 사람들이 키케로를 따라 옷을 바꿔 입었으며 2만 명 가까운 청년들이 머리카락을 기른 채 키케로의 뒤를 따르며 그와 함께 시민들에게 탄원했다. 그러자 원로원도 회의를 소집해 시민들이 국가적 불행이 닥쳤을 때처럼 옷을 바꿔 입도록 하는 결의안을 통과시키려 했다. 하지만 집정관들이 이에 반대했고 클로디우스는 무장한 병사들로 원로원 건물을 에워쌌다. 그러자 많은 원로원 의원들이 고함을 지르고 옷을 찢으며 건물 밖으로 달려 나왔다. 하지만 이러한 광경은 어떤 수치심도 연민도 불러일으키지 못했다. 이제 키케로는 도망을 치든지 아니면 클로디우스와 일전을 겨루든지 양단간에 결판을 내지 않을 수 없었다. 어쩔 수 없이 키케로는 폼페이우스에게 도움을 청했다. 폼페이우스는 정쟁에 휘말리지 않기 위해 일부러 알바누스Albanus 언덕에 있는 별장에 머물고 있었다. 처음에 키케로는 사위 피소를 대신 보내 폼페이우스에게 청원했으나 나중에는 직접 그를 만나러 갔다. 하지만 폼페이우스는 키케로가 자신을 만나러 온다는 소식을 들었지만 그를 만나고 싶지 않았다. 면목이 없었기 때문이다. 키케로는 폼페이우스의 이익을 대변하다 공화국과 많은 갈등을 겪기도 했고 정책을 시행하면서 그 방향을 폼페이우스에 맞춘 경우도 많았기 때문이다. 하지만 이제 폼페이우스는 카이사르의 사위였다. 과거에 자신이 받았던 호의는 이제 옆으로 제쳐둘 수밖에 없었다. 그는 뒷문으로 몰래 빠져나가 키케로와의 면담을 피했다. 폼페이우스에게 배신을 당하고 혼자 남게 된 키케로는 두 집정관에게 달려갔다. 가비니우스는 늘 그랬듯 키케로를 불손하고 거칠게 대했다. 하지만 피소는 키케로를 공손하게 맞으며 여러 조언을 했다. 당분간 클로디우스의 분노가 잦아들기를 기다리며 기회를 엿보자는 이야기였다. 그러다 보면 언젠가는 클로디우스가 부추기고 있는 여러 가지 분란과 소동이 나라를 위기로 몰아넣게 될 것이고 바로 그때 예전처럼 키케로가 등장해 나라의 구원자로 다시 떠오를 것이라고 설득했다.

키케로는 피소의 조언을 받아들이는 한편으로 친구들과도 자신의 앞길을 의논했다. 루쿨루스는 키케로가 결국은 승리할 것을 확신한다며 로마에 머물 것을 조언했지만 다른 친구들의 의견은 달랐다. 그들은 시민들이 클로디우스의 분노와 광기에 염증을 느끼게 되면 얼마 지나지 않아 결국 키케로를 다시 찾을 것이라며 그때까지는 일단 로마를 떠나 있을 것을 권했다. 키케로는 먼저 집에서 오랫동안 고이 모시며 공경해오던 미네르바 여신상을 카피톨로 가져가 그곳에 조각상을 헌정하면서 "로마의 수호신 미네르바 여신께 바칩니다"라는 글귀를 새겼다. 자정 무렵 키케로는 친구들의 호위를 받으며 로마를 빠져나갔다. 육로로 루카니아

(Lucania, 이탈리아 남부, 타란토 만(灣) 서북방에 있던 고대 지방 이름—역주)를 거쳐 시칠리아로 갈 생각이었다.

하지만 그가 로마를 빠져나갔다는 사실이 널리 알려지자 클로디우스는 그에 대한 추방을 결의하도록 시민들에게 제안하고 그의 명령에 따라 키케로에게는 물과 불을 제공하지 말도록 했다. 아울러 이탈리아 내 500마일 이내에서는 누구든 그를 집안에 들일 수 없도록 하는 명령도 하달했다. 대부분의 시민들은 키케로를 존경하고 있었으므로 이런 포고령에 관심조차 두지 않아서 키케로가 지나는 곳마다 주민들은 그를 융숭히 대접하고 떠나는 길을 호위해주기까지 했다. 하지만 루카니아 지방의 한 도시로 지금은 '비보Vibo'라 불리는 히포니움Hipponium의 주민 비비우스Vibius는 달랐다. 시칠리아 출신의 비비우스는 키케로와 색다른 의미에서 우정을 나누던 사이였고 키케로가 집정관으로 있을 당시 기술부의 수장을 지냈던 인물이었지만 그를 집으로 받아들이지 않고 시골에 머물 곳을 마련해 놓겠노라며 그를 돌려보냈다. 게다가 키케로와 친한 사이였던 시칠리아의 법무관 카이우스 베르길리우스Caius Vergilius는 편지를 보내 시칠리아로 오지 않았으면 좋겠다는 의사를 전했다. 친구들에게 이런 푸대접을 받은 데 크게 낙담한 키케로는 브룬디시움(Brundisium, 칼라브리아 주의 아드리아 해안에 있는 항구도시로 지금의 브린디시Brindisi—역주)으로 발길을 돌렸다. 그곳에서 순풍을 타고 배를 띄웠지만 바다로부터 뜻밖에 강력한 역풍이 불어 이튿날 이탈리아로 되돌아왔다가 다시 배를 띄울 수밖에 없었다. 키케로가 디라키움(Dyrrachium, 두레스Durres의 옛 이름—역주)에 도착해 해안을 향해 다가갈 즈음 별안간 지진이 발생하고 바다가 격렬히 요동을 쳤다는 것인데 점쟁이는 이를 보고 이런 현상은 뭔가 변화가 있을 징조이므로 키케로의 망명생활이 오래 가지 않을 것이라고 말했다고 한다. 키케로가 그곳에 도착했다는 소식이 퍼지면서 많은 주민들이 그에게 존경을 표하기 위해 그의 거처를 찾았고 그리스의 도시들도 앞 다투어 사절을 보내 그에게 경의를 표했지만 정작 키케로는 마치 실연당한 연인처럼 이탈리아 쪽 하늘을 바라보며 비탄의 세월을 보냈다. 삶의 많은 시간을 학문을 갈고 닦는 데 바친 사람이라면 으레 그럴 수도 있을 것이라고 예상할지 모르겠지만 키케로가 실제로 느낀 굴욕감과 낙담은 상상 이상이었다. 키케로는 친구들에게 자신을 연설가로 부르지 말고 철학자로 불러달라고 자주 말해왔다. 철학이 그의 필생의 사업이었다면 웅변은 공직생활 중 그가 바라던 목표를 달성하기 위한 수단에 불과했기 때문이다.

클로디우스는 키케로를 내쫓은 뒤 그의 농가와 별장들을 불태워버렸다. 그리고 나중에는 로마에 있던 집까지 불사르고는 그 자리에 자유의 신전을 세웠다. 그리고 나머지 재산은 매일 경매에 부쳤지만 아무도 사러 오는 사람이 없었다. 그러는 사이 클로디우스는 귀족들에게 가공할 존재가 되어갔다. 반면에 평민들은 그를 따랐다. 그가 평민들에게 오만과 방탕을 가득 채워주었기 때문이다. 이들의 힘을 등에 업고 클로디우스는 마침내 폼페이우스와 힘겨루기를 시작했다. 클로디우스는 폼페이우스가 정복한 속주의 처리 방식을 문제 삼아 그를 공격했다. 폼페이우스는 키케로를 저버렸던 자신의 비겁한 행동을 뉘우치기 시작했다. 마음이 변한 폼페이우스는 측근들과 함께 키케로를 귀국시킬 방안을 마련하기 위해 전력을 다했다. 클로디우스가 이에 반기를 들자 원로원은 키케로의 본국 소환 결정이 내려질 때까지 어떠한 공공 법안도 비준하거나 통과시키지 않기로 의결했다. 그런데 렌툴루스가 집정관으로 있던 시기에 이 문제를 두고 혼란이 점차 고조되더니 급기야 포룸에서 호민관들이 부상을 입는 일까지 벌어졌다. 그리고 키케로의 동생 퀸투스는 시신들 속에 죽은 듯이 누워 있다가 간신히 목숨을 건지기도 했다. 시민들 사이에서 감정의 변화가 일기 시작했다. 맨 먼저 호민관 안니우스 밀로 Annius Milo가 폭력 혐의를 걸어 클로디우스를 재판정에 서게 하는 용기를 보여주었다. 로마와 이웃 도시들의 수많은 평민들도 폼페이우스와 의기투합했다. 폼페이우스는 그들을 몸소 이끌고 가 클로디우스를 포룸에서 내쫓았다. 투표를 위해 시민들이 소집되었다. 시민들이 이때처럼 만장일치로 투표권을 행사한 적이 일찍이 없었다고 한다. 원로원 역시 평민들에 뒤질세라 망명 기간 중 키케로를 존중하며 환대해준 도시들에 감사의 서한을 보냈다. 또한 클로디우스가 불태운 키케로의 집과 시골 별장들을 나랏돈으로 복원하기로 의결했다.

그리하여 키케로는 16개월 간의 망명 생활을 끝내고 마침내 귀국했다. 도시들은 온통 축제 분위기였고 사람들은 그를 만나기 위해 열성이었다. 이탈리아가 자기 어깨에 목말을 태워 자신을 로마로 데려왔다는 키케로의 허풍은 그래서 당시의 상황을 전달하기엔 지나치게 겸손한 표현이다. 추방 전에는 키케로의 적이었던 크라수스도 제 발로 키케로를 만나러 가 화해했다. 크라수스 자신의 말에 따르면, 그가 키케로를 만나러 간 것은 순전히 아들을 기쁘게 해주기 위한 행동이었다는 것인데 아들 푸블리우스가 키케로의 열렬한 찬미자였다고 한다.

키케로는 로마에 도착한 지 얼마 지나지 않아 클로디우스가 로마에 없는 틈을 타 많은 사람들을 이끌고 카피톨로 갔다. 그곳에서 키케로는 호민관들의 활동 내역이 적혀 있는 기록들을 찢어 없애버렸다. 거기에는 클로디우스의 호민관 재임 시의 행적들이 기록되어 있었다. 클로디우스가 키케로를 불러 이 같은 행동을 한 이유를 묻자 키케로는 귀족 계급 출신인 클로디우스가 호민관이 된 것은 위법한 일이며 따라서 그가 한 모든 일도 원천적으로 무효라고 답했다. 카토는 키케로의 이 같은 행동을 못마땅하게 여겼다. 카토로서는 클로디우스를 역성들 생각은 추호도 없었고 오히려 그의 모든 정치 행적들을 인정하지 않는 쪽이었지만 원로원이 그렇듯 수많은 법령과 조례들을 비합법적인 것으로 폐기하는 것은 비정상적이고도 난폭한 조처라고 생각했기 때문이었다. 더구나 거기에는 키프로스와 비잔티움에서 자신이 행한 행정 조치들도 포함되어 있었다. 이 일로 카토와 키케로 간에는 불화가 싹텄다. 물론 둘 간에 노골적인 적대 관계가 형성되었다기보다는 더 이상 서로의 마음을 터놓을 수 없는 관계가 되었다고 보는 편이 옳을 것이다.

이 일이 있고 나서 클로디우스는 밀로에게 살해당했다. 살인죄에 대한 기소 인정 여부 절차가 진행되는 동안 밀로는 키케로를 변호인으로 선정했다. 원로원은 밀로와 같은 저명하고 진취적인 시민에게 죄를 묻다 보면 자칫 로마 시의 평화가 깨지지나 않을까 우려한 나머지 폼페이우스에게 이 재판의 진행 과정을 감독하도록 하고 로마 시와 재판정 모두에 대해 치안을 유지하는 책임을 떠맡겼다. 이에 폼페이우스는 밤중에 재판정으로 가 그곳 주변의 고지대를 장악하고 포룸을 병사들로 에워쌌다. 이런 보기 드문 광경에 행여 키케로의 마음이 흔들려 자기 변론을 망치지나 않을까 우려한 밀로는 키케로를 설득해 가마를 타고 먼저 재판정으로 가서 재판이 열리기 전까지 그곳에서 휴식을 취하게 했다. 키케로는 군사 문제만 대하면 주눅이 들었고 연설할 때에도 자신감 없이 첫 운을 떼는 경우가 많았기 때문이다. 그리고 연설이 본격적으로 흐름을 타 바야흐로 정점에 이르는 순간에도 떨리는 몸을 주체하지 못했다. 키케로는 언젠가 카토의 기소에 맞서 리키니우스 무레나Licinius Murena를 변호할 때에도, 찬사와 함께 먼저 변론을 마친 호르텐시우스를 능가해야 한다는 중압감에 시달리다 전날 밤 휴식을 거의 취하지 못했다. 그래서 생각이 뒤엉키고 피곤에 찌든 나머지 평소보다 형편없는 변론을 하고 말았다. 이번에도 밀로를 변론하기 위해 가마에서 내린 키케로는 폼페이우스의 군대가 무기를 번뜩이며 포럼 주변에 진을 치고 있는 광경을 보자 너무 당황한 나머지 몸이 떨리고 혀가 꼬여 변론을 시작조차 할 수 없었다. 반면에 그 시각 밀로의 행동은 대담하고 거침이 없었다. 그는 머리를 산발하지도 않았고 법정의 관례에 따르는 복장도 하지 않았다. 그리고 그의 이런 태도가 유죄판결의 결정적 원인이 되지 않았나 싶다. 키케로의 태도에 대해서는 그가 소심해서 그런 것이 아니라 친구에 대한 걱정이 지나쳐서 그런 것이라고 사람들은 생각했다.

카이사르와 폼페이우스 사이가 완전히 틀어져 드디어 폭발할 지경에 이르렀을 때 키케로는 둘 사이에서 몹시 방황했다. 키케로의 이런 편지 구절에도 당시의 갈등 상황이 그대로 드러난다. "어느 편에 설 것인가? 전쟁에 대한 폼페이우스의 진술은 공정하고 명예롭네. 반면에 카이사르는 업무 장악 능력이 뛰어나고 자신과 동료들의 안전을 도모하는 데도 뛰어난 능력을 갖추고 있지. 누구에게서 피해야 할지는 알겠는데 누구에게 피해야 할지는 도통 모르겠네." 그런데 그때 카이사르의 친구였던 트레바티우스Trebatius가 키케로에게 편지를 보내 카이사르의 뜻을 전했다. 카이사르는 키케로가 자기편에 합세하는 것이 여러모로 바람직하다고 생각하고 있으며 만일 이런 일을 하기에 너무 나이가 많다고 스스로 생각한다면 그리스로 물러나 앉아 양쪽 어느 편에도 가담하지 않은 채 조용히 머무는 편이 나을 것으로 생각한다는 내용이었다. 키케로는 카이사르가 직접 편지를 써 보내지 않은 것을 이상하게 여기면서 자신의 과거 행적에 어울리지 않는 행동은 절대 하지 않을 것이라는 내용의 편지를 분노를 담아 그에게 보냈다.

하지만 카이사르가 로마를 떠나 스페인으로 진군하자 키케로는 즉각 배를 타고 가 폼페이우스 측에 합류했다. 그곳에서 키케로는 대대적인 환영을 받았지만 단 한 사람 카토는 달랐다. 그는 키케로를 은밀히 한쪽으로 데리고 가더니 폼페이우스 편에 선 일을 책망했다. 골자는 이랬다. 공화국에서 처음부터 키케로가 걸어왔던 길을 포기하는 것은 바람직하지 않다. 키케로가 중립적인 태도를 취하며 중재자로서 자신의 영향력을 발휘하고 이용했더라면 나라와 친구들에게 더 도움이 되었을 것이다. 그런데 아무런 명분도 없이 이곳으로 와 쓸데없이 카이사르의 적이 됨으로써 키케로 자신도 큰 위험에 빠졌다. 카토의 말을 들은 키케로의 마음이 흔들렸다. 게다가 폼페이우스도 그에게 중요한 직책을 맡기지 않았다. 하지만 그가 중용되지 못한 데에는 그 자신에게도 책임이 있었다. 그는 이곳에 온 것을 후회한다고 서슴없이 말하고 다녔고 폼페이우스의 병력을 깎아내렸으며 그의 전략에 숨어 있는 결점들을 들춰내고 아무데서나 동료 병사들에 대해 농담을 하고 빈정댔던 것이다.

키케로는 건강이 좋지 않아 파르살로스(Pharsalia, 그리스 중부, 테살리아의 고대 도시. 기원전 48년 카이사르가 폼페이우스를 패퇴시킨 곳—역주) 전투에는 참전할 수 없었다. 전투가 끝나고 폼페이우스가 도주하자 디라키움에 상당한 병력과 대함대를 거느리고 있던 카토는 집정관을 지낸 키케로를 법에 따라 총사령관으로 추대하고자 했다. 하지만 키케로가 총사령관직을 거부하고 전쟁을 계속하겠다는 그들의 계획에 참여하는 것 또한 거부하자 폼페이우스의 아들과 그의 측근들은 그를 반역자로 규정하고 그에게 칼을 들이대며 죽이겠다고 달려들었다. 이에 카토가 중간에 끼어

들어 가까스로 그를 구출해서 진지 밖으로 데리고 나왔다.

이후 키케로는 브룬디시움으로 가 그곳에서 카이사르를 기다리며 시간을 보냈다. 아시아와 이집트에서 처리할 일이 있어 카이사르의 도착이 지연되고 있었기 때문이다. 카이사르가 타렌툼(Tarentum, 이탈리아 살렌티나 반도 아랫부분에 있으며 기원전 8세기에 그리스인들이 세운 고대 도시로 지금의 타란토Taranto.—역주)에 도착해서 육로로 브룬디시움을 향해 오고 있다는 소식을 들은 키케로는 서둘러 그를 마중나갔다. 마음 한 구석에 희망이 없는 것은 아니었지만 많은 사람들이 지켜보는 자리에서 적이자 정복자인 카이사르의 심중을 떠보아야 한다는 두려움 또한 자리하고 있었다. 하지만 걱정과는 달리 키케로는 카이사르의 심기를 건드릴 말이나 행동을 할 필요가 없었다. 카이사르가 무리보다 앞서 자기를 향해 오고 있는 키케로를 보고 다가와 반갑게 인사를 했기 때문이다. 두 사람은 한참을 단둘이 걸으며 대화를 나눴다. 그 시간 이후로 카이사르는 키케로를 정중히 대했다. 키케로가 카토를 칭찬하는 연설문을 쓰자 카이사르는 그 글에 대한 답문에서 키케로의 삶과 연설을 페리클레스와 테라메네스Teramenes에 비교하며 칭송했다. 이때 쓴 키케로의 연설문 제목은 〈카토〉였고 카이사르 글의 제목은 〈반反카토Anti-Cato〉였다.

또한 퀸투스 리가리우스가 카이사르에 대항하여 무기를 든 죄로 기소되어 키케로를 변론인으로 선정하자 카이사르는 친구들에게 이렇게 말했다고 한다. “리가리우스가 사악한 남자요 우리의 적이라는 것은 의심할 여지없는 사실이네. 하지만 키케로의 연설을 한 번 더 들을 기회를 놓치고 싶지는 않군?” 그런데 막상 키케로가 변론에 들어가자 카이사르는 키케로에게 완전히 매료되었다. 그의 연설에는 사람들의 연민을 끌어내는 다양한 힘이 있었다. 언어 구사도 매력적이었다. 카이사르의 안색이 자주 변했다. 그의 머릿속에서 만감이 교차하고 있음에 분명했다. 이제 연설은 파르살리아 전투를 향해 치닫고 있었다. 카이사르는 온몸이 부르르 떨리면서 손에 쥐고 있던 서류를 발 아래로 떨어뜨릴 정도로 키케로의 연설에 감동받고 있었다. 키케로의 연설에 압도된 카이사르는 결국 리가리우스를 무죄 석방하지 않을 수 없었다.

이후 로마의 정치체제가 공화정에서 군주제로 바뀌면서 키케로는 공무에서 손을 떼고 원하는 젊은이들을 모아 철학을 가르치며 세월을 보냈다. 한편으로 그는 최고위층 귀족들과 가깝게 지내면서 다시금 로마의 유력인사로 떠오르기 시작했다. 당시 그가 주로 하던 일은 철학적 대화를 책으로 엮어 내거나 번역하는 작업과 논리학 및 물리학 용어를 로마어로 바꾸는 작업이었다. 기술적인 그리스 용어에 처음 본격적으로 라틴어 이름을 붙여 준 사람도 바로 키케로였다. 그는 그런 용어를 비유나 기타 적절한 방식을 통해 로마인들이 이해할 수 있도록 해주었다. 가끔은 취미로 시를 짓기도 했는데 일단 시 창작 작업에 몰두하면 하룻밤 사이에 500연의 시를 짓기도 했다. 그는 시간의 대부분을 투스쿨룸(Tusculum, 로마 동남쪽에 있던 고대 국가 라티움Latium의 도시로 로마인들의 별장지로 유명했다.—역주) 근처에 있는 시골집에서 보냈다.

키케로는 로마 역사를 기술할 계획을 갖고 있었다고 전해진다. 키케로는 로마 역사에 그리스 역사를 결합해서 자기가 수집한 옛 이야기들과 전설들까지 그 안에 망라할 생각이었다. 하지만 이런 계획은 그에게 공적으로나 사적으로 갖가지 불행한 사건과 불운이 겹치면서 좌절되었다. 첫째로 아내 테렌티아와의 이혼을 들 수 있을 것이다. 테렌티아는 전시戰時에는 그를 거의 방치하다시피 했으며 여행을 떠날 때도 필요한 물건들을 거의 챙겨주지 않았다. 그녀는 키케로가 이탈리아로 돌아왔을 때도 전혀 반겨주지 않았다. 그가 브룬디시움에 꽤 오랫동안 머물러 있었지만 그를 만나러 오지도 않았으며 긴 여행을 떠나는 어린 딸에게 시중 들 사람 하나 붙여주지 않았을 뿐 아니라 심지어 여비조차 제대로 챙겨주지 않았다. 게다가 테렌티아는 집안 살림을 거덜낸 것도 모자라 많은 빚까지 키케로에게 떠넘겼다. 결국은 테렌티아의 이런 모든 행태가 이혼 사유로 작용했다는 것이었다. 하지만 테렌티아는 이 모든 사실을 부인하면서 오히려 이혼의 모든 책임이 남편에게 있다고 방어막을 쳤다. 그리고 이혼한 지 얼마 지나지 않아 키케로가 한 젊은 여성과 결혼을 함으로써 이런 주장에 힘을 실어주었다. 테렌티아는 키케로가 그녀의 미모에 빠져 재혼했다며 욕설을 퍼부었다. 하지만 키케로의 해방노예였던 티로Tiro는 키케로가 빚을 갚기 위해 그녀의 재산을 노린 것이라고 적고 있다. 실제로 그녀는 대단한 부자였고 키케로는 그녀의 후견인으로서 재산을 신탁 받아 관리할 권리를 갖게 되었기 때문이다. 엄청난 빚에 시달리고 있던 키케로에게 친구들과 친척들도 나서서 그녀와 결혼하라고 설득했다. 비록 나이 차이가 많았지만 그녀와 결혼하면 그녀 재산으로 채무를 변제할 수 있을 것이었기 때문이다. 안토니우스는 키케로의 〈필리포스 탄핵 연설Phillippics〉을 반박하면서 키케로의 재혼 이야기를 거론했다. 안토니우스는 이 반박문에서 나이가 들도록 함께 살아온 조강지처를 버린 키케로를 비난하는 한편으로 그가 집에만 틀어박혀 빈둥대면서 전혀 군인답지 못한 습관에 젖어 있다고 교묘히 비꼬았다. 그런데 남편 피소가 죽자 렌툴루스와 재혼했던 키케로의 딸이 키케로가 재혼한 후 얼마 지나지 않아 죽고 말았다. 여러 철학자들이 각지에서 찾아와 키케로를 위로했다. 그의 슬픔이 너무도 컸기 때문이었다. 그가 딸 툴리아를 얼마나 사랑했던지 새로 맞이한 아내가 툴리아의 죽음을 기뻐한다고 짐작하고 그녀와 이혼을 해버렸을 정도였다.

키케로는 브루투스(Brutus, 로마 공화정 말기의 정치가로 카이사르가 왕이 되고자 하는 야심을 품고 있음을 알아채고 그를 암살했다.―역주)와 절친한 친구인 것으로 알려져 있었지만 카이사를 살해하려는 음모에는 일절 관심을 보이지 않았다.

하지만 브루투스와 카시우스Cassius가 이러한 계획을 실제 행동으로 옮기자마자 카이사르의 측근들이 한데 모였다. 또 한 번의 내전이 발생할 수도 있는 일촉즉발의 상황이었다. 집정관 안토니우스는 원로원을 소집하고 화합을 종용하는 짧은 연설을 했다. 키케로는 좌중에게 시의적절한 말들을 전하면서 원로원에게 아테네 사람들을 본받아 카이사르 살해 가담자들에 대한 사면을 의결하고 브루투스와 카시우스에게 영지를 할양해주도록 설득했다. 하지만 이러한 제안 중 어느 것도 키케로의 뜻대로 이루어지지 못했다. 그렇지 않아도 카이사르에 대한 연민에 사무쳐 있던 시민들이 광장을 통해 운구되는 카이사르의 시체를 목격한 데다가 안토니우스가 유혈이 낭자하고 곳곳에 칼에 찔린 흔적이 생생한 카이사르의 옷을 그들에게 보여주자 시민들은 그만 눈이 뒤집히고 말았다. 그들은 살인자들을 찾아나서는 한편으로 저마다 손에 횃불을 들고 살인자들의 집을 불태우겠다며 달려갔다.

상황이 이렇게 전개되자 안토니우스는 쾌재를 불렀다. 모든 사람들은 안토니우스가 1인 독재시대를 열지도 모른다는 생각에 불안해했다. 키케로의 불안은 훨씬 더 컸다. 안토니우스가 공화국 내에서 키케로의 영향력이 되살아나고 있음을 알고 있는 데다 그와 블루투스가 얼마나 가까운 사이인지도 알고 있었기 때문에 키케로가 로마에 있는 것을 못마땅하게 여길 것이 분명했기 때문이다. 게다가 두 사람은 살아온 방식이 달라 예전부터 서로에 대해 시기심을 갖고 있었다. 두려움을 느낀 키케로는 돌라벨라Dolabella의 시리아 원정길에 부관으로 따라가는 방안을 고심하고 있었다. 그런데 안토니우스의 후임으로 집정관에 선출된 히르티우스Hirtius와 판사Pansa는 선량한 인품을 지닌 데다 키케로를 무척 존경하고 있었다. 두 사람은 키케로에게 자신들 곁을 떠나지 말아달라고 간청하며 만일 키케로가 로마에 머물기로만 한다면 안토니우스를 제압하겠다고 약속했다. 키케로로서는 두 사람의 말을 전적으로 믿을 수도 믿지 않을 수도 없었다. 그래서 일단 돌라벨라를 따라가는 일은 접어두기로 하고 히르티우스에게 아테네에 가서 여름을 지낸 다음 그가 집정관에 취임하면 그때 돌아오겠노라고 약속하고 여행길에 올랐다. 하지만 도중에 사정이 생겨 여행이 지체되었는데 그때 흔히 그렇듯이 로마로부터 뜻밖의 소식이 날아들었다. 안토니우스의 태도가 돌변해서 원로원의 뜻에 보조를 맞춰 공무를 처리하고 있다는 것이었다. 이제 키케로만 있으면 모든 일이 안정을 되찾을 것이라는 말도 덧붙여져 있었다. 키케로는 자신이 비겁했음을 자책하며 로마로 발길을 돌렸다. 로마로 돌아온 뒤 처음에는 모든 일이 그의 희망대로였다. 수많은 사람들이 그를 만나기 위해 몰려들었고 성문 앞으로 그를 마중 나온 사람들도 너도나도 키케로를 칭송하며 예를 갖추었는데 이런 상황은 시내로 들어와서도 마찬가지여서 이같이 사람들을 응대하는 데 하루 온종일이 걸렸다.

이튿날 안토니우스는 원로원을 소집하고 키케로를 초청했다. 그는 여독이 풀리지 않았다는 핑계를 대며 침대에 누워 있었다. 하지만 로마로 오는 도중에 들은 소문도 있었기 때문에 혹시나 자신에게 위해를 가하려는 음모가 있지 않을까 두려웠던 게 진짜 이유였다. 안토니우스는 모욕을 당했다고 생각하고 불같이 화를 내며 병사들에게 키케로를 잡아오든지 그의 집에 불을 지르든지 하라고 명령했다. 하지만 사람들이 그를 말리며 설득하자 다시는 이런 일이 없도록 하겠다는 확약을 받아내는 데 만족했다. 이런 일이 있은 뒤로 두 사람은 우연히 마주쳐도 말없이 서로를 지나치며 경계심을 늦추지 않았다. 그러던 중 아폴로니아(Apollonia, 리비아 벵가지Benghazi 동북쪽 235㎞, 키레네Cyrene 북쪽 16㎞ 지점에 위치한 고대 그리스 로마 유적지—역주)로부터 소小 카이사르(younger Caesar, 카이사르의 조카이자 양아들 옥타비아누스를 이르며 훗날 원로원으로부터 받은 아우구스투스Augustus라는 이름으로 로마 초대 황제에 오른다.—역주)가 돌아와 카이사르의 유산을 물려받았다. 소 카이사르와 안토니우스는 그간 안토니우스가 맡고 있던 2천500만 드라크마의 유산과 관련해서 분쟁에 휘말렸다.

그런 가운데 소 카이사르의 어머니와 결혼한 필리포스Philippus, 소 카이사르의 누이와 결혼한 마르켈루스Marcellus가 소 카이사르와 함께 키케로를 찾아왔다. 키케로는 자신이 원로원과 시민들에 대해 갖고 있는 영향력과 웅변 능력을 이들을 위해 쓰겠다고 약속했다. 대신 소 카이사르는 키케로에게 그의 재산과 무기를 지켜주겠다고 약조했다. 그런데 키케로가 소 카이사르와 기꺼이 손을 잡게 된 데에는 좀 더 강력한 동기가 있었다고 한다. 폼페이우스와 카이사르가 아직 살아 있을 당시 키케로가 어느 날 밤 이상한 꿈을 꾸었다는 것이다. 꿈에 키케로는 원로원 의원 자제들을 카피톨로 불러 모았는데 유피테르 신이 그들 가운데 한 사람을 장차 로마를 통치할 자로 지명할 것이라는 이야기였다. 호기심에 가득 찬 시민들이 신전을 에워싸고 젊은이들은 자주색 테를 두른 예복을 입고 조용히 앉아 있었다. 그때 갑자기 신전의 문이 열렸다. 젊은이들은 한사람씩 차례로 일어서 유피테르의 곁을 지나갔다. 유피테르는 젊은

이들을 찬찬히 바라보기는 했지만 애석하게도 그들이 자기 옆으로 지나쳐가는 것을 그저 지켜볼 뿐이었다. 그런데 한 젊은이가 지나가자 유피테르는 오른팔을 앞으로 쭉 뻗더니 외쳤다. "로마 시민들이여! 이 젊은이가 로마의 왕이 되는 날 너희의 모든 내란은 끝을 맺을 것이니라." 키케로는 꿈속의 그 젊은이 얼굴을 머릿속에 뚜렷이 새겨두었다고 한다. 하지만 그가 누구인지는 알 수 없었다. 이튿날 키케로는 군신 마르스의 광장으로 내려가던 중 운동을 마치고 돌아오는 한 무리의 소년들을 만났다. 그런데 맨 앞에 걸어오는 소년이 바로 그가 꿈속에서 보았던 그 젊은이였다. 깜짝 놀란 키케로가 소년에게 아버지가 누구냐고 물었다. 그가 다름 아닌 지금의 소 카이사르였던 것이다. 소년의 아버지 옥타비우스Octavius는 썩 이름난 인물이 아니었지만 어머니가 바로 카이사르의 누이의 딸 아티아Attia였다. 슬하에 자식이 없었던 카이사르는 바로 그 조카에게 자신의 집과 재산을 물려주기로 한 것이었다. 그때부터 키케로는 소 카이사르를 만날 때마다 유심히 그를 관찰했고 젊은이도 그를 매우 정중히 대했다. 더구나 우연히도 소 카이사르는 키케로가 집정관으로 있던 해에 태어났다.

지금까지 키케로가 소 카이사르와 손을 잡게 된 여러 이유를 밝혔지만 무엇보다 강력한 동기는 안토니우스에 대한 키케로의 증오심이었고 또한 명예를 거부하지 못하는 그의 성향도 거기에 한 몫 했다. 말하자면 자신의 정치적 목표를 위해 카이사르의 권력을 이용하려는 속셈이었다. 소 카이사르가 키케로를 아버지라 부를 정도로 두 사람 사이에는 스스럼이 없었다. 브루투스는 이를 매우 못마땅하게 여겼다. 그는 아티쿠스Atticus에게 보낸 편지에서, 키케로가 안토니우스를 두려워한 나머지 소 카이사르의 비위를 맞추는 것은 명백히 나라의 자유를 저버리는 행위이며 너그러운 주인을 이용해 자기 이익을 챙기는 행위라고 비난했다. 그럼에도 불구하고 브루투스는 당시 아테네에서 철학을 공부하고 있던 키케로의 아들을 거둬 지휘관 자리를 주었으며 다양한 방식으로 그의 능력을 활용해서 좋은 성과를 거두고 있었다. 그 당시 로마에서 키케로의 권세는 최고조에 달해 있어서 그가 원하는 것이면 무엇이든 할 수 있었다. 키케로는 안토니우스를 완전히 압도해 그를 몰아낸 다음 히르티우스와 판사 두 집정관을 군대와 함께 보내 그를 진압했다. 다른 한편으로 키케로는 원로원을 설득해 소 카이사르에게 릭토르(lictor, 고대 로마에서 파스케스로 죄인을 다스리던 관리-역주)를 딸려주고 법무관 휘장을 달고 다닐 수 있도록 해주었다. 그것은 결국 그가 나라의 수호자라는 뜻이었다. 그런데 안토니우스가 전투에서 패하고 두 집정관이 전사하자 모든 병력이 소 카이사르 휘하로 집결했다. 원로원은 이 놀랍도록 운이 좋은 젊은이가 슬슬 두려워지기 시작했다. 원로원은 안토니우스가 도망가고 없는 지금 더 이상 군대가 필요 없다는 말로 카이사르를 구슬리는 한편으로 온갖 명예와 상을 내려 그를 군대로부터 떼어냄으로써 세력을 약화시키고자 했다.

이에 두려움을 느낀 카이사르는 비밀리에 측근들을 보내 키케로에게 한 가지 제안을 했다. 두 사람이 힘을 합쳐 집정관 자리를 차지하자는 제안이었다. 둘이 집정관이 되어도 키케로가 최고 권력을 쥐어 국정을 주무르고 자신은 키케로 휘하에서 이름과 영예만 챙기겠다는 뜻도 전했다.

키케로는 카이사르의 설득에 너무도 쉽게 휩쓸려 넘어갔다. 그것도 나이도 한껏 먹은 사람이 새파란 젊은이에게 속아 넘어간 것이다. 주변 친구들의 만류에도 불구하고 키케로는 지지표를 얻기 위해 카이사르와 함께 전력을 다했고 원로원의 지지도 구했다. 이러한 행위가 자신을 파멸의 구렁텅이로 빠뜨리고 로마의 자유를 배신하는 행위였음을 키케로가 깨닫는 데는 그리 오랜 시간이 걸리지 않았다. 그 젊은이는 일단 집정관에 선출되어 입지를 굳히자 키케로를 거리낌 없이 저버렸다. 대신 안토니우스, 레피두스와 화해를 한 다음 그들과 손을 잡고 정부를 마치 자기들 재산 나누듯 나누어 가졌다. 의기투합한 이들은 200명이 넘는 인사들의 명단이 담긴 살생부를 작성했다. 하지만 가장 큰 골칫거리는 키케로였다. 세 사람 간에 의견이 갈려 팽팽한 줄다리기가 계속되었다. 안토니우스는 키케로를 가장 먼저 죽여 없애지 않는 한 어떠한 협상도 없다고 완강히 주장했고 레피두스도 안토니우스의 의견에 손을 들어주었다. 하지만 카이사르는 이들 두 사람의 의견에 반대했다. 세 사람은 보노니아(Bononia, 이탈리아 동북부에 위치한 볼로냐의 옛 이름—역주) 근교에서 주위를 다 물리치고 사흘에 걸쳐 비밀리에 회합을 가졌다. 그곳은 군 진영에서 그리 멀리 떨어지지 않은 곳으로 주변을 에워싸며 강이 흐르고 있었다. 카이사르는 처음 이틀 동안은 키케로를 열심히 감쌌다고 하는데 사흘 째 되던 날 마침내 키케로를 포기하고 말았다. 세 사람이 합의한 사항은 이러했다. 카이사르는 키케로를 버리고 레피두스는 형제 파울루스를, 그리고 안토니우스는 외삼촌 루키우스 카이사르를 포기한다. 분노와 원한이 마침내 그들의 이성까지 마비시키고 만 것이었다. 원한에 사무친 인간에게 권력까지 쥐어주면 그 어떤 짐승보다 포악해진다는 사실을 여실히 입증한 것이다.

이런 음모가 진행되는 동안 키케로는 투스쿨룸 인근 시골집에서 동생과 함께 시간을 보내고 있었다. 그러다 대대적인 숙청 소식을 들은 두 사람은 아스투라Astura로 피신하기로 했다. 키케로는 이곳 해안에 별장을 하나 갖고 있었다. 그곳에서 배편을 구해 마케도니아에 있는 브루투스에게로 가 몸을 의탁할 작정이었다. 그 지방에서 브루투스의 세력이 만만치 않다는 소식을 이미 들은 바 있었기 때문이다. 그들은 각각 가마를 나눠 타고 길을 떠났다. 억누를 길 없는 슬픔이 엄습했다. 종종 한 쪽이 뒤처지면 다른 한 쪽이 기다려 보조를 맞췄다. 그저 서로를 위로할 밖에 그들을 위로해줄 사람은 아무도 없었다. 정신없이 집을 뛰쳐나오느라 미처 여비를 제대로 챙기지 못했던 동생 퀸투스의 낙담은 훨씬 더했다. 여비가 부족한 것은 키케로도 마찬가지였다. 결국 키케로는 가능한 한 서둘러 가던 길을 계속 가기로 하고 퀸투스는 집으로 되돌아가 여행에 필요한 것들을 챙겨오는 게 그나마 최선의 방편이라고 생각했다. 두 사람은 서로를 얼싸안은 뒤 눈물로 작별했다.

며칠 뒤 퀸투스는 자기가 부리던 노예의 배신으로 그를 뒤쫓아온 사람들에게 붙잡혀 어린 아들과 함께 살해당했다. 반면에 키케로는 아스투라에 무사히 도착한 뒤 해안으로 나가 배를 구해서 키르카이움Circaeum으로 향했다. 마침 강력한 순풍이 불어주었다. 그곳에 도착하자 선원들은 곧바로 다시 출항해야 한다고 주장했지만 키케로는 바다가 무서워서 그랬는지 아니면 카이사르에 대한 믿음이 아직 남아 있었던 탓인지 몰라도 해안에 내려 마치 로마를 향해 가겠다는 듯 한참을 걸었다. 하지만 이내 결심은 흔들렸고 마음이 변한 키케로는 바닷가로 되돌아와 그곳에서 두려움과 당혹감 속에 밤을 지새웠다. 때때로 카이사르의 집으로 몰래 숨어든 뒤 집안 수호신의 제단 위에서 스스로 목숨을 끊어 신들의 복수를 바라는 것은 어떨까 하는 생각을 하기도 했다. 하지만 붙잡혔을 때 그에게 가해질 고문이 두려웠다. 여러 잡다하고 모호한 생각들이 뒤엉켜 갈피를 잡을 수 없었다. 결국 키케로는 하인들에게 배를 타고 카피타이로 가자고 지시했다. 그곳에도 자기 소유의 집 한 채가 있었

'100인 대장' 헤렌니우스와 호민관 포필리우스가 키케로를 살해하고 있다.

다. 쾌적한 계절풍이 불어오는 여름이면 뜨거운 태양 아래 휴식하기 안성맞춤인 곳이었다.

그곳에는 바닷가에서 그리 멀지 않은 곳에 아폴로 신을 모시는 사당이 있었다. 그런데 키케로의 배가 해안을 향해 다가가자 사당으로부터 까마귀 떼가 시끄럽게 날아오르더니 배를 향해 날아왔다. 까마귀들은 활대 양쪽에 내려앉아 까악까악 울어대기도 하고 돛줄 끝을 쪼기도 했다. 모든 이들이 이구동성으로 나쁜 징조라며 웅성댔다. 이번에도 키케로는 바닷가에 내려 집 안으로 들어갔다. 그는 휴식을 취하며 마음을 가다듬을 생각에 침대에 몸을 뉘였다. 수많은 까마귀들이 창가 주변에 내려앉아 음산하게 울어댔다. 그 가운데 한 마리가 침대에 내려앉더니 키케로가 얼굴까지 뒤집어쓰고 있던 이불을 부리로 쪼아 벗겨내려 했다. 이를 본 하인들은 한갓 미물마저도 억울한 처지에 놓인 키케로를 도와주고 보호하려 하는데 자기들은 주인이 살해당할 것을 뻔히 알면서도 대책 없이 그를 지켜만 보려 했다며 자신들을 책망했다. 하인들은 반강제로 키케로를 일으켜 세운 뒤 가마에 태워 바닷가로 향했다.

그러는 동안 암살자들이 한 무리의 병사들을 데리고 뒤쫓아왔다. '100인 대장' 헤렌니우스Herennius, 호민관 포필리우스Popillius가 그들이었다. 그 중에서 포필리우스는 예전에 아버지 살해 혐의로 재판에 회부되었을 당시 키케로가 변호했던 자였다. 이들은 닫혀 있던 문을 부수고 집안으로 들이닥쳤다. 키케로의 모습은 어디에도 없었다. 집안에 있던 사람들도 그가 어디에 있는지 모른다고 답했다. 그런데 예전에 키케로가 문예와 과학을 가르쳤던, 동생 퀸투스의 해방노예 필로로구스Philologus란 자가 나서더니 키케로를 태운 가마가 그늘진 숲속 산책길을 따라 바닷가로 향하고 있다고 호민관에게 고자질했다. 호민관은 병사 몇을 데리고 키케로가 바닷가로 빠져나올 길목으로 달려갔다. 그리고 헤렌니우스는 산책길로 키케로를 뒤쫓았다. 멀리서 헤렌니우스가 달려오는 낌새를 챈 키케로는 하인들에게 가마를 내려놓으라고 명령했다. 키케로는 평소 버릇대로 왼손으로 턱을 쓰다듬으며 자기를 죽이러 달려오는 사람들을 뻔히 노려보았다. 온몸을 먼지로 뒤집어 쓴 키케로의 머리칼과 수염은 손질하지 못해 덥수룩했고 안색에는 마음 고생한 흔적이 역력했다. 헤렌니우스가 키케로를 향해 칼을 내려치는 순간 그곳에 있던 거의 모든 사람들이 차마 그 광경을 쳐다볼 수 없어 두 손으로 얼굴을 가렸다. 헤렌니우스는 키케로가 가마 밖으로 내민 목을 내려쳐 죽였다. 키케로의 나이 64세의 일이었다. 헤렌니우스는 키케로의 목을 자르고 안토니우스의 명령대로 손목까지 잘랐다. 바로 그 손으로 키케로가 〈필리포스 탄핵 연설〉을 썼기 때문이었다. 〈필리포스 탄핵 연설〉은 사실 안토니우스를 공격하기 위해 쓴 연설문이었지만 키케로가 그렇게 불렀기 때문에 오늘날도 여전히 〈필리포스 탄핵 연설〉로 불리고 있다.

키케로의 잘린 머리와 손이 로마에 도착할 당시 안토니우스는 공무원 선임을 위한 회의를 주재하고 있었다. 소식을 들은 안토니우스는 키케로의 머리와 손을 확인하고는 큰소리로 외쳤다. "이로써 숙청은 마무리되었다." 그는 키케로의 머리와 손을 연사들이 이러쿵저러쿵 떠들어대는 연단 위에 못 박아 걸게 했다. 로마 시민들은 그 광경을 보고 몸서리쳤다. 그들은 그곳에서 키케로의 얼굴이 아닌 안토니우스 가슴 속 영혼의 모습을 보았다고 믿었다.

긴 세월이 흐른 뒤 아우구스투스소 카이사르가 외손자를 보러 갔다가 아이의 손에 키케로의 책이 들려 있는 것을 보았다. 깜짝 놀란 아이는 서둘러 책을 옷 속으로 감추려고 했다. 하지만 아우구스투스는 아이에게서 책을 건네받아 선 채로 한참을 읽었다. 이윽고 책을 아이에게 돌려준 아우구스투스는 이렇게 말했다. "아이야, 이 분은 참으로 학문에 조예가 깊으신 분이셨단다. 애국자이기도 하셨고." 아우구스투스는 안토니우스 군을 격파한 직후 키케로의 아들을 자기의 동료 집정관으로 등용했다. 키케로의 아들이 집정관으로 있을 시절 원로원은 안토니우스의 모든 상像을 끌어내리고 그에게 주어졌던 모든 영예를 박탈한 뒤 그의 후손들이 앞으로 마르쿠스라는 이름을 쓰지 못하도록 의결했다. 결국 신은 안토니우스에 대한 처벌을 키케로 집안이 마무리 짓도록 점지해 두었던 것이다.

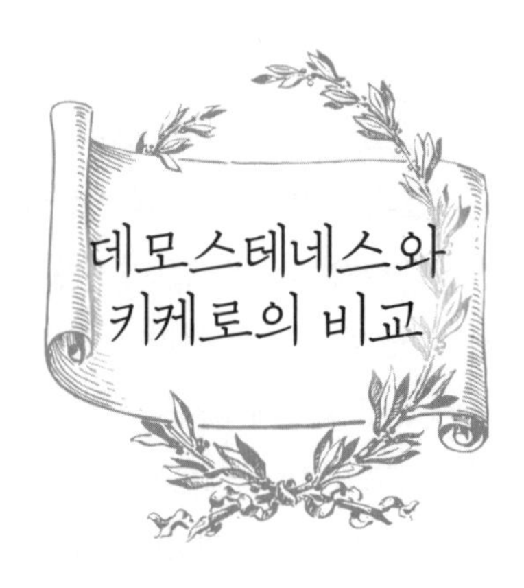

이상과 같은 것들이 바로 데모스테네스와 키케로에 대해 역사에 기록되어 있는 것들이다. 나는 두 사람의 웅변 능력에 대한 정확한 비교는 생략하기로 하겠다. 하지만 다음의 사실들은 분명히 지적해두는 것이 좋을 것 같다.

데모스테네스는 타고난 능력도 있었지만 웅변의 대가가 되려고 무척 노력했다. 그러므로 그의 웅변은 간단명료했고 박력이 있었으며, 당대의 어느 법률가나 정치가들의 웅변보다도 훨씬 더 힘이 넘쳤고 호소력도 남달랐다. 또 그의 문체는 어떤 문인들보다 아름답고 찬란했으며, 논리의 정확성과 치밀함은 그 어떤 논리학자들이나 수사학자들보다도 뛰어났다.

한편 키케로는 학식이 풍부했음에도 불구하고 학문에 더욱 매진함으

23) 플라톤이 BC 387년에 아테네 교외의 아카데미아(Academia)성지에 세운 학교의 이름에서 유래되어 플라톤 사망 후 그 학파의 명칭이 되었다. 플라톤학파로도 불리는 '아카데미학파'는 '아리스토텔레스학파'(소요학파), '스토아학파', '에피쿠로스학파'와 더불어 헬레니즘 시대의 4대 철학 사조로 꼽힌다.

로써 다방면에서 가장 두각을 나타낸 인물이기도 했다. 그래서 그는 '아카데미 학파'(Academic principles)[23]의 여러 철학적인 원리에 대한 논문들을 많이 남겼으며, 법정이나 정치 집회의 연설문에서도 자신의 학식을 여실히 보여주었다.

이 두 사람이 지닌 기질의 차이점은 연설에서도 찾아볼 수 있다. 데모스테네스의 연설에는 꾸밈이나 농담이 전혀 없고, 오로지 실질적 결과만을 추구하는 진지함이 배어 있다. 그리고 그것은 피테아스(Pytheas, 기원전 4세기 경 그리스의 지리학자이자 탐험가)가 비웃으며 말했던 등잔 냄새가 아니라 사려 깊고 빈틈없는 기질에서 풍겨 나오는 향기였다.

반면에 키케로의 연설은 농담을 좋아해 가끔씩 자신의 품위를 손상시키는 일도 있었다. 그래서 그는 심각한 법정에서도 곧잘 웃었으며, 변론을 부탁한 사람을 위해서라면 자신의 체면이 깎이는 것 정도는 신경 쓰지 않았다.

그런 예로 다음과 같은 이야기가 있다. 카토(Cato, 브루투스의 외삼촌이자 장인인 카토는 카이사르와의 전투에서 패한 후 플라톤의 『파이돈』을 읽으면서 스스로 배를 갈라 죽었다고 한다.)가 무레나Murena를 고발했을 때, 집정관인 키케로는 무레나의 변호를 맡게 되었다. 그때 키케로는 카토를 비웃으면서, '스토아 학파' 학자들이 말하는 역설에 대해 심한 농담을 했다. 이때 청중들은 물론 법관들까지도 크게 웃고 말았다. 그러자 카토는 곁에 앉은 사람에게, "이보게, 우리는 참 재미있는 집정관을 모시고 사는군."하고 말하며 조용히 웃었다고 한다.

실제로 키케로는 항상 웃는 얼굴로 사람들을 대했으며, 천성적으로 사교적인 사람이었다. 그러나 데모스테네스는 항상 조심스럽고 무언가 생각에 잠긴 듯한 표정을 짓고 있었으며, 어딘가 우울해 보였다. 그래서 데모스테네스의 정치적 앙숙들은 그를 침울하고 버르장머리 없는 사람이라고 비난했다고 한다.

한편 몇몇 저작들을 보면, 데모스테네스는 자화자찬을 매우 삼갔으며, 어떤 말을 하든지 듣는 사람의 비위를 거스르지 않으려고 노력했고, 평소에도 아주 겸손하고 조심스러운 태도를 보였음이 분명하다.

그러나 키케로는 자화자찬이 너무 심했다. “무기는 평상복에, 그리고 군인의 월계관은 혓바닥에게 양보해야 한다.”(Arms should give place to the gown, and the soldier's laurel to the tongue.)는 말만 보아도, 스스로가 얼마나 명예에 목말라했는지를 미루어 짐작할 수 있다.

키케로의 자화자찬은 자신의 행동이나 업적에서 뿐만 아니라 자신의 연설이나 문장에서도 쉽게 찾아볼 수 있다. 이를 보면 그는 전문적인 웅변가들과 재주를 겨뤄보려는 어리석은 사람이었으며, 결코 ‘전쟁을 직업으로 삼는 무서운 종족’[24]인 로마인들을 가르치고 이끌 만한 사람은 못되는 것 같다. 물론 정치가에게는 뛰어난 웅변 능력이 필요하겠지만, 말을 잘 해서 박수를 받으려는 욕심이 지나치면 그것은 부끄러운 일이다.

이렇게 보면 데모스테네스가 좀 더 위엄 있고 신중한 정신을 지녔던 것으로 보인다. 그는 자신의 웅변능력을 그저 그렇고 일상적인 것으로 간주하고, 청중들의 호의와 허심탄회함에 그 성공 여부가 달려있다고 여겼기 때문이다. 그래서 그는 자기 자랑을 늘어놓는 사람이야말로 가장 저속하고 옹졸한 무리라고 치부했던 것이다.

이 두 사람은 모두 민중을 설득하고 지배하는 힘이 강했다. 그래서 군대를 지휘하는 장군들도 그들의 도움이 절실했던 것이다. 카라스Chares,

24) 아이스킬로스의 비극에 나오는 시의 한 구절

디오피데스Diopithes 그리고 레오스테네스Leosthenes가 데모스테네스의 힘을 빌린 것처럼, 폼페이우스나 카이사르 2세(옥타비아누스를 말한다.)도 키케로의 도움을 얻었다. 이러한 사실은 카이사르 2세가 아그리파Agrippa와 마이케나스Maecenas에게 보낸 회상록에 기록되어 있다.

사람의 성격을 가장 잘 보여주는 것은 그 사람이 권력을 잡고 있을 때 취하는 행동이라고 한다. 하지만 데모스테네스는 이러한 방법으로는 그를 평가할 수가 없다. 필리포스 왕(Philip)과 싸우려고 동맹군을 일으켰을 때도 사령관의 지위를 사양하는 등 평생 동안 그런 높은 지위에는 앉지도 않았고 권력을 잡지도 않았기 때문이다.

한편 키케로는 시칠리아의 재무관으로 가기도 했고, 실리시아(Cilicia, 터키 남부 지중해 연안 도시)와 카파도키아(Cappadocia, 터키 앙카라 남동쪽의 암굴도시)의 총독으로 근무했었다. 당시는 악덕이 절정을 치닫고 있었던 때였다. 그래서 해외로 파견된 로마의 장군이나 총독들은 그곳 주민들의 재산을 약탈하는 것이 다반사였으며, 오히려 그것이 적당히 이루어지면 인자한 총독으로 평가받던 때였다.

하지만 키케로는 그런 시대에 살면서도 돈에 대해 무관심했는데, 어질고 너그러운 품성을 지녔다는 증거는 여러 곳에서 찾아볼 수 있다. 그는 집정관을 지낼 때도 '카틸리나의 모반'(Catilinarian conspiracy)[25)]을 잘 다스려 칭송을 받았으며, 1인 집정관이나 다름없는 권력을 행사할 수 있는

25) 루키우스 세르기우스 카틸리나(Lucius Sergius Catilina, BC 108-62)는 로마 공화정 말기의 정치가이다. 원로원에 맞서서 로마 공화정을 전복하려 시도한 '카틸리나의 모반'으로 유명하다. 원로원 회의에서 키케로는 카틸리나의 탄핵을 발표했고 카틸리나는 로마를 떠났으나 키케로의 열변으로 결국 처형이 결정되었다. 나중에 키케로는 네 차례에 걸친 카틸리나 탄핵을 책으로 펴냈고, 이 책은 아직까지도 라틴어 교본으로 쓰일 정도로 명문으로 인정받고 있다.

카탈리나를 탄핵하는 키케로

여건이 주어졌었다. 그럼에도 불구하고 키케로는 "통치자는 최고의 권력과 지혜와 정의를 하나로 통일시켰을 때 비로소 나라의 재난을 종식시킬 수 있다"는 플라톤의 진리를 증명해 보였다

그러나 데모스테네스는 돈을 위해 연설 원고를 써주었다는 비난을 받은 인물이다. 서로 경쟁관계에 있던 포르미온Phormion과 아폴로도루스Apollodorus 양쪽 모두에게 연설 원고를 써주고 돈을 받은 적도 있으며, 페르시아의 왕한테서도 뇌물을 받았다는 혐의로 고발을 당했고, 하르팔루스Harpalus한테서 뇌물을 받다가 들킨 적도 있었다. 사람들이 이 모든 것들은 사실이 아니라고 말하더라도(사실 그런 사람은 많지 않지만), 뱃사람들을 상대로 비싼 이자놀이를 했던 그가 왕이 주는 돈이나 선물을 사양했을 인물은 아닌 것 같다. 하지만 키케로는 카파도키아의

총독으로 있었을 때 그곳 왕이 주는 선물을 거절했으며, 망명 생활을 할 때도 로마의 친구들이 보내준 돈이나 재물들을 모두 사양했다.

더구나 데모스테네스가 추방을 당한 것은 뇌물수수죄이었기 때문에 참으로 수치스러운 일이었다. 그러나 키케로는 나라를 구하려다가 나쁜 무리들에게 쫓겨났기 때문에 아주 명예로운 일이었다. 그래서 데모스테네스가 추방당했을 때는 아무도 그를 변호해 주지 않았지만, 키케로가 추방되었을 때는 원로원 의원들까지 상복을 입었고, 그의 소환이 결정될 때까지는 모두 업무를 중단하겠다는 결의까지 했었다.

그런데 키케로는 마케도니아Macedonia에서 망명 생활을 하는 동안 허송세월을 보냈지만, 데모스테네스는 망명 기간 동안 중요한 업적을 쌓아놓았다. 즉 그는 아테네의 사절들을 따라 돌아다니며 전쟁에 참가했고, 마케도니아의 사절단을 그리스에서 쫓아내기도 했다. 이것은 테미스토클레스Themistocles나 알키비아데스Alcibiades가 같은 처지에 있을 때 했던 일보다 훨씬 더 훌륭한 일이었다. 그리고 아테네에 돌아온 뒤에도 그는 같은 공무(公務)에 헌신하면서, 안티파트로스[26]와 마케도니아에 대한 저항을 늦추지 않았다.

반면에 키케로는 데모스테네스와는 달리 로마에 돌아오자 곧 원로원에 앉았다. 이때 그는 아직 수염도 나지 않은 카이사르 2세가 법을 어기면서까지 집정관(consulship)에 출마하겠다고 했을 때도 그저 조용히 앉아만 있었다고 라일리우스Laelius[27]가 비난했다. 그리고 브루투스도 자

26) 안티파트로스(Antipater, BC 398?-319)는 마케도니아의 필리포스 2세와 알렉산드로스 대왕 시절의 장군이자 그들의 지지자. 알렉산드로스 제국 시기엔 섭정을 했다.

27) 가이우스 라일리우스(Gaius Laelius, BC 234?-160)는 고대 로마의 정치가이자 장군으로, 친구인 스키피오 아프리카누스와 함께 '2차 포에니 전쟁'(BC 210-201)을 승리로 이끌었다. 스키피오의 도움으로 정계에 진출한 그는 후에 집정관(BC 190)이 되었다.

신의 일파들이 제거한 폭군보다 더 무섭고 사나운 폭군을 길러냈다며 키케로를 책망했다.

끝으로 두 사람의 죽음에 대해 살펴보자. 먼저 키케로의 죽음은 너무도 가엾고 안타까운 것이었다. 왜냐하면 어차피 여생이 얼마 남지 않은 노인이었는데도 불구하고 위험을 피해 헤매다가 마침내 살해당했기 때문이다.

그러나 데모스테네스는 처음엔 약간 애원하는 것 같이 보였지만, 자신이 미리 독약을 준비해가지고 있다가 그것을 먹었다는 것은 참으로 경탄할 만한 일이다. 왜냐하면 신전도 자신을 보호해 줄 만한 장소가 못된다는 것을 알고, 적에게 잡혀가 처참하게 죽는 것보다는 안티파트로스의 잔인함을 비웃듯이 오히려 자살을 택함으로써 영원한 안전을 찾았기 때문이다.

알키비아데스(Alcibiades, BC 450경-404)는 아이아스Ajax의 후손이며, 어머니 쪽은 알크마이온Alcmaeon의 후손으로 알려져 있다. 알크마이온의 어머니 디노마케Dinomache는 메가클레스Megacles의 딸이었다. 그리고 그의 아버지 클리아니스Clinias는 자신이 직접 돈 들여 만든 군선을 타고 '아르테미시움 해전'the seafight at Artemisium에서 영예를 얻은 장수였다고 전해지며, 나중에 코로네아Coronea에서 보이오티아 군the Boeotians과 싸우다가 전사했다고 한다. 알키비아데스가 널리 알려지게 된 것은 그가 소크라테스와 가까이 지냈기 때문이었다.

같은 시대에 유명했던 사람들, 예를 들면 니키아스Nicias, 데모스테네스Demosthenes, 라마코스Lamachus, 포르미온Phormion, 트라시불루스Thrasybulus, 테라메네스Theramenes 등은 그들을 낳은 어머니가 누구였는지 전혀 기록되어 있지 않지만, 알키비아데스를 키운 유모의 고향이 스파르타의 라케다이몬Lacedaemon이며 이름이 아미클라Amycla였다는

윗칸 왼쪽에는 앞머리가 벗겨진 소크라테스가 사람들에게 진지하게 무언가를 설파하고 있다. 그의 왼쪽에서 투구를 쓰고 있는 인물이 바로 소크라테스에게 감명을 받았던 알키비아데스이다. —라파엘로의 『아테네 학당』

것, 그리고 조피루스Zopyrus가 가정교사이자 하인이었다는 것까지 안티스테네스Antisthenes와 플라톤 등의 기록에 의해 전해지고 있다.

알키비아데스는 어려서부터 용모가 아주 뛰어났으며, 어른이 되어서도 그의 아름다움은 보는 사람들의 마음을 즐겁게 했고, 사랑하는 마음을 갖게 했다고 한다. "정말로 아름다운 것은 가을에도 아름답다"(Of all fair things the autumn, too, is fair)는 에우리피데스Euripides의 말은 누구에게나 통하는 말이 아니라 신체의 조화와 활력이 뛰어났던 알키비아데스 같은 인물을 두고 한 말일 것이다.

알키비아데스는 말을 할 때 약간 혀 짧은 소리를 내는 버릇이 있었는데, 이것까지도 그에게는 매력이 되어 많은 사람들의 마음을 움직일 수 있었다고 한다. 아리스토파네스Aristophanes는 테오루스Theorus를 테올루스라고 부른 적이 있는데, 그것은 'r'을 'l'처럼 소리낸 알키비아데스의 말버릇을 흉내 낸 것이다.

알키비아데스의 성격은 변화가 많은 운명을 살아오는 동안 본성에 맞지 않는 모순된 모습을 보이게 되었다. 하지만 그가 가진 많은 정열 중에서도 가장 돋보이는 건 우월함에 대한 야망이었다. 이는 몇가지 일화에서도 엿볼 수 있다.

알키비아데스가 어렸을 때 어느 날 씨름을 하게 되었다. 상대편 아이가 자기를 쓰러뜨리려 하자 알키비아데스는 그 아이의 손을 물려고 했다. 그러자 상대편 아이는 알키비아데스를 잡고 있던 손을 빼며 말했다.

"너, 계집애처럼 날 물려고 했어."

그러자 알키비아데스는 이렇게 대답했다.

"아니야. 난 사자처럼 물려고 했어."

또 한 번은 길에서 주사위 던지기 놀이를 하고 있을 때였다. 그가 막 주사위를 던지려는데 짐을 가득 실은 마차가 다가왔다. 처음에 그는 마부에게 멈추라고 소리를 쳤다. 그러나 마부는 계속 말을 몰았고 아이들은 길가에 모두 비켜섰다. 그런데 알키비아데스는 달려오는 마차 앞으로 몸을 내던졌다. 마부는 깜짝 놀라 황급히 말을 세웠다. 이 광경을 본 사람들은 모두 깜짝 놀라 울부짖으며 알키비아데스를 도우려 달려갔다고 한다.

그가 학교에 공부하러 다녔을 때는 선생님의 말을 잘 듣는 편이었다. 그러나 피리를 부는 것은 자유 시민에게는 미천한 짓이라며 한 번도 불지 않았다. 하프 같은 악기를 연주할 때는 괜찮지만, 피리를 불 때는 가장 가까운 친구들도 알아보지 못할 만큼 얼굴을 망가뜨리기 때문이라는 것이었다. 또 하프를 탈 때는 노래도 함께 부를 수 있지만, 피리는 입을 막고 있으므로 노래도 말도 할 수 없다면서 이렇게 말했다.

"제대로 말하는 법도 모르는 테베의 아이들은 피리를 불게 놔둬라. 허나 우리 아테네 사람들은 예로부터 피리를 내던진 아테나(미네르바)를 섬기고 있으며, 피리를 분 사람[28]의 가죽을 벗겼던 아폴론(아폴로)을 섬기고 있다."

알키비아데스는 친구들에게 이렇게 말하며 피리를 불지 않았고, 자신은 물론 친구들에게도 피리를 불지 말도록 청했다. 그가 피리 부는 일을 멀리하고, 그것을 배우는 사람들을 조롱했기 때문에 아테네에서는 피리가 점차 자취를 감추게 되었다고 한다.

한편 알키비아데스는 젊었을 때 외모가 출중해 많은 사람들의 눈길을 끌었다. 소크라테스도 그에 대한 애착이 컸다고 하는데, 그는 알키비아데스의 겉모습뿐 아니라 고상한 성격도 지니고 있다는 것을 알았기 때문이다. 소크라테스는 알키비아데스가 이방인들과 아테네 사람의 아첨에 넘어가 결국엔 타락의 길을 걸을까 염려했다. 소크라테스는 모처럼 좋은 꽃이 열매도 맺기 전에 시들어 떨어지는 것을 막기 위해 그를 늘 가까이에서 지켜보았다.

알키비아데스는 소크라테스의 참된 애정을 알게 되면서, 듣기 좋은

28) 마르시아스(Marsyas, 그리스 신화에서는 사티로스)는 관악기 아울로스(aulos)의 명인이고 아폴론은 현악기 키타라(Kithara)의 명인이었는데, 둘이 솜씨를 겨루다가 마르시아스가 처참한 죽음을 맞이한다. 여기서 키타라는 '천상의 질서'를 대변하고, 아울로스는 '인간의 관능적 음색'을 표현한다.

말을 하는 사람들을 멀리했다. 그는 소크라테스의 말에 언제나 귀를 기울이며 자신을 따르는 어떤 사람들보다 그를 가까이 했다. 두 사람은 아주 친해졌고, 소크라테스는 알키비아데스의 어리석은 자만심을 항상 충고해 주었다. 그래서 그의 모습은 마치 '겁먹은 수탉처럼 날개를 떨어뜨린 것' 같았다.

알키비아데스는 소크라테스의 진실한 대화가 청년들을 훈련하고 교육시키는 데 가장 진솔한 방법이라고 여기고 자기를 낮추며 그를 존경했다. 그래서 그는 소크라테스와 같이 식사를 하고 운동을 하며 같은 천막에서 함께 잠을 잤다. 하지만 그 외 다른 사람들에게는 무뚝뚝하고 거친 태도로 대했다.

알키비아데스는 자기가 좋아하는 사람들 모두에게 이런 태도를 보였으나, 그 중 한 이방인에게는 달랐다. 그 이방인은 얼마 안 되는 자기의 재산을 다 처분하여 100스타테르[29]의 돈을 만들어 와서 알키비아데스에게 받아달라고 하였다. 알키비아데스는 웃으며 그 돈을 기쁘게 받고 저녁 식사에 그 이방인을 초대했다. 그리고 초대가 끝난 뒤 그는 받았던 돈을 다시 돌려주며, 내일 세금 청부에 대한 입찰이 있으니 다른 사람들보다 비싼 가격으로 입찰하라고 권했다. 하지만 그 이방인은 계약에 너무 많은 돈이 들기 때문에 정중히 거절했다. 그러자 알키비아데스는 그냥 자기가 시키는 대로 해달라고 부탁했다.

이방인은 다음 날 아침 공회당에 나가 다른 사람들보다 1탈렌트 더 많은 가격으로 입찰을 했다. 입찰에서 떨어진 세금 청부인들은 화를 내며 수군거리다가 보증인을 대라고 다그쳤다. 난처한 입장에 빠진 불쌍한

29) 스타테르(stater)는 그리스의 화폐로 금과 은, 두 종류가 있는데 여기서는 금화를 가리킨다.

이방인은 어쩔 줄 몰랐다. 마침 이것을 지켜보고 있던 알키비아데스가 나서서 외쳤다.

"내 이름을 적어 넣으시오. 그 사람은 내 친구니 내가 보증을 서겠소."

이 말을 들은 세금 청부인들은 크게 실망을 했다. 그들은 해마다 지난해에 벌어들인 수익금으로 입찰을 해왔는데, 이번에는 그렇게 할 수 없게 되어버린 것이다. 그들은 이방인에게 돈을 줄 테니 철회해달라고 간청했다. 그러자 알키비아데스는 1탈렌트 이하의 돈은 절대로 받지 말라고 했다. 마침내 그 돈이 지불되자 그는 곧 그 이방인에게 계약을 취소하라고 했다. 이렇게 해서 그는 그 이방인의 어려운 사정을 도와주었다.

천성적으로 선한 성품을 지녔던 알키비아데스와 가까이 지내고자 하는 사람들은 많았다. 하지만 그는 소크라테스를 스승으로 애정을 느꼈다. 그의 말은 알키비아데스를 감동시켜 눈물을 흘리게 한 적도 있었다. 하지만 때로는 알키비아데스도 아첨꾼들의 달콤한 말에 넘어가 소크라테스의 곁을 떠난 적도 있었다. 알키비아데스는 다른 모든 사람을 경멸하였지만 소크라테스만은 두려워하고 존경했다.

그러나 소크라테스는 불에 달구어 연해진 쇠붙이를 찬물에 담가 단단하게 만들 듯이, 알키비아데스가 사치나 자만심에 빠져들 때마다 대화를 통해 그를 억제시키고 바로잡아주었으며, 그의 결점이 얼마나 많고 또 덕목이 모자라는 지를 지적해줌으로써 겸손한 사람으로 만들려고 했다.

유년 시절이 지나자 알키비아데스는 학교에 들어갔다. 어느 날 그는 선생님에게 호메로스의 책을 한권 빌려 달라고 하였다. 그때 선생님이 호메로스의 책은 한 권도 없다고 말하자, 그는 선생님에게 주먹을 한방 날리고 집으로 돌아갔다.

또 한 선생이 자기는 본인이 수정한 호메로스의 책을 가지고 있다고 말하자 알키비아데스는 이렇게 말했다. "호메로스의 책까지 수정할 수 있는 분이 왜 어린 아이들에게 읽기를 가르치고 계십니까? 어른들도 충분히 가르칠 수 있지 않아요?"

젊은 시절에 그는 군인으로서 포티다이아Potidaea 전투에 참전했는데, 이때 그는 소크라테스와 한 천막에서 보냈다. 격렬한 전투가 닥치면 두 전사는 크나큰 용맹을 떨쳤다. 그러다가 알키비아데스가 상처를 입자, 소크라테스는 그의 앞을 막고 서서 그를 구해주었다. 이 일로 소크라테스는 상을 받게 되었다. 그러나 장군들은 알키비아데스의 명성을 듣고 그에게도 상을 주려고 했다. 소크라테스는 알키비아데스의 싸움에 명예를 더해 주기 위해 스스로 증인으로 나섰고, 그에게 월계관과 갑옷이 내려지게 되었다. 그 뒤로 델리움Delium 전투에서 아테네 군이 패하여 후퇴하고 있을 때, 말을 타고 가던 알키비아데스는 소크라테스 다른 장군들과 함께 걸어가는 것을 보고 밀려오는 적들을 막아 위험에 처했던 그를 안전하게 구해 주었다.

알키비아데스는 칼리아스Callias의 아버지 히포니쿠스Hipponicus 3세를 주먹으로 때린 적이 있었다. 히포니쿠스 3세는 명망가 출신인데다 세력과 명성까지 갖춘 사람이었다. 그런 사람을 알키비아데스가 때린 것은 둘 사이에 어떤 분한 일이나 다툼이 있어서가 아니라 반쯤 농담으로 친구들과 약속을 한 것 때문이었다. 이 소문이 시내에 퍼지자 사람들은 그의 무례한 행동을 비난하며 화를 냈다. 그런데 그 다음 날 일찍 알키비아데스는 히포니쿠스 3세의 집을 찾아가 문을 두드렸다. 그리고 방에 들어가 입고 있던 옷을 몽땅 벗고는 자기를 흠뻑 두들겨 달라고 했다. 그러자 히포니쿠스 3세는 그의 잘못을 모두 잊고 용서해주었으며, 나중에

BC 424년에 알키비아데스와 결혼한 히파레테

는 외동딸 히파레테Hipparete[30]를 알키비아데스와 결혼시켜주었다.

알키비아데스는 70미나[31]의 돈을 주고 산 훌륭한 개 한 마리를 가지고 있었다. 이 개는 꼬리가 특히 보기 좋았는데 그는 이것을 잘라버렸다. 친구들이 와서 꼬리가 잘린 개를 보고 모두 깜짝 놀라며 아테네 사람들이 개를 불쌍히 여기고 이 난폭한 짓을 비난할 것이라고 말했다. 그러자 그는 웃으면서 대답했다.

"그게 바로 내가 바라던 바이지. 아테네 사람들이 이 소문을 퍼뜨리고 다니느라고 내게 더 나쁜 비난을 하지 못할 테니까 말이네."

30) 히파레테는 온순하고 사랑스러운 아내였다. 그러나 남편이 계속 염문을 뿌리고 다니자 친정으로 돌아가버렸다. 그래도 알키비아데스는 계속 나쁜 짓을 하며 돌아다녔다. 아내는 참다못해 이혼을 하려고 법정으로 나갔으나 알키비아데스가 갑자기 나타나 그녀를 안고 집으로 데려왔다. 그래서 히파레테는 다시 그와 함께 살게 되었지만 알키비아데스가 에페소스에 나가 있는 동안 그녀는 죽고 말았다.

31) 미나(mina)는 그리스 화폐 단위. 100드라크마로서 1탈렌트의 60분의 1이다.

알키비아데스가 처음으로 공적인 행동을 한 것은 나라를 위해 헌금을 낸 일이었다. 그는 어느 날 우연히 공회당 옆을 지나다가 많은 사람들이 모여 헌금을 내고 있는 것을 보고 인파를 헤치고 나가 돈을 냈다. 이것을 보고 사람들이 박수갈채를 보내는 바람에 그는 옷 안에 품고 있던 메추리[32]를 놓치고 말았다. 메추리가 어쩔 줄 모르고 날아다니는 걸 보고 사람들은 더욱 큰 박수를 치며 메추리를 쫓았다. 이때 안티오코스Antiochus라는 뱃사람이 메추리를 잡아 알키비아데스에게 넘겨주었다. 이렇게 해서 알게 된 두 사람은 점차 가까운 사이가 되었다고 한다.

알키비아데스는 공직생활에 입문할 수 있는 이점이 많았다. 그는 명문가에서 부자로 태어났으며 전쟁에서 공을 세우기도 했고, 친구와 친척들이 주위에 많이 있었다. 따라서 그가 정치를 하기 위해 필요한 것은 웅변술뿐이었다. 그가 연설능력이 뛰어났다는 것은 희극작가들도 증명하고 있으며, 역사상 최대의 웅변가인 데모스테네스도 미디아스Midias를 공격하는 연설 중에, 알키비아데스는 온갖 재능뿐만 아니라 뛰어난 웅변술까지 지니고 있었다고 말했다.

그는 또 공식 경기를 위해 값비싼 말과 여러 대의 전차를 소유하고 있었다. 올림픽 경기에 4필의 말이 끄는 마차를 일곱 대나 출전시킨 것은 당시 평민은 물론 왕도 해보지 못한 일이었다. 투키디데스Thucydides의 기록에 따르면, 그는 이 경기에서 1, 2, 4위를 차지했다고 하며, 에우리피데스Euripides가 3위를 차지했다고 전한다. 그 이외에 이와 같은 명예를 누린 사람은 아무도 없었다.

그의 승리는 그리스의 모든 나라들이 다투어 영광을 보내면서 더욱

32) 당시 아테네 청년들 사이에는 메추리 싸움이 유행이었다.

빛났다. 에페소스 사람들the Ephesians은 그를 위해 화려하게 꾸민 천막을 세워 주었고, 키오스Chios 시 사람들은 말의 사료와 제물로 쓸 짐승을 보냈으며, 레스보스 사람들the Lesbians은 잔치를 위해 포도주와 그 밖의 많은 음식들을 선물로 보냈다.

그가 처음으로 정치에 발을 들여놓은 것은 아주 젊었을 때였다. 하지만 그는 파이악스Phaeax와 니키아스Nicias를 제외하고 이미 쟁쟁한 정치인들을 누르고 이름을 떨쳤다. 니키아스는 이미 나이도 들고 총사령관직에 있었지만, 파이아스는 알키비아데스와 마찬가지로 떠오르는 정치가였다. 그리고 그는 명문가 출신이었지만 연설을 비롯한 그 밖의 여러 측면에서 알키비아데스에게 뒤떨어지는 편이었다.

알키비아데스는 니키아스가 아테네 시민에게는 물론 아테네와 경쟁하고 있던 나라들로부터도 존경을 받고 있다는 사실 때문에 몹시 불안해했다. 당시 아테네에서는 펠로폰네소스 전쟁을 시작한 것은 페리클레스Pericles이고 종전을 시킨 것은 니키아스라고 하여 '니키아스의 평화'the peace of Nicias라는 말까지 생겨났었다.

알키비아데스는 자기의 경쟁자가 이름을 떨치는 것을 보자 질투를 느끼게 되었고 그가 맺은 동맹을 깨뜨려 버리려고 결심했다. 우선 그는 아르고스 사람들the Argives이 스파르타 사람들(the Lacedaemonians)[33]을 미워하고 두려워한다는 것을 이용해서 그들에게 몰래 아테네와 동맹을 맺어 도움을 주겠다는 약속을 했다. 그리고 아르고스 사람들을 만날 때마다 절대 양보하지 말고 아테네를 믿으라고 하면서 아테네는 스파르타

33) 라케다이몬(Lacedaemon)은 그리스 신화에 나오는 스파르타의 건설자이다. 라코니아 왕 에우로타스의 딸 스파르타와 결혼하여 장인의 왕국을 물려받은 뒤 새로운 도시를 건설하고 아내의 이름을 붙여 스파르타라고 명명했다.

와의 휴전을 후회하고 있고 곧 조약을 깰 것이라고 말했다.

이것 때문에 아테네 사람들이 크게 분노하자, 알키비아데스는 이 기회를 놓치지 않고 시민들을 더 한층 선동하면서 니키아스를 공격했다. 니키아스는 대장으로 있었으면서도 스팍테리아 Sphacteria섬에 갇힌 포로들을 잡지 않았으며 다른 장군이 잡았던 포로까지 풀어주어 스파르타를 이롭게 해주었다는 것이다.

이렇듯 빗발치는 공격을 받고 있던 니키아스가 괴로워하고 있을 때 마침 스파르타에서 사절단이 왔다. 그들은 두 나라 사이에 평등한 조약으로 화해를 청했다. 원로원 의원들은 이 말을 듣고 기뻐하며 다음 날 시민들 앞에 데리고 나가기로 했다. 알키비아데스는 이 일을 걱정하여 스파르타의 사절단을 몰래 만났다. 알키비아데스는 사절단에게 이렇게 말했다. "스파르타에서 오신 여러분들, 당신네들이 바라는 바가 무엇이오. 아테네가 당신들의 기대에 어긋나지 않는 태도를 보이길 바란다면, 합리적인 해결책을 의논해 보십시오. 그리고 당신들이 조약에 대한 모든 권리를 가지고 오셨다는 말은 하지 마십시오. 그러면 저도 스파르타를 위해 성의껏 도울 준비가 되어 있습니다."

이렇게 말하고 나서 그는 자기의 말을 믿게 하려고 그들 앞에서 맹세까지 했다. 이렇게 해서 그는 사절단들에게 약속을 받아내고 니키아스와 멀리하도록 했다. 다음 날 사람들이 모인 자리에서 사절단들이 나타났다. 알키비아데스는 그들에게 무슨 자격으로 왔는지 아주 정중하게 물었다. 약속대로 사절단들은 전권을 가져온 것은 아니라고 대답했다.

그러자 알키비아데스는 갑자기 그들이 배신이라도 한 것처럼 거친 목소리로 비난을 퍼부었다. 이 광경을 본 원로원은 깜짝 놀랐고 이 자리에 모였던 시민들은 분노를 금치 못했다. 영문을 모르는 니키아스는 사절단의 마음이 변한 것을 보고 몹시 당황하여 얼굴을 들지 못했다. 이렇게 해서 스파르타의 사절단들을 내쫓은 알키비아데스는 장군으로 임명되었다. 그러자 곧바로 아테네는 아르고스the Argives[34], 엘리스the Eleans[35], 만티네이아Mantinea[36] 등과 동맹을 맺었다. 알키비아데스의 이런 방식을 찬성했던 사람은 아무도 없었지만 결국 그것은 위대한 정치적 업적이 되었다.

이 일로 분열되어 있던 펠로폰네소스 반도의 거의 모든 나라들이 힘을 합쳐 스파르타와 대항하게 되었으며, 아테네와 멀리 떨어진 만티네이아에서 전쟁이 일어나게 된 것이다. 이 전쟁에서 스파르타는 이기더라도 이득이 거의 없었고, 만일 지게 되면 엄청난 피해를 입게 되었다.

이렇게 말과 행동과 웅변에서 뛰어난 솜씨를 보였던 알키비아데스는 사치스러운 잔치를 벌이면서 방탕한 생활을 하고 여자들처럼 기다란 자주색 망토를 입고 공회당을 휩쓸고 다녔다. 더구나 그는 갤리선에도 안락한 잠자리를 만들기 위해 갑판 앞부분을 떼어내고 가죽끈으로 침대를 만들었으며, 황금으로 씌운 방패에는 휘장 대신에 벼락 몽둥이를 든 에로스(Eros, 로마신화의 쿠피도Cupido, 영어로는 큐피드 Cupid)의 모습을 새겨 넣었다. 이것을 보고 아테네의 귀족들은 그를 싫어하는 한편, 그의 오만한 태도에 걱정이 앞섰다. 아리스토파네스Aristophanes는 알키비아데스에 대한 그들의 생각을 잘 나타내 주고 있다.

---

34) 그리스 펠로폰네소스 반도 동쪽에 있는 도시로, 신화 상의 영웅 나우플리오스(Ναύπλιος)에서 따온 유서깊은 항구 도시.

35) 그리스 남부의 펠로폰네소스 반도 서쪽에 있는 고대도시로 '낮은 땅'이라는 뜻이다, 동쪽에는 아르카디아가 있다.

36) 그리스의 아르카디아 지방 남동부. 오늘날의 트리폴리스 북방 약 12km에 있었던 고대도시. 아르카디아 지방에서는 가장 중요한 도시의 하나로, 펠로폰네소스 전쟁에서는 아테네에 가담했다.

"그들은 그를 좋아하기도 하고 미워하기도 하지만 그 없이는 아무것도 할 수 없다.

그리고 더욱 심하게 풍자하고 있는 글도 있다.

사실, 당신네 나라에서는 사자를 기르지 않는 것이 상책이다
하지만 정 키울 수밖에 없다면 그를 사자처럼 대해주어야 한다.

나라에 헌금을 내는 일, 시민들을 위해 잔치를 벌이는 일, 훌륭한 가문, 힘찬 웅변술, 아름다운 모습과 튼튼한 몸, 그리고 전쟁에서 보여준 위대한 용기와 경력들 때문에 아테네 사람들은 알키비아데스의 잘못을 용서하고 너그럽게 대해 주었다. 그들은 알키비아데스의 모든 과오가 젊고 명예심이 크기 때문이라고 좋게 생각하였다. 예를 들어 그가 화가 아가타르쿠스Agatharcus를 붙들어 놓고 자기 집 전체를 그릴 때까지 가둬둔 일이라든가, 타우레아스Taureas와 다투다가 그를 때린 일들도 사람들은 그냥 너그럽게 여겼다.

화가 아리스토폰Aristophon[37]이 네메아Nemea라는 여인을 안고 있는 알키비아데스를 그렸을 때 많은 사람들이 그 그림을 보기 위해 몰려들었다. 그러나 나이든 사람들은 이것을 불쾌하게 생각하여 그와 같은 행동은 하늘 무서운 줄 모르는 왕이나 하는 짓이라고 분개했다. 그래서 시인 아르케스트라토스Archestratus는 이렇게 말했다. "그리스에서는 알키비아데스 같은 사람은 하나만으로 충분하다."

37) 고대 그리스의 화가로 독학으로 그림공부를 했다.

한번은 알키비아데스가 시민들 앞에서 웅변을 한 다음 우쭐대는 것을 보고 그를 싫어했던 티몬Timon이 그에게 다가가 손을 붙잡고 말했다. "계속 뻔뻔스럽게 나가게. 그리고 사람들의 신뢰를 쌓아가게나. 그러면 언젠가는 사람들에게 큰 재앙을 가져다 줄 테니 말이네." 이 말을 들은 사람들은 더러는 웃기도 했고 더러는 티몬에게 욕설까지 퍼부었으나 그 말을 마음 속 깊이 새기는 사람들도 있었다.

한편 페리클레스Pericles가 살아 있을 때부터 아테네 사람들은 시칠리아Sicily를 호시탐탐 노리고 있었는데 그가 죽은 다음에도 이 욕심은 채워지지 않았다. 그 뒤 그들은 동맹을 맺은 여러 도시들을 돕는다는 구실로 시라쿠사Syracusa의 압제를 받고 있는 도시들로 군대를 보냈는데, 이것은 나중에 많은 군사를 보낼 길을 마련하기 위한 것이었다.

그러나 알키비아데스는 그들의 이 같은 야망을 부추겨 대규모 함대를 급파해 이 섬을 손에 넣자고 주장했다. 이 주장은 아테네 사람들의 생각을 더욱 자극했으나, 알키비아데스 자신의 야심은 이것보다 훨씬 더 큰 것이었다. 시칠리아를 정복하는 것은 더 큰 목적을 달성하기 위한 시작에 불과했던 것이다. 니키아스는 시라쿠사를 공격하는 것은 너무 어렵다면서 이를 단념하라고 호소했다. 하지만 알키비아데스는 이미 카르타고와 리비아를 정복할 것을 꿈꾸면서, 다음에는 이탈리아와 펠로폰네소스를 손에 넣을 계획을 세우고 시칠리아를 군사 기지로 이용하려고 했다.

젊은이들은 이내 희망에 부풀어 노인들이 얘기해 주는 원정에 대한 여러 가지 일들에 귀를 기울이며 감탄하고 있었다. 또한 그들은 공회당이나 운동장에 모이면 시칠리아 섬의 지도와 카르타고와 리비아의 위치를 땅바닥에 그려보곤 했다.

니키아스는 내키지 않았지만 원정군의 장군으로 임명되었다. 그는 알키비아데스와 함께 출정하는 것을 싫어했다. 하지만 아테네 사람들은 알키비아데스의 무모한 행동이 니키아스의 신중함과 조화를 이룬다면 전쟁을 좀 더 쉽게 치를 수 있을 것으로 여겼다. 또 한 사람의 장군인 라마코스Lamachus는 나이가 많으면서도 알키비아데스 못지않게 대담했기 때문에 니키아스가 반드시 필요로 했다.

그런데 이렇게 출정준비를 하는 동안 불길한 징조가 나타났다. 그때 마침 아도니스Adonis 제사[38]가 있어 여자들이 머리를 풀어헤치고 시체처럼 꾸민 채 슬픈 노래를 부르면서 거리를 돌아다녔다. 또 하룻밤 사이에 헤르메스(Hermes, 영어로는 머큐리Mercury)[39]의 조각상들이 모두 심하게 훼손되는 일이 벌어졌다. 이러한 일들은 모든 사람들을 불안에 떨게 만들었다. 시라쿠사를 식민지로 삼고 있던 코린트에서는, 아테네가 전쟁을 미루거나 그만두기 위해 일부러 꾸민 짓이라는 소문이 나돌았다. 또 나라에 소란을 일으키려는 사람들의 조직적인 음모라고 분개했지만 마음속 불안은 여전히 가시지 않았다. 그러자 〈원로원〉과 〈민회〉는 날마다 회의를 열어 사건의 내막을 밝히려고 애썼다.

이렇게 조사가 진행되는 동안 선동가인 안드로클레스Androcles가 몇 사람의 노예와 외국 사람들을 데리고 사람들 앞에 나왔다. 그들은 알키비아데스와 그 친구들이 신의 조각상을 파괴하고 술자리에서는 신성한 제사를 흉내 냈다고 고발했다.

---

38) 아도니스제사는 아프로디테와 아도니스에게 드리는 것으로 이틀 동안 이루어졌다. 첫날은 아프로디테가 멧돼지에게 무참히 죽음을 당한 아도니스를 슬퍼하는 애도식으로 끝나고, 다음 날은 지옥의 여신이 아도니스에게 1년의 반은 아프로디테에게 가 있도록 허락한 것을 축하하며 즐겁게 지낸다. 이 제사가 하필 군대가 출정하는 때에 이루어지게 되었으므로 해마다 지내는 행사이긴 하지만 불길한 징조라고 여겼다.

39) 헤르메스(Hermes) : 네모난 돌기둥에 얼굴과 몸을 새겼으며 손발은 없는 조각상이었다. 성전이나 집 앞에 세워두며 수호신으로 여겼다.

그러나 시칠리아로 출발하려고 배에 타고 기다리는 군사들이 자기를 지지하고 있음을 알게 되었다. 또 군인들은 알키비아데스를 위해 해상 원정을 나서겠다고 선포하면서, 만약 알키비아데스가 물러나면 자기들도 모두 돌아가 버리겠다고 으름장을 놓았다. 이에 힘과 용기를 되찾은 알키비아데스는 이 기회에 자신의 위치를 튼튼히 하려고 했다.

그러나 알키비아데스의 말은 민중들의 마음을 움직이지 못했고, 즉시 출정을 하라는 명령을 받았다. 알키비아데스는 어쩔 수 없이 다른 장군들과 함께 배에 올랐다. 그들은 140척의 군선과 무장한 군사 5,100명, 궁사 1,300명, 투석병과 경무장한 군사들, 그리고 필요한 군수물자들을 배에 싣고 전장을 향해 닻을 올렸다.

이탈리아의 해안에 다다른 그들은 먼저 레기움Rhegium에 상륙했다. 이곳에서 알키비아데스는 전쟁을 이끌어 나갈 자신의 계획을 밝혔다. 니키아스는 이 의견에 반대의 뜻을 표했다. 그러나 라마코스가 그의 의견에 동의했기 때문에 시칠리아를 향해 배를 띄워 먼저 카타나Catana를 점령하게 되었다.

그러나 그 후 알키비아데스에게 재판에 나오라는 소환장이 아테네에서 날아오는 바람에 그의 계획은 여기서 중단되고 말았다. 처음에는 몇몇 노예와 외국인들만이 그를 유죄라고 생각하고 있었다. 하지만 그가 없는 동안, 그의 정적들은 맹렬하게 알키비아데스를 공격했다. 신상을 파괴하고 성스러운 예식을 모독했다는 것은 나라를 차지하려는 음모라는 것이었다. 이 말에 넘어간 민중들은 사건에 관련된 사람들을 재판도 하지 않고 모두 감옥에 가두었으며 알키비아데스를 바로 잡아넣지 않은 것을 후회하고 있었다. 민중들의 흥분으로 알키비아데스의 친구들은 물론 그가 알고 있는 사람들까지 모두 죄를 뒤집어쓰고 괴로움을 당했다.

그러나 민중들의 분노는 완전히 식지 않았다. 그래서 군선 살라미스호the Salaminian에 사람을 보내 알키비아데스를 소환했다. 하지만 임무를 띠고 가는 사람들에게 강제로 끌고 오지 말고 정중하게 아테네로 모셔오도록 하고 민중 앞에서 결백을 증명하도록 잘 권유하라고 명령했다. 적국에서 싸우고 있는 알키비아데스가 혹시나 군대를 이끌고 폭동을 일으킬까봐 두려웠기 때문이었다.

그때까지 전쟁을 지휘하던 알키비아데스가 소환 당하자 나약한 니키아스의 지휘로 전쟁은 지리멸렬해지고 병사들은 사기가 떨어졌다. 또 한 사람의 장군 라마코스도 용감하고 경험이 많긴 했지만 가난했기 때문에 군대 안에서 권위와 존경을 잃고 있었다. 알키비아데스는 돌아오는 동안 메세나Messena 시가 아테네의 손 안으로 들어가는 것을 막았다. 이 도시에 그런 계획을 세운 사람들이 있다는 것을 시라쿠사에 있는 친구들에게 알려 음모를 좌절시킨 것이다. 투리이Thurii에 알키비아데스는 배가 해안에 닿자마자 몸을 숨겨 뒤쫓아 오던 사람들을 피했다. 그러자 그를 알고 있던 한 사람이 알키비아데스에게 자기 나라 사람들도 믿지 못하냐고 물었다. 그러자 알키비아데스가 이렇게 대답했다. "다른 일에 대해서는 믿을 수 있소. 하지만 내 목숨에 대한 일인 이상 내 어머니라도 믿을 수 없소. 실수로 흰 구슬 대신 검은 구슬을 던질 수도 있지 않겠소?" 그리고 〈민회〉에서 그에게 사형을 선고했다는 말을 듣고 이렇게 말했다. "내가 아직 살아있다는 것을 보여주겠소."

알키비아데스의 고발장에는 다음과 같이 적혀 있었다. "테살루스Thessalus는 알키비아데스를 고발한다. 알키비아데스는 데메테르(케레스)와 페르세포네(프로세르피나)의 두 신을 다음과 같이 모독했다. 즉 그는 자기 집에서 두 신의 형상을 꾸며놓고 신성한 제사 의식을 흉내냈다."

그러나 알키비아데스는 본인이 없는 가운데 재판이 이루어졌고 유죄 판결과 동시에 모든 재산은 몰수되었으며 모든 사제들이 그를 저주하도록 하는 벌이 내려졌다.

이처럼 무거운 판결이 내려진 것은 알키비아데스가 투리이에서 펠로폰네소스를 거쳐 아르고스Argos에 잠시 머물고 있을 때였다. 하지만 그곳은 적의 습격을 받을 위험이 많은데다가 고향으로 돌아갈 수도 없게 되었으므로 그는 스파르타로 갔다. 그리고 자기가 스파르타의 적이었을 때 끼친 손해는 앞으로 성의껏 보상하겠다는 약속을 했다. 다행히도 스파르타인들은 그가 원하는 요구를 들어주었고, 용기를 내서 스파르타로 간 그는 큰 환영을 받았다. 알키비아데스는 곧 시칠리아 섬에 있는 아테네 군을 치기 위해 길리포스Gylippus를 장군으로 한 스파르타 군을 설득하여 시라쿠사에 구원군을 파견하게 했다. 그러고는 조국인 아테네에 전쟁을 선포하도록 했다. 그 다음에는 데켈레아Decelea[40]를 점령하여 스파르타의 군사 기지로 만들게 했다. 이 일은 무엇보다도 아테네의 자원을 소모시켜 파괴와 몰락을 가져오게 만들었다.

이러한 일로 알키비아데스는 명성을 얻게 되었다. 사생활에 대한 평판도 좋았다. 그는 스파르타의 생활습관을 그대로 몸에 익혀 사람들을 놀라게 했다. 머리를 짧게 깎고, 찬물로 목욕을 하고, 보리빵과 검은 수프를 맛있게 먹었다. 사람들은 이것을 보고 그가 예전에 집에 요리사를 두고, 몸에 향수를 뿌리며, 밀레토스[41]에서 가져온 자주색 외투를 입었다

40) 아테네의 북쪽 지방으로 보이오티아와 경계를 이루고 있다. 이곳에 스파르타 군이 주둔하여 아테네는 큰 위협을 받았다.

41) 소아시아의 한 도시. 우수한 양털로 정교하고 아름다운 옷감을 만들어 자주색으로 물을 들였다고 한다.

는 말을 믿지 않게 되었다.

알키비아데스는 이처럼 남의 나라 풍속과 습관을 곧바로 자기 것으로 삼아, 카멜레온보다 더 빨리 변하는 모습을 보여 주었다. 그에게는 사람들의 마음을 사로잡는 특별한 재능과 기술이 있었던 것이다. 더군다나 카멜레온은 모든 색으로 변하지만 흰색으로만은 변할 수 없다고 하는데, 알키비아데스는 선이든 악이든 간에 그대로 모방하는 재주를 가지고 있었다. 그렇기 때문에 그는 스파르타에 있는 동안에는 운동을 즐기며 검소한 생활을 했고, 이오니아Ionia에 있을 때는 호화롭고 쾌활한 사람이 되었고, 트라키아Thrace에 가서는 항상 술독에 빠져 있었으며, 테살리아Thessaly에 있을 때는 항상 말 타기를 즐길 수 있었던 것이다. 또 페르시아의 총독인 티사페르네스Tissaphernes와 사귀는 동안에는 화려하고 호탕한 생활을 하여 페르시아인들까지도 놀라게 했다.

이와 같이 자주, 그리고 쉽게 자기를 변화시킬 수 있었던 것은 그의 본성 때문은 아니었다. 그는 자기 고집을 내세워 상대방을 불쾌하게 만들 생각이 없었기 때문에 가는 곳마다 모습을 바꾸어 사람들의 호감을 사려고 했던 것이다. 그래서 스파르타에서 그의 겉모습을 본 사람들은 이렇게 말했다.

"저 사람은 아킬레우스의 아들이 아니라 아킬레우스 바로 그 사람이다."

사람들은 그를 리쿠르고스Lycurgus[42]가 직접 기른 스파르타인처럼 생각했다.

한편 아테네가 시칠리아 섬에서 패배한 뒤 키오스Chios, 레스보스

42) 고대 스파르타 제도의 대부분을 제정했다고 전해지는 전설적인 인물로, 그의 입법은 엄격했다고 전한다.

Lesbos, 키지코스Cyzicus[43] 세 곳에서 스파르타로 사절단을 보내왔다. 스파르타인들은 알키비아데스의 권유를 받아들이고 키오스의 요구를 들어주어 원조를 해주기로 결정했다. 그러자 알키비아데스는 직접 바다로 나가 이오니아 전국이 아테네에 대해 반란을 일으키도록 하고 스파르타의 여러 장군들과 힘을 합쳐 아테네에 큰 타격을 주었다.

그러나 아기스Agis 왕은 왕비와의 일로 그를 몹시 싫어하게 되었으므로 모든 성공이 알키비아데스에게 돌아가는 것을 가만히 두고 볼 수가 없었다. 사람들은 알키비아데스 없이는 아무 일도 할 수 없다고 생각할 정도였다. 더구나 알키비아데스 때문에 명성을 잃은 스파르타의 세력 있는 사람들도 모두 그를 원망하고 있었다. 결국 그들은 의견을 모아 알키비아데스를 사형에 처하기로 하고 이오니아로 사람을 보냈다. 알키비아데스는 이러한 정보들을 모두 비밀리에 전해 듣고 있었다. 위험을 느낀 그는 페르시아로 건너가 왕의 총독(사트라프, Satrap)인 티사페르네스Tissaphernes[44]에게 보호를 요청했다. 그는 알키비아데스를 받아들였고 알키비아데스는 곧 주위에 있는 사람들 중에서 가장 큰 영향력을 행사하게 되었다.

사실 알키비아데스는 모든 사람들의 시선을 끌 만큼 매력이 있었다.

---

43) 소아시아 서북부 마르마라(Marmara) 해의 카피다기(Kapidagi) 반도에 있는 미시아(Mysia)의 고대 도시.

44) 티사페르네스는 BC 449년 이래 아테네가 지배해온 소아시아의 이오니아 그리스 도시들에 대한 페르시아의 재정복 싸움에서 주도적인 역할을 했다. BC 413년 당시 리디아와 카리아의 사트라프이던 티사페르네스는 스파르타와 동맹을 맺고, 이듬해 이오니아의 대부분을 되찾았다. 펠로폰네소스 전쟁에서 아테네에 대한 스파르타의 완전한 승리가 페르시아의 국익에 해가 될 것을 두려워하여 티사페르네스는 동맹국인 스파르타를 미온적으로 지지했다. 그결과 페르시아 왕 다리우스가 BC 407년 스파르타에 대한 대대적인 지원을 결심하게 되어, 소아시아의 총사령관직과 리디아의 사트라프 자리는 다리우스의 아들 키루스로 교체되고 티사페르네스는 카리아 만을 다스리는 사트라프로 권한이 축소되었다.

티사페르네스 총독

그를 미워하고 시기하던 사람이라도 알키비아데스를 보고 있으면 금방 친밀감을 느끼게 되었다. 그래서 페르시아에서 잔인한 인물로 통했던 티사페르네스는 그리스를 싫어했지만 알키비아데스의 교묘한 말과 행동에 사로잡히게 되었다. 그는 자기의 정원들 중에서도 맑은 물과 부드러운 풀과 아름다운 집이 있는 가장 아름다운 곳에 알키비아데스라는 이름을 붙여주었으며, 그때부터 사람들은 그 정원을 알키비아데스라고 부르게 되었다.

알키비아데스는 아기스 왕이 자기를 적으로 생각한다는 것을 알고 더 이상 스파르타를 믿을 수 없게 되었다. 그래서 그는 스파르타와 함께 아테네를 정복하려던 계획을 버리고 새로운 계획을 세우자고 티사페르네스를 설득했다. 스파르타가 식량 부족으로 힘들어지고 아테네와 스파르타가 둘 다 지칠 때 양쪽을 한꺼번에 치자는 것이었다. 티사페르네스는 그의 말대로 정책을 바꾸고 알키비아데스의 의견을 크게 칭찬했다. 그래서 알키비아데스는 그리스의 양쪽 사람들의 눈길을 끌었으며, 특히 아테네는 그에게 가혹한 벌을 주었던 일을 후회하게 되었다. 또 알키비아데스 자신도 만일 아테네가 완전히 망해 버리면 자기는 스파르타의 손에 잡히게 될 것이라는 생각 때문에 걱정을 하고 있었다.

당시 아테네의 병력은 사모스 섬에 머물러 있었다. 아테네의 함대 대부분도 여기에 있었으며 이오니아 지방의 반란을 진압하고 나머지 도시들을 지키는 군대도 이곳에 본부를 두고 있었다. 큰 손해를 입었다고는 하지만 스파르타에 맞서 싸울 만한 군사력은 아직 남아 있는 상태였다. 그러나 아테네가 가장 두려워하던 것은 티사페르네스와 150척의 페니키아 함대였는데, 그들이 함께 출항했다는 소문이 들렸다. 그것이 사실이라면 아테네 연합군에게는 아무런 희망도 남아 있지 않았다. 이러한 사정을 잘 알고 있었던 알키비아데스는 당시 사모스 섬에 있는 아테네의 장군들에게 비밀리에 사람을 보냈다. 알키비아데스의 밀사는 티사페르네스를 그들 편으로 끌어올 수 있다는 희망을 전하면서, 알키비아데스는 평민들에게 환심을 사려는 것이 아니라 귀족들의 용기를 북돋우기 위해 자신의 몸을 바치겠다고 전했다.

그리하여 아테네의 귀족들은 모두 용기를 내어 평민들의 오만한 행동을 저지하고 정권을 잡아 아테네를 폐허로부터 구해내야 한다고 입을 모았다. 그래서 모두 알키비아데스의 제안에 귀를 기울이기 시작했다. 하지만 디라데스Dirades 구역에 사는 피리니코스Phrynichus만이 그의 제안에 의심을 품었다. 결국 그는 제거당했고 알키비아데스는 사모스의 지지를 얻게 되었다. 그래서 그는 피산드로스를 아테네로 급파해 귀족들에게 정권을 장악하라고 선동했다. 그리고 이 거사가 성공을 거두면 자신은 티사페르네스와의 우정과 동맹을 확보해놓겠다고 말했다.

사모스 섬에 있던 사람들은 이런 사정을 전해 듣고 피라이오스Piraeus[45]를 공격하려 했다. 그래서 4백인에 의한 정치를 몰아내기 위해 알키비아데스를 장군으로 앉히고 임무를 부여했다. 알키비아데스의 행동은 장군다웠다. 추방당한 처지에서 많은 군사들을 다스리는 장군에까지 올랐지만 그는 결코 가볍게 행동하지 않았다. 알키비아데스는 조급

45) 그리스 동남부의 항구도시로 최대의 무역항이다.

한 행동으로 몰고 가려는 민중들의 분노를 억제하여 아테네 연합군을 구하려 했던 것이다. 만일 이때 그들이 아테네를 향해 배를 몰고 갔더라면 이오니아 지방 전체와 헬레스폰토스, 그리고 에게 해에 있던 모든 섬들은 그대로 적의 손에 넘어갔을 것이 틀림없고, 아테네는 내란에 휩싸여 그들의 울타리 안에서 같은 민족끼리 싸우게 되는 비극을 맞았을 것이다. 이러한 화를 면하게 했던 것은 알키비아데스 혼자의 힘이라고는 하긴 어렵지만 적어도 그의 공이 컸던 것은 사실이다. 그는 흥분해 있는 사람들의 어리석은 생각을 지적해 주고 그들이 어떤 위험에 처해 있는지를 설명했다. 그리고 사모스 섬을 떠나서는 안 된다고 그들을 설득했다.

이때 그를 도와준 사람은 스테이리아Steiria출신의 트라시불로스Thrasybulus[46]였는데, 그는 아테네 사람 중에서 가장 목소리가 컸다고 한다. 그는 항상 알키비아데스를 따라다니며 싸우러 가려는 사람들을 설득하여 되돌아서게 만들곤 했다. 알키비아데스는 또 스파르타를 돕기 위해 페르시아 왕이 파견한 페니키아 함대를 아테네 편으로 끌어들이거나 적어도 스파르타와 합세하는 것을 막았다. 그러자 아테네 사람들은 이제 알키비아데스가 돌아오기를 희망하게 되어 그에게 귀국을 요청했다. 그러나 그는 민중들의 뜻만 믿고 빈손으로 돌아갈 수는 없다고 생각하고 영예와 공적을 세울 결심을 했다.

그와 같은 뜻을 품은 알키비아데스는 몇 척 안 되는 군선을 이끌고 사모스 섬을 출발하여 크니두스Cnidos해와 코스Cos 섬 근처를 향해했다. 그러다가 스파르타의 장군 민다루스Mindarus가 모든 군대를 이끌고 헬

46) 아테네의 장군이며 민주주의 지도자. BC 404년에 30인의 독재 테러정부가 고작 1년이라는 시기 동안 5% 이상의 아테네 시민들이 반 민주주의적 탄압으로 사형당했다고 한다. 이듬해인 BC 403년에 그가 이끈 쿠데타가 성공하여 30인의 독재 정부를 물리쳤다.

레스폰토스로 가고 있으며 아테네 군이 이를 뒤쫓고 있다는 소식을 들었다. 그는 아테네 군을 돕기 위해 급히 배를 돌렸다. 18척의 군선을 이끌고 북쪽으로 항해를 하여 도착했을 때는 양측의 싸움이 막바지에 이르렀을 때였다. 양쪽 함대는 아비도스Abydos 섬 근처에서 맞붙어 치열한 접전을 벌이며 밤을 맞고 있었다. 알키비아데스가 나타났을 때, 이들은 착각을 하는 바람에 오히려 아테네 군이 겁을 먹고 당황하자 적군이 용기를 얻었다. 그러나 알키비아데스가 아테네의 깃발을 뱃머리에 올리고 적을 향해 달려들자 상황이 뒤바뀌고 말았다. 알키비아데스는 스파르타 군의 함대를 공격하여 해안까지 추격했다. 적군들은 배를 버리고 모두 뿔뿔이 흩어지며 도망치기 바빴다. 때마침 스파르타의 장군 파르나바주스Pharnabazus[47]가 군선을 이끌고 나타났지만 전세는 이미 기울어진 상태였다. 결국 아테네 군은 적의 군선 30척을 얻었고, 잃었던 자기편의 배도 모두 되찾았으며 승리의 기념비까지 세웠다.

알키비아데스는 이 빛나는 승리를 자랑하기 위해 많은 선물을 가지고 티사페르네스를 찾아갔다. 하지만 그는 전혀 뜻하지 않은 대접을 받았다. 티사페르네스는 스파르타 사람들의 의심과 페르시아 왕의 미움을 풀기 위해 알키비아데스를 체포했던 것이다. 그는 알키비아데스를 사모스 섬의 사르디스Sardis에 가두어놓음으로써 자기와 내통했다는 혐의에서 벗어나려고 했다.

그러나 갇힌 지 30일 만에 알키비아데스는 감시를 뚫고 사모스 섬에서 도망쳐 나왔다. 말 한 필을 구해 클라조메나이Clazomenae로 빠져나

47) 다리우스 2세와 아르타크세르크세스 2세 재위기간에 다스킬리움의 총독(사트라프)직을 세습으로 물려받았다. 파르나바주스는 아테네·스파르타에 맞서 싸운 전쟁에서 육군·해군 지휘관으로 명성을 날렸다.

온 그는 티사페르네스가 도와주어 도망을 칠 수 있었다고 소문을 퍼뜨렸다. 그 뒤 헬레스폰토스에 있는 아테네의 진영으로 가서 민다루스와 파르나바주스에게 키지코스에서 함께 하자고 전했다. 그리고 그는 육지에서도 바다에서도 또 요새 안 도시에서도 싸워야 하며, 이기지 못한다면 보수를 받을 수 없다고 연설했다. 알키비아데스는 그들을 배에 태우고 곧 프로콘네소스Proconnesus[48]로 갔다. 적이 눈치채지 못하도록 도중에서 만나는 배는 모두 나포해 함대 안으로 몰아넣고 도망치지 못하게 했다. 마침 천둥번개가 울리면서 세상이 어두워졌으므로 적은 이들의 움직임을 전혀 알 수 없었다. 또 계획을 포기하고 있는 사람들에게 갑자기 배를 타고 출항을 하라고 명령했기 때문에 아테네 사람들도 그들이 올 것을 모르고 있는 사람들이 많았다.

구름이 조금씩 비켜나면서 키지코스 항구 앞바다에 펠로폰네소스 군의 함대가 떠 있는 것이 보였다. 알키비아데스는 자신들의 엄청난 함대를 보고 적군이 육지로 도망칠지 모른다고 생각하고 여러 배의 함장에게 속력을 줄이고 조용히 뒤따르라고 명령을 내렸다. 그리고 그는 40척의 군함을 이끌고 전진하여 적을 유인하기 위해 다가갔다.

적은 이쪽의 배가 40척밖에 안 되는 것을 보고 공격을 해왔다. 그러나 싸우자마자 이쪽의 나머지 함대들이 한꺼번에 달려드는 바람에 두려움을 느끼고 모조리 달아나고 말았다. 알키비아데스는 이것을 보고 가장 빠른 배 20척을 이끌고 적의 한가운데를 헤치고 쏜살같이 달려들어 도망치는 적을 잡았다. 그들을 구하려고 달려온 민다루스와 파르나바주스도 여지없이 격퇴당하고 말았다. 민다루스는 용감히 싸우다가 죽음

---

48) 프로폰티스(Propóntis)의 섬으로 대리석으로 유명하다. 지금의 마르마라 섬.

을 맞았고, 파르나바주스는 간신히 몸을 피해 달아났다.

이 전투에서 아테네 군은 많은 적을 죽이고 전리품과 적 군함들을 손에 넣었다. 그들은 또 파르나바주스가 버리고 간 키지코스를 점령하여 펠로폰네소스의 기지를 파괴하고 헬레스폰토스의 패권을 잡았다. 모든 바다에서 스파르타 군은 자취를 감추게 되었다. 그들은 적이 자기 나라의 민선장관들the ephors에게 보낸 몇 통의 문서를 빼앗았는데 거기에는 스파르타 사람 특유의 간결한 문체로 다음과 같이 치명적인 패배의 보고가 씌어 있었다.

> 우리의 희망이 완전히 사라졌다. 민다루스는 전사.
> 군사는 모두 굶어죽을 지경에 이르렀고,
> 우리는 어찌 할 할 도리가 없음.

이제 알키비아데스는 다시 고국을 보고 싶은 욕구가 생기기 시작했다. 그는 많은 승리를 거둔 동료들을 동포들에게 보여주고 싶었다. 마침내 그는 함대를 아름답게 장식하고 아테네를 향해 돛을 올렸다. 그를 뒤따르는 모든 배들은 수많은 방패와 전리품으로 장식을 하고 적으로부터 빼앗은 배에는 2백 개의 깃발을 세우고 뒤따르게 했다.

알키비아데스의 후손이라고 자칭하는 사모스 사람인 두리스Duris는 여기에 덧붙여 피티아 경기the Pythian games의 우승자 크리소고노스Chrysogonus가 피리를 불고, 비극배우 칼리피데스Callippides가 장화에 자주빛 옷과 연극할 때 쓰는 장신구들을 착용하고 있었으며, 배는 마치 놀러나가는 것처럼 자줏빛 돛을 올리고 항구에 들어왔다고 전했다. 그러나 이 이야기는 아마도 과장된 것 같다. 그토록 오랫동안 망명 생활로 불행을 겪었던 사람이 술자리를 파한 난봉꾼처럼 호화롭고 교만스러운 행동을 했다는 것도 믿어지지 않는다.

오히려 그는 경계심을 늦추지 않고 있었으며 항구에 도착한 뒤에도 배에서 내리지 않고 있다가 그의 사촌 에우리프톨레모스Euryptolemus가 친구와 친척들을 데리고 나온 것을 보고서야 조심스럽게 배에서 내려왔다고 한다.

그가 배에서 내리자마자 마중 나왔던 군중들은 다른 장군들을 쳐다보지도 않고 곧장 알키비아데스에게 달려와 그를 에워쌌다. 그들은 알키비아데스에게 갈채와 함께 꽃을 던지며 열광적으로 환영했다. 사람들을 비집고 그에게 가까이 간 사람은 그의 머리에 꽃다발을 씌웠고 멀리 있는 사람들은 오랫동안 그를 바라보았으며 노인들은 어린이들에게 그가 어떤 사람인지를 일러주었다.

그럼에도 불구하고 군사들은 지난 날 겪었던 고생 때문에 이 날의 기쁨에는 눈물이 스며들었다. 시민들은 알키비아데스를 학대하지 않았더라면 시칠리아에서 그토록 비참한 패배를 맞지도 않았을 것이며, 그들이 희망했던 다른 기대들도 무너지지 않았을 것이라고 생각했다. 그는 아테네가 바다에서 겨우 세력을 유지하고 땅에서는 간신히 성벽이나 지키고 있고 국내에서는 정치 싸움으로 어지러울 때 나타났다. 그리고 난관에 봉착한 나라를 다시 일으켜 예전에 바다를 호령했던 세력을 모두 회복하고 모든 땅 위에서도 적들을 몰아내고 승리를 구가했던 것이다.

알키비아데스가 돌아오자 사람들은 곧 〈민회〉로 모여들었다. 그는 연설에 나서서 자기의 어려움과 불행을 눈물로 호소하면서 민중들의 가혹한 결정을 운명의 탓으로 돌렸다. 그리고 아테네의 앞날은 더욱 빛날 것이라고 말하며 그들에게 희망을 북돋아 주었다. 시민들은 그에게 금관

펠로폰네소스 해전 당시의 스파르타 함대

을 씌워주고 바다와 땅에서 가장 큰 권력을 가질 수 있는 장군으로 임명했다. 또 몰수했던 그의 재산을 되돌려주며 사제들에게 그를 저주하는 기도를 멈추도록 했다. 그러나 사제장인 테오도로스Theodorus만은 이를 거절하고 이렇게 말했다.

"그가 아무 죄도 없다면 나는 결코 그를 저주하지 않을 것이오."

만일 자기의 영광 때문에 파멸당한 사람이 있다면 그는 바로 알키비아데스이다. 자신의 잇따른 성공 때문에 사람들은 그가 일부러 도시를 그냥 두었다고 생각했고, 그가 어떤 일에서 실수를 하더라도 결코 그의 힘이 모자라서였다고 믿지는 않았다. 그들은 알키비아데스에게 힘든 일은 아무것도 없다고 여겼기 때문이었다. 사람들은 100척의 함선을 이끌고 나간 알키비아데스가 키오스를 정벌하고 이오니아의 나머지를 정복했다는 소식을 기다리고 있었다. 하지만, 그들이 바라던 대로 승전소식이 오지 않자 초조해하기 시작했다. 그들은 군자금이 얼마나 모자라는지, 적들이 얼마나 충분한 물자를 가지고 있는지는 생각하지 못했으며, 알키비아데스가 군수품과 돈을 마련하기 위해 자주 군대를 두고 돌아다녀야 한다는 것을 전혀 알지 못했던 것이다. 그리고 알키비아데스가 돈을 마련하기 위해 군대를 떠나 있는 동안 드디어 사건이 벌어지고 말았다.

당시 스파르타의 함대 사령관으로 파견된 리산드로스[49]는 키루스 Cyrus[50]로부터 막대한 자금을 공급 받았으므로 병사들의 급료를 3오볼[51]에서 4오볼로 올려주었다. 알키비아데스는 부하들에게 3오볼의 수당조차 줄 수 없을 만큼 어려웠기 때문에 돈을 마련하기 위해 카리아Caria로 갔다. 그는 자기가 없는 동안 함대의 지휘를 안티오코스Antiochus에게 맡겼다. 안티오코스는 숙달된 장군이기는 했지만 성급하고 무모한 사람이었다. 알키비아데스는 떠나면서 적이 공격해오더라도 절대 싸우지 말라고 신신당부를 했으나 그는 그의 명령을 무시하고 말았다. 그는 자기의 군선과 다른 배 한 척을 이끌고 에페소스Ephesus로 가서 바닷가에 줄지어 늘어선 적의 뱃머리를 스쳐가며 적을 부추겼다. 이것을 보고 리산드로스는 처음에 몇 척의 배만 보내 그를 추격했다. 하지만 남아 있던 아테네 군 전체가 나서는 것을 보고 그도 모든 함대를 출동시켰다. 싸움은 크게 번졌으며 결국 리산드로스의 승리로 끝나고 말았다. 리산드로스는 안티오코스를 죽이고 많은 병사와 군함을 손에 넣었으며 기념비를 세워 승리를 축하했다.

49) 리산드로스(Lysander, ?~기원전 395년)는 스파르타의 장군. BC 405년 헬레스폰토스 해협의 스파르타 함대를 지휘하여 아이고스포타모이에서 아테네 군을 무찔렀다. 이듬해 그는 아테네 지도부를 항복시키고 펠로폰네소스 전쟁을 종결했다.

50) 페르시아 왕자로 아르다크세르크세스의 동생. 당시 소아시아 여러 지방의 군정관으로 있었다. 아르다크세르크세스가 왕위에 오르자 반란을 일으켰으나 티사페르네스에게 살해당했다.

51) 1오볼(obol)은 1드라크마(drachma)의 6분의 1.

이 소식을 듣자마자 알키비아데스는 서둘러 사모스 섬으로 돌아와 남은 모든 군함을 동원해 리산드로스에게 도전했다. 그러나 리산드로스는 이미 얻은 승리에 만족하여 꼼짝도 하지 않았다. 그러자 알키비아데스를 미워하던 트라손Thrason의 아들 트라시불로스Thrasybulus가 사람들을 선동하고 나섰다. 트라시불로스는 알키비아데스를 고소하고 그를 시기하던 사람들을 설득하기 위해 아테네로 가서 민중들 앞에 섰다.

"알키비아데스는 전쟁에 지고 함대를 모두 잃었습니다. 그가 권력을 함부로 휘두르면서 군대를 버리고 돌아다녔기 때문입니다. 자기가 없을 때 술과 욕설밖에는 모르는 자들에게 군대를 맡기고 기생들과 술을 마시며 여기저기를 돌아다녔고, 적군이 호시탐탐 우리 함대를 노리고 있는 것도 거들떠보지 않았습니다. 더구나 자기 혼자 안전하게 살 곳을 마련하려고 트라키아의 비산테Bisanthe[52] 근처에 성을 쌓고 있으니 이것은 그가 조국을 내팽개치겠다는 속셈이 아니고 무엇이겠습니까?"

아테네 사람들은 이 말에 크게 자극을 받고 알키비아데스 대신 다른 장군들을 선출했다.

이 소식을 들은 알키비아데스는 앞으로 무슨 일이 닥칠지 몰라 곧바로 물러나 용병을 모집했다. 그는 이들을 이끌고 스스로 자유인임을 자처하면서 왕을 인정하지 않는 트라키아인들[53]에게 전쟁을 걸어 많은 전리품을 얻었고 그리스의 이웃나라들을 이방인들의 위협으로부터 보호해 주었다.

한편 아테네 시민들이 새로 임명한 티데우스Tydeus, 메난드로스

52) 트라키아의 프로폰티스(Propontis) 해안가에 있는 고대도시.

53) 그들은 'abasileutoi', 즉 왕의 지배를 받지 않는 자들로 자유로운 민주적 헌법을 가지고 있었다. 알키비아데스는 이들을 정복하여 부하로 삼았다.

Menander, 아디만토스 Adimantus 등의 장군들은 아테네 군이 남겨 놓은 함대 전체를 이끌고 아이고스포타미Aegospotami[54]에 정박하고 있었다. 이곳에서 그들은 매일 아침 바다에 배를 띄워 람프사쿠스Lampsacus 근처에 진을 치고 있는 리산드로스에게 도전을 해보고는 다시 돌아와 온종일 하는 일 없이 보내고 있었고 적을 얕보고는 규율도 없이 그냥 내버려두었다.

멀지 않은 곳에 있던 알키비아데스는 이러한 사정을 알게 되자 그들의 위험을 알고 모른 채 할 수 없었다. 그는 장군들에게 찾아가 안전한 항구도 없고 도시와 멀리 떨어져 있으므로 군수품과 식량을 실어오기 위해 함대를 세스토스Sestos[55]로 이동하라고 권유했다. 그리고 병사들을 아무렇게나 풀어 주는 군대는 한 장군 밑에서 엄격하게 훈련을 받고 있는 적의 군대를 결코 이길 수 없다고 지적했다. 하지만 장군들은 그의 말을 무시했을 뿐만 아니라 심지어 티데우스는 군대를 지휘하는 사람이 알키비아데스가 아니라 자기들이니 당장 물러가라고 역성을 내기까지 했다. 알키비아데스는 그들이 다른 생각을 품고 있어서 그러는 것이라 생각하고 그냥 되돌아왔다.

그는 진영 밖에 나와 있는 친구들에게, 만일 장군들이 자신을 모욕하지 않았다면 며칠 안으로 스파르타와 한판 싸움을 벌여 그들이 배를 버리고 도망하게 했을 것이라고 말했다. 이것은 단순히 허풍이라고 생각했

54) 아이고스포타미는 그리스의 트라키아 지방의 강(江) 이름이다. BC 405년 헬레스폰투스(다르다넬스) 해협을 봉쇄하기 위해 람프사코스(Lampsacos)를 리산드로스가 점령했으므로 코논 등이 이끄는 108척의 아테네 해군은 아이고스포타미강 하구로 급히 달려갔다. 리산드로스는 4일간 이들을 초조하게 대기시킨 뒤 계략을 써서 대부분의 병사들이 상륙한 틈을 타 아테네 함대를 급습하여 철저하게 격파하였다. 이 전투에서 아테네는 해군을 거의 잃고 펠로폰네소스전쟁에서 스파르타에 패했다.

55) 헬레스폰투스의 북쪽해안에 있는 트라키아의 도시.

던 사람들도 있었지만, 트라키아인들로 편성된 그의 강력한 군대를 출동시킨다면 그의 말대로 되었을 것이라고 생각한 사람들도 있었다.

그러나 그 후에 일어난 일들은 아테네 군이 범한 잘못을 알키비아데스가 얼마나 정확하게 판단했는가를 알게 해주었다. 리산드로스는 그들이 방심하는 틈을 타 맹렬히 공격했으며, 이 때문에 코논Conon이 군선 8척만을 이끌고 겨우 도망쳤을 뿐 나머지 2백 척이나 되는 군함과 3천 명의 포로의 목숨을 리산드로스의 손에 넘겨주고 말았다. 곧 이어서 리산드로스는 아테네까지 점령해 들어갔으며 군선이 보이는 족족 모두 불태워버리고 성벽을 모조리 파괴한 다음 소위 '30인 참주'(30人僭主, the Thirty Tyrants)[56] 정권을 수립했다.

알키비아데스는 스파르타 군이 바다와 육지에서 막대한 패권을 잡게 되자 군대를 모두 끌고 비티니아Bithynia로 물러났다. 그는 이전부터 많은 재산을 이곳에 옮겨두었기 때문에 스파르타의 엄청난 위력에 버틸 수 있었다. 하지만 그는 비티니아인들에게 재산을 대부분 빼앗기고 거기에 있던 트라키아인들에게도 약탈당하고 말았다. 그래서 그는 페르시아의 아르타크세르크세스Artaxerxes 왕의 궁정에 들어가 몸을 맡기기로 했다. 자신의 세력이 테미스토클레스Themistocles보다 못하지 않았을 뿐 아니라 찾아가는 명분도 훨씬 떳떳했기 때문에 왕이 그를 도와주리라고 믿었다. 그는 테미스토클레스처럼 자기 나라 사람들에게 복수를 하려는 것이 아니라 적에게 맞서 조국을 구하기 위해 도움을 청하려는 것이었기 때문이었다.

그동안 아테네 사람들은 이미 자기들의 영토를 잃은 시름에 빠져 있

56) BC 404-403에 아테네를 지배한 집정관들을 말한다.

었고 리산드로스에게 자유마저 잃게 되었다. 그리고 리산드로스가 아테네 시에 독재 정권을 세우는 것을 보자 파멸의 슬픔을 맛보게 되었다. 그들은 과거의 잘못과 어리석은 행동을 깨닫고 알키비아데스에게 용서받을 수 없는 짓을 두 번이나 저질렀음을 후회했다. 알키비아데스의 부하가 배 몇 척을 잃었다고 해서 아무 잘못도 없는 그에게 혹독한 벌을 주었기 때문에 가장 용감하고 훌륭한 장군을 잃게 되었을 뿐만 아니라 이런 슬픔까지 당하게 된 것이다.

그리고 이때 크리티아스Critias라는 사람은 리산드로스에게, 스파르타가 아테네의 민주적인 색채를 완전히 없애버리지 않고는 결코 그리스를 지배할 수 없으며, 아테네인들이 고분고분 따른다고 해도 알키비아데스가 살아있는 한 가만히 있지 않을 것이라고 충고했다. 그리하여 리산드로스는 알키비아데스를 없애버리라는 비밀편지를 파르나바주스에게 보냈다. 그때 알키비아데스는 프리기아Phrygia의 조그만 마을에 머물고 있었다.[57] 그를 암살하기 위해 간 사람들은 감히 집 안에 들어설 용기가 없어 우선 집을 포위하고 불을 질렀다. 알키비아데스는 불길이 치솟는 것을 보고 이불과 옷가지들로 불을 덮었다. 그리고 긴 옷으로 왼팔을 감싼 다음 오른손에 칼을 휘두르며 불 속을 뚫고 나왔다. 이방인(페르시아 사람)들은 그를 보자마자 모두 뒤로 물러났다. 아무도 감히 그를 대적하지 못한 이들은 그저 멀리서 창과 화살을 쏘아 그를 죽일 수밖에 없었다.

57) 당시 알키비아데스는 티만드라라는 여인과 같이 살고 있었다. 그는 죽기 전 날 밤 꿈을 꾸었는데, 티만드라의 옷을 입고 있는 자신에게 티만드라가 다가와서 머리를 빗겨 주고 화장을 시켜 주는 것이었다. 다른 설에 의하면, 마가이우스한테 목을 잘리고 몸이 불살라지는 꿈이었다고도 한다.

코리올라누스 Gaius Marcius Coriolanus

가이우스 마르키우스 코리올라누스

로마의 귀족인 마르키우스 집안the Marcius에서는 유명한 인물들이 많이 나왔다. 로마의 2대 왕이었던 누마 폼필리우스Numa Pompilius의 외손자로서, 3대 왕 툴루스 호스틸리우스Tullus Hostilius에 이어 4대 왕이 된 안쿠스 마르키우스Ancus Marcius도 그 중의 한 사람이다. 로마에 가장 좋고 풍부한 물[58]을 공급한 푸블리우스 킨투스와 마르키우스도 역시 이 집안

58) 건설자의 이름을 따 '마르키아 수도'(Aqua Marcia)라고 불리는 이 급수 시설은 BC 144년에 11개의 수도 중 세 번째로 완성되었으며, 총 길이가 거의 92km나 된다.

사람들이며, 두 번이나 감찰관에 선출되고 앞으로는 이 직책에 두 번 임명되지 못한다는 법률을 제정한 켄소리누스도 이 집안 출신이었다. 여기서 말하는 카이우스 마르키우스 코리올라누스[59]는 일찍이 아버지를 여의고 홀어머니 밑에서 자란 사람이었다. 그는 아버지가 없이 자라도 덕이 있는 사람이 되거나 세상에 이름을 날리는 데 장애가 되지 않았다.

용맹성과 계획에 대한 굳은 뜻은 그로 하여금 많은 업적을 남기게 했지만, 한편으로는 과격하고 야심 많은 성격 때문에 동료들과 친근해지기 어려울 때도 있었다. 그는 쾌락이나 고통에 대해 전혀 관심이 없었고, 재물의 유혹에도 관심이 없었다. 하지만 시민으로서나 정치가로서의 생활이 지나치게 엄격하고 교만해서 한 번의 실수도 용서하지 않는 그를 보고 두려워하는 사람들도 많았다.

당시 로마는 무공을 세우는 재능을 가장 큰 덕목으로 꼽았다. 그 증거를 미덕virtue을 나타내는 라틴어에서 찾아볼 수 있다. 이것은 원래 '사내다운 용기'라는 뜻의 말이다.[60] 그들은 무용(武勇)과 미덕(美德)을 같은 뜻으로 보았으며, 보통명사를 특수한 우수성을 나타내는 말로 사용했던

59) 가이우스 마르키우스 코리올라누스(Gaius Marcius Coriolanus, BC 5세기경)는 로마의 장군. 귀족인 마르키우스 집안 출신이나 홀어머니 베투리아(셰익스피어 희곡에서는 볼룸니아) 밑에서 자랐으며, 베르길리아와 결혼했다. 단순하고 곧은 성격을 지닌 그는 금전에 대한 절제가 뛰어나 평생을 청렴결백하게 살았다. 로마가 볼스키족volscians의 도시 코리올리coriolis를 공략하면서 빼어난 용맹을 보여준 그는 그곳의 지명에서 따온 '코리올라누스'라는 칭호를 얻었다.
그는 무공을 세웠기 때문에 로마에서 정치적으로 큰 세력을 가지게 되었지만, 로마가 공화제로 바뀌고는 정치상의 의견차로 국외로 추방을 당하게 된다. 로마의 정치인들에게 분개한 그는 예전에 자신이 정복했던 볼스키족에 가서 피신하는데, 2년 후 그곳에서 장군이 돼 로마로 쳐들어가게 된다. 더 이상 전쟁으로 버틸 수가 없었던 로마군은 그의 어머니와 아내를 보내 그에게 더 이상 전쟁을 하지 않도록 애원하게 한다. 마음이 약해진 코리올라누스는 결국 군대를 철수시키고 볼스키로 돌아가지만 그는 볼스키족에게 죽임을 당했다. 이 이야기는 셰익스피어가 1607년에 쓴 동명의 비극 『코리올라누스』의 기초가 되었다

60) '미덕' 또는'장점'이라는 뜻을 지닌 라틴어 virtue는 'vir', 즉 '사나이'라는 말에서 온 것이다. 즉 그들은 '사내다움'이나 '무용'을 '덕'과 같은 의미로 보았다.

것이다.

마르키우스는 전쟁에서 공을 세우고 싶다는 마음을 아주 강하게 가지고 있었기 때문에 아주 어릴 때부터 무기를 다루기 시작했다. 그러나 단순히 무기로서의 무기는 그것을 휘두를 체력이 없이는 아무 효과가 없다는 것을 깨닫고, 모든 활동과 싸움에 적합하도록 신체를 단련시켰다. 그는 가볍게 달릴 수 있었으며, 한 번 상대를 붙잡으면 절대 놓치지 않았다. 그래서 그와 상대했던 사람들은 자신의 패배를 기술이 아니라 저항도 피로도 모르는 그의 타고난 체력 때문이라고 변명하기도 했다.

타르퀴니우스 수페르부스

그가 처음으로 전쟁에 나간 것은 아주 어렸을 때였는데, 망명 중이던 로마의 왕 타르퀴니우스Tarquinius[61]가 몇 번의 실패 끝에 마지막 운명을 걸고 쳐들어 왔을 때였다. 타르퀴니우스의 군대는 주로 라틴 사람들이었으며, 여기에 이탈리아 각 민족들도 합세해 있었다. 그들은 타르퀴니우스를 지지해서라기보다는 점차 커지는 로마의 세력을 막기 위해서 이 싸움에 출병시켰다. 마침내

61) 로마의 7대 왕으로 마지막 왕이다. 이후 로마는 기원전 753년 로물루스의 건국 이래로 기원전 509년인 244년 만에 왕정 시대가 끝나고 공화정 시대가 시작된다. 공화정은 종신제인 왕의 통치와 다르게 임기가 1년 밖에 되지 않은 집정관 2명이 나라를 통치하게 되었다. 로마인들은 폭군이었던 그를 '거만한 타르퀴니우스'라는 뜻의 Tarquinius Superbus(타르퀴니우스 수페르부스)라고 불렀다.

두 군대가 결정적인 전투를 벌이던 중에 마르키우스는 독재관 앞에서 로마 병사 한 명이 쓰러지는 것을 보았다. 그는 즉시 그곳으로 뛰어들어 적의 가슴을 찔렀다.

전쟁에서 승리를 거둔 대장은 그에게 떡갈나무 가지로 만든 관을 씌워 주며 공적을 찬양했다. 이것은 시민의 생명을 구한 전사에게 주는 상이었다. 이러한 로마의 관습은 '떡갈나무 열매를 먹는 사람들'acorn-eaters이라는 신탁으로 유명해진 아르카디아 사람들the Arcadians[62]을 기념하기 위한 것으로 보인다. 시민의 생명을 구한 사람에게 떡갈나무를 씌우는 이유를 정확하게 알 수는 없다. 하지만 이 나무에 어떤 특별한 존경을 표시하기 위해서, 전쟁터에서 떡갈나무를 구하기 쉬워서, 또는 떡갈나무가 도시의 수호신인 유피테르(Jupiter, 희랍어로는 제우스, 영어로는 주피터)와 관계 깊은 나무라는 것 때문이었다고도 한다. 사실 떡갈나무는 야생으로 자라는 나무 가운데 가장 흔하고 아름다운 열매를 맺으며 매우 단단한 나무였다. 옛날 사람들은 그 나무의 열매인 도토리를 먹었고 거기서 나오는 꿀을 마시기도 했다.

전하는 바에 따르면, 이 전쟁이 한창일 때 카스토르Castor와 폴룩스(희랍어로는 폴리데우케스 Pollux or Polydeuces)의 두 쌍둥이 신[63]이 나타났으며, 전쟁이 끝난 뒤에는 말을 타고 나타나 공회장에 모인 시민들에게 승리의 소식을 전해주었다고 한다. 사람들은 그들이 나타났던 우물

62) 이 신탁은 '역사의 아버지' 헤로도토스의 기록 가운데 전해지고 있다. "너는 아르카디아를 탐내지만 그것은 쓸데없는 일이며 분에 넘친 소원이다. 떡갈나무 열매로 양식을 삼는 주민들이 그곳에 모여 살고 있으니, 너희들을 쫓아 버릴 것이다." 이 신탁은 아르카디아를 쳐서 복종시키려고 델포이의 신탁을, 물은 스파르타인에게 내려진 것이었다.

63) 제우스와 레다 사이에서 태어난 쌍둥이 형제이다. 디오스쿠로이, 즉 '신(제우스)의 아들들'이라고도 부른다.

쌍둥이 형제 카스토르와 폴룩스. 이들은 모두 말 타기에 능숙했다.

가에 신전을 세우고, 그 날의 승리를 기념하여 7월 15일을 디오스쿠로이(Dioskouroi or Dioscuri), 즉 쌍둥이 형제에게 제사를 드리는 날로 정했다.

너무 일찍 이름을 떨치면 삶에 대한 열성을 잃어버리는 사람이 있다고 한다. 그러나 그것은 공명심이 약한 사람들에게 해당하는 말이다. 진정한 열정과 명예욕을 가진 사람은 세찬 바람을 받아 빠르게 움직이는 배처럼 오로지 영예의 길을 향해 달린다고 한다. 이런 사람은 그의 명예를 이미 해낸 일에 대해 받는 보상으로 생각하지 않고, 앞으로 해내려는 일에 대한 담보라고 생각한다. 그리고 이미 얻은 명예를 헛되게 하지 않으려고 노력할 뿐 아니라 앞으로 더 큰 공적을 쌓지 못하는 것을 오히려 부끄럽게 여긴다.

이처럼 고상한 정신을 지닌 마르키우스는 항상 자신의 용기를 새로이 보여주려 했고, 공훈에 공훈을 더하고 전리품에 전리품을 더해 나갔다. 당시의 크고 작은 전투 중에서 마르키우스가 월계관과 상을 받지 않은 싸움이 없을 정도라 항상 장군들 사이에서 선의의 경쟁이 일어나곤 했다.

그러나 다른 사람들은 이름을 떨치려고 싸웠지만 마르키우스의 용기는 홀어머니를 기쁘게 해드리려는 것이었다. 그가 칭송을 받는 것을 듣거나 영광의 관을 머리에 쓴 것을 보고 어머니가 기쁨의 눈물을 흘리며 그를 맞아 안아주는 것은 그의 인생에서 가장 큰 명예이자 행복이었다.

에파미논다스[64]도 마르키우스와 마찬가지로 자신이 장군으로서 성공하고 '레우크트라 전투'Leuctra에서 승리한 소식을 부모님이 살아계신 동안 전할 수 있었던 것이 가장 큰 행복이었다고 말했다. 그러나 마르키우스는 홀어머니밖에 안 계셨으므로 아버지에게 드릴 몫의 예정까지 모두 어머니에게 쏟았다. 그는 어머니 볼룸니아Volumnia의 뜻에 따라 아내를 맞이했고 자식이 생긴 뒤까지도 어머니와 떨어지지 않고 함께 살았다.

그가 뛰어난 공적을 세우고 대단한 세력과 권위를 얻게 되었을 때 로마에는 원로원과 평민 사이에 분쟁이 일어나 점차 사이가 벌어져가고 있었다. 평민들은 빚 때문에 귀족들로부터 무서운 학대를 받고 있었다. 채권자들은 갚을 기한을 지키지 않는 사람이 있으면 차압과 경매로 얼마 남지 않은 재산까지 빼앗았고, 이미 재산을 빼앗기고 없는 사람일 때는 설령 그가 많은 전투에서 나라를 위해 싸운 상처가 남아 있는 몸이라 해도 가차없이 감옥으로 보냈다.

64) 에파미논다스(Epaminondas)는 테베의 정치가·군사전략가·지도자로 그리스 도시국가들의 세력 균형을 이후 계속 유지시키는 데 중요한 역할을 했다. 그는 '레우크트라 전투'(the battle of Luectra)에서 스파르타를 패배시키고(BC 371), 펠로폰네소스 원정을 성공시켰으나(BC 370-369, 369-368, 367, 362), 마지막 원정에서 전사했다.

원로원에서는 이 사태를 수습하기 위해 자주 회의를 열었지만 아무런 결말도 보지 못하였다. 그래서 빈민들은 자기네들이 도저히 구제될 희망이 없다고 생각했다. 그리고 어느 날 갑자기 모두 로마 시를 떠나 아니오강the river Anio밑에 있는 현재 성스러운 산이라고 불리는 곳으로 들어가 버렸다. 그들은 폭력을 쓰거나 반란 행위는 하지 않았다. 다만 행진하면서 자기네들은 귀족들의 참혹한 압박 때문에 로마 시에서 쫓겨났으며, 이탈리아는 그 어디에나 물과 공기와 뼈를 묻을 땅이 있다는 것, 그리고 로마는 자신들에게 귀족들을 위해 싸우고 다치고 죽을 권리 밖에는 준 것이 없다고 목청을 높였다.

원로원은 그들의 반란을 염려하여 의원 중에서 가장 온화하고 민중들의 호감을 많이 받는 몇 사람을 파견하여 그들과 협상을 하게 했다. 대표인 메네니우스 아그리파[65]는 간곡한 말투로 원로원의 입장을 설명했고, 유명한 우화로 장문의 연설을 마쳤다.

"옛날, 사람의 몸들이 배에 대해 내란을 일으켰소. 배는 하는 일 없이 가운데에 누워 있으면서 다른 모든 부분들에게 일을 시키고 논다는 것이었소. 그러나 배는 어림도 없는 소리라며 그들의 어리석음을 비웃었소. 배는 자기네들의 몫까지 혼자 먹고 있기는 하지만 사실은 먹은 것을 모두 다시 나눠 준다는 것이었소. 시민 여러분, 여러분과 원로원의 사이도 바로 이런 것이라오. 원로원은 모든 것들을 소화해서 다시 여러분들에게 적당한 이익으로 나눠 드리는 일을 하는 것입니다."

이 말을 듣고 그들은 곧 화해하기로 결정을 했다. 원로원은 구제가 필

65) 메네니우스 아그리파(Menenius Agrippa, BC 490에 사망)는 푸비우스 투베르투스와 함께 로마의 집정관(BC 503)을 지냈다.

요한 자들을 위해 매년 다섯 명의 호민관the tribune을 선출하기로 했다. 이렇게 해서 맨 처음 호민관에 올랐던 인물은 유니우스 브루투스Junius Brutus와 시킨니우스 벨루투스Sicinnius Vellutus였다. 이제 로마는 다시 평화를 되찾고 평민들은 곧 소집령에 따라 전쟁에 나섰다.

당시 로마가 상대하고 있던 싸움의 적은 볼스키족the Volscian nation이었다. 그들은 군대를 둘로 나누어 한 쪽은 포위된 도시 코리올리Corioli 앞쪽에서 로마군과 맞붙게 하고 다른 한 쪽은 뒤에서 공격하려는 계획을 세웠다. 그러자 집정관 코미니우스Cominius는 군대를 둘로 나누어 반은 스스로 인솔하여 바깥에서 쳐들어오는 적을 치게 하고 나머지 반은 당시 로마에서 가장 용감한 사람으로 알려진 부사관 티투스 라르티우스Titus Lartius에게 맡겨 포위를 계속하게 했다.

콜리올리인들은 포위군의 숫자가 적은 것을 얕보고 성 밖으로 나와 싸워 처음에는 승리를 얻었고, 로마인들을 참호 속으로 숨어들게 만들었다. 이 때 마르키우스가 얼마 안 되는 군대를 이끌고 뛰어나왔다. 그는 맨 처음 자기 앞에 덤벼든 적군을 모두 물리치고 나머지 적의 발길을 묶어 놓은 후 큰 소리로 로마군들을 불러일으켰다. 그는 카토Cato가 전사의 모범이라고 할 만큼 강인한 체력과 적을 떨게 하는 목소리를 가지고 있었다.

이윽고 사방에서 많은 군사들이 그를 중심으로 뭉치자 적들은 힘을 쓰지 못하고 뿔뿔이 흩어져 달아났다. 마르키우스는 그들을 뒤쫓아 적을 성문 안으로 몰아넣었다. 하지만 로마군은 성벽 위에서 빗발처럼 쏟아지는 화살에 겁을 먹고 말았다. 그러자 마르키우스는 그 자리에 서서 큰 소리로 외쳤다.

"운명의 신은 코리올리의 문을 열어 주셨다. 이것은 도망하는 적을 위해서가 아니라 우리 정복자들을 맞이하기 위한 것이다."

이 말을 듣고 몇몇 용감한 부하들이 그를 따랐다. 마르키우스는 적군 속에 뛰어들어 길을 열고 성문 안으로 들어섰다. 처음에는 아무도 이들을 막으려고 하지 않았다. 그러나 군대의 숫자가 얼마 안 되는 것을 보고 갑자기 적들이 달려들기 시작했다. 마르키우스는 적과 전우가 뒤섞인 아수라장 속에서도 적을 모조리 물리쳤다. 적군의 절반 이상은 시내 안쪽으로 밀려들어가고 남은 자들도 모두 무기를 버리고 투항했다. 결국 라르티우스가 이끄는 로마 군대는 손쉽게 성 안으로 들어갈 수 있었다.

코리올리가 함락되자 병사들은 대부분 약탈을 자행하기 시작했다. 이를 지켜본 마르키우스는 화가 나 그들을 꾸짖고 집정관과 시민들이 아직도 볼스키족들과 치열하게 싸우고 있는데, 비겁하게 재물이나 탐내고 전리품에 눈이 어두워 위험을 피하는 짓은 부끄러운 일이라고 꾸짖었다. 그의 말에 귀를 기울인 사람은 얼마 되지 않았다. 그러나 그는 몇 안 되는 병사들을 앞세우고 또 다른 전쟁터를 향해 출발했다. 그는 병사들에게 용기를 북돋아 주었다. 그리고 전투가 끝나기 전에 도착하여 코미니우스를 도와 그들의 위험을 나눌 수 있게 해달라고 신에게 기도를 드린 후 앞서 집정관의 군대가 지나간 길을 따라 행진했다.

그 시대의 로마 사람들은 방패를 들고 전장에 나갈 때는 서너 명의 전우들 앞에서 옷깃을 여미고 방패를 치켜들어 자기의 상속인을 유언하거나 유언장을 써놓는 풍습이 있었다. 마르키우스가 도착했을 때 로마 병사들은 바로 이 행사를 치르고 있는 중이었다.

그들은 마르키우스가 몇 명 안 되는 부하들을 거느린 채 온몸이 땀과 피로 젖어들어 오고 있는 것을 보고 군대가 패배하여 도망 온 것으로 알았다. 그런데 그가 웃으면서 집정관과 악수를 하며 도시를 함락시킨 얘기를 하자 모두들 환호성을 질렀다. 코미니우스는 그를 끌어안고 축하를 해주었다. 가까이 있는 사람들은 자초지종을 충분히 들었고 멀리 있는 사람들은 그러려니 했다, 그리고 모두 소리를 지르며 전투 준비에 나섰다.

마르키우스는 우선 볼스키 군이 어떻게 배치되어 있으며 어디에 가장 강한 부대가 있는지를 집정관에게 물었다. 코미니우스는 중앙에 진을 치고 있는 안티움the Activates 부대가 주력부대이며 그들은 누구에게도 굴하지 않는 전사들로 이루어져 있다고 대답했다. 마르키우스는 그의 대답을 듣고 말했다. "우리 부대를 그곳에 보내 주시오. 우리가 그들과 맞설 것이오."

집정관은 그의 용기에 감탄하여 요구를 받아들였다. 전투가 시작되자 마르키우스는 목숨을 걸고 나서 자신에게 달려드는 볼스키 군들을 보기 좋게 무너뜨렸다. 그가 휘두르는 칼 밑에는 시체들이 쌓이고 군대가 나아갈 길이 열리고 있었다.

그러나 적은 다시 여러 부대를 끌고 와 반격을 시작했다. 집정관은 위험에 처한 마르키우스를 구하기 위해 정예 부대를 급파했다. 그리하여 전투는 마르키우스를 중심으로 해서 점차 열기를 더해갔고 죽어 넘어지는 병사의 숫자는 이루 헤아릴 수 없을 정도였다. 그러나 로마군들이 돌격을 감행하여 적에게 달려들자 그들은 겁을 내고 도망을 가기 시작했다. 도망치는 적을 따라잡으려고 하던 마르키우스는 이미 너무 많은 피를 흘려 정신을 잃을 지경이라 몸을 움직이기 어려웠다. 부하들은 마르키우스에게 막사로 돌아가서 쉬라고 권했다. 하지만 그는 싸움에 지치는 것은 승리자에게 어울리지 않는다고 말하며 병사들과 함께 적군들을 추격했다. 남아 있던 볼스키 군도 모두 쓰러졌으며 포로의 수는 죽은 자들 못지않았다.

다음 날, 집정관 코미니우스는 자리에서 일어나자마자 이번 승리에 대해 여러 신들에게 감사를 드렸다. 이어 마르키우스를 돌아다보며, 전투를 직접 지켜본 사람으로서 마르키우스의 뛰어난 용기와 업적을 얘기하며 그를 높이 칭송했다. 그러고는 그에게 전리품과 포로들을 다른 사람들에게 나누어 주기 전에 10분의 1을 먼저 가지라고 했다. 뿐만 아니라 훌륭한 장식과 마구를 갖춘 말 한 필을 하사했다. 모든 병사들은 그의 뛰어난 공적에 걸맞은 상이 내려지는 것을 보고 박수를 보냈다. 마르키우스는 감사하지만 명예의 상이라기보다는 오히려 품삯이라는 생각이 든다며 모든 것들을 사양했다. 그리고 굳이 상을 주고 싶다면 다른 병사들과 똑같이 받고 싶다고 했다. 그는 이어서 이렇게 말했다.

"저는 꼭 받고 싶은 것이 하나 있습니다. 볼스키 사람 가운데 저와 가까운 친구가 하나 있는데, 지금은 포로가 되어 급작스레 자유의 몸에서 노예의 처지로 전락하고 말았습니다. 그 사람이 여러분 가운데 노예로 팔려가는 불행만은 제 힘으로 막을 수 있게 해주시기 바랍니다."

이야기를 마치자 모든 사람들은 그에게 박수를 보냈다. 그의 욕심 없는 생각이 많은 사람들을 감동시켰던 것이다. 마르키우스가 혼자 특별한 영광을 얻는 것을 은근히 시기하고 있던 사람들조차 재물을 사양할 줄 아는 그의 고결함에 감동한 나머지 그가 누구보다도 높이 평가받을 만 하다는 것을 깨달았다. 재물을 옳게 쓰는 것은 무기를 옳게 쓰는 것보다 훨씬 어려운 일이다. 그리고 재물을 바라지 않는 것은 재물을 옳게 쓰는 것보다 더 어려운 일이다.

칭찬의 박수가 가라앉자 코미니우스가 조용히 얘기를 꺼냈다.

"전우들이여, 받기를 원하지 않는 사람에게 억지로 선물을 주는 것은 예의가 아니오. 대신 우리는 거절할 수 없는 것을 하나 선물하기로 합시다. 그것은 다른 것이 아니라 코리올리에서의 그의 활약을 잊지 않겠다는 뜻으로 코리올라누스라는 이름을 선물하자는 것이오."

이렇게 해서 마르키우스는 세 번째 이름을 갖게 되었다. 카이우스는 그의 개인적인 이름이요, 마르키우스는 가문의 성씨이며, 세 번째로 특별한 공적과 업적을 나타내는 코리올라누스라는 별명을 갖게 된 것이다.

그 후 오래지 않아[66] 그는 집정관 후보로 나서게 되었다. 그는 전쟁에서나 신분상으로도 당시 으뜸가는 사람이었고, 나라에 큰 공을 세운 사람이었다. 민중들도 그가 나라를 위해 애쓰는 사람이라는 것을 알고 있었기 때문에 무턱대고 반대를 하지는 않았다. 그리고 점차 그에 대해 좋은 감정을 가지게 되었다.

당시 로마 사람들은 관직에 입후보하면 속옷을 입지 않은 채 긴 옷toga을 걸치고 공회장에 나와 시민들에게 한 표를 부탁하는 풍습이 있었다. 옷을 검소하게 입는 것은 동정을 받아 선거에 유리하게 하기 위한 것이거나, 전쟁에서 다친 영광의 상처를 보여 주어 용맹함을 자랑하기 위한 것이었다. 그때는 아직 뇌물수수가 발생하기 전이라서 뇌물이나 매수의 혐의에서 한 것이 아니었음은 확실하다. 그 뒤 뇌물을 주고받는 일이 생기면서 법정은 돈으로 얼룩지고 군대는 돈의 노예가 되었으며 그들의 공화국은 하나의 독재 국가로 변질되고 말았다.

한 국민의 자유를 처음으로 파괴한 자는 처음으로 민중에게 뇌물을

66) 마르키우스가 집정관 후보에 오른 것은 마르키우스가 단독으로 출정한 다음 해, 즉 로마력으로 263년, 즉 BC 491년이었다.

준 자라는 말은 타당하다. 로마에 있어서 이러한 폐해와 악습은 처음부터 드러난 것이 아니라 아무도 의식하지 못할 만큼 은밀하게 숨어들어온 것이었다. 맨 처음으로 민중에게 뇌물을 주어 법정을 더럽혔던 자가 누구였는지는 잘 알려져 있지 않다. 그러나 아테네에서는 안테미온Anthemion의 아들 아니토스Anytus[67]가 재판관에게 뇌물을 준 최초의 인물이라고 전해온다.

그러나 당시 로마는 아직 순결하고 맑은 인물들이 공회장을 지배하고 있었다. 마르키우스는 다른 입후보자들처럼 17년 동안 전쟁에서 얻은 온몸의 상처를 사람들 앞에 드러내 보였다. 민중들은 그의 공적의 증거를 보고 모두 놀라며 그를 집정관으로 뽑아야 한다고 입을 모았다.

그러나 정작 선거하는 날이 되어 마르키우스가 원로원 의원들의 화려한 행렬을 따라 공회장에 나타났을 때, 모든 귀족들이 그에게 관심을 드러내며 호응하는 것을 보고 민중들은 갑자기 그에게 질투와 분노를 느끼게 되었다. 귀족들의 세력을 등에 업은 자가 집정관이 되면 그나마 자신들에게 남아 있는 약간의 자유마저도 빼앗길까봐 두려움을 느낀 것이다.

결국 마르키우스가 아닌 다른 두 사람이 집정관에 당선되자 원로원 의원들은 마치 자신들이 수치를 당한 것처럼 여겼다. 마르키우스 자신도 배신을 당했다는 생각 때문에 도저히 참을 수가 없었다. 그는 본래 강한 기질과 과격한 투쟁이 곧 고결하고 용기 있는 일이라고 생각하는 사람 중

67) 펠로폰네소스 전쟁은 BC 431~404년까지 계속되었다. 아니투스의 이 사건은 전쟁의 말기, 정확히 말하면 BC 407년에 발생했다. 즉 코리올라누스 시대보다 약 백년 후의 일이다. 이때 아니투스는 스파르타인에게 포위된 필로스를 구하려고 함대를 거느리고 파견되었으나, 바람이 반대로 부는 바람에 할 수 없이 아테네로 되돌아가고 말았다. 그러자 민중들이 그를 반역죄로 고소했고, 그는 돈을 써서 간신히 목숨을 건질 수 있었다. 특히 그는 알키비아데스의 애인으로, 또 멜레토스 (Meletus), 리콘 (Lycon)과 함께 소크라테스를 고발한 3인방 중 한 사람으로도 유명하다.

하나였다. 그의 이성과 훈련도 정치가에게 중요한 미덕인 차분함과 냉정함을 길러 주지는 못했던 것이다. 플라톤의 말처럼 정치가는 사람들 속에서 느끼는 고독과 비웃음을 참아낼 수 있는 힘을 가져야 하는 것이다.

이렇듯 어수선한 상황에서 많은 양의 식량이 로마에 도착했다. 이것은 이탈리아에서 사들인 것도 있었지만 대부분은 시라쿠사의 군주 겔로Gelo[68]가 기증한 것이었다. 사람들은 이 식량 덕분에 도시의 궁핍과 소란이 사라질 것이라며 모두 반가워했다. 이 식량을 어떻게 처리할 것인지에 대한 회의가 열리자 민중들은 기대에 들떠 그 결과를 기다리고 있었다. 이제는 물가도 내리고 또 곡식을 무상 분배해 줄 것이라고 믿었기 때문이었다. 몇몇 원로원 의원들도 식량을 무상 분배하자고 권고했다. 그러자 마르키우스는 그들의 말을 듣고 불쑥 일어나 그들을 비난했다. 마르키우스는 그들을 평민의 뒤꽁무니나 따라다니며 아첨하려는 자들이며 귀족에 대한 반역자라고 불렀다. 원로원이 민중에게 그런 은혜를 베푸는 것은 그들의 오만과 횡포를 부채질하는 짓일 뿐이며 그러한 씨앗은 미리 없애버려야 한다는 것이다. 평민들에게 호민관 같은 고위직을 허락한 바람에 그들이 이처럼 무서운 줄 모르고 날뛰게 되었으며 그들의 요구를 계속 들어주어 이제는 무서운 존재가 되어 버렸다는 것이다. 마르키우스는 이런 주장을 펴면서 귀족 청년들과 많은 부자들을 자기편으로 끌어들였다. 그들은 마르키우스야말로 권력과 아첨에도 굽히지 않는 유일한 인물이라고 추켜세웠다. 하지만 나이가 든 사람들은 그의 주장이 어떤 결과를 가져오게 될지 알고 반대의 뜻을 내비쳤다. 그 자리에

68) BC 5세기경 시라쿠사의 지배자로 데이노메네스(Deinomenes)의 아들.

있던 호민관들은 마르키우스가 장문의 연설을 끝내자 밖으로 나간 뒤 모여 있던 평민들에게 모두 힘을 합쳐야 살 수 있다고 외쳤다.

곧 민회가 열리고 심상치 않은 공기가 감돌았다. 그리고 마르키우스가 연설한 내용이 민중들에게 보고되자, 그들은 몹시 흥분하여 원로원으로 당장 쳐들어갈 기세였다. 호민관들은 모든 책임이 코리올라누스 한 사람에게 있다며 민중들을 달랬다. 그리고 그에게 대표를 보내 해명을 하라고 요구했다. 그러나 마르키우스가 소환장을 가지고 온 대표들을 무시하고 상대도 하지 않자 호민관들은 그를 강제로 끌어내려고 조영관(造營官, aedile)[69] 몇 사람을 데리고 그를 찾아갔다. 그러자 주위에 있던 귀족들이 달려와 호민관들을 밀어내고 조영관들을 구타하면서 공회장은 아수라장으로 변했다. 이렇게 싸우는 동안 날이 저물어 싸움을 일단 중지되었다.

그러나 이튿날 아침부터 흥분한 민중들이 사방에서 몰려드는 것을 보고 두 집정관은 다시 원로원 회의를 소집했다. 집정관은 원로원 의원들에게 어떻게 하면 성난 민중들을 진정시킬 수 있을지를 물었다. 지금은 고집을 피울 때가 아니라 민중들의 요구를 들어줘야 한다는 집정관들의 견해에 원로원 의원들은 대부분 찬성의 뜻을 나타냈다. 두 집정관은 민중들 앞에 나가 원로원에 대한 그들의 비난과 불평에 대해서는 부드러운 말을 골라 대답하고 과격한 행동을 나무랄 때도 온화한 말을 썼으며, 그들의 주장을 받아들이겠다고 약속했다.

집정관의 말이 끝나자 평민들이 분노를 가라앉히고 조용해졌다. 호민

69) 집 또는 신전을 나타내는 Aedes에서 온 말. 주로 공공건물, 신전, 공회장, 시장 등의 감시를 맡은 경찰과 비슷한 관리. 이들은 호민관을 보좌하는 역할을 맡았으며 로마력 260년에 호민관 제도와 함께 생겨난 직책이다.

관은 자리에서 일어나 원로원이 생각을 바꾼 이상 민중들도 원로원의 제안을 받아들이는 것이 좋겠다고 말했다. 그리고 덧붙여서 마르키우스에게 다음 질문에 대해 답변을 하라고 주장했다. 첫째 그는 호민관 제도를 없애라고 원로원을 설득하여 민중들의 권리를 빼앗으려 한 사실, 둘째 이에 대한 답변을 요구할 때 소환에 응하지 않은 사실, 셋째 조영관을 구타하고 모욕하여 반란을 일으킨 사실에 대해서 마르키우스에게 대답을 하라는 것이었다. 이러한 질문은 마르키우스를 굴복하게 하거나 아니면 그와 민중의 사이를 갈라놓으려는 속셈에서 나온 것이었다.

마르키우스는 이것을 해명하기 위해 연단에 나타났다. 민중들은 쥐죽은 듯이 조용히 그를 바라보았다. 허나 그들이 기대한 것과는 달리, 마르키우스는 굴종이나 사과의 말은커녕 민중을 꾸짖었으며 그 얼굴 표정이나 말투도 그들을 무시하고 경멸하는 것처럼 보였다. 그러자 군중들은 점점 더 분노로 달아올랐다.

이때 호민관 중에서도 가장 과격한 인물이었던 시킨니우스는 잠깐 동안 다른 호민관들과 모여 은밀히 이 일을 의논하였다. 그러더니 엄숙하게 군중들 앞에 나와, 호민관들은 마르키우스를 사형에 처하기로 했다고 얘기하고 조영관들에게 그를 타르페이 바위the Tarpeian rock[70]로 끌고 가서 즉시 절벽에 던져 버리라고 명령했다. 조영관들이 그를 붙잡으려고 달려갔다. 그러자 이 결정이 너무 지나치다고 생각했던 몇몇 평민들과 위급함과 두려움에 떨고 있던 귀족들은 그를 구하려고 달려들었다. 어떤 사람은 그의 체포를 방해하기 위해 마르키우스를 에워싸기도 했고 다른 사람들은 손을 쳐들어 흔들며 이런 극단적인 폭행을 중지하

---

70) 로마 시내 의사당이 있는 언덕 꼭대기의 바위.

라고 소리쳤다.

마르키우스는 원로원이 자기에 대한 호감과 민중에 대한 공포로 고민하고 있는 것을 보고 스스로 호민관을 찾아갔다. 그는 호민관들에게 자기의 죄가 무엇이며 민중들 앞에서 어떤 말을 하라는 것인지를 물었다.

호민관은 그가 독재 정권을 세우려고 계획했다는 것을 증명하기 위한 것이라고 대답했다. 마르키우스는 그들의 말을 듣자 곧바로 이렇게 말했다.

"그렇다면 지금이라도 당장 그들 앞에 나서겠소. 민중 앞에서 곧 나의 죄를 씻어 보이지요. 그러고 나서 그들이 무슨 결정을 하든 간에 그것을 달게 받아 들이겠소."

호민관들은 그렇게 하겠다고 약속을 했고 마르키우스는 예정대로 재판정에 나타났다. 그런데 민중이 모이자 호민관은 이전과는 달리 센트리[71]에 의해서가 아니라 종족별tribes로 투표를 하겠다고 억지 주장을 내세우기 시작했다. 이렇게 되면 나라를 위해 많은 공적을 세운 사람이라 할지라도 명예나 정의에 무관심한 천민들은 그들에게 유죄를 선고할 것이 뻔했다.

더구나 호민관들은 마르키우스의 반역죄를 증명할 수 없자 그가 원로

71) 센트리(Centuries)는 모두 로마 시민을 구별하기 위한 제도이다. 재산 정도에 따라 6등급으로 나뉘고, 이것은 다시 193개의 센트리로 나뉘어졌다. 1등급은 가장 부유한 시민으로 80센트리로 나뉘어져 있었고, 2등급부터 4등급까지는 각각 20센트리, 5등급은 30센트리, 최하 6등급은 1센트리로 구성되어 있었다. 또 종족제(種族制, Tribes)는 로마 시민들을 지역에 따라 종족을 나누는 제도였다. 당시에는 21개의 종족이 있었는데, 마르키우스를 지지한 종족은 9개, 반대한 종족은 12개였다. 이들 종족은 부자와 빈민이 섞여 있었지만 숫자상으로는 빈민이 훨씬 많았다. 그렇기 때문에 센트리제로 투표를 한다면 마르키우스는 무죄선고를 받겠지만, 종족제에 따르면 그에게는 불리한 판결이 내려질 공산이 컸다.

원에서 곡식을 무상으로 나눠주는 것에 반대했다는 것과 호민관 제도를 없애자고 주장했었던 일을 끄집어내 그를 몰아세웠다. 그리고 그가 안티움Antĭum[72]에 쳐들어갔을 때 얻은 전리품을 국고로 들여오지 않고 부하들에게 마음대로 나눠 주었던 일까지 따졌다. 이 고발은 마르키우스도 전혀 예상하지 못했던 것이었기 때문에 답변할 준비가 되어 있지 않아 몹시 난처해했다. 그는 이 새로운 문제에 대해 해명을 하려고 그 전투 때 함께 싸웠던 전우들의 공적을 늘어놓기 시작했다. 그러자 당시 전쟁에 나가지 않았던 많은 사람들이 일제히 고함을 지르면서 그를 방해했다.

마침내 3개 종족이 더 그에게 유죄 판결을 내려 그는 영원히 추방되었다. 그의 유죄 선고가 낭독될 때 민중들은 마치 큰 전쟁에서 승리를 거둔 것처럼 기뻐했으나 원로원 의원들은 크게 실망했다. 민중의 오만에 무릎을 꿇었기 때문에 그들은 후회 막급했다.

그러나 정작 마르키우스는 태연한 표정을 지었었다. 그의 친구들은 모두 걱정으로 안타까워하고 있었지만 마르키우스 자신은 자기의 불행에 대해 조금도 흔들리지 않은 것 같았다. 하지만 그것은 마음이 평온해서나 결정을 달게 받아들였기 때문은 아니었다. 눈에 보이지는 않지만 가슴 깊은 곳에 엄청난 분노를 감추고 있다는 것을 사람들은 알지 못했던 것이다. 그리고 고통이 마음에 불을 질러 노여움으로 변할 때는 굴복이나 인내는 이미 사라져 버릴 것이라는 사실도 모르고 있었다. 그의 상태는 마치 열병에 걸린 사람의 체온이 잠시 정상을 찾은 것과 같은 것이었다. 마르키우스가 이때 어떤 마음을 품고 있었는지는 이후 그의 행동

72) 로마의 남부 해안 도시로 현재의 안치오(Anzio)이다.

에서 모두 드러났다.

그는 집에 돌아가 슬픔에 차있는 아내와 어머니를 붙잡고 이 불행을 부디 이겨내 달라고 부탁했다. 그리고 그는 곧장 성문을 향해 출발했다. 그는 아무것도 몸에 지니지 않은 채, 몇 사람의 부하 청년들을 데리고 전송 나온 여러 귀족들에게 작별인사를 건넸다. 그는 며칠 동안 도시 근처에 있는 어느 시골에서 분노에 사로잡힌 채 온갖 계획에 몰두해 있었다. 그는 오직 복수의 일념에 가득 차 있었다. 그리고 가장 가까운 이웃 나라로 하여금 치열한 전쟁을 일으키게 하기로 결심했다. 그는 우선 볼스키에 사람을 보내기로 했다. 볼스키는 지난 번 전쟁에서 로마에 패하여 심한 피해를 입었기 때문에 로마에 대해 원한을 가지고 있었던 데다가 군대나 재물에 있어서도 강력한 나라라는 것을 그는 잘 알고 있었다.

당시 안티움 사람 중에 툴루스 아우피디우스Tullus Aufidius[73]라는 사람이 있었는데, 그는 재산도 많았지만 용기와 가문을 보면 아주 뛰어난 인물이었다. 그는 국왕이나 다름없는 존경을 받으며 특권을 가지고 있었다. 마르키우스는 이 사람이 자기를 가장 미워한다는 사실을 알고 있었다. 여태까지의 전투에서 몇 번이나 두 사람이 맞붙어 싸웠기 때문에 나라끼리 원수일 뿐 아니라 개인적인 감정도 짙게 깔려 있었던 것이다.

그런데 툴루스는 너그러운 성격을 가지고 있다고 알려져 있었다. 또 그는 로마에 대한 원한을 풀려고 호시탐탐 기회를 노리고 있다는 사실을 마르키우스는 잘 알고 있었다. 그래서 그는 완벽하게 변장을 하고 오디세우스처럼 원수의 마을에 제 발로 걸어 들어갔다.

73) 원래 이름은 Attius Tullius BC 5세기 초 볼스키족의 군지휘관. 셰익스피어의 비극『코리올라누스』(Coriolanus)에서 툴루스 아피디우스(Tullus Aufidius)로 나온다.

분노를 가진 싸움이야말로 치열한 것이라
죽음이 앞을 가로막아도 부수고 나간다네.[74]

그는 이 시가 말하는 뜻을 증명하려는 것이었다. 그가 안티움에 도착한 것은 해질 무렵이었다. 거리에서 사람들을 만났지만 아무도 그를 알아보지 못했다. 그는 곧바로 툴루스의 집으로 숨어들어가 부엌 아궁이 앞에 머리를 감싸고 말없이 앉아 있었다.[75] 집안사람들은 그를 보고 깜짝 놀랐으나, 한 마디 말도 없이 앉아 있는 그의 기세에 눌려 아무도 그에게 말을 걸지 못했다. 그들은 마침 저녁을 먹고 있는 툴루스에게 이 사실을 일러주었다.

툴루스는 식탁에서 일어나 그에게 다가가 무슨 일로 왔느냐고 물었다.

이때 마르키우스는 비로소 변장을 벗고 잠시 묵묵히 앉아 있다가 천천히 입을 열었다.

"툴루스 장군, 나를 알아보지 못한다면 그리고 알면서도 자신의 눈을 의심하신다면 스스로 나를 소개하겠소. 나는 가이우스 마르키우스Gaius Marcius요. 볼스키 사람들에게 대단한 폐를 끼쳤던 장본인이지요. 아마 코리올라누스라는 이름을 들으면 내가 볼스키족의 원수라는 것을 금방 알 수 있을 것이오. 이 이름은 이제 내 몸에 붙어 있어서 떼어버리려고 해도 그럴 수가 없는 것이오. 하지만 나는 민중의 질투와 귀족들의 배신으로 모든 걸 빼앗기고 말았소. 나는 내 나라에서 추방을 당해 이

74) 『헤라클레이토스의 단편』 85에 나오는 구절이다.

75) 로마의 부엌 아궁이는 수호신 베스타(Vesta, 그리스의 헤스티아 여신) 여신이 관장하는 신성한 것으로 여겼으며 피난처로 이용되기도 했다. 그러므로 누구에게 보호를 청하고 싶은 사람은 아궁이 옆에 웅크리고 앉는다. 그런 사람에게는 아무리 원수라 할지라도 함부로 대할 수 없었다.

곳까지 오게 되었소. 허나 나를 보호해 달라고 부탁하려고 장군을 찾아 온 것은 아니오. 죽음이 두려웠다면 내가 왜 하필 이곳에 찾아왔겠소? 나는 복수를 하기 위해 온 것이오. 당신에게 내 목숨을 드리고 그것으로 나를 추방한 자들에게 복수를 하려는 거요. 그러니 당신의 적을 치려면 나를 이용하시오. 그렇게 해서 나 한 사람의 불행을 볼스키 사람들의 행복으로 바꾸시오. 나는 장군의 적이 아니라 장군을 위해 싸우려고 하오. 나는 지금 장군의 적들이 가지고 있던 모든 비밀을 손에 쥐고 있소. 그러나 그런 큰일을 할 생각이 없다면 차라리 나를 죽여주시오."

이 말을 들은 툴루스는 무척 기뻐했다. 그는 오른손을 내밀며 말했다.

"자, 일어서시오, 마르키우스 장군. 용기를 내시오. 당신 자체가 우리에게는 큰 비밀이며 커다란 선물을 안티움에 가져다 주었소. 그러니 이제는 볼스키 사람에게 온갖 행복을 기대해도 좋을 것이오."

그는 곧 정성을 다해 마르키우스를 대접했다. 그리고 다음 날부터 며칠 동안 두 사람은 전쟁에 대해 긴밀히 의논을 했다.

한편 안티움에서는 마르키우스와 툴루스가 볼스키의 주요 인물들과 비밀스럽게 토론을 하고 있었다. 그들은 로마인의 내분을 틈타 이를 습격하기로 결정을 보았다. 그러나 볼스키 사람들은 전에 로마와 2년간 휴전을 하기로 약속을 했기 때문에 두 사람의 의견에 따르기를 주저하는 것 같았다. 그러나 마침 로마인들이 오히려 기회를 만들어 주었다. 로마인들은 운동경기를 하러 와 있던 볼스키인들에게 그날 해가 지기 전에 로마에서 나가라는 포고령을 발표했다. 어떤 사람은 이것이 마르키우스의 계략이라고 하는데, 그가 몰래 두 집정관에게 사람을 보내 볼스키 사람들이 로마인을 습격하여 불을 지르려 한다고 거짓 정보를 흘렸다는 것이다.

이 포고령 때문에 볼스키 사람들은 로마인에 대해 큰 반감을 갖게 되었다. 툴루스는 이 사실을 더욱 과장해서 발표하여 볼스키 사람들의 분노를 한껏 부추겼다. 그리고 로마에 사절을 보내 지난번 전쟁에서 자기네로부터 빼앗은 영토와 도시들을 반환하라고 요구했다. 로마인들은 이 사절의 말을 전해 듣고 먼저 무기를 든 자는 볼스키 사람이지만 나중에 무기를 거두는 자는 로마인들일 것이라고 대답했다. 이 회답을 들은 툴루스는 볼스키 사람들을 모두 소집하여 대회를 열었다. 그들은 결국 전쟁을 벌이기로 했다. 툴루스는 사람들에게 옛날의 원한을 잊어버리고 마르키우스를 한 사람의 친구이자 동맹자로서 받아들이자고 했다. 그리고 그에게서 받게 될 우리의 이익은 그가 적이었을 때 끼친 손해를 보상하고도 남을 것이라고 주장했다.

마르키우스는 그의 말이 끝나자 자리에서 일어난 볼스키인들 앞에서 열변을 토했다. 사람들은 그의 말을 듣고 그가 전쟁에서 뿐만 아니라 연설에 있어서도 뛰어나며 훌륭한 재주와 용기를 가진 사람이라는 것을 알고 모두 감탄했다. 그들은 마르키우스를 툴루스와 함께 대장으로 임명하여 전쟁에 관한 모든 일을 맡겼다. 마르키우스는 모든 볼스키 군을 집합시켜 준비를 마치기까지는 많은 시간이 걸릴 것으로 판단하고, 우선 자원하는 청년들을 모아 군대를 조직했다.

그는 이들을 데리고 느닷없이 로마 시로 쳐들어갔다. 그리고 여기서 볼스키 사람들이 모두 쓰고도 남을 만큼 많은 전리품을 얻어 가지고 돌아왔다. 그러나 그가 얻은 산더미 같은 전리품도, 또 그가 마음 내키는 대로 짓밟은 국토의 손해도 그가 계획한 일에 비하면 아주 조그마한 성과에 지나지 않았다. 그의 목적은 로마의 민중들이 귀족들을 시기하고 의심하게 만들어 그들의 관계를 완전히 벌여 놓으려는 데 있었다. 그래서 그는 군인들을 시켜 로마인의 모든 농토와 재산을 약탈하고 파괴하도록 했으나 귀족의 농장과 토지에는 절대로 손대지 못하게 했다. 볼스키 사람들은 전쟁을 치르는 동안 한층 더 대담해져서 점점 더 두려움이 없어졌다. 그래서 그들은 갈수록 더 용감해져 많은 적을 없앴다. 마르키우스는 거의 손해를 보지 않고 무사히 그들을 거느리고 안티움으로 돌아올 수 있었다.

그러자 볼스키 청년들은 너나 할 것 없이 앞을 다투어 마르키우스에게 모여들었다. 그는 전국에서 몰려든 엄청난 군사를 보고 기뻐하였다. 그리고 그 중 일부분은 국내에 남겨 여러 도시들을 지키게 하고, 나머지 군사들을 이끌고 다시 로마 진격에 나서기로 했다. 마르키우스는 툴루스에게 이 두 부대 중 하나를 마음대로 선택하라고 했다. 툴루스는 마르키우스의 용맹성이 자기에게 뒤지지 않을 뿐만 아니라 전쟁을 할 때마다 행운이 따르는 사람이라는 것을 알고 있었으므로 전쟁은 마르키우스에게 맡기고 자기는 국내에서 도시를 지키며 전쟁 물자를 지원하겠다고 했다.

마르키우스는 그 전보다 더 강력해진 군대를 가지게 되자, 우선 로마의 식민지인 키르카이움Circaeum으로 돌진해 갔다. 그러나 이 도시가 항복해오자 주민들에게 아무 피해도 입히지 않고 군대를 철수시켰다. 그리고 다음으로 라티움the Latins 지방으로 들어가 마음대로 약탈했다. 마르키우스는 라티움 사람들이 로마와 동맹을 맺고 있으므로 여기서 로마의 원정군과 마주치게 될 것으로 여겼다. 하지만 당시 로마의 민중들은 전쟁할 뜻이 없었다. 두 집정관 역시 임기가 임박해 위험을 자초하려 하지 않았다. 그래서 도움을 요청하러 갔던 라티움 사절들은 아무런 보람도 없이 되돌아오고 말았다.

마르키우스는 자신들에게 대항하는 적이 아무도 없자 여러 도시들을 마음 놓고 공격하기 시작했다. 그 중에서 대항의 기색을 보였던 톨레리움Toleria, 라비키Lavici, 페다Peda, 볼라Bols 등은 건물을 모두 부수고 재물을 약탈했고 주민들은 잡아 노예로 삼았다. 그리고 항복하는 도시에 대해서는 배려를 해주어 병사들의 약탈을 금지시키고 그들의 재산을 지켜 주었다.

이후 그는 로마에서 10마일쯤 떨어진 곳에 있는 볼라[76]를 점령했다. 그들은 수없이 많은 재물을 약탈하고 성년 남자 대부분을 죽여 버렸다. 이 소식이 들려오자 국내에서 도시 수비를 맡았던 볼스키 사람들은 모두 무기를 들고 마르키우스에게 달려와 자기네들의 대장이자 총사령관이라고 소리쳤다. 마침내 그의 명성은 이탈리아 방방곡곡을 떠들썩하게 했다. 결국 단 한 사람의 전향이 두 나라 사람들의 운명에 급격하고도 엄청난 변화를 주었고, 세상은 이것을 놀라운 눈으로 지켜보고 있었다.

한편 로마는 혼란의 소용돌이 속에 휘청거리고 있었다. 시민은 전쟁할 뜻을 잃었고, 다만 서로에 대한 비난과 공격으로 나날을 보내고 있었다. 그와 동시 라비니움Lavinium이 포위되었다는 소식이 들려왔다. 라비니움은 아이네아스[77]가 건설한 최초의 도시로, 로마 수호신들의 초상과

76) 볼라(Bola): 이것은 플루타르코스가 착각해서 잘못 쓴 것이라는 것이 정설로 되어 있다. 여기서는 보빌라(Bovilla)나 보빌라이(Bovillae)가 맞는 것 같다. 왜냐하면 볼라는 이미 점령한 도시로 앞에 나와 있기 때문이다.

77) 아이네아스(Aeneas): 트로이의 용사 안키세스와 여신 아프로디테(비너스) 사이에 태어난 아들. 트로이 함락 때 아버지를 업고 불길을 뚫고 나와 이탈리아로 도망쳐, 라티누스(Latinus)의 딸 라비니아(Lavinia)와 결혼했다. 로마의 건설자 로물루스 및 레무스 형제의 먼 조상이 된다. 본문의 라비나움 시의 이름도 이 라비니아에서 따온 것이다.

보물이 보존되어 그들 국민의 영원한 고향으로 여기는 곳이었다. 이런 라비니움 시가 포위되었다는 소식에 로마 사람들은 큰 충격을 받았다. 민중들의 생각에 생긴 변화는 약간 특별한 것이었다. 그러나 귀족들에게 생긴 변화는 그것보다 훨씬 기묘한 것이었다.

민중들은 마르키우스에게 내린 추방 명령을 취소하고 그를 로마로 돌아오게 하자고 요청했다. 그런데 이 결의를 심의하기 위해 모인 원로원들은 오히려 이를 반대했다. 그것은 민중이 바라는 일은 무조건 반대하거나 마르키우스가 평민들의 환영 속에 귀국하는 꼴을 보고 싶지 않아서였는지도 모른다. 아니면 귀족들이 그의 불행을 슬퍼해 주었는데도 불구하고 온 나라를 쑥대밭으로 만들려는 마르키우스가 못마땅했기 때문이었을 수도 있다.

원로원이 이 같은 결정을 내리자 평민들은 투표도 할 수 없었으므로 별다른 도리가 없었다. 이 소문을 들은 마르키우스는 더욱더 분노했다. 그는 곧 라비니움의 포위를 풀고 로마로 달려가 바로 5마일 앞 쿨루일리아the Cluilian에 진을 쳤다. 그가 이렇게 눈앞에까지 쳐들어온 것을 보고 로마 시민들은 공포와 혼란에 빠져들었지만, 한편으로 그들 속의 내부 분열은 일단 멈추게 되었다. 이제는 두 집정관이나 원로원 의원들도 마르키우스를 불러들이자는 의견에 반대할 힘조차 없어진 것이다.

마침내 원로원은 마르키우스에게 사람을 보내어 귀국하기를 권하고 전쟁의 공포와 피해로부터 시민들을 구해달라고 간청하기로 결정했다. 원로원은 마르키우스에게 가는 사절을 모두 그의 친척이나 친구들 중에서 선발했기 때문에 마르키우스와의 회담에서 좋은 결과를 가져올 것으로 기대했다. 그러나 그들의 기대는 크게 빗나가고 말았다.

적의 진지에 안내되어 들어간 그들은 볼스키 사람들 가운데 앉아 있는 오만하고 건방진 표정의 마르키우스를 발견했다. 그는 거만한 태도로 비꼬며 자기가 로마인들에게 받은 학대를 신랄하게 얘기했다. 그런 다음 그는 볼스키 장군의 입장에서 지난번 전쟁에서 로마가 빼앗아간 도시와 영토를 도로 내놓고 로마에 있는 볼스키 사람들을 라티움 사람들과 똑같이 대할 것을 요구했다. 그리고 두 나라가 공평하고 정당한 조건으로 이 문제를 해결해야 영원한 평화를 누릴 수 있을 것이라고 말했다. 마르키우스는 그들에게 30일 안에 결정을 내려 답을 달라고 했다.

사절들이 돌아간 뒤 마르키우스는 군사를 거두어 로마 영토에서 물러나왔다. 그런데 오래 전부터 그의 명성과 인기를 시기하고 있던 볼스키 사람들은 이 일을 구실삼아 마르키우스를 공격하기 시작했다. 그들 중에는 툴루스도 끼여 있었는데, 그는 마르키우스에게 어떤 원한이 없어서가 아니라 그의 천성이 너무 약했기 때문이었다. 즉 자기의 명성이 빛을 잃게 되고 국민들이 마르키우스를 가장 위대한 인물로 보면서 다른 사람들은 모두 그가 시키는 대로 하는 것이 옳다고 여겼기 때문이었다.

불평이 있는 자들은 서로 얼굴을 대할 때마다 마르키우스가 로마에서 철수한 것은 반역이라고 비난했다. 어떤 도시나 군대를 적에게 넘겨준 것은 아니지만 모든 것을 얻고 잃는 것을 결정할 수 있는 시간을 적에게 주었다는 것이었다. 즉 마르키우스가 그들에게 준 30일의 시간은 적들이 숨을 돌리고 방어를 준비하도록 해주려는 것으로 여겼다. 하지만 마르키우스는 단 한 시간도 헛되이 보내지 않았다. 그는 30일의 휴전 중에 로마의 동맹국 여러 도시를 쳐서 나라를 어지럽히고 일곱 개나 되는 큰 도시를 빼앗았다. 그러는 동안 로마는 동맹국들을 하나도 돕지 않았고 손발이 마비된 것처럼 꼼짝도 않고 있었다. 이러던 중 30일의 기한이 끝나자 마르키우스는 다시 모든 군사들을 다 이끌고 로마에 나타났다.

그들은 급히 사절을 마르키우스에게 보내 노여움을 풀고 볼스키 군을 철수시키면 양쪽 다 이로울 수 있도록 하겠다고 제안했다. 로마 사람들은 두려워서 항복하는 일은 없겠지만 요구한다면 무기를 버리고 화해를 하겠다고 말했다. 마르키우스는 이 말에 대해 회답을 보냈다. 즉 그는 볼스키의 대장 자격으로는 아무 말도 할 수 없지만 로마 시민으로서 말한다면, 좀더 겸손한 태도로 전날 제시한 요건을 앞으로 사흘 안으로 수락할 것을 요구했다. 그리고 만약 다른 제안을 가지고 오려거든 무장을 단단히 갖추고 오는 것이 좋을 것이라고 말했다.

사절 일행이 돌아와 원로원에 마르키우스의 뜻을 전하자, 로마는 바야흐로 위험이 폭풍우처럼 몰아닥쳤다. 원로원은 명령을 내려 관직에 있는 모든 사람들, 제사에 관한 일을 잘 아는 사람들, 그리고 옛날부터 내려오는 새점을 잘 치는 사람들에게 한 사람도 빠짐없이 격식에 맞는 옷을 입고 마르키우스에게 가라고 명령했다. 그들은 무기를 놓고 고국의 모든 동포들과 볼스키 사람들의 이익을 위해 다시 한번 의논을 해보자고 마르키우스에게 간청했다.

마르키우스는 교섭 대표들을 맞아주기는 했지만 화를 풀지 못하고 한 치의 양보도 하지 않았다. 그는 전날 자기가 한 말이 곧 평화의 조건이니 그것을 받아들이든지 아니면 전쟁을 하자고 했다. 한 가닥 희망도 물거품으로 돌아가자 대표들은 아무것도 얻지 못한 채 되돌아갔다. 그들은 조용히 시내로 들어가 성벽 수비를 든든히 하며 마르키우스를 방어하기 위한 준비를 서둘렀다. 그들은 시간과 운명에 모든 희망을 걸고 있었다. 그들로서는 더 이상 스스로를 구할 아무런 대책도 없었던 것이다. 나라 안에는 오직 혼란과 공포의 유언비어들만이 떠돌고 있었다.

한편 혼란이 계속되던 로마에서는 부녀자들이 신전에 나가 기도를 드리고 있었는데, 특히 유피테르 신전Jupiter Capitolinus에는 로마의 귀부인들이 많이 모여 있었다. 이 사람들 중에는 위대한 포플리콜라Poplicola[78]의 누이 발레리아Valeria도 있었다. 포플리콜라는 그때 이미 세상을 떠났지만 발레리아는 당시 로마에서 대단한 존경과 명성을 얻고 있었다. 이 발레리아가 바로 신으로부터 도움을 얻어 로마의 앞날을 위한 좋은 방법을 생각해냈다. 그녀는 곧 다른 부인들을 데리고 한달음에 마르키우스의 어머니 볼룸니아의 집을 찾아갔다. 마침 어린 손자를 무릎에 앉히고 며느리 베르길리아와 얘기를 나누고 있던 볼룸니아는 여러 여자들의 방문을 받았다. 찾아온 여자들이 그들 가까이 다가와 이렇게 말을 꺼냈다.

"저희들이 이렇게 찾아온 것은 순전히 저희들과 볼룸니아 님, 그리고 베르길리아 님이 다 같이 여자라는 이유 때문입니다. 저희들은 결코 원로원의 지시나 집정관의 명령이나 어느 관리의 부탁을 받고 온 것이 아닙니다. 아마 신께서 저희들의 기도를 불쌍히 생각하시어 댁에 찾아올 생각을 불어넣어 주신 것 같습니다. 저희들의 간절한 마음을 헤아려 주신다면, 옛날 사비니 여자들이 아버지와 남편의 마음을 움직여 평화를 되찾은 일을 생각해 보세요. 그리고 나라를 걱정하는 저희들의 마음을 마르키우스 님께 전해 주세요. 지금 이 나라는 장군에게서 큰 고통을 입고 있지만 저희들은 두 분에게 단 한 번도 무례한 짓을 하지 않았고, 또 그러고 싶은 생각도 전혀 없었습니다. 그리고 지금 저희들은 아무런 보

78) 원명은 Publius Valerius Poplicola 또는 Publicola. 로마 왕정을 무너뜨린 4명의 귀족 중 한사람. 집정관을 지냈으며 브루투스와 동맹을 맺고 BC 509년에 공화정을 수립했다. 일반명사로는 '민중에게 아첨하는 자'라는 뜻이다.

답을 바라지 않고 다만 두 분을 장군이 계신 곳까지 무사히 모셔다 드리려는 것입니다."

발레리아가 하는 말에 다른 여자들도 모두 고개를 끄덕였다. 그러자 볼룸니아가 대답했다.

"나와 베르길리아도 여러분과 마찬가지로 고통을 겪고 있소. 그렇지만 마르키우스도 명예와 용기를 다 잃고 감금되어 있는 것과 다름없는 슬픈 신세가 되어 있소. 그보다도 더 슬픈 것은 로마가 우리 같은 사람에게까지 이 일을 부탁해야 될 만큼 약해졌다는 것이오. 마르키우스가 우리가 하는 말을 어느 정도 들어줄는지 그건 나도 알 수 없소. 그 애는 지금 어미나 자식보다도 사랑하던 조국을 적으로 생각하고 있으니 말이오. 그래도 우리가 필요하다면 우리를 마르키우스에게 데리고 가 주시오. 힘이 없는 나지만 마지막으로 나라를 위해 할 일을 하고 죽고 싶소."

말을 마치고 볼룸니아는 베르길리아와 손자들의 손을 잡고 여자들과 함께 볼스키 군의 진영으로 조용히 걸어갔다. 이들의 모습을 본 볼스키 군은 연민과 감동으로 아무 말 없이 그들을 바라보았다. 마르키우스는 마침 지휘관들과 같이 단상에 앉아 있었다. 그는 여자들이 몰려오는 것을 보고 처음에는 놀랐지만 맨 앞에 선 어머니를 발견하자 가슴 벅찬 감정을 이기지 못하고 급히 달려가 어머니를 끌어안았다. 그리고 뒤따라온 아내와 자식들을 어루만지며 눈물을 흘렸다. 마르키우스는 어느 정도 마음이 가라앉자 볼스키족의 부하 장군들을 모아놓고 어머니의 이야기를 들었다.

"내 아들아, 우리가 입은 옷이나 야위어진 몸을 보면 네가 추방당한 뒤로 우리가 어떤 생활을 해왔는가 짐작할 수 있을 게다. 우리가 얼마나 불행한 사람이었는지를 생각해보렴. 우리가 가장 즐거워해야 할 광경이

아들 마르키우스에게 간청하는 어머니 볼룸니아와
아들을 안고 있는 아내 베르길리아 (니콜라 푸생 작)

운명의 장난으로 가장 두렵고 싫은 광경이 되어 버렸구나. 네 어미는 지금 내 아들이요, 저기 있는 베르길리아의 남편인 네가 자기 나라의 도시를 포위하고 쳐들어오는 모습을 보고 있단다. 그러니 세상 여자들 중에서 우리보다 불행한 사람들이 또 어디에 있겠느냐? 다른 사람들은 불행 속에서도 기도를 드리며 위로와 구원을 구할 수 있지만 우리는 그런 기도조차도 드릴 수가 없는 처지란다. 나는 우리나라가 이기고 너도 무사하라고 기도를 드릴 수는 없게 되어 버렸다. 너를 위해 기도를 드리는 것은 적이 되어 로마를 저주하는 것과 다름없으니 말이다. 그래서 너의 아내와 자식들은 나라와 너 둘 중에 하나를 선택해야 할 처지에 놓여 있다. 나는 전쟁이 끝날 때까지 기다리며 살고 싶지가 않구나. 지금 내가 한 말이 효과가 있어서 평화가 이루어지고 두 나라의 화근을 없앤 은인이 되지 못한다면 너는 이 어미의 시체를 밟지 않고는 로마에 들어가지 못한다. 내 나라 사람들이 내 자식을 꺾고 기뻐하거나, 내 자식이 제 나라를 정복하고 기뻐하는 날을 보려면 내가 그때까지 살아서 뭘 하겠느냐. 만일 내가 너에게 볼스키 사람을 배반하고 조국을 구하라고 부탁한다면 너는 난처한 지경이 될 것이라는 걸 나도 잘 알고 있다. 허나 우리가 지금 바라는 것은 이 고생을 좀 그치게 해달라는 것이다. 우리는 지금 볼스키나 우리가 아무도 이기고지지 않아도 되도록 볼스키 쪽으로서는 가장 중요한 평화를 가지게 되도록 하라는 것이다. 지금 볼스키 군의 전세가 유리한 만큼 누가 보더라도 너그러움을 베푼 것이라고 생각할 것이니, 이것보다 더 영광스럽고 명예로운 일이 어디 있겠느냐. 만일 우리가 그런 행복을 얻게 된다면 두 나라에서 다 같이 너를 고마워할 것이다. 하지만 그렇지 못할 때는 너는 두 나라 국민들의 비난을 받을 것이다. 전쟁의 운이란 알 수 없는 것이지만 이번 전쟁에서는 확실한 것이 꼭 하나 있다. 이기면 너는 제 나라를 멸망시킨 원수가 되고, 지면 아끼고 도와주신 이들의 은혜를 배반하는 것이 될 것이며, 이것들은 모두 너 한 사람의 원한과 분노 때문에 저지른 짓이라는 것이다."

어머니가 말하는 동안 마르키우스는 묵묵히 귀를 기울이고 있었다. 어머니는 얘기를 마친 뒤에도 입을 떼지 않는 마르키우스를 보고 다시 말을 계속했다.

"마르키우스야, 왜 아무 말도 없느냐? 그래, 네가 홧김에 모든 것을 다 없애버리는 것은 장한 일이고 이런 중대한 일로 네게 애걸하는 어미 말을 듣는 것은 수치스러우냐? 전날 학대받은 설움을 마음에 깊이 간직하고 묻어 두는 것이 사내자식으로서 할 일이란 말이냐? 왜 부모한테서 받은 은혜를 저버리고 이런 일을 저지르고 있는 거냐. 은혜를 모르는 자를 용서 없이 벌주고 있는 너는 적어도 은혜를 잊지 않을 것이라는 사실을 어미는 알고 있다. 하지만 너는 지금 이 어미의 은혜를 잊어버리려 애쓰고 있다. 너한테 아직 신을 두려워하는 마음이 남아 있다면 내 청을 들어 주리라고 믿는다. 그리고 말로는 안 된다면 나는 이렇게라도 하는 수밖에 없구나."

이렇게 말하고 그녀는 아들의 발아래 엎드렸다. 마르키우스의 아내와 아들도 이것을 보고 마르키우스의 발밑에 엎드렸다.

"어머니, 이게 웬일이십니까?"

마르키우스는 소리를 치며 볼룸니아를 부축해 일으키고는 전에 없이 어머니의 손을 힘주어 잡으며 말했다.

"어머니, 저를 꺾으셨습니다. 그러나 어머니의 승리는 로마를 위해서는 다행스러운 일이지만 저에게는 파멸입니다. 그 무엇에도 지지 않던 어머니의 아들을 보기 좋게 꺾어 놓으셨습니다. 저는 이제 물러가겠습니다."

그는 잠시 어머니와 아내와 이야기를 나눈 다음 그들을 로마로 돌려보냈다. 그리고 날이 새자 마르키우스는 볼스키 병사들을 철수해서 돌아갔다. 이 일에 대해 볼스키 병사들은 마르키우스의 행동을 비난하기도 했지만, 평화를 바라는 사람들은 그의 행동이 옳았다고 생각했다. 또 어떤 사람은 그의 행동에는 불만을 느끼면서도 누구라도 그런 일을 겪는다면 어쩔 수 없었을 것이라며 너그럽게 생각하기도 했다. 그러나 아무도 그의 지휘를 거부하지 않고 순순히 따랐다. 그들은 마르키우스의 권력보다는 그의 덕망을 존경했던 것이다. 전쟁이 그치자 로마 사람들은 그 동안 얼마나 큰 공포와 절망 속에 살아왔던가를 어느 때보다 더 실감할 수 있었다. 성을 지키던 병사가 볼스키 군의 철수 소식을 알려주자 시민들은 부랴부랴 모든 성문을 일제히 열고 마치 전쟁의 승리를 축하하듯 머리에 화환을 얹고 잔치 준비를 시작했다. 그리고 모든 시민들과 원로원은 모두 나라를 위해 애쓴 그 부인들에게 감사를 전했다.

원로원은 부인들에게 특별한 감사를 드리기 위해 어떤 소원이라도 들어 주겠다고 말했다. 그러자 부인들은 여신의 신전을 짓겠다고 하면서 건립비용은 자기네들이 낼 테니 제사 비용만은 나라에서 부담해 달라고 했다.

원로원은 부인들의 마음을 크게 칭찬하며 신전도 국비로 짓고 신상까지 만들어 주기로 했다. 그러자 부인들은 자기네들끼리 조금씩 돈을 모아서 또 하나의 신상을 만들었다. 로마 사람들이 전하는 말에 의하면 그때 신상이 말을 했다는 이야기도 있다.

"여러 여인들이여, 그대들이 나를 여기에 앉힌 것은 바로 신의 뜻이로구나."

로마인들은 이 신의 말소리가 두 번이나 되풀이되었다고 전한다. 조각상이 땀을 흘렸다거나 눈물을 지었다거나 혹은 피눈물을 떨어뜨렸다는 이야기들은 사실 믿을 만한 것들이다. 나무나 돌에 습기가 많아 곰팡이 같은 것이 생기는 경우는 흔히 있을 수 있는 일이고, 외부의 공기 때문에 여러 빛깔이 그 표면으로 흘러나오는 경우도 가끔 있는 일이기 때문이다. 그러니 그러한 현상을 보고 신이 우리들의 앞일을 미리 알려주는 것이라고 생각할 수도 있을 것이다. 더구나 조각상이 갈라지면서 신음소리나 앓는 것 같은 소리를 낼 수도 있다. 그러나 무생물인 조각상이 말을 했다는 것은 사실 믿기 어렵다. 인간의 영혼이나 혹은 신이라 하더라도 발음기관이 없는 이상 정확한 말소리를 낼 수는 없기 때문이다. 그러므로 이와 같은 이상한 일은 마치 듣지 않은 것을 들었다고 생각하고, 보지 않은 것을 보았다고 상상하듯이 어떤 감각적 착오에서 나온 것이라고 생각할 수밖에 없다.

그러나 신에 대한 사랑과 믿음이 두터운 사람들은 이러한 일들이 신의 놀라운 계시이며 자신들의 믿음의 증거라고 생각하는 경우가 많다. 왜냐하면 신의 성격이나 행동, 지식이나 힘은 우리 인간과는 비교할 수 없을 만큼 신비한 것이기 때문이다. 우리가 불가능하다고 여기는 일들도 신은 해내는 것이다. 신이 인간과 다른 모든 차이점들 가운데서도 신의 행동은 특히 우리가 생각할 수 없는 영역에 속한다. 헤라클레이토스의 말처럼 우리는 신앙이 부족한 탓으로 신을 충분히 더듬어 알지 못하는 것인지도 모른다.

한편 마르키우스가 안티움으로 돌아오자 전부터 그를 미워하고 시기하던 툴루스는 그를 없애기 위해 호시탐탐 기회만 엿보고 있었다. 툴루스는 마르키우스를 싫어하는 사람들을 모두 모아 마르키우스를 장군의 자리에서 밀어내기 위한 계략을 세웠다. 그리고 병사들에게 그의 행동을 보고하라고 요구했다.

자기가 지위를 잃게 되면 큰 세력을 가진 툴루스를 당해 낼 수 없다는 것을 알고 있던 마르키우스는 안티움 시민들이 원한다면 자신의 행동에 대해 기꺼이 해명을 하겠다고 제안했다. 시민들이 모이자 선동 연설가들은 우매한 군중 사이를 돌아다니며 마르키우스에게 불리한 말들을 퍼뜨렸다. 하지만 마르키우스가 일어나 전쟁의 보고 연설을 하자 난폭한 사람들조차 모두 조용해지고 한 마디 방해의 말도 하지 않았다. 안티움의 귀족들이나 평화에 만족하고 있던 사람들은 그의 연설을 듣고 올바른 판단을 하자면서 그에 대한 지지를 드러냈다.

이것을 보고 툴루스는 마르키우스의 연설이 끝나면 상황이 어떻게 변할지 두려워지기 시작했다. 마르키우스는 뛰어난 웅변가였을 뿐 아니라 볼스키 사람들을 위해 쌓은 공적이 높았기 때문에 어떤 비난으로도 결코 뒤엎을 수 없을 것 같았다. 이제 시민들의 마음은 그에게 기울어졌다. 사실 그의 죄목이라는 것부터가 그의 공이 얼마나 큰가를 증명하는 것이었다. 만일 그가 볼스키 군을 이끌고 로마의 문 앞까지 쳐들어가지 못했다면, 민중들이 그곳에서 철수해서 로마를 빼앗지 못했다고 지금처럼 원망하는 일도 없었을 것이기 때문이다.

툴루스는 우매한 민중을 믿고 우물쭈물하고 있을 수는 없다고 생각했다. 그는 몇몇 부하들과 함께 의논한 결과 이 이상 시민들의 감정을 살필 필요가 없다고 판단했다. 그리고 그들은 매국노의 말에 귀 기울이지 말고 그를 장군의 자리에서 쫓아내야 한다고 외치며 떼를 지어 돌아다니다가 마르키우스를 습격했다. 그리고 누구 하나 가로막을 겨를도 없이 그를 죽여버리고 말았다.

볼스키 사람들은 그의 죽음을 안타까워했다. 도시마다 그의 죽음을 슬퍼하며 사람들이 모여들었고, 성대한 의식으로 장례를 지내주었으며, 유명한 장군이나 위대한 영웅의 기념비처럼 큰 무덤을 만들어 무기와 전리품으로 장식을 했다.

그러나 그의 죽음을 전해들은 로마는 그에 대해 어떤 슬픔이나 존경도 나타내지 않았다. 다만 여자들의 요청에 따라 열 달 동안 상복을 입는 것은 허락해 주었다. 상복을 입는 기간 중 가장 긴 것이 열 달이었는데, 이것은 부모나 형제가 죽었을 때만 허락되는 것으로 누마 폼필리우스Numa Pompilius가 제정한 법령이었다.

마르키우스가 죽고 난 뒤에 볼스키 사람들은 곧 그가 얼마나 위대한 사람이었던지를 깨닫게 되었다. 그 후 볼스키 사람들은 연합군의 대장 임명에 관한 일 때문에 아이퀴아 사람들the Aequians과 전쟁을 해서 많은 피를 흘려야 했다. 다음으로 그들은 전 군대를 다 모아 로마에 출정했지만, 전쟁에서 패하여 툴루스는 물론 많은 젊은이들을 잃고 말았다. 그래서 그들은 극히 불리한 조건으로 로마에 항복을 했으며, 드디어 로마의 식민지가 되어 그들의 발밑에 굴복하고 말았던 것이다.

알키비아데스와 코리올라누스의 비교

우리는 지금까지 알키비아데스와 코리올라누스 두 사람의 생애를 살펴보았다. 두 사람은 전쟁에서의 공훈으로 보면 어느 한쪽이 더 뛰어났다고 말하기가 어려울 정도로 훌륭했다. 두 사람은 모두 장군으로서의 결단력과 용기 그리고 앞을 내다보는 능력에서 뛰어난 모습을 보여 주었다. 특히 알키비아데스는 육지와 바다에서 많은 승리를 거두어 공을 세운 사실로 완전한 지휘자라는 이름을 얻기도 했다.

그들은 자기 조국에 머물러 있을 때 그들의 조국을 완벽하게 지켜냈으며, 국외로 추방되었을 때 더 철저히 조국을 파괴했다는 사실에서 공통점을 찾을 수 있을 것이다. 아테네의 현명한 사람들이 싫어하고 멸시했던 것은, 알키비아데스가 정치 생활을 함에 있어서 민중의 환심을 사기 위해 오만하고 비열한 아첨과 저속한 유혹을 일삼았던 것 때문이었다. 그리고 마르키우스는 정치 생활을 통해 보여준 교만 때문에 로마 시민의 미움을 받았다.

이러한 두 사람의 태도는 모두 그릇된 것이었다. 하지만 민중의 환심을 사기 위해 아첨하는 자는, 민중에게 무례하게 구는 자보다는 낫다. 민중들 앞에 머리를 숙임으로써 권력을 얻는 것도 수치스러운 일이지만 공포와 힘으로 권력을 지키는 것도 수치스러울 뿐만 아니라 정의롭지 못하기 때문이다.

마르키우스는 성격이 단순하고 올곧은 사람이었고, 알키비아데스는 간사한 정치가였다고 볼 수 있다. 역사가 투키디데스의 말처럼 그는 배신과 속임수를 써서 스파르타 사절을 속이고 두 나라 사이의 평화를 방해했던 사람이었다. 물론 아테네를 다시금 전쟁의 소용돌이에 몰아넣은 알키비아데스의 이 책략은 전쟁의 씨앗이 되었으나 이것 때문에 아르고스와 만티네이아와의 동맹이 이루어졌고 아테네는 아주 유리한 위치에 놓이게 되었음을 잊어서는 안 된다.

한편 코리올라누스도 로마인과 볼스키 사람 사이의 전쟁을 일으키기 위해 거짓말을 만들어 퍼뜨렸다고 디오니시오스[79]는 기록하고 있다. 그러나 코리올라누스는 목적 자체가 옳지 않았기 때문에 더 비열하고 악한 자라는 평가를 받고 있다. 그는 알키비아데스처럼 정치적인 질투나 투쟁 혹은 경쟁 때문에 그런 일을 저지른 것은 아니었다. 그는 비극 시인 이온이 말했던 것처럼 오로지 자기의 분노를 풀기 위해 이탈리아를 비극의 수렁으로 빠뜨렸고 수많은 도시들을 피로 물들게 했던 것이다.

물론 알키비아데스도 분노 때문에 조국에 큰 피해를 끼친 것은 사실이지만 국민들이 뉘우치는 것을 본 뒤 이내 마음을 풀고 그들에게 되돌

79) 디오니시오스(Dionysius, BC 68-6)는 소아시아의 다도해 해안에 있는 할리카르나소스라는 도시의 역사가. 『로마의 고대사』라는 책을 남겼다.

아갔다. 그리고 다시 추방된 뒤에도 아테네 장군들의 패배를 염려하여 위험을 그냥 두고 보지는 않았다. 그는 테미스토클레스에 대한 아리스티데스의 행동이 칭찬받았던 것처럼 자기를 반기지 않는 장군들을 찾아가 충고를 아끼지 않았던 것이다.

이와는 반대로 코리올라누스는 일부 사람들의 행동 때문에 그와 함께 고난을 당하고 있던 사람들까지 무시한 채 덮어 놓고 로마 전체를 공격해 들어갔다. 또 그의 분노와 원한을 달래기 위해 찾아간 사람들의 간청까지 번번이 거절하고 조국을 파괴할 생각만 하고 있었다.

그것은 알키비아데스가 스파르타인들 속에 섞여 있으면서도 그들의 미움을 받았기 때문에 아테네로 돌아가고 싶어했으며, 반대로 코리올라누스는 볼스키 사람들의 존경을 받고 있었기 때문에 그들을 저버릴 수 없었던 것으로도 보인다. 즉 볼스키 군의 지휘관으로서 그들의 지지를 받았던 마르키우스는 스파르타가 알키비아데스를 이용한 것과는 다른 사정이었다고 말할 수 있다. 알키비아데스는 계속 이곳저곳으로 옮겨 다녀야 했기 때문에 결국 제 발로 티사페르네스의 품으로 들어갈 수밖에 없었다. 허나 그가 애써 티사페르네스의 호감을 사려고 한 것은 언젠가 조국으로 돌아가기 위해 조국의 도시들을 파괴에서 지켜내려 한 것이었다고 볼 수 있다.

금전 문제에 관해서 알키비아데스는 자주 뇌물을 받아 재산을 늘리고 호화롭고 사치스러운 생활을 했다는 비난을 받고 있다. 허나 마르키우스는 자신의 공적에 대해 내려진 상도 군이 받지 않고 사양했다. 그가 민중의 빚을 면제하자는 데 반대를 했던 것도 자기 자신의 이익을 챙기기 위해서가 아니라 단지 민중들의 오만함을 억제하기 위한 것이었다.

철학자 아리스토텔레스의 죽음을 전해들은 안티파트로스는 친구에게 보낸 편지에서 "그분은 여러 가지 장점을 갖추고 있었으며 특히 남을 끌어들이는 힘이 뛰어났었다."고 말했다. 그런데 마르키우스에게는 바로 이러한 힘이 부족했다. 그래서 그의 은혜를 받고 있던 사람들조차도 그를 달갑게 여기지 않았다. 그는 플라톤이 말한 "고독의 친구"인 자존심과 고집을 내세웠기 때문에 남들의 미움을 받을 수밖에 없었던 것이다.

이와는 달리 알키비아데스는 누구하고나 친하게 사귀는 재주가 있었기 때문에 그가 성공하면 모두 기뻐하고 만약 실패했을 때에도 너그럽게 받아들여졌다. 그러므로 알키비아데스는 조국에 큰 해를 입힌 뒤에도 번번이 장군의 자리에 오를 수 있었던 것이다. 하지만 코리올라누스는 많은 공적이 당연히 보장해 줄 명예에서조차 밀려나고 말았다. 한 사람은 동포에게 해를 끼치고도 별로 미움을 받지 않은 반면 다른 한 사람은 존경받을 일을 했지만 누구의 사랑도 받지 못했던 것이다.

또 하나 기억해야 할 것은 코리올라누스의 장군으로서의 성공은 조국을 위해서가 아니라 순전히 조국의 적을 위해서였다는 사실이다. 하지만 알키비아데스는 일개 병사로서나 한 장군으로서나 거듭 아테네를 위해 몸을 아끼지 않았다. 알키비아데스는 자기 나라에 있을 때 쉽게 자기의 정적을 눌렀기 때문에 비방하는 자들은 그가 없었을 때에만 그를 공격할 수 있었다. 그러나 코리올라누스는 로마에서 추방을 당했고 볼스키에서는 살해당했다. 그는 평화조약을 번번이 거절하다가 마침내 어머니와 아내의 애원으로 전쟁을 포기했다. 그래서 볼스키 사람들의 미움을 사게 되어 억울한 죽음을 당했던 것이다.

그가 조금만 더 책임감을 가지고 행동했다면 철수하기 전에 볼스키 사람들의 동의를 구했어야 했을 것이다. 그가 전쟁을 시작한 것도 또 전쟁을 그만둔 것도 한결같이 자기의 분노 때문이었다면, 자기 어머니의 말을 듣고 나라를 구할 것이 아니라 조국과 어머니 모두를 구할 수 있었어야 했다. 그의 어머니나 아내도 그가 포위하고 있던 로마의 일부분이었기 때문이다. 사절단의 공식적인 제안과 사제들의 기도도 거들떠보지 않다가 어머니의 말 때문에 군대를 철수시킨 것은 어머니에 대한 존경보다는 로마에 대한 모욕을 더 크게 만든 행동이었다. 이것은 로마를 나라로 생각해서 구한 것이 아니라 한 여자의 눈물을 보고 구한 꼴이 되었기 때문이다. 그가 로마에 베푼 은혜는 어느 쪽에서 보았을 때도 이치에 맞지 않으며 무례한 일로 비칠 뿐이다. 그는 성격이 교만했던 데다가 명예욕까지 더해져서 누가 보아도 포악한 고집쟁이로밖에 보이지 않았다. 이런 사람들은 세상 사람들의 비평 같은 것은 신경 쓰지 않는다는 얼굴을 하고 앉아 있지만 나중에는 울컥 화를 내며 격분하고 만다.

메텔루스[80]나 아리스티데스[81], 에파미논다스[82]도 다 같이 세상 사람들의 평판에 무심했다. 그러나 그들은 민중이 자기들에게 무엇을 주든 빼앗든 간에 개의치 않았다. 그래서 그들은 몇 차례나 추방당하거나, 선거에서 떨어지거나, 법정에서 유죄 판결을 받았어도 조국에 대해 앙심을 품지는 않았다. 그리고 시민들이 자신들에게 내린 처벌을 뉘우치고 다시 불렀을 때는 곧 돌아와 민중들과 화해했다. 대중의 평가에 귀 기울이지 않았다면 그들이 나쁜 평가를 했다고 해서 복수를 하려는 생각도 갖지 말아야 한다. 영예로운 자리에 앉혀 주지 않는다고 앙심을 품는 것은 단

80) 메텔루스(Quintus Caecilius Metellus Mecedonicus)는 집정관 선거에서 두 번이나 실패했지만, 로마력 611년 기원전 143년에 드디어 집정관에 당선되었다. 그 후 마케도니아를 로마의 영토로 만들었다.

81) 아리스티데스(Aristides)는 기원전 5세기에 마라톤에게 페르시아 군을 격파한 아테네의 장군이며 정치가이다.

82) 에파미논다스(Epaminondas)는 기원전 4세기경 테베의 장군이다.

지 영예를 얻으려는 탐욕에서 나온 행동이기 때문이다.

알키비아데스는 존경을 받으면 기뻐했고, 자기를 알아주지 않으면 불쾌함을 감추지 않았다. 그래서 그는 사람들을 자기편으로 끌어들이기 위해 노력했던 것이다. 하지만 코리올라누스는 자기를 도와주려고 애쓰는 사람들을 기쁘게 해주려 한 적도 없었을 뿐 아니라 도리어 남이 자기를 잊어버리면 화를 냈다. 그래서 다른 여러 가지 점에서 훌륭한 그에게 이것은 하나의 큰 결점이었다. 코리올라누스의 절제와 금욕과 성실은 그리스의 가장 훌륭하고 고결한 사람과 비교될 만하다. 그러나 전혀 꼼꼼하지 않고 인간사 모든 일에 전혀 관심 없는 알키비아데스와는 비교가 될 수 없다.

리시마코스Lysimachus의 아들 아리스티데스(Aristides, BC 525경~467)[83]는 안티오키스Antiochis부족이며 알로페케Alopece 출신이었다. 아리스티데스는 독재자를 몰아내고 민주적인 정권을 세운 클리스테네스와 가까이 지냈으며 그를 열렬히 지지했다. 그래서 그는 정치가들 중 스파르타의 리쿠르고스를 가장 뛰어난 인물로 생각했으며, 네오클레스Neocles의 아들로 귀족 정치를 지지하면서 민중을 위해 나섰던 테미스토클레스와 항상 대립했다.

어떤 사람의 말에 따르면, 아리스티데스와 테미스토클레스 두 사람은 어려서부터 놀이를 할 때나 진지한 토론을 할 때 늘 다투어 각자의 성격을 잘 드러냈다고 한다. 테미스토클레스는 온갖 수단을 가리지 않고 자

83) 절세의 미덕을 가진 훌륭한 인격자로 재정관, 아르콘 등을 지냈다. 마라톤과 살라믓, 플라타이아 전투에 나가 큰 공을 세웠고, '정의로운 사람'이라는 이름을 얻었다. 하지만 정적이었던 테미스토클레스의 음모로 추방당했다.

아리스티데스와 테미스토클레스

신의 생각을 밀고 나갔지만, 아리스티데스는 성격이 곧았기 때문에 설령 장난으로라도 속임수를 쓰면 참지 못했다.

키오스Ceos 출신인 아리스톤Ariston은 이 불화가 어떤 소년을 똑같이 사랑하면서 생겨난 것이었다고 말했다. 케오스 태생의 스텐실라우스Stesilaus라는 미소년을 두고 둘 다 그에게 사랑을 느껴 감정을 억제하지 못했다고 한다. 이 소년이 나이가 많아져서 아름다움을 잃고 난 뒤에도 그들은 서로를 적대시하면서 항상 다투었는데, 이것이 나중에는 정치적인 대립으로까지 이어졌다는 것이다.

테미스토클레스가 정계에서 상당한 권력을 쥐게 되었을 때 어떤 사람이 그에게 편협한 생각을 버린다면 훌륭한 인물이 될 것이라고 말했다. 그러자 그는 이렇게 대답했다.

"나를 지지하는 사람들이 나한테서 얻는 이익이 다른 사람들을 지지해서 얻는 것보다 못하다면 나는 그 자리에 서고 싶지 않소."

그러나 아리스티데스는 누구의 힘도 빌리지 않고 자신의 신념대로 정치 생활을 꾸려나갔다. 그는 친구를 두둔하여 다른 사람에게 해를 끼치거나, 은혜를 거절해서 남의 마음을 상하게 하는 것을 싫어했다. 또 남의 힘을 빌려 권력을 얻으면 그들에게서 부정한 청탁을 받는다는 것을 알고 무척 조심했으며, 올바른 사람은 오로지 바른 행동과 말로써만 자신을 드러내는 것이라고 여겼다.

그러나 테미스토클레스가 그를 꺾으려고 여러 가지 정치적인 술책을 쓸 때는 그도 같은 방법으로 대항할 수밖에 없었다. 그래서 테미스토클레스가 민중들의 호감을 얻지 못하도록 하기 위해 온갖 방법으로 대처했다. 그는 테미스토클레스의 세력이 커지는 것을 막기 위해서는 민중들에게 조금 해를 끼치는 편이 낫다고 생각했다. 언젠가 테미스토클레스가 좋은 정책을 제안했을 때도 그는 반대를 위한 반대로 그에게 맞섰다. 그리고 회의장을 나오면서, 아테네 사람들은 테미스토클레스와 나를 모두 바라툼 barathum[84]에 던져버려야 나라를 바로잡을 수 있을 것이라고 말했다.

또 어느 때는 그가 제출했던 법안이 여러 반대에 부딪히면서도 무사히 통과된 적이 있었다. 그러나 이 법안에 대해 민중들이 투표를 하려 하자, 아리스티데스는 불리한 결과가 나오게 될까 봐 스스로 취소해 버렸다. 그는 또 테미스토클레스의 반대 때문에 국가에 유리한 의견까지 방해받을 것을 염려하여 다른 사람의 이름으로 자기의 법안을 제출하게 한 적도 여러 번 있었다.

84) 바라툼 : 정치범들을 던져 넣는 아테네의 함정. 주위에 나무를 박아 놓아 거기에 빠진 사람들은 나올 수가 없었다.

아리스티데스의 곧은 태도는 다른 정치인들의 변덕과 좋은 대조를 이루고 있다. 그는 존경을 받아도 자만하거나 우쭐해하지 않았고, 불행에 빠졌을 때도 마음을 드러내지 않고 조용한 태도를 보여 주었다. 또 그는 돈이나 명예를 얻기 위해서 나라를 섬기는 것은 그릇된 것이라고 여겼다. 아이스킬로스가 암피아라우스를 두고 지은 시는 아리스티데스의 인격을 짐작하게 해준다.

겉으로 보이기 위해서가 아니라
마음으로부터 바른 사람이 되기를 원하니
진실한 마음에 씨를 뿌려
귀한 생각을 싹트게 하였구나.

이 시가 극장에서 낭독되었을 때 청중들은 모두 아리스티데스를 돌아보았다. 그는 이 시가 말하는 사람이 가장 가까운 사람이었기 때문이다.

아리스티데스는 좋은 일에 대해서만 정의를 걸고 싸운 것이 아니라 분노와 미움에 대해서도 마찬가지였다. 예를 들면 그가 법정에 선 일이 있었는데 법관은 그의 말만 듣고 상대자의 진술은 듣지 않고 판결을 하려고 했다. 그러자 그는 급히 일어나 상대방의 말을 들은 후에 판결을 내려야 한다고 주장했다.

또 언젠가 그는 두 사람의 싸움을 해결하게 된 적이 있었는데 그 중 한 사람이, 상대방은 아리스티데스를 여러 가지 일로 모욕한 일이 있다고 말했다. 그러자 아리스티데스는 단호하게 그에게 말했다.

"나한테 그런 얘기는 할 필요가 없습니다. 당신은 상대가 무슨 잘못을 했는지만 말하면 됩니다. 나는 당신에 대한 일을 해결하려는 것이지 내 일을 해결하려는 것이 아니오."

그가 국고금의 관리인으로 선출되었을 때 그는 그의 동료들뿐만 아니라 테미스토클레스를 비롯해 먼저 그 자리에 있던 사람들이 거액의 돈을 빼돌렸다는 사실을 밝혀내고 이렇게 말했다.

"그들은 머리는 좋았지만 손버릇이 지나쳤다."

그러자 테미스토클레스는 많은 사람들을 모아놓고 아리스티데스를 공격하였다. 이도메네우스는 그가 결산보고서를 보고 도리어 아리스티데스에게 부정 사실을 뒤집어씌우고 벌금형을 내렸다고 전한다. 그러나 아테네의 선량한 시민들은 이 일을 부당하다고 생각하고 아리스티데스의 벌금을 면제해 주었으며 그를 다시 국고금 관리인으로 임명하였다.

그런데 아리스티데스는 지금까지 자신이 너무 엄격하게 일을 처리했다는 것을 뉘우친 듯 감독을 느슨하게 풀어 주었다. 국고금을 훔쳐먹던 사람들은 아리스티데스를 칭찬하며 그를 다시 아르콘으로 뽑자고 시민들을 설득했다. 그러나 투표를 시작하려고 할 때 아리스티데스는 아테네 시민들을 비난하며 이렇게 말했다.

"내가 이 일을 성실하게 했을 때 여러분은 나에게 치욕을 주었소. 그런데 내가 도둑들이 국고금을 훔쳐나가는 것도 가만히 두었더니 여러분은 나를 훌륭한 시민이라고 칭찬하고 있소. 그러나 나는 여러분의 형벌보다도 오늘의 명예가 더 부끄럽소. 그리고 도둑들의 비위를 맞춰주는 것이 나라의 재산을 성실하게 지키는 것보다 더 훌륭하다고 생각하는 여러분들에 대해서도 몹시 유감스럽게 생각하오."

이 말을 마친 그는 공금을 훔쳐간 도둑들을 모두 가려냈다. 그 자리에 모였던 사람들은 모두 입을 다물었고 훌륭한 시민들은 그에게 진정한 찬사를 보냈다.

한편 아테네 군이 사르디스 시에 불을 지른 데 대한 보복을 구실로 그리스 전체를 정복하려고 마음먹은 다리우스[85]는 다티스를 장군으로 하여 마라톤에 군대를 상륙시켰다.

밀티아데스

아테네는 열 명의 장군을 뽑아 전쟁에 내보냈는데 그 중 가장 이름을 떨친 사람이 밀티아데스Miltiades였고, 그 다음이 아리스티데스였다. 아리스티데스는 이 전투에서 주로 밀티아데스의 의견을 따랐지만 싸움터에서는 그와 대등한 실력을 보여 주었다. 장군들은 군대를 매일 번갈아가며 지휘하였는데 아리스티데스는 자기에게 지휘권이 넘어오자 그것을 밀티아데스에게 사양했다. 군을 잘 지휘하는 사람에게 군대를 맡기고 그의 명령에 복종하는 것은 진심으로 나라를 위하는 것이므로 결코 부끄러운 일이 아니라는 것을 가르쳐 준 것이었다. 그의 훌륭한 생각을 알게 된 장군들은 어리석은 경쟁을 삼가고 밀티아데스에게 모든 지휘권을 넘겨주었다.

이 전투 도중 아테네 군의 중심부가 가장 강한 적의 저항으로 힘겨운 싸움을 하게 되었다. 페르시아 군은 레온티스족과 안티오키스족을 맞

85) 다리우스(Darius, BC 558-489?)는 페르시아 왕으로 두 번에 걸쳐 그리스를 침공했다. BC 490년에는 마라톤 싸움에서 크게 패배했다.

아 이곳에서 치열한 싸움을 했다. 테미스토클레스와 아리스티데스는 서로 힘을 합하여 나란히 적들을 맞아 싸웠다. 테미스토클레스는 레온티스족이었고, 아리스티데스는 안티오키스족이었기 때문이다. 마침내 아테네 군이 페르시아 군을 무찌르자 그들은 배로 쫓겨갔다. 그런데 그 배는 파도 때문에 섬 쪽으로 가지 못하고 아티카 쪽으로 밀려가게 되었다. 아테네 군은 그들이 혹시 아테네 시를 점령하게 될까 봐 아홉 부족의 군사들을 이끌고 그날로 아테네로 달려갔다.

이때 아리스티데스는 마라톤에 남아 자기 부족들과 함께 포로와 전리품들을 지키는 임무를 맡게 되었다. 금은보석이 산처럼 쌓여있고 온갖 귀중품들이 군함과 막사 안에 있었지만 자기는 물론 부하들도 그것에 전혀 손을 대지 못하게 하였다. 그러나 모르는 사이에 몇 사람이 그 전리품들을 훔쳤는데 그 중에는 엘레우시스의 행사 때 횃불을 드는 직책을 맡은 칼리아스도 있었다. 그는 다른 사람들보다 머리가 유난히 길었고 머리에 늘 이상한 끈을 두르고 다녔다. 그런데 어느 페르시아 포로가 그를 왕인 줄 알고 그 앞에 엎드려 살려 달라고 빌었다. 그리고 애원하는 표시로 오른손을 잡고 금돈을 묻어둔 구덩이를 가르쳐 주었다. 그러자 잔인한 칼리아스는 금화를 찾아낸 다음 비밀이 탄로날까 봐 그를 죽여 버렸다.

이 일 때문에 칼리아스의 자손들은 '락코 플루티'라고 불리게 되었다. 락코는 구덩이, 플루티는 재물을 뜻하는 말이었다. 굴에서 금을 훔쳐낸 칼리아스를 조롱하기 위해 희극 작가들이 이런 이름을 붙였던 것이다.

얼마 후 아리스티데스는 아르콘으로 뽑히게 되었다. 그러나 팔레론의 디미트리오스의 기록을 보면 그가 아르콘이 되었던 것은 죽기 얼마 전으로 팔라타이아 전투가 끝난 뒤라고 한다. 그러나 아테네의 공식적인 기록에는 플라타이아에서 마르도니우스가 패한 것은 크산티피데스가 아르콘으로 있을 때였으며 그 후의 아르콘에는 아리스티데스라는 이름이 보이지 않는다. 그리고 아리스티데스라는 이름은 마라톤에서 승리를 거두었을 때 아르콘을 지냈던 파이니포스 바로 다음에 나와 있다.

아리스티데스의 여러 가지 미덕 가운데서 사람들이 가장 높이 칭찬했던 것은 정의로움이었다. 이것은 일상생활에서 가장 널리 적용되는 것이었기 때문에 민중들의 눈에 띄었다. 그래서 아리스티데스는 가난한 집에서 태어났으면서도 가장 정의로운 사람이라는 뜻으로 왕자다운 사람, 신과 같은 사람이라는 칭호를 받았다. 그러나 왕이나 참주들은 이런 칭호를 탐내지도 않았고, 오히려 '성을 함락한 사람', '벼락 왕', '정복자' 같은 이름을 자랑으로 삼거나 '독수리', '솔개'라는 이름으로 불리기를 원했다. 그런 사람들은 정의로 얻은 명성보다는 폭력이나 힘으로 얻은 명성을 더 좋아했던 자들이다.

그러나 그들이 감히 자기와 비교하는 신들은 흔히 영원성이나 권력, 덕성을 갖추고 있는 경우가 많은데 그 세 가지 중에서도 가장 거룩한 것은 덕성이다. 불, 바람 같은 자연이나 빈 허공은 영원성을 가지고 있고, 지진이나 천둥, 태풍이나 홍수는 힘을 가지고 있다. 그러나 정의와 공정함은 이성과 지성을 두루 갖춘 신만이 가질 수 있는 것이기 때문이다.

사람들이 신에게 두려움과 부러움, 존경을 함께 느끼는 것도 바로 이 세 가지 때문으로 보인다. 신을 부러워하는 것은 영원히 죽지 않는 영원성 때문이고, 두려워하는 것은 힘과 권력을 가지고 있기 때문이며, 존경을 느끼는 것은 그의 정의심 때문이다. 그러나 사람들이 이런 생각을 가진다고 해도 사라지지 않는 영원성이나 운수에 좌우되는 힘은 인간으로서는 도저히 가질 수 없는 것이다. 그러나 사람들은 유일한 신의 성질인 덕을 소홀히 생각할 때가 많다. 그래서 큰 권력을 가진 사람이 정의를 행하면 신처럼 보이지만 그렇지 못하면 사나운 짐승처럼 보이게 되는 것이다.

아리스티데스는 처음에 시민들의 존경을 받으며 '정의의 사도'라는 호칭까지 얻었다. 그러나 뒤에 와서 그가 미움을 받게 된 것은 테미스토클레스가 나쁜 소문을 민중들 사이에 퍼뜨렸기 때문이었다. 그는 아리스티데스가 모든 사건을 다 맡아 법정이 필요 없게 만들었으며, 호위병이 없을 뿐이지 사실상 아테네의 왕이나 다름없이 행동한다는 소문을 만들어냈다.

민중들은 마라톤에서의 승리로 교만한 마음을 가지고 있었기 때문에 자기들보다 지위나 명예가 높으면 무조건 불쾌하게 생각하고 있었다. 그래서 그들은 모두 시내에 모여 아리스티데스에 대해 도편 투표를 하기로 했다. 그들은 자신들의 시기심을 독재 정치에 대한 두려움이라고 그럴듯하게 포장했다.

도편 투표는 본래 범죄를 벌하는 것이 아니라 한 사람의 권력이 너무 커지는 것을 누르기 위한 수단이었다. 그래서 이 투표는 세력이 너무 커져서 불안을 자아내는 사람을 추방하기 위해 만들어진 것이었다. 이 투표에 붙여진 사람은 사형이라는 돌이킬 수 없는 상황까지는 이르지 않았지만 10년 동안 다른 나라로 쫓겨났다. 그러나 나중에 이 투표는 지위가 낮은 사람에게까지 적용되더니 히페르볼루스를 마지막으로 폐지되었다.

전하는 기록을 살펴보면, 도편 투표는 다음과 같은 이유로 없어지게 되었다. 그 당시 알키비아데스와 니키아스는 정치적으로 가장 큰 세력을 누리고 있었는데 이들은 서로 반대파에 속해 있었다. 시민들은 이 두 사람 중 어느 하나를 도편 투표로 추방시키려고 했다. 그러나 그 두 사람은 이런 기미를 눈치채고 곧 한 당파로 뭉쳐 히페르볼루스를 도편 투표에 내보냈다. 시민들은 도리어 자신들이 당한 것을 알고 도편 투표를 없애버렸다고 한다.

도편 투표는 맨 먼저 한 사람씩 도편에다 추방하려는 사람 이름을 써서 공회당에 있는 나무 판자로 두른 곳에 던져 넣는 것으로 시작된다. 그러면 아르콘들은 그것을 모두 한 자리에 모아 도편의 개수를 파악한다. 만약 투표자가 6천 명이 안 되면 그 투표는 무효가 된다. 그 다음 도편에 씌어진 이름대로 나누어 가장 많은 이름이 나온 사람을 10년 동안 추방하였다. 이때 추방당한 사람이 추방당해 있는 동안 자기의 재산을 사용하는 것은 허락되었다.

아리스티데스에 대한 도편 투표가 있을 때 한 번은 이런 일이 있었다. 사람들이 모두 도편에다가 추방할 사람의 이름을 적고 있었는데, 글자를 모르는 시골 사람 하나가 아리스티데스에게 와서 아리스티데스라는 이름을 좀 써달라며 자기의 도편을 내밀었다. 아리스티데스는 깜짝 놀라며 그 사람이 당신에게 무슨 해를 끼쳤느냐고 물었다. 그러자 그 시골 사람은 "그런 일은 없었지요. 어떻게 생긴 사람인지도 모르는걸요. 하지만 어디서나 정의의 사람이라고 떠들기 때문에 그 소리가 듣기 싫어서 그러오." 하고 대답했다. 이 말을 들은 아리스티데스는 아무 말도 하지 않고 자기 이름을 도편에 써주었다.

이윽고 추방이 결정되어 아테네 시를 떠날 때, 그는 두 손을 치켜들고 아킬레스[86]와는 반대로 이렇게 기도했다.

86) 아킬레스(Achilles) : 『일리아드』 제1부에서 아킬레스와 아가멤논이 서로 다툴 때 하는 말이다. 그때 아킬레스는 이렇게 말했다. "……온 나라가 한결같이 아킬레스를 그리워할 때가 올 것이오. 그러나 그때는 당신이 아무리 뉘우쳐도 아무 소용이 없을 것이오. 피에 굶주린 헥토르에게 무수한 사람이 죽임을 당할 것이오. 그때가 되면 천하에서 제일가는 사람을 존경할 줄 몰랐던 것을 한탄하게 될 것이오."

"아리스티데스를 그리워할 운명이 아테네를 찾아오지 말게 해주십시오."

그러나 3년 후에 크세르크세스가 테살리아와 보이오티를 거쳐 아티카에 쳐들어오자 아테네 사람들은 있던 법을 취소하고 추방되었던 사람들을 돌아오도록 했다. 그들은 아리스티데스가 적군에 붙어서 많은 시민들까지 나라를 배반하게 만들까 봐 두려웠던 것이다. 그러나 그것은 아리스티데스의 사람됨을 제대로 모르기 때문에 나온 생각이었다.

그는 이 정벌이 시작되기 전에도 끊임없이 그리스의 자유를 위해 격려했으며, 그가 돌아온 다음에도 장군이 된 테미스토클레스를 도와 자기의 정적을 나라에서 가장 높은 지위까지 올려놓았다. 그것은 모두 나라를 위한다는 생각으로 한 일이었다.

에우리비아데스[87] 등이 살라미스에서 후퇴하려고 할 때 페르시아 함대가 밤중에 출동하여 섬을 완전히 포위한 일이 있었는데 사람들은 아무도 이 일을 모르고 있었다. 그때 아리스티데스는 아이기나에서 배를 타고 기적적으로 이 포위망을 뚫고 들어와 테미스토클레스의 막사를 찾아갔다. 그는 테미스토클레스 장군만을 조용히 밖으로 불러내어 이렇게 말했다.

"테미스토클레스, 우리가 만일 현명하다면 누가 더 잘났는지를 다투는 쓸데없는 싸움은 그만둡시다. 당신은 장군으로서 군대를 지휘하고 나는 당신을 도와 함께 나라를 구해내야 합니다. 이 어려운 상황을 제대로 판단하여 좁은 바다에서 빠른 시간 내에 적과 대결할 수 있는 사람

87) 에우리비아데스(Eurybiades) : 스파르타의 장군으로 이 전쟁에서 그리스 군 연합 함대의 사령관이었다.

은 당신뿐이라는 것을 나는 알고 있기 때문이오. 동맹국의 장군들이 당신의 전략을 반대하고 있는 동안 적은 온 바다를 다 에워싼 채 우글대고 있소. 그리스 군은 이제 싫어도 결사적으로 싸울 수밖에 없는 형편이오. 다른 길은 없소."

이 말을 듣고 테미스토클레스는 대답했다.

"나도 기꺼이 당신에게 지지 않기 위해서라도 싸워서 이겨야겠소."

테미스토클레스는 페르시아 군이 포위를 한 것은 자기가 세운 작전이었다는 것을 설명한 다음, 에우리비아데스를 만나 싸우는 길밖에는 도리가 없다는 것을 알려주라고 아리스티데스에게 부탁했다. 자기가 말하는 것보다는 그의 신임을 얻고 있던 아리스티데스를 시켜 말하는 것이 더 효과가 있다고 생각했기 때문이다.

곧 장군들의 회의가 열렸다. 그런데 코린트의 장군 클레오크리토스가 테미스토클레스의 의견에 반대하고 나섰다. 그는 아리스티데스를 가리키며 그가 저렇게 잠자코 있는 것을 보면 그도 이 의견에 반대하는 것이 틀림없다고 말했다. 그러자 아리스티데스는 "테미스토클레스의 의견이 잘못되었다고 생각했다면 나도 침묵을 지키고 있지는 않았을 것이오. 내가 가만히 있었던 것은 그의 의견에 찬성하고 있기 때문이오." 하고 큰 소리로 대답했다.

그리스의 장군들이 회의를 하고 있었을 때 아리스티데스는 살라미스 앞쪽 해협에 있는 프시탈레아라는 작은 섬에 적군이 가득하다는 것을 알게 되었다. 그는 시민들 가운데 가장 용감한 사람들을 뽑아 작은 배 한 척에 모두 태웠다. 프시탈레아 섬으로 간 그들은 페르시아 군과의 싸움에서 승리를 거두고 신분이 높은 자들을 포로로 잡았다. 그 중에는 페르시아 왕의 누이인 산다우케의 세 아들도 끼여 있었다. 아리스티데스는 이들을 테미스토클레스에게 보냈다. 포로를 받은 테미스토클레스는 신탁을 받은 예언자 에우프란티데스의 명령대로 디오니소스 오메스테스에게 그들을 제물로 바쳤다고 한다.

아리스티데스는 이제 섬의 주변에 군대를 배치하여 섬에 오는 자가 자기편이면 한 사람도 잃지 않게 하고 적군이면 한 사람도 놓치지 말라고 명령했다. 프시탈레아 섬에 전승 기념비가 서 있는 것을 보면 두 함대의 가장 치열한 싸움이 바로 이 섬 근처에서 이루어졌던 것 같다.

전투가 끝난 다음 테미스토클레스는 아리스티데스의 생각을 알아보기 위해 결과는 좋았지만 되도록 빨리 헬레스폰토스로 가서 그곳에 있는 배로 이어져 있는 다리를 끊어버려야 한다고 말했다. 그러자 아리스티데스는 흥분된 목소리로 그런 계획은 절대 안 되며 하루 빨리 페르시아 군을 그리스에서 쫓아내지 않으면 그들은 빠져나갈 길이 막히게 되어 결사적인 싸움을 걸어올 것이라고 경고했다. 이 말을 들은 테미스토클레스는 포로 중 페르시아 왕의 시종 아르나케스를 은밀히 불렀다. 그는 그리스 군이 다리를 끊어버리려고 헬레스폰토스로 가려는 것을 자기가 페르시아 왕을 위해 못하게 했다는 말을 전하라고 했다.

이 말을 전해들은 페르시아 왕 크세르크세스는 급히 헬레스폰토스로 건너갔다. 그러나 마르도니우스는 30만 명가량의 대군을 가지고 뒤에 남아 있게 되었다. 그는 군대를 이끌고 와서 그리스 군에게 자신만만한 도전장을 보냈다.

"그대들은 배를 조종할 줄도 모르는 적들과 싸워 바다를 정복했소. 그러나 지금 눈앞에 보이는 테살리아와 보이오티아는 용맹스러운 군사들이 말을 달리며 싸우기에 좋은 싸움터이니 이곳에서 결판을 내도록 합시다."

한편 그는 몰래 아테네에 사람을 보내 아테네가 전쟁에 나가지 않는 조건으로 도시를 재건하게 해주는 것은 물론 막대한 돈을 주어 그리스 전체의 주인이 되게 해주겠다는 뜻을 전했다.

스파르타는 이 소식을 듣고 불안해서 아테네에 사절을 보냈다. 사절들은 아테네의 식량 사정이 좋지 않으니 부녀자들과 노인들을 스파르타로 보내라고 청하였다. 당시 아테네의 도시와 지방들은 모두 적군에게 점령되어 황폐해져 있었고 시민들의 굶주림도 심했기 때문이다.

이러한 뜻을 전해들은 아테네 사람들은 아리스티데스의 의견을 좇아 이렇게 통쾌한 대답을 했다.

"모든 것을 돈으로 살 수 있다고 생각하는 것은 그것보다 가치 있는 것이 있다는 것을 모르기 때문이니 탓할 생각은 없다. 그러나 스파르타의 행동은 조금 심하다. 아테네가 지금 어렵게 지내는 것만 보고 우리들의 용맹과 도량을 잊고 양식을 구하려고 그리스를 위해 싸우라고 권하는 것은 가소로운 일이다."

아리스티데스는 이 답변을 사절들에게 전하면서 아테네 사람들이 그리스의 자유와 바꿀 수 있을 만큼의 황금은 땅 위에도 땅 속에도 없다고 스파르타에 전하라고 말했다. 그리고 마르도니우스의 말을 전하기 위해 왔던 사람에게는 해를 가리키며 이렇게 말했다.

"저 해가 하늘에서 돌고 있는 한 아테네는 국토를 짓밟고 신전을 더럽힌 페르시아와 싸울 것이다."

아리스티데스는 또 페르시아인과 이야기를 하거나 그리스의 동맹에서 빠져나가는 자에게는 제관들이 저주를 걸도록 하자고 제안해서 동의를 얻었다.

마르도니우스가 다시 아티카로 침입을 하자 아테네 사람들은 모두 살라미스 섬으로 피난을 갔다. 아리스티데스는 스파르타로 가서 그들의 성의가 부족했기 때문에 아테네가 또다시 적의 손아귀에 들어갔다고 비난했다. 그리고 아직 남아 있는 그리스의 다른 지방을 구하기 위해 원병을 보내달라고 요구했다.

에포로스[88]들은 이 말을 듣고도 히아킨토스[89]의 제사라며 온종일 연회장을 돌아다니며 시간을 보냈다. 그리고 밤이 되자 5천 명의 스파르타인을 뽑아 그들에게 7명씩의 노예를 주고 아테네의 사절들 몰래 출발시켰다. 다음 날 아리스티데스가 이 사실을 모르고 에포로스들을 찾아와 비난을 하자 그들은 웃으면서 아리스티데스에게 말했다.

"지금 잠꼬대를 하고 있소? 스파르타 군은 벌써 페르시아를 향해 달려가고 있소이다. 아마 지금쯤이면 오레스테움에 도착했을 거요."

이 말을 들은 아리스티데스는 적을 속이지 않고 같은 편을 속인 것은 유감스럽다고 말했다. 이 이야기는 이도메네우스와 그의 제자들이 전하고 있는 것인데 아리스티데스의 제안으로 이 사절단이 보내졌으며 키몬, 크산티포스, 미로니데스가 그곳에 갔다고 전한다.

아리스티데스는 장군으로 선출되어 8천 명의 군사를 거느리고 플라타이아로 갔다. 그는 거기서 스파르타 군을 거느리고 온 전 그리스 군 지휘자 파우사니아스와 만났다. 다른 그리스 군들도 모두 이곳으로 모여들었다. 페르시아 군은 아소포스 강[90] 근처에 진을 쳤는데 너무나 대군

---

88) 에포로스(Ephor) : 스파르타 최고의 관리로 모두 다섯 명으로 구성되었으며 각각의 임기는 1년이었다.

89) 히아킨토스(Hyacintos) : 아폴론이 사랑했던 미소년. 아폴론이 원반을 던지다가 실수를 하는 바람에 죽었는데 그 자리에 히아신스 꽃이 피었다고 한다. 히아킨토스의 제사는 아티카의 1월, 지금의 7월 사흘에 걸쳐 행해졌다.

90) 아소포스(Asopos) 강 : 테베의 남쪽을 흐르는 강.

이라 진지를 만들지 못하고 사각형으로 담을 쌓아 그 안에 군량과 물자를 보관하고 있었다. 그 담은 한 면의 길이가 10스타디움[91]이나 되었다.

엘리스 출신의 예언자 디사메누스는 파우사니아스와 그 밖의 모든 그리스 장군들에게 먼저 공격하지 않고 방어전을 하면 승리를 얻게 될 것이라고 말했다. 그러나 아리스티데스가 델포이에 사람을 보내 신탁을 물었더니 아테네 군은 제우스, 키타이론 산[92]의 헤라, 판, 그리고 스프라기티데스라는 나무와 숲과 산의 여신(님프)께 기도를 드리고, 안드로크라테스, 레우콘, 피산데르, 다모크라테스, 히프시온, 아크타이온, 폴리이두스 등의 여러 영웅들에게 제사를 드리고, 엘레우시스[93]의 데메테르와 페르세포네 두 여신의 벌판인 자기 나라 땅에서 싸운다면 이길 것이라는 대답을 보내왔다.

아리스티데스는 이 신탁을 받고 매우 당황했다. 이 신탁에서 제물을 바치라고 한 여러 영웅들은 모두가 플라타이아 시를 세운 사람들이었으며 스프라기티데스라는 여신들의 동굴도 키타이론 산꼭대기에 있었다. 전설에 의하면, 옛날엔 이 동굴 속에 신탁을 내리는 장소가 있어서 이 지방에는 신령의 힘을 받은 사람이 많았으며 그들은 님폴레프티 Nympholepti, 즉 '신들린 사람'이라 불렸다.

그런데 엘레우시스의 데메테르 벌판과 자기 나라 땅에서 전쟁을 해야 된다는 말은 플라타이아로부터 되돌아가 싸움에서 손을 떼라는 말이나 다름없게 생각되었다. 아리스티데스가 이 생각으로 고민하고 있을 때 플

91) 1스타디움은 약 180미터.

92) 카타이론 산(Mt. Cithaeron) : 보이오티아와 아티카, 그리고 메가리스 경계에 있는 산. 여기에 제우스의 사당이 있다.

93) 아테네 근교에 있는 작은 도시로 여기에 데메테르와 페르세포네 여신의 신전이 있다.

라타이아 군대를 지휘하고 있던 대장 아림네스투스의 꿈속에 제우스가 나타나 그리스 군은 어떻게 하기로 결정했는지를 물었다. 꿈속에서 그는 "내일 엘레우시스로 군대를 거느리고 돌아가 아폴론의 신탁대로 그곳에서 페르시아 군과 싸우기로 했습니다." 하고 대답했다.

그러자 제우스는 "그것은 신탁을 잘못 해석한 것이다. 지금 진을 치고 있는 곳을 열심히 찾아보면 반드시 그곳을 찾게 될 것이다."라고 하였다. 아림네스투스는 잠을 깨고 나서도 꿈속의 일이 선명하게 기억났다. 그는 플라타이아 시민들 중에서 나이 많고 경험이 풍부한 사람들을 불러 물어본 결과, 키타이론 산 아래 히시아이 근처에 엘레우시스의 데메테르 신과 그의 딸 페르세포네를 모신 오래된 사당이 있다는 것을 알게 되었다.

아림네스투스는 곧 아리스티데스와 함께 그들이 알려준 곳을 찾아갔다. 키타이론 산 줄기는 사당 한 편에 있는 평야까지 내리뻗어 기병이 말을 타고 움직이기에는 적당하지 않았다. 뿐만 아니라 가까운 곳에 안드로크라테스의 사당이 울창한 숲에 둘러싸여 있었다. 아폴론의 신탁으로 약속받은 승리가 실수없이 이루어지도록 하기 위해 플라타이아 사람들은 아림네스투스의 제안에 따라 아티카 쪽을 향해 있는 플라타이아의 국경표를 없애버리고 그곳을 아테네와 합쳐 그들이 신탁의 지시대로 자기 나라 땅에서 싸울 수 있게 해주었다.

플라타이아인들의 이 열성과 너그러움은 오래도록 칭송을 받게 되었다. 오랜 세월이 흘러 알렉산드로스 대왕은 아시아를 정복한 다음 플라타이아에 성벽을 다시 쌓아주고 올림피아 대회에 사신을 보내 이렇게 선언했다.

"플라타이아 사람들은 페르시아 전쟁 때 자기네 영토를 그리스에 내어주고 그리스 전체를 위해 싸웠기 때문에 이제 그 땅을 되돌려 주노라."

한편 테게아 사람들은 아테네 사람들과 위치 문제 때문에 다툼이 생겼다. 테게아인들은 스파르타 군이 우익을 맡는 이상 자기들은 오랜 습관대로 좌익을 맡아야겠다고 주장하며 자기네 조상들을 자랑했다. 아테네 사람들은 이 요구에 몹시 화를 냈으나 아리스티데스는 이렇게 말했다.

"지금은 테게아인들과 이런 일로 다투고 있을 때가 아닙니다. 스파르타 군사들이여, 그리고 그 밖의 모든 그리스 군사들이여, 우리는 어디서 서서 싸우느냐에 따라 용기를 잃게 되거나 더하게 되는 것도 아닙니다. 여러분들이 우리에게 어디에서라고 결정하든 우리는 지금까지 수많은 전투에서 얻은 명예를 부끄럽게 하지 않을 것입니다. 우리는 동맹군들끼리 다투려고 여기에 온 것이 아니라 적과 싸우기 위해서 이곳에 왔습니다. 조상을 자랑하기 위해서가 아니라 우리가 그리스를 위해 용감하게 싸우려고 온 것입니다. 이번 전투는 각 도시, 각 장군, 각 병사들이 얼마나 그리스의 명예가 되는가를 보여 주어야 합니다."

그 자리에 있던 장군들은 이 말을 듣고 아테네 사람의 요구를 들어 그들에게 좌익의 자리를 양보해 주었다.

그리스의 운명이 위태로워지자 아테네의 처지는 더욱 위험해졌다. 명문 출신으로 큰 재산을 가진 사람들은 전쟁통에 재산을 모두 잃고 권력과 명예까지 다 잃게 되자 엉뚱한 사람들이 존경을 받고 이름을 떨치는 것을 시기하였다. 그들은 비밀리에 플라타이아의 어느 집에 모여 아테네 민중들의 세력을 꺾을 음모를 꾸미면서, 만일 이 일에 실패할 때는 페르시아 군에게 나라를 팔아서라도 자신들의 안전을 지키자고 결정했다.

아리스티데스는 이러한 음모가 진행되고 있다는 것과 많은 사람들이 가담하고 있다는 사실도 짐작하고 있었다. 그러나 이 위험한 상황에서 단호한 조치를 취해 일을 따진다면 어디까지 화가 미칠지 알 수가 없었으므로 그는 모조리 잡아 처단하는 것은 삼가야겠다고 생각했다. 그래서 많은 음모자 중에서 8명만을 체포하였다. 그러나 그 가운데 아이스키네스와 아게시아스는 재판을 하기 전에 이미 도망가고 말았다. 아리스티데스는 그 나머지 사람들을 모두 석방시켰다. 아직 잡히지 않은 사람들에게 죄를 뉘우칠 기회를 주려는 생각이었다. 그는 또 사람들에게 전쟁이라는 위대한 재판은 나라를 위해 충성을 다하는 자에게는 용서를 베풀어 준다고 말했다.

이 일이 있은 지 얼마 후 마르도니우스는 그리스 군의 힘을 시험해 보려고 자기들의 우수한 기병대를 모두 출동시켜 공격해왔다. 이때 그리스 군은 메가라 군을 제외하고는 모두 키타이론 산 기슭에 진을 치고 있었는데 그곳은 바위가 많아 적을 공격하기에 불리한 곳이었다. 메가라 군 3천 명은 그보다도 넓은 곳에 진을 치고 있었는데 밀물같이 밀려들어 사방에서 공격을 가하는 페르시아 기병대 때문에 그들도 마찬가지로 어려움을 겪고 있었다. 그래서 급히 파우사니아스에게 사람을 보내 구원을 청하고 자기네들만으로는 페르시아의 대군에게 저항을 계속할 수 없다는 것을 알렸다.

이 말을 들은 파우사니아스는 메가라 군의 천막이 많은 활과 창으로 뒤덮여 있고 병사들은 이것을 피해 좁은 웅덩이에 쫓겨 들어가 있는 것을 보았다. 그는 자신이 거느린 중무장한 스파르타 군으로 그들을 구해 낼 대책이 서지 않았다. 그래서 그는 자기 곁에 있는 그리스 장군들에게 메가라 군을 구출하는 데 자원한 사람은 없느냐고 물었다. 모두들 망설이며 나서는 사람이 없었다. 그때 아리스티데스가 아테네인의 명예를 위해 이 일을 맡겠다고 나섰다. 그는 부하 장군들 중에서도 가장 용감한 올림피오도로스에게 3백 명의 정예병과 활을 쏘는 병사들을 주어 출정시켰다.

이 부대가 곧 전열을 가다듬고 돌격하자 페르시아 기병대장 마시스티우스가 이들을 향해 말을 돌려 대항했다. 그는 체격이 좋고 힘도 센 사람이었다. 공격하는 군사와 방어하는 군사의 목숨을 내건 싸움이 벌어졌다. 그런데 마시스타우스가 탄 말에 화살이 꽂히는 바람에 그는 말에서 떨어지고 말았다. 그러나 마시스티우스는 갑옷이 너무 무거워 얼른 일어나지 못했고 그러는 동안 한꺼번에 달려든 아테네 병사들에게 포위되고 말았다. 하지만 그는 머리와 가슴뿐만 아니라 팔과 다리까지도 모두 금과 구리 등으로 무장하고 있었기 때문에 아테네 병사들의 칼이 들어갈 자리가 없었다. 그러나 투구의 눈구멍으로 누군가가 창을 꽂아 그를 죽여 버렸다. 페르시아 병사들은 그의 시체를 내버려두고 모두 도망쳤다.

이 전투에서 얻은 그리스 군의 성과는 아주 컸다. 적을 많이 죽이지는 않았으므로 시체의 숫자는 적었지만 페르시아 군의 슬퍼하는 모습으로 이 전쟁의 결과를 알 수 있었다. 마시스티오스의 죽음을 슬퍼하여 그들은 자신의 머리카락과 말의 갈기를 잘라버리고 울음소리를 평야에 가득 채웠다. 그들은 용맹성이나 권위에 있어서 마르도니오스Mardonius[94] 총사령관 다음으로 마시스티오스를 생각하였으므로 그의 안타까운 죽음을 서러워했다.

이 기병전이 있은 뒤 양군은 모두 오랫동안 움직임이 없었다. 방어하는 자는 이기고 공격하는 자는 패할 것이라고 했던 예언자들의 말 때문이었다. 그러나 마르도니오스는 자기편의 식량은 단 며칠 분밖에 남지

94) 마르도니오스 (? ~BC 479)는 기원전 5세기 초에 페르시아 전쟁 당시 페르시아 제국 군 사령관이었다. 마르도니오스는 페르시아 귀족 고브리야스의 아들이자 다리우스 1세의 조카였다.

크세르크세스 왕 오른 쪽에 투구를 쓴 자가 마르도니오스이다

않았는데 그리스 군은 지원을 받아 나날이 강해지므로 가만히 있을 수가 없었다. 그는 밤새 준비를 하여 새벽에 아소포스 강을 건너 갑자기 그리스 군을 치는 작전을 세웠다. 그는 전날 밤 모든 장군들에게 이 작전을 미리 알렸다.

그 날 한밤중에 말을 탄 병사가 조용히 그리스 군 진영에 다가와 아테네의 아리스티데스 장군을 만나게 해달라고 했다. 그를 아리스티데스에게 데려가자 그 사나이는 조용히 입을 열었다.

"나는 마케도니아의 왕 알렉산드로스입니다. 위험을 무릅쓰고 이렇게 찾아온 것은 당신이 지금 뜻하지 않은 습격을 당할 위기에 놓여 있다는 것을 알리기 위해서입니다. 마르도니오스가 내일 아침에 공격해 올 것입니다. 그는 자기들이 이길 승산이 있어서가 아니라 식량이 부족해서 어쩔 수 없이 공격을 하는 것입니다. 그러나 예언자들은 제물을 드려도 신탁을 받아도 모두 안 좋으니 싸우지 말라고 하는 까닭에 병사들은 모두 사기를 잃었습니다. 그들은 운명을 시험해 보거나 아니면 굶어죽을 수밖에 없게 된 것입니다."

이야기를 마친 알렉산드로스는 아리스티데스에게, 이 이야기는 혼자만 알고 있고 다른 사람들에게는 알리지 말아달라고 부탁했다. 그러나 아리스티데스는 지금 총사령관인 파우사니아스에게는 숨길 수 없다고 말하고 다른 사람에게는 비밀로 하겠다고 약속했다. 그리고 만약 그리스가 승리를 얻게 되면 그때는 모든 사람에게 알렉산드로스의 용기를 알릴 것이라고 말했다.

이런 얘기가 끝나자 알렉산드로스는 말을 타고 돌아가고 아리스티데스는 파우사니아스의 천막을 찾아갔다. 그는 알렉산드로스에게 들은 이야기를 자세히 전했다. 그리고 두 사람은 곧 다른 장군들을 모두 불러 모아 전투가 곧 시작될 것 같으니 전투 준비를 갖추라고 명령했다.

헤로도토스가 전하는 기록을 살펴보면, 이때 파우사니아스는 아리스티데스에게 아테네 군의 좌익을 우익으로 이동하게 하여 페르시아의 정규군과 싸우라고 청했다. 그것은 아테네 군이 그들과 싸워서 이겼던 일이 있으니 자신감도 남다를 것이고 그들이 잘 쓰는 전술도 알고 있기 때문이었다. 그리고 스파르타 군은 좌익을 맡아 페르시아 군에 가담한 그리스 부대와 싸우겠다고 했다.

그러나 아테네 장군들은, 파우사니아스가 자기들만 노예처럼 이쪽저쪽으로 옮겨 전투가 가장 심한 곳으로 보낸다고 불평을 늘어놓았다. 그러나 아리스티데스만은 그렇지 않았다. 며칠 전만 해도 테게아인들과 싸울 때 좌익을 맡겨달라고 하더니 이번에는 스파르타 군이 자진해서 우익의 자리를 양보하고 가장 큰 영광을 주려는 데도 싫다고 할 뿐 아니라 같은 그리스인과 싸우지 않고 야만족과 싸우는 것을 다행으로 생각하며 기뻐하지 않는 것은 무슨 이유냐고 오히려 사람들을 질책했다.

이 말에 마음을 돌린 아테네 장군들은 스파르타 군과 위치를 바꾸었다. 그리고 아리스티데스의 말은 아테네 병사들 사이에 널리 퍼져 나가게 되었다. 그들은 서로를 격려하며, 지금 쳐들어오는 적은 마라톤에서 이긴 부대보다 더 용감한 것도 더 우수한 무기를 가진 것도 아니며, 같은 활과 화살을 가지고 있고, 변변치 못한 체력에 값지게 수놓은 옷과 금으로 장식한 갑옷을 입고 있을 뿐이라고 말했다. 그러나 우리는 무기와 육체에서는 그들과 다른 것이 없지만 용기는 승리의 경험으로 열 배나 더할 것이며, 다른 사람들처럼 단지 나라를 지키기 위해서만이 아니라 살라미스와 마라톤의 승리가 밀티아데스나 혹은 행운 때문이 아니라 아테네 시민 전체의 힘이었다는 것을 보여주기 위해서 싸우는 것이라고 말했다.

아테네 병사들은 이런 말로 서로를 격려하며 급히 새로운 위치로 이동하였다. 그런데 페르시아 군에 가담해 있던 테베인은 한 탈주병이 이 이동 소식을 듣고 곧 마르도니우스에게 보고하였다. 마르도니우스는 아테네 군을 두려워해서였는지 아니면 스파르타 군과 직접 싸우는 것을 피하기 위해서였는지, 곧 페르시아 군을 우익으로 옮기고 그리스 군을 아테네 군과 맞붙도록 위치를 바꾸어 버렸다.

적들의 이동이 끝나자 그것을 본 파우사니아스는 다시 우익으로 군대를 옮겼고 마르도니우스는 다시 처음처럼 좌익으로 돌아갔다. 이렇게 하는 동안 그날은 전투를 하지 못한 채 해가 저물고 말았다.

그리스 군은 회의를 열고 진영을 훨씬 뒤로 옮겨 먹을 물을 얻을 수 있도록 했다. 근처의 샘은 적의 기병대가 위협을 하고 있었기 때문에 샘물을 길어 올 수가 없었기 때문이었다.

밤이 깊어지자 장군들은 각자 새로운 자리로 군대를 이끌고 갔다. 그런데 병사들은 한 곳에 모여 있기가 싫어서 참호를 떠나자 곧 플라타이아 시로 밀어닥쳐 질서 없이 여기저기에다 천막을 치는 혼란을 일으켰다. 이때 스파르타의 병사들이 맨 나중으로 밀려나 다른 부대보다 뒤처지게 되었다. 그것은 아몸파레투스라는 열성적인 장수 때문이었다. 그는 오래 전부터 싸움을 하고 싶었는데 번번이 전투가 연기되자 몹시 못마땅했던 것이다. 그래서 그는 이제 또 이동한다는 소리를 듣고 비겁하게 도망을 가려는 것이라며 욕을 하고 고함까지 질러댔다. 그는 그 자리에서 한 발자국도 움직이지 않겠다며 자기 부대의 병사들과 함께 끝까지 남아 마르도니우스와 싸우겠다고 억지를 부렸다.

파우사니아스까지 와서 이 이동은 그리스 군 전체의 투표로 결정된 것이라고 타일렀다. 그러자 아몸파레투스는 두 손으로 커다란 돌을 번쩍 들어 파우사니아스 앞에 던지며 소리쳤다.

"이것은 그리스의 비겁한 결정을 따르지 않겠으며 전투를 빨리 하자는 뜻으로 던지는 나의 투표요."

파우사니아스는 어떻게 해야 될지 몰라 이미 출발한 아테네 군에 사람을 보내, 이 사람을 데리고 갈 테니 기다려 달라고 했다. 그리고 자기는 나머지 군사들을 플라타이아로 보내고 아몸파레투스를 여러 가지 방법으로 달래 보았다.

이러는 동안 날이 밝아왔다. 그리스 군이 진영을 떠나는 것을 본 마르도니우스는 곧 군대를 정비하여 스파르타 군을 공격하기 위해 달려왔다. 그들은 굉장한 함성을 지르고 무기를 두들겨댔다. 그들은 싸움을 시작한다는 것보다 도망치는 그리스 군을 전멸시키려는 기세였다. 파우사니아스는 이 모습을 보고 이동을 중지시켰다. 그리고 각자 전투 대열에 서라고 명령을 내렸다. 그런데 아몸파레투스 일로 화가 났던 때문인지 아니면 급작스레 공격을 받아 정신이 없었는지, 그리스 군에게 전투 시작 명령을 내리는 것을 잊어버렸다. 그래서 그리스 군은 대열도 갖추지 못한 채 스파르타 군이 공격당하고 있을 때에야 겨우 도착할 수 있었다.

한편 파우사니아스는 신에게 제물을 바치느라 정신이 없었다. 그러나 제물을 바친 후에도 승리의 징조가 나타나지 않았다. 그는 스파르타 군에게 방패를 앞에 세우고 조용히 앉아 다시 제물을 드릴 때까지 기다리라고 하였다. 적의 기병은 점점 가까이 다가오고 화살이 빗발같이 쏟아졌다. 이제 활에 맞아 쓰러지는 병사들도 생기기 시작했다.

이때 그리스 군 중에서 키도 크고 잘생긴 칼리크라테스라는 병사가 화살에 맞았다. 그는 숨이 끊어지기 전에 이렇게 말했다.

"집을 떠날 때부터 그리스를 위해 목숨을 바치기로 결심했으니 죽는 것은 슬프지 않다. 그러나 무기 한 번 써보지 못하고 죽는 것이 분할 뿐이다."

병사들의 고통은 엄청난 것이었지만 그들이 참고 견디는 모습도 놀라운 것이었다. 덤벼드는 적에게 대항하지 않고 신과 장군이 싸우라고 명령을 내리기만 기다리며 화살이 쏟아져도 자기 위치를 끝까지 지키고 있었던 것이다.

어떤 이야기를 보면, 파우사니아스가 대열에서 조금 떨어진 곳에서 신에게 제물을 바치며 기도를 드리고 있을 때 리디아인 부대가 들이닥쳐 제물을 마구 빼앗아 던졌다고 한다. 파우사니아스와 곁에 섰던 사람들은 무기가 없었으므로 작대기와 채찍을 휘두르며 적과 싸웠다. 스파르타에서는 이 일을 기념하기 위해서 젊은 청년을 제단에 끌어다가 채찍으로 때린 다음 리디아인이 행렬을 지어 행진하는 행사가 남아 있다.

파우사니아스는 제물을 드리고 또 드려도 신이 조금도 반가워하는 기색을 보이지 않는 것을 보고 신전 쪽을 쳐다보며 눈물을 흘렸다. 그는 두 손을 높이 치켜들고 키타이론 산의 헤라 여신과 이곳 플라타이아를 지키는 여러 신들에게 기도를 드렸다. 만일 그리스 군의 승리를 바라지 않는다면 모두 죽어 넘어지기 전에 싸우게 해달라는 것이었다. 그래서 적들로 하여금 상대가 용감한 사람이었다는 것을 보여주게 해달라는 기도를 드렸다.

파우사니아스가 이러한 소망을 신들에게 말하자 그 기도와 함께 제물에 좋은 징조가 나타났다. 예언자들은 이제 반드시 승리를 거둘 것이라고 말했다.

드디어 적을 향해 싸움을 시작하라는 명령이 내려졌다. 스파르타의 부대는 궁지에 몰렸던 맹수가 갑자기 돌아서서 으르렁거리며 달려드는 것 같은 기세였다. 페르시아 군은 자기들이 맞설 상대가 목숨을 내놓고 싸움을 걸어오고 있다는 것을 느꼈다.

페르시아 군은 버드나무로 엮어 만든 방패를 앞에 세우고 스파르타 군을 향해 활을 당겼다. 그러나 스파르타 군은 방패를 치워버리고 페르시아 군의 얼굴과 가슴을 창으로 찔러댔다. 페르시아 병사는 여기저기 쓰러졌지만 용감히 그들과 맞서며 버티고 있었다. 그들은 밀려들어오는 창을 맨손으로 잡아 꺾어버리고 처절한 백병전을 벌여 단검과 칼을 휘둘러 방패를 빼앗기도 했다.

그 동안 아테네 군은 뒤처진 스파르타 군이 오기만을 기다리며 꼼짝 않고 있었다. 그런데 갑자기 싸우는 군사들의 고함소리가 들려오고 곧 파우사니아스가 보낸 전령이 달려와 싸움의 상황을 보고했다. 그들은 재빨리 스파르타 군을 구하기 위해 달려갔다. 그런데 그들이 전쟁터 가까이 왔을 때쯤 페르시아 쪽에 속한 그리스 군이 그들을 공격해왔다. 아리스티데스는 군대를 앞질러 달려 나와 큰 소리로 외쳤다.

"하늘이 무서운 줄 안다면, 그리스를 위해 목숨을 내건 채 싸우고 있는 군대를 도우러 가는 우리들의 앞길을 방해하지 마라."

그러나 상대가 이 말에 귀를 기울이지 않고 전투태세를 갖추는 것을 본 아리스티데스는 우선 이들과 싸우기로 결정했다. 적의 군대는 5천 명이나 되는 큰 부대였다. 그러나 얼마 후 페르시아 군이 후퇴하는 것을 보고 대부분의 병사들도 곧 뒤로 물러나 도망가기 시작했다. 그러나 테베인은 끝까지 저항하며 버티었다. 테베에서 세력이 있던 자들은 처음부터 페르시아 편이 되어 있었으며 그들에게 복종하던 평민들도 이들과 행동을 같이하고 있었던 것이다.

이렇게 해서 전투는 두 곳으로 나뉘어 벌어졌는데 먼저 스파르타 군이 페르시아 군을 무찔렀다. 이때 아림네스투스라는 스파르타 병사는 마르도니우스의 머리를 돌로 쳐서 죽였다. 이것은 암피아라우스의 신전[95]에서 내려온 신탁이 예언한 그대로였다.

마르도니우스는 리디아 병사를 그 신전에 보내고 카리아 사람 하나를 트로포니우스 동굴에 보내 신탁을 물었다. 그래서 카리아 사람은 자기

95) 암피아라우스(Amphiaraus) : 테베와 싸운 일곱 명의 용사 중 한 사람. 그는 예언대로 타고 있던 마차와 함께 먼 곳으로 실려 가고 말았는데 테베 사람들은 이 일이 일어난 곳에 굉장한 신전을 세웠다. 신탁을 얻으려는 사람들은 제물로 바친 짐승의 가죽을 깔고 그 위에서 기도를 하도록 되어 있다. 그러면 신은 그 사람의 꿈에 나타나 신의 뜻을 전한다고 한다.

나라 말로 신탁을 받았고, 리디아인은 암피아라우스의 신전 안에서 잠을 자다가 꿈을 꾸었다. 그 꿈에서 신이 보낸 어떤 사람이 그에게 와서 신전에서 나가라고 명령했다. 그러나 그가 이것을 거절했더니 큰 돌을 그의 머리에 던져 죽여 버렸다는 이야기다.

마르도니우스 대장이 이렇게 해서 죽자 페르시아 군은 뿔뿔이 흩어져 나무로 만든 성 안으로 도망쳐 들어갔다. 그 후 얼마 되지 않아 아테네 군은 테베 군을 쳐부수고 그들의 귀족 300명을 싸움터에서 죽였다. 이때 전령이 와서 페르시아 군을 진지 속에 몰아넣고 포위했다는 소식을 알려왔다. 아테네 군은 상대하던 그리스 군을 도망치게 그냥 내버려두고 곧 페르시아 군을 공격하기 위해 달려갔다.

현장에 가서 보니 스파르타 군은 성을 공격해 본 경험이 없어 아직 공격도 하지 못하고 있었다. 그들은 스파르타 군을 도와 적의 진영을 무너뜨리고 진지를 빼앗은 뒤 많은 수의 적을 죽였다. 30만 명의 적군 중 4만 명은 아르타바주스와 함께 도망쳐 버리고 나머지는 완전히 전멸되었다. 그리스 군의 손해는 약 1,360명 정도뿐이었는데 그 중에는 아테네인 52명, 스파르타인은 91명, 테게아인 61명도 포함되어 있었다.

역사가 클리데무스는 아테네인들 모두가 가장 용감하게 싸운 아이안티스 부족[96] 사람들이었다고 전한다. 아이안티스인들은 델포이에서 받은 신탁에 따라 제물을 스프라기티데스의 여신들에게도 바치기로 하고 그 비용은 국가에서 내주기로 했다.

헤로도토스는 아테네, 스파르타, 테게아인들만 적과 싸우고 다른 그리스 부대는 전투에 참가하지 않았다고 기록하고 있으나 이것은 좀 이

96) 아이안티스(Aeantis) 부족 : 『일리아드』에 나오는 아이아스(Ajax)의 후예.

해하기 힘든 일이다. 전사자의 숫자나 그곳에 세워진 무덤으로 보아 그리스 전체가 승리를 거두었다는 것이 분명하기 때문이다. 또 만일 세 도시만 싸우고 다른 도시는 전혀 싸움에 가담하지 않았다면 적어도 다음과 같은 말을 새겨 두지는 않았을 것이다.

그리스인의 힘과 용기로
페르시아를 치고 자유를 되찾았으니
제우스께 이 제단을 올리고
승리에 대한 감사를 드리노라.

이 전투는 아테네 달력으로는 보이드로미온[97] 달 제4일, 보이오티아 달력으로는 파네무스 달 제27일에 일어났다. 오늘날에도 플라타이아에서는 이 날 그리스 〈민회〉를 열고, 플라타이아인들은 자유의 신 제우스에게 제사를 드리며 이 승리를 기념한다.

이들의 날짜가 서로 맞지 않는 것은 별로 이상할 것이 없다. 천문학에 대한 연구가 활발해진 오늘날에도 초승달과 그믐달이 지방마다 다르기 때문이다.

전투가 끝난 후, 아테네 사람들은 이 날의 영광을 스파르타인에게 양보하지 않고 전승 기념탑을 세우는 데도 서로 다투게 되었다. 자칫하면 이 두 도시의 싸움은 그리스인들끼리 무기를 들고 싸움을 할 만큼 발전할 수도 있었다. 아리스티데스는 레오크라테스 등의 장군들에게 그리스

97) 보이드로미온(Boedromion) 달 : 아테네 달력 세 번째 달로 9월 하순부터 10월 초순에 해당한다. 당시의 역법은 달을 중심으로 하여 해마다 큰 차이가 생겼기 때문에 오늘날의 달력으로 어느 때라고 분명히 밝히기는 어렵다.

와 스파르타의 싸움은 그리스 전체의 판정에 맡기도록 하자고 설득했다.

그래서 전 그리스인이 이 사건을 놓고 회의를 열었을 때 메가라인 테오기톤은 전승의 영광을 스파르타나 아테네가 아닌 다른 어느 도시에 주어야 한다고 주장했다. 그러자 코린트의 클레오크라테스가 일어섰다. 사람들은 그가 코린트에게 그 영광을 달라고 말하려는 것이라고 생각했다. 코린트는 스파르타와 아테네 다음으로 가장 용감하게 싸운 도시였기 때문이다. 그러나 그는 뜻밖에도 플라타이아 사람들에게 이 명예를 주는 것이 어떻겠느냐고 했다. 이렇게 하면 어느 편에서도 반감을 품지 않을 것이며, 이들에게 승리의 영광을 주면 민족의 불화도 씻을 수 있다는 것이 그의 생각이었다.

그의 얘기가 끝나자 아리스티데스가 아테네인을 대표하여, 그리고 파우사니아스가 스파르타인을 대표하여 이 의견에 찬성의 뜻을 나타냈다. 그들은 이 제안이 결정되자 플라타이아인들을 위해 전리품 중 80탈렌트를 따로 떼어 주었다. 그리고 그것으로 아테나의 신전을 재건하고, 아테나의 조각상을 만들며 그림으로 신전을 꾸미게 했는데 그 그림은 지금까지도 그대로 남아 있다. 그런데 스파르타인과 아테네인은 각자 자기들끼리 전승비를 따로 세웠다.

제물을 드리는 의식에 관해서 델포이의 신탁을 물었더니 아폴론은, 자유의 신 제우스에게 제단을 바치고 제사를 드리기 전에 나라 안의 불을 모두 끄라고 대답했다. 야만인들이 그 동안 들어와 있어서 불이 더럽혀졌으니 일단 이것을 모두 없애고 델포이에 있는 깨끗한 불을 다시 옮겨 쓰라는 것이었다.

그리스 모든 나라의 지휘자들은 곧 그 근처를 돌아다니며 모든 사람에게 불을 끄게 하고 심지어는 화장을 하는 일까지 금지시켰다. 한편 플라타이아에서는 에우키다스라는 사람이 누구보다 빨리 신전에 가서 불을 가져오겠다며 델포이로 달려갔다. 그는 몸을 깨끗이 하기 위해 성수를 뿌리고 월계수관을 쓴 다음, 제단에서 불을 받았다. 그리고 다시 플라타이아를 향해 1천 퍼얼롱을 달려 해가 지기 전에 도착했다. 그러나 그는 시민들에게 불을 건네주고 그만 그 자리에 쓰러져 숨지고 말았다.

플라타이아 사람들은 그의 훌륭한 행동을 칭송하여 아르테미스 에우클리아[98] 신전에 그를 묻어 주고 비석에다 이렇게 새겼다.

에우키다스는 하루 만에 델포이까지 뛰어갔다가
이곳에 돌아와 숨졌다.

사람들은 에우클리아를 여신 아르테미스와 같은 것으로 보았는데, 어떤 사람은 에우클리아를 헤라클레스와 미르토의 딸이라고도 한다. 미르토는 메노이티우스의 딸로 파트로클로스와는 자매간이라고 한다. 파트로클로스는 평생을 처녀로 살다가 일생을 마쳤는데, 사람들은 제단과 조상을 세우고 신랑신부가 결혼 전에 이 제단에 제물을 바치도록 했다.

그 후 아리스티데스는 그리스인의 전체 회의가 열렸을 때, 다음과 같은 내용을 쓴 결의문을 제출하였다.

그리스의 모든 도시는 해마다 플라타이아의 대표와 사제를 보낼 것, 5년마다 엘리우테리아, 즉 자유의 제전을 개최할 것, 또 1만 명의 병사와 1천 마리의 말, 그리고 100척의 배로 그리스 연합군을 구성하여 야만족의 침입에 대비할 것, 그리고 플라타이아는 신들이 계신 성스러운 곳으로 삼

98) 에우클리아는 '이름이 높다'는 뜻이다.

아 이곳에서 그리스를 위해 제사를 지낼 것 등이었다.

플라타이아 사람들은 이 제안에 찬성하여 그곳에서 그리스를 위해 싸우다가 쓰러진 모든 전사자에게 해마다 제사를 올리기로 했다. 이 제사는 마이막테리온[99] 달의 제16일에 맨 앞에 나팔수가 나아가 돌격 개시를 알리는 나팔을 부는 것으로 시작된다. 나팔수들 뒤에는 몰약(沒藥)과 꽃다발을 가득 실은 수레와 검은 황소가 뒤따르고, 그 다음에는 죽은 자를 위해 뿌리는 포도주와 우유를 담은 항아리와 올리브기름과 향유 병을 든 자유인의 청년들이 따른다. 그 사람들이 자유를 위해 싸우다 죽었기 때문에 이 제사에는 노예가 참가할 수 없었다.

맨 뒤에는 플라타이아의 아르콘들이 따라가는데 다른 때에는 쇠를 만져서도 안 되고 색깔 있는 옷을 입는 것도 금지되어 있었지만 이 날에는 붉은 웃옷을 입고 물병과 칼을 양 손에 높이 쳐들고 시내를 행진한다.

그들의 행렬이 묘지에 이르면 아르콘들은 샘물을 길어 무덤의 비석을 하나하나 씻은 다음 향유를 바른다. 그리고 불타는 장작더미 위에 황소를 죽여 올려놓고 제우스와 헤르메스께 기도를 드리며 죽은 용사들의 혼을 부른다. 그런 다음 커다란 잔에 포도주와 물을 섞어 붓고 또 한 잔을 따라 마시며 이렇게 말한다.

"그리스인의 자유를 위해 목숨을 바친 분들을 위해 이 잔을 듭니다."

이 풍속은 플라타이아 지방에서 지금까지도 행해지고 있다.

한편 자기 나라로 돌아온 아테네 사람들은 민주 정치를 요구하기 시작했다. 아리스티데스는 이번 전쟁에서 민중들이 보여준 용기를 보더라

---

99) 마이막테리온(Maemacterion) : 아테네 달력으로 다섯 번째 달. '마이막티스'는 폭풍이라는 뜻으로 제우스의 다른 이름으로 불리기도 한다. 이 달에 치러지는 제우스 제사에서 이 달의 이름이 붙여졌다고 하는데, 지금의 11월 하순에서 12월 초순 정도에 해당한다.

도 이런 요구가 당연한 것이라 생각했다. 그리고 또 한편으로는 그들이 무기를 들고 있는데다가 힘에 대한 자신감도 가지고 있으니 민주 정치에 대한 그들의 요구를 무시할 수가 없었다. 그래서 그는 모든 시민들에게 참정권을 주고 아르콘을 뽑을 때[100]도 아테네 시민 전체가 참가한다는 내용의 제안을 제출했다.

그런데 그때쯤 테미스토클레스가 나라를 위해 아주 좋은 한 가지 비밀계획이 있다고 민중들에게 말했다. 그는 이 계획은 공개적으로 말하기 곤란한 것이라고 했다. 그러자 민중들은 아리스티데스에게 그 계획을 말하여 잘 살펴보도록 하면 자기들은 그의 의견을 받아들이겠다고 했다. 테미스토클레스는 아리스티데스에게 비밀 계획을 털어놓았다. 그것은 바닷가에 머물러 있는 그리스 군함을 모조리 불태우자는 것이었는데, 그렇게 하면 아테네는 그리스에서 가장 강한 나라가 되어 그리스 전체를 지배할 수 있게 된다는 것이었다.

아리스티데스는 이 말을 듣고 시민들 앞에 나와 테미스토클레스의 계획은 우리 나라에 매우 유리한 것이긴 하지만 그 방법이 몹시 나쁘고 그릇된 것이라고 말했다. 아테네 시민들은 이 말을 듣고 테미스토클레스에게 그런 계획이라면 절대로 안 된다고 거절했다. 민중들은 그만큼 아리스티데스를 믿었고 그의 생각이라면 무조건 따랐다.

그 후 그는 키몬과 함께 장군으로 뽑혀 다시 전쟁에 나가게 되었다. 그런데 파우사니아스를 비롯한 스파르타의 장군들이 동맹군들에게 오만하고 무례한 태도를 보이고 있었다. 그러나 아리스티데스는 동맹군들을 부

100) 기원전 457년까지는 재산 정도에 따라 정해진 계급 중 맨 위의 두 계급만 아르콘을 뽑는데 참가할 수 있었다.

드럽고 친절하게 대했고, 또 이것이 키몬의 온유하고 정중한 성격과 잘 합쳐졌기 때문에 곧 스파르타 장군을 누르고 지도적 위치를 차지하게 되었다. 이것은 힘이나 권위로서가 아니라 예절과 지혜로 얻게 된 존경이었다.

아리스티데스의 정의감과 키몬의 따뜻한 성격은 파우사니아스의 탐욕과 횡포와 비교되어 그들은 한층 더 아테네 사람들을 좋아하게 되었다. 파우사니아스는 동맹군의 지휘자들에게 늘 무례하게 화를 냈으며 병사들을 매질하기도 하고 심지어는 하루 종일 닻을 어깨에 얹고 있게 하는 벌을 주기도 했기 때문이다. 그는 또 침대에 쓸 짚이나 말을 먹일 풀을 뜯거나 혹은 샘물을 길어 올 때도 스파르타 군이 먼저 사용하기 전에는 손도 대지 못하게 하고 그곳에 병졸들을 세워 먼저 오는 자를 쫓아 버리기도 했다. 아리스티데스가 그런 일을 비난하며 그릇된 점을 말해 주려고 할 때도 그는 오히려 눈살을 찌푸리며 들을 겨를이 없다며 이야기를 들으려고도 하지 않았다.

그리스 군의 여러 나라 장군들 특히 키오스, 사모스, 레스보스에서 온 사람들은 아리스티데스에게 와서 동맹군을 지휘해 달라고 청했다. 그들은 오래 전부터 스파르타와 관계를 끊고 아테네를 지지하던 사람들을 모두 결속시켰다. 아리스티데스는 이렇게 대답했다.

"그 얘기를 들으니 과연 그래야 할 것 같소. 그러나 그 생각이 진지한 것이라면 그것을 행동으로 보여 주시오."

이 말에 사모스 사람 올리아데스와 키오스 사람 안타고라스 등은 몰래 만나 의논을 하였다. 그들은 비잔티움으로 가서 파우사니아스의 군함을 포위하고 그들을 깨뜨리기로 결정했다.

파우사니아스는 이들이 몰려 온 것을 보고 굉장히 화가 나 이렇게 말했다.

"당신들이 내 배를 약탈하러 왔다면 나는 당신들의 나라까지 멸망시킬 수 있다는 걸 곧 보여 주겠소."

파우사니아스의 위협을 들은 장군들은 파우사니아스에게 다시 말했다.

"지금은 살려보내 주겠소. 그러나 플라타이아 전쟁에서 얻었던 행운은 고맙게 여기도록 하시오."

이때 스파르타 사람들이 취한 행동은 그들의 넓은 도량을 잘 알게 해주는 것이었다. 그들은 자기 나라의 장군들이 승리에 도취된 나머지 오만해졌다는 것을 알자 그리스 군에 대한 지휘권을 깨끗이 내놓고 장군들을 불러들였다. 그들은 그리스 전체를 지배하는 일보다 옛 관습을 성실하게 지키는 것이 더 중요한 것이라고 생각했던 것이다.

스파르타인이 지휘권을 잡고 있을 때에도 그리스인 전체는 전쟁을 수행하기 위한 전쟁 비용을 나누어 내고 있었다. 그리스 각 도시는 각 지역의 힘에 맞게 부담금을 정하기 위해 아리스티데스를 보내달라고 아테네에 청했다. 그래서 아리스티데스는 모든 도시들을 둘러보며 영토와 수입을 조사해 그들이 얼마나 부담할 수 있는지를 결정하게 되었다. 그리스 전체는 이 한 사람에게 모든 돈을 다 맡겨 놓은 셈이었다. 그러나 그는 모든 도시가 다 만족하도록 액수를 정했고 그 직책을 내놓을 때는 맡기 전보다 오히려 더 가난해져 있었다. 그는 금전에 관한 장부를 깨끗하고 올바르게 적었을 뿐 아니라 모든 사람에게 친절하고 따뜻하게 대했다.

사람들이 옛날 크로노스 시대[101]를 최고의 시대로 생각한 것처럼 아테

101) 제우스가 지배하기 전에 세계를 지배했던 신의 시대로 황금시대 또는 지상 천국의 시대라고도 부른다.

네의 동맹국들은 아리스티데스가 그리스의 부담금을 정해 준 이 시대야말로 복된 시기였다고 그를 찬양했다. 그러나 그가 직책에서 물러난 지 얼마 후에 그 액수는 두 배로 올랐고 나중에 다시 세 배로 뛰어올랐다.

아리스티데스가 정한 부담금은 460탈렌트였는데 페리클레스가 여기에다 3분의 1을 더 보탰다. 역사학자 트키디데스의 기록에 의하면, 펠로폰네소스 전쟁이 시작되었을 때 아테네는 동맹국으로부터 600탈렌트의 전쟁 비용을 받았다고 전한다. 그런데 페리클레스가 죽은 뒤, 선동가들은 그것을 조금씩 높여 결국에는 1천 3백 탈렌트까지 올려놓았다. 그러나 이 연합국의 공금은 전쟁이 오래 갔거나 승패가 뒤바뀌었기 때문이 아니라, 구체사업이나 연예의 개최 비용으로 쓰였거나 신전과 신상을 세우는 데 낭비한 것이었다.

그런데 아리스티데스가 부담금 처리에 있어 많은 사람들의 칭찬을 받고 있었을 때도 오직 테미스토클레스만은 이것을 인정하지 않았다. 그는 사람이 아니라 오히려 돈을 담아놓은 주머니를 칭찬해야 한다고 빈정거렸다. 이것은 그가 아리스티데스에게 당했던 일을 복수하려는 것이었는데 언젠가 테미스토클레스가 아리스티데스에게 이런 말을 한 적이 있었다.

"장군으로서 무엇보다 중요한 것은 적의 움직임을 남보다 먼저 꿰뚫어보는 일이오."

그러자 아리스티데스는 이렇게 대답했었다.

"물론 그것도 중요하지요. 하지만 장군에게 진정으로 중요한 것은 손을 더럽히지 않도록 잘 다스리는 일입니다."

아리스티데스는 모든 그리스인에게 페르시아와 싸우기 위한 동맹을 약속하라고 하고 자기도 아테네를 대표해서 한 다음 벌겋게 단 쇳덩어리

를 바닷물에 던져 넣었다.[102)]

그러나 아리스티데스는 이후 정세가 한층 더 아테네의 강력한 지배를 요구하게 되었을 때, 맹세를 어기는 죄는 자기가 질 테니 나라를 위해 필요한 일은 무엇이든 하라고 했다. 테오프라투스가 평가한 대로 아리스티데스는 사사로운 일에 있어서는 정의만을 엄격하게 지켰지만 공적인 일에서는 이따금 정의를 버리고 나라의 이익을 위해 행동하는 사람이었다. 그 하나의 예로 사모스 사람들이 동맹 규약을 어기고 연합국의 공동 군자금[103)]을 델로서 섬으로부터 아테네로 옮기자고 했을 때도 아리스티데스는 옳은 일은 아니지만 나라를 위해서는 좋은 일이라고 말했다는 이야기가 전한다.

그러나 아리스티데스는 아테네를 많은 나라들을 지배할 수 있는 위치까지 끌어들인 뒤에도 자신은 그대로 가난하게 살았다. 그는 수많은 승리의 영광과 마찬가지로 가난함의 영광을 즐기고 있었던 것 같다. 다음과 같은 일화는 그의 이런 생각을 볼 수 있게 해준다.

아리스티데스의 친척인 칼리아스는 제전 때 횃불을 드는 사람이었는데 언젠가 그가 다른 사람에게 고소를 당한 적이 있었다. 그때 고소를 했던 사람들은 고소의 이유를 간단히 말한 다음 재판관을 향해 이렇게 말했다.

"모두가 알고 있는 것처럼 아리스티데스는 그리스 전체에 두루 이름이 높은 분입니다. 그런데 그 분이 다 헤진 옷을 입고 다니는 것을 보면 그

102) 약속을 어긴 자에 대한 저주는 바다 속에 던진 쇳덩어리가 다시 물 위로 떠오를 때까지 계속된다는 의미로, 약속을 꼭 지키기 위한 다짐의 뜻이다.

103) 아테네의 여러 동맹 도시들은 조약에 따라 군비를 델로스 섬으로 옮겼다. 그리스 사람들은 그 섬을 아폴론이 태어난 성스러운 땅이라고 여겨 침략을 받지 않는 땅이라고 생각했기 때문이다.

가족들이 어떤 생활을 하고 있을지 짐작할 수 있을 것입니다. 밖에서 그렇게 다니는 것을 보면 집에서도 여러 가지 일로 궁색할 것이 뻔하다는 것을 알 수 있을 것입니다. 그런데 칼리아스는 그 분의 이름 때문에 많은 도움을 받고 있으면서도 그분의 고생하는 모습을 쳐다만 보고 있습니다."

칼리아스는 재판관들이 이들의 말을 듣고 마음이 달라져 자기에게 불리한 판결을 내리려는 것을 눈치챘다. 그래서 그는 아리스티데스를 법정에 부르겠다고 요청했다. 아리스티데스가 사람들 앞에 나타나자 칼리아스는 이렇게 소리높여 말했다.

"저는 여러 번 선물을 드리며 받아달라고 했지만 이 분은 그때마다 그것을 거절했습니다. 그러면서 제가 재물을 자랑하는 것 이상으로 이 분은 가난을 자랑으로 삼는다고 말씀하셨습니다. '세상에는 재물을 잘 쓰거나 나쁘게 쓰는 사람들은 많지만 고결한 정신으로 가난을 견디는 사람을 만나기란 어렵다. 가난을 벗어나고 싶지만 그러지 못하는 사람만이 가난을 부끄럽게 생각한다.' 이 분은 이런 말씀을 하시면서 저의 선물을 받지 않으셨습니다."

칼리아스는 말을 마치고 이 말이 모두 진실이라는 것을 증명해달라고 아리스티데스에게 부탁했다. 아리스티데스는 칼리아스를 위해 유리하게 증언해 주었다. 이 말을 들었던 사람들은 모두 칼리아스와 같은 부자보다는 아리스티데스 같은 가난한 사람이 되고 싶다면서 법정을 나섰다고 한다. 이것은 소크라테스의 제자인 아이스키네스가 전한 이야기이다.

플라톤은 아테네에서 이름을 떨친 인물 가운데 아리스티데스만이 그런 존경을 받을 만한 인물이라고 했다. 테미스토클레스, 키몬 그리고 페리클레스 등은 수많은 도시와 돈으로 아테네 시를 풍부하게 만들었지만 아리스티데스는 오직 정의로움으로 생활했던 사람이었기 때문이었다.

아리스티데스는 테미스토클레스에 대한 태도에서도 그의 훌륭한 인격을 보여 주었다. 모든 정치 활동에서 그는 테미스토클레스의 적이었고 그 때문에 도편 추방까지 당했던 사람이었다. 그러나 테미스토클레스가 시민들로부터 도편 추방을 당하게 되었을 때 알크마이온과 키몬, 그 밖의 여러 사람들은 그를 추방하려고 비난을 퍼부었지만 아리스티데스는 옛날의 원한을 잊고 그를 공격하지 않았다. 그는 테미스토클레스가 영광스러운 자리에 올랐을 때 시기하지 않았던 것처럼 그에게 불행이 닥쳐왔을 때도 그의 마음을 아프지 않게 하려고 애썼다.

어떤 기록에 의하면, 아리스티데스는 나라일 때문에 폰투스에 갔다가 그곳에서 죽음을 맞았다고 한다. 그러나 또 다른 기록에는 그가 끝까지 아테네에서 살며 시민들의 존경을 받다가 나이가 많아 세상을 떠났다고도 한다. 그런데 마케도니아 사람 크라테로스는 그의 최후에 대해 다음과 같은 이야기를 전하고 있다.

테미스토클레스가 추방된 뒤 민중들은 사나워지기 시작했고 많은 선동가들이 나타나 권력이 높은 사람들을 이유 없이 공격하게 되었다. 그 중에 아리스티데스가 끼여 뇌물을 받았다는 혐의를 받게 되었다. 암피트로페 사람인 디오판투스가 그를 고발했는데 아리스티데스가 세금을 책정할 때 이오니아 사람들로부터 뇌물을 받고 세금을 적게 매겼다는 것이었다. 그러나 아리스티데스는 그에게 내려진 벌금 50미나이를 갚을 돈이 없어 아테네를 떠났다가 이오니아 어느 곳에서 죽었다는 것이다.

그러나 크라테로스는 항상 증거를 자세히 기록하고 역사가의 말도 인용하는 사람인데 이 일에 대해서는 판결문이나 투표한 기록 같은 증거를 하나도 들지 않았다. 또 민중들이 세력이 큰 사람들을 공격했던 사실을 기록하고 있는 다른 모든 역사가들도 테미스토클레스가 추방된 일, 밀티아데스가 투옥된 일, 페리클레스가 벌금을 낸 일, 파케스가 유죄 판결을 받고 연단에 뛰어올라가 자살한 일 등은 자세히 기록하고 있지만, 아리스티데스가 그전에 도편 추방당했던 일은 기록하면서도 이 재판을 당한 일이나 벌금형에 대한 것은 기록에서 찾아볼 수 없다.

그뿐 아니라 아리스티데스의 묘비도 팔레론에 남아 있다. 전하는 이야기로 그는 장례를 치를 만한 돈도 남기지 못해서 시가 그 비용을 마련해 주었다고 한다. 또 그의 두 딸들도 3천 드라크마씩의 돈을 정부에서 받아 결혼하였다고 전한다. 그리고 알키비아데스의 제안에 따라 그의 아들 리시마코스는 국민들로부터 100미나이의 돈과 100에이커의 경작지, 그리고 매일 4드라크마의 돈을 받게 되었다. 또한 칼리아스는 아리스티데스의 아들 리시마코스가 폴리크리테라는 외동딸을 남기고 죽었는데, 시민들은 그에게 올림피아 경기에서 우승한 자에게 주는 것과 똑같은 생활비를 주었다고 전하고 있다.

그런데 팔레론 사람인 디미트리오스, 로도스 사람인 히에로나무스,[104)] 음악가 아리스토크세누스,[105)] 그리고 아리스토텔레스의 『귀족론』은 —그가 쓴 것이 확실하다면— 아리스티데스의 손녀 미르토가 소크라테스와 같은 집에서 살았다고 전한다. 소크라테스에게는 아내가 있었지만 미르토가 과부가 되어 가난한 생활을 하는 것을 보고 그의 집에 데려와 함께 살게 했다는 것이다. 그러나 파나이티우스[106)]는 소크라테스에 대

104) 히에로니무스(Hieronymus) : 기원전 3세기의 아테네 철학자이며 사학자.

105) 아리스토크세누스(Aristoxenus) : 기원전 4세기경 남이탈리아의 탈레움 사람으로 아리스토텔레스의 제자였다.

106) 파나이티우스(Panaetius) : 기원전 2세기경의 로도스 사람으로 스토아학파의 철학자.

한 책에서 이 사실을 부정하고 있다.

또 팔레론 사람 디미트리오스는 그의 책 『소크라테스』에서 그는 아리스티데스의 손자 리시마코스가 이아케움[107] 신전 근처에서 해몽으로 점을 쳐주며 가난하게 살았는데, 이것을 본 디미트리오스가 민중에게 권유하여 그의 어머니와 이모에게 매일 반 드라크마씩의 돈을 주게 했다고 한다. 그리고 그가 뒤에 입법위원이 되었을 때 그 돈을 1드라크마로 올렸다고 한다.

아테네가 시민들을 이처럼 대우한 것은 조금도 이상한 일이 아니었다. 아리스토기톤[108]의 손녀가 렘노스에서 너무 어렵게 살아 구혼자도 없다는 소문을 듣고, 명문가로 시집을 보내고, 혼수로 포타무스에 있는 농장 하나를 준 일도 있었다. 아테네는 오늘날까지 이처럼 너그럽고 선한 일을 많이 해왔기 때문에 다른 나라 사람의 존경을 받고 있다.

107) 이아케움(Iaccheum) : 바쿠스의 다른 이름.

108) 아리스토기톤(Aristogiton) : 기원전 9세기경의 사람. 그는 친구 하르모다우스와 함께 아테네의 독재자 히피아스와 그의 동생을 죽여 유명해졌다.

키몬

KImon

키몬(Kimon, BC 510-499)은 밀티아데스Miltiades와 헤게시필레Hegesipyle 사이의 아들로 태어났다. 그의 어머니 헤게시필레는 트라키아Thracia의 오롤루스Olorus 왕의 딸이었다. 그러므로 펠로폰네소스 전쟁사로 유명한 역사가 투키디데스Thucydides가 그의 외가에 해당한다. 투키디데스는 아버지의 성이 올로루스였고 트라키아의 금광을 소유하고 있다가 스카프테 힐레Scapte Hyle라는 도시에서 폭력적인 죽음을 맞았다고 전해진다. 키몬은 아주 어렸을 적 역시 어리고 미혼인 누이 엘피니케Elpinice와 함께 고아가 되었다. 처음에 키몬은 사회적으로 썩 좋지 않은 평판을 갖고 있었다. 어수선한 생활습관에 술을 좋아했고, 어리석고 단순해서 얼간이라는 뜻의 코알레무스Coalemus라는 별명을 가진 할아버지를 똑 닮았다는 소리를 듣곤 했다. 키몬과 거의 동시대에 살았던 타소스Thasos의 스테심브로투스Stesimbrotus의 말에 의하면 키몬은 보통의 그리스인들처럼 음악이나 학문에 정통하지 못했다. 또한 아티카 사람들의 특징인 재빠른 몸놀림이나 유창한 웅변술을 가지고 있지 않았다. 그러나 성격에 고상하고 솔직한 면이 있어 아테네인이었지만 폴레폰네소스 반도인의 기질을 가지고 있었다고 한다. 에우리피데스는 헤라클레스를 "거칠고 투박하지만 다른 많은 재능이 있는 사람"으로 묘사했다. 이는 스테심브로투스가 키몬의 성격을 묘사한 것과 절묘하게 맞아떨어진다.

키몬의 흉상

키몬의 성격은 거의 모든 점에서 고상하고 선량했다. 그는 밀티아데스Miltiades처럼 대담했고, 지혜도 결코 데미스토클레스에 뒤지지 않았으며 그 누구와도 비교할 데 없이 공정하고 정직했다. 키몬의 군사적인 미덕은 그 두 사람과 비슷했으나 가정에서 시민의 평범한 의무를 이행하는데는 헤아릴 수 없을 정도로 우월했다고 한다. 이는 그가 아주 어렸을 적 경험을 통해 지혜로움을 쌓기 전에도 마찬가지였다. 메디아 군이 침입했을 때 테미스토클레스는 아테네인들에게 도시와 나라를 등지고 모든 무기를 배에 실어 살라미스 해협에서 해상전을 벌여야한다고 충고했다. 모든 사람들이 그의 패기넘치고 무모한 충고에 당황해있을 때 키몬은 그들 중 맨 처음 기꺼이 케라메이코스Ceramics를 지나 아크로폴리스로 향했다. 그는 그곳의 신전으로 가서 아테네 여신에게 들고갔던 말고삐를 바쳤다. 이는 아테네인들에게 육지전을 위한 기병을 포기하고 해상전을 위한 해군이 필요하다는 것을 암시했다. 그곳에서 키몬은 아테네 여신에게 제사를 드리고 고삐를 바친 후에 사원의 벽에 걸려 있던 방패를 내려 항구로 가져왔다. 이 행동으로 많은 아테네 시민들의 신뢰를 얻었다. 키몬은 외모가 꽤 출중했다고 하는데, 시인 이온 Ion은 그가 키가 크고 몸집이 우람했으며, 탐스러운 곱슬머리를 길게 길렀다고 묘사했다.

그가 살라미스 전투에서 용맹스럽게 싸워 공을 세우자 아테나 시민들 사이에서 즉시 큰 명성을 얻었으며 사람들의 사랑과 존경을 받게 되었다. 키몬을 따르는 수많은 추종자들은 키몬의 아버지가 마라톤 전투에서 세운 공적 못지않은 큰 업적을 세우라고 격려해주었다. 그가 정치의 길에 발을 들였을 때 테미스토클레스의 정치력에 염증을 느끼고 있던 시민들은 키몬을 열렬히 환영했다. 키몬은 테미스토클레스와 정반대의 성격을 가지고 있었다. 솔직하고 온순한 성격을 지녔던 키몬은 모두에게 우호적이었기에 사람들은 그를 정부의 고위급 간부로 선출했다. 그의 정치적 신분상승에 가장 큰 기여를 한 사람은 아리스티데스였다. 아리스티데스는 일찍부터 키몬에게서 교활하고 대범한 테미스토클레스의 적수가 될 가능성을 알아보았고, 의도적으로 그의 성장을 도왔다. 메디아인들을 그리스에서 몰아낸 후에 키몬은 아테네 군의 장군으로 임명되어 원정을 나가게 되었다. 당시 아테나 군은 아직 해상지배권을 장악하지 못하고 파우사니아스Pausanias 왕과 그가 이끄는 스파르타 군의 뒤를 따르고 있었다.

하지만 키몬의 지휘 아래 아테나 군은 뛰어난 규율과 비범한 열성과 준비성을 보이며 연합군 사이에서 두각을 나타냈다. 한편 파우사니아스 왕은 페르시아인들과 내통하며 페르시아의 왕에게 그리스를 넘기려는 음모를 담은 서한을 주고받았다. 그러면서도 자신의 권력과 업적을 등에 업고 거만한 태도로 그리스 연합군을 거느렸으며 고의적인 부정을 저지르고 다녔다. 키몬은 이를 기회 삼아 파우사나아스의 횡포에 괴로워하고 있던 사람들에게 친절하고 상냥한 태도를 보였다. 그의 인간적인 태도로 인해 키몬은 자신이 알아채기도 전에 연합군의 지휘권을 얻게 되었다. 그것은 무력이 아닌 친절한 말과 성격으로 키몬이 쟁취한 것이었다.

연합군의 합류로 기세등등해진 키몬은 사령관이 되어 트라키아로 향했다. 트라키아 스트리몬 강의 하류에 위치한 에이온Eion은 페르시아 왕의 인척들 중 몇몇 권력자들의 지배하에 있었다. 그들은 인근 그리스인들의 영토에 침략을 일삼고 있었다. 먼저 키몬은 페르시아인들을 전투에서 무찔렀고 그들을 그 마을의 장벽 안에 몰아넣었다. 그런 다음 스트리몬 강 너머의 트라키아 지방을 습격했는데, 그곳에서 에이온의 페르시아 군에게 보급품을 대주고 있었기 때문이었다. 그리스 군은 에이온에서 페르시아인들을 완전히 몰아내고 도시를 장악해 페르시아 군을 곤경에 빠트렸다. 이에 페르시아의 왕 대신 도시를 지배하던 부테스Butes 장군은 절망에 빠진 나머지 도시에 불을 질렀고, 그렇게 자신의 재산과 주변 사람들을 포함해 자기 자신까지 거대한 불구덩이 속으로 몰아넣었다. 키몬이 마을에 진입했을 때 페르시아인들이 모두 불에 타죽었고, 그들의 진귀한 재산도 불타버린 뒤였기 때문에 그 어떤 전리품도 손에 넣을 수 없었다. 그럼에도 불구하고 키몬은 이 유리하고 탐나는 도시를 아테나인들에게 되돌려주었고, 이는 가장 이롭고 바람직한 처분이었다. 이러한 키몬의 공을 기념하기 위해 아테나인들은 헤르메스 신의 석상을 세웠다.

그 중 첫 번째 석상에는 이런 글이 새겨져 있다

꺾이지 않는 용감한 용사들이
에이온의 밑에 스트리몬Strymon 강이 흐르는 곳에서
메디아의 마지막 자손들을
굶주림과 칼날 속으로 몰아넣어 전멸시켜버렸다네

두 번째 석상에는

아테나인들은 용사들을 위한 석상을 세워
그들의 위대한 업적에 보답하노라
우리의 후손들이 이들의 공적을 기억하여
나라를 위해 용맹함을 떨칠 수 있기를

세 번째 석상에는

그 옛날 아테나인들이 용맹스러운 메네스테우스Menestheus를
아트레우스의 아들과 함께 트로이에 보냈던 것처럼
호메로스가 읊었듯이 모든 그리스인들 중
아테나의 가장 빛나는 용사는 대군을 이끌며
전장에서 그 이름에 걸맞는 업적을 거머쥐었다네

이 석상의 글에 키몬 이름이 직접 거론되지는 않았지만 사람들은 이것이 키몬에 대한 찬사의 말들이라는 것을 알고 있었다. 이러한 영광은 밀티아데스나 테미스토클레스도 받아본적 없는 것이었다. 밀티아데스가 자기가 세운 공에 대해 월계관을 요구하자 데켈레아Decelea 출신의

소카레스Sochares라는 사람이 군중들 사이에서 일어나 반대했다. 그의 말은 무례했지만 사람들의 환호를 받았다. "밀티아데스 당신이 만약 혼자서 적을 물리치지도 않았으면서 어떻게 그 영광이 모두 당신의 것인 양 마냥 월계관을 요구할 수 있소?"

키몬은 대중들의 많은 사랑과 존경을 받았는데 이에 대한 유명한 일화중 하나는 비극 시인들의 작품을 경하는 대회에 심사위원으로 참가했던 일이었다. 아직 청년이었던 소포클레스도 이 대회에 처음으로 그의 작품들을 선보이던 차였다. 어떤 작품이 가장 훌륭한지 의견은 분분했고 구경꾼들 사이에서는 편이 갈려 논쟁이 일었다. 당시 아테네 최고의 통치자 집단인 아르콘 중 한명이었던 아프세피온Apsephion은 그 난리통에 최고 작품을 정하기 위한 심사위원을 추첨을 통해 뽑는 것을 탐탁하게 여기지 않았다. 하지만 키몬과 그의 동료 지휘관들이 축제의 신에게 보통 드리는 제사를 마치고 막 극장으로 들어서자 그들을 붙들었다. 마침 그들 10명이 10개의 부족을 대변하고 있었기 때문에 아프세피온은 각 부족을 대변하는 맹세를 하게 한 다음 자리에 앉혀 대회의 심사를 맡겼다. 명예로운 심사원들의 표를 얻기 위해 경연은 더욱 치열해졌고 경연의 승리는 마침내 소포클레스에게 돌아갔다. 이 결과에 노여워하던 아이스킬로스는 경연이 끝나고 얼마 지나지 않아 아테네를 떠나 시칠리아 섬으로 떠났고, 그곳에서 생을 마감하고 겔라Gela라는 곳의 근교에 묻혔다고 한다.

그리스 3대 비극 시인 이온Ion은 자신의 청년시절 키오스Chios에서 아테네로 막 거처를 옮겼을 때 키몬과의 일화에 대해서 다음과 같이 기록하고 있다. 이온은 어느 날 라오메돈의 집에서 키몬과 저녁식사를 하게 되었는데, 저녁식사가 끝난 뒤 풍습에 따라 신들을 기리기 위해 술잔을 기울인 중 사람들은 키몬에게 노래를 청했다. 키몬이 훌륭하게 노래를 끝내자 사람들은 찬사를 보내며 모두 키몬이 테미스토클레스보다 한 수 위라고 칭찬했다. 이는 테미스토클레스가 키몬처럼 노래를 요청받았을 때 자신은 노래를 부르거나 악기를 연주하는 법을 배운적이 없으며 오직 나라를 부강하게 하는 법만 알고 있다고 으스댔기 때문에 나온 말이었다. 사람들은 그렇게 재미 삼아 이런저런 얘기를 나누고 있다가 키몬을 유명하게 만든 몇몇 공적들에 대해 이야기하기 시작했다. 그들이 가장 상징적인 사건들을 거론했지만, 정작 키몬은 그들에게 가장 중요한 사건을 잊고 있다고 말했다. 그는 그 일을 스스로가 가장 훌륭한 공적이라고 평하며 다음과 같은 일을 얘기했다.

그리스 동맹군이 세스토스Sestos와 비잔티움을 정복하고 수많은 야만인 포로와 전리품을 얻었을 때, 사람들은 키몬에게 전리품을 분배하는 일을 맡겼다. 그러자 키몬은 포로들을 한곳으로 몰아넣고 그들의 값비싼 옷과 보석을 다른 한곳에 몰았다. 이런 과정에 연합군들은 불공평한 분배라며 불평을 했지만 키몬은 그들에게 원하는 쪽을 먼저 선택하게 하고 아테나인들은 남는 쪽을 불평하지 않고 갖겠다고 말했다. 사모스Samos의 헤로피투스Herophytus의 의견에 따라 연합군들은 모든 재물을 가졌고, 아테나인들에게 포로들을 남겨주었다. 키몬이 떠나자 자신들은 황금으로 된 팔찌와 각종 보화 그리고 값비싼 붉은 빛의 옷을 거두어가는데 아테나인들은 일이라곤 해 본적이 없었기에 노예로도 쓸 수 없는 알몸의 포로들을 가진 것을 보고 비웃었다. 하지만 얼마 지나지 않아서 사정은 완전히 뒤바뀌고 말았다. 포로들의 친척이나 친구들이 프리기아, 리디아 등지에서 찾아와 비싼 몸값을 치르고 그들을 찾아갔던 것이었다. 그래서 키몬은 자신의 군대를 넉달 동안 유지할 수 있는 많은 돈을 얻었고, 그러고도 돈이 남아 아테네의 국고에 집어넣었다.

키몬은 전쟁에서 부자가 되었고 명예롭게 얻은 자신의 재산을 아테네 시민들을 위해 더욱 명예롭게 썼다. 키몬은 자신의 정원과 농장의 울타리를 허물어 행인이나 가난한 아테네 시민들이 자유롭게 곡식과 과일을 따먹게 했다. 집에서는 소박하지만 꽤 많은 사람들이 먹을 수 있도록 충분한 음식을 마련해 마을내 어려운 사람들은 누구든 와서 먹을 수 있도록 하였다. 이렇게 해서 마을의 안정을 찾고 자신은 공직에만 몰두할 수 있게 되었다. 그런데 아리스토텔레스의 기록에 따르면, 그는 아테네 시민들 전체에게 이러한 대접을 한 것이 아니라 그가 사는 곳의 주민들 즉 라키아 사람들에게만 그렇게 한 것이라고 전해진다. 또 키몬은 항상 멋지게 차려입은 청년 두 세명을 데리고 다녔는데, 그것은 남루한 옷을 입은 노인을 보면 그들 중 한명과 옷을 바꿔 입히기 위해서였다고 한다. 이러한 그의 행동은 많은 존경을 받았다. 뿐만아니라 그는 젊은이들의 주머니에 돈을 가득 넣고 다니게 하여 장터 같은 곳에서 가난한 계층 사람들에게 말없이 돈을 건네주도록 했다. 키몬의 이런 행동들은 희극 시인 크라티우스Crastinus가 그의 희극 작품 『아르킬로쿠스 일가』the Archilochi 속에서도 이야기하고 있다.

나, 가난하고 늙은 메트로비우스Metrobius도
그리스의 가장 고귀한 분이신
자애로운 키몬이 베풀어주는 음식을 먹고
죽을 때까지 편히 지내려 했는데
죽음이여! 왜 당신은 그를 저보다
먼저 데려 가십니까

레온티니Leontine의 수사학자 고르기아스Gorgias는 키몬에 대해 이렇게 말했다. 키몬은 재물을 잘 쓰려고 모았으며 과연 모은 것들을 제대로 써서 이름을 남겼다. 또 30인의 참주 가운데 한 사람이었던 크라티우스Critias는 자신의 시 속에 다음과 같은 소원을 노래했다.

스코파드Scopad의 부와 키몬의 고귀함
그리고 아게실라오스Agesilaus 왕의 성공

우리가 잘 알고 있는 스파르타의 리카스Lichas는 청년들이 발가벗고 뛰어다니는 한 행사 때 이를 보러온 외부인들을 대접한 것만으로 그리스 전역에 그 이름을 떨쳤다. 하지만 키몬의 너그럽고 정의로운 행동은 그리스 역사 속 어떤 인물보다 훨씬 뛰어났다. 아테네는 일찍부터 자신들의 조상들이 그리스 전 지역에 곡식을 심고, 수로(水路) 이용법과 불을 지피는 법을 알려주었던 것을 자랑으로 삼고 있었다. 하지만 키몬은 그의 시민들에게 집을 개방하고 여행자들에게 자신의 땅에서 해에 걸쳐 수확한 열매들을 자유롭게 따먹게 했다. 이는 거의 사투르누스 시대의 존재했던 신화 속 재산 공유 세계로 돌아온 듯한 느낌을 주었다. 키몬을 좋아하지 않았던 사람들은 그가 시민들에게 인기를 끌고 환심을 사기 위해서 취하는 행동일 뿐이라고 비난했다. 하지만 이런 사람들도 키몬의 다른 행동까지 보았다면 그의 일관적인 취지를 확인하고 자신의 생각이 잘못되었음을 깨달았을 것이다. 그의 모든 행동들은 결국 귀족들의 이익과 스파르타의 정책을 지지하는 것들이었기 때문이었다.

키몬은 아리스티데스와 함께 테미스토클레스가 도를 지나쳐 사람들에게 권력을 행사 했을 때에도 이에 반대했지만, 에피알테스Ephialtes가 민중들의 환심을 사려고 아레오파고스 (Areopagos, https://en.wikipedia.org/wiki/Areopagus)[109]의 법정을 해산시키려할 때에도 반대했다. 그리고 아리스티데스와 에피알테스를 제외한 모든 정치인들이 자신의 배를 채우기 위해 공금을 횡령할 때 키몬만은 홀로 청념한 생활을 하였다. 그리고 죽을 때까지 자신의 개인적인 이익을 위해 행동하지 않았고 이에 대해 언급하지 않았다.

키몬에 관해 다음과 같은 이야기도 전해진다. 로이사케스Rhoesaces라는 페르시아 사람이 그의 주군인 페르시아 왕을 배반하고 반역을 일으켜 아테네로 망명했을 때였다. 그는 대중들에게 여전히 그를 반역자라고 고발하는 아첨꾼들에게 시달림을 당했는데, 어느날 키몬에게 찾아서 이를 바로 잡아달라며 도움을 청했다. 그는 키몬의 호의를 얻기 위해 금화로 가득찬 바구니와 다릭Daric[110] 은화로 가득채운 바구니를 키몬의 집 문 앞에 놓아두었다. 키몬은 로이사케스에게 미소를 지으며 자신에게 돈을 주고 일을 시키려는 것인지, 친구로서 도움을 청하려는 것인지 물었다. "만약 날 친구로 생각한다면 이 돈들을 어서 거두어 주시오. 후일 돈이 필요할 때 친구로서 그만한 돈을 달라고 할 것이요."라고 말했다.

아테네의 동맹군들은 그 무렵 전쟁과 군인 생활에 지치기 시작하면서 고향으로 돌아가 밭을 가꾸거나 가정을 이루며 살고 싶어했다. 그들은 적군이 나라 밖으로 쫓겨나는 것을 이미 목격했기 때문에 그들이 다시

109) 초창기의 아테네 귀족회의가 열린 곳으로 유명하며, 아레오파고스라는 이름은 의미가 넓어져 나중에는 그 회의 자체를 가리키게 되었다.

110) 구약성경에 기록된 최초의 화폐로 무게는 약 8.4g이며 활과 칼을 든 다리오 1세의 초상이 새겨져 있다.

공격해올 염려가 없다고 생각했다. 그래서 동맹국들은 전쟁 전처럼 여전히 군비는 부담하겠지만 배와 군대는 보내지 않기 시작했다. 다른 아테네의 장군들은 동맹국들을 동원하려고 애를 썼다. 이 동원에 불이행하는 이들에게 소송을 걸거나 벌금을 부과하기도 했다. 이렇게 되자 아테네 정부는 동맹국 여러 나라들로부터 미움을 사게 되었다. 그러나 키몬은 정반대의 방법을 썼다. 원하지 않는 자에게 동원을 강요하지 않았고, 군 복무에서 벗어나려는 사람들에게는 일정한 돈을 받거나 사람없는 배만 보내도록 했다. 키몬은 그들이 고향에 머무르며 자신의 일상을 돌볼 수 있도록 해주었다. 그러자 그들은 금방 군대에서의 습관을 잊어버렸고 그들의 사치와 어리석음으로 인해 하나둘씩 전쟁과 관련이 없는 농부나 상인이 되었다. 그동안 키몬은 아테네 시민들을 자신의 배에 태우고 군사적인 훈련을 철저하게 시켰다. 그래서 얼마 지나지 않아 그들은 모두 장교급 실력을 갖추게 되었다. 동맹국들은 태만하게 시간을 보내고 있다가 아테네 군이 온갖 곳을 항해하며 실력을 쌓고 끊임없이 무장하고 전쟁 기술을 연마해 나가자 이들을 점차 두려워하게 되었다. 그래서 그들은 아테네에게 아첨을 하기 시작했고 자신들도 모르는 사이에 아테네의 속국이나 노예가 되어버렸다.

또 키몬만큼 페르시아 왕의 자존심을 상하게 만들었던 사람도 없었다. 키몬은 페르시아왕의 손아귀에서 그리스를 구하는 것에 그치지 않고 그의 발뒤꿈치까지 쫓아갔다. 그리하여 야만인들이 한숨을 돌리고 기력을 회복하기도 전에 그들을 격파시키고 영토 일부를 빼앗아 그리스 땅으로 복속시켰다. 그렇게 해서 결국 이오니아에서 팜필리아Pamphylia 지방에 이르는 소아시아의 모든 지역에서는 페르시아 군의 그림자를 찾아볼 수 없었다. 이때 키몬은 페르시아 국왕의 장군들이 수많은 육군과 대함대를 거느리고 팜필리아 해변에서 자신을 기다리고 있다는 소식을 들었다. 그러자 키몬은 켈리도니아 군도the Chelidonian islands까지의 모든 해상에서 적이 넘보지 못하도록 만들기로 결심하고, 크니도스Cnidos와 트리오피움Triopian 갑(岬)으로부터 200척의 군함을 거느리고 출항했다. 이 배들은 속도가 빠르고 방향 전환이 용이하도록 테미스토클레스가 특별히 고안한 배들이었다. 키몬은 이 배의 폭을 늘리고 갑판을 넓혀 더 많은 수의 병사들이 적들과 싸울 수 있도록 개조했다. 배의 첫 항로는 파셀리스Phaselis로 정했다. 그곳 사람들은 그리스에서 건너왔음에도 불구하고 페르시아에 충성을 다하고 있었고, 키몬의 군함을 자신들의 항구에 들어오지 못하도록 막았다.

이에 키몬은 땅을 짓밟으며 자신의 군대를 성벽 바로 밑까지 몰아붙였다. 그러나 키몬을 섬기던 키오스의 군사들은 파셀리스 사람들과 오래된 친분이 있었기 때문에 장군의 노여움을 달래기 위해 애를 썼다. 그러는 동시에 마을 안으로 편지를 매단 화살을 쏘아 주민들에게 정보를 건네기도 했다. 결국 주민들은 10탈렌트의 벌금을 물고 페르시아에 대적해 키몬과 함께 싸우겠다는 조건으로 화해를 청했다. 페르시아 함대의 사령관은 에우리메돈Eurymedon 강 하구에 모든 함대를 정박시키고, 전투준비도 하지 않은 채 키프로스 섬에서 출발한 80척의 페니키아 함대가 합류하기를 기다리고 있었다. 이를 알아챈 키몬은 만약 적이 먼저 싸우기를 원하지 않는다면 강제로 싸움에 끌어들일 전략을 짜고 함대를 바다로 출동시켰다. 이를 지켜보고 있던 페르시아인들은 공격을 피하기 위해 강의 하구 쪽으로 깊숙히 후퇴했다. 하지만 아테네인들은 이에 굴하지 않고 그들을 뒤쫓았다. 파노데무스Phanodemus에 의하면 그들은 6백 척의 함대를 가지고 대항했다고 하고, 에포루스Ephorus의 말에 의하면 3백5십 척이었다고도 한다. 어쨌거나 페르시아인들은 그들이 가진 병력을 제대로 활용하지도 못하고, 즉시 뱃머리를 육지로 돌려 근처에 주둔하던 자기네 육군으로 도망치기 바빴다. 그러지도 못한 나머지는 배와 함께 침몰하거나 포로로 붙잡혔다. 이 전쟁에서 도망친 배의 숫자는 엄청났고 수많은 배가 침몰했는데도 아테네 함대가 손에 넣은 군함의 수가 2백 척이나 되었다. 이 숫자만 봐도 그들 군대의 규모가 얼마나 컸는지 쉽게 짐작할 수 있을 것이다.

페르시아의 육군이 해상으로 진격해오자 키몬은 병사들을 해안에 상륙시키는 모험을 해야 할지 무척 고민했다. 첫 해전으로 지쳐있던 그리스 병사들을 이제 막 전투에 달려드는 수많은 적들을 상대하도록 해야 했기 때문이었다. 하지만 승리로 고무된 결연한 의지의 부하들을 보자 첫 해전의 땀도 채 마르기 전에 배를 상륙시켰다. 그리스 병사들은 육지에 닫자마자 괴성을 지르며 적을 향해 돌진했고, 이에 페르시아 군도 완강히 버티면서 아테네 군의 공격에 맞섰다. 불꽃튀는 접전이 펼쳐졌고, 아테네의 쟁쟁한 고위급 장군들이 여기저기서 쓰러졌다. 그러한 접전 끝에 아테네 군은 드디어 페르시아 군을 격파했다. 그들은 적군을 죽이거나 포로로 삼기도하고 값비싼 재물로 가득 찬 적의 천막이나 임시구조물들을 약탈했다. 키몬은 올림픽 경기의 훌륭한 운동선수처럼 하루에 두 번의 승리를 거두었다. 바다에서의 승리는 살라미스 해전의 승리를 뛰어넘는 것이었고, 땅에서의 승리는 플라타이아Plataea 전투에서의 영광보다 훨씬 큰 것이었다. 여기서 용기를 얻은 키몬은 또 한 번 승리를 거두기를 꽤하고 있었다. 히드룸Hydrum에 페니키아 군의 80척 함대가 도착했다는 소식을 들은 키몬은 재빨리 그들의 위치를 파악해 달려갔다. 페니키아 군은 전쟁에 대한 정보를 기다리며 망설이고 있을 때 아테네 함대에 습격을 받았고, 이에 몹시 당황하여 제대로 싸워보지도 못한 채 모든 배와 군사들을 잃고 전멸당해 버렸다.

아테네인들은 이번 전쟁으로 인해 얻은 전리품을 공개적으로 판매하여 엄청난 돈을 벌게 되었다. 그렇게 번 돈으로 남쪽 성벽을 쌓는 등 여러 군데 돈을 쓰는 것 이외에 나중에야 완성되어 '두 다리'the Legs라고 불리는 긴 장벽의 기초공사까지 진행할 수 있었다. 이 장벽을 쌓는 곳이 질척한 진흙땅으로 되어 있어서 기초공사를 위해 수많은 돌과 자갈들을 깔아야 했는데 이에 대한 비용을 모두 키몬이 부담했다고 한다.

또 처음으로 도시 북부지역을 정갈하고 아름다운 운동시설과 편의시설로 꾸미기 시작한 사람도 키몬이었는데 후에 시민들은 그곳을 즐겨 이용하게 되었다. 그는 광장에 플라타너스 나무들을 심거나, 메마르고, 거칠고, 지저분했던 아카데미를 울창한 풀숲으로 탈바꿈시켜 그늘진 산책로와 넓은 육상경기 코스를 만들었다.

당시 페르시아인들은 케르소네소스Chersonese 반도를 지배하고 있었는데 전쟁에서 패한 후 이곳에서 물러나기는커녕 내륙의 트라키아인들에게 키몬에 대항하기 위해 원조를 요청했다. 그들은 키몬이 데려온 병력의 작은 규모를 비웃었으나 키몬은 4척의 함대로 적의 13척 함대를 격파시켰다. 그렇게 페르시아인들을 섬에서 몰아내고 트라키아인들을 굴복시키며 케르소네소스 반도 전체를 아테네의 영토로 만들었다. 그 다음 그는 아테네를 상대로 반란을 일으킨 타소스Thasos 섬으로 뱃머리를 돌렸다. 해전에서 타소스인들을 격파시켜 그들의 군함 33척을 빼앗은 후 그들의 성을 포위하여 함락시키고, 반대편 해변에 있는 모든 금광과 타소스의 영토들을 아테네인들에게 바쳤다이로써 키몬에게 마케도니아로 바로 통하는 길이 열리게 되었다. 그렇기에 사람들은 키몬이 마음만 먹으면 마케도니아를 점령할 수도 있다고 생각하고 있었다. 하지만 정작 그가 그 기회를 포기하자 사람들은 그가 마케도니아의 왕에게 뇌물을 받은 것이라는 의심을 했다. 그의 정적들은 이를 기회 삼아 키몬을 나라를 팔아먹으려는 매국노로 몰아가며 그를 고소했다. 재판에서 그는 판사들에게 다른 사람들이 부유한 이오니아인과 테살리아인들을 친구로 사귀고 있을 때, 자신은 스파르타인들의 검소한 생활습관, 절제와 단순한 생활방식을 다른 어떤 재물보다도 훌륭하게 생각하여 그들을 친구로 여기고 닮기를 소망해왔다고 자신을 변호했다. 그러는 반면에 적에게 얻은 전리품으로 항상 나라를 부강하게 해왔고 그 일에 여전히 자부심을 느끼고 있다고 덧붙였다. 그의 검사들 중 가장 온화한 태도를 가졌던 페리클레스는 거의 형식적인 반론을 한 번 했을 뿐이었다. 결국 키몬은 무죄를 선고받았다.

이 사건 이후 얼마 뒤 키몬은 아테네에서 평민계급을 통제하기 위해 애를 썼다. 당시 평민계급은 귀족계급을 몰아내고 권력과 지배권을 자신들의 손아귀에 넣으려하고 있었다. 하지만 키몬이 전쟁으로 나라밖에 나가자 평민들은 말 그대로 고삐 풀린 망아지처럼 날뛰었고 고대부터 존재했던 법과 관습들을 뒤엎었다. 그리고 주로 에피알테스Ephialtes의 선동이 주가 되어 아레오파고스 법정으로부터 사건의 심리권을 빼앗아 모든 사법권을 이양시켰고 완벽한 민주주의 체제의 정부를 완성하였다. 이렇게 된 데에는 평민 사이에서 그들의 이익을 수호하겠다고 선언하여 이미 세력을 떨치고 있었던 페리클레스의 힘이 컸다.

키몬은 청년시절부터 스파르타인들을 정말로 좋아했다. 그래서 자신의 쌍둥이 아들의 이름도 라케다이모니우스Lacedaemonius와 엘레우스Eleus

라고 지을 정도였다. 키몬은 스파르타인들에게 지지를 받아왔는데, 이는 그들이 테미스토클레스를 싫어했고 그의 세력을 얻기 위해 키몬이 아직 젊었을 때부터 아테네 안에서 영향력을 키우기 위해 키몬을 밀어주었다. 당시에는 아테네는 국력을 키우고 있었고, 동맹국들을 자기편으로 끌어들이는데 혈안이 되어있었다. 그랬기 때문에 아테네인들은 스파르타인들이 키몬을 지지하는 것에처 음에는 호의적이었고, 스파르타인들이 키몬에게 베푼 혜택들은 여러 면에서 자신과 자신들의 일에 이로운 것들이었다. 그들은 키몬이 스파르타로부터 얻는 특권과 영예에 전혀 반감을 가지지 않는 것 같았다. 그리하여 키몬은 스파르타 사람들에게 좋은 평판을 얻고 있었고 동맹국들에게도 정중하여 당시 그리스 전역의 국제 관계를 조정하는 역할까지 맞게 되었다.

스파르타에서 제욱시다모스Zeuxidamus의 아들 아르키다모스Archidamus, 왕이 나라를 다스린 지 4년째 되던 해에 일찍이 한 번도 없었던 큰 지진이 일어났다. 땅이 갈라져 구멍이 생기고 타이게투스Taygetus 산은 심하게 흔들리면서 몇몇 산봉오리가 무너져 내렸다. 스파르타 도시는 단지 5채의 집을 제외하고 산산조각이 났다. 사람들은 진동이 느껴지기 전에 젊은이들과 갓 장성한 소년들이 한 체육관에서 몸을 단련하고 있었는데 토끼 한마리가 갑자기 자신들 옆을 지나 밖으로 뛰쳐나갔다. 그 때 젊은이들 몇몇이 벌거벗은 몸에 향유를 뒤집어쓰고 있었음에도 불구하고 토끼를 뒤쫓아나갔다. 그들이 나가자마자 체육관은 무너져 내렸고 미처 나오지 못하고 그곳에 남아있던 소년들은 모두 죽고 말았다. 이곳에 있는 그들의 무덤은 '시스마티아스'Sismatias라고 불리며 오늘날까지 남아 있다.

아르키다무스 왕은 앞으로 닥칠 더한 위험 상황을 경계하며 자신의 집으로 뛰어 들어가 값진 물건들을 구해내려는 시민들을 바라보며 경계령을 내리도록 지시했다. 경계령은 마치 적들의 습격을 알리는 것 같았는데, 이렇게 해서 시민들을 자기 주변으로 모아 한 몸처럼 만들어 무장시켰다. 바로 이러한 조치 덕분에 당시 스파르타를 구해낼 수 있었다. 왜냐하면 농노들이 지방에서 스파르타로 모여들어 지진에서 살아남은 사람들을 급습하여 제거하려했기 때문이었다. 하지만 무장을 한 채로 자신들을 기다리고 있는 시민들을 보고 다시 자신들의 마을로 후퇴할 수밖에 없었다. 그들은 라코니아 사람들the Laconians의 지원을 받아 공식적으로 전쟁을 일으켰다. 마침 그때 메세네인들the Messenians도 스파르타를 공격해왔다. 이렇게 되자 스파르타는 페리클리다스Periclidas를 아테네로 보내 구원병을 요청했고, 아리스토파네스Aristophanes 는 다음과 같은 시를 써서 이 일을 비웃었다.

> 피로 물든 붉은 옷을 입고 제단에 엎드려
> 허옇게 질린 얼굴로 도와 달라고 애걸하는구나

에피알테스는 그들이 아테네와 경쟁관계에 있는 도시를 돕거나 구원병을 보내는 것이 말도 안된다고 항의했다. 그리고 그들이 쓰러지도록 내버려두어 그들의 자만심과 거만함을 짓밟아야한다고 말했다. 하지만 크리티아스Critias가 전하는 말에 의하면, 키몬은 아테네의 발전을 위해서 스파르타의 안전이 확보되어야한다고 사람들을 설득시켰고, 곧 대규모의 군사를 이끌고 스파르타를 향해 출정했다. 역사가 아이온은 키몬이 아테네 시민들의 마음을 움직이기 위해 다음과 같은 재치있는 말을 했다고 한다. "그리스를 절름발이로 만들어선 안 됩니다. 스파르타가 없어진다면 아테네가 그리스의 운명을 혼자서 짊어져야합니다"

키몬은 스파르타를 위기에서 구해주고 아테네로 돌아오는 도중 코린트 시를 지나가게 되었다. 아테네 군이 코린트 땅에 발을 들이자 라카르투스Lachartus가 키몬에게 호통을 쳤다. 라카르투스는 키몬에게 남의 집을 방문할 때 먼저 문을 두드리고 주인의 허락을 받는 법이라고 꾸짖었다. 그러자 키몬은 "오, 라카르투스, 당신들 코린트인들은 클레오나이Cleonaeans와 메가라Megarians의 성문을 두드리지 않고 부수면서 무력으로 도시에 진입하지 않았소. 그것만 봐도 당신들이야말로 모든 곳이 더 강한 자에게 열려있다고 생각하는 사람들 아니요."라고 되물었다. 그렇게 키몬은 코린트인들을 조롱거리로 만들며 군대를 이끌고 코린트를 지나 아테네로 돌아갔다. 얼마 지나지 않아 스파르타인들은 다시 한 번 구원병을 요청해 이토메Ithome 성을 점령하고 있는 메세네 사람들the Messenians과 헤롯Helots[111]에 대항하려 했다. 하지만 정작 아테네 군대가 도착하자 자신들을 도와주러온 그들의 용맹스러움과 질서정연함에 지레 겁을 먹고 말았다. 그래서 스파르타인들은 아테네 군이 정변을 일으키려 한다고 주장하며 그들을 돌려보냈다. 아테네 군은 스파르타의 이러한 대접에 화가 난 채 고향으로 돌아왔고, 그 화를 스파르타에 우호적인 사람들에게 풀어내기 시작했고, 아주 작은 꼬투리를 잡아 키몬을 10년 동안 추방시켰다. 한편 스파르타인들은 포키아인들the Phocians로부터 델포이Delphi를 해방시킨 후 돌아오는 길에 타나그라Tanagra에서 군대를 주둔시키고 있었다. 그리고 그곳으로 아테네 군이 이들을 공격하기

111) 고대 스파르타의 노예.

위해 행진하고 있었다.

추방당했던 키몬 역시 무장을 하고 자신의 종족인 오이네이스 부대 the Oeneis를 이끌고 달려왔다. 키몬은 아테네 군과 함께 스파르타 군을 물리치고 싶어했다. 하지만 '500인의 회의'the council of five hundred[112]는 이 소식에 겁을 먹었고, 그의 반대파들은 그가 군을 와해시키고 스파르타 군과 동맹을 맺어 아테네를 공격해올 것이라고 주장했다. 이에 '500인의 회의'는 장군들에게 그를 군에 받아들이지 말라고 명령했다. 키몬은 군대를 떠나면서 아나플리스투스the Anaphylstian족의 에우티푸스 Euthippus와 스파르타를 지지한다는 의심을 받고 있던 그의 동료 장군들에게 적과 용감하게 싸워 행동으로써 동포들에게 무죄를 입증하기를 기원한다고 말했다. 이들 백 여명의 군사들은 키몬의 무기를 받아들고 그의 충고를 가슴 깊이 새겼다. 그리고 전쟁에 나가 목숨을 내걸고 치열하게 싸워 모두 전사하고 말았다. 이에 아테네인들은 그토록 훌륭한 용사들의 죽음을 깊이 애도하며 그들의 부당하게 의심했던 것에 대해 회개했다. 그리고 머지않아 키몬에 대한 가혹한 벌을 거두었는데, 이는 어느 정도는 키몬의 그동안의 공적을 잊지 못해서이기도 하고 당시의 아테네인들이 처한 어려운 상황이 작용했던 것도 있었다. 아테네인들은 타나그라에서 스파르타에게 참패를 당하고 난 후 펠레폰네소스인들이 봄이 오는가 동시에 아테네에 처들어오는 것을 두려워하며 그들은 키몬을 소환하고자 했다. 이것은 바로 대중의 생각을 읽은 페리클레스의 생각이었다. 이는 대중의 분노와 두려움이 얼마나 합리적이며, 얼마나 적절한지,

112) 고대 그리스의 민주주의 발전의 산물로 이전의 400인회를 확대 개편한 조직, 1부족 당 50명씩 선발했으며 민선평의회 기능을 했다. 자격은 30세 이상의 남자 자유민 이었으며, 운영방법은 한달에 50명씩 교대로 집무 했고, 행정권, 입법권, 사법권을 가지고 있었다.

이는 항상 공익을 위한 길을 제공한다는 것을 알려주었다. 가장 통제할 수 없는 인간의 욕망들 중 야망조차 나라의 이익을 위해 휘어질 수 있으니 말이다.

키몬은 돌아오자마자 전쟁을 마무리하고 두 도시를 화해시켰다. 평화가 찾아오자 아테네인들은 가만히 있지 못하고 전쟁의 영예를 얻고 국력을 키우고 싶어 안달이었다. 키몬은 아테네가 그리스의 다른 도시들을 공격하거나 대규모 함대를 이끌고 그리스 여러 섬들과 펠레폰네소스 반도를 휘젓고 다니면서 내란을 일으키거나 동맹국들에게 근심을 끼쳐서는 안된다고 생각했다. 그는 아테네인들을 야만인들과 싸우게 함으로써 그들의 패기를 먼 곳으로 돌리고, 그리스의 오랜 숙적인 그들을 무찔러 얻은 전리품으로 나라를 부강하게 할 생각이었다. 하지만 모든 준비가 끝나고 출항만을 남겨놓고 있을 때 키몬은 어떤 꿈을 꾸었다. 꿈에서 화가 잔뜩 나 있는 암캐 한 마리가 키몬을 보고 짖고 있는 가운데 사람의 목소리가 다음과 같은 말을 하는 것이었다. "어서 떠나라. 나와 내 새끼들에게 즐거움을 안겨주어라."

이 꿈은 해석하기 어려운 꿈이었는데 키몬은 점을 잘 치는 사람 중에 자신과 친분이 있는 포시도니아Posidonia의 아스티필루스Astyphilus에게 해몽을 부탁했다. 아스티필루스는 키몬의 죽음을 예언하고 있다고 말했다. 키몬을 향해 짖던 개는 그의 적을 뜻하며 적에게 가장 큰 기쁨을 주는 것은 상대의 죽음, 즉 키몬의 죽음이라고 말했다. 또 개 짖는 소리에 섞여 들린 사람의 목소리는 메데인들을 뜻하며 메데인들의 군대는 그리스 군과 야만인들이 섞여있기 때문이라고 했다. 키몬은 곧 바쿠스(디오니소스) 신에게 희생제물을 바쳤다. 하지만 사제가 제물로 쓸 짐승의 배를 가르자 개미들이 데로 몰려들어 짐승이 흘린 피를 겨자씨 만큼씩 빨아들이고 키몬의 엄지발가락에 뿌리고 가는 것이었다. 이를 한참동안 발견하지 못하다가 키몬이 마침내 이것을 발견하고 놀라고 있을 때 사제가 다가와 희생제물의 불완전한 간(肝)을 보여주며 불길한 징조를 우려했다. 하지만 키몬은 이 말을 듣고도 자신의 계획을 포기하지 않고 곧이어 출항 명령을 내렸다. 그는 먼저 군함 60척을 이집트로 보냈다. 그리고 나머지 부대를 거느리고 나아가 페니키아와 실리시아 군으로 구성된 페르시아 함대를 무찔렀다. 그리하여 그곳의 모든 도시를 되찾고 이집트를 압박하였다. 그는 페르시아 왕국 전체를 완전히 멸망시키고 싶었다. 그리고 페르시아인들 사이에 평판을 얻고 있던 테미스토클레스가 그리스와 전쟁이 있게 되면 언제든지 자기가 군대를 지휘하겠다고 했기 때문에 더욱 페르시아를 공격하고 싶었던 것이었다. 하지만 안타깝게도 테미스토클레스는 키몬의 전략을 뛰어넘을 수 있을 거라는 희망을 잃었고 키몬의 용기와 승리의 운을 당해낼 자신이 없었다. 그래서 키몬이 쳐들어왔다는 소식을 듣고 스스로 목숨을 끊고 말았다. 키몬은 키프로스 섬 근처에 함대를 정박시킨 채 훌륭한 전략을 가지고 공격을 가하기 전에 암몬의 제우스 신전으로 사절을 보내 신탁을 물었다. 이때 물어본 신탁이 무엇이었는지는 전혀 알려진 것이 없지만, 사절단이 도착하자 신은 다른 말을 하지 않고 키몬이 자신과 함께 있으니 돌아가라고 명령했다. 이 말을 들은 사절단은 바다로 돌아갔고 돌아가자마자 키몬이 죽은 사실을 알게 되었다. 사절단은 신탁을 받은 날짜를 계산해 보고는 키몬이 자기와 함께 있다는 말이 그가 이미 죽었다는 뜻이었음을 깨달았다.

누군가는 키몬이 키프로스 섬의 키티움Citium을 포위 공격하고 있을 때 병으로 죽었다고 하고 다른 이들은 야만인들과의 소규모 접전에서 입은 부상 때문에 죽었다고 한다. 키몬은 자신이 죽음을 예감하고 부하 장군들에게 고향으로 돌아갈 것을 명령했다. 그리고 가는 길에는 자신의 죽음을 절대 알리지 말라고 당부했고 부하들은 아테네로 안전하게 도착할 때까지 적군이나 동맹군이 알아채지 못할 정도로 비밀을 유지했다. 파노데무스Phanodemus가 말했듯이, 그리스 군은 키몬이 죽은 지 30일이 지날 때까지 그의 지휘를 받고 있었던 것이었다.

그가 죽은 뒤 어떤 그리스인도 페르시아 군을 이긴 사람이 없었고 공동의 적을 상대로 합심을 하기는커녕 인기에 연연한 정치 선동가들과 전쟁을 지지하는 당파들은 스스로를 자극하여 세력 다툼을 벌여 아무도 사태를 해결할 수 없는 지경에 이르렀다. 그러는 동안 그리스의 힘은 쇠퇴하고 말았고, 반면 페르시아는 숨을 돌리고 그동안의 모든 손실을 회복할 시간을 벌게 되었다. 후에 스파르타의 아게실라오스Agesilaus 왕이 그리스 군대를 이끌고 아시아로 진군하긴 했지만 아주 오랜 시간이 흐른 후이고 페르시아 왕의 제독들을 상대로 잠깐 동안 해전을 벌였지만 조국 스파르타 국내의 불화와 분란 때문에 별다른 성과를 거두지 못한 채 고향으로 돌아와야만 했다. 그리고 페르시아 왕의 부하들이 연합군과 스파르타의 동맹군의 아시아 내 그리스 도시에 자신들이 원하는 대로 공물을 요구하는 것을 내버려둘 수밖에 없었다. 키몬이 그리스를 보호하고 있던 시대에는 바다에서 4백 펄롱furlong[113] 안에는 페르시아의 기병이나 군인들이 얼씬도 하지 못했지만 말이다.

키몬의 유해는 고향 아테네로 옮겨져 오늘날까지 '키모니안'Cimonian이라고 불리는 기념비에 안치되었다. 하지만 키프로스 섬에도 키몬의 무

113) 약 200미터

덤이라고 불리는 무덤이 있는데 시티움 시민들은 이에 특별한 존경을 표하고 있다. 이것과 관련해 나우시크라테스Nausicrates가 전하는 이야기가 있는데, 어느 해 이 섬에 흉년이 들어 사람들이 먹을 식량이 나 떨어지자 섬 사람들은 신탁을 물으러갔다고 한다. 그러자 키몬을 잊지 말고 그를 우월한 존재로써 존경하고 숭배하라는 신탁이 내려왔다고 한다. 그만큼 키몬은 그리스의 훌륭한 장군이었다.

로마 시민들은 어렸을 때부터 폼페이우스[114]를 사랑했다. 그에 대한 애정은 아키스킬로스[115]가 쓴 비극에서 프로메테우스[116]가 사슬에서 풀어준 헤라클레스에게 한 말을 떠올리게 한다.

당신의 아버지(제우스)는 나의 원수지만
그 아들(헤라클레스)은 너무도 사랑스럽소.

114) 로마의 위대한 정치가이며 용맹스러운 군인이자 준수한 용모의 폼페이우스(Pompeius, BC 106-48)는 최초로 단독 집정관까지 올랐다. 당시 로마의 왕이라고 할 만큼 절대적인 힘과 권력을 가지고 있었으며, 아프리카와 유럽, 아시아 등 3개 대륙을 장악했다. 하지만 카이사르와의 싸움에 패배하여 이집트로 피신했다가 59세에 비참한 최후를 맞았다.

115) BC 525-456년 아테네에서 태어난 그리스의 3대 비극 작가 중 한 사람.

116) '미리 아는 자'라는 뜻을 지닌 prometheus는 하늘에서 불을 훔쳐 인간에게 준 죄로 큰 바위에 묶여 독수리에게 간을 쪼이는 벌을 받는다. 나중에 헤라클레스의 도움으로 구원되었다.

폼페이우스의 아버지 스트라보Strabo[117]처럼 로마 시민들의 증오를 산 장군은 결코 없었다. 하지만 폼페이우스에게는 그런 원한이나 증오심을 나타낸 적이 없었다. 스트라보는 뛰어난 장군이었고 무적의 용사였다. 사람들은 그가 살아있는 동안 제대로 기를 펴지 못했다. 하지만 그가 벼락에 맞아서 죽자 온갖 방법으로 그를 모욕했다. 심지어는 그의 시신이 담긴 관 뚜껑을 열고 시체를 끌어내기까지 했다고 한다. 반면에 폼페이우스는 운명이 뒤바뀌는 것을 여러 번 경험했지만 민중들의 사랑과 믿음은 변하지 않았다. 그에 대한 민중들의 지지와 사랑은 아주 일찍 시작되어 그의 운이 뻗어나가는 동안 함께 자라났으며 그의 운이 기울어졌을 때까지 계속되었다.

스트라보가 민중들로부터 그토록 심한 미움을 받은 한 가지 이유는 끝없는 탐욕 때문이었다. 그리고 폼페이우스에게 사랑을 보낸 것은 절제된 생활 태도와 전쟁에서 보여준 뛰어난 기량, 설득력있는 연설과 성실한 태도 때문이었다. 그는 다른 사람이 부탁을 하면 항상 친절히 들어주었다. 또 그는 사람을 끄는 매력이 있었으며, 은혜를 베풀 때도 전혀 내색을 하지 않았고 남의 도움을 받을 때도 언제나 위엄과 명예를 잃지 않았다.

그는 어릴 적부터 준수한 용모와 훌륭한 체격 때문에 사람들에게 좋은 인상을 주었다. 그의 아름다운 표정과 위엄은 나이가 들면서 더욱 중후해졌고, 머리카락은 약간 곱슬로 물결을 지어 흐르고, 눈은 부드러운 광채를 띠었다. 그래서 사람들은 왕자다운 모습을 뚜렷이 나타난 그를 알렉산드로스 대왕과 닮았다고 여겼다.

117) 재무관과 법무관을 거쳐 시칠리아 총독을 지내고, BC 89년에 집정관에 올랐다가 2년 뒤에 죽었다.

그는 항상 소박하고 간소한 생활을 영위했다. 언젠가 그가 병에 걸려서 음식을 제대로 소화할 수 없게 된 적이 있었다. 의사는 메추리를 먹으라고 처방을 내렸다. 하인들은 그 새를 구하려 했지만 철이 지나 도저히 구할 수가 없었다. 그런데 누군가가 루쿨루스Lucullus의 저택에서 1년 내내 메추리를 기르고 있으니 그곳에 가면 구할 수 있다고 일러 주었다. 그러자 폼페이우스는 호통을 쳤다.

"그토록 사치스럽게 사는 루쿨루스의 도움이 없으면 이 폼페이우스가 죽기라도 한단 말이냐?"

그는 의사의 처방을 무시해 버리고 손쉽게 얻을 수 있는 다른 음식을 먹었다고 한다.

폭군 킨나Cinna가 죽은 다음 킨나보다 더 심한 폭군 카르보Carbo가 뒤를 이었다. 그는 로마를 쥐고 흔들며 잔인한 짓을 일삼기 시작했다. 그때 아시아 원정에 나가 있던 술라의 군대가 로마를 향해 달려오고 있다는 소식이 전해져 왔다. 사람들은 삶이 너무도 고통스러워 주군이 바뀌어도 자신들에게 아무런 이득이 없었지만 그래도 술라가 돌아오기만을 기다렸다.

당시 폼페이우스는 이탈리아의 피케눔 지방에서 잠시 시간을 보내고 있었다. 그곳에 아버지의 땅이 있기도 했지만, 자기 아버지에게 은혜를 입은 그곳 사람들이 호의적이었기 때문이었다. 폼페이우스는 그때 겨우 스물세 살이었지만, 스스로 군대를 이끌 만한 정신을 체득하고 있었다. 그리고 그의 권력은 다른 사람들에게서 물려받은 것이 아니라 스스로가 만들어낸 것이었다. 군대를 이끌고 출정한 폼페이우스는 우선 아우크시뭄Auximum이라는 큰 도시를 점령했으며 근처의 여러 도시들까지 손에

폼페이우스의 흉상

넣었다. 카르보를 지지하던 사람들은 모두 도망가 버리고 그 밖의 많은 사람들이 폼페이우스에게 모여들었다.

폼페이우스는 드디어 술라의 진영을 향해 진군했다. 그는 서두르지 않고 지나는 곳마다 적을 괴롭혔다. 그래서 그들이 지나간 지방들은 카르보의 세력이 발을 붙일 수 없게 되었다. 그러자 카린나Carinna, 카일리우스Caelius, 브루투스Brutus 세 장군이 한꺼번에 폼페이우스를 공격해 왔다. 그들은 병력을 전부 전선에 세우거나 한 곳에 집결시키지 않고 각각 세 방향에서 폼페이우스를 에워싸며 진을 쳤다. 그들은 여기서 폼페이우스를 완전히 짓밟을 생각이었다. 폼페이우스는 조금도 두려워하는 기색도 없이 차분하게 군대를 집결시켰다. 그런 뒤 자기가 앞장서서 브루투스를 공격했다. 브루투스의 진영에서는 갈리아 족(켈트 족) 기병대(The Gaulish horse)가 달려 나와 맞섰다. 폼페이우스는 창을 움켜쥐고 맨 앞으로 달려 나와 적들 가운데 가장 용감한 무사와 붙어 죽여 버렸다. 그러자 적군들은 말머리를 돌려 자기네 진영으로 도망치기 시작했고 대열은 혼란에 휩싸였다. 세 장군도 어쩔 줄 모르고 허둥대다가 제각기 살길을 찾아 달아났다. 그들이 달아나는 것을 보고 부근의 도시들은 스스로 폼페이우스에게 항복하고 말았다.

세 장군이 패하자 곧 이어 집정관 스키피오가 그를 정벌하러 나왔다.

그러나 양쪽 군대가 서로 창을 던질 만큼 가까워지자 스키피오 군대의 병사들은 한꺼번에 소리를 지르며 폼페이우스에게 귀순했다. 스키피오는 겨우 목숨을 건지고 멀리 달아날 수밖에 없었다. 마지막으로 카르보가 직접 대규모 기병대를 이끌고 아르시스Arsis 강에서 폼페이우스를 맞았다. 그러나 폼페이우스에 역습을 당한 그도 역시 패하고 말았다. 더구나 이번에는 도망가는 적을 추격하여 말을 타고는 움직일 수 없는 곳까지 몰아붙였기 때문에 할 수 없이 적들은 말과 무기를 내놓고 항복하고 말았다.

술라는 폼페이우스가 승리를 거듭하고 있다는 사실을 전혀 모르고 있었다. 그는 다만 폼페이우스의 첫 출전 소식만 듣고 전투 경험이 풍부한 적의 장수들에게 어려움을 당하지나 않을까 걱정하고 있었다. 그래서 그는 구원군을 이끌고 서둘러 진군하던 중이었다. 폼페이우스는 술라가 온다는 소식을 듣고, 즉시 부하 장군들에게 명령하여 깃발과 기물들을 정돈하고 대열을 정비했다. 그리고 모든 병사들에게 위엄과 존경으로 총사령관을 맞으라고 명령했다.

드디어 술라가 도착했다. 폼페이우스 군영의 질서정연한 모습과 함께 생생한 젊음의 열기, 그리고 거듭된 승리로 드높아진 병사들의 기상이 술라의 눈에 들어왔다. 그는 말에서 내렸다. 폼페이우스는 개선식 때처럼 그에게 '임페라토르'Imperator, 즉 대장군이라는 이름을 부르며 인사를 드렸다. 술라는 폼페이우스에게 역시 임페라토르라고 부르며 답례를 했다. 젊고 원로원 의원도 지내보지 못한 그를 이렇게 부른 것은 놀랄 만한 일이었다. 그때까지 스피키오나 마리우스 가문the Marii조차도 이 칭호를 얻기 위해 경쟁을 하고 있었는데 아무도 예상하지 못했던 행운이 바로 폼페이우스에게 주어진 것이다. 술라는 그 뒤에도 처음 만났을 때와 똑같은 태도로 폼페이우스를 대했다. 그는 폼페이우스가 자기를 찾아올 때면 언제나 자리에서 일어나 모자를 벗고 인사를 했다. 술라의 주위에는 여러 장군들이 있었지만, 그는 누구에게도 폼페이우스처럼 정중한 대우를 해준 일이 없었다. 그러나 폼페이우스는 이런 특별한 대우를 받으면서도 한 번도 거만을 피우지 않았다.

한편 폼페이우스가 시칠리아에서 바쁘게 일을 처리하는 동안 원로원과 술라의 지시가 내려왔다. 곧 아프리카로 달려가서 도미티우스 Domitius를 정벌하라는 것이었다. 그 몇 해 전에 마리우스가 아프리카의 군대를 모아 이탈리아로 건너와 로마에서 반란을 일으키고 참주가 된 적이 있었는데, 지금 도미티우스의 군대는 당시 마리우스의 군대보다도 더 큰 병력을 가지고 있었다. 시칠리아에 여동생의 남편인 멤미우스 Memmius를 총독으로 남겨두고 원정 준비를 갖춘 폼페이우스는 120척의 군선과 8백 척의 수송선에 군량과 무기와 돈과 공성기를 실은 다음 곧 출항했다. 함대는 며칠 동안 지중해 바다를 항해하여 아프리카 해안에 도착했다. 그는 부대를 둘로 나누어 각각 우티카Utica 항구와 카르타고에 상륙했다. 그때 폼페이우스는 6개 군단을 이끌고 있었는데, 그가 상륙하자마자 적군들 중 7천 명이 순순히 투항해왔다.

그곳에 도착한 지 얼마 후 병사들 몇 명이 땅 속에서 우연히 보물을 발견했다. 병사들은 이것이 옛날 카르타고가 멸망할 때 숨겨둔 것이라고 여겼다. 그런 보물들이 얼마든지 숨겨져 있을 것이라고 생각한 이들은 보물을 찾느라고 며칠 동안 땅을 파헤치고 다녔다. 재물에 눈이 어두워 땅만 파고 있었으니 명령이나 군기가 엉망이었다. 폼페이우스는 큰 손해를 입고 있었지만 그냥 웃으면서 내버려 둘 수밖에 없었다. 마침내 병사들은 지쳐서 겨우 정신을 차렸다. 그들은 폼페이우스를 찾아와 잘못을 뉘우치며 목숨 바쳐 싸우겠으니 어서 군대를 이동시켜 달라고 애원했다. 병사들이 자기들의 어리석음에 대한 충분한 벌을 받고 잘못을 뉘우쳤던 것이다.

한편 도미티우스는 전투태세를 갖추기 위해 진을 쳤다. 그런데 양쪽의 진영 사이에는 바위투성이인 물줄기가 가로로 놓여 있었다. 그런데다가 아침에 시작된 폭풍우가 하루 종일 계속되어 강물은 더욱 거세어졌다. 도미티우스는 전투를 벌이지 못할 것으로 판단하고 군대를 철수시켜 진영으로 돌아갔다. 폼페이우스는 이 기회를 이용해 즉각 진군 명령을 내리고 거센 강물을 건너기 시작했다. 그리고 모두 강을 건너자 곧 적의 진영을 공격했다. 도미티우스의 군대는 우왕좌왕하며 심한 혼란에 빠졌다. 저항을 해보려고 해도 이미 대열이 흩어져 버렸고, 바람이 정면으로 불어오고 세찬 빗물이 떨어졌기 때문에 상황은 더욱 불리해졌다.

사실 이 폭풍우는 로마군에게도 이롭지는 않았다. 바람이 너무 드세 사람을 잘 알아볼 수도 없어 폼페이우스도 자칫하면 목숨을 잃을 뻔했다. 한 번은 그의 부하가 누군지를 몰라보고 암호를 물었는데 폼페이우스가 제대로 구호를 대지 못했기 때문이었다. 적군은 수많은 전사자를 남기고 모두 도망쳐 버리고 말았다. 그때 적은 모두 2만 명이었는데 도망친 자는 겨우 3천 명뿐이었다고 한다. 병사들은 '임페르토르'라는 칭호와 함께 폼페이우스에게 존경을 표했다. 폼페이우스는 그런 대우를 사양하면서 이렇게 말했다.

"적의 진지가 아직 남아 있는 한, 나는 그 영광된 이름을 받을 수가 없소. 여러분이 진정으로 나에게 영광을 주고 싶다면 먼저 저기 보이는 적진을 무너뜨리시오."

장군의 말에 병사들은 곧 도미티우스의 본거지를 공격했다. 그들의 진지 앞에는 수많은 장벽과 참호가 가로놓여 있었지만 사기가 오른 로마군을 당해낼 수는 없었다. 이때 폼페이우스는 전날의 사고를 염려하여 투구를 벗어 자기 얼굴을 드러내놓고 싸웠다고 한다. 로마군은 적진으로 돌격해 이내 진지를 함락시켰다. 그때 도미티우스도 다른 부하 병사들과 함께 전사하였다.

이렇게 해서 도미티우스의 진지는 함락되고 이 부근 지방의 여러 도시들도 서로 다투어 항복을 해왔다. 또 항복하지 않은 도시들도 공격을 해 함락시켰다. 또한 다시 진격을 시작하여 도미티우스의 오랜 친구이며 부대장인 이아르바스Iarbas 왕[118]을 사로잡았다. 그리고 이아르바스의 왕국은 히엠프살Hiempsal[119]에게 넘겨주었다. 이 승리로 사기가 더욱 높아진 군대는 곧 누미디아Numidia로 진격하여 며칠간의 추격 끝에 야만인들을 모두 무찔렀다. 이렇게 해서 그는 로마의 권력을 거의 잊고 있던 야만인들에게 다시금 공포를 안겨 주었다. 또 그는 아프리카 맹수들에게도 로마군의 힘과 용기를 알리기 위해 며칠 동안 사자와 코끼리 사냥에 군대를 동원시키기도 했다. 폼페이우스가 적군을 모두 무찌르고 아프리카를 완전히 손에 넣고, 또 모든 국왕과 나라를 새로 세운 기간은 아무리 길게 잡아도 40일을 넘지 않는다. 이때 폼페이우스의 나이는 스물넷이었다.

다시 우티카Utica로 돌아 폼페이우스는 술라의 편지와 명령서를 전달받았다. 1개 군단의 병력을 제외한 나머지 군대는 모두 해산시키고 후임 사령관이 부임할 때까지 기다리라는 내용이었다. 폼페이우스는 이 명령

118) 아프리카 북부 누미디아 족의 왕.

119) 미킵사(Micípsa) 왕의 아들로 누미디아의 왕.

이 몹시 불쾌했지만 밖으로 드러내지는 않았다. 하지만 해산을 당하게 된 군인들은 가만히 있지 않았다.

"술라의 명령이니 곧바로 이곳을 떠나 로마로 돌아가시오."

그러나 폼페이우스의 말을 들은 병사들은 더욱 술라를 욕하며 완강히 저항했다.

"대장군! 우리는 무슨 일이 있어도 장군님을 지킬 것입니다."

"무서운 폭군을 믿어서는 안 됩니다."

폼페이우스는 그들을 진정시키기 위해 온갖 노력을 다했지만 들으려고 하지 않았다. 할 수 없이 그는 연단에서 내려와 눈물을 흘리면서 천막으로 들어가 버렸다. 그러자 병사들이 쫓아와 그를 다시 연단으로 끌어올렸다. 그날은 이런 식의 언쟁으로 하루해가 저물고 말았다.

병사들은 어떻게 해서든지 장군의 마음을 돌리려고 했지만 폼페이우스는 병사들에게 명령을 따를 것을 설득하고 더 이상 반항하지 않을 것을 호소했다. 그러자 병사들은 아우성을 치며 반란을 일으키려고 했다. 폼페이우스는 그들을 달래면서 그런 일을 억지로 강요한다면 자살해 버리겠다고 잘라 말했다.

그러던 중 술라는 폼페이우스가 반란을 일으켰다는 소식을 듣게 되었다. 이 얘기를 들은 술라는 곁에 있던 친구들을 돌아보며 말했다.

"나는 왜 말년에 와서 어린애들과 다툴 운명을 타고 난 것일까?"

이 말은 또 마리우스 2세가 자기를 괴롭히고 있던 일을 비꼬아서 하는 말이기도 했다. 그러나 폼페이우스의 반란에 대한 일은 곧 진실이 밝혀졌다.

로마 시민들은 이 소식을 듣고 그에 대해 은근한 명예를 바치며 그의 귀국을 기다렸다. 술라는 시민들의 그런 움직임을 보면서 폼페이우스를 성대하게 환영해 주리라고 생각했다. 드디어 폼페이우스가 돌아왔다. 술라는 그를 반갑게 끌어안으면서 '마그누스'Magnus라고 외쳤다. 이 말은 '위대한 사람'이라는 뜻으로 폼페이우스에 대한 존경과 환영의 뜻을 나타내는 것이었다. 그런데 다른 설에 의하면, 이 존칭은 아프리카에서 그의 군대가 불렀던 이름이었는데 이때 술라가 인정을 함으로써 확정된 것이라고도 한다. 어쨌든 폼페이우스는 이 존칭을 받은 마지막 인물이 되었다. 후에 그는 세르토리우스Sertorius를 정벌하기 위해 스페인에 총독으로 가 있을 때 비로소 폼페이우스 '마그누스'라는 이름을 쓰기 시작했다. 그 전까지는 사람들의 시기와 질투가 두려워서 사용하지 않다가 이때부터 명령서나 편지에 이 이름으로 서명을 했던 것이다.

한편 로마에 도착한 폼페이우스는 개선식을 올리기를 원했지만 술라의 반대에 부딪혔다. 로마의 법률에 의하면 개선식은 집정관이나 법무관이었던 사람만 올릴 수 있게 되어 있다는 것이다. 스키피오도 카르타고와의 전쟁에서 승리를 거두었지만 한 번도 그런 직책을 지낸 적이 없었기에 개선식을 요구하지 않았는데, 아직 원로원 의원이 될 만한 나이도 안 된 폼페이우스가 개선식을 열고 로마로 들어온다면 시민들의 비난을 면치 못할 것이라는 것이다. 그러고는 덧붙이기를, 그의 요구를 절대로 받아들일 수가 없으며 그가 끝까지 고집을 한다면 자신의 권력을 써서라도 그를 굴복시킬 것이라고 했다.

그러자 폼페이우스는 말하길, 세상은 지는 해보다 솟아오르는 해를 더 숭배하는 법이라고 했다. 이 말은 곧 자기의 권력은 솟고 있지만 술라의 권력은 지고 있다는 뜻이었다. 술라는 처음에 이 말을 잘 알아듣지 못했다. 허나 그 말을 들은 사람들은 몹시 놀랐다. 그는 폼페이우스가 무슨 말을 했느냐고 물었다. 그러고는 폼페이우스의 말뜻을 알고 그의 대담함에 놀라 두 번이나 거듭해서 외쳤다.

"개선식을 올리게 하라!, 개선식을 올리게 하라!"

만일 폼페이우스가 원하기만 했다면 원로원 의원이 되는 일은 별로 어렵지 않았다. 그러나 그는 원로원 의원직을 원하지 않았으며 보다 특별한 방법으로 명예를 얻고 싶었다. 나이가 차기 전에 원로원 의원이 된다는 것은 별로 이상한 일이 아니었지만 원로원 의원이 되기도 전에 개선식을 올린다는 것은 사실 좀 특별한 일이었다. 덧붙여서 말하면, 그가 그렇게 한 것은 민중들의 환심을 얻기 위한 것은 아니었다. 개선식이 끝난 뒤에도 원로원 의원이 되지 않았으며 여전히 로마의 기사로 있었기 때문이다. 이것을 보며 민중들은 다 같이 그를 칭찬하며 그의 행동을 기쁘게 생각했다.

그 무렵 해적의 세력이 등장하기 시작했다. 실리시아Cilicia[120]를 근거지로 삼은 그들은 처음에 아주 미미한 세력으로서 조심스레 행동했다. 하지만 그 뒤 미트리다테스 전쟁the Mithridatic war[121] 당시에는 미트리다테스 왕의 용병으로 고용되어 왕의 군대에서 복무하게 된 뒤부터 더욱 대담해졌다. 그 뒤 로마가 내란에 휩쓸리는 바람에 바다를 무방비 상태

120) 소아시아 남동쪽과 타우루스 산맥 남쪽 지중해 근처에 있는 지방으로 키프로스 섬과 마주보고 있던 해안이다.

121) BC 88-63년까지 로마와 흑해의 남쪽 해안에 있던 그리스 계 왕국 폰투스(pontus)의 왕 미트리다테스 6세(BC 120-63)가 벌인 3차례의 전쟁으로 폼페이우스가 진압했다. 모차르트는 당시의 상황을 오페라 『폰토의 왕 미트리다테스』로 그렸다.

로 두자 해적들은 차츰 바다를 장악하기 시작했다. 그들은 바다 위에서 상인이나 선박을 노략질하거나 여러 섬과 항구를 유린하고 다녔다. 그러자 부유한 자들까지 마치 해적 행위가 명예로운 일인 듯 직업으로 삼게 되었다. 로마 시민들이 그런 해적들을 보면서 분노를 자아낸 것은 단순히 그들의 강한 힘 때문만은 아니었다. 오히려 사람들은 그들의 화려하고 찬란한 겉치레 때문에 더욱 증오하게 되었다. 해적선은 모두 금빛 돛대를 달고 있었고, 노의 끝에는 은을 박았으며, 돛대는 자줏빛으로 색칠되어 있어서 그 모양이 마치 스스로를 명예롭게 여기고 있는 듯하다. 그리고 그들이 도착하는 곳에는 언제나 화려한 술판이 벌어졌다. 장군들은 모두 해적의 포로가 되었고, 여러 도시들은 과도한 세금에 시달리면서 로마의 위신은 땅에 떨어지고 말았다. 이러한 해적선의 숫자는 1천 척이 넘었고 그들이 점령한 도시도 4백 곳 이상이었다.

그들은 이 도시들을 짓밟으면서 신전을 더럽히고 그곳에 놓인 전리품들까지 약탈했다. 그러한 신전들 가운데는 클라로스Claros의 아폴로(그리스 신화의 아폴론) 신전, 그리고 사모트라키아Samothrace 섬의 카비리Cabiri[122] 신전, 헤르미오네Hermione에 있는 케레스(그리스 신화의 데메테르) 신전, 에피다우로스Epidaurus에 있는 아이스쿨라피우스Aesculapius(그리스 신화의 의술의 신 아스쿨레피오스) 신전, 이스트무스Isthmus와 타이나로스Taenarus 그리고 칼라우리아Calauria에 있는 넵투누스(그리스 신화의 포세이돈) 신전들, 악티움과 레우카스Leucas 섬에 있는 아폴로의 신전, 사모스Samos 섬과 아르고스Argos 그리고 라키니움

122) 고대 그리스의 여러 지방에서 비교(秘敎) 의식으로서 숭배되었으며 동양에서 발상된 것으로 알려진 신들. 카베이리cabeiri라고도 하며 단수형은 카베이로스cabeiros. 농경(農耕)을 다스리는 신으로서 제사 중심지는 사모트라키아이다.

Lacinium에 있는 유노(그리스 신화의 헤라) 신전들이 있었다. 그런가 하면 해적들도 올림포스 산에 가서 괴상한 제사 같은 것을 드렸는데 그 가운데 미트라스 제는 오늘날까지 남아 있다.

이처럼 해적들은 바다에서 뿐만 아니라 육지에까지 올라와 사람들을 괴롭혔다. 때로는 육지 깊숙이까지 들어와 마을을 습격하여 농가를 불태우거나 노략질하기도 했다. 심지어 관복을 입은 로마의 두 법무관 섹스틸리우스Sextilius와 벨리우스Bellinus를 습격하여 사로잡기도 했다. 그때 이 두 법무관의 수행관리와 호위관들은 그들에게 붙들려갔다. 또 개선식까지 올린 안토니우스Antony의 딸들이 시골길을 여행하던 도중 해적들에게 납치된 적도 있었다. 그래서 안토니우스는 엄청난 몸값을 지불해야만 했다.

해적들의 행위들 가운데서도 가장 증오스러운 것은 포로로 잡혔을 때였다. 그들은 납치된 사람이 로마 시민이라고 말하면 일부러 깜짝 놀라면서 무릎을 꿇고 벌벌 떠는 시늉을 했다. 그리고 머리를 조아리면서 제발 살려달라고 빌었다. 그러면 사람들은 그들이 정말 겁이 나서 비는 줄로 착각했는데 그러면 해적들은 로마 식 신발과 옷을 입혀 주면서 그들을 더욱 놀려댔다. 이런 연극이 끝나고 바다 한가운데에 이르면 그들은 배에 사다리를 걸치고 포로들에게 배에서 내려 즐거운 여행을 하라고 한 후, 거부하면 그냥 바다에 빠뜨려 죽였다. 이런 해적들의 세력이 토스카나 해 전체를 휩쓰는 바람에 이제는 바다를 항해할 수도 없었고 무역도 완전히 중단되었다. 로마 시민들은 시장에서 물자가 부족해지자 머지않아 모두 굶어죽고 말 것이라고 걱정했다. 그래서 그들은 폼페이우스를 보내 해적들로부터 바다를 되찾기로 뜻을 모았다.

그때 폼페이우스의 친구인 가비니우스Gabinius는 폼페이우스에게 해상의 지배권뿐 아니라 지상에서의 권한까지 모두 부여하기 위한 법률을 제안했다. 이것은 헤라클레스의 기둥[123] 안에 있는 모든 바다, 그리고 해안으로부터 4백 펄롱 이내에 있는 모든 땅에서 절대적인 권한을 가지게 되는 법이었다. 로마의 영토 대부분이 이 범위 안에 속해 있었으며 주요한 왕국들도 모두 이에 속해 있었다. 뿐만 아니라 원로원 의원 중 15명을 장군으로 임명하여 각자에게 일정한 지방을 관리하도록 하고 전쟁 비용은 국고에서 원하는 만큼 받을 수 있게 되었다. 또 함선은 2백 척을 얻을 수 있었고 병사와 선원도 항상 필요한 만큼 징발할 수 있는 권한이 이 법률 안에 들어 있었다.

이 법안이 민회에서 낭독되자 평민들은 모두 열렬한 환영을 보냈다. 하지만 원로원의 주요 인물들은 이 절대적이고 무제한적인 권력은 정도를 넘어 오히려 공포를 느끼게 한다고 여겼다. 그래서 그들은 이 제안에 만장일치로 반대했다. 다만 카이사르만은 이 법안에 찬성을 하는 연설을 했다. 그런데 이것은 폼페이우스를 위해서가 아니라 평민들의 환심을 사기 위해서였다. 하지만 다른 집정관들은 모두 폼페이우스를 맹렬히 비난했으며 집정관 중 하나는 민회에 나가 이런 말까지 했다.

"만일 폼페이우스가 로물루스 같은 영광을 탐낸다면 그도 로물루스 같은 죽음을 면하지 못할 것이오."

그러나 이 집정관은 이 말이 끝나자마자 군중들에게 몰매를 맞을 뻔했다. 마침내 카툴루스Catulus가 단상에 올라 반대 연설을 하자 민중들은 그를 존경하는 마음에서 조용히 듣고 있었다. 그는 일단 폼페이우스를 추켜세운 뒤 이렇게 말했다.

123) 지금의 지브롤터 해협.

"이렇게 고귀한 인물을 위험한 전쟁에 내보내는 것은 결코 옳지 않습니다. 그를 존경한다면 그의 목숨도 아낄 줄 알아야 합니다."

그는 이 연설을 다음과 같은 말로 끝맺었다.

"폼페이우스를 잃는다면 우리는 어디서 또 그런 사람을 구할 수 있겠습니까?"

그러자 군중들은 미리 약속이라도 한 것처럼 "당신이요!"라고 소리쳤다. 결국 카툴루스의 웅변도 그들에게는 먹히지 않았다. 다음에는 로스키우스Roscius가 연설을 하러 나섰다. 하지만 그의 말을 들으려는 사람은 하나도 없었다. 그래서 그는 폼페이우스 한 사람에게 일을 맡기지 말고 다른 한 사람을 동료로 임명하자는 뜻으로 손가락 두 개를 펴보였다. 그러자 평민들은 분노하여 고함을 질러댔다. 민회는 이렇게 끝이 나고 다음날 투표가 이루어졌다. 폼페이우스는 시골로 잠시 몸을 피해 버렸다. 그리고 법안의 통과가 결정되었다는 소식을 듣고 나서야 밤중에 시내로 돌아왔다. 법안이 통과되면 엄청난 축하객들이 몰려들 것이고 그렇게 되면 많은 정치인들의 시기를 받을까 봐 염려스러웠기 때문이었다.

다음날 날이 밝자 그는 드디어 시민들 앞에 나와 신에게 제사를 올렸다. 그리고 공개 집회에서 시민들에게 연설을 했다. 이 연설에서 그는 군중들을 움직여 자기의 권한을 법령에 제시되어 있는 것보다 갑절이나 확장시켰다. 그를 위해서 5백 척의 함대가 준비되고 12만 명의 보병과 기병, 그리고 1천 명의 육군이 마련되었다. 또 예전에 장군을 지냈던 원로원 의원 24명이 그의 부하 장군으로 선출되고 여기에 두 사람의 재무관도 추가되었다.

이렇게 전쟁 준비가 진행되는 동안 치솟았던 물가가 조금씩 내리기 시작했다. 해적을 토벌한다는 소식 때문에 해상 무역이 천천히 자리를 잡기 시작했기 때문이었다. 폼페이우스는 지중해 전역을 13개 구역으로 나누고 각 구역마다 일정한 수의 함대와 장군을 배치했다. 이처럼 병력을 여러 바다로 분산시켜 놓자 해적선들이 차츰 그의 손에 걸려들기 시작했다. 폼페이우스는 포로가 된 해적들을 여러 항구에 모두 가두어 놓았다. 도망친 해적선들은 모두 실리시아로 들어가 벌들이 벌집으로 들어가듯 그곳을 소굴로 삼았다. 폼페이우스는 곧 정예 함선 60척을 거느리고 소굴을 향해 출항했다. 그는 우선 토스카나 해, 아프리카의 연안, 사르디니아와 코르시카 섬, 그리고 시칠리아 섬 부근의 바다에서 해적들을 완전히 소탕해버렸다. 이는 불과 40일이라는 짧은 시간이 걸렸을 뿐이었다. 폼페이우스가 이렇게 빨리 해적들을 몰아낼 수 있었던 것은 모두 그의 끊임없는 노력과 부하 장군들의 열성적인 보좌 덕분이었다.

그렇지만 폼페이우스는 로마의 집정관 피소Piso는 질투심 때문에 군수품을 중단하고 선원들을 해산시키는 등 온갖 수단을 써서 폼페이우스를 괴롭혔다. 그러자 폼페이우스는 함대를 브룬디시움Brundusium으로 보내고, 자기는 육지의 토스카나를 거쳐 로마로 향했다. 그가 온다는 소식을 들은 로마 시민들은 그를 열렬히 환영했다. 무엇보다 시민들을 기쁘게 한 것은 그 전까지 텅 비어 있던 가게마다 물건들이 가득 쌓여 있는 모습이었는데 이것이 모두 폼페이우스 덕분이었다.

이렇게 되자 피소는 집정관의 자리에서 물러나야 할 형편이 되고 말았다. 하지만 폼페이우스는 그에게 매우 너그러운 태도를 보이면서 오히려 그가 집정관의 자리를 확고히 할 수 있도록 도와주었다. 그리고 모든 일들이 원만하게 해결되자 필수품들을 얻어서 브룬디시움 항구로 떠났다. 거기서 다시 해적 잔당들을 소탕하기 위해 폼페이우스는 곧 출항 명령을 내렸다. 시일이 절박하다는 것을 알고 있는 그는 항해를 서둘렀다.

그래서 도중의 몇몇 도시들은 들르지도 않고 서둘러 항해를 계속했지만 아테네에서만은 정박했다. 드디어 아테네에 상륙한 그는 신에게 제사를 드리고 아테네 시민들에게 연설을 했다. 아테네의 성문을 나오면서 그는 두 줄의 시가 걸려 있는 것을 보았다. 안쪽과 바깥쪽에 걸려 있는 이 두 시에는 각각 이렇게 적혀 있었다.

그대가 스스로를 안다면
그대를 신으로 만들 것이오.

사랑하는 그대를 기쁨으로 맞았던 우리는
떠나는 그대에게 축복을 드리네.

폼페이우스는 아직도 바다에 떠돌고 있던 해적들과 싸워 승리를 거두었다. 허나 애원하는 자들에게는 관대한 처분을 내려 배만 압수하고 벌을 내리지는 않았다. 그러자 수많은 해적들이 아내와 자식을 데리고 폼페이우스에게 투항해왔다. 폼페이우스는 모두 너그럽게 받아들이고 용서를 해주었다. 그들은 또 자진해서 다른 해적들의 행방을 알려주었다. 폼페이우스는 이들의 협조를 얻어 숨어 있던 해적들을 모두 잡아들였다. 이들 중에서 가장 숫자가 많고 세력도 강한 패거리는 실리시아의 코라케시움 Coracesium에서 폼페이우스가 오기를 기다려 최후의 결전을 벌였다. 그러나 폼페이우스가 완벽히 포위하여 그들을 공격하자 마침내 사절을 보내 항복의 뜻을 전했다. 그들은 자기들의 도시와 섬, 그리고 모든 재물들을 다 바칠 테니 목숨만 살려달라고 애원했다. 이렇게 해서 결국 전쟁을 끝냈다. 해적은 불과 석 달 만에 바다에서 완전히 사라지고 말았다.

폼페이우스는 전리품으로 놋쇠로 뱃머리를 장식한 배 90척을 얻었고 포로로 잡힌 해적의 수만도 2만 명이 넘었다. 폼페이우스는 이들을 모두 죽이고 싶지는 않았다. 하지만 그대로 풀어주기에는 숫자가 너무 많았고 싸움도 잘하는 자들도 많아 다시 뭉치면 나쁜 짓을 할 것이 뻔했다. 그는 포로를 놓고 온갖 궁리 끝에 다음과 같은 결론을 내렸다. 인간이란 원래 포악하고 비사회적인 동물이 아니다. 이것은 태어날 때부터 타고난 것이 아니라 나쁜 습관들에 물 들은 것이다. 따라서 사는 곳과 방식이 달라지면 성격도 달라진다. 사나운 야수도 온순하게 길을 들이면 사나운 습성을 버리게 되는 것처럼 말이다.

이렇게 생각한 폼페이우스는 포로들을 바다에서 멀리 떨어진 육지로 이동시켜 도시나 시골에 모여 살게 해서 온순한 성품으로 바꾸어 보기로 했다. 그래서 그는 인구가 줄어든 실리시아의 여러 도시들로 그들을 이주시켰다. 아르메니아 티그라네스Tigranes 왕의 침입을 받아 황폐화된 실리시아의 솔리Soli로도 그들의 일부를 이주시켰는데, 이 도시는 폼페이우스가 재건시켰던 곳이었다. 그러고도 남은 포로들은 그리스의 아카이아에 있는 디메Dyma로 이주시켰는데, 이곳은 아주 기름진 거대한 땅이었지만 주민이 거의 없었다.

폼페이우스는 페니키아와 보스포루스 해협the Bosphorus 사이에 해군을 배치하여 바다를 지키게 했다. 그리고 자신은 미트리다테스를 정벌하기 위해 육군을 모두 이끌고 진군을 시작했다. 한편 미트리다테스는 3만 명의 보병과 2천 명의 기병대를 거느리고 있었다. 하지만 그는 감히 로마군과 싸울 생각을 못하고 적군이 공격하기 어려운 험한 산에 진을 치고 있었다. 결국 먹을 물이 바닥나자 산을 버리고 이동을 해야 했

미트리다테스 6세의 얼굴이 새겨진 동전

다. 미트리다테스가 산을 떠나자 폼페이우스가 곧 점령을 했다. 폼페이우스는 우물은 없었지만 식물이 무성하게 자라고 여기저기에 동굴이 있는 것을 발견하자 그는 반드시 샘의 줄기가 있을 것으로 생각하고 부하들을 시켜 땅을 파게 했다. 그러자 곧 병사들이 충분히 먹을 만한 물이 나왔다. 미트리다테스가 여기에 머물면서도 지하수를 파볼 생각을 전혀 못한 것이 이상하게 생각될 정도였다.

폼페이우스는 곧 미트리다테스를 쫓아가 그 주위를 빙 둘러싸고 진을 쳐서 적을 포위해 버렸다. 45일 동안 포위를 당하고 있던 미트리다테스는 결국 병든 자와 전투를 견뎌내지 못할 자들을 가려 모두 죽여 버린 뒤 정예병만을 이끌고 빠져나갔다. 얼마 뒤 폼페이우스는 유프라테스 강의 기슭에 진을 쳤다. 그리고 적이 강을 건너 또다시 도망가 버리면 모든 일이 수포로 돌아가기 때문에 군대를 정비시켜 밤중에 습격하기로 했다.

그때 미트리다테스는 잠을 자고 있었는데 마치 닥쳐올 일을 알려주는 듯한 꿈에 시달리고 있었다. 꿈속에서 그는 돛을 활짝 펴고 순풍을 받으며 폰투스 해(the Pontic Sea, 흑해)를 건너가고 있었다. 그러다가 막 보스

포루스 해협이 보이자 이제는 모든 위험을 벗어난 기쁨으로 부하들과 함께 즐거워하고 있었다. 그런데 갑자기 부하들로부터 버림을 받고 파선당한 배의 한 조각에 매달려 시퍼런 바다 위에 헤매는 신세가 되었다. 그가 이런 꿈을 꾸며 식은땀을 흘리고 있을 때, 부하들이 달려와 그를 깨우며 폼페이우스가 습격했다는 소식을 전했다. 폼페이우스가 이미 너무 가까운 곳까지 와 있었으므로 진영 안에서 전투를 벌이지 않을 수가 없었다. 그는 곧 부하 장군들에게 전투 준비를 시키고 진지를 지키기 위해 대열을 정비했다.

적이 준비를 다 갖추고 있는 것을 본 폼페이우스는 어두운 밤에 공격한다는 것이 과연 옳은 일인지 고민하기 시작했다. 그는 적이 우세하기 때문에 그냥 포위하고 있다가 이튿날 날이 밝으면 싸우는 것이 좋을 것이라고 생각했다. 허나 부하 장군들은 다른 생각을 가지고 있었다. 그들은 폼페이우스를 설득한 끝에 결국 야간공격 명령을 받아냈다. 밤은 아직 깊지 않아 기울어진 달빛으로도 충분히 사물을 알아볼 수 있었다. 그런데다가 미트리다테스에게는 이 달빛이 아주 불리한 조건을 만들고 있었다. 로마군은 달을 등지고 공격해왔는데 그때 달이 산 너머에 낮게 걸려 있는 바람에 로마군은 그림자를 길게 내뻗으며 적을 공격할 수 있었다. 적군은 이 그림자 때문에 거리를 제대로 판단하지 못했다. 그래서 로마군이 바로 앞에까지 다가온 것으로 생각하고 미리 창을 던졌다. 그러자 로마군은 함성을 지르며 밀어닥쳤다. 적은 저항도 못하고 겁을 먹고 혼란에 빠져들어 달아나기 시작했다. 이렇게 해서 로마군은 1만 명 이상의 적을 죽이고 그들의 진지까지 빼앗아 버렸다. 미트리다테스는 처음에 8백 명의 기병대를 거느리고 로마군을 무찔렀다. 그러나 진영이 무너지는 것을 보고 그들은 모두 달아나기 시작했다. 그러나 잠시 뒤 그 많던 병사들은 모두 로마군의 추격을 받아 흩어져 버리고 미트리다테스 곁에는 겨우 세 사람[124)]만이 남아 있었다.

미트리다테스는 보스포루스 해협과 마이오티스 해Palus Maeotis 연안에 사는 야만족들 사이에 들어가 있었기 때문에 그를 추격하는 것은 그리 쉽지가 않았다. 더구나 알바니아 족이 다시 배반했다는 정보까지 들려왔다. 폼페이우스는 화가 나서 알바니아를 향해 군대를 돌렸다.

그러나 적은 그 동안 키르누스Cyrnus강에 말뚝을 박고 방어벽을 쳐놓고 있어서 키르누스 강을 건너는 데는 많은 위험이 뒤따랐다. 어렵게 강을 건넌 다음에도 물이 없는 메마른 험한 땅을 거치느라 진군은 계속 힘들게 이어졌다. 폼페이우스는 가죽부대 만 개에 물을 가득 채우고 적군을 향해 진격해 나갔다. 그때 알바니아 군은 아바스Abas 강에 진을 치고 로마군을 기다리고 있었다. 그들은 보병 6만 명에 기병 1만 명을 갖춘 대군이었다. 그러나 무기는 변변치 않았으며 대부분 몸에 짐승가죽만을 두르고 있을 뿐이었다.

적의 장군은 알바니아 왕의 동생 코시스Cosis였다. 그는 전투가 시작되자마자 폼페이우스에게 달려들어 창을 던졌다. 폼페이우스도 코시스를 창으로 꿰뚫어 답례를 했다. 전하는 기록에 의하면 이 전투에는 아마존 여전사들[125)]이 가담했다고 하는데 그들은 테르모돈Thermodon 강변에 있는 산에서 왔다고 전해진다. 전투가 끝난 뒤 전리품을 거두던 로마군은 아마존족의 방패와 장화를 발견했지만 전사자들 가운데 여자의

124) 그 중 한 명은 히프시크라티아(Hypsicratia)라는 애첩이었는데, 용맹스럽고 과감했던 그녀는 어떤 급한 상황에는 대장부 같은 용기를 보여 주었다. 말을 탈 때 그녀는 페르시아 기병 같은 옷차림을 했었다.

125) 여자들만으로 이루어진 무사들의 나라.

시체를 발견할 수는 없었다고 한다. 아마존 여인국은 카프카스 산맥이 카스피 해를 향해 뻗어 있는 경사진 곳에 있었는데 그 사이에 겔라이족 Gelae과 레게스족Leges이 살고 있어 알바니아와 직접 맞닿아 있었던 것은 아니다. 다만 그녀들은 해마다 2개월씩 테르모돈 강 근처에서 이 종족들과 살다가, 때가 되면 자기가 살던 곳으로 되돌아갔다고 한다.

페트라Petra 근처의 아라비아를 다스리던 왕은 지금까지 로마를 대수롭지 않게 생각하고 있었지만, 이제야 비로소 그 세력에 놀라 무조건 명령대로 따르겠다는 뜻을 전해왔다. 그러나 폼페이우스는 이 왕의 마음이 변할까 무서워 페트라를 향해 진군을 했다. 폼페이우스가 페트라 근처에 다다라 야영 준비를 하고 있을 때 폰투스로부터 전령들이 달려왔다. 그들이 가져온 소식이 좋은 소식이라는 것은 그들이 창끝에 매달고 온 월계수를 보면 알 수 있었다. 병사들은 그들을 보자 곧 폼페이우스에게 몰려들었다. 그때 폼페이우스는 운동을 하고 있던 참이었는데 병사들이 무슨 소식인지를 알고 싶어 야단법석이라 중지할 수밖에 없었다.

폼페이우스는 편지를 들고 진영 안으로 들어갔다. 거기에는 아직 연단도 갖추어져 있지 않았다. 전투 때에는 연단 대신 풀 다발을 쌓아 올렸지만 그때는 급한 나머지 그냥 짐들을 쌓아 만들었다. 폼페이우스는 그 위로 올라가 미트리다테스가 죽었다는 소식을 전했다. 미트리다테스는 자기 아들 파르나케스Pharnaces의 반란 때문에 목숨을 끊었으며 붙잡힌 파르나케스는 스스로 나라를 로마군에 넘겨주었다는 내용이었다. 이 소식을 들은 병사들은 떨 듯이 환호성을 올렸다. 그리고 미트리다테스 한 사람의 죽음을 수천 명의 적을 정복한 것처럼 기뻐하며 축하의 인사를 하고 신들에게 제물을 바쳤다.

이렇게 해서 폼페이우스는 졸지에 전쟁을 끝맺게 되었다. 그는 즉시

아라비아에서 군대를 철수하여 서둘러 아미수스Amisus로 갔다. 거기에는 파르나케스가 보낸 많은 예물과 왕족들의 시체가 있었다. 미트리다테스의 시체는 보존 조치를 한 의사가 뇌수를 잘 말리지 않았기 때문에 얼굴을 잘 알아볼 수가 없었다. 그러나 그의 얼굴에 나 있던 상처를 보고 그것이 미트리다테스였음을 확인하는 사람들도 있었다. 폼페이우스는 차마 미트리다테스의 얼굴을 쳐다볼 수가 없었다. 그리고 신의 질투를 누그러뜨리기 위해 그의 유해를 시노페Sinope로 보냈다. 이때 폼페이우스는 미트리다테스의 무기보다 옷이 화려한 것을 보고 놀라워했는데, 칼을 찰 때 쓰는 띠는 4백 탈렌트나 되는 값진 것[126)]이었으며 왕관은 장인정신의 결정체였다고 한다.

일을 모두 마무리한 폼페이우스는 가족들을 만나기 위해 이탈리아를 향해 달려갔다. 그러나 그런데 폼페이우스에 대한 온갖 소문들[127)]은 그보다 먼저 로마에 도착해 있었다. 군대를 이끌 고 돌아온 폼페이우스가 절대적인 지배자로 올라설 것이라는 소문과 함께 놀란 시민들이 소란을 피우고 있었던 것이다. 이때 크라수스는 그가 두려워서였는지 재산을 정리하고 자식들과 로마 근교로 달아나버렸다. 허나 그것은 두려움 때문이 아니라 일부러 그렇게 해서 소문을 확실히 함으로써 민중의 의혹과 시기심을 자극했던 것으로도 보인다.

폼페이우스는 이탈리아에 도착하자마자 전군을 집합시켜 그들의 노력

126) 푸블리우스가 이것을 훔쳐 아리아라테스에게 팔아먹었다고 한다. 또 왕관은 미트리다테스의 의형제인 가이우스가 술라의 아들 파우스투스의 부탁을 받고 준 것이었다. 폼페이우스는 파르나케스로부터 이런 사실을 듣고는 훔친 자들을 모두 처벌했다.

127) 폼페이우스가 집을 비운 동안, 세 번째 아내인 무키아가 바람을 피웠다. 그는 그런 소문을 듣기는 했지만 결코 믿으려 하지 않았다. 하지만 이탈리아로 돌아오면서 고심한 끝에 BC 62년에 이혼했다. 그 이유는 밝히지 않았다고 하는데 키케로에게 보낸 편지 속에는 그 이유가 적혀 있다고 한다.

에 대한 감사의 연설을 한 뒤 개선식 때 다시 한 번 모여 달라는 부탁과 함께 군대를 해산시켰다. 폼페이우스의 개선식은 성대하고 화려하게 열렸다. 이틀 동안 행렬이 계속되고도 못 보여준 것이 많아 그것만으로도 다시 한 번 개선식을 올릴 수 있을 정도였다. 개선식의 선두에는 폼페이우스가 정복한 나라의 이름이 적힌 명패들이 섰다. 폰투스, 아르메니아, 카파도키아Cappadocia, 파플라고니아Paphilaconia, 메디아, 콜키스, 이베리아족, 알바니아족, 시리아, 실리시아, 메소포타미아, 페니키아, 팔레스티나, 유대, 아라비아, 그리고 바다에서 정복한 해적 등이 적혀 있었다.

이들 나라에서 점령한 요새만 해도 천 개를 넘었으며 도시도 9백 개나 되었다. 또 해적선 8백 척을 획득했고 새로 세운 도시만도 39개나 되었다. 이들 명패에는 공물에 대한 명세도 기록되어 있었는데, 폼페이우스가 원정을 떠나기 전에 5천만 탈렌트를 넘지 않던 국가 수입이 이 많은 나라를 정복한 다음에는 8천 5백만 탈렌트의 세입을 추가로 덧붙이게 되었다. 더구나 그는 2만 탈렌트 값어치의 현금과 금은 그릇, 그리고 장신구들을 국고에 환수시켰다. 이것은 폼페이우스가 부하 병사들에게 나누어 준 것보다 훨씬 많은 금액이었다. 그 가운데 자기 몫은 천 5백 드라크마밖에 안 되었다.

이 개선식에 끌려 나온 포로들 중에는 해적의 우두머리들 이외에도 아르메니아의 왕 티그라네스Tigranes의 아들과 딸과 아내인 조시메Zosima, 그리고 유다의 왕 아리스토불루스Aristobulus, 미트리다테스의 누이와 그녀의 아들 다섯 명, 그리고 스키타이 여인 몇 명이 끼어 있었다. 또한 알바니아인들과 이베리아인들의 인질, 그리고 콤마게네Commagene 왕의 인질들도 있었다. 그 밖에 폼페이우스와 부하 장군들이 이긴 전투마다 각각 하나씩의 전승 기념비가 있었는데 이 기념비의 숫자만도 엄청났다.

그런데 다른 로마인들은 한 번도 경험하지 못한 최대의 영광이 폼페이우스에게는 베풀어지고 있었다. 그것은 이 세 번째의 개선식으로 제3의 대륙 정복을 기념하고 있다는 사실이었다. 세 번이나 개선식을 올린 사람은 과거에도 있었다. 그러나 폼페이우스는 첫 번째 개선식에서 아프리카 정복을, 두 번째 개선식에서 유럽 정복을, 그리고 세 번째 개선식으로 아시아 정복을 기념하고 있는 것이다. 이렇게 그는 전 세계를 손 안에 쥔 것이나 다름없었다.

그때 폼페이우스의 나이를 알렉산드로스의 나이와 똑같이 보아 34세라고 주장하는 사람들도 있지만 실제로 그의 나이는 40세[128]였다. 만일 폼페이우스가 알렉산드로스 대왕과 같은 행운을 누리던 이 무렵에 생애를 마감했더라면 아주 행복했을 것이다. 왜냐하면 그 후 폼페이우스에게 계속 이어진 행운은 다른 사람들의 미움을 불러일으켰고 그의 불행 또한 걷잡을 수 없는 것이 되었기 때문이다. 그는 공정하게 얻은 막대한 권력을 남을 보호하는 데 나쁘게 이용했다. 그리고 그런 무리들이 권력을 키워나갈수록 폼페이우스 자신의 명예는 더욱 손상되어 갔다. 결국 그는 자신의 위대함 때문에 자기도 모르는 사이에 자신의 권력을 전복시키고 말았던 것이다.

그러는 동안 카이사르는 갈리아 전쟁으로 이름을 떨치고 있었다. 그는 로마에서 멀리 떨어진 벨기에Belgae와 수에비아Suevi[129], 그리고 브리

128) 하지만 실은 46세였다. 로마력으로 647년 8월에 태어난 그는 로마력 692년 8월에 개선했기 때문이다.

129) 원시 게르만 집합부족의 나라. 기원 전후 엘베 강과 그 지류인 자레 강 유역에 거주했다.

타니아Britons(영국 본토)를 정복하는 데만 마음을 기울이고 있는 듯 보였다. 하지만 그는 은밀히 계략을 짜서 로마의 민중들 사이에 손을 뻗치고 있었다. 그래서 중요한 정치 문제가 있으면 폼페이우스의 계획을 모두 물거품으로 만들어 놓았다. 그의 군대는 야만족들과의 싸움이 주목적이 아니라 자기 손발처럼 부리기 위해 천하무적으로 단련시키고 있었다. 그리고 한편으로 정벌에서 얻은 각종 금은보화들을 로마에 보내 민중들을 유혹했고 조영관, 법무관, 집정관, 그리고 여러 귀족들의 아내들에게도 선물을 보내 마음을 사로잡았다.

파스케스를 든 집정관의 부하들

그래서 그가 알프스 산맥을 넘어 루카Lucca에서 겨울을 보내고 있을 대에는 수많은 사람들이 몰려들어 카이사르를 만나겠다고 야단이었다. 그 가운데는 원로원 의원도 2백 명이나 있었고 폼페이우스와 크라수스도 끼어 있었다. 당시 카이사르의 막사 앞에는 총독이나 법무관들이 가져온 파스케스fasces[130)]만 해도 120개나 세워져 있었다고 한다. 다른 모든 손님들은 돈과 부푼 희망을 안고 로마로 돌아갔다. 그리고 그는 크라수스와 폼페이우스 두 사람과 특별한 협정을 체결했다. 그것은 두 사

130) 고대 로마시대에 막대기 다발 속에 도끼를 끼운 집정관의 권위 표지. 후에 이탈리아 〈파시스트 당〉의 상징이 되기도 했다.

람이 이듬해에 집정관으로 나간다는 것, 카이사르는 많은 군대를 보내 투표를 도와줄 것, 당선되면 두 사람은 땅과 군대를 나눠 가진다는 것, 그리고 카이사르는 갈리아 총독의 임기를 5년간 더 연장한다는 것 등이었다.[131]

크라수스는 집정관의 임기가 끝나자 곧 자기 영토인 소아시아로 떠났다. 그러나 폼페이우스는 대극장의 개관식과 제사 때문에 잠시 로마에 머물러 있었다. 대극장에서는 운동경기나 음악 같은 온갖 구경거리와 연극이 열렸다. 또 사나운 짐승을 사냥하거나 짐승과 격투를 벌이는 볼거리도 벌어졌다. 그때 죽은 사자만 해도 5백 마리나 되었다. 특히 코끼리와도 싸움은 대단한 공포와 재미를 주었다.

이러한 대회로 폼페이우스는 대단한 인기를 끌었다. 하지만 반대 세력들에게는 또 그만큼의 질투심을 불러일으켰다. 또 그는 자기 군대와 영토를 부하 장군들에게 맡기고 아내와 함께 이탈리아를 여행 다녔기 때문에 그것만으로도 비난을 받기 충분했다. 그가 아내를 그만큼 사랑했는지, 아내가 그를 그만큼 사랑했는지, 혹은 아내를 두고 차마 먼 곳으로 떠날 수가 없었는지는 알 수 없지만 폼페이우스에 대한 아내의 지극한 사랑은 유명했다. 아내가 그를 그토록 사랑한 것은 폼페이우스가 다른 여자들을 절대 가까이 하지 않았기 때문이었다.

언젠가 이런 일이 있었다. 조영관 선거가 있었을 때 민중들의 소란 때문에 폼페이우스 곁에 있던 몇 사람이 죽는 일이 벌어졌다. 폼페이우스는 옷에 피가 튀자 하인에게 새 옷을 가져오라고 시켰다. 그런데 집으로 달려

131) 그러나 이런 비밀협정의 내용들은 곧 일반 시민들에게 널리 알려졌다. 원로원도 비난을 퍼부었다. 특히 마르켈리누스는 공개집회에 나가 두 사람을 노골적으로 비난했다.

간 하인이 피 묻은 옷을 들고 서두르다가 마침 임신 중이던 젊은 아내 줄리아Julia의 눈에 띄고 말았다. 아내는 피로 뒤범벅이 된 남편의 옷을 보고 그만 기절해 버렸다. 그리고 그 충격으로 그만 유산을 하고 말았다.[132)]

이제 로마는 불어 닥친 폭풍의 소용돌이에 말려 모든 것이 다 흔들리고 있었다. 사람들은 두 영웅의 야망을 억제하고 있던 관계가 끊어졌으니 이제 두 사람은 본색을 드러낼 것이라고 쑤군거렸다. 더구나 얼마 후 크라수스의 전사[133)] 소식은 로마의 내란을 막고 있던 또 하나의 방어벽마저 무너뜨려 버렸다. 그 동안 카이사르와 폼페이우스는 크라수스에 대한 두려움 때문에 서로 조심해왔으나 운명은 두 사람을 감시하고 있던 한 사람을 없애버린 것이다. 그렇게 되자 다음의 시에서 말하는 사태가 벌어졌다.

막강한 세력을 자랑하는 두 사람;
각자 손에 흙을 바르고 몸에는 기름을 칠하면서
싸움이 시작되기만을 기다리고 있다.

인간의 욕망에 비하면 운명이란 덧없는 것이며, 그렇게 넓은 영토와 그토록 많은 군대를 가지고 있었지만 결국 이 두 사람은 여기에 만족하지

132) 폼페이우스와 카이사르의 딸 줄리아가 결혼한 것을 비웃던 사람들도 그와 아내의 사랑에 대해서는 나무라지 못했다. 그 뒤 그녀는 다시 임신을 하여 딸을 낳았지만 산욕으로 죽어 버렸고 며칠 뒤 아이도 죽었다.

133) 크라수스는 BC 53년 약 5만 명의 군대를 이끌고 파르티아Parthia 제국을 공격했다. 파르티아의 왕 오로데스 2세와 크라수스는 6월 6일 카라이 시(市) 가까운 사막에서 격돌했고 크라수스는 아들과 함께 전사했다.

못했으니 그 욕망은 도저히 만족될 수 없는 것이다. 다음과 같은 시[134]도 있다.

신들은 이 우주를
하늘과 땅, 그리고 바다의 세 구역으로 나누었다.

얼마 뒤 로마가 다시 무정부 상태로 빠지자 독재관에 대한 여론은 지난번보다 더욱 높아졌다. 카토의 지지 세력들은 폼페이우스가 전제적 권력을 폭력적으로 만들어내기 전에 합법적인 지위를 주는 것이 좋겠다고 생각했다. 그래서 폼페이우스 한 사람만을 집정관에 임명하자는 제안이 나오게 되었다. 그때 원로원에서 맨 먼저 이 결의에 찬성한 사람은 바로 그의 정적이었던 비불루스Bibulus였다. 그는 이런 주장을 했다.

"지금 국가의 혼란을 바로잡기 위해서는 가장 훌륭한 사람의 노예가 되는 수밖에 없습니다."

그런데 다른 사람도 아닌 비불루스가 이런 말을 했다는 것은 참으로 이상했다. 다음으로 카토가 일어났다. 사람들은 그가 분명히 반대 주장을 할 것이라고 생각했다. 그는 모두가 조용해지기를 기다렸다가 이렇게 말했다.

"나는 그런 제안을 하고 싶지 않았습니다. 그러나 이미 제안이 된 이상은 반드시 채택되기를 바랍니다. 왜냐하면 무정부 상태보다는 어떤 형태로든 정부가 있는 것이 낫기 때문입니다. 또 이런 혼란스러운 시기에

134) 호메로스의 『일리아스』 제 15권에서 포세이돈이 이리스에게 한 말. "셋 중에 하나를 차지한 그는 자기 몫에 만족하고 조용히 있는 게 나을 것이다."

폼페이우스보다 더 뛰어난 통치자는 없다고 생각하기 때문입니다."

결국 이 제안은 모든 의원들의 찬성으로 통과되었다. 폼페이우스는 단독 집정관에 임명되었고, 집정관 대리였던 술피키우스Sulpitius가 이것을 선언했다 폼페이우스는 카토에게 감사의 인사를 하고 정치를 하는 데 많은 충고를 해달라고 부탁했다. 카토는 이렇게 대답했다.

"폼페이우스! 나한테 감사할 필요는 전혀 없소. 내가 한 말이나 행동은 나라를 위한 것이었지 당신을 위한 것은 아니었소. 그리고 충고를 해달라고 굳이 부탁하지 않으셔도 공개석상에서 충분히 내 생각을 말씀드릴 것이오."

카토는 모든 일에 대해 바로 이런 태도를 보이는 사람이었다.

로마로 돌아온 폼페이우스는 메텔루스 스키피오Metellus Scipio의 딸 코르넬리아Cornelia와 결혼을 했다. 그녀의 첫 남편은 크라수스의 아들 포블리우스였는데 그가 파르티아에서 죽었기 때문에 과부의 몸이 되어 있었다. 그녀는 젊고 아름다웠을 뿐만 아니라 학문에 조예도 깊었다. 비파 타는 솜씨도 뛰어났으며, 기하학과 철학 강의도 즐겨 들었다. 허나 그만큼 많은 공부를 했으면서도 교만하지는 않았다.

그러나 이 두 사람이 결혼을 하기에는 나이 차이가 너무 많았다. 코르넬리아는 폼페이우스의 아들하고나 어울릴 나이였던 것이다. 사람들은 기울어진 나라를 일으켜 세우라고 했더니 화관이나 쓰고 다니면서 새신랑 흉내를 낸다며 폼페이우스를 비난했다. 심지어는 폼페이우스의 행동이 국가에 대한 모욕이라고 얘기하는 사람들도 있었다. 나라가 안정되었을 때라면 법률을 어기면서까지 그를 단독 집정관으로 뽑지 않았을 텐데, 그것 자체가 나라의 재앙이라는 것을 어찌 조금도 생각지 못하느냐는 것이었다.

그러나 결혼식이 끝나자, 그는 법률을 제정하여 선물이나 뇌물을 주고 관직을 산 사람들을 단속하고 모든 사건을 엄격하고 공정하게 처리하였다. 그리고 군대를 이끌고 직접 법정에 출석하여 법정의 안정과 질서를 회복했다. 그러나 장인인 스키피오가 고발을 당하자, 그는 360명이나 되는 배심원을 모두 집에 초대하여 스키피오에게 호의를 베풀어 달라고 부탁했다. 결국 스키피오를 고발했던 사람들은 그가 배심원들의 호위를 받으며 당당하게 공회장에 나오는 것을 보고 고발을 취하하고 말았다.

이렇듯 폼페이우스의 느긋함은 자만심에 빠져들게 만들었다. 그는 자신의 힘을 지나치게 믿은 나머지 적을 얕보며, 카이사르가 로마에 쳐들어온다면 우리는 그들을 막을 군대가 하나도 없다고 걱정하는 사람에게 웃으며 이렇게 말했다.

"이탈리아의 어느 땅이든지 내가 발을 밟기만 하면 군대가 솟아날 것이오."

한편 카이사르는 더욱더 적극적인 정치 공작을 하고 있었다. 그는 이탈리아에서 그리 멀지 않은 곳에 있으면서 병사들을 로마에 보내 투표를 시키고 있었다. 또 수많은 고관대작들을 금전으로 매수하여 세력을 키우고 있었다. 파울루스 집정관은 1천5백 탈렌트를 받고 카이사르에게 넘어갔으며, 호민관 쿠리오의 친구이자 빚 보증인이었던 마르쿠스 안토니우스도 쿠리오와 함께 매수당했다.

다음과 같은 일은 실제 있었던 사건이라고 한다. 원로원은 카이사르가 통치권command을 연장해달라는 제안을 거부했다. 그때 카이사르가 보낸 장수 하나가 이 소식을 듣고 원로원 앞에서 기다렸다. 그는 자기 손으로 칼을 쓰다듬으며 이렇게 말했다.

루비콘 강을 건너는 카이사르. 이 강은 사실 개울 정도에 지나지 않았다.

"그렇다면 이것이 해결을 하게 될 것이다."

카이사르의 모든 공작과 준비는 이 장수의 말로써 모두 표현된 것이다. 그러나 쿠리오가 카이사르를 위해 제안한 것은 더 합법적인 것이었다. 그는 폼페이우스를 장군직에서 해임하지 않는 한 카이사르를 해임할 수는 없다고 말하면서 이렇게 덧붙였다.

"두 사람 다 장군직에서 물러난다면 둘 다 만족스러워할 것이오. 두 사람 모두에게 현재의 세력을 유지하도록 해도 마찬가지요. 하지만 한쪽을 약하게 만들면 다른 쪽을 그만큼 강하게 만들게 되지요. 그렇게 되면 현 정권을 전복시킬 위험은 두 배나 더 커질 것이오."

그러는 동안 카이사르가 군사들을 거느리고 로마로 진격하고 있다는 소식이 들려왔다. 허나 그것은 헛소문이었다. 그는 겨우 3백 명의 기병과 5천 명의 보병만 이끌고 오고 있었는데, 나머지 부대는 알프스 저쪽에 놔두고 적군이 혼란에 빠져 있을 때 기습공격으로 적이 채비할 여유를 주지 않으려는 속셈이었다. 카이사르는 폼페이우스의 영토와 경계선에 있는 루비콘Rubicon 강에 와서 말을 멈추었다. 그는 지금 결행할 일이 얼마나 중대한지를 묵묵히 생각했다. 그러다가 마침내 두렵다는 생각만 해서는 안 된다는 것을 깨달았다. 그리고 이렇게 중얼거렸다.

"주사위는 던져졌다. The die is cast"

그는 곧 군대를 이끌고 강을 건넜다. 이 소식을 전해들은 로마시민들은 엄청난 혼란에 빠져 경악을 금치 못했다. 이처럼 민중들이 느낀 두려움과 혼란은 로마가 창건된 이래 처음이었다. 원로원 의원들도 모두 자기 영지로 흩어지고 말았다. 이렇게 되자 이탈리아 전역은 혼란과 무질서에 빠져들었다. 로마 시민들은 모두 다른 지방으로 밀려가고, 또 지방에서는 모두 로마로 밀고 올라왔다. 이제 더 이상 그들의 두려움을 가라앉힐 수 없는 상황이 되고 말았다. 폼페이우스도 이제는 자기 판단대로 행동할 수 없게 되었다. 폼페이우스는 의심과 두려움으로 가득 찬 로마 시민들의 온갖 불평 때문에 하루에도 몇 번씩 계획을 뒤집어야 했다. 적의 움직임을 파악하기도 어려워졌다. 모두들 사실이라고 우겨댔다. 또한 폼페이우스가 시민들의 말을 잘 들어주지 않으면 비난을 퍼부었다. 폼페이우스는 그들의 소동을 끝맺기 위해서는 도시를 버리는 수밖에 없다고 결심했다. 폼페이우스가 로마를 떠난 며칠 후, 마침내 카이사르가 로마에 입성했다. 그는 모든 시민들을 정중하게 대하자 사람들의 두려움도

서서히 가라앉았다.

한편 브룬디시움에 도착한 폼페이우스는 그곳에서 많은 배들을 얻어 곧 두 집정관과 30코호트의 군대를 디라키움Dyrrhachium으로 보냈다. 그리고 장인 스키피오와 아들 크나이우스Cnaeus를 시칠리아 섬으로 파견하여 함대를 대기하도록 했다. 그런 다음 성문을 닫고 시민들의 통행을 금지시켰다. 도심에는 여기저기에 큰 도랑을 파고, 바다로 이어진 두 길을 제외한 모든 길에 말뚝을 박았다. 그는 사흘째 되는 날까지 나머지 군대를 느긋하게 배에 태우고 마지막 날 성에 있던 군대를 재빨리 배에 승선도록 했다. 그러고 나서 그는 드디어 출항 명령을 내렸다.

카이사르는 성에 있던 군사들이 보이지 않자 도망을 간 것으로 여겼다. 하지만 너무 성급하게 추격을 하느라 브룬디시움 시민들이 알려주지 않았더라면 하마터면 말뚝과 도랑으로 뛰어들 뻔했다. 카이사르는 시내를 피해 돌아서 항구로 갈 수 있었지만 항구에 닿았을 때는 이미 폼페이우스의 함대가 출항한 뒤였다. 항구에 뒤처져 있던 배는 겨우 수군 몇 명이 탄 작은 배 두 척뿐이었다.

폼페이우스의 이 철수 작전은 그의 가장 뛰어난 전략이었다는 것이 여러 사람들의 의견이었다. 그러나 튼튼한 방어력을 가진 도시를 가지고 있었고 이베리아에서 곧 군대가 달려올 예정이었으며, 해상권까지 완전히 장악하고 있었으면서도 이탈리아를 버리고 도망간 것은 아무래도 이상한 일이었다. 키케로도 이에 대해 다음과 같이 말했다.

"폼페이우스는 테미스토클레스보다는 페리클레스와 같은 처지에 있었다. 하지만 그는 페리클레스가 아니라 테미스토클레스와 같은 전술을 썼다."

그 동안 폼페이우스는 엄청난 수의 군사를 끌어 모으고 있었다. 해군은 군선 5백 척과 리부르니아 지방에서 온 쾌속선을 보유하고 있었다. 하지만 기병 7천 명은 로마와 이탈리아의 유명한 인사들로 구성된 정예 부대였으나, 보병은 각지에서 모아온 무경험자들이라서 훈련이 필요했다. 폼페이우스는 베로니아Beroea에 머무는 동안 군사훈련을 시켰다. 폼페이우스는 청년들 못지않은 열성을 보이며 열심히 훈련을 했다. 부하 장병들도 힘을 얻어 게으름을 피우지 않았다. 환갑을 2년 앞둔 폼페이우스가 보병들 사이에 섞여 무기를 들고 달리며, 기병 사이에 끼어 말을 달리고, 칼을 뽑아 휘두르다가 칼집에 꽂는 광경을 보면서 병사들은 날마다 새로운 힘을 얻었다. 특히 젊은이들도 던질 수 없을 만큼 먼 곳에서 투창을 던져 명중시키는 그의 모습은 실로 감탄할 만한 것이었다.

각 나라의 왕들과 군주들도 하나둘씩 폼페이우스에게 몰려들었다. 로마의 관직에 있던 사람들도 모두 모여들자 원로원을 구성하고도 남을 정도가 되었다. 그 밖에도 카이사르의 친구인 라비에누스Labienus는 갈리아 전쟁에 종군하고 있다가 카이사르를 버리고 폼페이우스의 군대에 합류했다. 또 갈리아에서 살해된 브루투스의 아들은 그때까지 폼페이우스를 자기 아버지를 죽인 사람으로 여기고 인사도 하지 않았지만 이제야 그가 로마의 자유를 지켜줄 사람이라고 믿고 폼페이우스를 찾아왔다. 키케로 역시 글이나 연설로 폼페이우스와 늘 엇갈린 주장을 해왔지만 나라를 위해 싸우는 편이 될 수밖에 없다며 찾아왔다.

한편 카이사르는 이베리아(스페인)에 있는 폼페이우스의 군대를 정복한 다음 장군들을 모두 해임시켰으나 군대는 그대로 두었다. 그런 다음 카이사르가 알프스를 건너 이탈리아를 통과한 뒤, 브룬디시움에 도착한 것은 동지(冬至)가 거의 다 되었을 때였다. 거기서 그는 다시 바다를 건너서 오리쿰Oricum에 이르렀다. 여기에서 카이사르는 포로 중에서 폼페이우스의 친구인 비불리우스Vibullius를 그에게 보내 두 사람이 만나 회담을 하고, 군대는 사흘 안에 모두 해산시키기로 한 다음 화해를 맹세하고 함께 이탈리아로 돌아가자고 제안했다. 하지만 폼페이우스는 이 제안을 카이사르의 속임수라고 생각했다. 그래서 그는 카이사르의 제안을 거부하는 한편, 돌연 해안 지방으로 진출하여 모든 항구와 요새들을 점령해 버렸다. 그는 바다에서 수송되는 물품을 하역하기 편리한 항구를 모두 접수하고 바람이 불지 않아도 수송에 어려움을 겪지 않도록 조치했다.

카이사르는 바다와 육지가 모두 가로막혀 있어서 싸움을 감행할 수밖에 없었다. 그는 매일 소규모 전투를 벌였다. 때로는 적의 성까지 습격하기도 했다. 이런 사사로운 싸움에서는 카이사르가 승리를 거두었으나 완전히 궁지에 몰려 모든 군사를 잃을 뻔한 적도 있었다. 그때 폼페이우스의 군대는 적군 2천여 명을 죽이고 압도적인 승리를 거두었다. 그러나 폼페이우스는 힘이 모자랐거나 두려워서였는지 달아나는 적을 추격하지 않았다. 카이사르는 그때 이렇게 말했다.

"오늘의 승리는 정복하는 법을 아는 저들의 장군들 것이다."

폼페이우스의 군대는 이 승리로 크게 자신감을 얻었다. 그래서 이제는 적들과 결전을 벌여야 한다고 재촉했다. 폼페이우스도 먼 곳에 있는 왕들과 장군들에게 승리를 거두었다는 소식을 적어 보냈다. 허나 그는 적과 승부를 낸다는 것이 좀처럼 두려웠다. 그래서 그는 싸워서 승리하는 데 익숙한 카이사르의 군대를 상대로 지연작전을 써서 새로운 곤란에 부딪히도록 했다. 이미 지쳐 있는 적군은 행군이나 진지 이동, 참호파기나 성벽쌓기 등의 일에 대해서는 무기력했으며 오직 백병전으로 붙어 결판을 내려고 했다. 그렇기 때문에 폼페이우스는 시간을 끌면서 적의 식량이 떨어지기를 기다리는 것이 최선책이라고 판단했다. 폼페이우스는 부하들의 열기를 가라앉히고 있었다.

마침내 카이사르가 식량부족 때문에 아타마니아Athamania를 거쳐 테살리아Thessaly로 군대를 돌려 버리자 승리를 맛본 부하들을 더 이상 진정시킬 수 없었다. 부하들은 카이사르가 이미 도망갔다며 당장 적을 추격하여 섬멸하고 이탈리아로 돌아가자고 했다. 심지어는 부하와 하인들을 로마로 보내 공회장 근처에다 집을 사고 관직에 출마할 준비를 하고 있는 자들도 있었다. 또 레스보스Lesbos 섬에 있는 폼페이우스의 아내 코르넬리아에게 전쟁이 끝났다는 소식을 전하러 떠나는 자도 있었다.

그러나 폼페이우스가 서둘러 적을 뒤쫓지 않자 사방에서 비난의 화살들이 날아왔다. 그의 목적은 카이사르를 굴복시키는 것이 아니라 조국과 원로원을 망하게 하려는 것이며, 그렇게 해서 권력을 장악하고 세계의 지배자들을 호위병으로 부려먹으려 한다는 것이었다.

도미티우스 아이노바르부스Domitius Aenobarbus는 폼페이우스를 아가멤논Agamemnon 또는 왕 중의 왕이라고 불러 그가 미움의 대상이 되도록 했다. 지각없는 비난을 퍼붓기 잘하는 파보니우스Favonius는 다음과 같이 폼페이우스에게 잊지 못할 상처를 안겨주었다.

"동지 여러분! 우리는 올해 투스쿨룸Tusculum에서 무화과를 따먹을 수가 없게 됐소."

이렇게 쏟아지는 비난들 때문에 폼페이우스는 기가 꺾이고 말았었다. 그는 쏟아지는 비난과 친구들의 기대를 모른 척할 수가 없었다. 그리하여 그는 자신이 짜놓았던 신중한 계획을 깨뜨려 버리고 다른 사람들의 기대와 희망을 좇기 시작했다. 하지만 한 나라를 책임지고 있던 최고 지휘관으로서의 이 실수는 한 척의 배를 움직이는 선장의 실수와는 비교할 수 없는 것이었다.

그는 훌륭한 의사란 환자가 음식을 먹고 싶어 해도 전부 들어주어서는 안 된다고 말하곤 했다. 하지만 폼페이우스 자신은 병든 자들이 수술을 원하지 않는다는 이유로 무조건 그들의 말을 들어 주었다. 폼페이우스는 그들이 내놓은 군사적 의견을 여과 없이 받아들였다. 그리고 그들은 진영 안을 휩쓸고 다니면서 선거운동을 하고 있었다. 스핀테르Spinther, 도미티우스, 그리고 스키피오는 제각기 세력을 키우면서 카이사르의 뒤를 이어 집정관이나 법무관praetor이 되기 위해 경쟁하고 있었다.

그들은 자신들이 상대하고 있는 적이 마치 아르메니아의 왕 티그라네스나 나바타이아Nabathaean의 군주 정도일 것이라 여기고 있었다. 그러나 카이사르와 그의 군대는 이미 천 개의 도시를 점령하고 게르마니아인, 갈리아인, 그리고 그 밖의 무수한 종족들을 물리치며 언제나 승리를 거두었다. 또 백만 명의 적병을 포로로 잡았을 뿐 아니라 그 밖의 많은 전투에서도 그만큼의 적을 사살했던 군대였다.

그러나 카이사르 군대가 파르살리아 Pharsalia평원에 도착하자 그들은 폼페이우스를 위협하여 군사회의를 열게 했다. 그 자리에서 기병대장 라비에누스Lebienus는 적을 완전히 물리치지 않고는 절대로 싸움터에서 돌아오지 않겠다고 맹세를 했고 다른 장군들도 똑같이 따라했다.

그날 밤 폼페이우스는 꿈을 꾸었다. 사람들이 극장으로 들어서는 그를 열광적으로 환영하며 승리의 여신 베누스Venus(아프로디테, 비너스)의 신전을 수많은 전리품으로 장식하는 꿈이었다. 그는 이 꿈으로 힘을 얻었지만 한편으로는 불안한 생각이 들었다. 카이사르의 조상이 베누스의 후손이었기 때문이었다. 폼페이우스는 자기가 거두었던 명예와 영광을 그에게 모두 빼앗기는 것이 아닐까 하고 몹시 걱정스러웠던 것이다.

그런데 진지 안에서 놀라운 일이 일어났다. 잠을 못 이루고 있던 폼페이우스는 그만 자리에서 벌떡 일어났다. 새벽에 보초병이 교대를 할 무렵, 카이사르의 진영 쪽에서 이상한 불빛이 몰려오더니 큰 불덩어리가 폼페이우스의 진영으로 떨어진 것이다. 그때 카이사르는 보초병들을 둘러보다가 이 이상한 광경을 보았다고 한다.

동이 틀 때가 되자 카이사르는 스코투사Scotusa로 군대를 이동하기 위해 서둘러 막사를 거두고 가축과 하인들에게 짐을 실으라고 명했다. 그때 척후병들이 달려와서 보고를 했다.

"적군의 움직임이 이상합니다. 무기를 들고 왔다 갔다 하면서 소란스러운 걸 보면 아마 전투준비를 하고 있는 것 같습니다."

이어서 또 다른 척후병들이 달려와 적의 선두진이 전투 대형을 갖추었다는 보고를 했다. 카이사르는 보고를 듣고 말했다.

"이제 오랫동안 기다리던 때가 왔다. 지금부터는 굶주림과 싸우는 것이 아니라 인간과 싸우는 것이다."

그러고는 즉각 막사 밖에 붉은 깃발을 내걸라고 명했다. 이것은 로마군의 전투명령 신호였다. 깃발이 오르자 부하들은 모두 무기를 잡고 천막에서 뛰쳐나와 기쁨의 함성을 질렀다. 장군들과 병사들은 마치 비극에 출연한 합창단처럼 질서 있고 능란하게 전투준비를 했다.

한편 폼페이우스는 우익을 맡아 안토니우스를 상대하기로 하고 장인 스키피오를 가운데 배치하여 도미티우스 칼비누스Domitius Calvinus를 맡도록 했다. 그리고 좌익은 루키우스 도미티우스Lucius Domitius에게 지휘권을 주고 기병대의 주력군이 그를 지원하도록 했다. 기병대의 거의 대부분을 좌익에 집중시켜 카이사르와 그의 제10군단을 무찌르고자 하는 것이었다. 제10군단은 카이사르의 정예부대였는데, 카이사르는 전투 때마다 그들을 선두에 세우고 군대를 지휘했었다. 카이사르는 적의 좌익이 엄청난 기병대의 호위를 받고 있는데다가 만만치 않게 무장되어 있는 것을 보고 깜짝 놀랐다. 그래서 그는 예비군에서 6연대를 급히 불러 제10군단 뒤에 배치하고 적의 눈에 띄지 않게 숨어 있다가 적의 기병대가 공격해 오면 최전선으로 재빨리 진군하라고 명했다. 그는 용감한 군대는 백병전을 하려고 칼을 들고 적에게 달려드는 것이 보통이지만 지금은 창을 치켜들고 적의 얼굴과 눈을 겨누라고 했다. 그렇게 하면 저 명문가 자제들은 잘생긴 얼굴에 흉터가 날까 봐 도망을 칠 것이라는 얘기였다.

카이사르가 그러는 동안, 폼페이우스는 말 위에 올라 양쪽 군대의 동향을 살펴보고 있었다. 적은 튼튼한 대오를 갖추고 공격 직전의 긴장상태를 유지하고 있었다. 허나 자기의 병사들은 전투 경험이 없는 탓에 모두들 초조와 불안에 떨며 우왕좌왕하고 있었다. 그는 전투가 시작되자 참패를 당할까 봐 곧바로 최전선에 배치된 부대들을 멈추게 했다.

"부대들은 모두 제 위치에서 창을 잡고 서라! 절대로 흩어지지 말고 적군의 공격을 막아내라!"

그러나 카이사르는 폼페이우스의 전술을 비판했다. 공격력이라는 것은 항상 적과 부딪히면서 생기는데 폼페이우스는 그런 명령을 내림으로써 스스로 힘을 꺾었고 부하들의 사기까지 떨어뜨려 버렸다. 용기는 공격해 오는 적을 향해 군대가 우렁찬 함성을 지르며 돌진할 때 생기는 것인데 폼페이우스는 병사들을 자기의 자리에 세워놓고서 그 기운을 빼앗아 버렸다는 것이다.

그때 카이사르의 군대는 2만 2천 명, 폼페이우스의 군대는 그 갑절 정도였다. 마침내 양쪽 군대에 나팔소리와 함께 전투 개시 신호가 내렸다.

바다와 같은 무리 속에 서 있던 병사들은 다른 생각을 할 여유가 없었다.

그때 로마의 최고 귀족 몇 명과 그리스인 몇몇은 이 싸움을 지켜보고 있었다. 이는 개인의 야망이나 경쟁심이 로마 제국을 어떻게 만들었는지를 두 눈으로 똑똑히 지켜보면서 모두 통탄의 한숨을 내쉬었다. 같은 무기를 잡고 같은 대열을 형성하면서 같은 깃발 밑에 모여 있는 두 사람은 같은 도시의 정예부대로서 로마의 꽃이었지만, 지금은 서로를 향해 창칼을 겨누고 있다. 동족상잔의 이 광경은 탐욕에 사로잡힌 인간이 얼마나 맹목적이고 광적인지를 보여주고 있었다.

만일 두 사람이 그저 각자가 얻은 것에 만족했더라면 세계에서 가장 크고 좋은 바다와 육지들이 모두 그들 손에 놓여 있었을 것이다. 또 그들이 승리와 정복을 거듭하고 싶은 욕심에 굶주린 것이라면, 파르티아나 게르마니아 전쟁에서 충분한 만족을 얻었을 것이다. 스키타이는 아직 정복되지 않은 상태였으며 인도도 남아 있었다. 그리고 이런 곳들은 야만족을 개화시키기 위한 목적이라는 그럴듯한 구실로 자신들의 야망을 숨길 수도 있었을 것이다. 게다가 스키타이의 기병과 파르티아의 화살, 그리고 인도의 보물은 폼페이우스와 카이사르가 함께 지휘하는 7만 명의 로마군에 감히 저항할 수도 없었을 것이다. 이들 두 장군의 이름은 오히려 이곳에서 먼저 알려져 있었다. 또 그들 두 사람의 명성과 권위는 이런 사납고 야만적인 여러 민족을 정복하면서 이미 멀리까지 퍼져 있었던 것이다.

그러나 지금 두 장군은 서로 대립하면서 싸우느라고 일찍이 정복된 적이 없었던 자신들의 영광과 나라의 운명을 생각지 못하고 있었다. 그러므로 그들 사이의 깊은 인연이나 율리아와의 사랑이라는 것도 진정한 우정의 결과가 아니라 단지 이해관계를 위해 이루어진 담보물에 불과한 것으로 만들어 버렸다. 결국 파르살루스 평원Pharsalia은 사람과 말, 그리고 온갖 무기들로 뒤덮혀 있었다. 양쪽에서 한꺼번에 전투 명령이 떨어졌을 때 가장 먼저 튀어나온 것은 120명의 부하를 거느린 120인 부대a corps of one hundred and twenty men의 대장 카이우스 크라시아누스Caius Crastinus였다. 그는 카이사르와의 약속을 지키기 위해 적군을 향해 돌진했다. 카이사르는 이날 아침, 맨 먼저 카이우스 크라시아누스가 천막에서 나가는 것을 보았다. 카이사르는 그의 인사를 받고는 이렇게 물었다.

"오늘의 전투가 어떻게 될 것 같소?"

그러자 그는 오른손을 내밀며 힘차게 대답했다.

"큰 승리를 얻게 되실 겁니다. 카이사르 장군님! 저는 살든 죽든 열심히 싸워서 꼭 장군님의 칭찬을 받겠습니다."

크라시아누스가 달려 나가자 많은 병사들이 그를 따랐다. 적의 한가운데로 들어간 그는 곧 칼을 휘두르면서 수많은 적병들을 베어 쓰러뜨렸다. 크라시아누스는 앞으로 앞으로 밀고 들어가 적군의 최전선에 있던 부대를 무찔렀다. 하지만 그는 적군의 칼에 쓰러지고 말았다. 그러자 싸움은 더욱 치열해졌다.

그때 폼페이우스는 우익으로 달려가지 않고 좌익에 배치한 기병대가 어떻게 공격을 시작하는 지켜보고 있었다. 기병대는 카이사르 군을 포위하기 위해 곧 흩어지더니 앞에 서 있는 적의 기병을 공격했다. 그러자 카이사르는 신호를 보내 기병대를 후퇴시키고, 적의 포위작전을 막기 위해 10군단 뒤에 숨겨 두었던 3천 명의 보병대를 앞장세웠다. 그들은 기병대와 나란히 붙어서더니 카이사르의 지시대로 투창을 치켜 올려 적의 얼굴을 겨누고 한꺼번에 달려들었다. 폼페이우스는 적의 보병이 벌이는 예상치 못한 공격에 혼비백산했다. 더구나 폼페이우스의 기병은 전투 경험이 없었기 때문에 적의 보병을 당해내지 못하고 머리를 돌리고 말았다. 그들이 얼굴을 가리고 달아나는 모습은 보기에도 정말 딱할 정도였다.

그러나 카이사르의 군대는 달아나는 기병을 추격하지 않고 적의 우익을 공격하기 시작했다. 폼페이우스 군대의 우익은 기병대가 달아나는 바람에 호위도 못 받게 되어 꼼짝없이 포위 공격을 당할 형편이었다. 드디어 카이사르는 적을 측면으로 공격하고 10군단을 정면으로 투입시켜 포위 공격을 예상하고 있던 적의 허점을 찔렀다. 그러자 우익도 더 이상 버틸 힘을 잃고 뿔뿔이 달아나 버렸다. 한편 폼페이우스는 하늘 높이 피어오르는 먼지를 보고 자신의 기병대가 어떻게 되었는지를 짐작할 수 있었다. 그는 자기가 폼페이우스 마그누스라는 사실도 생각지 않고 아무 말 없이 진영을 향해 걸어갔다. 다음의 시 구절은 아마 그때의 폼페이우스를 표현할 수 있을 것이다.

> 하늘의 유피테르(제우스) 신께서
> 헥토르의 마음에 공포를 내리시니,
> 그는 얼빠진 채 가만히 서서
> 일곱 겹으로 된 훌륭한 방패마저 팽개쳐 버리고
> 몸을 벌벌 떨며 싸움터를 바라보았네.

이런 모습으로 천막에 들어온 폼페이우스는 가만히 입을 다문 채 걸터앉았다. 그러다가 적병들이 진영에까지 뛰어 들어오자 말없이 일어나 변장을 하고서 몰래 빠져나왔다. 남은 병사들도 모두 달아나고 진영 안에는 하인들이 여기저기 죽어 넘어져 있을 뿐이었다. 그러나 카이사르

군에 종군하여 이 전투에 참가했던 아시니우스 폴리오Asinius Pollio에 따르면, 폼페이우스 군대의 전사는 6천 명을 넘지 않았다고 한다.(카이사르는 1,500명의 전사자가 발생했고 24,000명을 포로로 잡았다고 말했다.)

적의 진지를 빼앗은 카이사르 군은 폼페이우스 군이 얼마나 어리석고 사치스러웠던가를 알 수 있었다. 그들은 마치 전쟁에서 이긴 것처럼 천막마다 도금양 나무로 장식해 놓았고, 바닥에는 아름다운 카펫을 깔아 놓았으며, 테이블에는 발이 달린 술잔들이 가득 있었다. 그런 광경들은 싸움터에 나가는 것이 아니라 오히려 제사를 지낸 뒤 한바탕 잔치를 베푼 자리처럼 보였다.

한편 폼페이우스는 진지를 버리고 얼마쯤 가서 말을 버린 다음 얼마 안 되는 부하들과 함께 걸어갔다. 그들은 아무도 추격하지 않는다는 것을 알고 천천히 걸음을 옮기며 생각에 깊이 잠겨 있었다. 지나간 34년 동안 오직 승리와 정복만을 거듭해온 그는 이제 말년에 난생 처음으로 패배를 맛보고 도망가는 운명에 처했던 것이다. 게다가 생각할수록 가슴 아픈 것은 지금까지 그렇게 많은 전투로 얻었던 명성과 권세를 단 한순간에 잃어버렸으며 조금 전까지만 해도 수많은 부하와 무기의 보호를 받고 있던 자신이 이렇게 초라한 꼴로 도망을 치게 되어 바로 곁에 서 있던 적들조차 알아보지 못할 신세가 되어 버린 것이다.

그들은 라리사Larissa를 지나 템페Tempe의 강가에 엎드려 목을 축인 다음, 다시 산골을 따라 나와 바닷가에 닿았다. 그날은 바닷가에 있는 어느 어부의 오두막에서 남은 밤을 새웠다. 다음날 새벽, 그들은 강을 오가는 작은 배 하나를 구해 몸을 실었다. 폼페이우스는 자기를 따르던 노예들을 아무 걱정 말고 카이사르에게 가서 잘 살라며 돌려보내고 자유민 동료들만 태웠다. 폼페이우스 일행을 실은 배는 해안을 따라 가다가 마침 닻을 올리고 있던 큰 장삿배와 만나게 되었다. 그 배의 선장은 페티키우스Peticius라는 로마인이었다. 그는 폼페이우스를 잘 알지는 못했지만 얼굴은 잘 알고 있었다. 그는 그 전날 밤 꿈을 꾸었는데 아주 초라한 몰골이 되어 나타난 폼페이우스가 그에게 말을 붙이는 꿈이었다.

그는 마침 선원들에게 이 이상한 꿈 이야기를 한참 하고 있던 참이었다. 그런데 갑자기 선원 하나가 소리를 쳤다.

"강에서나 다닐 만한 작은 배가 해안을 따라 오고 있어. 게다가 배에 탄 사람들은 옷을 벗어서 흔들고 있고."

페티키우스는 선원이 말하는 쪽을 돌아다 보았다. 거기에는 폼페이우스가 꿈에서 본 것과 똑같은 모습을 하고 있었다. 그는 재빨리 배를 나란히 대고 폼페이우스 일행을 모두 배에 태운 다음 항해를 계속 했다. 이때 이 배에 탔던 사람은 폼페이우스와 렌툴루스 형제Lentuli 그리고 파보니우스Favonius였다. 그리고 얼마 후 데이오타루스 왕이king Deiotarus 육지로 급히 도망 오는 것을 발견하고서 그도 배에 태워 주었다.

선장은 저녁식사를 정성껏 준비했다. 파보니우스는 폼페이우스가 하인도 하나 없이 스스로 신발을 벗는 것을 보고는 달려가서 신을 벗겨주고 발에 향유를 발라 주었다. 파보니우스는 그 뒤부터 하인이 주인을 섬기듯이 폼페이우스의 시중을 들면서 발을 씻겨 주거나 식사 시중을 들기도 했다. 어떤 목적이나 이유도 없이 파보니우스가 이렇게 정성을 다해 섬기는 것을 본 사람들은 모두 감탄을 하였다.

오로지 정성을 다해 하는 일만이
진정으로 거룩한 것이라네!

폼페이우스를 태운 배는 계속 해안을 따라 항해를 하여 암피폴리스Amphipolis에 도착했다. 그리고 코르넬리아와 아들을 만나기 위해 레스보스 섬의 미틸레네Mitylene로 다시 건너갔다. 그곳에 도착한 폼페이우스는 곧 사람을 보내 자기의 소식을 전했다. 한편 코리넬리아는 자기가 기다리던 것과는 너무도 다른 소식을 받고 놀라지 않을 수 없었다. 그녀는 디라키움Dyrrhachium에서 전쟁은 이미 끝이 났으며, 이제 카이사르를 추격하는 일만 남았다는 얘기를 소문이나 편지로 듣고 있었던 것이다. 반가운 소식만을 기다리고 있던 코르넬리아는 심부름꾼이 인사말을 꺼내기도 전에 눈물을 흘리는 것을 보고는 놀라지 않을 수 없었다. 그녀는 심부름꾼의 행동을 보고 이미 달라진 폼페이우스의 운명을 짐작할 수 있었던 것이다. 심부름꾼은 겨우 말을 꺼냈다.

"폼페이우스 장군님을 만나시려면 빨리 서두르십시오. 그분은 지금 자기 것도 아닌 남의 배 한 척에 몸을 의지하고 계십니다."

이 말을 들은 코르넬리아는 결국 쓰러져서 한참 동안 정신을 잃고 말았다. 그러다가 겨우 정신을 차린 그녀는 더 이상 눈물을 흘리면서 한탄이나 하고 있을 때가 아니라는 것을 깨닫고 곧장 바닷가까지 달려 나갔다. 폼페이우스는 자기 앞에서 곧 쓰러지려는 아내를 붙잡아 안았다. 코르넬리아는 남편의 두 팔에 안긴 채 눈물을 흘리면서 말했다.

"이건 당신의 운명이 아니라 내 운명 탓이에요."

코르넬리아는 흐느끼면서 계속 울부짖었다.

"나와 결혼하기 전에는 5백 척의 함대를 거느리고 바다가 좁다는 듯이 다니시던 당신이 이제는 허술한 배 한 척에 운명을 의지하는 신세가 되셨군요. 왜 이런 저를 만나러 오셨어요? 당신은 왜 이런 불행을 가져다 드린 제가 천벌을 받도록 내버려 두시지 않으세요? 첫 남편 푸블리우스

Publius가 파르티아 Parthians에서 죽었다는 소식을 듣기 전에 제가 죽었더라면 저는 얼마나 행복했을까요. 또 그 소식을 듣고 자살하려고 했을 때 차라리 그냥 죽어버렸더라면 얼마나 현명한 여자라는 말을 들었겠어요. 제가 죽지 않고 살아났기 때문에 폼페이우스 마그누스에게 멸망이 다가온 거예요."

폼페이우스는 대답했다.

"코르넬리아, 당신은 지금까지 불행을 모르고 살았던 여자요. 그리고 당신이 생각하는 것처럼 나는 그렇게 운이 좋은 사람이 아니오. 어차피 죽기 위해 태어난 사람이니, 우리는 운명이 주는 이 고통을 참고 견뎌야만 하오. 비록 이런 지경까지 떨어져 버렸지만 전과 같은 행운이 다시 우리를 찾아올 것이오."

코르넬리아는 사람을 보내 값진 물건들과 노예들을 실어왔다. 폼페이우스는 아내와 친구들을 배에 태우고 곧 출항하였다. 그리고 식량과 물을 구하기 위해서 내리는 때를 빼놓고는 어느 항구에도 내리지 않았다. 그들이 맨 먼저 도착한 곳은 팜필리아Pamphylia의 아탈리아Attalia였다. 여기에 며칠 머무는 동안 실리시아에서 몇 척의 군함과 약간의 군대가 모여들었다. 그리고 다시 60명 정도의 원로원 의원들이 모였다. 그곳에서 그는 자신의 함대가 아직 남아 있으며, 카토는 군대를 모아 아프리카로 건너가고 있다는 소식을 들었다. 그는 그제야 자신의 실수를 깨닫고 우세한 해군을 놔두고 어리석게도 육군만 내세웠던 자신을 원망했다. 그가 자신의 함대와 연락을 하여 그 근처에 머무르게 했더라면, 설령 육지에서 패배했더라도 바다에서 다시 충분한 병력으로 전투를 벌일 수 있었기 때문이다. 사실 해군이 도울 수 없는 먼 곳으로 전쟁터를 이동한 것은 폼페이우스의 가장 큰 실책이었으며, 카이사르에게는 가장 탁월한 전술이었다.

그러나 지금은 그런 실수를 탓하고 있어봐야 아무 쓸모가 없었다. 현재 처해 있는 상황을 즉시 파악하여 어떤 결정을 내리고 계획을 세워야만 했다. 그래서 그는 각 도시로 사람을 보내 자기 함대를 위한 군자금과 병력을 모으게 했고 자기 자신도 이곳저곳을 돌아다니며 도움을 청했다. 그러나 만약 적군이 재빨리 추격해 와서 전쟁 준비도 갖추기 전에 공격을 한다면 정말 큰일이었다. 그는 당분간 안전한 피난처를 구해야겠다는 생각으로 곧 회의를 열었다.

로마는 어디에도 안전한 데가 없었다. 폼페이우스는 자기를 가장 잘 보호해 줄 수 있는 동시에 대군을 모아 진군하기에도 가장 적당한 곳은 파르티아뿐이라는 생각을 했다. 그러나 아프리카의 유바Juba 왕에게 가는 것이 좋다고 얘기하는 사람도 있었다. 하지만 레스보스 섬 출신인 테오파네스Theophanes는 이렇게 말했다.

"여기서 배로 사흘 길 안에 있는 이집트를 버리고 간다는 것은 거의 미친 짓이나 다름없습니다. 그 나라의 프톨레마이오스 왕은 아직 젊지만 자기 아버지에게 은혜를 베푼 폼페이우스의 은혜를 고마워하고 있습니다."

이집트로 도피하기로 결정이 내려지자, 폼페이우스는 아내와 함께 키프로스 섬에서 셀레우키아의 배를 타고 떠났다. 그리고 다른 부대는 병선과 장삿배에 나누어 탄 채 폼페이우스와 나란히 바다를 건넜다. 그런데 그때 프톨레마오이오스 왕은 펠루시움Pelusium 시로 군대를 끌고 가서 자기의 누이인 클레오파트라 7세와 싸움을 하고 있었다. 폼페이우스는 이 소식을 전해 듣고 곧 뱃머리를 펠루시움으로 돌렸다. 그리고 사절을 보내서 폼페이우스의 도착을 알리고 자신의 보호를 미리 요청했다.

당시 프톨레마이오스 15세는 14살로 아직 나이가 어렸기 때문에 정부 요인들을 소집한 자는 재상 포티누스Photinus였다. 그는 폼페이우스를 받아들여야 하는지 아닌지에 대한 모든 사람들의 의견을 들어보았다. 그러나 모임에 참석한 사람들은 한낱 내시에 지나지 않던 포티누스와 수사학 선생인 키오스Chios 출신 테오도투스Theodotus 그리고 이집트인 아킬라스Achillas 등 이였다. 폼페이우스 마그누스의 운명이 그런 보잘것없는 사람들에게 맡겨졌다는 것은 참으로 비참한 일이 아닐 수 없었다.

그러나 카이사르의 보호를 수치스럽게 생각했던 폼페이우스는 해안 저쪽에 멀찍이 닻을 내린 채 뱃전을 때리는 파도에 흔들리며 이 회의의 결정을 기다려야만 했다. 그들은 여러 가지로 의견이 나뉘어졌다. 폼페이우스를 쫓아버리자는 얘기도 나왔고 그를 맞아들여야 한다는 의견도 있었다. 그때 테오도투스는 자기의 특기인 말재주를 부리며 이렇게 주장했다.

"만약 우리가 그를 맞아들인다면 카이사르는 적이 되고 폼페이우스는 주인으로 섬겨야 되는 것이오. 그리고 그를 쫓아내 버린다면 우리의 무자비한 행동은 폼페이우스의 원한과 함께 그를 붙잡지 않았다는 카이사르의 분노를 사게 될 것이오. 그러니 가장 좋은 방법은 그를 기쁘게 맞는 척하고 죽여 버리는 것뿐이오. 이 방법은 한쪽을 만족시키면서 다른 한쪽에 대한 두려움을 없앨 수 있게 할 것이오."

그러고 나서 그는 싱긋 웃더니 이렇게 덧붙였다.

"죽은 사람은 물지 못하는 법이오."

이 주장은 곧바로 받아들여졌고 아킬라스가 이 임무를 맡기로 했다. 아킬라스는 예전에 폼페이우스 밑에서 장교로 지냈던 셉티미우스Septimius와 그의 밑에서 백인대장centurion을 지냈던 살비우스Salvius

그리고 서너 명의 수행원을 거느리고 폼페이우스의 배로 갔다. 폼페이우스와 함께 왔던 일행들도 이집트인들이 어떤 결정을 내렸는지를 알기 위해 폼페이우스의 배로 모여 들었다.

그런데 성대한 환영은 고사하고 테오파네스의 기대와는 달리, 겨우 몇 명이 고깃배를 타고 오는 것을 보자 그들은 뭔가 음모가 있다고 생각했다. 폼페이우스의 권위를 존중하는 기색도 없었을 뿐더러 접대도 너무나 허술하고 누추했기 때문이었다. 그래서 그들은 폼페이우스에게 그들이 여기까지 오기 전에 빨리 여기를 떠나는 것이 좋겠다고 말했다. 하지만 그들은 벌써 가까이 와 있었다. 셉티미우스가 먼저 일어나더니 라틴 말로 임페라토르라고 부르며 인사를 건넸다. 다음에는 아킬라스가 일어서더니 그리스 말로 인사를 하고는 폼페이우스에게 말했다.

"이 배로 옮겨 타십시오. 여기 바다는 그런 무거운 병선으로는 상륙할 수가 없습니다."

그때 바닷가에는 군대를 가득 실은 이집트 왕의 병선들이 가득 늘어서 있었다. 그러니 이제는 도망을 갈 수도 없었고, 그랬다가는 도리어 폼페이우스를 죽일 구실을 마련해 주는 꼴밖에는 안 되었다. 폼페이우스는 코르넬리아에게 작별인사를 했다. 코르넬리아는 폼페이우스의 죽음을 예감하고 슬프게 통곡을 했다. 폼페이우스는 백인대장 두 사람과 필리푸스Philip라는 해방 노예 그리고 스케네스Scenes라는 노예를 이집트인의 배에 먼저 태웠다.

폼페이우스는 아들과 아내를 향해 손을 흔들며 소포클레스의 시를 되풀이해서 읊었다.

폭군의 문을 들어서는 길은

자유를 버리고 노예가 되는 길.

이 말을 마지막으로 그는 배에 올랐다.

육지까지는 상당히 먼 거리였다. 그러나 가는 동안 배에 탄 누구도 그에게 따뜻한 우정이나 환영의 말을 건네지 않았다. 폼페이우스는 셉티미우스에게 말했다.

"당신이 분명 예전에 내 부하였소?"

셉티미우스가 말없이 고개를 끄덕였을 뿐 아무 말도 하지 않았다. 다시 무거운 침묵이 감돌았다. 폼페이우스는 프톨레마이오스에게 하려고 준비해 두었던 그리스어로 된 인사말을 꺼내어 읽기 시작했다.

코르넬리아는 다른 사람들과 함께 근심스럽게 폼페이우스 일행을 지켜보고 있었다. 그러다가 몇 명의 이집트 고관들이 마중 나온 것을 보고는 조금 마음을 놓았다. 폼페이우스는 좀더 편하게 앉으려고 몸을 움직였다. 그 순간 셉티미우스의 칼이 폼페이우스의 등을 찔렀다. 그리고 이어서 살비우스와 아킬라스가 칼을 뽑았다. 등을 찔린 폼페이우스는 두 손으로 자기의 옷자락을 들어 얼굴을 가린 다음 미동(微動)도 하지 않았다. 그러나 아주 낮은 신음소리만 낼 뿐 내리치는 칼을 그대로 받으며 숨을 거두었다. 그때 그의 나이는 59세였으며, 생일이 하루 지난 뒤였다.

멀리 배에서 이 광경을 지켜보고 있던 코르넬리아는 해안에까지 들릴 만큼 큰 소리로 비명을 질렀다. 배에 탔던 사람들은 곧 닻을 올리고 바다 쪽으로 달아났다. 때마침 불어온 강한 바람이 그들을 도와주었다. 이집트 사람들은 그들을 추격하려다가 그만 되돌아서고 말았다.

그들은 폼페이우스의 머리를 자른 뒤 몸은 내던져 버렸다. 머리도 없이 벌거벗겨진 그의 시체는 해안에 버려져 사람들의 구경거리가 되었다.

필리포스는 그들이 시체를 실컷 구경하고 갈 때까지 기다리고 있었다. 그들이 모두 물러가자 주인의 시체를 바닷물에 씻은 뒤 자기 외투로 고이 쌌다. 그는 시체를 화장시키기 위해 모래톱 주위를 떠돌고 있는 부서진 고깃배의 나무 조각들을 모아 쌓아 올리고 있을 때 한 나이 많은 노인이 다가왔다. 그는 젊었을 때 폼페이우스의 군대에 있었던 사람이었다. 노인은 필리푸스에게 물었다.

"위대한 폼페이우스 님의 장례를 준비하는 사람은 누구요?"

필리포스는 울음 섞인 목소리로 자기는 해방 노예라고 대답했다.

"이 영광스러운 일을 혼자 다 차지하려고 하지 말고 나에게도 그 귀한 일을 도울 수 있도록 해주게. 낯선 이국땅을 떠돌아다닌 끝에 이런 행운을 만나게 된 것으로 생각하겠네. 내 손으로 로마가 낳은 가장 뛰어난 장군의 몸을 만지고 마지막까지 돌봐드리고 싶네."

폼페이우스의 장례는 이렇게 치러졌다.

얼마 뒤, 카이사르는 이 무참한 죄로 더럽혀진 이집트 땅에 닿았다. 그는 한 이집트인이 폼페이우스의 머리를 가져오자, 마치 그가 살인자라도 되는 양 얼굴을 외면해 버렸다. 그리고 사자 한 마리가 칼을 잡고 있는 모습을 새긴 폼페이우스의 도장을 가지고 오자 그것을 받아쥐고 끝없이 눈물을 흘렸다.

카이사르는 아킬라스와 포티누스를 잡아 사형시켜 버렸다. 그리고 프톨레마이오스 왕은 전쟁에서 패해 도망을 가다가 나일 강으로 사라져 버렸다. 수사학자인 테오도투스는 이집트에서 도망을 쳐 카이사르에게 잡히지는 않았지만, 초라한 신세로 세상의 미움을 받으며 여기저기를 헤매고 다녔다. 그리고 그 뒤 카이사르를 죽인 마르쿠스 브루투스Marcus

카이사르에게 폼페이우스의 목을 보여주는 테오도투스

Brutus가 아시아에서 그를 발견하게 되자 갖은 모욕을 주고 사형을 시켰다. 폼페이우스의 시신을 태운 재는 코르넬리아의 손에 의해 알바 Alba[135] 부근의 별장에 묻혔다.

135) 이탈리아 북서부 프랑스와 접경주인 쿠네오Cuneo주의 피에몬테Piedmont에 있는 소도시.

마르켈루스와 아르키메데스의 기계

마르켈루스[136]는 자신의 전 병력을 시라쿠사로 옮기고 성벽 근처에 진을 쳐서 바다와 육지 양면으로 공격을 할 계획이었다. 아피우스[137] 장군이 육지의 부대를 이끌었고, 마르켈루스가 해상에서 각기 다섯줄의 노와 온갖 종류의 무기와 포들로 무장된 60척의 함대를 이끌었다. 그리고 8척의 큰 배를 큰 널판지를 얹어 다리로 연결시켰고, 그 위에는 돌과 화살을 쏘아 던지는 기계를 설치해 성벽을 공격할 수 있도록 했다. 마르켈루스는 자신의 군대의 웅장하고 화려한 규모와 오늘날까지 자신이 거둔 영광스러운 업적들을 생각하며 자신감에 차 있었다. 하지만 그

136) 마르켈루스(Marcus Claudius, BC 268?-208)는 로마의 장군·집정관이다. 제2차 포에니(Poeni) 전쟁에서 해군 지휘관으로 활약했다. 참고로 '포에니'는 '페니키아'(Phoenicia)의 라틴어이다.

137) 아피우스 클라우디우스 카이쿠스(Appius Claudius Caecus, BC 340-273)는 고대 로마 공화정 때의 정치가로 집정관을 지냈다. 아피아 가도(Via Appia)를 만든 인물로 유명하다.

의 기계는 아르키메데스[138]와 그가 제작한 것에 비하면 정말 우스운 것이었다.

사실 이 기계들은 기하학자 아르키메데스가 심심풀이로 만든 장난감 정도밖에 지나지 않았다. 얼마 전 시라쿠사의 히에로 왕King Hiero이 그에게 자신의 과학에 대한 깊은 조예를 실천에 옮겨보라고 간곡히 요청했는데 그렇게 함으로써 이론적인 진리를 일상적인 용도로 적용시켜 일반 대중들이 보다 쉽게 이해할 수 있기를 바랐기 때문이었다. 사람들에게 널리 알려지고 칭송받는 이런 기계술을 창조한 사람은 에우독소스[139]와 아르키타스[140]였다. 그들은 기하학적 원리를 명쾌하게 설명하고 말이나 그림으로 증명하기 복잡한 논리를 인간의 감각으로 인지할 수 있도록 기계를 직접 만들어냈다. 예를 들면 수많은 기하학적 문제를 푸는 데 필요한 비례중앙선을 구하기 위해 여러 개의 곡선과 직선을 이용한 특수 도구를 사용했던 것이다.(이 기계는 보통 메소라베mesolabes 혹은 메소라

138) 아르키메데스(Archimedes, BC 287?-212)는 시칠리아 섬의 시라쿠사에서 태어난 고대 그리스의 수학자·물리학자. 그는 로마와 시라쿠사가 전쟁을 하는 동안 많은 무기를 고안하여 나라에 봉사했다. 히론 왕이 건조한 군함이 너무 커서 진수시키는 데 곤란을 겪을 때 도르래를 이용하여 그 군함을 진수시켰다든가, 반사경을 이용하여 적의 군함을 불태웠고, 또 돌을 날리는 기계 등으로 적군을 크게 괴롭혔다고 한다. 그러나 시라쿠사도 마침내 함락하고 말았는데, 그날 로마의 병정이 그의 집 안으로 난입해 들어왔을 때도 그는 방바닥에 도형을 그려 놓고 연구에 여념이 없었다. 병정 한 사람이 그가 연구 중인 원을 밟자 "그 원을 밟지 말라"고 고함치는 순간, 그가 대과학자인 줄 알지 못했던 한 병정의 창에 찔려 죽었다고 한다.
아르키메데스의 일화 중 유명한 것으로는 히론 왕의 왕관에 관한 이야기로 "물체는 물속에서 그와 같은 체적의 물의 무게만큼 가벼워진다"는 아르키메데스의 원리를 공중목욕탕에서 발견하고는 벌거벗은 채 '유레카(eureka, 발견했다.)'를 거듭 외치면서 집으로 뛰어 돌아왔다는 얘기가 있다.

139) 에우독소스(Eudoxus, BC 406(408)-355)는 그리스 구니도스 출신의 천문학자·수학자. 아테네에서 플라톤에게 가르침을 받았으며 이집트에서 천문학·역학을 공부했다. 천체의 시운동을 설명하기 위해 지구를 중심으로 하는 동심천구설을 제창하고, 후일 아리스토텔레스가 이를 체계화하여 지구를 우주의 중심에 두는 천동설을 확립했다

140) 아르키타스 (Archytas, BC430-365)는 그리스의 정치가·기술자·피타고라스학파의 수학자. 플라톤과 달리 정육면체의 배적 문제를 풀 때 대담하게 반원기둥을 절단하는 3차원의 방법을 사용하였다. 반음계와 4분음정 등 음악을 이론적으로 연구하기도 했다.

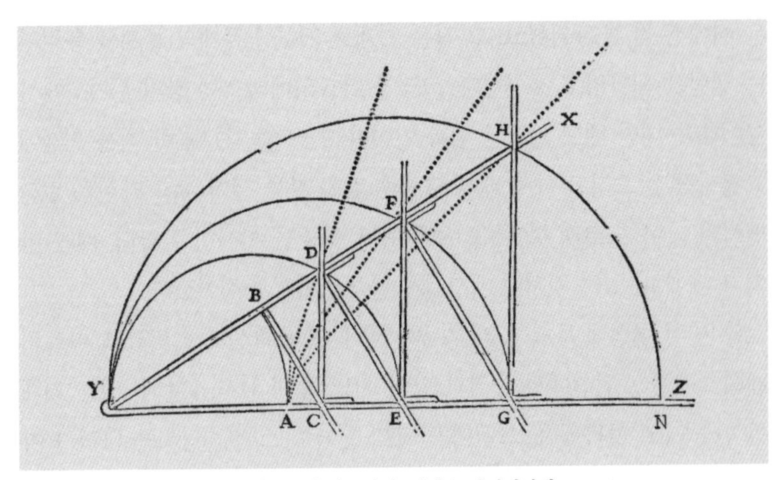

데카르트의 미소라베. 이것은 라틴어인데,
meso는 영어로 'middle, 중간', labe는 'to take, 취하다'라는 뜻이다.

비움mesalabium이라고 알려져 있다.) 하지만 플라톤은 이에 크게 분노했고, 기계학이 기하학을 순수성을 더럽히고 소멸시키고 있다고 독설을 퍼부었다. 그리고 아직 구현되지 않은 순수한 이성의 영역에 존재하는 대상이 물질의 힘을 빌리거나 감각에 호소하며(이론적으로 성급한 오해를 받거나 뜻이 변질될 가능성이 있는) 감각의 영역으로 수치스럽게 발을 들이고 있다고 말했다.

이렇게 해서 기계술은 기하학과 분리되었고 철학으로부터 멸시당했다. 하지만 이것은 군사기술로 자리 잡게 되었다. 한편 아르키메데스는 측근이자 친구로서 히에로 왕에게 편지를 보내 어느 정도의 힘만 가하면 아무리 무거운 물체라도 들어 올릴 수 있는 원리에 대해 설명해주었다. 이에 대해 확신에 찬 아르키메데스는 다른 행성이 있다면 그곳에 가서 지구를 들어 올릴 수 있을 정도라고 의기양양하기도 했다. 히에로 왕은 이에 무척 놀라워했고, 그 작은 기계로 거대한 무게의 물체를 움직이는 실험을 해달라고 요청했다. 그러자 아르키메데스는 왕의 무기고에서 끌어내는 데만 해도 엄청난 힘과 인력이 요구되는 큰 배 한 척을 기계에 고정시켰다. 그러고 나서 배에 사람과 짐을 가득 실어 놓고 자신은 멀리 떨어져 앉아 도르래 한 끝을 손에 쥐고 밧줄을 서서히 감았다. 배는 마치 바다에 떠 있는 것처럼 매끄럽게 일직선으로 움직여졌다.

왕은 이 실험에 무척 놀라 기술의 힘에 대해 확신하게 되었고, 아르키메데스에게 포위전에서 공격과 방어 어느 쪽에나 사용할 수 있는 기계를 만들라고 설득했다. 그런데 히에로 왕이 다스리던 당시는 나라가 아주 평온하고 번영했으므로 이런 기계들을 사용해볼 일이 없었다. 그런데 아주 적절한 시기에 이러한 전투 기계와 그를 고안한 기술공이 시라쿠사 사람들의 손에 들어가게 되었다. 하지만 로마군이 한꺼번에 두 통로로 성벽을 공격해왔을 때 시라쿠사 사람들은 로마군의 병력과 무력에 대적할 수 없겠다고 생각한 나머지 공포와 불안에 떨고 있었다.

하지만 아르키메데스가 자신의 기계를 돌리기 시작하자마자 자신의 기계로 온갖 종류의 유도 무기들을 육지의 로마군에게 퍼부었고 거대한 크기의 돌들을 엄청난 소음을 내며 무서운 힘으로 쏟아 부었다. 그 누구도 이 공격을 당해내지 못했고, 로마군의 대열은 깨지고 말았으며 쓰러진 군사들의 시체로 산더미를 이뤘다. 그러는 한편 바다로는 성벽에서부터 기다란 막대를 드리워서 위에서부터 무거운 무게의 물체를 떨어트려 배들을 침몰시키고 있었다. 어떤 배는 쇠로 만든 갈고리나 기중기 등에 의해 공중으로 들어 올려져 곧게 세워졌다가 바다 밑바닥으로 내동댕이쳐졌다. 나머지 배들은 강력한 기계에 들려 빙글빙글 휘둘러지다가 성벽 아래 돌출해 있는 가파른 암벽에 부딪혀 거기에 탄 사람들은 모두 괴멸당하기도 했다.

여기저기 배들이 공중으로 높이 들어올려졌고(이는 무시무시한 광경이었다.) 배에 타고 있던 사람들이 모두 바다로 떨어질 때까지 앞뒤로 휘둘러지다가 마지막에는 암벽에 내동댕이 쳐지고 바다로 떨어졌다. 그러는 와중에 마르켈루스는 '삼부카'Sambuca[141]라고 불리는 자신의 기계를 배 사이의 다리 위로 끌고 올라왔다. 이는 악기 하프와 닮아서 붙여진 이름이었다. 그런데 이것을 성벽 가까이 싣고 가던 중 10달란트[142] 무게의 돌덩어리 하나가 투하되었고 뒤이어 두 번째, 세 번째 돌이 떨어졌다. 돌들은 어마어마한 힘과 천둥만한 엄청난 소리를 내며 떨어졌고 마르켈루스의 기계를 산산조각내고 모든 잠금장치까지 날려버리고 완전히 교량에서 분리시켰다. 마르켈루스는 당해낼 도리가 없었다. 그래서 그는 배를 안전한 거리로 후퇴시키고 부하들에게 육지로 퇴각명령을 내렸다. 그러고 나서는 가능하다면 밤중에 성벽 바로 아래까지 밀고 들어가 보기로 결정했다. 아르키메데스가 자신의 기계를 작동하기 위해 여러 가지 기다란 줄을 사용했기 때문에 아주 가까이 다가가면 화살이나 석궁이 자신들을 해치지 못하고 모두 머리위로 지나갈 것이라고 생각했던 것이다.

그러나 아르키메데스는 오래전부터 적이 가까이 다가올 경우를 대비해 사용할 짧은 기계와 어떤 거리에도 적용할 수 있는 기계까지 준비해 둔 것으로 보였다. 적들은 성벽에 작은 구멍을 수없이 내고 구멍을 통해

141) 고대 그리스의 악기 이름. 페니키아 또는 헤브라이에서 전래되었다는 하프 또는 프살테리움. 그리고 별도로 작은 플루트를 가리키는 일도 있었다.

142) 달란트(talent)는 무게의 최대 단위로 시대와 나라마다 조금씩 가치가 달랐다. 그리스 시대에 1달란트는 약 20kg 정도였다.

짧은 사거리용 기계를 사용해 적들이 예상치 못했던 공격을 퍼부었다. 시라쿠사인들을 속였다고 생각했던 로마군들은 성벽으로 가까이 다가오자마자 화살 소나기세례와 투석 공격을 받았다. 그리고 돌들이 그들의 머리 위에서부터 수직으로 떨어졌고 마치 성벽 사방에서 화살이 쏟아지자 후퇴하기 시작했다. 그리고 그들이 퇴각하고 있을 때 역시 화살과 석궁을 사용해 로마군에 대한 대학살을 계속했다. 보복은 생각해보지도 못하고 군함들은 서로 부딪히며 나아가지 못했다. 아르키메데스가 성벽 아래쪽에 대부분의 기계를 설치해두었기 때문이었다. 로마인들은 눈에 보이지 않는 방법으로 끊임없이 공격이 이어지는 것에 기겁한 나머지 자신들이 신들과 싸우고 있다고 착각할 지경에 이르렀다.

그럼에도 불구하고 마르켈루스는 부상을 입지 않고 도망칠 수 있었고, 자신의 기계병들과 공병들을 비꼬면서 이렇게 소리쳤다. “우리는 저 괴물 기계를 상대로 정녕 싸움을 포기해야 하는 것이냐! 저 괴물기계는 우리 배를 동전 던지기 하듯 가지고 놀며 그 짧은 시간에 소낙비 같은 석궁을 쏟아 붓고 있구나. 백 개의 손이 달린 신화 속 거인도 이보다는 나을 것이다.” 나머지 시라쿠사 사람들은 아르키메데스가 움직이고 모든 것들을 통제하는 하나의 정신에 달린 몸뚱이에 지나지 않았다. 그들은 모든 다른 무기를 버려두고 아르키메데스의 기계에 의존해서 로마인들을 격파하고 자신들을 보호했다. 결국 로마인들은 겁에 질려 작은 밧줄이나 막대기라도 성벽 근처에 보일라 치면 이렇게 비명을 질렀다. “저기 또 시작이다! 아르키메데스가 또 기계하나로 공격을 퍼부으려고 한다.” 그리고서는 뒤를 돌아 도망쳤다. 아르키메데스는 고매한 정신과 깊은 통찰력과 과학적 지식이라는 보물을 소유하고 있었기에 자신의 발명품으로 인해 인간의 힘으로는 이룰 수 없는 지혜의 경지에 이르렀다는 명성을 얻게 되었다. 하지만 그는 자신의 공적에 대해서 한 조각의 기록이나 논평도 남기지 않았다.

이는 아르키메데스 자신이 모든 공학적인 일와 군사적 이익을 주는 모든 기술을 천하고 속된 것이라고 무시했기 때문이었다. 그는 속세와 관련되지 않은 순수한 학문적 연구에 자신의 열정과 야망을 바치고 싶어했다. 학문적 연구가 세상 다른 무엇보다 우월하다는 것에는 의심할 여지가 없다. 만약 그 안에서 우월함을 따진다면 그 연구 주제의 아름다움과 위대함에 따라, 연구 방법과 이를 증명하는 방식의 정확성과 타당성에 따라 그 경이로움의 정도가 다를 것이다.

이제껏 기하학에서 아르키메데스가 다루었던 문제보다 더 어렵고 복잡한 것이 없었고 그의 해설만큼 더 쉽고 명쾌한 것이 없었다. 그렇기 때문에 사람들은 그가 타고난 천재라고 말한다. 또 어떤 사람들은 그의 놀라울 정도의 엄청난 노력과 열정이 있었기 때문에 그렇게 이해하기 쉽고 다루기 쉬운 결과물을 낼 수 있었다고들 말한다.

그의 문제들은 우리들이 아무리 연구해도 증명할 수 없는 것이지만, 한 번 그의 해설을 보기만 한다면 자신도 발견할 수 있었을 만큼 간단한 문제였다고 믿게 될 것이다. 그만큼 아르키메데스는 우리가 아주 매끄럽고 빠르게 문제를 이해할 수 있게 해주기 때문이다. 그의 이런 천재성을 보면 사람들이 그에 대해 말했던 것처럼 그가 집 안에 있는 자신만의 세이렌(Siren, 시렌, 사이렌) 여신에게 반해 있었다는 말도 놀라운 것이 아니었다. 그는 마치 세이렌 여신에게 반한 것처럼 음식 섭취하는 것도 주변 사람들도 잊고, 목욕탕에 들거나 몸에 향유를 바를 때에도 아궁이에 있는 재 위에 손가락으로 기하학의 도형을 그리거나 향유를 바른 몸에다 도표

3대2 비율로 차는 공 모양의 입체

를 그리고 있었다고 한다. 오로지 기하학에만 몰두해 있던 것을 보면 그의 과학에 대한 애착과 기쁨은 신들린 사람이나 다름없었다고 해도 과언은 아닐 것이다. 그의 과학적 발견은 수도 없이 많았고 모두가 경이로운 것들이었다. 심지어 그가 친구와 친척들에게 남긴 유언은 자신이 죽으면 그의 무덤 위에 속이 빈 원통을 세우고 구체를 넣은 다음 그 속에 3대2 비율로 차는 공 모양의 입체비를 새겨달라는 것이었다고 한다.

안토니우스Antony는 '파르티아 전쟁'(the Parthian war)[143]을 준비하면서 클레오파트라에게 킬리키아Cilicia에 주둔하고 있는 자기를 직접 만나러 오라는 명령을 전하는 전령을 보냈다. 그는 그녀가 지난번 전쟁에서 카시우스Cassius를 적극적으로 도운 것에 대한 해명을 하기를 바랐다. 전령으로 클레오파트라를 만나러 갔던 델리우스Dellius는 그녀의 미모와 노련하고 교묘한 언변을 듣고서 안토니우스가 그녀를 문책하기는커녕 오히려 마음에 들어 할 거란 확신을 하였다. 반대로 그녀 역시 그를 마음에 들어 할 것 같았다. 그리하여 델리우스는 이집트의 여왕에게 즉시 예의를 갖추어 충고의 말을 전했다. 그는 호메로스의 시처럼 거창

143) '로마-파르티아 전쟁'(BC 66-217)은 현재의 이란 남부인 '파르스' 지역에서 발흥했던 파르티아 제국과 고대 로마 사이에 벌어진 여러 차례의 전쟁을 통틀어 가리킨다. 마르쿠스 안토니우스와 브루투스 사이의 내전에서 파르티아는 브루투스와 카시우스를 적극적으로 지원하여 BC 42년 벌어진 '필리피 전투'에도 지원병을 보냈으며, BC 40년에는 브루투스와 카시우스의 후원자였던 퀸투스 라비에누스와 연합하여 로마 영토를 침공했다.

하게 "가십시오, 가장 아름답게 치장하고 킬리키아로 가십시오" 라고 말했다. 그리고 군인들 중 가장 점잖고 친절한 안토니우스를 결코 두려워할 필요가 없다고 말했다.

클레오파트라는 델리우스의 말을 신뢰했던 것은 사실이었다. 하지만 예전에 카이사르나 폼페이우스의 아들인 어린 그나이우스[144]를 유혹해 사랑에 빠지게 했던 자신의 매력을 더 믿고 있었다. 그녀는 안토니우스와도 크게 다를 것이라 생각하지 않았다. 게다가 카이사르와 그나이우스를 만났을 때 클레오파트라르는 아직 어리고 세상에 무지한 소녀였다면, 안토니우스를 만나게 된 지금은 여성의 아름다움이 가장 꽃피우고 지혜도 갖춘 28살 나이의 성숙한 여인이었다. 그녀는 킬리키아로 떠나는 여행을 위해 이집트 여왕이 누릴 수 있는 엄청난 재물과 가장 호화로운 선물들을 준비하고 값비싼 장신구들로 치장했다. 하지만 정작 그녀가 가장 자신하고 있었던 것은 재물이 아니라 마법과도 같은 스스로의 기교와 매력이었다.

한편 클레오파트라는 몇 통의 편지를 받았는데 모두 안토니우스와 그의 친구들이 자신을 초대하는 내용이었다. 하지만 그녀는 그것들 어느 것에도 응하지 않았고, 마침내 그들을 조롱이라도 하듯이 앞머리에 금칠을 하고 보라색 돛을 활짝 펼친 배를 타고 플루트와 파이프 그리고 하프의 가락에 맞춰 은빛 노를 저으면서 키드누스Cydnus 강[145]을 거슬러 올

144) 그나이우스 폼페이우스(BC 75-45)는 로마 공화정 말기의 정치가이자 군인이었다. 폼페이우스 마그누스와 그의 세 번째 아내 무치카 테르티아와의 사이에서 태어난 맏아들인데, 카이사르에 대항해 싸우다 처형당했다.

145) 터키 남부에 있는 이 강은 베르덴 강(The Berdan River) 또는 다소강(the Tarsus River)이라고도 한다. 이 강변에 위치한 옛 도시 다소는 사도 바오로의 출생지로 유명하다.

라가기 시작했다.

클레오파트라 본인은 금빛 천으로 된 장막 밑에 기대어 앉아있었는데, 그 모습이 마치 그림 속의 아프로디테를 연상케 했다. 큐피드(그리스 신화의 에로스)처럼 아름다운 소년들은 그녀의 양 옆에서 부채질을 하고 있었고, 바다의 요정처럼 우아하게 차려입은 하녀들은 방향키를 잡거나 돛 줄을 잡으며 배를 조종하고 있었다. 배에서 풍기는 향기는 강기슭까지 퍼져나갔다. 강기슭에는 이들의 배를 구경하기 위해 많은 구경꾼들이 나와 있었는데, 그 중 일부는 강 양쪽에서 상류로 향하고 있는 배를 뒤쫓아 갔고, 몇몇은 시야를 확보하기 위해 도시 밖으로 달려나갔다.

시장의 인파들은 비너스(그리스 신화의 아프로디테)가 "바쿠스"(그리스 신화의 디오니소스)의 축제를 벌이기 위해 아시아에서 도착했다는 소식을 듣고 몰려간 터였다. 그래서 시장은 거의 텅텅 비어있었고 안토니우스는 마지막까지 남아 재판소에 앉아있었다. 안토니우스는 그녀가 도착했단 소식을 듣고 사람을 보내 저녁식사에 초대했지만, 클레오파트라는 그가 자기의 저녁식사에 먼저 응하는 것이 맞다고 생각했다. 그는 자신의 너그러움과 아량을 보여주기 위해 그녀의 초대를 기꺼이 받아들였다. 막상 저녁잔치에 초대받은 안토니우스는 말로 표현할 수 없을 정도로 황홀한 잔치에 놀랐고, 특히 연회장을 가득 매운 등불에 감탄하지 않을 수 없었다. 순식간에 엄청난 수의 테이블과 그 수 만큼의 등불을 사각형, 원형 구조로 재치있게 배치했고 그렇기에 잔치의 모습은 가히 장관을 이루었지만, 그리 아름다운 광경이라고는 볼 수 없었다.

다음날 안토니우스는 클레오파트라를 훨씬 더 멋지고 화려한 잔치에 초대하고 싶었다. 하지만 정작 그의 잔치는 클레오파트라의 것의 규모와 화려함에 비하면 아무것도 아니었다. 안토니우스는 그녀에게 그 두 가

키드누스강을 거슬러 올라가는 클레오파트라

지에 면에서 모두 한 수 아래라는 것을 인정하고 스스로 이것에 대해 농담을 던졌다. 그는 자신의 재치가 부족했고, 촌스러운 취향을 가지고 있음을 인정했다. 클레오파트라는 이 농담을 듣고 안토니우스의 군인다운 넓고 깊은 아량에 반하고 말았다. 이렇게 마음을 확인한 두 사람은 전혀 주저하거나 망설이지 않고 서로에게 빠져들고 말았다. 사실 클레오파트라의 미모는 누구와도 비교하지 못할 정도로 뛰어나진 않았지만, 누구나 그녀의 매력에 빠질 수밖에 없었는 그 무엇이 있었다. 그녀를 실제로 만나고 함께 시간을 보냈을 때 그녀의 말투나 성격 그리고 몸짓 등이 무언가 황홀한 것이 있었다고 한다.

안토니우스는 그녀의 목소리는 듣기만 해도 기분이 좋아질 정도로 영롱했고, 그녀는 마치 현악기를 다루듯이 한 언어에서 다른 언어로 옮겨 갈 수 있는 재주가 있었다고 한다. 그녀는 통역사 없이도 다른 민족들의 언어를, 즉 에티오피아, 트로글로디타이Troglodytes, 히브리, 아라비아, 시리아, 메디아, 파르티아, 그리고 그 밖의 여러 나라 민족의 말을 구사할 줄 알았다. 그녀의 선조 여러 왕들 중 모국어인 이집트어도 완벽히 습득하지 못했고, 마케도니아 어를 거의 몰랐던 왕까지 있던 걸로 미루어 볼 때, 클레오파트라의 재주는 정말로 놀라운 것이었다.

안토니우스는 클레오파트라의 매력에 사로잡혀 시리아로 진군할 준비를 끝낸 자신의 군대를 메소포타미아에 내팽겨치고 그녀를 따라 알렉산드리아Alexandria로 갔다. 그곳에서 그는 안티폰Antiphon이 얘기했던 것처럼 세상 모든 것들 중 가장 귀한 시간을 흥청망청 놀고 즐기면서 허비하고 있었다. 그들은 몇몇 사람들과 '즐길 줄 아는 사람들'(Inimitable Livers)이라는 모임을 만들어서 날마다 차례로 유흥을 위해 셀 수도 없고 믿기지도 않을 만큼 엄청난 돈을 썼다. 암피사Amphissa 출신 의사인 필로타스Philotas는 당시 알렉산드리아에서 의학을 공부하고 있던 학생이었는데, 그는 나의 할아버지 람프리아스Lamprias에게 다음과 같은 일화를 얘기해주곤 했다. 젊은 필로타스는 우연히 왕궁 요리사중 한 명과 알게 되었는데, 자기가 그들을 위한 음식을 얼마나 화려하게 준비하는지를 보여주겠다고 했다. 초대에 응한 필로타스는 부엌으로 이끌려갔는데 거기에는 온갖 호화로운 음식들이 준비되어 있었다. 특히 8마리 산돼지를 굽고 있는 것을 보고 "잔치에 오는 손님들이 정말 많은가 보군요."라고 감탄했다. 그러자 요리사는 크게 웃으며 대답했다. 잔치에는 기껏 12명 정도의 손님들이 초대받지만 어떤 음식이든지 알맞게 익고, 제때에 대접해야 하기 때문이라고 했단다. 만일 1분이라도 늦으면 음식을 버린다는 것이다. 예를 들어 안토니우스가 지금 술을 마시기 시작하면 지금 음식을 먹지 않고 와인을 더 가져오라고 시킬 수도 있고, 그러면 이야기가 더 길어져서 식사가 더 지연될 수도 있었다는 것이었다. 그렇기 때문에 그의 식사시간을 맞추기 위해 한 번이 아니라 여러 번의 식사를 준비해두어야만 했단다.

플라톤의 말에 따르면 아첨에는 모두 네 가지의 종류가 있다고 했다. 하지만 클레오파트라가 가진 아첨의 종류는 수천가지나 되었다. 안토니우스가 심각해지거나 농담거리가 떨어지기만 하면 클레오파트라는 새로운 오락거리을 대령하거나 자신의 매력을 발산해 그를 즐겁게 했다. 그녀는 그와 주사위놀이를 함께 하고, 함께 술을 마시고, 사냥까지 함께 했다. 그리고 그가 운동할 때는 옆에서 이를 지켜봐주었다. 밤에는 안토니우스가 하인 차림으로 사람들의 집 문앞이나 창가에서 수선을 피우고 괴롭히는 고약한 장난을 칠 때도 함께 따라나서기도 했다. 그는 밤중애 마실을 나갔다가 종종 형편없는 행색을 하고 돌아오기도 하고, 어떤 때는 심하게 두들겨 맞고 돌아온 적도 있었는데, 사람들 대부분이 (화가 난 나머지) 그가 누구인지도 알면서 그를 심하게 대하는 것을 주저하지 않았다. 안토니우스의 어리석은 행동을 이야기하자면 끝이 없겠지만 낚시에 대한 일화를 꺼내지 않을 수가 없다.

어느 날 그는 클레오파트라와 함께 낚시를 나갔다. 그날따라 운이 좋지 않아 아무것도 잡지 못했고, 이에 여왕 앞에서 체면서지 않은 나머지 꾀를 생각해 냈다. 그는 어부에게 물속에 들어가 이미 잡은 물고기를 자신의 낚시 고리에 걸어달라고 아무도 몰래 명령을 내린 것이다. 하지만 그가 너무 허둥지둥한 나머지 이집트 여왕이 이를 눈치채고 말았다. 하지만 그녀는 모른 척하며 모두에게 안토니우스가 훌륭한 낚시 실력을 가지고 있다고 칭찬해주었다. 그리고 다음날이 되자 클레오파트라는 그에게 다시 낚시를 하러 나가자고 청했다. 많은 사람들이 이를 구경하기 위해 함께 낚시 배를 타고 나갔다. 그녀는 그녀의 신하에게 안토니우스가 낚시대를 드리우자마자 그의 낚시대에 소금에 절인 폰토스산 청어를 끼우게 했다. 안토니우스가 낚싯대를 들어올리자 모두가 이를 보고 폭소를 터트렸다. 그러자 클레오파트라가 이렇게 말했다. "그 낚싯대는 파로스Pharos와 카노보스Canopus의 가련한 후예인 우리에게 넘기세요. 장군께서 낚으실 것은 고기가 아니고 도시와 지방과 왕국입니다."

티몰레온과 티모파네스 형제

티몰레온Timoleon[146)]은 티모파네스Timophanes라는 형이 한 명 있었다. 두 형제는 모든 면에서 너무나 달랐다. 티모파네스는 무분별하고 경솔하여 친구들이나 외국 군인들의 말에 귀가 솔깃했다. 그는 질이 나쁜 그들과 항상 어울리며 절대 권력에 대한 야망을 키우고 있었다. 그는 모든 군사적 활동에서 능력과 용맹함을 자랑해왔는데, 이는 위험을 즐기는 무모함 때문에 사람들의 주목을 받았다. 그로 인해 시민들은 그를 용감하고 능력있는 군인이라고 생각하고 장군의 자리에 앉히기도 했다. 티모파네스가 관직을 얻고 승진을 하는데 티몰레온이 전적으로 도왔다. 그는 형의 실수들을 눈감아주고 단점을 감추면서 그의 장점들이 최대한 이점으로 작용할 수 있도록 칭찬할만한 점들을 열심히 미화시켜주었다.

146) 티몰레온(BC 411-337)은 코린토스의 티모데모스(Timodemus)의 아들로 그리스 정치가이자 장군이었다.

언젠가 코린트인들(the Corinthians)은 아르고스Argos와 클레오나이Cleonae 두 나라를 상대로 전쟁을 치른 적이 있었다. 이때 티몰레온은 보병으로 있었는데 어느 전투에서 티모스테네스가 기병대를 지휘하며 싸우다가 큰 위험에 빠진 적이 있었다. 그의 말이 부상을 입어 앞으로 고꾸라지는 바람에 적진 한가운데로 내던져진 것이다. 그의 부하들은 대부분 겁에 질려 도망가고 몇몇만이 남아 대군을 가까스로 상대하고 있었다. 이 광경을 보자마자 티몰레온은 형을 구하기 위해 서둘러 적진으로 달려가 자신의 방패로 형을 보호하면서 쏟아지는 적군의 화살과 칼날을 온몸으로 막아냈다. 그리고 마침내 적들을 물리치고 형을 무사히 구출해낼 수 있었다.

코린트인들은 예전에 자신들이 한번 잃었던 도시를 또 다시 잃을까봐 두려운 나머지 400명의 용병으로 구성된 수비대를 갖추고 티모파네스에게 지휘권을 맡겼다. 그러자 그는 모든 영예와 공정성에 대한 일말의 고민도 없이 지휘관으로 임명되자, 즉시 스스로가 절대 권력자가 되어 도시를 장악하려는 계획을 실행에 옮기기 시작했다. 그는 자신의 계획에 방해가 될 만한 저명인사들을 정식 재판도 없이 마구 처형했으며, 자신을 코린트의 독재자로 선언하기에 이르렀다. 이 모든 과정을 지켜본 티몰레온은 형의 악덕함이 자신의 치욕이자 재앙으로 여겼고 깊은 고민에 빠졌다. 그는 형을 찾아가 무모하고 옳지 못한 야망을 버리고 코린트인들에게 어떻게 자신이 저지른 악덕에 대해 보상할 것인지 숙고하고 방도를 찾아보라고 이성적으로 설득했다.

그러나 티몰레온의 첫 번째 충고가 거절당하고 무시당하자 형의 처남인 아이스킬로스Aeschylus와 그의 친구인 점술가 한 사람을 데려가 두 번째 시도를 했다. 이 세 사람은 그를 둘러싸고 끈질기게 설득하여 형이

'티모파네스의 죽음' (Marie-Joseph Chénier, 1795)
옆에 동생 티몰레온이 흐느껴 울고 있다.

이성을 찾고 마음을 돌리도록 했다. 하지만 티모파네스는 처음에는 그들에게 순진하다며 조소를 보내고 벌컥 화를 냈다. 그러자 티몰레온은 한 발짝 물러서서 얼굴을 가린 채 흐느꼈고 그 사이 나머지 두 사람이 칼을 꺼내 순식간에 티모파네스를 찔러죽였다.

이 사건이 세상에 알려지자, 그중 의롭고 너그러운 코린트인들은 티몰레온의 정의감과 이를 수호하려는 위대한 정신에 대해 아낌없이 박수를 보냈다. 티몰레온은 온화한 천성을 가졌고 가족을 지극히 사랑했지만 혈족관계보다는 나라에 대한 충성심이 좀 더 컸던 것이다. 그는 사사로운 이익보다는 선과 정의를 추구하는 사람이었다. 코린트를 위해서 용감하게 싸우던 중 목숨을 걸고 구했던 형이었지만 이제 도시를 군 요새화하고 기만적으로 탈취하며 시민들을 노예로 만들려고 하자 형을 처단하고 나라를 구했던 것이다.

그러나 티몰레온은 자신의 어머니가 크게 상심하여 한탄의 말을 뱉어내며 자신을 향해 끔찍한 저주의 말을 퍼붓고 있다는 것을 알게 되었다. 그래서 티몰레온은 어머니를 위로하기 위해 찾아갔다. 하지만 그의 얼굴을 보려하기는커녕 자리를 같이 하기도 싫다는 듯이 문도 열어주지 않았다. 이에 대한 슬픔으로 실의에 빠지고 절망에서 허우적거리던 그는 차라리 굶어죽어 삶의 혼란스러움에서 벗어나려고 했다. 하지만 친구들의 끈질기고 극진한 보살핌 덕분에 그는 마음을 돌리게 되었다. 그 후 그는 은둔생활을 하면서 사람들을 멀리하고 세상과 인연을 끊었다. 그리고 아주 오랫동안 코린트로 돌아오지 않고 불안하고 고통스러운 생각들에 사로잡혀 광야를 떠돌았다. 그는 그 후 20년 동안 어떠한 영예롭거나 공적인 일에 발을 들이지 않았다.

스파르타의 왕 아게실라오스의 일화

전해지는 바에 따르면 아게실라오스Agesilaus[147]는 몸집이 작고 무시당할 만큼 존재감이 없었다고 한다. 하지만 항상 유머스럽고 활기넘치는 사람이었으며, 시무룩하거나 거들먹거리는 것과는 거리가 멀었다. 그래서 나중에 나이를 먹고 나서도 나라에서 가장 아름답고 젊은 청춘들보다 훨씬 더 매력적인 사람이라는 평을 받았다. 철학자 테오프라스토스Theophrastus의 기록에 따르면 에포르들(the Ephors)[148]은 아르키다모스Archidamus[149]가 아게실라오스의 어머니 에우폴레이아Eupoleia를 둘

147) 정확히는 아게실라오스 2세(BC 444-360, 재위 BC 400-360)이며 스파르타 에우리폰티드 왕조의 왕이다. 아르키다모스 2세와 첫 번째 부인 사이에 낳은 아들 아기스 2세(Agis II, 아게실라오스의 이복형)가 선왕이었다. 그가 죽고 그의 아들 레오티키데스(Leotychides)가 있었지만, 알키비아데스와 아기스의 아내 티마이아(Timaea)와 사이에서 불륜으로 태어난 자식이라고 의심했기 때문에 그를 이어 왕위에 오른 사람은 아게실라오스 2세였다

148) 스파르타의 5명의 민선 감독관.

149) 정확히는 아르키다모스 2세. 에우폴레이아와 두 번째 결혼해서 아게실라오스 2세와 딸 키니스카(Cynisca)를 낳았다. 키니스카는 고대 올림픽에서 처음 우승한 여성이다.

아게실라오스 2세

째 왕비로 맞으려고 할 때 "그 여자 때문에 우리는 왕이 아니라 소국(小國)의 왕(kinglet)의 혈통을 얻게 될 것입니다."라고 말하며 반대했다고 한다.

아게실라오스는 자식들을 무척 사랑했다. 다음은 그에 대한 일화인데, 아게실라오스는 아이들이 아직 어렸을 때 나무막대기로 된 말 장난감을 만들어 함께 타고 놀아주곤 했다. 어느 날 이 우스꽝스러운 모습을 친구에게 들키고 말았다. 아게실라오는 친구가 자식들을 낳아 아버지가 될 때까지 남들에게 언급하지 말아달라고 부탁했다고 한다.

한편 만티네이아인들(the Mantineans)이 테바이(테베)인들에 반란을 일으키고 스파르타에게 지원을 요청했다. 테바이의 장군 에파메이논다스(Epaminondas, 에파미논다스)[150]는 스파르타의 아게실라오스가 강력한 군대를 데리고 만티네이아인들을 도와줄 것으로 알고 한 밤중에 조심스럽게 테게아Tegea[151]에 있는 자신의 막사를 떠나 만티네이아인들조차도 모르게 아게실라오스가 없는 무방비 상태의 스파르타로 진군했다. 칼리스테네스Callisthenes에 따르면 그 정보를 전해준 자는 테스피아이 사람(the Thespian)인 에우티누스Euthynus라고 한다. 하지만 아게실라오스의

150) 에파메이논다스(BC 410-362)는 테바이의 장군이자 정치가이다. 테바이를 스파르타의 지배에서 벗어나 그리스 정치의 정상에 세웠다.

151) 아르카디아 동부, 지금의 트리폴리스 남서쪽 6㎞ 지점에 있었던 고대 그리스의 도시.

친구이자 역사가인 크세노폰Xenophon의 말에 따르면 어느 크레타 사람이 전해주었다고 한다. 아게실라오스는 이 소식을 듣자마자 스파르타로 전령을 보내 알리고 자신이 서둘러 돌아가고 있다고 말하며 스파르타인들을 안심시켰다. 그가 스파르타에 도착하자마자 테베인들은 에우로타스Eurotas 강을 건너고 있었다.

테바이인들이 도시를 공격하자[152] 아게실라오스는 용맹스럽게 그들과 대적했으며, 나이가 믿기지 않을 정도로의 위력을 보여주었다. 그가 보통 전쟁에서 조심스럽고 교활하게 주로 방어를 하며 싸웠던 것과는 달리 이번 전투에서는 필사적으로 공격을 가했으며 이 작전은 성공적이었다. 그는 에파미논다스의 손아귀로부터 도시를 구할 수 있었고, 그를 격퇴시켰다. 그는 승리의 기념비를 세우고 스파르타인들이 나라를 위해 얼마나 고귀한 일을 했는지를 스파르타의 부녀자들과 자식들에게 보여주었다. 특히 자신의 아들 아르키다모스Archidamus[153]가 이번 전쟁에서 얼마나 용맹스럽고 민첩한 몸놀림으로 위험에 빠진 곳마다 쏜살같이 달려가 아주 작은 병력으로 적을 막아냈는지 알렸다.

포이비다스Phoebidas[154]의 아들 이사다스Isadas 역시 이번 전쟁에서 적과 동료들의 감탄을 자아내는 업적을 남겼다. 그는 매우 아름다운 용모에 키가 컸고, 이제 막 소년의 티를 벗고 청년이 되어가는, 곧 인생에서 가장 꽃처럼 피어나는 시기였다. 이사다스는 그 당시 무장은커녕 거의 발가벗은 채로 집에서 몸에 향유를 바른 뒤였다. 하지만 전쟁소식을

152) BC 362년 '만티네아 전투'(Battle of Mantinea).

153) 그는 아버지를 이어 아르키다모스 3세가 된다.

154) 그는 테바이를 기습 공격해 요새 카드메이아(Cadmeia)를 포위했다.

듣자마자 머뭇거릴 사이도 없이 맨몸으로 뛰쳐나가 한 손에 창을, 또 다른 한손에는 검을 들고 적진으로 뛰어들어 닥치는 대로 적에게 공격을 퍼부었다. 그러나 싸움이 끝나고 보니 그는 몸에 상처하나 입지 않았다. 어쩌면 이는 그의 가상한 용기에 신의 특별한 보살핌을 받았거나 아니면 그의 벌거벗은 훤칠하고 아름다운 신체에 감탄한 나머지 인간이 아닌 신이라고 생각하며 달아났기 때문이었을 것이다. 에포로스들은 전쟁이 끝나고 그에게 화관을 내렸다. 하지만 화관을 주고 난 다음 곧바로 그에게 무장하지 않은 채 전쟁터에 나갔다는 이유로 1,000 드라크마의 벌금을 부과했다.

필로포이멘의 부상

스파르다의 왕 클레오메네스Cleomenes가 한밤중에 메갈로폴리스Megalopolis[155]를 급습했을 때였다. 그는 성문을 지키던 보초들을 쓰러트리고 시가지를 점령했다.

얼마 후 안티고노스Antigonus 왕이 아카이아 군을 원조하기 위해 출병해 연합군을 이끌고 클레오메네스를 추격했다. 클레오메네스는 셀라시아Sellasia 언덕에 군대를 주둔시키고 유리한 위치를 확보하고 있었다. 한편 안티고노스는 혼신을 다해 공격하기로 마음먹고 스파르타 군 진영으로 접근했다. 필로포이멘Philopoemen[156]은 시민들을 이끌며 기병대에 끼어 있었는데 그 옆에는 일리리아(the Illyrian) 보병부대가 서 있었다. 일리리아의 수많은 용맹스러운 투사들은 아카이아 군과 함께 예비군을 구성하면서 연합군 전선을 완성하고 있었다. 그들이 받은 명령은 안티노고스 왕이 직접 지휘하는 반대쪽 날개 진영에서 창끝에 붉은 옷을 매달아 높이 올리며 전투의 시작을 알릴 때까지 대열을 지키고 전투에 참가하지 말라는 것이었다. 마침내 전투가 시작되자 아카이아 군은 지휘관의 명령에 따라 대열을 굳게 지키고 있었지만 일리리아인들은 지휘관의 명령에 따라 공격을 개시했다. 그러자 클레오메네스Cleomenes의 형제 에우클리다스Euclidas는 기병대에서 떨어져나가는 보병을 보고는 자신의 최정예 경무장병들을 급파했다. 그리고 그들에게 대열을 빙 돌아 후방에서 무방비 상태인 일리리아 보병을 습격하라는 명령을 내렸다.

이로 인해 아카이아 군은 큰 혼란에 빠졌고 이를 지켜보던 필로포이멘은 왕의 장군들에게 먼저 찾아가 자신의 기병대로 스파르타의 경무장병들을 쉽게 격파할 수 있을 것이라고 말했다. 그러나 그들은 필로포이멘의 말에 신경도 쓰지 않았고, 그를 비웃으면서 허무맹랑한 말을 하고 있다고 여겼다.(그때만 해도 필로포이멘은 그러한 제안을 신뢰받을 정도로 영향력 있는 인물이 아니었기 때문이었다.) 필로포이멘은 하는 수 없

155) 그리스의 에파메이논다스가 아르카디아 남부에 건설한 대(大) 폴리스의 명칭. 이것은 '크다'라는 희랍어 megal과 '도시'라는 희랍어 polis의 합성어로 지금은 '거대 도시'라는 뜻으로 쓰인다.

156) 필로포이멘(BC 253-183)은 그리스 메갈로폴리스 출신의 장군이자 정치가 '최후의 그리스인'이라고 불리기도 한다.
BC 223년 스파르타의 왕 클레오메네스 3세가 일으킨 '클레오메네스 전쟁'에서 메갈로폴리스가 점령당했을 때 그는 최전선에서 도시를 방어하는데 앞장섰다. 전투 중 그는 말을 잃고 부상을 당했음에도 불구하고 시민들이 메세니아로 피난할 충분한 시간을 벌어주기 위해서 전투가 끝날 때까지 결사항전을 벌였다. 이후 클레오메네스는 메세니아로 사신을 보내 메갈로폴리스가 아카이아 동맹을 탈퇴하고 스파르타의 아군이 된다면 메갈로폴리스 사람들에게 도시를 반환하겠다는 관대한 제안을 했다. 그러나 필로포이멘은 완강히 반대하면서 사자를 쫓아버렸다. 그러자 분노한 클레오메네스는 메갈로폴리스를 약탈하고 파괴한 뒤 떠났다.
이후 '클레오메네스 전쟁'에 참가한 마케도니아의 안티고노스 3세는 아카이아인을 비롯한 연합군을 이끌고 클레오메네스가 이끄는 스파르타 군과 BC 222년에 '셀라시아 전투'(Battle of Sellasia)에서 격돌했다. 이때 아카이아 민병 부대를 이끈 필로포이멘은 일리리아 부대 옆에 배치되었다. 일리리아는 성급하게 클레오메네스 동생 에우클레이다스의 부대를 공격했다. 에우클레이다스는 용병부대를 일리리아 뒤로 보내 포위 공격을 가하자 오히려 일리리아가 궁지에 몰렸다. 이때 필로포이멘이 지휘관에게 이러한 사실을 알렸지만 풋내기라고 멸시하며 말을 들어주지 않았다. 따라서 그는 휘하의 시민 부대를 이끌고 정면의 적을 공격했고, 이것이 실마리가 되어 에우클레이다스 부대를 괴멸시킬 수 있었다. 이 공적으로 필로포이멘은 일약 명성을 떨쳤고, 그의 활약상은 안티고노스의 눈에도 들어 필로포이멘을 포섭하려 했지만 거절당했다. 한편 이 전투에서 결정적인 패배를 당한 클레오메네스는 이집트로 망명했다.

BC 222년에 벌어진 '셀라시아 전투'

이 자신이 이끌던 시민군들만을 데리고 공격에 나섰다. 시민군들의 처음 공격은 좀 어수선했지만 곧이어 수많은 적군을 물리치며 싸움터를 누볐다. 필로포이멘은 적들이 혼란해진 틈을 타 왕의 군대를 끌어들여 공격하기 위해 말에서 내려 싸우기 시작했다. 그는 기병대의 무거운 갑옷을 입고 거칠고 울퉁불퉁한 지면에 물줄기와 구덩이가 사방 군데로 퍼져 있는 전쟁터에서 힘겹게 싸웠다. 그런데 갑자기 가죽 끈이 달린 창이 날아와 그의 두 허벅다리를 꿰뚫어 버렸다. 창이 엄청난 기세로 날아와 허벅지에 깊숙이 박힌 탓에 창의 머리가 허벅지를 뚫고 나올 정도로 심각한 부상을 입었지만 생명에는 지장이 없었다.

필로포이멘은 마치 족쇄에 채워진 것처럼 그 자리에서 한동안 꼼짝도 할 수 없었다. 더군다나 창에 달린 가죽 끈의 매듭 때문에 창을 뽑아낼 수도 없는 노릇이었다. 주위에 있던 사람들 누구하나 손쓸 엄두도 내지 못했다. 당시 전투의 기세가 최고조에 달했고 금방이라도 판세가 갈릴 수 있는 상황에서 필로포이멘은 전투에 참여하려는 의지를 불태웠다. 그는 괴력을 발휘해 엄청난 고통 속에서 한 발을 앞으로 하고, 또 한 발을 뒤로 해서 창의 자루 한가운데를 부러뜨려 뽑아냈다. 이렇게 해서 다리가 자유로워지자 필로포이멘은 다시 칼을 거머쥐고 싸움터의 한가운데로 뛰어 들어 동료들의 사기를 북돋았고 전세에 불을 지폈다. 마침내 전쟁에서 승리를 거둔 뒤 안티고노스는 마케도니아의 기병대에게 왜 명령을 기다리지 않고 출격했냐고 물었다. 그러자 그들은 메갈로폴리스의 한 젊은이가 때가 되기 전에 갑자기 공격해 나갔고, 그에 하는 수 없이 이끌려 나갔다고 말했다. 그러자 안티고노스는 미소를 지으며 "그 젊은이가 누군지 몰라도 능숙한 지휘관의 촉을 가졌군." 하고 답했다고 한다.

아이밀리우스 파울루스의 로마식 개선식

아이밀리우스 파울루스(Aemilius Paullus, BC 229-160)[157]는 거의 60살이 다 되가는 노인이었지만 자신의 나이보다 훨씬 생기넘쳐 보였다. 그에게는 용맹스러운 아들과 사위들이 많았으며 주변에 영향력 있는 친척들과 친구들이 많았다. 이들은 모두 시민들의 뜻에 따라 집정관 자리에 오르기를 여러 번 권유하였다.

처음에 그는 주변 사람들의 거듭된 권유에 정중하게 거절 의사를 표했으나 마침내 공직에 머무를 의사가 없다는 것을 공언하기에 이르렀다. 하지만 그들이 매일 아이밀리우스 파울루스의 집 대문을 두들기고 큰 소리를 내며 소란을 피우며 집정관 선거에 출마하도록 끈질기게 설득

157) 본명은 Lucius Aemilius Paullus Macedonicus. Paullus는 Paulus라고도 쓰며, Macedonicus는 마케도니아 정벌 이후 붙여진 이름이다. 집정관을 지낸 같은 이름을 가진 그의 아버지는 BC 216년 칸나이에서 카르타고와 싸우다 죽었다. 제3차 마케도니아 전쟁을 끝낸 파울루스는 BC 191년 프라이토르(법무관)가 되었고, BC 182년에 집정관에 올랐으며, BC 168년에 다시 집정관이 되어 피드나에서 페르세우스가 이끄는 마케도니아 군에게 결정적인 승리를 거두었다

을 하자 마침내 그들의 요구사항을 받아들였다. 그가 집정관 후보자로 모습을 드러냈을 때는 단순히 집정관의 지위에 오르겠다는 것이 아니라 전쟁에 나가 나라에 승리와 성공을 가져오겠다는 결의에 차있었다. 시민들은 희망과 환희에 가득 차 그를 열렬히 환영했고 만장일치로 집정관에 선출했다. 그로써 그는 집정관 자리에 두 번째 오르게 되었다. 예정대로라면 제비뽑기를 통해 그가 관할해야하는 지역을 결정했다. 하지만 사람들은 망설이지 않고 곧바로 그를 마케도니아 전쟁의 지휘관으로 임명했다. 그는 페르세우스Perseus[158]를 상대로 하는 전쟁의 장군으로 임명되었고 민중들의 환호를 받으며 영예롭게 집으로 돌아왔다. 그런데 그의 어린 딸 테르티아Tertia가 흐느끼고 있는 것을 발견했다. 아이밀리우스는 그녀를 앉아들고 왜 울고 있었는지를 물었다. 그녀는 아이밀리우스의 목을 끌어안고 입을 맞추며 "아버지 페르세우스가 죽고 말았어요."라고 말했다. 페르세우스는 집에서 기르던 강아지의 이름이었다. 이에 아이밀리우스는 이렇게 답했다. "아이야, 이는 매우 좋은 징조이구나. 나는 이 징조를 달갑게 받아들일 것이다." 이는 웅변가인 키케로가 점술에 관해 쓴 책에 실려 있는 이야기이다.

페르세우스와 전쟁에서 승리를 거둔 아이밀리우스를 위해 치러진 개선식은 바로 이러한 방식으로 치러졌다.

158) 페르가뭄의 에우메네스 2세가 로마를 부추겨 마케도니아의 마지막 왕 페르세우스와 제3차 마케도니아 전쟁(BC 171-168)이 벌어졌다. 페르세우스는 3년 동안 로마인들의 진격을 막아냈으나, 168년 일리리아 왕 겐티오스의 지원을 잃어 서부전선에 빈틈이 생겼다. 그러자 로마군이 그를 몰아붙여 마케도니아 남부지방에 있는 피드나에서 전투가 벌어졌다(BC 168년 6월 22일). 이 전투에서 그는 아이밀리우스 파울루스에게 패한 뒤 남은 생애를 포로로 지냈다.

개선하는 아이밀리우스 파울루스 (카를 베르네 작, 1789)

사람들은 아이밀리우스의 개선식을 위해 도시 곳곳과 광장 한가운데에 경마용으로 쓰일 원형 극장 모형의 비계를 세웠다. 구경꾼들은 모두 흰 옷 차림을 했고 모든 신전들을 개방하여 화환과 향불로 가득 채웠다. 도로는 말끔하게 치워졌고 수많은 도시의 관리들은 행렬을 위해 길을 터놓고 큰 거리로 쏟아져 나오는 시민들의 질서를 바로 잡았다. 개선식은 사흘 동안 계속되었다. 첫날에는 적들로부터 빼앗은 동상이나 크고 작은 그림들이 250여 대의 마차에 실려오는 것을 구경하는 데에도 시간이 모자랄 지경이었다. 두 번째 날에는 마케도니아의 무기들 중에서 가장 정교하고 화려한 것들이 거대한 수레에 실려 한가득 도착했는데 모두 동과 강철로 만들어진 이 무기들은 새로 닦여져 눈부시게 번쩍이고 있었다.

무기들은 마치 부주의하고 아무렇게나 쌓아올린 것처럼 보였지만 정교한 기술을 사용해 의도적으로 쌓아올린 것이었다. 방패 위에는 투구가 놓여있었으며, 무릎 가리개 위에는 갑옷이 걸려있었고, 크레타의 과녁과 트라키아의 둥근 방패와 화살통이 마구들 사이에 쌓여있었다. 그리고 그 사이로 마케도니아의 긴 창과 뒤엉켜있는 검들의 칼끝이 보였다. 이 무기들은 마치 다 같이 붙어있는 것처럼 적당히 느슨하게 한데 묶여있었다. 이 때문에 수레가 지나갈 때마다 철거덕거리고 시끄러운 소리를 냈는데, 이는 적에게 빼앗은 전리품이었지만 보기만 해도 소름이 끼칠 정도였다. 무기를 실은 수레 뒤에는 3천 명의 병사들이 750개의 상자에 담긴 은화를 운반하며 따라가고 있었다. 각각의 상자의 무게는 3탈랜트에 달했으며 네 사람이 하나씩 들어나르고 있었다. 나머지는 은으로 된 그릇과 잔을 들고 있었는데 모두 그 크기나 새겨진 무늬의 정교함이 매우 흥미로웠고, 최고의 볼거리를 제공하기 위한 순서대로 운반되고 있었다.

세 번째 날은 아침 일찍 나팔수들인 먼저 나와 연주를 하며 시작되었다. 그들은 의식에서 행진이나 입장할 때 연주하던 곡이 아닌 로마인들이 적을 공격할 때 병사들의 사기를 북돋우기 위해 쓰이는 가락이었다. 나팔수 다음에는 아름답게 장식된 긴 드레스를 입은 젊은이들이 제물로 바칠 120마리의 살찐 소를 끌고 왔다. 소의 뿔은 금빛으로 칠해졌고 머리는 리본과 화환으로 치장했다. 이 젊은이들과 함께 금과 은제 그릇으로 술을 가득 담아 나르는 소년들이 행진했다. 그 뒤에는 은이 담겼던 상자처럼 3탈랜트 무게의 금이 담긴 상자들이 운반되었는데 이를 운반하는 사람들은 총 77명이었다. 다음으로 아이밀리우스의 명령으로 만들어진 그릇이 운반되었다. 이것은 신께 봉헌하기 위해 10탈랜트 무게의 온갖 보석들로 장식된 것이었다. 그리고 안티고노스Antigonus와 셀레우코스Seleucus의 술잔, 테리클레스Thericles의 잔(테리클레스는 코린트의 도예가의 이름이었다고 전해진다. 그는 처음으로 특정 모양의 잔을 만들기 시작했고, 그 후부터 같은 종류의 컵을 '테리클레스의 잔'이라고 불렀다.)과 페르세우스의 식탁에서 쓰이던 황금 접시 등이 차례로 구경꾼 앞을 지나갔다. 그 다음으로 페르세우스의 마차가 지나갔는데 그 위에는 왕이 쓰던 갑옷과 왕관이 놓여있었다. 얼마간 행렬이 중단되었다가 왕의 어린 자식들이 포박되어 끌려나왔고 그들의 시종, 스승, 가정교사들이 줄줄이 울부짖으며 함께 끌려왔다. 이들은 군중들을 향해 살려 달라고 손을 내밀며 구걸했으며 왕의 자식들에게도 그렇게 시켰다. 왕의 자식들은 아들 두 명과 딸 한명이었는데 그들은 아직 나이가 너무 어려 자신들의 불행을 알지 못하고 있었다. 자식들의 그러한 천진난만함은 보는 사람들의 마음을 더욱 애처롭게 만들었다. 그랬기 때문에 로마인들은 아이들이 지나갈 때까지 즐거움과 안타까움의 감정이 뒤섞인 채 그들에게서 눈을 떼지 못했고, 페르세우스가 지나가는 것도 알아채지 못했다.

페르세우스 왕은 머리부터 발끝까지 검은 옷을 입고 자기 나라에서 만든 부츠를 신고 아이들과 시종들의 뒤를 따르고 있었다. 그는 자신이 겪고 있는 이 어마어마한 불행에 망연자실해하며 이성을 잃은 것처럼 보였다. 다음으로 왕의 친구들과 친지들이 슬픔으로 일그러진 표정을 지으며 뒤따르고 있었다. 그들은 눈물을 훔치며 왕을 바라보고 있었는데 그 모습이 마치 자신들의 운명보다는 왕의 불행에 더욱 슬퍼하는 것처럼 보였다. 페르세우스는 행렬이 있기 전에 아이밀리우스에게 사람을 보내 자신을 행렬에서 제외해 달라고 간청했다. 이에 아이밀리우스는 페르세우스의 비겁함과 목숨에 대한 집착을 비웃으며 이는 예전이나 지금이나 스스로 결정할 문제라고 답했다. 치욕을 당하고 싶지 않으면 목숨을 끊으라는 뜻이었다. 그럴 용기도 없었던 심약한 페르세우스는 결국 자신의 전리품과 같은 신세로 전락하고 말았다.

그 다음 행렬은 아이밀리우스의 승리를 축하하기 위해 그리스 여러 도시에서 보낸 4백 개의 황금관으로 이어졌다. 그리고 바로 그 뒤에 아이밀리우스가(온갖 권력의 상징적인 장식 없이도 충분히 주목받을 만한 사람이었지만) 금실로 수놓인 자줏빛 옷을 입고 월계수 가지를 오른손에 든 채로 화려하게 장식된 마차에 앉아 등장했다. 그의 군대 전체가 월계수 가지를 손에 들고 자신이 속한 부대와 중대에 따라 나뉘어 지휘관들의 마차 뒤를 질서정연하게 행렬했다. 몇몇 부하들은 승리의 노래를 흥얼거렸고, 아이밀리우스의 공적을 찬양하기도 했다. 모든 사람들이 그를 우러러보았고 그의 승리에 행복해했으며 그를 시기하는 사람은 단 한 명도 없었다. 하지만 오히려 신이 그가 가진 행복이 너무 거대하고 과분하다고 생각하는 것 같았다. 인간의 삶에서 좋은 일과 나쁜 일은 적절히 분배되어 있어서 어느 누구도 인생의 재앙에서 완전히 자유로울 수 없는 법이다. 호메로스는 신이 우리에게 좋은 일과 나쁜 일을 공정하게 내려주시는 것을 축복으로 알아야 한다는 말을 했다.

"슬픔은 무용지물이요, 너무 슬퍼 마시오."
아킬레우스가 아들 헥토르의 시체를 요구하는 프리아모스에게 말했다.
"신은 필멸의 운명을 가진 인간에게 고통 속에서 살도록 만들었습니다. 자신들은 아무 근심 없이 살아가면서도 말입니다. 그러나 제우스 신전의 문턱에는 그가 우리에게 내리는 두 가지 선물을 담아놓은 두개의 그릇이 있습니다. 하나는 세상 모든 근심이요, 다른 하나는 기쁨입니다. 위대한 제우스신에게 그 두 가지 모두를 받는다고 해도 나쁜 일과 좋은 일을 한 번에 하나씩 겪게 되기 마련이니 너무 슬퍼하지 마십시오. 둘 중 하나만 겪는 자가 오히려 비참하고 가엾은 사람일 테니 말입니다."

피로스와의 일화에서 본 가이우스 파브리키우스의 고매한 성품

가이우스 파브리키우스Gaius Fabricius Luscinus[159)]는 매우 가난했지만 로마인들 사이에서 정직하고 성품 좋은 군인으로 널리 존경을 받고 있었다. 어느 날 파브리키우스는 포로로 잡힌 로마 군인들에 대해 논의하기 위해 피로스Pyrrhus 왕[160)]이 머물고 있는 대사관으로 찾아갔다.

159) 고대 로마 공화정의 집정관으로 고대 로마의 파브리키우스 가문의 일원이다. 외눈박이라서 이름 끝에 Monocularis가 붙기도 한다. BC 284년 파브리키우스는 타렌툼(Tarentum)의 사절로 가서 성공적으로 평화를 유지하는 데 일조했고, 2년 후인 BC 282년 집정관으로 선출되었다. 로마가 에페이로스(이피로스Epirus, 오늘날 알바니아와 그리스 국경 지대)의 피로스 왕과의 전쟁에서 패하자 파브리키우스는 피로스와 강화조약을 맺는 사절로 파견되었다. 플루타르코스에 의하면, 피로스는 파브리키우스의 청렴하고 강직한 태도에 감복하여 몸값도 없이 로마군 포로들을 풀어주었다고 한다. BC 278년, 파브리키우스는 두 번째 집정관에 선출되었고, 삼니움족과 루카니족(Lucanians)과 이탈리아 남서쪽 끝에 있는 부르티족(Bruttii)을 막아냈다. 그는 또한 피로스가 시칠리아로 퇴각한 이후 다시 타렌툼을 격퇴했다. 파브리키우스는 청렴결백한 관리의 상징으로 간주되어 키케로를 비롯한 많은 사람들이 언급하고 있으며, 단테도 『신곡』(연옥편, 제20곡 25~27행)에서 파브리키우스를 언급하고 있다

160) 고대 그리스 지방인 에피로스의 왕. 피로스는 로마군과 싸워 두 차례 전투에서 승리했으나 마지막엔 패했다. 승리는 했으나 그만큼 손실도 많이 입어 '피로스의 승리'(Pyrrhic victory, 상처뿐인 영광)라는 고사를 남겼다

코끼리로 파브리키우스를 겁주는 피로스 왕

피로스는 그를 친절하게 맞이했고 어떤 악한 의도에서가 아니라 존경이자 환대의 표시로써 금을 선물하고자 했다. 파브리키우스가 이를 거절하자 피로스는 단념하는 듯했으나 다음날이 되자 이에 보복이라도 하려는 듯이 그의 평정심을 흐트러트리기 위한 계략을 짰다. 그가 코끼리를 한 번도 보지 않았다는 사실을 알고 코끼리 중에서도 가장 거대한 코끼리를 완전히 무장시켜 회담장의 벽걸이 천 뒤에 숨겨두었다. 회담을 하던 중 피로스 왕이 신호를 보냈고, 마침내 천을 걷어 올리자 그 코끼리가 파브리키우스의 머리 위로 코를 들어 올리며 흉측하고 거슬리는 소리를 쏟아냈다.

그는 가볍게 몸을 돌리고 여유롭게 웃으면서 피로스 왕에게 다음과 같이 말했다. "어제 당신이 건넨 금이나 오늘 이 짐승도 내 마음의 평정심을 흐트러트리지 못했습니다." 저녁만찬 중 두 사람 사이에는 다양한 주제에 대해 이야기들이 오갔는데, 특히 그리스와 그리스의 철학자들에 대한 이야기가 주를 이뤘다. 키네아스Cineas[161]는 우연히 에피쿠로스학파의 철학에 대해 말하게 되었는데 그들의 신과 공무 그리고 삶의 목적에 대한 관점에 대해 다음과 같이 설명했다. "그들은 한 사람의 일생에서 주된 행복은 쾌락을 추구하는데 있다고 보았고, 공무를 행복한 인생을 방해하고 해치는 것으로 간주해 거부했습니다. 신이라는 존재를 인간을 향한 자비나 분노 혹은 어떠한 고민도 하고 있지 않은 존재이기 때문에 공무에서 벗어나 쾌락을 느끼며 충만한 인생을 살아야 한다고 말합니다." 그의 말이 미처 끝나기 전에 파브리키우스는 피로스 왕에게 참지 못하고 이렇게 소리쳤다 "오 헤라클레스여! 우리와 전쟁을 하고 있는 피로스 왕과 삼니움 사람들(the Samnites)도 이렇게 생각할 수 있도록 해주소서."

161) 피로스 왕의 최고 자문관이었던 그는 BC 281년 피로스 왕에게 이탈리아 침입을 단념하도록 설득하려 했으나 실패했다. 피로스가 루카니아의 헤라클레아에서 로마군을 무찌른 뒤(BC 280) 그는 평화협상을 하기 위해 로마로 갔다.
AD 2세기에 활동한 그리스의 역사가 아피아노스에 따르면, 이 협상에서 키네아스는 로마인들에게 남부 이탈리아에 있는 그리스인들에 대한 공격을 중지하고 브루티족·아풀리아족·삼니움족으로부터 획득했던 지역을 돌려줄 것을 요구했다고 한다. 로마는 그의 제안을 거부했으나 2년 뒤 키네아스는 좀 더 완화된 조건을 들고 로마로 와 협상을 재개했다. 하지만 이 협상도 성과 없이 끝났고 그는 시칠리아로 건너가 피로스를 도와 시칠리아 원정을 준비를 했다.

피로스는 파브리키우스의 현명함과 기백에 감탄하였고 그의 도시와 전쟁을 하기는커녕 그와 친구를 하고 싶은 마음이 간절해졌다. 그는 평화를 약속할 것이니 파브리키우스에게 자신의 옆에서 최고의 지위를 누리며 사는 것이 어떻겠는지 개인적으로 간청했다. 파브리키우스는 조용히 대답했다. "폐하, 제가 당신의 조건을 받아들인다고 할지라도 그것이 당신에게 이점으로 작용하지 못할 것입니다. 현재 당신을 존경하고 찬양하는 이들이 저를 만나게 된다면 폐하보다는 저를 섬기고 싶어할 것이기 때문입니다." 피로스 왕은 그의 대답을 듣고 조금도 분노하지 않았다. 오히려 자신의 친구들에게 파브리키우스의 훌륭한 지성에 대해 칭찬을 아끼지 않았고 포로에 대한 문제들을 모두 그에게 맡겨 버렸다. 원로원이 휴전을 받아들이지 않는다면 로마로 돌아가 친지들과 이야기를 나누고 사투르누스 축제(the festival of Saturn)를 지내고 난 뒤, 다시 피로스 왕에게 돌려보내지는 조건으로 포로들을 데려가는 것을 허락했다. 그리고 이에 따라 포로들은 축제가 끝나고 다시 피로스 왕에게 송환되었으며, 나머지 남아 있는 포로들에게는 사형이 내려졌다.

이후 파브리키우스는 영사 일을 맡게 되었다. 그 때 한 사람이 피로스 왕의 주치의가 보낸 편지를 들고 찾아왔다. 그 주치의는 자신에게 보답만 해준다면 피로스 왕을 독살시켜 로마인들을 전쟁의 위험에서 구해내주겠다고 제안했다. 파브리키우스는 그의 사악함에 경악을 금치 못하고 다른 영사에게 자신과 같은 의견을 갖게 한 다음 피로스 왕에게 반역을 조심하라는 내용의 편지를 급히 보냈다. 편지에는 이런 내용이 들어있었다.

"나, 가이우스 파브리키우스와 퀸투스 마이밀리우스(Quintus Aemilius Papus) 로마 공동 집정관은 피로스 왕에게 안부를 전합니다. 당신은 아무래도 벗을 사귀거나 적을 만들면서 올바른 판단을 하지 못한 것으로 보입니다. 우리에게 보내진 이 편지를 읽고 난 후에는 당신이 정직한 적과 전쟁을 하고 있으며 정직하지 못한 악당을 곁에 두고 있다는 사실을 깨닫게 될 것입니다. 우리가 그 편지를 당신에게 전하는 이유는 당신을 옹호해서도 아니고, 무력으로 이길 수 없기 때문에 비열한 방법으로 전쟁에서 이겼다는 비난을 받고 싶지 않아서도 아닙니다."

피로스 왕이 이 편지를 읽고 배반을 도모한 주치의를 심문하여 처벌했으며, 로마인들에 대한 감사의 뜻으로 몸값도 받지 않고 포로들을 돌려보내주었다. 하지만 로마인들은 포로를 그냥 받아들이지 않았다. 그들은 적에게 한일에 비해 너무 큰 보상과 은혜를 받았다고 생각했기에 같은 수의 타렌툼Tarentines과 삼니움인 포로들을 돌려보냈다. 그러나 로마인들은 피로스 왕이 군대를 해산시키고 이탈리아반도에서 물러나 자신들이 타고 온 배를 타고 에페이로스Epirus로 돌아갈 때까지 어떠한 동맹이나 평화에 대한 논의를 거부했다.

파비우스 막시무스의 삶

한니발Hannibal[162]이 타렌툼Tarentum[163]에서 8Km 정도 거리에 와 있을 때, 그는 파비우스 막시무스Fabius Maximus[164]가 타렌툼을 점령했다는 소식을 들었다. 그는 이에 대해 공개적으로 "로마에도 또 한 사람의 한니발이 있나보군. 우리가 타렌툼을 빼앗은 것과 똑같은 방식으로 되찾다니 말이야." 라고 말했다. 그리고 자신의 친한 동료들과 하는 개인적인 대화에서 처음으로 이탈리아를 정복하기 어려울 것이라고 생각했다는 애기를 꺼내면서 이제는 지금 기다리고 있는 병력으로는 거의 불가능할 것 같다고 말했다.

162) 현재 북부 아프리카에 있던 고대도시 카르타고의 장군. 그는 코끼리 부대를 이끌고 알프스를 넘어온 것으로 유명하다. 지중해 해상권을 두고 로마와 다투던 그는 로마원정에서 크게 승리하며 활약하였지만 결국 로마에 패배하고 말았다. 한니발은 병사의 수가 많아 보이게 하려고 야간전투에서는 소의 뿔에 횃불을 달아 로마군을 당황하게 만들기도 했다

163) 이탈리아 살렌티나반도 아래쪽에 있다. BC 8세기에 그리스인이 처음 건설하여 희랍어로 타렌툼(Tarentum)이라고 불렀다. 그 후 남부 이탈리아의 그리스 식민지 마그나그라이키아의 주요 도시가 되었으나 BC 272년 로마가 정복했다.

자마전투에서 진군하는 한니발의 코끼리부대

타렌툼에서의 승리 후 로마에서는 파비우스를 위한 개선식이 준비되어 있었는데 이는 그의 첫 번째 개선식보다 훨씬 화려하게 치러졌다. 파

164) 킨티우스 파비우스 막시무스 베루코수스 쿵크타토르(Quintus Fabius Maximus Verrucosus Cunctator, BC 275-203)는 제2차 포에니 전쟁 기간 중 독재관과 집정관을 맡아 한니발의 군대와 정면 대결은 피하면서 본국의 지원을 받지 못하고 고립된 한니발을 서서히 공격했다. 하지만 그의 이런 전술을 이해하지 못했던 원로원은 BC 216년에 그를 사임시키고 바로와 아이밀리우스를 집정관으로 선출했다. 하지만 바로는 BC 216년 '칸나이 전투'(Battle of Cannae)에서 7만의 군사를 잃는 등 대패하여 실각했다.
BC 215년-213년까지 1차로 집정관을 지내고 뒤이어 아들을 대신해서 다시 섭정하고, BC 209년-208년까지 다시 집정관을 지냈으므로 실제로 4년이나 독재를 하면서 나중엔 원로원 의장을 지냈다. 이윽고 BC 204년에 스키피오 아프리카누스를 보내 아프리카를 침공했고, 이 소식을 들은 한니발은 서둘러 철수했다. BC 203년에는 한니발 군을 이탈리아로부터 몰아냈고, 다음해 '자마 전투'에서 승리해서 카르타고를 점령 직전까지 몰아서 휴전을 맺었다.
처음에 로마인들은 파비우스의 전략을 이해하지 못하고 그를 '굼뜬 사람'(Cunctator, 쿵크타토르)이라며 비난했으나 시간이 흐르면서 그의 지구전 전략이 옳았다는 것이 입증되어 '쿵크타토르'라는 단어는 '지구전주의자' 라는 뜻을 지닌 호칭으로 바뀌었다. 근대에 들어 자본주의의 모순을 점진적으로 개선하려는 20세기 영국 사회주의 운동, 곧 Fabian Society라는 말도 여기서 나왔다.

비우스는 마치 스포츠 경기에서처럼 상대방이 지칠 때까지 기다렸다가 그의 기술을 무력화하고 장기를 무용지물로 만드는 법을 터득한 승리자 같았고, 사람들은 그런 그를 우러러 보았다. 계속되는 전쟁에 지쳐있고 부분적으로 약해져 있었으며 사치에 재물에 빠져 방탕한 생활을 하고 있던 한니발의 군대 사정을 파비우스는 제대로 이용했던 것이다.

타렌툼의 총독이었던 마르쿠스 리비우스Marcus Livius[165]는 한니발이 반란을 일으켜 타렌툼을 점령하자 성으로 후퇴하여 파비우스가 다시 점령할 때까지 성을 지키고 있었다. 파비우스가 받는 영광과 특별대우에 신경질이 났던 그는 어느날 원로원을 찾아갔다. 그는 파비우스의 업적에 앞서 자신이 끝까지 성에서 저항하지 않았다면 타렌툼을 찾지 못했을 것이라고 주장했다. 파비우스는 이를 비웃으며 말했다. "당신 말이 백번이고 맞소. 마르쿠스 리비우스가 그렇게 빼앗기지 않았다면 파비우스 막시무스는 절대 이를 되찾을 일이 없었을 테니 말이요."

사람들은 파비우스에게 감사의 표시로 여러 가지 영광을 안겨주었고 그 중 하나로 다음해 그의 아들을 집정관으로 선출했다. 그가 집정관으로 취임한지 얼마 되지 않아서 전쟁 준비와 관련된 업무를 급히 처리하고 있었는데 그의 아버지 파비우스가 말을 타고 그에게 다가오고 있었다. 노년의 약해진 기력 탓인지 지병 때문이었는지 아니면 아들을 시험해보고자 했는지 그 의도는 알 수 없었다. 그의 아들은 멀리서 이를 지켜보다가 호위병을 시켜 집정관에서 볼일이 있다면 말에서 내려 걸어오시라는 말을 전했다. 구경꾼들은 아들이 나이 많고 덕망이 높은 아버지에게 대하

165) 본명은 Marcus Livius Drusus Salinator(BC 254-204). 제1, 2차 '포에니 전쟁'에서 활약했다. 특히 '메타우르스 전투'(the Battle of the Metaurus.)에서 활약이 컸다.

는 건방진 처우에 매우 불쾌해하며 조용히 파비우스의 반응을 주시했다. 하지만 파비우스는 그 즉시 말에서 내렸고 팔을 벌려 달려가 그의 아들을 안아주었다. 그리고 "역시 나의 아들이구나. 너는 네가 가진 권위에 대해 누구보다 잘 이해하고 있고 이를 누구에게 사용해야 하는지 알고 있구나. 이렇게 사사로운 관계를 접어두는 것이야말로 우리와 우리의 조상들이 그 영광과 편의를 로마시민들에게 제공하면서 로마의 위상을 높일 수 있었던 거란다."

사실 파비우스의 증조부[166]도 당시 그 권위와 평판에 있어서 로마의 위대한 인물들 중 한명이었다고 전해진다. 그는 집정관을 다섯 번이나 지냈고 자신이 전쟁에서 거둔 승리로 개선식을 몇 번씩이나 치렀던 인물이었다. 그 역시 자신의 아들이 집정관으로서 지휘한 전쟁에서 장군으로써 활약한 적이 있었다. 그는 아들의 개선식에 시종으로서 말을 타고 아들의 개선 마차 뒤를 따라가며 아들의 승리의 영광을 온전히 그의 것으로 존중해주었다. 실제로 그 자신이 로마에서 가장 뛰어난 사람으로 인정받고 있었고 집정관인 아들에게도 영향력을 미치고 있었지만, 나라의 법률과 제도에 복종하는 것을 영광으로 생각한 것이다.

166) 아버지는 Quintus Fabius Maximus Gurges, 할아버지는 Quintus Fabius Maximus Gurges 그리고 증조할아버지는 Quintus Fabius Maximus Rullianus로 모두 집정관을 지냈다.

루시우스 코르넬리우스 술라의 잔혹함

술라[167]의 일반적인 생김새는 그의 조각상으로 잘 알려져 있다. 그의 번뜩이며 날카로운 푸른 눈과 흰 피부의 울긋불긋한 붉은 마마자국으로 인해 다가가기 힘든 무서운 인상을 풍겼다. 이 때문에 그의 별명

167) 루키우스 코르넬리우스 술라 펠릭스(Lucius Cornelius Sulla Felix, BC 138-78)는 로마 시대의 정치가, 장군. BC 82년 말 자신이 '행운아'라고 여긴 그는 '펠릭스'라는 이름을 붙였다. 그는 뛰어난 술수와 군사적 재능으로 로마에 두 번이나 진격했고, 독재관이 되어 반대파에 대한 무자비한 숙청으로 공포정치를 실시했다. 로마 역사상 최초의 전면적인 내전(BC 88-82)에 승리했으며 뒤이어 딕타토르(독재관)를 지내면서(BC 82-79) 로마 공화정의 마지막 세기에 공화정을 강화하기 위한 헌정개혁을 실시했다.
BC 94년에 프라이토르(법무관)가 되어 동맹시 전쟁에 참전했으며, BC 88년에는 공화정 최고의 직책인 2인 집정관의 한 사람이 되었고 소아시아에서 폰투스 왕 미트라다테스 6세와 벌인 전쟁의 지휘관을 맡았다. 내전 후 술라는 '발레리아 법'에 따라 딕타토르(독재관)로 임명되었는데, 이 법령은 그에게 정치체제와 입법·군사·사법에 관한 전권을 부여했다.
독재관으로서 2년 동안 정력적으로 개혁을 실시한 술라는 BC 80년 말 갑자기 사임을 발표하고 모든 공직에서 은퇴한 그는 한적한 시골에서 지내다 BC 78년 세상을 떠났다. 술라의 장례식은 그의 부하들이 참가한 가운데 로마에서 성대하게 치러졌고, 유해는 나중에 반대파에게 시신이 훼손될 것을 우려하여 유언과는 다르게 화장되었다.
그의 묘비에는 이렇게 비문이 쓰였다고 전한다. "동지에게는 술라보다 더 좋은 일을 한 사람이 없고, 적에게는 술라보다 더 나쁜 일을 한 사람도 없다."

이 술라(구리빛 또는 붉은 마마라는 뜻)로 붙여졌다고 한다. 그래서 아테네의 어느 악명 높은 광대가 다음과 같이 그의 외모를 조롱하는 노래를 만들었다고 한다.

술라의 얼굴은 밀가루에 흩뿌려진 오디라네

술라는 사람들을 처형하는데 완전히 열을 올리고 있었고 그 때문에 수많은 무고한 희생양들의 시체가 시가지를 가득채우고 있었다. 술라는 부하들이 개인적인 원한을 가진 사람을 죽이는 것도 허락할 정도였다. 사태가 이 지경에 이르자 마침내 소장 의원들 중 가장 나이가 어린 카이우스 메텔루스Caius Metellus[168]가 용감하게 원로들 앞에 나서 그의 악한 행실을 지적하고 학살을 언제쯤 중단할 것이냐고 술라에게 다음과 같이 물었다. "장군께서 죽이기로 결심한 사람들을 용서하라고 하는 것이 아닙니다. 다만 기꺼이 살려두기로 한 사람들이 안심할 수 있게 해주시라는 겁니다." 술라가 아직 누구를 살려둘지 알지 못한다고 대답하자 다시 이렇게 물었다. "그러면 당신이 누구를 벌할 것인지 말해 주시겠습니까?" 그러자 술라는 그러하겠다고 말했다. 어떤 역사학자들은 이 마지막 질문을 한 것이 메텔루스가 아니라 술라의 추종자였던 아피디우스Afidius였다고 전하기도 한다. 이런 일이 있은 다음, 술라는 어떤 법절차도 거치지 않은 채 80명을 기소하고 대중의 분개에도 아랑곳하지 않고 하루의 유예를 두고 2백 2십명 이상의 사형수 명단을 발표했다. 또 그 다

168) 본명은 퀸투스 카이킬리우스 메텔루스 피우스(Quintus Caecilius Metellus Pius, BC 130-63)로 메텔루스 누미디쿠스의 외아들. 동맹시 전쟁에서 술라의 부관으로 시작해 술라의 망명, 내전, 독재관 기간 동안 술라의 충실한 부하였다.

사형을 집행하는 술라

음날에도 같은 수의 명단을 발표했다.

술라는 심지어 이번에 발표 명단에는 머릿속에 떠오른 이름들만 적었을 뿐이고 기억이 나지 않는 사람들의 이름은 후에 발표하겠다고 말했다. 그리고는 사형으로 이들을 벌할 것이고, 사형수들을 숨겨주거나 보호하는 자 역시 형제든, 자녀이든, 부모든 간에 모두 사형에 처할 것이라는 칙령을 발표했다. 한편 사형자로 발표된 사람을 죽이는 사람에게 2탈렌트의 상금을 내리겠다고 규정했다. 또한 노예를 죽이고 아들이 자신의 아버지를 죽이는 일이 있더라도 죄가 성립되지 않았다. 그 중에서도 가장 공정하지 못했던 규정은 시민권 박탈을 그 사람의 아들과 손자까지 이어지게 하고 그들의 모든 재산을 몰수해 공개 경매에 붙인 것이었다. 이 명령은 로마뿐만 아니라 이탈리아 전역으로 퍼졌다. 그곳이 신전이든, 환영을 받던 친구의 집이든 조상대대로 내려온 고향집이든 가리지 않고 온통 피비린내가 진동했다.

사람들은 배우자의 품에서, 또 어머니의 품에서 죽어나갔다. 대중의 공분을 사거나 개인적인 원한을 져서 처형당한 사람들의 수는 자신의 재산 때문에 죽어나간 사람들에 비할 데가 없었다. 심지어 그들을 처형하는 사람들은 이렇게 말하고 다니기 시작했다. "화려한 집 때문에 그는 죽임을 당했고, 또 어떤 사람은 정원 때문에, 또 다른 사람은 좋은 목욕탕 때문에 그리되었다." 퀸투스 아우렐리우스Quintus Aurelius라는 사람은 본래 아주 온순하고 평화적인 사람이었는데 그는 이러한 재앙 속에서 자신의 역할은 남들의 고난에 조의를 표하는 것이라고 생각하고 있었다. 그런데 그가 광장에 붙여진 사형수 명단에 적혀 있는 자신의 이름을 보고 "적은 내 안에 있었구나. 알반Alban에 있는 내 농장이 내게 등을 돌리는 구나."라고 하며 탄식했다. 그는 도주했으나 얼마가지 못하고 그를 쫓던 깡패에게 살해당하고 말았다.

한편 술라에게 살해당할 위협을 받고 있던 마리우스Marius는 자살을 하고 말았다. 그 후 술라는 프라이네스테Praeneste[169]로 가서 마지막 한 사람까지 각각 법적인 절차를 거쳐 처형하려고 했으나, 결국엔 그 모든 일을 하는데 많은 시간이 걸린다는 것을 알았다. 그래서 1만 2천 명이나 되는 시민들을 한 곳에 가둬두고 한꺼번에 죽이라는 명령을 내렸다. 그는 자신이 머물던 집 주인만큼은 이 명령에서 제외시켰는데 그곳은 술라가 프라이네스테에 가면 항상 머물던 집이었다. 집주인과는 '크세노스'xenos[170]라고 불리는 그리스인들과 로마인들 사이에 흔히 존재하던 친분관계를 갖고 있었다. 하지만 그 집주인은 용감하게도 술라에게 조국을 망친 자에게 목숨을 빚지고 싶지 않다고 말하며 나머지 사람들과 함께 죽음을 택했다.

---

169) 프라이네스테(Praeneste). 현 이탈리아 라치오 주 로마현 팔레스트리나(Palestrina). 로마에서 동남동쪽으로 37㎞쯤 떨어진 아펜니노 산맥 줄기에 자리잡고 있다.

170) '이방인'이라는 뜻인데, 호메로스 시대 이후 그리스인들의 호칭이다.

루쿨루스의 사치스러운 생활습관

루쿨루스[171]의 생애는 마치 옛날 희극과 같았다. 처음에는 우리에게 정치와 전쟁 장면들을 선보이다가, 마지막에는 먹고 마시며 즐기는 흥겨운 연회장면으로 끝을 맺는다. 루쿨루스가 소유한 호화로운 건물과 포르티코porticos[172] 그리고 목욕탕은 그 화려함이 입이 아플 정도였다. 또 그는 전쟁에서 벌어들인 돈과 보물들을 화려한 그림이나 조각상 그리고 진귀한 물건들을 사 모으느라고 탕진했는데 이런 것들로 가득 찬 루쿨루스의 정원은 그 화려함이 오늘날까지도 가장 아름다운 로마 황제의 정원으로 꼽힌다. 루쿨루스는 나폴리 해안에 집을 지었는데

171) 루키우스 리키니우스 루쿨루스(Lucius Licinius Lucullus, BC 118-56)은 로마 공화정의 군인이자 정치가로 술라의 부하였으며, 동방에서 미트라다테스 6세를 상대로 전승을 거두었다. 그는 동방에서 전쟁 때 가지고 온 재물로 사치스러운 생활을 할 수 있었고 여러 군데에 대저택을 소유했다. 영어에서 lucullan('사치스러운'이라는 뜻의 형용사)은 바로 그의 이름에서 나온 것이다.

172) 고대 로마의 높은 담과 열주랑(列柱廊)으로 둘러싸인 장방형의 광장으로 포룸(forum)과 비슷하나 나무가 심어져 있다.

이곳에는 언덕을 연결하는 긴 터널을 만들어놓았고, 집 주변에 바닷물을 끌어들여 호수를 만든 다음 물고기를 길렀으며, 바다 한가운데 휴가용 별채를 지어놓고 살았다. 이를 보고 스토아학파의 철학자 투베로Tubero[173]는 루쿨루스를 로마인의 옷을 입은 크세르크스Xerxes 왕이라고 불렀다.

그는 또 투스쿨룸Tusculum[174] 근처에도 여러 채의 별장을 가지고 있었는데 전망대와 넓고 탁트인 발코니가 있는 방들과 폼페이우스가 루쿨루스를 보러올 때 걸어온 포르티코도 갖추고 있었다. 폼페이우스는 이 집들을 보고 여름에만 즐길 수 있고 겨울에는 살기 힘든 집을 지었다며 루쿨루스를 나무랐다. 그러자 루쿨루스는 웃으며 다음과 같이 대답했다.
"이보게, 자네는 어째서 내가 철에 따라 집을 바꿀지도 모르는 황새나 학보다 못한 사람으로 보고 있는 것이오?"

한번은 어떤 법무관이 막대한 비용과 노력을 들여 시민들을 위한 연극을 준비하고 있었을 때였다. 그는 루쿨루스에게 합창단원들이 입을 진홍색 상의를 빌릴 수 있냐고 물었다. 그는 집에 가서 옷이 있는지 찾아봐야한다고 말하며 만약 있다면 기꺼이 빌려주겠노라고 말했다. 다음날 루쿨루스는 법무관에게 몇벌이 필요하냐고 물었고, 그가 백벌 정도면 충분할 것같다고 말하자 그 두배를 가져가도록 했다. 이 일화를 두고 시인 호라티우스Horace는 루쿨루스처럼 보이지도 않고 있는지도 모르는 재산이 눈에 보이는 것보다 많지 않으면 부자라고 할 수 없다고 말했다고 한다.

173) 본명은 Quintus Aelius Tubero. 로도스 섬의 파나이티우스(Panaetius)의 제자로 법에 능통했다고 한다. 그는 BC 130년에 호민관이 되었다.

174) 로마 근처 라티움의 알반 언덕(the Alban Hills)에 있던 고대의 대도시.

화려한 식사를 즐기는 루쿨루스

루쿨루스가 매일 벌이는 연회는 보란 듯이 사치스러운 것들이었다. 연회에서는 값비싼 진홍색 덮개와 보석들로 장식된 그릇들을 내놓고 무희들의 춤과 연극을 구경하면서 식사를 했다. 온갖 진귀한 요리들이 다양하게 펼쳐졌으며 화려한 요리들을 선보였고 이는 세간의 감탄과 부러움을 샀다. 폼페이우스가 병에 걸렸을 때 그의 주치의는 메추리를 잡아먹으라고 권했는데, 그의 하인이 말하기를 루쿨루스가 기르고 있는 메추리가 아닌 이상 이 한 여름에 메추리를 구하기 어렵다고 말했다. 폼페이우스는 루쿨루스에게 사람을 보내 메추리를 구할 수 있었지만 "루쿨루스가 그처럼 식도락가가 아니었다면, 이 폼페이우스가 살아날 길이 없단 말이냐."라고 자존심 상해하며 그가 쉽게 구할 수 있는 음식을 처방해 달라고 명령했다고 한다. 카토는 루쿨루스의 친구이며 처남이었지만 그의 생활방식을 못마땅하게 여기고 있었다. 어느 날 한 젊은이가 원로원에 와서 검소함과 절약을 실천하는 것에 대해 길고 지루한 연설을 하자, 카토는 일어나 이렇게 반문했다고 한다. "크라수스처럼 돈을 벌고, 루쿨루스처럼 사는 당신이 어떻게."

그와 관련된 일화들을 살펴보면 루쿨루스가 자신의 생활방식에 매우 만족하고 있으며 심지어 자랑으로 여겼다는 것을 알 수 있다. 루쿨루스는 로마를 방문한 그리스인들을 며칠이고 성대하게 대접했다. 그러자 그들은 "그리스인 사이에서는 이러한 막대한 비용이 드는 접대를 매일 매일 받는 것을 염치없는 짓이라 다음부터는 초대를 거절하겠다."고 말했다. 이에 루쿨루스는 그들에게 웃으며 이렇게 말했다. "그리스인 손님여러분, 이 연회는 물론 당신들을 위한 것이기도 하지만 대부분 나 자신을 위해서 하는 일이니 절대로 부담 갖지 마시오." 한번은 루쿨루스가 혼자 저녁식사를 하게 되었는데 1인 분량의 식사가 비교적 검소하게 차려져 나왔다. 그러자 그는 집사를 불러 꾸짖었고, 집사는 초대된 손님이 없으니 성대한 식사가 필요없을 것이라 생각했다고 대꾸했다. 그러자 루쿨루스는 "아니, 너는 내가 오늘 루쿨루스가 루쿨루스를 저녁식사 손님으로 초대한 것을 몰랐단 말이냐?"라고 말했다.

온 도시가 이 일화에 대해 떠들고 있을 때 루쿨루스는 그의 가까운 친구인 키케로와 전쟁 지휘 과정에서 의견 충돌이 있긴 했지만 자주 만나서 이야기를 나누는 사이인 폼페이우스와 공회장에서 마주쳤다. 키케로가 그에게 인사를 건네고 오늘 혹시 한 가지 부탁을 해도 되냐고 물었다. 루쿨루스는 "당연하지요."라고 흔쾌히 대답하며 그것이 무엇인지 물었다. 키케로는 "그렇다면 오늘 자네 혼자 들 저녁식사를 함께 들었으면 좋겠네."라고 말했다. 루쿨루스는 난처해하며 하루 준비할 시간을 주겠냐고 물었다. 하지만 그들은 이를 허락하지 않으며 혹시라도 루쿨루스가 보통 혼자 식사할 때보다 더 많은 음식을 내놓을까봐 걱정하며 그의 하인과 이야기하지도 못하게 했다.

하지만 그들은 루쿨루스가 자신들이 보는 앞에서 하인에게 '아폴로 방'(the Apollo)에서 저녁식사를 준비하라는 명령을 내리는 것을 허락하고 말았다. 이로 인해 손님들이 오히려 그의 꾀에 넘어가버린 것이다. 그는 자기 집에 있는 여러 방에 이름을 붙이고 각 방마다 식사할 때 드는 비용을 정해 놓았는데, 하인에게 그가 어떤 방에서 식사를 할 것인지를 귀띔 해주면 얼마만큼의 비용으로 어떤 형식과 규모의 식사를 준비해야 하는지 알 수 있기 때문이었다.

아폴로 방은 그가 가장 화려한 식사를 할 때 쓰는 방으로 할당된 식사비용은 5만 드라크마였다. 폼페이우스와 키케로는 식사의 규모와 이에 든 비용에 놀랐지만 그러한 식사가 준비되는 속도에 더욱 놀랐다. 이런 일들을 살펴보면 루쿨루스가 돈을 마치 포로나 야만인들처럼 대하며 매우 방탕하고 오만불손하게 여겼음을 짐작할 수 있다.

그러나 이러한 루쿨루스의 방탕한 소비 습관에도 불구하고 그가 좋은 책들을 수집하여 도서관을 갖추어놓은 것은 칭찬받아 마땅한 일이었다. 그런데 그가 책을 수집한 것보다도 그 책을 널리 이용하게 한 것은 더욱 훌륭한 일이었다. 그는 도서관을 항상 개방해놓았고, 도서관의 산책로와 열람실을 로마인뿐만 아니라 모든 그리스인들도 무료로 이용할 수 있도록 했다. 그리스인들은 자신의 거주지에서 뮤즈의 신전과도 같은 그곳으로 가서 산책을 하고 이야기를 나누며 즐거운 시간을 보냈다. 루쿨루스 자신 역시 그 도서관에서 많은 시간을 보냈다. 그는 학자들과 산책을 하며 토론을 벌이기도 하고 정치인들에게 필요한 조언을 해주기도 했다. 그리하여 그의 집은 로마를 방문하는 이들에게 집이자, 어떤 의미에서는 그리스의 프뤼타네이움prytaneum[175]이라 불렸던 공회당 같은 곳이기도 했다.

175) prytaneion이라고도 한다. 고대 그리스 도시국가의 시청사로 '프리타니스(정부고관)의 건물'이라는 뜻. 헤스티아 여신을 모신 방을 중심으로 공문서관, 연회실 등을 갖추고 있었다. 의원이나 국빈(國賓)에게는 국비로 식사가 제공되었기 때문에 식사용 침대가 나란히 놓여 있었다.

세르토리우스의 일생

세르토리우스Sertorius[176]는 스페인 군대에 제대로 된 훈련법과 규율을 도입시켜 그들의 무분별하고 야만적인 전투방식을 송두리 채 바꾸어놓은 것으로 명성을 떨쳤다. 세르토리우스는 그들에게 로마의 무기를 사용하는 법을 가르치고 전투 중 대열을 지키거나 신호나 암호를 사용하는 법을 훈련시켜 좀도둑이나 다름없었던 그들을 엄격한 규율이 있는 일반적인 군대로 바꾸어놓았다. 또 그는 그들에게 금과 은을 하사해

176) 퀸티우스 세르토리우스(Quintus Sertorius, BC 123-72)는 로마 원로원을 무시하고 8년 동안 독자적으로 스페인(히스파니아)을 다스렸다. 로마에서 법률가와 웅변가로서 명성을 얻은 후에 갈리아 지방에서 침입해오는 킴브리족과 테우토니족(BC 105, 102)을 막아 싸웠고, BC 97년에는 스페인에서 복무했다. BC 90년에 갈리아키살피나의 콰이스토르(재무관)가 되었고, 동맹시 전쟁 중에는 군대를 지휘했다. 루키우스 코르넬리우스 술라의 지지자들과 가이우스 마리우스의 지지자들 사이에 일어난 내란(BC 87-86)에서 세르토리우스는 마리우스를 지원했고, 마리우스가 로마 시를 성공적으로 장악할 때 활약했다.
BC 83년 프라이토르(praetor, 치안관)가 된 세르토리우스는 스페인 속주를 맡아 곧 그곳으로 떠났다. 술라가 2개 군단을 파견해서 공격하자 세르토리우스는 마우레타니아로 물러났다. 세르토리우스는 BC 80년에 스페인으로 돌아왔는데 그의 용맹과 웅변술에 반한 로마의 많은 망명자들과 도망병들뿐만 아니라 루시타니아인들도 그를 지지했다.

투구를 도금시키거나 장식시켰고, 방패에도 여러 가지 무늬와 의장을 그리도록 했으며, 외투와 군복에도 화려한 꽃모양으로 수를 놓게 했다. 세르토리우스가 이 모든 것을 위한 비용을 지불하고 그 밖의 모든 면에서 그들을 개선시키는데 성심을 다하자 스페인에서는 누구에게나 모두 칭송받는 사람이 되었다.

하지만 무엇보다도 그들을 기쁘게 했던 것은 세르토리우스가 그들의 자식들 교육을 책임진 것이었다. 그는 각 마을의 명문가 아이들을 오스카Osca라는 큰 도시로 보내 그리스 식, 로마식 교육을 받게 했다. 세르토리우스가 고백하기를 아이들에게 이러한 교육을 시키는 이유는 그들이 장성해 권력의 자리에 올라 나라를 통치할 때 자신의 명령을 따르도록 하기 위한 것이었다. 하지만 그들의 부모들은 아이들이 엄격한 규율 속에서 교육을 받고 진홍색 단을 두른 긴 가운을 멋지게 차려입고 학교에 가는 것을 자랑스러워했다. 세르토리우스는 아이들의 학비를 대주고 가끔씩 시험을 봐서 성적이 가장 우수한 학생에게 로마 사람들이 '불라이bullae'라고 부르는 목걸이를 상으로 주었다.

불라이

이베루스Ebro 강 이쪽의 모든 도시들이 세르토리우스의 지휘 하에 마침내 병력을 집결시켰을 때였다. 여러 군데에서 군대가 모여들자 세르토리우스의 군대는 막강해졌다. 그들은 경험이 없고 무질서했으며 성급했기 때문에 출격이 늦어지자 어서 적을 공격하자며 아우성을 쳤다. 세르토리우스는 처음에는 이들을 이성적으로 설득하고 타이르려고 노력했으나 그들은 그의 말을 듣지 않고 점점 더 난폭

세르토리우스 앞에서 말총을 뽑는 병사들(Gerard van der Kuijl, 1638)

해졌다. 결국 그는 그들이 성급한 열망을 충족시켜주고자 적과 싸우기를 원하는 부대에게 출정을 허락했다. 세르토리우스는 그들이 전멸되지 않을 정도로만 패배하도록 해서 앞으로 자신의 명령을 잘 따르게 하려는 생각이었다.

세르토리우스가 예상한대로 그들을 패배했고, 이를 본 즉시 그들을 구하러 나가 안전하게 자신의 진영으로 데리고 왔다. 며칠이 지나고 그들의 사기를 북돋아 줄 요량으로 병사들을 모두 언덕으로 불러 모은 다음 말 두 마리를 데리고 오게 했다. 두 마리 중 한 마리는 늙고 쇠약하고 말랐으며 또 한 마리는 꼬리털이 매우 두껍고 길게 나있는 혈기 왕성하고 튼튼한 말이었다. 늙은 말 옆에는 키가 크고 힘이 센 병사를, 젊은 말 옆에는 쇠약하고 볼품없는 외모를 한 병사를 세워두고 그 둘에게 신호가 주어지면 말의 꼬리털을 뽑기 시작하라고 명령했다. 힘이 센 병사는 말의 꼬리를 한꺼번에 뽑을 생각으로 두 손으로 힘껏 잡아당기는 반면, 쇠약한 병사는 그 풍채 좋은 말의 꼬리를 한 올 한 올 뽑아내기 시작했다.

힘이 쎈 병사는 결국 꼬리를 뽑지 못하고 동료들에게 웃음거리가 된 채 포기했다. 하지만 쇠약한 병사는 짧은 시간에 적은 힘을 들여 그 훌륭한 말의 꼬리를 한 올도 남기지 않고 모두 뽑아냈다. 그러자 세르토리우스가 일어나 자신의 군대에게 다음과 같이 외쳤다. "보았는가, 병사들이여. 인내하는 것은 폭력을 무분별하게 휘두르는 것보다 강한 것이다. 뭉쳐있을 때 넘볼 수 없는 많은 것들이 이처럼 조금씩 정복해나가면 자연히 넘어오게 되어있는 법이다. 이처럼 근면함과 끈기는 아주 강력한 무기이니 시간을 들여 사용한다면 그 어떤 위대한 적도 전복시킬 수 있다. 시간은 적절한 때를 기다려 행동하는 자에게는 우호적인 조력자가 될 수 있으나 성급하게 치고나가는 자들에게는 파괴적인 적이 될 것이다."

세르토리우스의 주목할 만한 모든 공적들 중 가장 널리 칭송받는 것은 그가 카라키타니 사람들(the Characitanians)을 상대로 그의 전술을 실현시켜 승리를 거둔 일이다. 카라키타니 사람들은 타구스Tagus 강 너머에 사는 사람들이며, 도시나 마을을 이루어 살지 않고 광활한 언덕 안쪽에 자리 잡고 있었다. 그들은 그곳의 깊은 돌 구덩이에서 생활하고 있었는데 그것들은 모두 북쪽으로 입구가 나있었다. 그리고 그곳의 토질은 마른 진흙과 같아서 쉽게 가루가 되고 만일 사람이 밟기라도 하면 잿더미나 횟가루처럼 날렸다. 카라키타니 사람들은 이 땅의 습성을 이용해 전쟁이 나면 전리품과 포로들까지 모두 데리고 동굴 안으로 들어가 모든 공격이 끝날 때까지 조용히 기다리곤 했다. 세르토리우스도 마침 메텔루스Metellus[177]와 싸우다 이 언덕 근처에 진을 치게 되었다. 카라키타니 사람들은 그가 로마군에서 도망쳐 이곳으로 후퇴했다고 생각하고 그를 멸시하고 조롱했다.

이에 화가 난 것인지 적에게 패한 것으로 생각되는 것에 대한 반항심 때문이었는지는 알 수 없지만, 그는 어느 날 아침 일찍 일어나 그곳의 지리를 점검해보았다. 하지만 아무리 봐도 그들에게 접근할 수 있는 방법이 없었다. 그래서 그들에게 겁을 주고 당혹감을 주기 위해 말을 타고 달리며 주변을 돌아다녔는데 갑자기 바람이 불어 먼지가 일었고 그 먼지가 카라키타니 사람들이 머무는 동굴까지 날아가는 것을 발견했다. 그 지역 전역에는 카이시아스Caecias라 불리는 북풍이 자주 부는데 습기가 많은 평원이나 눈 덮인 산에서부터 불어오는 것이었다. 마침 그때는 더운 여름이었기 때문에 북쪽 지방의 얼음이 녹으면서 바람이 한층 더 심하게 불었다. 카라키타니 사람들은 이 바람으로 인해 동굴 안에서 가축들과 함께 온종일 선선하고 시원한 공기를 즐기고 있었다.

세르토리우스는 그러한 그곳 거주자들에 대한 정보와 자신의 전투 경험을 결합하여 전체적인 상황을 꿰뚫어 보고는 병사들에게 그곳의 가볍고 먼지 날리는 흙을 퍼서 쌓아올리게 했다. 그렇게 그는 카라키타니 사람들이 사는 언덕 바로 앞에 흙더미를 쌓아놓았는데 그 사람들은 자신들에게 접근하기 위해 고작 그런 허약한 더미를 쌓았냐며 코웃음을 쳤

177) 그는 히스파니아 울테리오르의 술라파 총독 퀸투스 메텔루스 피우스를 몰아내고 히스파니아 거의 전역을 지배했다. 이후 마르쿠스 레피두스가 술라에 대항해 반란을 일으켰으나 실패하자 레피두스의 부하들이 히스파니아로 건너와 세르토리우스와 합세하였다. 기원전 77년 폼페이우스가 로마 군대를 이끌고 히스파니아로 와서 메텔루스 피우스와 함께 세르토리우스를 공격했으나 그는 수년동안 게릴라 전술을 벌였고 이를 잘 막아내었다. 그러나 결국 그도 점점 궁지에 몰리게 되고 기원전 72년에 부하 장교들의 음모에 의해 살해당했다.

다. 그럼에도 아랑곳하지 않고 그는 병사들에게 저녁까지 일을 시킨 뒤 진영으로 되돌려 보냈다. 다음날 아침부터 잔잔한 바람이 불었다. 처음에는 쌓인 흙의 아주 일부분만이 바람에 날리는 왕겨처럼 퍼져나갔다. 하지만 해가 중천에 뜨자 세찬 북풍이 몰려와 언덕이 모래투성이가 되고 있을 때, 세르토리우스의 병사들이 달려와 흙더미를 파헤치고 뭉친 흙덩어리들을 부순 뒤 말을 타고 주변을 마구 달리면서 먼지구름을 일으켰다. 먼지는 바람을 타고 북쪽으로 나있는 카라키타니인들의 동굴로 빨려들어갔다. 또 다른 환풍로나 공기가 들어올 수 있는 입구가 없었기 때문에 북풍을 타고 들어온 먼지는 그들의 시야를 가리고 폐에 차올랐다. 그들은 먼지와 흙가루가 섞여있는 탁한 공기를 들이쉬느라고 애를 쓰면서 이틀을 더 버틴 다음 사흘째 되는 날 항복해왔다. 이 전투로 세르토리우스는 난공불락의 요새를 무력이 아닌 뛰어난 전술로 정복할 수 있다는 것을 증명했다. 이로 인해 자신이 쌓은 명성을 더 높이는 계기가 되었다.

비밀문서는 다음과 같이 만들어졌다. 에포로스들(the Ephors)[178]이 장군이나 제독을 임명해 보낼 때 둥근 나무 하나를 골라 두개로 쪼갠 다음 하나를 자기네들이 보관하고 나머지 하나를 그 사람에게 주었다. 이 나무 조각을 그들은 스키탈레스Scytales[179]라고 불렀다. 이 나무 조각으로 그들은 비밀 사항이나 중요한 일에 대해 알리고자 할 때 양피지를 긴 가죽 끈처럼 길고 가늘게 잘라 이 스키탈레스에 빈틈없이 촘촘하게 말아 표면이 전혀 보이지 않도록 했다.

이 일을 마치면 스키탈레스에 말려있는 그 양피지 두루마리 위에 자신들이 하고 싶은 말을 썼다. 말을 다 쓰면 스키탈레스에 두루마리를 벗

178) 에포로스는 고대 그리스 스파르타에서 운영되던 공직이며 스파르타의 왕과 함께 권력을 나눠 가졌다. 에포로스는 5명으로 구성되어 있으며 스파르타 시민의 선거에 의해 선출되는 민선 장관이었다.

179) 기원전 450년에 고대 그리스인들이 발견한 암호 방법으로 최초의 암호 장치라고도 불린다. 고대 그리스에서 제독이나 장군 등을 다른 지역에 파견 보낼 때, 또는 전쟁터에 나가 있는 군대에 비밀 메시지를 전달할 때 사용한 암호 방법이다.

겨내고 두루마리만 사령관 에게 보냈다. 그 두루마리를 받은 사령관은 글씨가 모두 끊어져 있기 때문에 글씨를 바로 읽을 수 없었다. 이때 그가 자신의 스키탈레스에 두루마리로 감으면 원래 글의 순서가 맞춰져 글을 읽을 수 있게 되는데, 이때 이 두루마리 역시 나무 조각을 부르는 또 다른 이름처럼 스타프staff라고 불렀다.

마르쿠스 카토의 성격

마르쿠스 카토Marcus Cato[180]는 그의 뛰어난 연설실력으로 많은 명성을 얻게 되었고 그 때문에 로마의 데모스테네스Demosthenes라고 불리고 있었다. 그러나 사람들에게 더 많이 알려져 있고 칭송받았던 것은 그의 생활태도였다. 웅변 기술은 그 시대 젊은이라면 흔히 관심을 갖고 잘하기 위해 노력하는 것이었다. 하지만 카토는 육체노동을 중시하고 가벼운 저녁을 하거나 익히지 않은 요리를 아침으로 먹는 등 조상대대로 내려온 오래된 생활습관들을 고수하던 독특한 사람이었다. 그는 항상 허름하게 차려입고 소박한 집에서 생활하는 것을 좋아했으며, 자신의 야망과 부를 얻기 위해서가 아니라 돈 없이 할 수 있는 것들에 집

180) 마르쿠스 포르키우스 카토(Marcus Porcius Cato, BC 234-149)는 기원전 234년에 태어났다. 그는 BC 203년 재무관이 되어서 스키피오 아프리카누스 휘하에서 재무관을 지냈고, 그 후 기원전 202년에 귀국했다. 그 후 카토는 BC 195년 집정관이 되어서 히스파니아에 파견됐다. 카토는 BC 184년에 켄소르(감찰관)로 선출되어 스키피오 아프리카누스를 탄핵했다. 그 후 카토는 정무관직을 이용해서 BC 189년부터 BC 149년까지 40년 동안 부정한 자들을 추방했다.

중했다. 당시 로마는 자국의 훌륭한 문화의 순수성을 고수할 수 없는 상황이었다. 이미 많은 나라를 정복하여 강성해졌고, 여러 나라 사람들이 한데 모여 그 나라들의 풍속이 섞인 새로운 생활방식을 받아들이고 있었다.

그런 상황에서 다른 사람들이 육체노동을 피하고 편안한 생활에 젖어 있을 때 카토는 그 둘 어느 것에도 꺾이지 않았기에 모두가 그를 우러러 보았다. 또 카토는 젊고 명예욕이 있었을 때나 집정관을 지내고 개선식을 경험한 후 늙고 머리가 희끗해졌을 때에도 변함없이 자신의 생활방식과 성향을 유지해냈다. 그는 스스로 자신이 의복에 1백 드라크마 이상의 돈을 써본 적이 없었다. 그가 장군이나 집정관이었을 때에도 자신의 하인이 마시는 값싼 술을 마셨으며 식사로 30아스asses[181] 어치 이상의 고기나 생선을 먹지 않았다고 말했다.

이 모든 것들이 나라를 위하는 일이라고 생각했지만 그가 건강한 육체를 가지고 있었기에 가능한 일이기도 했다. 한번은 그가 바빌로니아에서 만든 수가 놓인 융단을 선물로 받은 적이 있었다. 그는 그 귀한 융단을 회칠도 되지 않는 자신의 농장 집에 어울리지 않는다며 팔아버렸다고 한다. 그는 노예를 사는데 1천5백 드라크마 이상을 쓰는 법이 없었고, 보기에 좋은 노예보다는 자신의 말과 소떼를 잘 다룰 수 있는 튼튼한 노예를 구했다. 그리고 이런 노예가 나이를 먹으면 밥만 축내는 쓸모없는 존재로 취급하고 다시 팔아야한다고 생각했다. 요약하자면 그는 그 어떤 것도 자신이 필요로 하지 않으면 모두 쓸모없는 것으로 간주했다. 그는

181) 단수는 as, 고대 로마의 청동화로 1아스는 로마에서 가장 오래 사용된 데나리온 은화의 1/16에 해당.

어떤 물건이 1 파딩farthing[182]짜리라고 하더라도 자신이 필요하지 않으면 그것도 값이 비싸다고 생각할 사람이었다.

노예를 짐승 부리듯이 부려먹고 늙어서 쓸모없어지면 팔아버리는 것은 몰인정한 태도임에 틀림없다. 어진 성품을 가진 사람은 자신이 기르던 말이나 개가 늙어 쇠약해지더라도 끝까지 보살펴주기 마련이다. 이는 아테나인들이 헤카톰페돈Hecatompedon이라는 파르테논 신전(이전 신전의 자리에 새로 짓는 신전의 이름을 헤카톰페돈, 혹은 다른 말로 '백피트높이의 건물'이라고 지었다.)을 새로 지어 올릴 때의 일화에서도 알 수 있다. 그들이 고된 노동을 끝낸 노새 몇 마리를 풀을 뜯어먹을 수 있도록 자유롭게 풀어 논 적이 있었다.

이들 중 한 마리가 다시 돌아와 아크로폴리스로 마차를 끌고 오던 다른 무리의 노새들에게 다가가 함께 걸어오는 것이었다. 그것은 마치 일하고 있는 동료 노새들을 선동하고 사기를 북돋는 행동처럼 보였다. 이를 기특하게 여긴 아테나인들은 그 노새가 죽을 때까지 시의 보살핌을 받을 수 있도록 약속했다고 한다. 또 올림픽 경기에서 세 번이나 키몬Cimon에게 우승을 안겨 주었던 그의 말은 죽은 뒤에도 주인의 기념비 곁에 묻혔다고 한다. 특히 페리클레스의 아버지 크산티포스Xanthippus의 개는 아테네인들이 살라미스Salamis 섬으로 피난을 떠날 때 주인이 탄 배 옆에서 헤엄쳐가다 죽게 되었다. 주인은 그를 한 낭떠러지 꼭대기에 묻고 무덤을 만들어 주었는데 오늘날까지도 사람들은 그곳을 '개의 무덤'이라고 부른다.

그러나 그런 몰인정함에도 불구하고 그의 절제와 극기심은 존경받아

182) 1/4 페니.

마땅한 것이었다. 카토가 군대를 지휘할 때에도 자신과 부하들의 식량으로 한 달에 여섯 말 이상의 밀을 받지 않았으며 짐을 나르는 소의 먹이로 하루에 보리 세말을 넘기지 않았다. 사르디니아Sardinia의 총독으로 임명받았을 때에는 그의 전임자들이 천막, 침구, 의복을 공금으로 구입하고 군대를 위한 훈련이나 친구들을 위한 연회를 열 때에도 국고를 심각하게 낭비하고 있었던 반면에, 카토는 놀랄 만큼 절약을 했고 공금을 그 어떤 사적인 용도로도 쓰지 않았다.

도시를 순찰할 때에도 수레를 타지 않고 걸어 다녔으며 수행원도 오직 한명만 두어 그의 의복과 신주를 담을 컵 하나만 들도록 했다. 한편 공공의 정의를 실행하는 데에도 카토는 굽힘이 없는 엄격함을 보여주었으며 공공의 이익을 위한 조례를 만들 때에도 철저한 모습을 보여주었다. 그리하여 그가 통치하는 로마는 그 어느 때보다 혹독했지만 공정한 때였다고 전해진다.

그가 하는 말에는 무언가 힘이 있었다. 공손하지만 힘이 있었고, 유려하지만 압도적이었고, 익살맞았지만 소박했으며, 말을 늘어트렸지만 강렬했다. 이는 마치 플라톤이 얘기하는 소크라테스와 비슷했다. 소크라테스는 주변사람들에게 단순하고 수다스러우며 무뚝뚝한 사람으로 보였지만, 그의 마음 속 깊은 곳에는 듣는 사람들의 마음을 감동시켜 눈물을 흘리게 할 만큼 깊은 엄숙함과 슬픔이 들어있었다고 한다. 어느 날 로마인들의 사치스러운 생활방식을 꾸짖으며 카토는 "물고기 한 마리가 소 한마리보다 비싼 도시를 어찌 다스린단 말이요." 라고 말했다. 그는 종종 로마인들이 양과 비슷하다고 말하곤 했는데 이는 그들이 혼자 있을 때는 순종하지 않다가 모여 있으면 지도자를 잘 따른다는 것이었다. 그렇기 때문에 "당신이 무리에 섞여 있을 때는 혼자 있을 때 절대 따르지 않겠다는 사람의 말을 들어야 합니다."라고 하며 자신의 말을 듣게 했다고 한다.

로마인들이 비티니아Bithnia[183]에 사절 3명을 보냈는데 그 중 한명은 다리에 통풍이 있었고, 다른 한명은 두개골에 부상을 입고 있었으며, 다른 한명은 바보로 알려져 있던 사람이었다. 카토는 이를 비웃으며 다리와, 머리, 지혜가 없는 사람을 대사로 보냈다고 말했다.(로마와 그리스 두 나라 모두 국가의 근본 가치를 감정이나 의지 용기 같은 가치가 아닌 판단력, 신중함, 실용성으로 여기고 중요시 여기는 나라였다. 그래서 그리스인들은 그에 맞는 도덕적 타당성을 확보하기 위해 자신들의 언어가 가슴에서 기원했다고 말했고, 로마인들은 자신들을 '현명한 정치인'이라는 뜻의 'egregie cordatus homo'라고 칭했다고 한다.)

카토는 평생 자신이 한 일 중 세 가지를 후회한다고 했다. 하나는 자신의 치부를 여자에게 드러냈다는 것과, 또 하나는 육지로 가야할 길을 배를 타고 간 것, 세 번째는 하루 종일 아무 일도 하지 않고 지냈던 일이라고 한다.

그는 좋은 아버지이자 좋은 남편이었고 유별나게 절약생활을 실천했던 사람이었다. 그가 이렇게 가정을 돌보는 소소한 일에 있어서 소홀히 하지 않았던 사람이었기 때문에 이에 대한 이야기를 덧붙이지 않을 수 없다. 그는 부자는 아니었지만 가문이 좋은 집안의 여자와 결혼을 했다. 부유하고 명문가 출신인 사람도 물론 명예로운 사람들이지만 좋은 집안의 여자는 옳지 않은 일을 하는 것을 부끄러워할 줄 알고 온당하고 옳

183) 비티니아(라틴어: Bithynia)는 소아시아 북부 흑해에 접한 지역을 부르던 고대의 지명으로 같은 이름의 왕국이 있었으며 로마 제국 시대에는 속주였다. 현재 터키의 아시아 북부 지역.

은 일을 하는 남편에게 더 순종적이라고 생각했다. 자신의 아내나 아이들에게 폭력을 행사하는 남자는 가장 신성한 것을 헤치는 파렴치한이라고 말했고, 좋은 공직자보다는 좋은 남편이라는 칭찬을 듣는 것이 더 보람 있는 일이라고 말했다. 카토는 소크라테스를 무척 존경했는데 이는 소크라테스가 성미 사나운 아내와 어리석은 아이들을 잘 거느리면서 절제되고 만족스러운 삶을 살았기 때문이었다.

카토는 그의 아들이 공부를 할 나이가 되자 글을 읽는 법을 직접 가르쳤다. 그에게는 킬로Chilo라는 매우 똑똑한 하인이 있었고 많은 아이들을 가르치고 있었다. 하지만 카토는 자신의 아들이 노예에게 야단을 맞거나 공부를 못했다고 귀를 잡아당겨지는 것을 용납할 수 없으며, 아들의 학습이라는 중대한 일을 하인에게 맡길 수 없다고 말했다. 그는 문법, 법률, 체육 등에 관한 자신의 지식을 직접 아들에게 가르쳤다. 또 그에게 창을 던지는 법, 무장하고 싸우는 법, 말을 타는 법 뿐만 아니라 권투, 뜨거움과 차가움을 참는 법, 빠르고 거친 강물을 헤치고 수영하는 법 등을 가르쳐주었다. 또 카토는 자기 아들을 가르치기 위해 직접 큰 글씨로 역사책을 써서 집에서 나가지 않고 나라와 자신의 조상에 대해 배울 수 있도록 했다. 그는 아들 앞에서 마치 베스타vestals[184]의 성녀를 대하듯이 상스러운 말을 삼갔으며, 여느 로마인들처럼 아들과 함께 목욕을 하는 일 도 없었다.

그렇게 위대한 업적을 쌓듯이 자신의 아들을 훌륭하게 길러냈다.

184) '화로의 여신' 베스타(그리스 신화의 헤스티아)의 신전에서 불을 꺼지지 않도록 관리하는 처녀들.

어느 역사가에 따르면 고르기다스Gorgidas가 300명의 병사를 선별해 신성군단(神聖軍團, the Sacred Band)을 처음 만들었다고 전한다. 그들은 성채를 지키는 군대로 국가가 훈련을 허가하고 이에 필요한 모든 것을 제공했다고 전해진다. 성채는 오래전부터 도시라고 불려왔기 때문에 이들을 '도시군'이라고도 불렀다. 또 다른 이들은 신성군단이 연인들로 이루어졌다고 하는데, 이에 대해 테바이(테베)의 팜메네스Pammenes 장군은 호메로스의 작품을 빌려 이들을 칭찬했다. 그는 호메로스 작품에 나오는 네스토르 장군이 군대를 이끄는데 익숙하지 않았기 때문에 그리스인들에게 "종족은 종족끼리, 종파는 종파끼리 모여라."라고 명령했다고 말했다.

그 대신 사랑하는 동지끼리 함께 모여 싸우라고 했었어야 했는데, 이는 사람이 대부분 위험한 상황에 처하면 종족이나 종파는 머릿속에서 사라지지만 사랑을 바탕으로 끈끈하게 뭉친 군대라면 절대 흩어지지 않

마케도니아와 아테나이-테바이 연합군이 벌인 '카이로네아 전투'

고 무적이 되기 때문이었다. 서로 사랑하는 사이라면 서로의 눈에 비겁한 자로 비춰지지 않기 위해, 서로의 짐을 덜어주기 위해 위험한 전쟁터로 기꺼이 뛰어들기 마련이다. 또 자신의 눈앞에 있는 사람보다 자신의 사랑하는 사람에 대한 생각을 더 많이 한다는 것이 놀랄만한 일이 아니다. 이에 대한 예로 한 병사가 적에게 죽임을 당하려는 찰나에 자신의 가슴을 찔러 달라고 간곡히 부탁했다. 왜냐하면 그는 그 순간에도 자신의 애인을 생각하며 그가 자신이 등을 찔려 죽은 것에 부끄러워하지 않기를 바랐던 것이다.

또 헤라클레스가 사랑한 이올라오스Iolaus는 전장에 나가면 항상 그의 곁에서 싸웠다고 전해진다. 아리스토텔레스는 자신이 살던 시대에도 사랑하는 연인들이 이올라오스의 무덤에 찾아가 서로에게 신의를 맹세했다고 한다. 플라톤도 애인이 가장 충실한 동료라는 말을 했다. 이 모든 점들을 고려했을 때 도시군은 매우 신성하다고 여겨진다. 이 신성군단은 카이로네이아Chaeronea에서 벌어진 전투[185]에서 패할 때까지 단 한 번도 패한 적이 없었다고 전해진다. 필리포스 왕이 전쟁이 끝난 후 전사자들을 보기 위해 간 곳에서 3백 명이 한 무더기로 죽어 있는 것을 보고 놀라워했다고 한다. 그는 그들이 신성군단이었던 것을 알고 눈물을 흘리며 "이들이 부끄러운 짓을 했다고 의심하는 자들이 있다면 극형에 처할 것이다."라고 말했다.

185) '카이로네이아 전투'(BC 338년)는 보이오티아의 카이로네이아 근교에서 벌어진 전투로 마케도니아 왕국의 필리포스 2세가 이끄는 마케도니아군이 아테나이-테바이 연합군을 상대로 싸워 압도적으로 승리한 전투이다. 이 전투에서 필리포스는 테살리아, 에페이로스, 아이톨리아, 북부 포키스, 에피네미디아 로크리스 등과 동맹을 맺어 아테나이와 테바이의 연합군을 물리쳐 그리스에서 마케도니아의 주도권을 잡는 데 결정적인 도움을 받았다. 당시 18살의 알렉산드로스 대왕도 참전했다.

'키노스 케팔라스(Cynos Cephalas, 개의 머리) 전투'에 대해 지어진 시들 중 다음의 짧은 시는 알카이오스Alcaeus가 필리포스Philip 왕을 조롱하기 위해 전사자들의 수를 과장해서 쓴 것이다.

지나가는 나그네여,
저 벌거벗고 무덤 없는 전사자들을 보라.
쓰러진 테살리아의 3만 병사들이다.
아이톨리아인과 로마군이 저들을 무찌를 때,
이탈리아에서 온 티투스의 군대가 도왔다네.
무적의 마케도니아 왕도 그날은
암노루처럼 허둥지둥 도망갔다네.

티투스Titus[186]는 스스로 그리스의 해방에 일조한 것을 그의 어떤 공적보다 명예롭게 생각했다. 그는 이를 기념하기 위해 은으로 된 방패를 만들어 다음과 같은 글귀를 새기고 자신이 사용하던 방패와 함께 델포이Delphi의 아폴로 신전에 바쳤다.

말을 즐겨 타시는
제우스의 쌍둥이 아들 두 분[187]께
위대한 아이네아스의 후손 티투스가
그리스 해방의 영예를 위해
이를 바칩니다

그리고 아폴로 신에게 다음의 글귀를 새긴 금관을 바쳤다.

비범함을 타고나신 레토 여신님의 아드님이시여
아이네아스 가문의 위대한 장군이 바친
이 금관을 쓰시고 빛나소서
오, 포이보스Poebus[188] 신이시여, 이 고귀한 티투스에 영광을 하사해주소서.

186) 티투스(39-81), 로마 제국의 열 번째 황제이며, 아버지는 베스파시아누스이다. 아버지가 시작한 플라비우스 원형경기장(콜로세움으로 더 잘 알려짐) 건설 사업을 마무리 지었고, 준공 기념으로 100일이 넘도록 축하행사를 벌였다

187) 카스토르와 폴리데우케스.

188) 아폴로신의 다른 이름. '빛이 나는 자'라는 뜻이다.

어느 날 안티오코스Antiochus[189]가 사절로 와서 아카이아 인들에게 자신의 주군이 가진 병력이 얼마나 다양한 민족으로 구성되어 있는지에 대해 설명하며 그 어려운 이름들을 나열하고 있었다. 이에 티투스가 말하기를 "하루는 내가 친구와 저녁식사를 하고 있을 때였소. 나는 그가 내오는 수많은 요리들을 보고 훈계를 하지 않을 수 없었다. 나는 그에게 어떻게 이렇게 다양한 음식을 준비할 수 있었는지 물었소. 그가 '진실을 말하자면 이것들은 모두 다르게 조리된 돼지요리일 뿐이요' 라고 대답했소. 그렇소, 친애하는 아카이아인들이여, 안티코오스의 창기병이 누군지, 창병이 누군지, 보병이 누군지 놀라워마시오. 그들은 다르게 무장된 같은 시리아인들일 뿐이요."

칼키스 사람들(the Chalcidians)은 티투스 덕분에 생명을 건진 적이 있었다. 그들은 티투스에 대한 감사의 표시로 자신들의 가장 훌륭하고 웅장한 건물을 바쳤다. 그리고 그 건물에 다음과 같은 글귀를 새겨져 오늘날까지 남아있다. "이 체육관을 헤라클레스와 티투스 님에게 바칩니다." 그리고 "이 델피니움 꽃[190]으로 헤라클레스와 티투님에게 축성드립니다." 라고 썼다.

놀라운 것은 이도 모자라 티투스의 사제라 불리는 사제를 뽑아 제물과 신주를 바치고 난 다음 티투스를 기리는 노래를 불렀다. 다음은 그 노래의 마지막 구절이다.

오랜 로마의 운명이여

189) 콤마게네 왕국의 안티오코스 4세(재위기간 38-72)

190) 델피니움은 그리스어 'delphin(돌고래)'에서 유래한 것으로 꽃봉오리가 돌고래와 비슷하다고 해서 붙여진 이름이다. 키가 큰 화초로 우리말로는 '참제비고깔'이라고 한다.

우리가 간청하오니

우리는 지금도 그리고 언제나

로마와 티투스와 제우스신을 숭배할 것이다

처녀들은 춤을 추고

노래를 부르며

로마의 운명이 다할 때까지

오, 우리의 구원자 티투스 그리고 제우스신을 숭배할 것이다

알렉산드로스 대왕

한 가지 알아두었으면 하는 것은, 나는 역사가 아니라 전기를 쓰려고 한다는 것이다. 전기에서는 인물의 가장 영예로운 공적에 대한 이야기가 꼭 그 인물의 선함과 악함, 즉 성격을 보여준다고 할 수 없다. 반면에 한 줄의 문장, 농담 같기도 하고 어쩌면 하찮은 순간들이 가장 유명한 공성전, 가장 위대한 군비 혹은 가장 참혹한 전투보다 인물의 성격과 경향을 우리에게 더 잘 알려주기도 한다. 이는 초상화가가 신체의 어떤 부분보다 인물의 성격을 보여주는 얼굴의 선과 이목구비를 더 정확하게 표현하려는 것과 비슷하다. 그러므로 내가 그들의 인생을 묘사하면서 그들의 내밀한 영혼을 비춰주는 말과 행동을 더 각별히 다루는 것에 대한 이해를 바란다.

모든 사람들이 입을 모아 얘기하기로는 알렉산드로스(희랍어로는 Alexandros, 영어로는 알렉산더Alexander)의 혈통은 아버지 쪽으로는 헤라클레스의 혈통인 카라누스Caranus이고, 어머니 쪽으로는 아이아코스

Aeacus의 후예인 네오프톨레모스Neoptolemus까지 거슬러 올라간다. 아버지 필리포스(희랍어로는 Philipos, 영어로는 필립Philip)은 청년시절 사모트라Samothrace 섬에 머물면서 그 나라의 종교 의식에 처음으로 참가했다가 그 자리에 있던 올림피아스Olympias와 사랑에 빠졌다. 그는 그녀의 부모님이 세상을 떠나자 곧바로 그녀의 오빠 아림바스Arymbas의 허락을 받고 결혼에 골인했다.

알렉산드로스는 헤카톰바이온 달Hecatombaeon, 또는 헤카툼비온 Hekatombion[191]의 6일에 태어났는데, 그날은 에페소스에 있는 아르테미스(다이아나) 여신의 신전이 불에 타버린 날이었다. 알렉산드로스의 외관을 가장 잘 표현한 조각은 리시포스Lysippus의 작품이다. 이 작품은 그의 후계자들과 친구들이 모사하곤 했던 그의 특징적인 경향들, 예를 들어 머리를 왼쪽 어깨 쪽으로 약간 기울인 채 영롱한 눈빛을 빛내던 모습이 정확하게 표현되어 있다. 반면에 아펠레스Apelles는 그가 벼락을 손에 들고 있는 모습을 그렸는데, 그의 피부를 실제보다 더 어두운 구릿빛으로 묘사했다. 알렉산드로스는 사실 희고 밝은 피부에 얼굴부터 가슴까지 붉은 기가 돌았다고 한다. 그는 어릴 적부터 금욕적인 성향을 보였으며 쾌락에 거의 자극받지 않았고, 항상 적절하게 즐길 줄 알았다. 하지만 그 밖의 일을 할 때에는 매우 열정적이었고 명예를 갈망하고 추구하는 데에는 나이에 비해 훨씬 드높은 기백과 담대함으로 똘똘 뭉쳐있었다.

191) 고대 그리스의 달력인 '아티케 력'(attic calender)에서 첫 번째 달을 가리킨다. 참고로 '아티케 력'의 1년은 다음과 같다. 첫째 달: Hekatombion(헤카톰비온; 7, 8월), 둘째 달: Metageitnion(메타게이트니온; 8, 9월), 셋째 달: Boedromion(보이드로미온; 9, 10월), 넷째 달: Pyanepsion(퓌아넵시온; 10, 11월), 다섯째 달: Maimakterion(마이막테리온; 11, 12월), 여섯째 달: Poseideon(포세이데온; 12, 1월), 일곱째 달: Gamelion(가멜리온; 1, 2월), 여덟째 달: Anthesterion(안테스테리온), 아홉째 달: Elaphebolion(엘라페볼리온; 3, 4월), 열째 달: Munychion(무뉘치온; 4, 5월), 열한째 달: Thargelion(타르겔리온; 5, 6월), 열두째 달: Skirophorion(스키로포리온; 6, 7월)

반면에 그의 부왕 필리포스 2세는 늘 자신의 명예를 자랑할 거리를 찾았고, 현학적으로 들릴 정도로 자주 그의 웅변술을 과시했고 자신의 올림픽 전차 경주에서 승리한 공적을 동전에 새기기도 했다. 하지만 알렉산드로스는 이를 대수롭지 않은 것으로 여겼고, 누군가 발이 유난히 빨랐던 알렉산드로스에게 올림픽 전차 경주에서 겨루어 보겠냐는 질문을 하자, 만일 왕들과 겨루는 경기라면 참여하겠다고 대답하기도 했다.

또 그가 아직은 어렸을 적 부왕이 자리를 비운 사이 페르시아 왕의 대사를 접대했을 때 일이다. 알렉산드로스는 대사들과 많은 대화를 나누기 시작하면서 상냥한 태도와 어른스럽고 날카로운 질문들, 예를 들어 아시아 내륙으로 통하는 길의 거리나 상태, 그들이 모시는 왕의 성격, 그의 적에 대한 태도나 전쟁터에 내보낼 수 있는 병력에 대해 물어보면서 그들의 호감을 얻었다. 대사들은 일찍부터 엿보이는 왕자의 대담한 행동과 목표의식이 부왕의 명성과 비교해도 모자람이 없는 것에 감탄을 자아냈다. 알렉산드로스는 필리포스 왕이 중요한 도시를 함락시켰다거나 중요한 승리를 거두었을 때마다, 기뻐하기는커녕 그의 측근들에게 아버지가 앞으로 자신들이 이룰 위대하고 걸출한 공적을 모두 가로채려한다는 식으로 말하곤 했다. 쾌락이나 부보다는 명성이나 영예를 얻는 것을 더 중요하게 생각했던 그는 부왕으로부터 상속받을 것이 많아질수록 자신이 미래에 성취할 것들이 줄어든다고 생각했던 것이다. 유일한 즐거움이 부와 사치뿐인 소극적인 삶이 보장되는 융성하고 안정된 왕국보다는 오히려 전쟁 위기에 처한 문제 투성이의 왕국을 계승받는 편을 선호했고 자신의 용맹함을 십분 발휘할 수 있는 기회와 전쟁터가 주어지기를 바랐다.

알렉산드로스에게는 수많은 수행원과 개인교사 그리고 스승이 있

부케팔로스를 타고 있는 소년 알렉산드로스

었다. 그 중 가장 으뜸은 어머니 올림피아스의 친척이었던 레오니다스Leonidas였는데 그는 금욕적인 성품을 가진 인물로 자신의 명성에 부합하는 고귀하고 명예로운 사람이었다. 일반적으로 그가 지닌 위엄있는 모습과 알렉산드로스와의 인척관계 때문에 사람들은 그를 알렉산드로스의 양아버지이자 교육자로 여겼다. 그러나 알렉산드로스의 실질적인 교사의 자리와 역할을 맡았던 사람은 아카르나니아인the Acarnanian 리시마코스Lysimachus였다고 한다.

어느날 테살리아인the Thessalian 필로니코스Philonicus가 그 유명한 명마 부케팔로스Bucephalas를 필리포스 왕에게 데려와 13탈렌트talent에 사라고 제안했다. 왕과 신하들은 말을 시험해보기 위해 들판으로 나갔으나 너무 사나워 통제할 수 없었고 사람이 올라타려할 때마다 발버둥치기만 할 뿐 필리포스 왕 일행 중 그 누구의 말도 들으려하지 않았다. 그들은 부케팔루스를 쓸모없고 다루기 어려운 말로 단정짓고 끌고 나가려고 했다. 그러자 이를 옆에서 지켜보던 알렉산드로스가 "말을 제대로 대할 줄 아는 배짱만 있었더라도 아까운 명마를 놓치지 않을텐데……." 라고 중얼거렸다. 필리포스 왕은 처음에 그 말을 못 들은 체했으나 그가 같은 말을 되풀이하는 것을 듣고 알렉산드로스가 못마땅해 하는 것에 주목하면서 그에게 물었다. "너는 지금 네가 더 많이 알고 말을 더 잘 다룰 수 있다는 냥 너보다 경험이 많은 신하들에게 비아냥거리고 있다는 사실을 알고 있느냐?" "네, 저는 확실히 저들보다 이 말을 잘 다룰 수 있습니다." 라고 알렉산드로스는 당당하게 대답했다. "만약 실패한다면, 너의 경솔함에 어떤 벌을 받겠느냐?" 왕이 묻자 알렉산드로스는 "저 말값을 치르겠습니다."라고 대답했다. 그러자 그곳에 있던 모든 사람들이 알렉산드로스의 터무니 없는 자신감에 웃음을 터트릴 수밖에 없었다. 내기가 시작되자마자 알렉산드로스는 말에게 즉시 달려가 굴레를 건네받고는 말머리를 태양 쪽으로 돌렸다. 말이 자신의 그림자가 움직이는 것에 겁을 먹어 불안해하는 것을 발견했기 때문이었다. 그런 다음 고삐를 손에 쥔채 말을 앞으로 좀 더 나아가게 한 후 말이 다시 흥분하며 격렬하게 움직이려하자 부드럽게 쓰다듬어 달랬다. 알렉산드로스는 망토를 부드럽게 벗어던진 뒤 가볍게 말 등에 올라타고는 조금씩 고삐를 잡아당겨 발로 차거나 자극시키지 않으면서 말을 제어하기 시작했다.

이윽고 말이 완강히 반항하는 것을 멈추자, 그는 말이 달려주기를 바라고 있다는 것을 알아챘다. 그는 큰 소리로 호령을 하고 말의 옆구리를 걷어차며 힘차게 앞으로 달려나갔다. 필리포스 왕과 신하들은 그가 말머리를 돌릴 때까지 그저 넋이 나가 그를 바라보고만 있었고, 알렉산드로스가 기뻐하며 의기양양하게 돌아오자 모두 박수갈채를 쏟아내며 환호했다. 그의 아버지 필리포스 왕은 기쁨의 눈물을 흘리며 아들이 말에서 내려오자 입을 맞추며 이렇게 말했다. "아들아, 너는 너에게 걸맞는 왕국을 건설하도록 하거라. 마케도니아는 너에게 너무나도 좁구나."

이 사건이 일어난 뒤, 필리포스 왕은 아들이 도리에 맞는 일은 잘 따르지만 강제적인 일은 절대 하려하지 않는 다는 걸 알았다. 그는 항상 아들에게 명령하거나 강요하는 대신에 설득하려고 노력했다. 그리고 왕은 청년기 알렉산드로스의 교육과 학업을 까다롭고 중요한 사안으로 간주하며 음악과 시 및 보편적인 교과과정을 평범한 스승의 손에 맡겨지는 것을 경계했다. 알렉산드로스의 교육에는 소포클레스가 말하듯 "고삐는 물론이거니와, 방향키까지" 필요하다는 것을 왕은 깨달았던 것이다.

그러한 방향키를 제공하기 위해 필리포스 왕은 당대의 가장 박식하고 칭송받는 철학자 아리스토텔레스Aristotle를 아들의 스승으로 모시고 아들에게 쏟는 노력에 걸맞는 후한 대접을 해주었다. 이전에 식민지로 만들었던 아리스토텔레스의 고향 스타기라Stagira에서 추방되었거나 노예가 됐던 시민들을 집으로 돌아갈 수 있게 해주고, 그들의 지위를 복권시켜주었다. 알렉산드로스와 아리스토텔레스가 연구와 실습을 마음껏 할 수 있기 위한 장소로 미에자Mieza 근처 님프Nymphs의 신전을 배정해주었다. 그곳에는 지금도 아리스토텔레스가 앉았던 돌의자와 그가 종종 걷던 그늘진 산책길이 남아있다. 알렉산드로스는 스승의 윤리학과 정치학적 교리뿐만 아니라 소요학파라고 불리던 철학자들이 일반인들에게 공개하지 않고 말로만 전하던 더 난해하고 심오한 이론들에 관한 가르침도 받았다. 알렉산드로스가 아시아에 머물고 있을 때 아리스토텔레스가 그러한 구전 이론들을 책으로 출판했다는 얘기를 듣고 그에게 철학적 언어가 아닌 매우 평범한 언어들로 다음과 같은 내용의 편지를 보냈다.

"아리스토텔레스 선생님께, 안부를 전합니다. 선생님께서 구전으로만 전해지던 교리를 책으로 펴내신 것은 심히 잘못된 일이라 사료됩니다. 우리가 특별히 교육받았던 것들이 모든 사람들에게 공개된다면 우리가 무엇으로 그들을 능가할 수 있겠습니까? 단언컨대, 그들보다 저는 권력과 영토의 확장이 아니라 지식으로 뛰어나고 싶단 말입니다." 그러자 아리스토텔레스는 알렉산드로스의 지식에 대한 열정을 달래는 투로 자신의 교리에 대해 변론을 했다. 사실은 형이상학에 대한 그의 책은 보통사람들은 이해할 수 없는 문체로 쓰여 있으며 그 관련된 지식이 있는 사람들이 참고로 읽었을 때만 교육의 효과가 있다고 답변한 것이다.

아리스토텔레스에게서 영향을 받은 알렉산드로스는 철학적 이론뿐만 아니라 의술에도 관심이 많았던 것이 틀림없다. 그는 동료들이 아플 때마다 식단을 짜주거나 병세에 따른 약을 처방해주곤 했던 기록을 그의 편지에서 찾아볼 수 있다. 알렉산드로스는 천성적으로 모든 종류의 배움과 독서를 사랑하는 사람이었다. 오네시크리토스Onesicritus에 따르면 알렉산드로스는 아리스토텔레스가 교정한 호메로스(Homeros, 영어로는 호머Homer)의 『일리아드』 '향갑판香匣版'을 단검과 함께 배게 밑에 두었으며, 이를 모든 군사학적 선과 지식의 완벽하고도 휴대가능한 보고(寶庫)로 여겼다. 그가 아시아의 북쪽에 있던 시절 읽을 책들이 부족해 하르팔루스Harpalus에게 책 몇 권을 보내달라고 부탁했다. 그러자 그는 필리스토스Philistus의 역사책과 에유리피데스Euripides, 소포클레스Sophocles, 아이스킬로스Aeschylus의 수많은 희곡뿐만 아니라 텔레스테스Telestes와 필로크세노스Philoxenus가 쓴 송가(頌歌, Ode) 등도 보내주

소년 알렉산드로스를 가르치는 아리스토텔레스

었다고 한다.

필리포스 왕은 비잔틴the Byzantines 원정에서 당시 16살이었던 알렌산드로스에게 국새의 권한을 위임하며 마케도니아를 맡겼다. 그동안 그는 반란을 일으킨 마이디Maedi를 정벌하고 그들의 주 도시를 격파하여 그곳에 있던 야만인들을 몰아냈다. 그리고 그곳에 몇몇 국가로 이루어진 식민지를 건설한 다음 자신의 이름을 붙여 알렉산드로폴리스Alexandropolis라고 불렀다. 부왕이 그리스군과 싸웠던 카이로네아Chaeronea 전투에서는 테베의 신성 군대를 공격한 첫번째 사람이 알렉산드로스라고 전해진다. 케피소스Cephisus 강[192] 근처에는 한 오래된 떡갈나무가 서 있는데 사람들은 알렉산드로스가 그 떡갈나무 아래에 텐트를 쳤다고 해서 알렉산드로스의 떡갈나무라고 부른다. 그리고 너무 멀지 않은 곳에 바로 그 전투에서 마케도니아군 전사자들의 무덤이 있다. 필리포스 왕은 어린 알렉산드로스의 이러한 용맹스런 모습을 보고 그를 더욱 총애하게 되었으며, 신하들이 그를 장군이라 칭하고 대신 알렉산드로스를 왕이라고 부르는 것을 더할 나위없이 기뻐했다.

그러나 후에 필리포스 왕이 아탈로스Attalus의 조카 클레오파트라Cleopatra와 결혼하게 되면서 둘 사이가 멀어지기 시작했다. 한편 알렉산드로스의 친구였던 파우사니아스Pausanias(오레스티스의 파우사니아스는 기원전 336년 필리포스 2세를 암살한 호위병이다.)가 아탈루스와 클레오파트라 사건으로 모욕을 당한지 얼마 지나지 않았을 때였다. 파우사니아스는 필리포스 왕에게 이 모욕을 되갚아 줄 수 없다는 걸 깨닫고 기회를 엿보다가 왕을 암살해버렸다. 알렉산드로스는 부왕이 암살당하자 겨우 스무살의 나이로 온갖 위험과 원한을 품은 적들에 둘러쌓여 왕위를 물려받게 되었다. 테베에서 반란이 일어났고 아테나인이 동조하고 있다는 것을 들은 알렉산드로스는 즉시 테르모필라이Thermopylae 고개를 넘어 진군해 나갔다. 일리리아Illyria의 전투에서는 아이라고 부르고, 테살리Thessaly에서는 소년이라고 부르며 그를 얕잡아 보던 데모스테네스Demosthenes에게 아테나의 성벽 앞에 완전한 남자가 되어 나타났다고 선언했다.

알렉산드로스는 테베에 도착해서 그가 과거 일들에 얼마나 너그러운

192) 고대 그리스 중부의 보이오티아 지방에 흐르던 강. 또 그 강의 신 이름이기도한데 나르키소스의 아버지이다.

지를 보여주기 위해 테베의 시민들에게 반란의 주동자인 피오닉스와 프로티테스를 넘겨주기만 하면 항복하는 모든 이들을 용서해주겠다고 선언했다. 그러나 테베인들은 되려 필로타스와 안티파테르를 자신들에게 넘기라고 항변하자, 그에 분개한 알렉산드로스는 테베인들에게 전쟁의 참혹함을 마지막으로 느끼게 해주겠다고 응수했다. 그렇게 테베인들은 자신들보다 훨씬 많은 수의 적들을 상대로 혼신을 다해 용감하게 싸웠다. 마케도니아 군의 기습 공격을 받아 사방에서 포위당했기에 대다수의 테베인들은 전사하고 말았다. 도시는 전쟁의 태풍을 직격탄으로 맞아 약탈당하고 붕괴되었는데, 이는 알렉산드로스가 그리스 전체의 복종을 이끌기 위한 처참한 예가 되기를 바랐기 때문이었다. 성직자들을 제외하고 마케도니아인들과 친분이나 연결고리가 있는 사람 몇몇, 당대의 유명한 서정시인 핀다로스(Pindaros, BC 522-443, 영어로는 핀달Pindar)의 가족, 공개투표에서 전쟁에 반대했던 사람들을 제외한 3만여 명의 나머지 테베인들은 공개적으로 노예로 팔렸고, 6천 명이 넘는 사람들이 처형당한 것으로 집계되었다.

도시에 닥친 여러 재앙들 가운데 트라키아인 군인들이 티모클레아 Timoclea 가문의 귀부인의 집에 침입한 일이 있었다. 이들의 우두머리는 자신의 탐욕을 채우기 위해 귀부인에게 숨겨둔 재물이 없냐고 협박했고, 그녀는 그에 지체없이 대답하며 그를 정원으로 유인했다. 그녀는 정원의 우물을 보여주면서 자신이 도시가 함락되었을 때 소유하고 있던 가장 값나가는 것들을 우물에 던져버렸다고 말했다. 탐욕스러운 그 트라키아 병사는 보물들이 있다는 곳을 들여다 보려고 얼른 우물 안쪽으로 허리를 굽혔고 그 사이 귀부인은 그의 뒤로 다가와 우물 안으로 밀어버렸다. 그런 다음 그가 죽을 때까지 큰 돌들을 마구 던져넣었다. 나머

알렉산드로스와 디오게네스

지 병사들이 이를 발견하고 그녀를 결박하여 알렉산드로스에게 데려갔다. 이때 알렉산드로스는 그녀의 품행과 걸음거리로 미루어보아 명예롭고 고귀한 출신임을 알아챘다. 그녀는 왕 앞에서도 전혀 두려워하거나 놀라워하는 기색이 없었다. 왕이 그녀의 신분을 묻자 그녀는 "나는 당신의 아버지 필리포스와 카에로네아Chaeronea 전투에서 그리스의 자유를 위해 싸우다 전사한 테아게네스Theagenes의 여동생이요."라고 말했다. 알렉산드로스는 그녀의 태도와 정체에 너무 놀란 나머지 그녀와 그녀의 아이들에게 어디로든 갈 수 있는 자유를 줄 수밖에 없었다.

그 뒤부터 알렉산드로스는 아테나인들에게도 호의를 베풀었다. 마치 배부른 사자처럼 열망이 충족되어서인지, 아니면 테베에서 가혹하게 굴었던 것에 죄책감을 느껴서인지는 모르지만, 알렉산드로스는 자비로워 보이고 싶어했다. 아테나인들에게는 참으로 다행스러운 일이었다. 확실히 후에 알렉산드로스는 테베인들에게 가했던 엄중한 처벌에 대해 종종 후회했으며, 다른 정복지에게 좀 더 너그러운 모습을 보일 수 있는 성격으로 바뀌게 되었다. 그리고 이 전쟁에서 운 좋게 살아남은 테베인들의 요청을 너그럽게 들어주었다고 한다.

얼마 지나지 않아 그리스 군은 이스트모스(Isthmus, 지협地峽이라는 뜻)에 집결하였고 알렉산드로스의 페르시아 정벌전쟁에 동참하겠다는 결의를 하고 알렉산드로스를 연합군의 총사령관으로 임명했다. 알렉산드로스가 그곳에 머물 때 많은 공직자들과 철학자들이 그를 축하해주기 위해 각 지에서 찾아 왔는데, 시노페Sinope 출신으로 코린트에서 살고 있는 디오게네스[193)]만은 그를 찾아오지 않았다. 디오게네스는 알렉산드로스를 축하하러 가기는커녕 크라니움Cranium이라는 교외에 틀어박혀 있었다. 알렉산드로스가 그 지역에서 우연히 디오게네스를 마주쳤을 때, 그는 바닥에 대자로 누워 햇볕을 쬐고 있었다. 디오게네스는 자신 주변에 사람들이 모여드는 것을 보고 몸을 조금 들어 올려 알렉산드로스를 힐끔 올려다보았다. 알렉산드로스는 그에게 필요한 것이 있냐고 정중히 물었다. "그렇소." 그가 대답하며 "나는 당신이 거기 서서 내 햇볕을 가리지 말아주었으면 좋겠소." 라고 덧붙였다. 알렉산드로스는 그의 대답에

193) 견유학파(犬儒學派)라고도 불리는 키니코스Kynikos 학파의 대표적인 철학자. '견유'란 개와 같다는 뜻이다. 소크라테스의 제자인 안티스테네스로부터 시작된 이 학파는 자연과 일치된 자연스러운 삶을 추구하고 소크라테스로부터 영향을 받아 덕(德)을 위한 정신적·육체적 단련을 중요시했으며 소박한 삶을 지향했다.

경탄하며 자신을 대수롭지 않게 생각하는 정신적 고매함에 놀랐다. 그의 신하들이 왕에게 시큰둥했던 이 철학자를 비웃자 그는 자신이 알렉산드로스가 아니었다면 디오게네스가 됐을 것이라며 그를 옹호했다.

알렉산드로스의 군대는 약 3만 4천 명의 보병과 4천 명의 기병으로 이루어져 있었다. 아리스토불로스[194]의 말에 따르면 병사들 몫의 군자금이 70탈렌트도 안되었다고 하며, 두리스Duris의 말에 따르면 30일치의 보급품밖에 없었다고 한다. 거사를 위한 미미한 시작이었던 만큼 군대를 출정시키기 전에 알렉산드로스는 동료 전사들을 설득할 수단을 알아내고 그들이 원하는 것들을 공급해주었다. 그렇게 해서 어떤 자들에게는 좋은 농지를, 또 어떤 자들에게는 마을을, 또 다른 자들에게는 작은 마을이나 항구를 나누어 주었다. 그러다 보니 마침내 왕실의 재산이 거의 바닥이 날 지경이었다. 페르디카스Perdiccas[195]는 그런 왕에게 자신의 것으로 무엇을 남겨두셨냐고 묻자, 알렉산드로스는 "바로 희망이요."라고 대답했다. 그러자 페르디카스는 "대왕의 군사인 저희들도 그 희망을 나누어 갖겠습니다."라고 말하며 왕이 하사한 재산을 받지 않았다.

그렇게 결연히 전쟁을 준비하고 마음을 가다듬은 채 헬레스폰트Hellespont 강을 건넜다. 그들은 트로이에서 아테나 여신에게 제물을 마치고 그곳에 잠들어 있는 영웅들을 헌주를 바치며 그들의 용맹함을 기렸다. 특히 알렉산드로스는 아킬레우스(Achilleus, 영어로는 아킬레스Achilles)의 묘비에 성유를 뿌리고 친구들과 고대 풍습을 따라 벌거벗은

194) 아리스토불로스(Aristobulus of Cassandreia, BC 375-301)는 그리스의 역사가이자 건축가. 알렉산드로스의 절친으로 그의 원정길에 동반하기도 했다.

195) 알렉산드로스 대왕의 휘하에 있다가 그가 죽은(BC 323) 뒤 섭정이 되었다. 페르디카스는 '최고 장군'으로서 막대한 권한을 행사했으며 왕과 맞먹는 권력을 휘둘렀다.

채로 묘지 주변을 뛰어 돌고 묘비에 화환을 바쳤다. 알렉산드로스는 아킬레우스가 생전에 충직한 벗과 우정을 나누었고 죽어서는 유명한 시인들이 그의 공적을 찬양했던 것을 우러러보며 자신이 그를 존중하는 마음으로 얼마나 행복한지를 묘지 앞에서 선언했다. 그곳에서 유적과 진귀한 보물을 구경하던 중 파리스Paris의 하프를 보지 않겠냐는 제의가 있었다. 하지만 알렉산드로스는 그것이 구경할 만한 가치가 있다고 생각하지 않았고, 오히려 아킬레우스가 영웅들의 공적과 영예를 노래할 때 썼던 하프를 보고 싶어했다.

그러는 동안 다리우스의 장군은 거대한 병력을 소집하고 그라니코스Granicus 강 건너 기슭에 진을 치고 있었다. 전쟁은 말하자면 알렉산드로스가 아시아로 통하는 관문으로써 피할 수 없는 것이었다. 그리고 파르메니오Parmenio[196]는 이미 날이 저물었으니 아무것도 하지 않는 게 좋겠다는 충고를 했지만 알렉산드로스는 그라니코스 강 정도를 두려워하는 것은 무시무시했던 헬레스폰트 강에 대한 모욕이라고 반박했다. 알렉산드로스는 지체없이 13명의 기병대를 이끌고 강을 건넜다. 건너편 비탈에 무장한 적의 기병대와 보병대가 화살비를 퍼붓고 있는 와중에도 그들은 더 낮은 지대에서 급류를 헤쳐 나가야만 하는 난관을 뚫고 진격했다. 그들의 행동은 신중하게 결정되었다기보다는 광적이고 자포자기의 심정에서 비롯된 것 같았다. 하지만 그는 고집스럽게 아시아로 가는 보루

196) 필리포스 2세와 알렉산드로스 대왕의 휘하 군인들 중 가장 뛰어난 인물이었다. 필리포스가 암살당한 뒤 혼란이 일어나자 파르메니오는 알렉산드로스를 옹호했으며 알렉산드로스의 반대자들을 제거했다. 그는 알렉산드로스 군대의 부지휘관이 되어 페르시아를 정복했으며 그라니코스 강 전투, 이수스 전투, 가우가멜라 전투에서 공을 세웠다. 알렉산드로스가 페르시아 정복 이후에도 계속 동방으로 진출한 뒤부터는 메디아에 남아 연락책 역할을 했다. 그러나 그가 전쟁터에 나가 있는 동안 아들 필로타스는 알렉산드로스를 죽이려 했다는 혐의로 재판을 받고 처형되자 그도 역시 아들 문제로 알렉산드로스에 의해 살해당했다.

를 획득할 것이라고 주장했고, 결국 힘겹게 건너편 기슭에 도달했다. 그곳은 이미 흙탕물로 바닥이 미끌거려 알렉산드로스는 강을 건너고 있던 군사들에게 어떠한 명령도 내리기 전에 도착 즉시 혼란스러운 백병전에 돌입할 수밖에 없었다. 적들은 거대하고 무서운 함성을 지르며 밀려들었고 적의 기병대는 창을 들고 마케도니아 군의 기병대를 공격해왔으며 창이 부러지면 즉시 검을 들어올렸다. 알렉산드로스는 그의 양옆에 새털을 꽂은 투구와 방패 때문에 한 눈에 알아볼 수 있었다. 바로 그 때문에 적들이 사방에서 그를 노리며 달려들었다. 그럼에도 불구하고 흉갑의 이음새 하나가 창에 뚫린 것 이외에 아무런 상처도 입지 않았다.

그런데 그 순간 페르시아 장군 로이사케스Rhoesaces와 스피트리다테스Spithridates가 한꺼번에 알렉산드로스에게 덤벼들었다. 그는 스피트리다테스를 잽싸게 피한 뒤 로이사케스를 내리쳤지만, 로이사케스의 갑옷이 너무 단단했고 알렉산드로스가 내려친 힘이 강했기 때문에 손에 쥐었던 창이 부러지고 말았다. 하지만 알렉산드로스는 즉시 단도를 꺼내 들었고 다시 두 사람이 맞붙었다. 바로 이때 스피트리다테스Spithridates가 알렉산드로스의 다른 쪽 측면으로 접근하면서 말 등에 올라탄 채 전투용 도끼로 알렉산드로스의 투구를 내리찍었다. 그러나 다행이도 그의 목숨을 살릴 만큼 단단한 투구를 쓰고 있었기 때문에 새털 장식만 잘려나갔고 도끼날은 그의 머리카락을 간신히 닿았을 뿐이었다. 스피트리다테스가 다시 한 번 도끼로 내리치려할 때 '검은 클레이토스'(the black Cleitus)라고 불리던 클레이토스[197]가 달려와 창으로 그를 찔러 제지했다. 동시에 알렉산드로스는 로이사케스를 검으로 베어 죽였다. 그렇게 기병대가 위험천만하게 전투를 이어나가고 있는 동안 마케도니아의 보병들이 강을 건넜고 각 진의 보병들이 서로 맞붙었다. 페르시아 군은 처음의 기세를 거의 이어나가지 못하고 얼마 지나지 않아 자신의 진영을 넘겨주며 줄행랑 쳤고 끝까지 남아 거세게 저항했던 그리스의 용병들은 알렉산드로스에게 사면을 청했지만, 이성적 판단보다는 남아 있는 전쟁의 열기로 인해 고양된 알렉산드로스는 이를 거절했다. 그들을 쫓아 맨 앞에서 달리던 알렉산드로스의 말(여기서 말은 부케팔로스가 아니라 다른 말이다.)은 결국 죽고 말았다. 벼랑 끝에 몰린 용병들을 처단하고자 했던 알렉산드로스의 고집불통 때문에 이전의 전투에서보다 훨씬 더 많은 병사들이 부상당하고 희생되었던 것이다.

하지만 페르시아인들은 이 전투에서 2만 명의 보병과 2천 5백 명의 기병대를 잃었다고 한다. 아리스토불로스의 말에 따르면 알렉산드로스의 진영에서는 34명의 전사자를 냈고 그 중 9명이 보병이었다고 한다. 알렉산드로스는 이 전사자들을 기리기 위해 리시포스Lysippus에게 그들의 청동상을 만들어 세우도록 명했다. 그리고 전 그리스인들과 이번 승리의 영예를 나누기 위해 각자의 고국으로 전리품들을 보내도록 했는데, 특히 아테나인들에게는 방패 300개를 보냈고 나머지 물품에는 다음과 같은 글귀를 새기도록 했다. "필리포스의 아들 알렉산드로스와 스파르타인을 제외한 그리스인들은 아시아의 야만인들을 무찌르고 이 전리품들을 얻었다." 알렉산드로스는 페르시아인들에게 빼앗은 모든 금은보화들과 화려한 옷들 그리고 그 외의 진귀한 물품들을 자신을 위해서는 조금만 남기고 모두 어머니에게 선물로 보냈다.

이 승리로 인해 알렉산드로스는 다음 정복 전쟁에서 유리한 위치에

197) 마케도니아의 장군으로 드로피데스Dropides의 아들이자 알렉산드로스의 몸종인 라니케Lanike의 동생이다. '그라니코스 전투'에서 알렉산드로스의 목숨을 구해주었으나 몇 년 뒤 술해 취해 다투다 알렉산드로스에게 살해당했다.

서게 되었다. 해안 지방 야만인 세력의 주둔지였던 사르디스Sardis 지역과 많은 다른 주요 지역들이 그에게 항복해왔던 것이다. 할리카르나소스Halicarnassus와 밀레토스Miletus 두 곳만이 끝까지 저항했지만 결국 주변 지역들과 함께 무력으로 제압해버렸다. 하지만 알렉산드로스는 그 후 계획에 대해 확신이 없었다. 최대한 빨리 다리우스의 행방을 찾아 그 와의 전투에 모든 것을 쏟아 붓는 것이 최선의 선택이라는 생각을 했다가도 어떤 때에는 소아시아 연안 지방 전체를 완전히 장악하여 이를 자원으로 완전히 사용할 수 있을 때까지 기다리는 것이 현명한 선택인 것 같기도 했다. 어떤 선택을 해야 할 지를 고민하는 동안 리키아Lycia의 크산토스Xanthus에 있던 샘물이 갑자기 흘러 넘쳐 동판을 토해냈는데 그 동판에는 고대문자로 이렇게 쓰여 있었다. "페르시아 제국이 그리스인의 손에 멸망할 것이다." 이 사건에 용기를 얻은 알렉산드로스는 실리시아Cilicia와 페니키아Phoenicia 해안 지방을 정복해나갔고 팜필리아Pamphylia 해안을 따라 진군했다. 많은 역사가들은 그러한 알렉산드로스의 원정과정을 마치 기적과도 같이 신의 가호를 받은 기이한 현상들로 묘사하고 있다. 팜필리아 해안은 가파르고 험한 낭떠러지 아래로 사나운 파도가 수시로 몰아쳐 지나갈 수 없을 정도로 길이 좁았으나 알렉산드로스의 일행이 지나가려하자 파도가 멈추고 길이 생겼다고 한다. 메난드로스[198]는 그의 희곡에서 당시의 신비한 현상을 다음과 같이 언급했다.

198) 메난드로스(Menandros, BC 342-291, 영어로는 메난데르Menander)는 기원전 4세기 그리스 희극 작가로 100여 편의 작품을 썼다. 현재는 단편(斷片)만이 전하며 완전하게 남아 있는 작품은 『성질이 까다로운 사람』 한 편뿐이다. 폼페이에 있는 로마시대의 '메난드로스 저택'이 유명한데 건물 내 열주랑의 벽감에 그의 그림이 그려진 프레스코화가 있어서 붙여진 이름이다.

고르디아스의 매듭을 자르는 알렉산드로스

알렉산드로스가 이처럼 운이 좋았을까?
내가 만나고 싶어하는 사람은 저절로 나를 찾아오고
내가 바다를 건너야할 때면 바다는 여지없이 잠잠해지는 구나

그런 다음 알렉산드로스는 피시디아인들(the Pisidians)의 반란을 진압하고 다시 프리기아인들(the Phrygians)을 정복했다. 프리기아의 수도는 고대 미다스 왕의 왕국이 있었다는 고르디움Gordium이었다. 그곳에서 알렉산드로스는 산수유나무 껍질로 된 끈으로 단단히 옭아맨 유명한 마차를 발견했다. 그런데 그곳 주민들 사이에 누구든 이 전차의 매듭을 푸

는 자가 세계적인 제국의 주인이 될 것이라는 전설이 전해지고 있었다.[199] 그 끈의 양 끝은 비밀스럽게 얽혀서 더미 아래 숨겨져 있어 도저히 풀 수 없는 것이었다. 대부분의 역사가들은 알렉산드로스가 매듭을 풀지 못하자 검으로 내리쳐 두 동강냈다고 묘사하지만 아리스토불로스의 말에 따르면 알렉산드로스가 조여있던 이음새의 걸쇠를 뽑아내자 이음새의 밑부분부터 저절로 풀려 간단히 매듭을 풀 수 있었다고 한다.[200]

다리우스는 이즈음 수사Susa에서 진군 중이었는데 60만 명에 이르는 자신의 병력에 의기양양해 있었다. 반면 알렉산드로스는 실리시아에서 병마에 발목을 잡혀 있었다. 그의 병이 험한 원정길의 피로 때문이라는 설이 있고, 또 하나는 차갑기로 유명한 키트누스Cydnus 강에서 목욕을 했기 때문이라는 설도 있다. 그의 담당의들은 알렉산드로스의 병이 너무 깊어 자신의 의술이 실패할 경우 마케도니아 국민들의 의심과 비난을 살 것을 너무 두려워한 나머지 하나같이 치료를 할 엄두를 내지 못하고 있었다. 그러던 와중 아카르나니아인 필리포스(Philip, the Acarnanian)은 모두가 잘 알고 있는 알렉산드로스와의 친분을 지푸라기 삼아 치료도 받지 못하고 죽어가는 그에게 자신의 평판과 목숨을 걸고 가지고 있는 의술 전부를 쏟아부었다. 그는 자신있게 치료를 이어갔으며 만약 나머지 전쟁을 위해 빠른 회복을 원한다면 용기있게 치료를 받아야한다고 알렉산드로스를 응원했다. 바로 그때 알렉산드로스는 전쟁터에서 파르

199) 고대 소아시아 프리기아(Phrygia) 왕국의 수도 고르디움의 광장에는 소달구지 한 대가 줄로 칭칭 감겨 놓여있었다. 소달구지를 타고 모월 모일 모시에 광장으로 들어오는 이를 왕으로 삼으라는 신탁으로 일개 농부에 불과했던 고르기아스(Gordias)는 왕이 되었다. 그리고 그 아들 미다스(Midas, 영어로는 마이다스) 왕은 신들에게 감사한다는 뜻으로 이 달구지를 밧줄로 칭칭 감아 광장에 놓으며 이 매듭을 푸는 자가 세계를 정복할 거라는 예언을 남겼다.

200) 이후 이 전설은 영어에 남아 '얽혀있어 풀 수 없는 문제에 직면했을 때 과감한 결단을 내리는 행동'을 '고르디아스의 매듭을 끊다' (cut the Gordian Knot)라고 말하게 되었다.

메니오가 보낸 편지 한통을 받았다. 편지에는 주치의 필리포스가 다리우스에게서 엄청난 양의 뇌물과 자신의 딸과의 결혼을 대가로 왕을 암살하라는 사주를 받았다는 내용이 적혀있었다.

알렉산드로스는 편지를 다 읽고 나서는 가까운 동료들에게도 보이지 않고 베개 밑에 넣어두었다. 마침 필리포스 자신이 마실 약을 가지고 왔을 때 편지를 그에게 건네주며 읽게 했다. 그리고는 그 약을 확신에 찬 모습으로 기분좋게 들이켰다. 이 장면은 꽤나 흥미로운 광경이었는데 알렉산드로스가 잔을 비우는 동시에 필리포스는 편지 읽기를 끝마쳤고 둘은 고개를 돌려 너무나도 상이한 심정으로 서로를 바라보았다. 알렉산드로스는 자신의 주치의에 대한 믿음과 자비로움을 표하는 의기양양하고 쾌활한 표정이었던 반면, 필리포스는 자신에게 씌워진 혐의에 너무나도 놀라고 당혹스러운 표정이었다. 그는 자신의 무고함을 신을 걸고 맹세하며 종종 손을 공중에 치켜들기도 했다. 그리고 침대 맡에 몸을 던져 엎드린 채 알렉산드로스에게 두려움과 염려를 거두고 자신의 지시에 따라 달라고 간곡히 청했다. 필리포스가 처방한 약은 처음에 너무 강해서 마치 생명력이 소멸하는 것처럼 보였다. 알렉산드로스는 말을 할 수 없었다가 점점 의식을 잃었고 이내 모든 감각과 맥박이 멈춘 것처럼 보였다. 하지만 얼마 지나지 않아 필리포스가 말한 대로 건강과 활력을 되찾았으며 왕을 볼 수 없어 두려움에 떨고 실의에 빠졌던 마케도니아 대중들에게 자신의 모습을 드러낼 수 있었다.

그러는 와중에 다리우스 왕이 실리시아에 도착했고 같은 시각 알렉산드로스는 그를 맞이하기 위해 시리아에 진입했다. 하지만 서로를 맞닥뜨렸을 때에는 밤이 너무 늦어 발길을 돌려야했다. 알렉산드로스는 다리우스와의 대면을 대단히 기뻐했고 산 속의 좁은 길에서 전투도 마다하지 않을 정도로 조급해했다. 다리우스는 이번 전투를 계기로 이전의 명성을 되찾기 위해 자신들에게 불리하게 작용하는 장소를 벗어나려 했다. 그는 그제서야 자신의 군대가 바다와 산악지대로 둘러쌓여 있고 피나루스강이 가운데로 흐르는 곳으로 너무 깊숙이 들어와 있다는 것을 깨달았다. 그곳에서 싸우게 된다면 자신의 병력이 분산되고 기병대가 거의 쓸모없어지는 데다 적의 약점을 보완해주기만 할 뿐이었다. 그렇다고 해서 행운의 여신이 알렉산드로스의 편에 있는 것도 아니었기에 알렉산드로스는 이를 장점으로 이용하기 위해 심혈을 기울여야만 했다. 병력에서 한참 밀리고 있고 측면에서 공격하는 것조차 불가능했기 때문에 오른쪽 진영을 적의 왼쪽 진영보다 한참을 늘린 다음 그곳에서 알렉산드로스가 직접 지휘하며 싸웠다. 마침내 페르시아의 야만인들을 몰아냈다. 역사가 카레스[201]에 말에 따르면, 이 전투에서 알렉산드로스는 다리우스와 백병전을 벌이다 허벅지의 자상을 입었다고 한다. 하지만 알렉산드로스가 안티파트로스에게 직접 보낸 편지에서는 자신의 상처가 치명적이지 않았으며 누구에게 입은 상처인지도 언급하지 않았다고 한다.

그 무엇으로도 십여만 명의 적군을 무너뜨린 알렉산드로스의 완벽한 승리를 부정할 수 없었지만, 결국 가까스로 달아난 다리우스 왕은 사로잡지 못했다. 다리우스를 추격하다가 그의 전차와 화살을 빼앗아 돌아와 보니 부하들은 이미 야만인들의 진영에서 전리품을 모으고 있었다. 적들은 짐을 줄이기 위해 대부분의 물품들을 다마스쿠스에 남겨두고

201) 카레스(Chares of Mytilene)는 알렉산드로스 대왕의 궁정에서 기거했던 역사가이다. 주로 대왕의 사생활을 기록한 역사책 10권을 남기기도 했다.

왔는데도 불구하고 그곳의 물건들은 실로 화려한 것들이었다. 부하들은 다리우스 왕의 막사의 화려한 가구와 엄청난 양의 금은보화를 알렉산드로스의 몫으로 남겨두었다. 알렉산드로스는 갑옷을 벗어두고 다리우스 왕의 욕조에서 목욕을 하며 이렇게 말했다. "다리우스 왕의 욕조에서 전쟁의 노고를 이렇게 씻어내는 구나." 그러자 그의 시종 한 명이 그 말에 응수했다. "아닙니다. 이제는 알렉산드로스의 욕조이지요. 정복당한 자의 재산은 모두 정복자의 것입니다."

막사에는 모두 순금으로 되어 정교하게 장식된 목욕용기와 물주전자, 향유를 담은 그릇들이 있었고 온 방안에서 강렬한 향내로 가득 차 있었다. 알렉산드로스는 목욕을 마치고 그 크기와 높이가 웅장한 연회장으로 향했다. 그곳에는 긴 의자와 탁자가 늘어져 있고 웅장한 연회가 준비되어 있었는데 이를 보고 자신의 주변 사람들에게 이렇게 말했다고 한다.

"이것이 바로 왕의 품격이로구나."

그러나 알렉산드로스가 만찬을 들고 있을 때 나머지 포로들과 함께 잡혀있던 다리우스의 어머니와 아내 그리고 결혼을 하지 않은 두 딸이 다리우스의 전차와 활을 보고는 그가 죽은 줄 알고 슬퍼하고 있다는 보고를 받았다. 얼마 후 알렉산드로스는 레오나토스Leonnatus를 보내 다리우스 왕이 아직 죽지 않았으며 오직 아시아정복을 목적으로 다리우스와 싸웠을 뿐이고 사사롭게 그들을 해치지 않을 것이니 두려워할 필요가 없다는 말을 전하도록 했다. 알렉산드로스가 그들에게 베푼 자비 중 가장 품위 있고 고결한 점은 포로들이 겪을 만한 상황에서도 험한 말을 듣거나 무례한 대우를 받지 않도록 왕족의 지위에 따라 처우한 것이었다. 그리하여 비록 적의 진영에 있었지만 사원이나 교회에서 머무르는 것처럼 평온하고 방해받지 않는 사생활을 누릴 수 있도록 해주었다. 한편 당대 가장 건장하고 훤칠한 남자로 칭송받았던 다리우스 왕의 아내는 역시 당시 가장 아름다운 공주로 평판을 듣고 있었으며 그들의 딸들 역시 어머니 못지않은 미모를 지니고 있었다.

알렉산드로스는 음식을 매우 절제했다. 그 사실을 증명할 수 있는 일화는 많다. 특히 아다Ada 공주[202]의 일화에서 잘 알 수 있다. 알렉산드로스는 아다 공주에게 어머니의 칭호를 주고 나중에 카리아Caria의 여왕으로 책봉했다. 그녀는 날마다 진귀한 음식과 사탕절임들을 그에게 보내곤 했으며 나중에는 뛰어난 요리사와 제빵사까지 몇 사람 보내려고 했다. 그때 그가 그녀에게 말하기를 자신은 어떤 것도 바라지 않으며 스승인 레오니다스Leonidas에게 가장 좋은 식사법을 배웠다는 것이었다. "레오니다스 스승님은 아침을 맛있게 먹으려면 야간행군을 하고 저녁을 맛있게 먹으려면 아침을 적게 먹으면 된다고 가르치셨습니다." 그리고 다시 이렇게 덧붙였다. "선생님은 우리 어머니께서 혹시나 사치스럽고 불필요한 음식을 숨겨 놓았을까봐 가끔씩 방에 있는 가구나 옷장들을 뒤지곤 하셨습니다." 알렉산드로스는 많은 사람이 생각했던 것처럼 술을 즐기지 않았다. 그런 오해를 받았던 까닭은 그가 워낙 사람들과 오래 앉아서 이야기하는 것을 좋아했고, 혹시 술을 마시는 경우라면 한 잔을 비우기까지 장시간 대화를 이어갔기 때문이었다.

그리고 무슨 일이 있을 때는 다른 장군들과는 달리 술, 잠, 여자, 구경거리 등에 방해받지 않고 일에만 집중했다. 그렇기 때문에 생전에 짧은

202) BC 344년 알렉산드로스가 페르시아의 카리아를 정복한 뒤부터 BC 341년까지 그곳을 다스렸다

시간동안 그토록 위대한 업적을 이룩할 수 있었던 것이다. 보통 업무를 보지 않을 때는 일어나서 신들에게 제사를 지내고 앉아서 아침식사를 마친 뒤 사냥을 하거나 회고록을 쓰고, 군사 전술을 연구하거나 책을 읽는데 하루를 보냈다. 서두를 필요가 없는 행군을 할 경우에는 활쏘는 연습을 하거나 전속력으로 달리는 전차를 뛰어오르거나 내리는 연습을 했다. 그리고 그의 일기를 보면 여우 사냥과 새 사냥을 여가 운동으로 즐겼다는 이야기도 있다. 또 저녁에 외출에서 돌아오면 먼저 목욕을 마치고 향유를 바른 뒤 제빵사나 요리사를 불러 저녁 준비가 잘 되어가는지를 묻곤 했다.

저녁식사는 주로 늦은 시각에 날이 어둑어둑해질 때쯤 했으며 그와 함께 식사를 하는 모든 사람들이 골고루 대접받을 수 있도록 세심하게 배려를 했다. 그리고 앞서 말한 것처럼 대화를 무척 좋아했던 알렉산드로스는 포도주를 홀짝이며 오래 앉아 담소를 나누는 것을 즐겼다. 그는 다른 어떤 왕들보다도 쾌활한 대화 상대였다. 하지만 종종 자기 자랑이 지나쳐 군사적 업적을 과시하는 바람에 아첨배들이 활개칠 수 있는 기회를 주었고, 아첨을 하지 못하고 성품이 곧은 친구들을 곤란한 상황에 빠뜨리기도 했다. 그런 연회가 끝난 뒤에는 꼭 목욕을 했다. 다음 날 정오까지 잠을 잤고 가끔은 하루 종일 잘 때도 있었다. 그는 음식을 다양하게 즐기는 편이 아니었다. 그래서 희귀한 생선이나 과일이 선물로 올라오면 자기의 친구들에게 모두 나누어주고 자신의 몫은 남겨두지 않는 일이 많았다. 하지만 그의 식탁은 언제나 풍성했으며 알렉산드로스의 재산이 늘어남에 따라 식사비용도 점점 늘어나 하루 식사비가 1만 드라크마에까지 이르기도 했다. 알렉산드로스는 1만 드라크마를 식사비용의 한도로 정하고 신하가 자신을 초대하는 연회에서도 이 이상의 비용을

BC 280년 무렵, 알렉산드리아 항 앞 파로스 섬에 세워진
세계 최초의 등대인 '파로스 등대'(Pharos lighthouse)는 세계 7대 불가사의 중 하나로,
1994년 프랑스 해저 고고학 발굴 팀에 의해 그 터가 발견되었다.

넘지 못하도록 했다.

다리우스에게서 빼앗은 보물과 전리품들 가운데 아주 값지고 진귀한 향갑이 널리 알려져 마침내 알렉산드로스의 손에 들어오게 되었다. 그는 주변사람들에게 이 안에 무엇을 넣어 두었으면 좋겠는지 물었다. 그들이 다양한 의견을 들은 뒤 결국 알렉산드로스는 호메로스의 『일리아드』를 보관하는 것이 가장 좋을 것 같다고 말했다. 그의 정복 원정에서 호메로스는 큰 도움이 되었다고 전해진다. 알렉산드로스가 이집트의 주인이 되고 난 뒤 거대하고 융성한 도시[203]를 건설하여 자신의 이름을 붙이려고 했을 때도 마찬가지였다. 그가 최고의 건축가들에게 자문을 받아 도시를 세울 곳의 토지를 측량하고 구획정리까지 다 마쳤을 무렵, 어느 날 밤 경이로운 꿈을 꾸었다. 백발이 성성한 신령이 나타나 그 옆에 서서 이렇게 시를 읊었다는 것이다.

이집트의 해안
파도가 높이 넘실대는 곳에
섬이 하나 있었으니
사람들은 그곳을 파로스라 불렀다네

알렉산드로스는 잠에서 깨자마자 즉시 파로스Pharos 섬으로 달려갔다. 파로스는 당시 나일 강의 하류 맨 서쪽 도시인 '카노푸스의 입'the Canobic mouth 앞에 있는 섬으로 지금은 둑길로 내륙과 이어져 있다. 육지로부터 길게 뻗어 나온 땅이 파로스 섬까지 거대한 석호들 사이로 지협처럼 이어져 있고 석호 한쪽은 수심이 얕은 반면에, 또 다른 한 쪽은 깊어 그쪽으로 뻗은 육지 끝자락에 넓은 항구를 건설하기 좋아 보였다. 알렉산드로스는 그 지역의 효용성들을 발견하자마자 호메로스가 다른 면에서도 뛰어나지만 매우 뛰어난 건축가이기도 하다며 감탄했다.(호메로스는 자신의 꿈에서 파로스에 대한 시를 읊었었다.) 그리고 즉시 이 지형

203) 여기서는 이집트의 나일강 하구 델타지역에 있는 알렉산드리아(Alexandria, 아랍어로는 알 이스칸다리아)를 말한다. 알렉산드로스는 도처에 70여 개(일설은 35~39개)나 되는 자신의 이름을 딴 도시를 건설했는데, 그중 이곳이 가장 유명하다. 이곳에는 그 유명한 알렉산드로스 도서관과 파로스 등대가 있었다.

에 알맞은 훌륭한 도시를 설계하라는 명령을 내렸다. 그 과정에서 그 지역의 검은 땅에 도면을 그리기 위해 필요했던 분필이 없었던 관계로 밀가루를 뿌려 도시의 윤곽선을 그렸다. 넓은 범위의 반원 모양의 토지였는데 같은 거리의 직선으로부터 출발해 그려진 원주의 안쪽 면적으로 마치 펼쳐진 망토가 소매없는 짧은 외투 같은 형태를 띠고 있었다. 그러한 도시 건설 계획에 스스로 흡족해 하고 있던 찰나에 갑자기 온갖 종류의 새떼들이 강과 호수에서 먹구름처럼 새까맣게 몰려와 뿌려져 있던 밀가루 알갱이를 남김없이 먹어치운 것이었다. 그러한 불길한 징조에 알렉산드로스는 근심에 빠졌으나 그곳의 점쟁이가 이를 다르게 해석한 것을 듣고 자신감을 되찾았다. 점쟁이의 예언은 그가 건설할 이 도시야말로 모든 면에서 아주 풍요로운 곳으로 자리 잡아 많은 국가들을 돌보고 먹여 살릴 정도가 된다는 것이었다.

대부분의 역사가들은 알렉산드로스가 다리우스와 벌인 모든 전투 가운데 가장 치열하고 거대했던 것은 아르벨라Arbela 전투였다고 말하지만 사실은 가우가멜라Gaugamela 전투였다. 가우가멜라는 페르시아 말로 '낙타의 집'이라는 뜻이다. 전설에 따르면 고대 페르시아의 어느 왕이 적에게 쫓기던 중 낙타가 잘 달려준 덕에 그들에게서 벗어날 수 있었다. 왕은 이 낙타를 치하하기 위해 그가 머무를 곳을 하사하고 그 마을의 세금으로 그를 잘 보살피도록 했다.(그 후부터 그 땅을 낙타의 집, 즉 가우가멜라라는 이름이 붙게 되었다고 한다.)

아테네에서는 보이드로미온 달(the month Boedromion)[204]에 '엘레우시스 제사'가 시작할 무렵 월식이 일어났다. 그 날은 두 군대가 서로 대치한

204) '아티카 력'으로 세 번째 달인데 지금의 9, 10월경에 해당한다.

지 열한 번째가 되는 밤이었다. 다리우스는 자신의 병사들을 무장시킨 채 횃불을 들게 한 다음 자신의 군대를 둘러보았다. 반면 알렉산드로스는 자신의 병사들이 잠든 사이에 막사 앞에서 아버지 때부터 궁중 전속 점술가인 아리스탄드로스Aristander와 함께 어떤 신비한 의식을 치르며 '공포의 신'에게 제의를 올리는데 밤을 지새웠다.

그러는 동안 나이가 가장 많았던 지휘관과 우두머리격인 파르메니오Parmenio는 니파테스Niphates 산과 고르디에네 산맥(the Gordyaean mountains) 사이의 평원 전체가 적군들의 불빛으로 넘실대는 것을 발견하였다. 또 마치 멀리서 아우성치는 광대한 대양의 소리처럼 들리는 적의 진영이 불분명하고 혼란스러운 웅성거림을 듣고는 적군의 무시무시한 병력에 너무나 놀랬다. 그들은 자기들끼리 회의를 한 뒤 밝은 대낮에 그런 대군과 전투를 벌이는 것은 굉장히 위험하고 무모한 짓이라는 결론을 내렸다. 그들은 제사를 마치고 나오는 왕을 붙잡고 아군의 수적 열세를 감춰줄 수 있는 어두운 밤에 다리우스 군을 급습해야한다고 간청했다. 이에 알렉산드로스는 그 유명한 명언을 남겼다. "나는 승리를 훔치지 않을 것입니다."

몇몇 사람들은 알렉산드로스가 전쟁을 무슨 놀이처럼 생각하는 철없고 무모한 발언을 했다고 생각했다. 하지만 어떤 사람들은 그가 현재 상황에 대한 확고한 신념이 있고 미래에 대한 정확한 판단을 바탕으로 행동을 실행에 옮기려는 것이라고 생각했다. 알렉산드로스에게 다리우스가 이번 전투에서 패배할 경우 밤에 기습 공격을 받았기 때문이라는 구실을 제공하지 않으려는 뜻이 있다는 것이었다. 이전에도 다리우스는 '이수스 전투'(the battle of Issus)에서 패배한 것이 좁은 산골짜기와 바다로 막힌 불리한 지형 때문이라는 변명을 한 적이 있었다. 다리우스에게 거대한 병력과 광대한 영토가 남아 있는 한 병력과 무기를 빼앗는 것으로는 전쟁을 단념시킬 수 없으니 대낮에 정정당당한 전투를 벌여 알렉산드로스를 상대로 승리할 수 있을 것이라는 용기와 희망을 송두리째 뽑아버려야 한다는 것이 그의 생각이었다.

이 대답을 듣고 부하들이 물러가자 알렉산드로스는 막사에 누워 잠을 청했고 지휘관들이 놀랄 정도로 평온하고 깊은 잠을 잤다. 이는 알렉산드로스가 전투를 바로 앞두고 있었을 뿐더러 패배할 수도 있는 고도의 위기상황에 놓여있는데 불구하고 침착할 수 있는 것은 그만한 통찰력과 자기 확신을 가지고 있음을 보여주는 것이었다. 얼마 동안 전투는 엎치락뒤치락하며 승패를 가를 수 없는 형세로 진행되었다. 파르메니오가 지휘하는 좌익 진영이 박트리아 기병대(the Bactrian horse)에 호되게 공격을 받아 격파당할 위기에 처해 있었을 때 페르시아 군의 마자이우스Mazaeus는 파견대를 보내 군수품을 지키던 부대를 습격했다. 이에 당황한 파르메니오는 알렉산드로스에게 전령을 띄워 진지와 군수품을 잃지 않으려면 전방에서 싸우던 상당수의 병력을 후방으로 증원시켜야 한다고 전했다. 이 전갈을 받았을 때 알렉산드로스는 막 병사들에게 공격신호를 올리고 있었다. 알렉산드로스는 파르메니오가 당황한 나머지 이성적으로 생각하는 법을 잊어버린 것 같다는 말을 전하도록 했다. 그리고 만약 전투에서 승리한다면 패자의 군수품은 모두 승자의 것이 되는 것이므로, 패배하더라도 전쟁 중에 소유물과 노예를 신경쓰기보다는 장렬하게 싸우다 명예롭게 전사하는 것이 낫다고 말했다.

그는 이 말을 하며 투구를 썼다. 나머지 무기들은 막사를 나가기 전에 모두 착용했는데 갑옷은 시칠리아의 대장장이가 그의 몸에 맞도록 제작한 것이었고, 그 위에는 이수스 전투에서 얻은 전리품 중 두꺼운 누비리

넨으로 된 가슴막이를 입었다. 투구는 테오필로스Theophilus가 만든 것이었는데 강철로 만들었지만 잘 달구고 광택을 낸 탓에 은처럼 빛이 났으며, 여기에다 값진 광물로 장식을 하고 같은 광물로 제작한 목가리개를 맞추어 착용했다. 알렉산드로스의 칼은 키프로스 섬에 있는 키티움the Citieans[205]의 왕이 선물한 것이다. 이것은 그가 싸움터에서 가장 많이 사용하는 무기였는데 가벼우면서도 훌륭하게 단련된 강한 검이었다. 그가 착용한 벨트는 모든 전투에서 착용했던 것으로 다른 장비들에 비해 훨씬 화려했다. 이는 고대 헬리콘 산(Helicon, 현대 그리스어명은 Elikon)에서 만들어진 세공품으로 로도스 섬 주민(the Rhodians)이 바친 것이었다. 알렉산드로스는 부하 병사들의 사기를 북돋거나 명령이나 지시를 내리거나 대오를 점검할 때 타고 돌아다닐 때는 보통 늙은 부케팔로스를 쉬게 하고 다른 말을 타곤 했다. 하지만 실제 전투에 나갈 때는 어김없이 부케팔로스를 찾았고, 말에 오르자마자 공격을 시작하곤 했다.

그날 알렉산드로스는 테살리아인들(the Thessalians)과 나머지 그리스 각국의 병사들에게 아주 긴 연설을 했다. 칼리스테네스Callisthenes에 따르면 알렉산드로스는 연설 도중에 창을 왼손으로 옮겨 들고는 오른손을 하늘로 쳐든 뒤 하늘의 신들에게 외쳤다고 한다. 만약 알렉산드로스 자신이 정말로 제우스의 아들이라면 모든 신들은 기꺼이 우리 그리스군을 도와주고 힘을 줄 것이라고 말이다. 이에 병사들은 사기가 올라 페르시아 야만인들을 무찌르게 해달라는 것처럼 큰 함성으로 화답했다. 그때 점술가 아리스탄드로스가 흰 망토를 두르고 머리에 금관을 쓴 채로 달려와 알렉산드로스 머리 위에 떠 있다가 적군을 향해 날아가고 있

205) 키프로스 섬 남해안, 오늘날의 라르나카 근처에 자리잡고 있었던 페니키아의 고대도시이다.

는 독수리를 가리켰다. 그것을 본 병사들의 사기가 바짝 올라 서로를 격려하고 응원한 다음 먼저 기병대가 전속력으로 말을 타고 달려 나갔고, 그 뒤를 밀집한 보병부대가 따라 진군했다. 페르시아 군의 첫 번째 대열은 알렉산드로스의 군대와 맞붙기도 전에 겁에 질려 뒷걸음질 쳤고, 이내 알렉산드로스에게 위협적으로 쫓기는 신세가 되었다. 알렉산드로스는 도망치는 페르시아 군들을 전장 한가운데로 몰았는데 그곳에서 다리우스 왕이 자신의 경호부대에 둘러싸여 중앙 부대를 지휘하고 있는 것을 발견했다. 키가 크고 훤칠한 외모의 다리우스 왕이 화려한 전차를 타고 있는 모습은 눈에 띄지 않을 수 없었다. 그 주변을 그의 최정예 기병대가 철통같이 지켜내며 적군을 맞을 준비를 하고 있었다.

알렉산드로스는 아직까지 대열을 지키면서 저항하는 적들에게 무섭게 돌진해나갔다. 그가 지나가는 자리마다 적들이 쓰러져 있어 페르시아 군의 대열은 거의 와해될 지경이었다. 몇 안 되는 가장 용감하고 용맹스러운 장수들이 남아 알렉산드로스의 추격에 맞섰지만 왕이 지켜보는 가운데 하나둘씩 쓰러져갔으며, 죽음의 고통 속에서도 왕을 향해 달려가는 적의 말을 붙잡으려 애를 썼다. 다리우스는 모든 것이 끝났다고 생각했다. 왕을 둘러싸고 있던 최정예 기병대조차 그 앞에서 붕괴되었고 무더기로 쌓인 시체들 사이에 바퀴가 파묻혔으며 서로 얽힌 전차를 앞으로도 뒤로도 움직일 수 없는 진퇴양난의 상황이었다. 엄청나게 쌓인 시체더미가 말들의 진로를 막았을 뿐만 아니라 집어삼킬 정도로 높아졌기 때문에 말들이 겁에 질려 뒷걸음질치고 점점 다루기 힘들어져갔다. 이에 당황한 왕은 말을 통제하려는 것을 포기한 채 전차와 무기를 내버리고 새끼를 낳은 지 얼마 되지 않은 암말을 타고 도주해버렸다.

이 전투로 인해 페르시아 왕국은 완전히 멸망하고 말았다. 이제 아시아의 왕이 된 알렉산드로스는 성대한 희생제의를 올려 신께 감사드리고 그의 친구와 장군들에게 그 지역의 돈과 영토와 지배권을 나누어 주며 노고를 치하했다.

한편 알렉산드로스는 이곳에서부터 바빌론Babylon 지방으로 진군하여 즉각적인 항복을 받아냈다. 그곳에서 알렉산드로스는 땅에 갈라진 큰 틈 사이로 불길이 샘물처럼 이어 타오르는 것을 보고 신기해했다. 거기에서 멀리 떨어지지 않은 곳에 그 불길의 원인으로 추정되는 나프타naphtha의 샘이 있었다. 샘에서 흘러나오는 나프타의 양은 너무도 풍부해 거의 호수를 이루고 있을 지경이었다. 나프타는 어떤 면에서는 역청(bitumen, 瀝青)과 비슷한데 휘발성이 강해 불길에 닿지 않아도 주변에 조그마한 불꽃이라도 있으면 쉽게 불이 붙어 주변 공기까지 전부 연소시킬 정도였다. 페르시아인들은 나프타의 위력과 본성을 과시하기 위해서 왕의 숙소까지 이어지는 길에 나프타를 몇 방울 씩 뿌려놓고 날이 어두워지면 그 길의 끝에 횃불을 들고 서 있다가 나프타로 적셔진 곳에 갖다 댔다. 그러면 인간이 미처 생각할 여지도 없이 삽시간에 불길이 타올라 길의 끝에서 끝으로 길게 이어지는 하나의 불길처럼 보였다.

포루스Porus 왕[206]과의 전투에 관해서는 알렉산드로스의 편지 속에서 많은 정보를 얻을 수 있다. 그는 편지 속에서 전쟁 상황에 대해 다음과 같이 설명했다. 양쪽 군대는 히다스페스Hydaspes 강을 두고 진을 치고 있었다. 한쪽 강기슭에서 포루스 왕은 코끼리 부대를 이용하여 적이 강을 건너지 못하도록 감시하고 있었다. 반면에 알렉산드로스는 적들의 경계심을 없애기 위해 병사들에게 진영에서 큰소리를 내고 소란을 일으

206) 북인도의 편잡 동쪽을 지배하던 '파우라바 왕국'(Paurava kingdom)의 왕.

키게 했다. 그러던 어느 폭풍우가 치던 어두운 밤중에 알렉산드로스는 보병 몇명과 최정예 기마병들을 이끌고 적들이 있는 곳에서 조금 떨어진 작은 섬으로 강을 건너 이동했다. 그때 번개와 회오리바람을 동반한 아주 강력한 폭풍우가 쏟아지는 바람에 번개 불에 타 죽어가는 병사들도 있었다. 그럼에도 불구하고 알렉산드로스는 그 섬에서 진군을 멈추지 않고 적진으로 잠입하는데 성공했다. 적군의 전체 병력을 고려하고 적의 코끼리 부대를 놀래게 하지 않으려고 그는 자신의 병력을 분산시켜 스스로는 적의 좌익 진영을 공격했고, 코에누스 장군에게 우익을 공격하라고 지시했다. 공격은 성공적이었다. 이렇게 적의 양쪽 날개 진영이 붕괴되자 곧 코끼리 부대가 있는 중앙으로 몰려들었다. 그곳에서 양측이 집결하여 육박전을 벌였다. 적군이 완전히 패배하여 물러난 것은 그날 8시쯤이었다.

코끼리를 타고 히다스페스에서
알렉산드로스 대왕과 격전을 벌이는 포루스 왕

거의 대부분의 역사가들은 포루스 왕의 신장이 4큐빗cubits 1스판span 이나 되었다고 입을 모아 말하고 있다. 큐빗은 팔꿈치에서 가운데 손가락 끝까지의 길이로 약 46-54센티미터이고 스판은 엄지와 집게손가락을 벌려 잰 길이로 약 22cm이다. 포루스가 타던 코끼리도 몸집이 아주 컸는데 코끼리에 올라타 있으면 그의 키와 몸집에 비율적으로 조화를 이루어 마치 말을 타고 있는 것처럼 보였다고 한다. 이 코끼리는 전투

내내 자신의 주인인 왕에게 특별한 충성심과 총명함을 보였다. 왕이 왕성한 기력으로 싸우고 있을 때는 그를 공격하는 적군들을 쫓아내며 용맹스럽게 왕을 보호했다. 이후 왕이 수차례 창을 맞아 상처투성이가 되어 기진맥진한 것을 알아챘을 때는 왕이 떨어지지 않도록 조심스럽게 무릎을 꿇고 그의 몸에 꽂힌 창을 코로 뽑아내기 시작했다. 포루스를 포로로 잡은 알렉산드로스는 그에게 어떤 대우를 바라는지를 묻자 포루스는 "왕으로 대접받길 원하오."라고 대답했다. 그러자 알렉산드로스는 포루스를 자기가 다스리는 영토의 총독으로 임명해주었을 뿐만 아니라 그가 정복한 다른 독립 부족들의 영토까지 하사했다.

포루스와의 전투 후 얼마 지나지 않아 부케팔로스가 죽고 말았다. 대부분의 기록에 따르면 전투에서 입은 부상 때문에 치료 중에 죽었다고 하는데 디오게네스의 제자인 오네시크리토스Onesicritus의 말로는 30살의 노쇠한 나이와 전쟁에서의 피로 누적 때문에 죽었다고도 한다. 부케팔로스가 죽었을 때 알렉산드로스는 오래된 동료나 친분이 두터운 친구를 여의었을 때처럼 슬퍼했다. 알렉산드로스는 부케팔로스를 기리기 위해 히다스페스Hydaspes 강기슭에 도시를 건설한 뒤 부케팔리아Bucephalia라는 이름을 붙여주었다.

아리스토불로스가 전하는 기록에 따르면 알렉산드로스는 극심한 열과 갈증에 시달리다 단숨에 많은 양의 포도주를 들이 킨 다음부터 헛소리를 하는 섬망증상(譫妄症狀)[207]을 보이다가 마침내 다이시우스 달(the month Daesius)[208]의 30번째 날에 세상을 떠났다고 한다.

---

207) 섬망은 혼돈(confusion)과 비슷하지만 안절부절못하고, 잠을 안자며, 소리를 지르고, 생생한 환각, 초조함과 떨림 등이 자주 나타나는 증상을 말한다.

208) 마케도니아 월력으로 세 번째 달이며 그레고리력의 5, 6월에 해당한다.

하지만 왕의 일기에는 다음과 같은 기록이 남아 있다. 알렉산드로스는 다이시우스 달 18번째 날에 심한 열 때문에 욕실에서 잠이 들었다. 다음날 목욕을 마치고 침실로 돌아와서는 메디우스Medius와 주사위 놀이를 하며 시간을 보냈다고 한다. 저녁에 다시 목욕을 하고 제사를 지낸 뒤 식사를 푸짐하게 즐겼는데 그날 밤에도 열이 심했다고 한다. 24번째 날에는 열이 더 심해져서 침대에서부터 부축을 받아 제사에 참여했는데, 장군급 부하들에게 궁정에 머무르도록 하고 하급 부하들에게는 문밖을 지키라고 지시했다. 25번째 날에는 강 건너편의 궁궐로 거처를 옮긴 뒤 잠을 조금 잤으나 열은 내리지 않았다. 장군들이 그의 침실에 들어왔을 때 알렉산드로스는 혼수 상태였고 다음날까지 같은 상태가 지속되었다. 마케도니아 병사들은 왕이 돌아가신 줄 알고 소란을 일으키며 문 앞으로 몰려들었다. 관료들은 위협을 당하는 통에 그들을 문 안으로 받아들일 수밖에 없었다. 그들은 무장을 벗은 뒤 왕의 침상 곁을 지나며 쾌유를 빌었다. 같은 날 피톤Python과 셀레우코스Seleucus[209]를 세라피스Serapis[210]의 신전으로 보내 알렉산드로스 대왕을 그곳으로 옮기는 것이 어떤지 신에게 물었으나 그를 옮기지 말라는 신탁을 받았다. 그리고 28번째 날 저녁 마침내 알렉산드로스 대왕은 숨을 거두고 말았다.

209) 알렉산드로스의 후계자로 현재의 이라크와 이란, 아프가니스탄, 파키스탄 등을 아우르는 '셀레우코스 왕조(Seleucus dynasty, BC 305-60년)를 세웠으나 찬드라굽타에게 망했다.

210) 헬레니즘 시대 이집트의 혼합신이다. 가장 유명했던 신전으로서 알렉산드리아의 세라페움(serapium)이 있다.

카이사르의 죽음

그날의 원로원 회의가 소집된 곳은 암살의 무대가 되어버렸다. 폼페이우스Pompey의 동상이 세워진 그곳은 카이사르가 대중들이 이용할 수 있는 극장과 함께 기증한 건물이었다. 어찌 보면 어떤 초자연적인 힘이 사건을 바로 이 특정한 곳으로 이끌었는지도 모른다. 카시우스Cassius[211]는 모의를 꾸미기 바로 직전, 폼페이우스의 동상을 보고 조용히 그의 도움을 빌었다고 한다. 그는 사후 세계를 믿지 않는 '에피쿠로스

211) 카시우스(Gaius Cassius Longinus, BC 85-42)는 BC 44년 마르쿠스 부르투스와 함께 카이사르의 암살을 주도했다. 하지만 카이사르의 오른팔이었던 마르쿠스 안토니우스가 카이사르의 뒤를 이어 권력을 쥐었고, 대중들도 암살자들에게 결코 호의적이지 않았다. 결국 시리아 총독으로 로마를 떠난 그는 제2차 삼두정치가 수립되고 삼두정치 세력들이 카이사르의 복수를 명분으로 곧 자신을 공격할 것이 명확해지자 브루투스와 함께 그리스에서 대규모 군대를 조직한다. 그러나 '필리피 전투'에서 안토니우스에게 패한 그는 자살했는데 공교롭게도 그가 사망한 날은 바로 그의 출생일인 10월 3일이었다.

학파'(Epicurean school)[212]의 사상을 믿던 사람이었지만, 이 일촉즉발의 위험상황에 대한 긴장과 흥분으로 가득 차있었기 때문에 이성적인 추론을 할 수 없었을지도 모른다.

한편 브루투스 알비누스Brutus Albinus[213]는 카이사르에게 충직했던 용맹스러운 안토니우스Antony를 집 밖으로 유인해낸 다음 일부러 대화를 질질 끌어 원로원 회의에 가지 못하도록 했다. 마침내 카이사르가 건물로 들어오자 원로원은 일어서서 그에게 경의를 표했고, 브루투스의 공모자들 몇 명이 그의 의자 뒤에 서있었다. 나머지는 망명 중인 형을 대신한 틸리우스 킴베르Tillius Cimber는 추방당한 자신의 형을 귀환시켜달라며 청원했다. 그의 청원을 지지하는 척하면서 그의 주변으로 몰려들었고, 그가 자리로 이동할 때까지 공동 청원서를 들고 뒤를 따랐다.

카이사르가 자리에 앉은 후 그들의 청원에 응하기를 거절하자 원로원은 그를 더욱 치근댔다. 그러자 카이사르는 그들의 끈덕진 요구를 나무라기 시작했다. 이때 틸리우스가 양손에 움켜쥐고 있던 예복을 잡아당겨 벗겼고 이것이 공격의 신호였다. 카스카Casca가 처음으로 그의 목을 베었으나 이런 대담한 모의를 시작해야 하는 입장이라 매우 긴장된 상태였기 때문에 치명적이거나 위험한 상처를 입히진 못했다. 그러자 카이사

---

212) 쾌락을 최고선으로 규정한 아테네의 철학자 에피쿠로스(Epikuros)가 창시했으며, 스토아학파와 함께 헬레니즘 시기를 대표했다. 여기서 쾌락은 정신적 쾌락으로서 육체적 쾌락이나 일시적 쾌락과 대비된다. 따라서 이들은 영혼의 평화를 유지하려고 노력하였고, 이러한 마음의 평정을 이루는 이상적 경지를 아타락시아(ataraxia, 평정심)라 한다. 반면에 플라톤과 아리스토텔레스의 사상을 이어받은 스토아학파는 인간 이성을 통한 엄격한 금욕주의적 태도를 중시한다.

213) 데키무스 유니우스 브루투스 알비누스(Decimus Junius Brutus Albinus, BC 81-43)는 로마 공화정 말기의 정치인이자 장군으로 율리우스 카이사르 암살자 중의 한 사람이다. 그는 어린 시절 마르쿠스 안토니우스와 친구로 지냈다. 하지만 카이사르 암살 후 도망쳤다가 안토니우스의 명령으로 처형되었다. 그는 카이사르의 14명의 암살자 중 가장 먼저 처형된 것이다. 카이사르가 죽을 때 "브루투스, 너 마저도"라고 외쳤다는 마르쿠스 브루투스와 다른 인물이다.

암살당하는 카이사르. 왼쪽에 폼페이우스 동상이 서 있다.

르가 즉시 몸을 돌려 손을 뻗어 단검을 붙잡았다. 그리고 동시에 소리를 질렀다. 카이사르는 공격을 받으면서 라틴어로 소리질렀다. "비열한 카스카여, 대체 이게 무슨 짓인가?" 그러자 카스카는 그의 형제에게 그리스어로 "형제여 도와주게"라고 외쳤다. 이 첫 번째 공격이 시작되자 음모에 대해 금시초문인 자들은 경악을 금치 못했고, 자신들이 목격한 장면에 대한 공포와 놀라움으로 넋이 나가 카이사르를 도와주기는커녕 감히 도망가거나 외마디 비명조차 뱉을 수 없었다. 하지만 음모를 준비해온 이들은 각자의 손에 날 선 단도를 움켜쥐고 그를 사방에서 에워쌌다. 카이사르가 어느 쪽으로 돌아도 칼날은 그의 얼굴, 눈을 향하고 있었기 때문에 그는 포위된 야수처럼 옴짝달싹할 수 없었다.

음모의 가담자들 모두가 카이사르를 찔러 각자의 손에 피를 묻히기로 동의했기 때문에 브루투스 역시 그의 사타구니에 단검을 꼽았다. 카이사르는 다른 사람의 공격을 피하기 위해 몸을 뒤틀고 도움을 외치며 맞서 저항했지만, 브루투스[214]의 손에 들린 검을 보자 옷으로 얼굴을 감싸고 투항했다고 한다. 카이사르는 그의 살인범들에 밀려 쓰러졌는지는 확실치 않지만 우연이었는지 폼페이우스 동상의 받침대 밑에 쓰러졌고 그 주변을 피로 물들였다고 한다. 이는 마치 폼페이우스가 자신의 발밑에 쓰러져 몸뚱이에 수많은 칼자국을 안고 마지막 숨을 내뱉고 있는 원수에게 복수를 지휘하고 있는 것처럼 보였다. 혹자는 카이사르의 상처가 23군데였다고 하며 음모자들 모두 같은 대상에게 칼날을 겨누는 동안 서로에게 해를 가하기도 했다. 카이사르의 유언장이 공개되자, 그가 상당한 유산을 로마 시민들에게 남겼다는 사실이 밝혀졌다. 시민들은 난도질당한 그의 시신이 시장을 통과하는 것을 보자 더 이상 평정심과 질서를 유지할 수 없었다. 그들은 벤치와 나무판자나 책상더미를 쌓아 시신을 그 위에 올리고 불을 지펴 화장했다. 그러고 나서 몇몇은 불붙은 숯 더미를 건져내 음모자들을 불살라버리기 위해 달려 나갔고, 또 다른 이들은 도시의 곳곳을 뒤져서 음모자들을 찾아낸 다음 갈가리 찢어발기려고 했다. 하지만 그들은 이미 꼭꼭 숨어버렸기 때문에 아무도 찾아낼 수 없었다.

214) 마르쿠스 브루투스(Marcus Junius Brutus, BC 85-42)는 로마공화정 말기의 정치가로 카이사르의 부장(部長)이었다. 카이사르의 갈리아(Gallis) 정복으로 BC 48년에 갈리아 지방 등에서 총독을 지내며 카이사르의 총애를 받았으나 그의 주변에 있는 아첨꾼들과 그의 독재적 마인드를 참지 못해 BC 44년 3월 15일(The Ides of March)에 공화정치를 옹호하는 동지 카시우스 등과 함께 카이사르를 살해했다. 옥타비아누스 사거(死去) 후에 후계자로 결정되었으나 안토니우스에게 '필리피 전투'에서 패한 뒤 자살하고 말았다.

카이사르는 그의 나이 56세에 생을 마감했는데 폼페이우스가 죽은 후 4년이 조금 넘었을 때였다. 그는 위험을 무릅쓰고 수많은 어려움 끝에 평생에 걸쳐 추구했던 제국과 권력을 마침내 쟁취했다. 하지만 껍데기뿐인 명예와 남의 시샘을 일으킨 영예만을 남긴 채 다른 열매를 맺지 못했다. 그럼에도 불구하고 평생 그의 곁을 지켜주었던 수호신은 그가 죽은 후에도 그의 죽음에 대한 복수를 위해 바다를 건너고 땅을 지나 음모에 가담한 사람을 모조리 처단해버렸다.

한편 인간사 중 가장 놀라운 우연의 일치가 카시우스에게 일어났다. 그는 '필립피Philippi 전투'에서 패하자 스스로 목숨을 끊었는데, 이때 사용한 단검이 카이사르에게 겨누었던 바로 그 단검이었던 것이다. 또한 기이하고 초자연적인 현상들이 일어나기도 했다. 그의 죽음 이후 거대한 혜성이 나타나 7일 밤 동안이나 밝게 빛난 후 사라졌고, 어스레한 태양은 그 해 내내 창백하고 흐릿했으며, 일출 때에도 원래의 광채를 한 번도 발하지 못했다. 대기는 축축하고 불쾌했기에 이를 환기시켜주고 정화시켜 줄 강렬한 태양빛이 절실히 필요했다. 그 때문에 열매는 완전히 자라기도 전에 제대로 영글지도 못하고 시들어버리고 말았다.